Bibliothek

des 18. Jahrhunderts

C. M. Wieland

CHRISTOPH MARTIN WIELAND

PEREGRINUS PROTEUS

Verlag C. H. Beck München

Mit einem Essay von Karl Mickel

Zeittafel zu Leben und Werk Wielands von Heiner Wolf

›Peregrinus Proteus oder Die Nachtseite der pädagogischen Revolution‹ erschien vorab in der Zeitschrift ›Sinn und Form. Beiträge zur Literatur‹ 1983/4. Heft.

Schutzumschlag: Kupferstich aus Bd. 1 der Erstausgabe, Leipzig, bei Georg Joachim Göschen 1791.
Frontispiz: Wieland. Nach einem Gemälde von Anton Graff (1794).
Im Besitz der Nationalen Forschungs- und Gedenkstätten der klassischen deutschen Literatur in Weimar.

Die ›Bibliothek des 18. Jahrhunderts‹ erscheint in der Verlagsgruppe Kiepenheuer, Leipzig und Weimar, und im Verlag C. H. Beck, München.

ISBN 3 406 30483 4
Lizenzausgabe für die Bundesrepublik Deutschland, Berlin-West, die Schweiz und Österreich
Verlag C. H. Beck, München 1985

Gesamtherstellung: Offizin Andersen Nexö, Graphischer Großbetrieb, Leipzig
Schrift: Walbaum-Antiqua
Gestaltung: Walter Schiller
Printed in the German Democratic Republic

PEREGRINUS PROTEUS.

ERSTER THEIL.

VORREDE

zur ersten Ausgabe von 1791.

Ich habe mich schon, bey einer andern Gelegenheit, etwas von einer kleinen Naturgabe verlauten lassen, die ich (ohne Ruhm zu melden) mit dem berühmten Geisterseher *Swedenborg* gemein habe, und vermöge deren mein Geist zu gewissen Zeiten sich in die Gesellschaft verstorbener Menschen versetzen, und, nach Belieben, ihre Unterredungen mit einander ungesehen behorchen, oder auch wohl, wenn sie dazu geneigt sind, sich selbst in Gespräche mit ihnen einlassen kann.

Ich gestehe, daß mir diese Gabe zuweilen eine sehr angenehme Unterhaltung verschafft: und da ich sie weder zu Stiftung einer *neuen Religion*, noch zu *Beschleunigung des tausendjährigen Reichs*, noch zu irgend einem andern, dem geistlichen oder weltlichen Arme verdächtigen Gebrauch, sondern bloß zur Gemüthsergetzung meiner Freunde, und höchstens zu dem unschuldigen Zweck, *Menschenkunde* und *Menschenliebe zu befördern*, anwende; so hoffe ich, für diesen kleinen Vorzug (wenn es einer ist) Verzeihung zu erhalten, und mit dem Titel eines *Geistersehers*, der in unsern Tagen viel von seiner ehemahligen Würde verloren hat, gütigst verschont zu werden.

Es ist noch nicht lange, daß ich das Vergnügen hatte, eine solche Unterredung zwischen zwey Geistern von nicht gemeinem Schlage aufzuhaschen, die meine Aufmerksamkeit um so mehr erregte, da diese Geister in ihrem ehemahligen Leben nicht zum besten mit einander gestanden, und der eine von ihnen mein sehr guter Freund ist.

Der letztere (um die Leser nicht unnöthig rathen zu lassen) war ein gewisser *Lucian* – keiner von den zwey oder drey *Heiligen Lucianen*, die mit einem goldnen Zirkel um den Kopf in den *Martyrologien* figurieren; auch nicht Lucian der *Mönch*, noch Lucian der *Pfarrer zu Kafar-Gamala*, der im Jahre des Heils 415 so glücklich war, von St. *Gamaliel* im Traume benachrichtiget zu werden, wo die Gebeine des heiligen *Stefanus* zu finden seyen; noch Lucian der *Marcionit*, noch Lucian von Samosata, der *Arianer*, von dem eine eigene Nebenlinie dieser unglücklichen Familie den Nahmen der *Lucianischen* führt – sondern *Lucian der Dialogenmacher*, der sich ehemahls mit seinen Freunden *Momus* und *Menippus* über die Thorheiten der Götter und der Menschen lustig machte, übrigens aber (diesen einzigen Fehler ausgenommen) eine so ehrliche und genialische Seele war und noch diese Stunde ist, als jemahls eine sich von einem Weibe gebären ließ.

Der andere war eine nicht weniger merkwürdige Person, wiewohl er in seinem Erdeleben in allem den ausgemachtesten *Antipoden* meines Freundes Lucian vorstellte, und eine so zweydeutige Rolle spielte, daß er bey den einen *mit dem Ruf eines Halbgottes* aus der Welt ging, während die andern nicht einig werden konnten, ob der *Narr* oder der *Bösewicht*, der *Betrüger* oder der *Schwärmer* in seinem Karakter die Oberhand gehabt habe. Alles in dem *Leben* dieses Mannes war excentrisch und außerordentlich: sein Tod war es noch mehr; denn er starb *freywillig* und *feierlich* auf einem *Scheiterhaufen*, den er vor den Augen einer großen Menge von Zuschauern aus allen Enden der Welt, in der Gegend von Olympia, mit eigner Hand angezündet hatte.

Lucian, der ein *Augenzeuge* dieses beynahe unglaublichen Schauspiels gewesen war, wurde auch der *Geschichtschreiber* desselben, und glaubte, als ein erklärter Gegner aller Arten von *filosofischen* oder *religiösen Gauklern*, einen besonderen Beruf zu haben, die schädlichen Eindrücke auszulöschen, welche *Peregrin* (so hieß dieser Wundermann, wiewohl er sich damahls lieber *Proteus* nennen ließ) durch einen so außerordentlichen Heldentod auf die Gemüther seiner Zeitgenossen gemacht hatte: und wie hätte er diesen Zweck besser erreichen können, als indem er sie zu überzeugen suchte, daß der Mann, den sie, nach einer so übermenschlichen That, für den größten aller Weisen, für ein Muster der höchsten menschlichen Vollkommenheit, ja beynahe für einen Gott zu halten sich genöthigt glaubten, weder mehr noch weniger als der größte aller Narren, sein ganzes Leben das Leben eines von Sinnlichkeit und ausschweifender Einbildungskraft beherrschten halb wahnsinnigen Scharlatans, und sein Tod nichts mehr als der schicklichste Beschluß und die Krone eines solchen Lebens gewesen sey.

Ich habe an einem andern Orte[1] die Gründe ausgeführt, welche mich überredeten, zu glauben, daß Lucian nicht nur in allem, was er als *Augenzeuge* von diesem Peregrin berichtet, sondern auch in Erzählung derjenigen Umstände, die er von bloßem Hörensagen hatte, ehrlich zu Werke gegangen, und von dem Gedanken, seine Leser zu belügen und dem armen Fantasten wissentlich Unrecht zu thun, weit entfernt gewesen sey. Aber wie zuverlässig auch Lucians *Aufrichtigkeit* in dieser Sache immer seyn mag, so bleibt nicht nur die Glaubwürdigkeit der Gerüchte und Anekdoten, die auf Peregrins Unkosten in Syrien und anderer Orten herum gingen und jenem erzählt worden waren, zweifelhaft, sondern auch die Fragen: ob *Lucian in seinem Urtheile von ihm so unparteyisch*, als man es von einem ächten Kosmopoliten fordern kann, verfahre? und: ob *Peregrin* wirklich ein so verächtlicher Gaukler und Betrüger und doch (was sich mit diesem Karakter nicht recht vertragen will) zu gleicher Zeit ein so heißer *Schwärmer* und ausgemachter *Fantast* gewesen sey, als er ihn ausschreyt? – diese Fragen, sage ich, bleiben für Leser, welche einem Angeklagten, der sich selbst nicht mehr vertheidigen kann,

1 Lucians sämmtliche Werke, 3ter Theil S. 93. u. f.

eine desto schärfere Gerechtigkeit im Urtheilen über ihn schuldig zu seyn glauben, *unauflösliche Probleme.*

Man kann sich also vorstellen wie groß mein Vergnügen war, als ich durch einen glücklichen Zufall Gelegenheit bekam, die erste Unterredung, die zwischen *Lucian* und *Peregrin* im *Lande der Seelen* vorfiel, zu belauschen, und aus dem eigenen Munde des letztern Aufschlüsse und Berichtigungen zu erhalten, wodurch das Mangelhafte in den Lucianischen Nachrichten ergänzt, das Dunkle und Unerklärbare ins Licht gesetzt, und das ganze moralische Räthsel des Lebens und Todes dieses sonderbaren Mannes, auf eine ziemlich befriedigende Art aufgelöset wird.

Wenn man sich erinnert, daß seit dem Tode beider redenden Personen beynahe sechzehn hundert Jahre verstrichen sind, so wird man vielleicht unglaublich finden, daß sie in einem so langen Zeitraum nicht eher Gelegenheit gehabt haben sollten, sich anzutreffen und gegen einander zu erklären. Allein fürs erste sind sechzehn Jahrhunderte, nach dem Maßstabe woran die Geister die Zeit zu messen pflegen, kaum so viel als nach unserm Zeitmaße eben so viel Jahrzehende: und dann traten bey Lucian und Peregrinen noch besondere Umstände ein, von denen (wiewohl sie zu den *Geheimnissen des Geisterreichs* gehören) uns vielleicht künftig etwas zu verrathen erlaubt seyn wird, die aber hier nicht an ihrem rechten Orte stehen würden.

Nach diesem kleinen Vorberichte würde mich nun nichts weiter hindern, die Unterredung zwischen den besagten beiden Geistern sogleich mitzutheilen, wenn ich voraussetzen könnte, daß der Inhalt der oben angezogenen Lucianischen Schrift (ohne welche diese ganze Unterredung unverständlich und ihre Mittheilung zwecklos seyn würde) entweder aus dem Original oder aus irgend einer Übersetzung allen Lesern bekannt und gegenwärtig wäre. Da es aber billig ist, auf diejenigen, die sich nicht in diesem Falle befinden, Rücksicht zu nehmen: so hoffe ich diesen letztern durch folgenden *Auszug* aus *Lucians Bericht* von *Peregrins Lebensende* einen kleinen Dienst zu erweisen.

INHALT.

Einleitung.

Veranlassung dieser Unterredungen zwischen Peregrin und Lucian. Etwas über das Recht oder Unrecht, Schwärmerey und Thorheit durch Spott heilen zu wollen. *Peregrin* nimmt davon Gelegenheit, sich gegen die harten Urtheile, welche *Lucian* in seiner Schrift von *Peregrins Tode* über ihn gefällt, und besonders gegen die Beschuldigungen eines darin redend eingeführten Ungenannten so zu vertheidigen, daß *Lucians* Wahrheitsliebe und Redlichkeit dabey ins Gedränge kommt. Da er indessen nicht zu läugnen begehrt, daß der Schein und zum Theil die auf bloßen Gerüchten und Verleumdungen beruhende öffentliche Meinung *gegen ihn* war, so wünscht er seinen neuen Freund durch eine reine offenherzige Beichte seines ganzen ehemahligen Lebens in den Stand zu setzen, ein richtigeres Urtheil von ihm zu fällen, hauptsächlich aber die zweydeutigen und räthselhaften Stellen seiner Geschichte in ihr wahres Licht zu setzen. *Lucian* zeigt sich geneigt ihn anzuhören, und so beginnt Peregrin, im

I. Abschnitt,

seine Erzählung mit einer kurzen Nachricht von seiner Vaterstadt und Familie, um sogleich zur Schilderung der Lebensweise und des Karakters seines Großvaters *Proteus*, von welchem er erzogen wurde, überzugehen, und zu zeigen, wie theils durch diese Erziehung, theils durch zufällige Umstände schon in seinen frühesten Jahren der Grund zu seinem ganzen Karakter und zu den seltsamen Verirrungen seiner frühzeitig erhitzten und exaltierten Einbildungskraft gelegt worden. Wie er schon im ersten Jünglingsalter dazu gekommen, etwas *dämonisches* in sich zu erkennen, und welchen Einfluß diese Entdeckung auf seine Ideen von seiner Bestimmung und dem, was für ihn das höchste Gut sey, gehabt habe. – Tod seines Großvaters, dessen Erbe er wird. Wahre Erzählung seines ersten Liebesabenteuers mit der schönen *Kallippe*, wodurch die schiefe und in wesentlichen Umständen verfälschte Art, wie der *Ungenannte zu Elis* davon spricht, berichtiget wird. Peregrin geht von Parium nach Athen. Ursachen der sonderbaren Lebensart, die er daselbst führt. Zweytes unglückliches Abenteuer, welches ihm mit einem schönen Knaben zu Athen begegnet, und ihn schleunig nach Smyrna abzureisen bestimmt.

II. Abschnitt.

Gemüthszustand, worin Peregrin Athen verläßt. Wie sich sein Ideal von Glückseligkeit *(Eudämonie)* in ihm entwickelt, und durch eine natürliche Folge ein heftiges Verlangen daraus entsteht, vermittelst einer vermeinten erhabenen Art von Magie in die Gemeinschaft höherer Wesen zu kommen, von einer Stufe dieses geistigen Lebens zur andern endlich zum unmittelbaren Anschauen und Genuß der höchsten Urschönheit zu gelangen. Er wird zu *Smyrna* mit einem gewissen *Menippus*, und durch diesen mit dem Karakter und der Geschichte des *Apollonius von Tyana*, bekannt; auch erhält er von ihm die erste Nachricht von einer in der Gegend von Halikarnaß sich aufhaltenden vermeintlichen *Tochter des Apollonius*, welche sich unter dem Nahmen *Dioklea* in den Ruf gesetzt habe, im Besitz der höchsten Geheimnisse der theurgischen Magie zu seyn. Peregrin beschließt diese wundervolle Person durch sich selbst kennen zu lernen, geht nach Halikarnassus ab, und wird von Dioklea, einem von Apollonius im Traum erhaltnen Befehle zu Folge, als ein zu hohen Dingen bestimmter Günstling der *Venus Urania*, deren Priesterin sie ist, aufgenommen. Sein Aufenthalt in Diokleens Felsenwohnung. Wunderbarer Anfang und Fortgang seiner Liebe zu dieser Göttin. *Erste Theofanie*, die ihm in ihrem Tempel widerfährt, mit ihren Folgen.

III. Abschnitt.

Peregrin wird mit einer *zweyten Theofanie* beglückt, und gelangt zur unmittelbaren Vereinigung mit der vermeinten Göttin. Wie er in ihrer Wohnung aufgenommen und durch welche Mittel er eine kurze Zeit in der seltsamsten aller Selbsttäuschungen unterhalten wird. Die Göttin verwandelt sich endlich in die Römerin *Mamilia Quintilla*, und macht unvermerkt ihrer ehemahligen Priesterin Platz, die sich Peregrinen in einem ganz neuen Lichte zeigt, ihm den Schlüssel zu allen zeither mit ihm vorgenommenen *Mystifikazionen* mittheilt, und sich mit abwechselndem Erfolg alle mögliche Mühe giebt, ihn von seiner Schwärmerey zu heilen und mit seiner gegenwärtigen Lage auszusöhnen. Nach mehr als Einem Rückfall versinkt Peregrin in eine peinvolle Schwermuth. Er erhält neue seine Eitelkeit nicht wenig kränkende Aufschlüsse über den Karakter und die Lebensgeschichte der Dioklea: aber die Entdeckung eines neuen Talents an der letztern, wirft ihn in die vorige Bezauberung zurück; bis endlich der schmähliche Ausgang eines von Mamilien veranstalteten Bacchanals ihn plötzlich auf die Entschließung bringt, sich der Gewalt dieser ihm zu mächtigen Zaubrerinnen durch eine heimliche Flucht zu entziehen, die er auch glücklich bewerkstelligt.

IV. Abschnitt.

Psychologische Darstellung der Gemüthsverfassung, worin Peregrin nach Smyrna zurück kam. Schwermuth und Verfinsterung, worein ihn das Gefühl der Leerheit stürzt, welche das Verschwinden der Bezauberungen, deren Spiel er gewesen war, in seiner Seele zurück läßt. Er wird zufälliger Weise (wie er glaubt) durch die Erscheinung eines unerklärbaren aber sehr interessanten *Unbekannten* aus diesem Zustand aufgerüttelt, und in neue Erwartungen gesetzt; wohnt, ohne zu wissen wie es zugeht, einer Versammlung von Christianern zu Pergamus bey, und ein neues mystisches Leben beginnt von dieser Stunde an in ihm. Der Unbekannte fährt fort mächtig auf sein Gemüth zu wirken, spannt seine Erwartungen in dem magischen Helldunkel, worein er ihn einhüllt, immer höher, befiehlt ihm aber nach *Parium* zurückzukehren, wohin sein Vater ihn gerufen hatte, und daselbst ruhig auf denjenigen zu warten, der ihm zum Führer auf den rechten Weg zugeschickt werden sollte.

V. Abschnitt.

Die Unbekannten, in deren Händen Peregrin ohne sein Wissen sich befindet, fahren fort, ihn durch klüglich berechnete Umwege, Schritt für Schritt, dahin zu leiten, wo sie ihn haben wollen. Durch eine Veranstaltung dieser Art, die er für bloßen Zufall hält, findet er die erste Nachtherberge auf seiner Reise bey einer einsam auf dem Lande lebenden Familie von Christianern, deren Liebenswürdigkeit, Eintracht, Gemüthsruhe, Einfalt der Seele und Unschuld der Sitten einen so tiefen Eindruck auf ihn macht, daß der Wunsch mit solchen Menschen zu leben von nun an das Ziel aller seiner Bestrebungen ist, zumahl da dieser

Eindruck durch die Erzählung seines Wirthes von dem Tode des Apostels Johannes, (zu dessen Gemeine er gehörte) und durch die Schilderung, die ihm sein *Wegweiser* von dem Karakter des erhabenen Wesens macht, nach welchem sie sich nannten, verstärkt wird. Peregrin kommt in das väterliche Haus zurück und übernimmt die Besorgung der Handelsgeschäfte seines Vaters. Bald darauf entdeckt sich ihm in der Person seines ehemahligen Wegweisers *Hegesias*, ein Kaufmann von Ägina, und einer der thätigsten Agenten des *Unbekannten*. Hegesias erwirbt sich durch seine Kenntnisse und Handelsverbindungen das Vertrauen des Vaters, welchem er seine Gemeinschaft mit den Christianern verbirgt, um desto ungestörter an dem Sohne das von dem Unbekannten und ihm selbst angefangene Bekehrungswerk betreiben zu können. Peregrin erhält den ersten Grad der Weihe von ihm. Karakter des Hegesias, mit einer Digression über den Unterschied zwischen den damahligen Christianischen Brüdergemeinen und den Christianern unter den *Konstantinen* und *Theodosiern*. Der Unbekannte, welcher fortan *Kerinthus* heißen wird, offenbart sich nun dem hinlänglich geprüften Peregrin etwas näher, und ertheilt ihm den zweyten Grad der Weihe, hüllt sich aber gar bald wieder in das heilige Dunkel ein, worin er ihm von Anfang an immer erschienen war. Peregrin entdeckt, daß er erst in den *zweyten Vorhof* des Heiligthums vorgeschritten sey, und diese Entdeckung verdoppelt seinen brennenden Eifer, sich der höhern Grade, die er noch zu ersteigen hat, durch die willigste Unterwerfung unter jede Prüfung, Vorbereitung und Aufopferung würdig zu machen. Er kehrt aus Gehorsam zu seinen Geschäften nach Parium zurück, und macht *den Brüdern* ein voreiliges Geschenk von seinem ganzen Vermögen. Sonderbares aber schlaues Benehmen des *Hegesias* bey dieser Gelegenheit, welches zu einigen der Entwicklung der Geschichte zuvorkommenden Anmerkungen über die schon damahls immer sichtbarer werdende Abweichung der Christianer von dem Geist und Vorbild ihres Meisters Anlaß giebt.

AUSZUG AUS LUCIANS NACHRICHTEN VOM TODE DES PEREGRINUS.

Die öffentlichen Kampfspiele zu Olympia, womit die zwey hundert sechs und dreyßigste Olympiade begann, waren der *Zeitpunkt*, und eine Ebene in der Gegend dieser Stadt der *Schauplatz*, welchen der Filosof *Peregrinus*, auch *Proteus* genannt, dazu ausersehen hatte, den Griechen und Ausländern aus allen Theilen der Welt, so diese Spiele zu Olympia zu besuchen pflegten, die außerordentlichste und schauerlichste aller Tragödien, das Schauspiel eines sich freywillig verbrennenden Cynikers, zu geben.

Auch *Lucian*, wiewohl er die Olympischen Spiele schon dreymahl gesehen hatte, hielt es der Mühe werth, einem solchen Schauspiel zu Liebe diese Reise zum vierten Mahle zu machen; und als er nach *Elis* (der nicht weit von Olympia gelegenen Hauptstadt der Republik dieses Nahmens) gekommen war, hörte er, indem er bey dem dortigen Gymnasion vorbey ging, einen cynischen Filosofen, um den sich eine Menge Volks versammelt hatte, mit der brüllenden Stimme die zum Kostum dieser *Kapuziner der alten Griechen* gehörte, dem Peregrinus eine Lobrede halten, und sein Vorhaben, sich zu Olympia zu verbrennen, in der, seinem Orden eigenen, popularen und deklamatorischen Manier rechtfertigen. – Von nun an mag Lucian in seiner eigenen Person sprechen.

»Und man darf sich noch erfrechen, (rief der Cyniker) einen Mann wie *Proteus* einer eiteln Ruhmsucht zu beschuldigen? O ihr Götter des Himmels und der Erde, der Flüsse und des Meeres, und du Vater *Herkules*! Wie? diesen Proteus, der in Syrien in Banden lag, ihn, der seiner Vaterstadt fünf tausend Talente schenkte, ihn, den die Römer aus ihrer Stadt vertrieben, ihn, der unverkennbarer ist als die Sonne, und der es mit *Jupiter Olympius selbst* aufnehmen könnte, – *Ihn* beschuldigt man der Eitelkeit, weil er durchs Feuer aus dem Leben gehen will? – That etwa Herkules nicht eben dasselbe? Starb Äskulap und Dionysos nicht durch einen Wetterstrahl? und stürzte sich nicht Empedokles in den Flammenschlund des Ätna?«

Als *Theagenes* (so nannte sich der Schreyer) dieß gesagt hatte, fragte ich einen der Umstehenden, was er mit seinem *Feuer* meinte, und was Herkules und Empedokles mit dem Proteus zu schaffen hätten? – Du weißt also nicht, versetzte er mir, daß Proteus sich nächstens zu Olympia verbrennen wird? – Sich verbrennen? rief ich mit Verwunderung: wie ist das gemeint? und *warum* will er sich verbrennen? – Aber wie mir jener antworten wollte, schrie der Cyniker wieder so abscheulich, daß ich kein Wort von dem andern verstehen konnte. Ich hörte also nochmahls den erstaunlichen Hyperbolen zu, die jener zum Lobe des Proteus in einem Strom von Worten ausgoß. Dem *Diogenes* und seinem Meister *Antisthenes* geschähe schon zu viel Ehre, sagte er, wenn man sie nur mit ihm vergleichen wollte. Dazu wäre nicht einmahl *Sokrates* gut genug: kurz, er forderte endlich Jupitern selbst zum Kampf mit seinem Helden heraus; doch fand er zuletzt für besser, die Sachen zwischen ihnen ins Gleichgewicht zu bringen, und schloß seine Rede folgender Maßen: »Mit Einem Worte, die zwey größten Wunder der Welt sind Jupiter Olympius und Proteus; jenen bildete die Kunst des *Fidias*, diesen die *Natur selbst*; und nun wird dieses herrliche *Götterbild* auf einem Feuerwagen zu den Göttern zurückkehren, und uns als Waisen zurück lassen!« – Der Mann schwitzte wie ein Braten, indem er dieß tolle Zeug vorbrachte; aber bey den letzten Worten brach er auf eine so komische Art in Thränen aus, daß ich mich des Lachens kaum erwehren konnte; er machte sogar Anstalt sich die Haare auszuraufen, nahm sich aber doch in Acht, nicht gar zu stark zu ziehen. Endlich machten einige Cyniker dem Possenspiel ein Ende, indem sie den schluchzenden Redner unter vielen Trostsprüchen davon führten.

Er war aber kaum von der Kanzel herab gestiegen, so stieg schon ein *Anderer* wieder hinauf, um die Zuhörer nicht aus einander gehen zu lassen, bevor er dem noch flammenden Opfer seines Vorgängers eine Libazion aufgegossen hätte. Sein erstes war, daß er eine laute Lache aufschlug, wodurch er, wie man wohl sah, seinem Zwerchfell eine nöthige Erleichterung verschaffte. Hierauf fing er ungefähr also an: Hat der Marktschreyer Theagenes seine verwünschte Rede mit den Thränen des Heraklitus beschlossen, so fange ich umgekehrt die meinige mit dem Gelächter des Demokritus an – und nun brach er von neuem in ein so anhaltendes Lachen aus, daß die meisten von uns Anwesenden sich nicht erwehren konnten, ihm Gesellschaft zu leisten. Endlich nahm er sich wieder zusammen, und fuhr fort: »Was könnten wir auch anders thun, meine Herren, wenn wir so höchst lächerliches Zeug in einem solchen Tone vorbringen hören, und sehen, wie bejahrte Männer, um eines verächtlichen kleinen Rühmchens willen, auf öffentlichem Markte nur nicht gar Burzelbäume machen? Damit ihr aber doch das Götterbild, das nächster Tage verbrannt werden soll, etwas näher kennen lernet, so höret mir zu; mir, der schon seit langer Zeit seinen Karakter studiert und sein Leben beobachtet, außerdem aber noch verschiedenes von seinen Mitbürgern und von Personen, die ihn nothwendig sehr genau kennen mußten, erkundiget hat.«

»Dieses große Wunder der Welt wurde in Armenien, da er kaum die Jahre der Mannbarkeit erreicht hatte, im Ehebruch ertappt, und genöthigt, mit einem Rettig im Hintern,[1] sich durch einen

1 Eine damahls gewöhnliche Art von Selbstrache beleidigter Ehemänner.

Sprung vom Dache zu retten, um nicht gar zu Tode geprügelt zu werden. Gleichwohl ließ er sich bald darauf wieder gelüsten, einen schönen Knaben zu verführen; und bloß die Armuth der Ältern, die sich mit drey tausend Drachmen abfinden ließen, war die Ursache, daß er der Schande, vor den Statthalter von Asien geführt zu werden, entging. Doch, ich übergehe alle seine Jugendstreiche dieser Art; denn damahls war das Götterbild freylich noch ungeformter Thon, und von seiner Ausbildung und Vollendung noch weit entfernt. Aber was er seinem Vater gethan, ist allerdings nicht zu übergehen, wiewohl ihr vermuthlich alle schon gehört haben werdet, daß er den alten Mann, weil er ihm mit sechzig Jahren schon zu lange lebte, *erdrosselt haben soll.* Da die Sache bald darauf ruchtbar wurde, sah er sich gezwungen, sich selbst aus seiner Vaterstadt zu verbannen, und von einem Lande ins andere unstät und flüchtig herum zu irren.«

»Um diese Zeit geschah es, daß er sich in der wundervollen Weisheit der *Christianer* unterrichten ließ, da er in Palästina Gelegenheit fand, mit ihren Priestern und Schriftgelehrten bekannt zu werden. Es schlug so gut bey ihm an, daß seine Lehrer in kurzer Zeit nur Kinder gegen ihn waren. Er wurde gar bald selbst *Profet*, *Thiasarch*, *Synagogenmeister*, mit Einem Wort Alles in Allem unter ihnen. Er erklärte und kommentierte ihre Bücher, und schrieb deren selbst eine große Menge; kurz, er brachte es so weit, daß sie ihn für einen göttlichen Mann ansahen, sich Gesetze von ihm geben ließen, und ihn zu ihrem Vorsteher machten. – Es kam endlich dazu, daß Proteus bey Begehung ihrer Mysterien ergriffen und ins Gefängniß geworfen wurde; ein Umstand, der nicht wenig beytrug, ihm auf sein ganzes Leben einen sonderbaren Stolz einzuflößen, und diese Liebe zum Wunderbaren, und dieses unruhige Bestreben nach dem Ruhm eines außerordentlichen Mannes in ihm anzufachen, die seine herrschenden Leidenschaften wurden. Denn so bald er in Banden lag, versuchten die Christianer (die dieß als eine ihnen allen zugestoßene große Widerwärtigkeit betrachteten) das Mögliche und Unmögliche, um ihn dem Gefängniß zu entreißen; und da es ihnen damit nicht gelingen wollte, ließen sie es ihm wenigstens an der sorgfältigsten Pflege und Wartung in keinem Stücke fehlen. Gleich mit Anbruch des Tages sah man schon eine Anzahl alter Weiblein, Wittwen und junge Waisen sich um das Gefängniß her lagern; ja die vornehmsten unter ihnen bestachen sogar die Gefangenhüter, und brachten ganze Nächte bey ihm zu. Auch wurden reichliche Mahlzeiten bey ihm zusammen getragen, und ihre heiligen Bücher gelesen; kurz, der theure Peregrin (wie er sich damahls noch nannte) hieß ihnen ein zweyter Sokrates. Sogar aus verschiedenen Städten in Asien kamen einige, die von den dortigen Christianern abgesandt waren, ihm hülfreiche Hand zu leisten, seine Fürsprecher vor Gericht zu seyn, und ihn zu trösten. Denn diese Leute sind in allen dergleichen Fällen, die ihre ganze Gemeinheit betreffen, von einer unbegreiflichen Geschwindigkeit, und sparen dabey weder Mühe noch Kosten. Daher wurde auch Peregrinen seiner Gefangenschaft halber eine Menge Geld von ihnen zugeschickt, und er verschaffte sich unter diesem Titel ganz hübsche Einkünfte.«

»Übrigens wurde er (als es zu gerichtlicher Entscheidung seines Schicksals kam) von dem damahligen Statthalter in Syrien wieder in Freyheit gesetzt; einem Manne, der die Filosofie liebte, und so bald er merkte wie es in dem Kopfe dieses Menschen aussah, und daß er Narrs genug war aus Eitelkeit und Begierde zum Nachruhm sterben zu wollen, ihn lieber fortschickte, *ohne ihn auch nur einer Züchtigung werth zu halten.* Peregrin kehrte also in seine Heimath zurück, fand aber bald, daß das Gerücht von seinem Vatermorde noch immer unter der Asche glühte, und daß viele damit umgingen, ihm einen förmlichen Prozeß deßwegen an den Hals zu werfen. Die Hälfte seines väterlichen Vermögens war über seinen Reisen aufgegangen, und der Rest bestand ungefähr in funfzehn Talenten an Feldgütern. Denn die sämmtliche Verlassenschaft des Alten war höchstens dreyßig tausend Thaler werth, und nicht, wie Theagenes lächerlicher Weise geprahlt hatte, fünf Millionen; welches eine Summe wäre, wofür das ganze Städtchen Parium und fünf andere benachbarte oben drein nicht verkauft werden könnten. Wie gesagt also, der Verdacht seines Verbrechens war noch warm, und es hatte alles Ansehen, daß in kurzem ein Ankläger gegen ihn auftreten würde. Besonders war das gemeine Volk über ihn aufgebracht, und beklagte, daß ein so wackerer Mann, wie der Alte nach dem Zeugniß aller seiner Bekannten gewesen war, auf eine so gottlose Art aus der Welt gekommen seyn sollte. Nun sehe man, durch welche schlaue Erfindung der weise Proteus sich aus diesem bösen Handel zu ziehen wußte! Er hatte sich inzwischen einen großen Bart wachsen lassen, und ging gewöhnlich in einem schmutzigen Kaput von grobem Tuch, mit einem Tornister auf den Schultern und einem Stecken in der Hand. In diesem tragischen Aufzug erschien er nun in der öffentlichen Versammlung der Parianer, und erklärte ihnen, daß er hiermit die ganze Verlassenschaft seines seligen Vaters dem Publikum überlassen haben wolle. Diese Freygebigkeit that auf den gemeinen Mann eine so gute Wirkung, daß sie in laute Bezeigungen ihres Dankes und ihrer Bewunderung ausbrachen. Das heißt man einen Filosofen, schrieen sie, einen wahren Patrioten, einen ächten Nachfolger des Diogenes und Krates! Nun war seinen Feinden der Mund gestopft, und wer sich hätte unterfangen wollen des Vatermordes noch zu erwähnen, würde auf der Stelle gesteiniget worden seyn. Indessen blieb ihm nach dieser Schenkung nichts anders übrig, als sich abermahls aufs Landstreichen zu begeben: denn da konnte er auf einen reichlichen Zehrpfennig von den Christianern rechnen, die überall seine Trabanten machten, und es ihm an nichts mangeln ließen. Auf diese Weise brachte er sich noch eine Zeit lang durch die Welt. Da er es aber in der Folge auch mit diesen verdarb, – man hatte ihn, glaube ich, etwas, das bey ihnen verboten ist, essen sehen – und sie ihn deßwegen nicht mehr unter sich duldeten, gerieth er in so große Verlegenheit, daß er sich berechtigt glaubte, die Güter von der Stadt Parium zurück zu fordern, die er ihr ehemahls überlassen hatte. Er suchte beym Kaiser um ein Mandat deßwegen an: weil aber die Stadt durch Abgeordnete Gegenvorstellungen that, richtete er nichts aus, sondern wurde befehligt, es bey dem zu lassen, was er einmahl aus eigener freyer Bewegung verfügt habe.«

»Nunmehr unternahm er eine dritte Reise zum *Agathobulus* nach Ägypten, wo er sich durch eine ganz neue und verwundrungswürdige Art von Tugendübung hervorthat: er ließ sich nehmlich den Kopf bis zur Hälfte glatt abscheren, beschmierte sich das Gesicht mit Leim, that (um zu zeigen, daß dergleichen Handlungen unter die *gleichgültigen* gehörten) vor einer Menge Volks – was schon Diogenes öffentlich gethan haben soll, geißelte sich selbst, und ließ sich von andern mit einer Ruthe den Hintern zerpeitschen, mehrerer noch ärgerer Bubenstreiche zu geschweigen, wodurch er sich in den Ruf eines außerordentlichen Menschen zu setzen suchte. Nach dieser schönen Vorbereitung schiffte er nach Italien über, wo er kaum den Boden betrat, als er schon über alle Welt zu schimpfen und zu lästern anfing, am meisten über den Kaiser,[1] gegen den er sich die ärgsten Freyheiten um so getroster herausnahm, weil er wußte, daß es der sanfteste und leutseligste Herr war. Wie man leicht denken kann, bekümmerte sich dieser wenig um seine Lästerungen, und hielt es unter seiner Würde, einen Menschen, der von Filosofie Profession machte, *Worte* halber zu strafen, zumahl da er das Lästern und Schmähen ordentlich als sein Handwerk trieb. Indessen half auch dieser Umstand seinen Ruf vermehren: denn es fehlte unter dem gemeinen Volke nicht an Einfältigen, bey denen er sich durch seine Tollheit in Kredit setzte; so daß der Oberpolizeymeister ihn endlich, da ers gar zu arg machte, aus der Stadt hinaus bieten mußte, weil man, wie er sagte, solche Filosofen zu Rom nicht brauchen könnte. Aber auch dieß vermehrte nur seine Celebrität, weil jedermann von dem Filosofen sprach, der seiner kühnen Zunge und allzu großen Freymüthigkeit wegen aus der Stadt verwiesen worden sey, und diese Ähnlichkeit ihn mit einem *Musonius*, einem *Dion*, einem *Epiktet*,[2] und wer

1 *Antoninus Pius*.

2 Von welchen der erste unter dem Kaiser *Nero*, und die beiden andern

sonst von dieser Klasse das nehmliche Schicksal erfahren hatte, in Eine Linie stellte.«

»In Griechenland, wohin er sich jetzt begab, spielte er keine bessere Rolle; denn bald ließ er seine Schmähsucht an den Einwohnern von Elis aus, bald wollte er die Griechen bereden die Waffen gegen die Römer zu ergreifen, bald lästerte er über einen durch seine Gelehrsamkeit und Würden gleich erhabenen Mann,[1] der unter mehrern andern Verdiensten um Griechenland eine Wasserleitung nach Olympia auf seine Kosten geführt hatte, damit die Zuschauer der Kampfspiele nicht länger vor Durst verschmachten müßten. Diese Wohlthat machte ihm Peregrin zum Vorwurf, als ob er die Griechen dadurch weibisch gemacht hätte. Es gebühre sich, sagte er, daß die Zuschauer der Olympischen Spiele den Durst ertragen könnten, und der Schade sey so groß nicht, wenn auch manche an den hitzigen Krankheiten, die bisher wegen der Dürre dieser Gegend daselbst im Schwange gingen, drauf gehen müßten. Und das alles sagte er, während er sich das nehmliche Wasser wohl belieben ließ; eine Unverschämtheit, wodurch die Anwesenden so erbittert wurden, daß alles zusammen lief und im Begriff war, ihn mit Steinen zuzudecken, so daß der tapfere Mann, um mit dem Leben davon zu kommen, zu Jupitern[2] seine Zuflucht nehmen mußte.«

»In der nächst folgenden Olympiade erschien er wieder vor den Griechen, und zwar mit einer Rede, woran er in den verflossenen vier Jahren gearbeitet hatte, und worin er, unter Entschuldigung seiner letztmahligen Flucht, den Stifter des Wassers zu Olympia bis an den Himmel erhob. Wie er aber gewahr wurde, daß sich niemand mehr um ihn bekümmerte, und daß er kommen und

nebst allen übrigen Filosofen, so viele ihrer damahls in Rom waren, durch ein Dekret des Kaisers *Domizian* aus Italien verwiesen worden waren.

1 Den *Tiberius Klaudius Attikus Herodes.*

2 Nehmlich in den Tempel Jupiters zu Olympia, der, wie alle Tempel, eine Freystätte war.

gehen konnte, ohne das mindeste Aufsehen zu erregen, – denn seine Künste waren nun was altes, und etwas neues, wodurch er in Erstaunen setzen und die Aufmerksamkeit und Bewunderung des Publikums hätte auf sich ziehen können, wußte er nicht aufzutreiben, da dieß doch vom Anfang an das Ziel seiner leidenschaftlichsten Begierde gewesen war – so gerieth er endlich auf diesen letzten tollen Einfall mit dem Scheiterhaufen, und kündigte den Griechen bereits an den letzten Olympischen Spielen an, daß er sich an den nächst folgenden verbrennen würde.«

»Und dieß ist nun also das wundervolle Abenteuer, mit dessen Ausführung er, wie es heißt, beschäftigt ist, indem er bereits eine Grube graben, und eine Menge Holz zusammen führen läßt, um uns das Schauspiel einer übermenschlichen Stärke der Seele zu geben.« u.s.w.[1]

Wie wir (fährt *Lucian* in eigner Person fort) in Olympia angekommen waren, fanden wir die Gallerie hinter dem Tempel mit einer Menge Leuten angefüllt, die theils übel, theils rühmlich von dem Vorhaben des Proteus sprachen. Endlich erschien in Begleitung einer Menge Volks mein Proteus selbst, und hielt eine Rede an das Volk, worin er sich über seinen ganzen Lebenslauf, über die mancherley gefahrvollen Abenteuer, die ihm zugestoßen, und das viele Ungemach, das er der Filosofie zu Lieb' ausgestanden, umständlich vernehmen ließ. Er sprach lange; aber da ich der Menge und des Gedränges wegen zu weit entfernt war, konnte ich wenig davon verstehen, und fand endlich, aus Furcht erdrückt zu werden, (welches mehr als Einem begegnete) für das sicherste, mich auf die Seite zu machen, und den Sofisten seinem Schicksale zu überlassen, der nun einmahl mit aller Gewalt sterben, und das Vergnügen haben wollte sich seine Leichenrede selbst zu halten. Indessen hörte ich doch wie er sagte: Er habe vor, einem goldnen Leben eine goldne Krone

1 Die nun folgende Deklamazion des Ungenannten, da sie nichts *historisches* mehr enthält, wird hier weggelassen.

aufzusetzen; denn es gebühre sich, daß der Mann, der wie Herkules gelebt habe, auch wie Herkules sterbe, und in den Äther, woher er gekommen, zurück fließe. »Auch gedenke ich, sagte er, ein Wohlthäter der Menschen dadurch zu seyn, daß ich ihnen zeige, wie man den Tod verachten müsse; und ich darf also billig erwarten, daß alle Menschen meine *Filokteten* seyn werden.«

Diese letzten Worte verursachten eine große Bewegung unter den Umstehenden. Die Einfältigsten brachen in Thränen aus und riefen: Erhalte dich für die Griechen! Andere, die mehr Stärke hatten, schrien: Vollführe was du beschlossen hast! Dieser Zuruf schien den alten Kerl ziemlich aus der Fassung zu bringen; denn er mochte gehofft haben, daß ihn alle Anwesende zurück halten und nöthigen würden, wider Willen bey Leben zu bleiben. Aber dieß leidige: »Vollführe was du beschlossen hast!« fiel ihm so ganz unerwartet auf die Brust, daß er noch blässer wurde als vorher, wiewohl er schon eine wahre Leichenfarbe gehabt hatte, und es wandelte ihn ein solches Zittern an, daß er zu reden aufhören mußte.

Du kannst dir vorstellen, wie lächerlich mir das ganze Gaukelspiel vorkam. Denn ein so unglücklicher Liebhaber des Ruhms, wie dieser, verdiente kein Mitleiden, da wohl schwerlich unter allen, die jemahls von dieser Plagegöttin gehetzt wurden, Einer war, der weniger Ansprüche an ihre Gunst zu machen gehabt hätte. Indessen wurde er doch von vielen zurück begleitet; und sein Dünkel fand eine stattliche Weide, wenn er über die Menge seiner Bewunderer hinsah, ohne daß der Thor bedachte, daß auch die Elenden, die zum Galgen geführt werden, ein sehr zahlreiches Gefolge zu haben pflegen.

Die Olympischen Spiele waren nun vorüber, und weil eine so große Menge von Fremden auf einmahl abging, daß kein Fuhrwerk mehr zu bekommen war, mußte ich wider Willen zurück bleiben. Peregrin, der die Sache immer von einem Tage zum andern aufgeschoben hatte, kündigte endlich die Nacht an, worin er uns seine Verbrennung zum Besten geben wollte. Ich verfügte mich also gegen Mitternacht in Begleitung eines meiner Freunde gerades Weges nach Harpine, wo der Scheiterhaufen stand. Wenn man von Olympia neben der großen Rennbahn ostwärts geht, hat man gerade zwanzig Stadien[1] dahin zu gehen. Wie wir ankamen, fanden wir den Holzstoß in einer ellentiefen Grube aufgesetzt. Er bestand größten Theils aus Kienholz mit dürrem Reisig vermischt, damit das Ganze desto schneller in Flammen geriethe.

So bald der Mond aufgegangen war, (denn billig mußte auch Luna eine Zuschauerin dieser herrlichen That abgeben) erschien Peregrin in seinem gewöhnlichen Aufzug, und mit ihm die Häupter *der Hunde*,[2] vornehmlich der edle Theagenes, der eine brennende Fackel in der Hand trug, und die zweyte Rolle bey dieser Komödie nicht übel spielte. Auch Proteus selbst war mit einer Fackel bewaffnet. Beide näherten sich von dieser und jener Seite dem Scheiterhaufen und zündeten ihn an. Proteus legte den Tornister, den cynischen Mantel und den berühmten Herkulischen Knittel ab, und stand nun in einer ziemlich schmutzigen Tunika da. Hierauf ließ er sich eine Hand voll Weihrauch geben, warf sie ins Feuer, und rief, das Gesicht gegen Mittag gerichtet, (denn auch dieß gehörte zur Etikette des Schauspiels) – »O ihr mütterlichen und väterlichen Dämonen, nehmt mich freundlich auf!« – Mit diesen Worten sprang er ins Feuer, und wurde sogleich durch die rings umgebenden und aufsteigenden Flammen dem Aug' entzogen.

1 Ungefähr drey Viertelstunden Weges.
2 Der cynischen Filosofen.

PEREGRINS GEHEIME GESCHICHTE IN GESPRÄCHEN IM ELYSIUM.

EINLEITUNG.

PEREGRIN. LUCIAN.

PEREGRIN.

Täuschen mich meine Augen, oder ist es wirklich mein alter Gönner *Lucian von Samosata*, den ich nach so langer Zeit wiedersehe?

LUCIAN,

ihn aufmerksam betrachtend.

Wir sind also bessere Bekannte als ich weiß. Und doch ist mir selbst als ob mir deine Züge nicht fremd wären; sie mahnen mich an jemand den ich einst gesehen habe, wiewohl ich mich nicht besinne an wen.

PEREGRIN.

Es sind freylich über sechzehn hundert Jahre, seitdem wir uns auf der Ebene zwischen *Harpine* und *Olympia* zum letzten Mahle sahen.

LUCIAN.

Wie? Was für Erinnerungen weckst du plötzlich in mir auf? Solltest du wohl gar der Filosof *Peregrinus Proteus* seyn, der den seltsamen Einfall hatte, sich freywillig zu Olympia zu verbrennen?

PEREGRIN.

Eben der, dem du in deinen Werken ein nicht sehr beneidenswürdiges Denkmahl gesetzt hast.

LUCIAN.

Närrisch genug, daß ich in meinem Kopfe hatte, du müßtest nothwendig über und über mit Brandblasen überdeckt und so schwarz wie ein Köhler seyn! Du hättest noch zehnmahl vor mir vorbey gehen können, ohne daß ich dich in der glänzenden Figur, die du jetzt machst, erkannt hätte.

PEREGRIN.

Du dachtest wohl damahls nicht, daß wir uns nach sechzehn hundert Jahren in *Elysium* wieder sehen würden?

LUCIAN.

Aufrichtig zu reden, nein. Schwärmen war nie meine Sache, wie du weißt.

PEREGRIN.

Und doch lehrt dich nun die Erfahrung, daß es nicht geschwärmt gewesen wäre, wenn du damahls über diese Dinge gedacht hättest wie du jetzt denkst.

LUCIAN.

Um Vergebung! Wie oft sieht man sogar im gemeinen menschlichen Leben Dinge geschehen, welche nicht voraus gesehen zu haben dem klügsten Manne nicht zum Vorwurf gereichen kann! Die Natur hatte mich mit einem kalten Kopfe ausgesteuert; ich hätte das hitzige Fieber in einem hohen Grade haben müssen, um mir damahls, als ich dich zu Harpine in die Flammen springen sah, einzubilden, daß ich dich an einem Orte wie dieser und so wohlbehalten wiederfinden würde.

PEREGRIN.

Indessen beweisen deine Werke, daß es dir nicht an Einbildungskraft fehlte; oder vielmehr, daß nur wenige sich rühmen können, dich an Fruchtbarkeit und Stärke dieser Seelenkraft übertroffen zu haben.

LUCIAN.

Aber sie beweisen auch, dächte ich, daß ich die Imaginazion nie anders als zum *Spielen* gebrauchte. Im Scherz machte ich wohl mit ihrer Hülfe *Reisen in den Mond* und nach der *Jupitersburg*: aber daß ich im Ernst hätte glauben sollen, mit ihr über die Grenzen hinaus fliegen zu können, die unsern *fünf Sinnen*, und folglich auch unsrer *Vernunft*, in jenem Leben von der Natur gesetzt waren, so etwas konnte eben so wenig in einen Kopf wie der meinige kommen, als der Gedanke, mir im Ernste einen Adlers- und einen Geiersflügel an die Arme zu binden und damit nach dem Monde zu fliegen.

PEREGRIN.

Dieß geb' ich dir willig zu; denn alles was daraus folgt, ist, daß es zu deiner eignen Art zu seyn gehörte, deine Einbildungskraft nur zum Scherz, zum Erfinden und Ausmahlen abenteuerlicher Bilder, und zur Belustigung deiner Zuhörer oder Leser zu gebrauchen. Aber ich denke nicht, daß dir dieß ein Recht gab diejenigen zu verspotten, die einen ernsthaftern Gebrauch von der ihrigen machten, und, indem sie sich die Bestimmung und das künftige Loos des Menschen ungefähr so einbildeten wie wir es wirklich befunden haben, *durch die That bewiesen*, daß eine gewisse *Divinazionskraft* in unsrer Seele schlummert, die vielleicht (wie so viele andere Fähigkeiten) in den meisten Menschen nie erweckt wird, aber denen, in welchen sie erwacht und zu einem gewissen Grade von Lebhaftigkeit gelangt, ein *Vorgefühl des Unsichtbaren und Zukünftigen* giebt, das in einer feurigen und thätigen Seele natürlicher Weise nicht ohne Wirkung bleiben kann.

LUCIAN.

Freund Peregrin, wenn es erlaubt ist über einen *Thersites* zu spotten, der schöner als *Faon* und *Adonis* zu seyn wähnt, oder einen Zwerg lächerlich zu finden, der sich unter einer sechs Schuh hohen Thür bückt, aus Furcht im Durchgehen die Stirne anzustoßen: so sehe ich nicht, warum es so unrecht seyn sollte, über einen Ehrenmann zu lachen, der, zum Beyspiel, sich einbildete, vermittelst ich weiß nicht welches eigenen Sinnes das Gras wachsen zu hören, und den Umstand, daß das Gras wirklich gewachsen ist, als eine Bestätigung dieser ihm beywohnenden Gabe geltend machen wollte.

PEREGRIN.

Und ich sehe eben so wenig, wie man ihm beweisen könnte, daß er diesen Sinn *nicht* habe, als warum man ihm seinen Wahn, wenn es auch Wahn wäre, nicht unverspottet lassen sollte, zumahl wenn er sonst ein unschuldiger und guter Mensch ist.

LUCIAN.

Es giebt wohl unter der ganzen unermeßlichen Last von Thorheiten, woran der Verstand der armen Erdenkinder krank ist, wenige, die nicht *an sich selbst* so unbedeutend und unschuldig *sind* oder *scheinen*, daß sie nicht mit gleichem Rechte sollten fordern können, unverspottet ihren Weg gehen zu dürfen: und doch sind eben diese kleinen unschuldigen Thorheiten *zusammen genommen* die Quellen der größten Übel, von denen das Menschengeschlecht geplagt wird. Keine Thorheit, wie unschuldig sie auch scheinen mag, kann also einen Freybrief gegen den Spott verlangen, der beynahe das einzige wirksame Verwahrungsmittel gegen ihren schädlichen Einfluß ist.

PEREGRIN.

Gut! aber gestehe mir auch, daß gerade dieser große Hang der Menschen zur Thorheit, und diese fast allgemeine Bethörung, womit selbst diejenigen, die sich die klügsten dünken, unwissend angesteckt sind, es ihnen oft schwer macht, sich in ihren raschen Urtheilen über das, was thöricht oder nicht thöricht ist, vor Irrthum zu bewahren. Immer wird viel Behutsamkeit vonnöthen seyn, damit wir den Menschen, indem wir ihnen gutes zu thun glauben, nicht Schaden zufügen, wenn unsre Arzney noch viel schlimmere Wirkungen thut, als das Übel ist, dem wir abhelfen wollen. Welcher weise und gute Mann wird sich gern der beschämenden Reue aussetzen, eine Meinung, die den Menschen veredelt, die ihn über sich selbst erhebt und zu allem was schön und groß ist begeistert, als einen thörichten Wahn dem Spotte der Narren und Gecken Preis gegeben zu haben?

LUCIAN.

Nicht alles was gleißt ist Gold, mein edler Freund, und manche Meinung, die kein guter Mensch ihrer selbst wegen anfechten würde, wird durch den thörichten Gebrauch, welchen alberne oder brennende Köpfe von ihr machen, belachenswürdig. Überhaupt, lieber Peregrin, hat mich ein ruhiger Blick auf die menschlichen Dinge in jenem Leben etwas mißtrauisch gegen alle hoch fliegenden Anmaßungen gewisser Leute, deren Absichten selten lange zweydeutig bleiben, gemacht; und ich argwohne immer eine Natter unter den Blumen, wenn ich von Mysterien oder magischen Operazionen höre, wodurch die menschliche Natur über sich selbst erhoben, wo nicht gar vergöttert werden soll. Meistens habe ich gesehen, daß diese Dinge nichts als goldfarbige Fliegen sind, womit Betrüger ihre Angeln bestecken und gutherzige Schwindelköpfe damit anlocken, um, wenn sie einmahl in den Hamen gebissen haben, etwas weniger als Menschen, oder, rund heraus zu reden, Narren und blinde Werkzeuge ihrer geheimen Absichten aus ihnen zu machen. Wer zum Menschen geboren wurde, soll und kann nichts edleres, größeres und besseres seyn als *ein Mensch* – und wohl ihm, wenn er weder *mehr* noch *weniger* seyn will!

PEREGRIN.

Aber, lieber Lucian, gerade um nicht *weniger* zu werden als ein Mensch, muß er sich bestreben *mehr* zu seyn. Unläugbar ist etwas

Dämonisches in unsrer Natur; wir schweben zwischen Himmel und Erde in der Mitte, von der Vaterseite, so zu sagen, den höhern Naturen, von unsrer Mutter Erde Seite den Thieren des Feldes verwandt. Arbeitet sich der Geist nicht immer empor, so wird der thierische Theil sich bald im Schlamme der Erde verfangen, und der Mensch, der nicht ein Gott zu werden strebt, wird sich am Ende in ein Thier verwandelt finden.

LUCIAN.

Es wäre denn daß ihn die wohlthätige Natur, wie Merkur den Ulysses beym Homer, mit einem *Moly* beschenkt hätte, durch dessen Tugend er allen solchen Bezauberungen Trotz bieten kann.

PEREGRIN.

Und wie nennest du diesen wundervollen Talisman? Denn so viel ich mich aus meinem Homer besinne, ist Moly nur der Nahme, den ihm die Götter gaben.

LUCIAN.

Verstand nenne ich ihn, lieber Peregrin, gemeinen aber gesunden Menschenverstand.

PEREGRIN,

indem er ihm scharf in die Augen sieht.

Und dieses *Moly* hätte Dich in deinem Leben immer vor der Zauberruthe der schönen *Circe* verwahrt?

LUCIAN.

Vor ihren *Verwandlungen* allerdings: es setzte mich ungefähr in das nehmliche Verhältniß mit ihr, worein Ulysses durch die Kraft seines Moly mit der Sonnentochter kam. Denn *seinem* Moly allein, so wie ich dem *meinigen*, hatte er es zu danken, daß er jenes Aristippische εχω ουκ εχομαι[1] sagen konnte, worauf in solchen Dingen alles ankommt, wie du weißt.

1 Ich habe *sie*, nicht sie *mich*.

PEREGRIN.

Daß du *hier* bist, beweiset viel für dich – aber *Abschälungen*[1] mag es doch gekostet haben!

LUCIAN.

Davon kann wohl niemand besser aus Erfahrung sprechen als Proteus.

PEREGRIN.

Die Luft, die wir hier athmen, lieber Lucian, macht uns zu Freunden, wie verschieden wir auch noch immer in unsrer Vorstellungsweise seyn mögen. Aber gestehe nur aufrichtig, du wunderst dich, wie ein so verächtlicher und nichtswürdiger Mensch, als du den armen Peregrin geschildert hast, eine Thür ins Elysium offen finden konnte?

LUCIAN.

Ich schilderte dich damahls wie ich dich sah oder zu sehen glaubte. Freylich muß indessen entweder mit meinen Augen, oder mit deinem inwendigen Menschen eine große Veränderung vorgegangen seyn.

PEREGRIN.

Vermuthlich mit beiden. Aber doch bin ichs der Wahrheit schuldig, dir, wenn du Muße hast mich anzuhören, eine etwas bessere Meinung von dem, was ich in meinem Erdeleben war, beyzubringen, als du der Nachwelt davon hinterlassen hast.

LUCIAN.

Ich bin zwar im Begriff eine kleine Reise in unser altes Mutterland zu machen; aber mein Geschäft ist nicht so dringend, daß es Eile erforderte. Überdieß können mir die Nachrichten, die ich über gewisse Stellen deiner Lebensgeschichte von dir selbst am zuverlässigsten erhalten könnte, vielleicht bey dem, was der hauptsächlichste Gegenstand meiner Absendung ist, nicht ohne Nutzen seyn.

1 Was er unter diesen *Abschälungen* versteht, ist in einem andern elysischen Dialog zwischen *Lucian* und *Diokles* deutlicher gemacht.

Peregrin.

Desto besser. Wenigstens gewinnest du immer so viel dabey, daß du nichts von mir hören wirst, als was ich selbst für Wahrheit halte.

Lucian.

Wir sind zwar sogar im Elysium nicht gänzlich von den geheimen Einflüssen der Eigenliebe frey: aber da es unmöglich ist, daß wir vorsetzlich gegen unser Gefühl und Bewußtseyn reden sollten, so bin ich gewiß, daß ich über alles, was du selbst am besten wissen kannst, die reine Wahrheit von dir erfahren werde. Die Quellen, woraus ich ehemahls meine Nachrichten schöpfte, mögen wohl nicht immer die lautersten gewesen seyn, wiewohl ich allerdings den Willen hatte dir kein Unrecht zu thun.

Peregrin.

Wer weiß besser als Du, wie wenig auf die Erzählungen und Urtheile der Sterblichen von einander zu bauen ist! *Jene* werden schon dadurch allein fast immer verfälscht, daß man *diese*, es sey nun unvermerkt oder mit Vorsatz, unter sie einmischt, und also den *Sachen* durch unsre *Meinungen von ihnen* fast immer eine falsche Farbe oder ein betrügliches Licht giebt. Selten ist der Erzähler ein Augenzeuge, noch seltner der Augenzeuge ganz unbefangen, ohne alle Parteylichkeit, vorgefaßte Meinung oder Nebenabsicht; fast immer vergrößert oder verkleinert, verschönert oder verunstaltet er was er gesehen hat. Du, zum Beyspiel, hattest den Willen mir kein Unrecht zu thun: aber ich war ein Christianer gewesen, und du hieltest alle Christianer für Schwärmer oder Schelme; ich war in den Orden des Diogenes übergegangen, und dein Haß gegen die Cyniker ist bekannt genug, da du keine Gelegenheit versäumtest, ihm die möglichste Publicität zu geben. Wie hättest du also den armen Peregrin, mit allem guten Willen ihm kein Unrecht zu thun, in keinem ungünstigen Lichte sehen sollen? Ihn, auf den der ehemahlige Christianer und der nunmehrige Cyniker einen doppelten Schatten warf?

LUCIAN.

Was die Cyniker betrifft, so muß ich dich um Erlaubniß bitten zu bemerken, daß ich, anstatt ein Feind, vielmehr ein Bewunderer ihres Ordens, seiner ersten Stifter und der wenigen ächten Glieder, die ihm Ehre brachten, war. Mein *Demonax* und mein *Dialog* mit einem *Cyniker* sollten mich, dächte ich, über diesen Punkt hinlänglich gerechtfertiget haben. Vermuthlich würde ich auch mit den *Christianern* gelinder verfahren seyn, wenn ich jemahls so glücklich gewesen wäre, nur einen einzigen edeln und liebenswürdigen Menschen aus dieser Sekte kennen zu lernen.

PEREGRIN.

Dieß wäre eben nicht unmöglich gewesen; wiewohl ich gestehen muß, daß ein ächter Christianer zu unsrer Zeit beynah eben so selten war als ein ächter Cyniker. – Aber dieß für jetzt bey Seite gesetzt, antworte mir, wenn ich bitten darf, nur auf eine einzige Frage.

LUCIAN.

Sehr gern. Frage was du willst.

PEREGRIN.

Der *Unbekannte*, der zu Elis, von der öffentlichen Redekanzel herab, so viel schändliche Dinge von mir erzählt haben soll, war er eine wirkliche Person? oder hast du ihn vielleicht nur aufgestellt um deine Komposizion einfacher zu machen, und einem Einzigen in den Mund gelegt, was du vielleicht von verschiedenen Personen zu verschiedenen Zeiten über mich gehört hattest?

LUCIAN.

Gewisser Maßen beides.

PEREGRIN.

Ich erinnere mich nun selbst wieder, daß mir *Theagenes*, so bald er nach Olympia kam, etwas von einem solchen Auftritt zu Elis erzählte, wo ihn sein übermäßiger und (wie ich glaube) nicht ganz lautrer Eifer für den Ruhm des cynischen Ordens antrieb, die Kanzel zu besteigen, um mir und meinem Vorhaben die Lobrede zu halten, die dir so anstößig war.

LUCIAN.

Der *Unbekannte* war kein Geschöpf von meiner Erfindung. Er schien, der Aussprache nach, ein Bithynier oder Paflagonier von Geburt, ein Epikuräer von Profession, und übrigens ein Mann zu seyn, der viel gereist und kein Neuling in der Welt war. Die Heftigkeit, womit dieser Mann gegen dich deklamierte, hätte mir seine Erzählung vielleicht verdächtig machen sollen: aber mein natürlicher Haß gegen einen jeden der etwas außerordentliches seyn wollte, die nachtheilige Meinung die ich bereits von dir hegte, und die Übereinstimmung des Karakters, den er von dir machte, mit meiner eigenen vorgefaßten Meinung, und mit den Nachrichten, die ich aus andern Quellen erhalten hatte, – alles dieß zusammen machte mich geneigt ihm zu glauben, und die Hitze, womit er gegen dich sprach, einer der meinigen ähnlichen Sinnesart zuzuschreiben. Hierzu kam noch, daß ich in dem Resultat seiner ganzen Erzählung den *Schlüssel* zu finden glaubte, der mir das Außerordentliche in deinem Leben, und besonders die seltsame Art wie du es zu endigen vorhattest, aufzuschließen schien. Indessen gestehe ich offenherzig, daß ich kein Bedenken trug, die Erzählung des Ungenannten mit verschiedenen Anekdoten, die ich zu verschiedenen Zeiten und Gelegenheiten aufgelesen hatte, vollständiger zu machen. Auch kann ich nicht läugnen, daß *das Orakel des Bakis*, welches ich ihn dem Spruch der *Sibylle* stehendes Fußes entgegen setzen ließ, eine Verschönerung von meiner eigenen Erfindung war.

PEREGRIN.

Man kann, denke ich, immer darauf rechnen, daß Schriftsteller, denen es mehr um Beyfall als um strenge Wahrheit zu thun ist, sich eben kein Gewissen daraus machen werden, der Komposizion zu Liebe manchen Eingriff in die Rechte der letztern zu thun. Ein Bißchen Unwahrheit und Ungerechtigkeit mehr oder weniger, wenn es darauf ankommt einen witzigen Einfall anzubringen oder eine Periode zu ründen, ist eine sehr unbedeutende Kleinigkeit in ihren Augen. Wer das Unglück hat, der Gegenstand einer *Filippika*[1] zu seyn, muß freylich unter diesem hergebrachten Vorrecht witziger Schriftsteller leiden: dafür aber befinden sich auch die Glücklichen, denen *Lobreden* zu Theil werden, desto besser dabey, und gewinnen oft, eben so unverdienter Weise, doppelt und dreyfach wieder, was jene verloren haben. Ich kann also, da du mein Bild von Theagenes vergolden, von dem Unbekannten hingegen mit Koth übertünchen ließest, immer eines gegen das andere aufgehen lassen: aber es bleibt mir noch eine andere kleine Beschwerde übrig, gegen welche es vielleicht schwerer seyn dürfte, deine Unparteylichkeit hinlänglich zu rechtfertigen.

LUCIAN.

Vermuthlich, daß ich so leicht über die Rede wegging, die du selbst wenige Tage vor der Ceremonie an die Versammlung zu Olympia hieltest?

PEREGRIN.

Und worin ich mich, wie du dich erinnern wirst, über alle zweydeutigen Stellen meiner Lebensgeschichte umständlich genug vernehmen ließ. Wie kam es, daß der große Freund der Wahrheit – der so gewissenhaft war, von allem was der Unbekannte zu meinem Nachtheil vorgebracht hatte, kein Wort auf die Erde fallen zu lassen – von allem was ich selbst zu meiner Rechtfertigung sagte, und was *als die letzte Erklärung eines Sterbenden* doch immer einiger Aufmerksamkeit werth war, nicht ein einziges armes Wörtchen vom Boden aufzuheben würdigte? Denn daß die angeführte Entschuldigung – »du wärest, der Menge und des Gedränges wegen, zu weit entfernt gewesen um etwas davon zu verstehen« – nicht eine bloße Ausrede gewesen sey, werden sich unbefangene Leser schwerlich überreden lassen.

1 Bekannter Maßen werden die Deklamazionen des *Demosthenes* gegen den König Filipp von Macedonien so genannt.

LUCIAN.

Aufrichtig zu reden, lieber Peregrin, ich zweifle sehr, ob du damahls, wenn du von *mir* hättest reden oder schreiben sollen, gerechter gegen *mich* gewesen wärest als ich gegen *dich*. Wir waren beide *zu ganz* das was wir waren, *ich* zu kalt, *du* zu warm, *du* zu sehr *Enthusiast*, *ich* ein zu überzeugter *Anhänger Epikurs*, um einander in dem vortheilhaftesten Lichte zu sehen. Ein inniges Gefühl von Verachtung war mit dem Begriff eines Schwärmers (unter welchem ich mir unmöglich etwas andres als entweder einen Narren oder einen Spitzbuben denken konnte) zu genau in mir verbunden, um nicht, selbst auf eine instinktmäßige Weise, bey solchen Gelegenheiten auf mich zu wirken. Ich hatte weder Achtung noch Neugier genug für das, was du dem Volke vortrugst, um mich, mit Gefahr halb erdrückt zu werden, durch die Menge von Menschen, welche Kopf an Kopf um die Redekanzel herum standen, näher hin zu drängen – oder mich früh genug eines Platzes neben ihr zu versichern. Es war also die reine Wahrheit, da ich sagte ich hätte wenig oder nichts von deiner Rede verstanden; und erst, als viele, die es in dem erstickenden Gedränge nicht mehr aushalten konnten, sich mit Händen und Füßen wieder heraus arbeiteten, fand ich Gelegenheit, nahe genug zu kommen um den Schluß derselben zu hören. Um so mehr wirst du mich demnach verbinden, guter Peregrin, wenn du mir durch die versprochnen Berichtigungen deiner Geschichte zu einer unverfälschten Kenntniß deines Karakters verhelfen willst. Wenn dirs gefällt, so setzen wir uns dazu unter diesen Platanus, der jenem Sokratischen am Ufer des Ilyssus so ähnlich sieht.

PEREGRIN.

Sehr gern. Höre also, was ich dir von meiner Jugend, von meinen ersten Wanderungen, meiner Gemeinschaft mit den Christianern, meinem Übergang zu den Cynikern, meinem Aufenthalt in Alexandrien, Rom und Athen, und endlich von den Beweggursachen, warum ich meinem irdischen Leben ein so außerordentliches Ende machte, mit aller Aufrichtigkeit, die eine natürliche Folge unsers gegenwärtigen Zustandes ist, erzählen werde. Es kommt, wie du weißt, bey den Menschen nicht weniger als bey den Pflanzen, sehr viel wo nicht alles darauf an, in welchem Boden und unter welchen Einflüssen die zartesten Fasern ihrer aufkeimenden Natur entwickelt und genährt worden sind. Du wirst mir also erlauben, lieber Lucian, meine Geschichte, wie jener Dichter die Zerstörung des Trojanischen Reichs, vom Ey anzufangen.

ERSTER ABSCHNITT.

Peregrin.

Parium, wo ich geboren wurde, war eine Römische Pflanzstadt in der Provinz Mysien auf der östlichen Küste des Hellesponts, die durch ihre Lage an einem kleinen Busen der Propontis, der ihr zum Hafen diente, und durch die Betriebsamkeit ihrer Einwohner zu einer der blühendsten Städte dieser Gegenden geworden war. Mein Vater war ein Kaufmann, den seine Geschäfte zu häufigen Reisen veranlaßten; und da er weder Zeit noch Lust hatte, sich meiner Erziehung selbst anzunehmen, willigte er desto lieber ein, mich, so bald ich die weiblichen Zimmer verließ, der Aufsicht und Pflege meines mütterlichen Großvaters *Proteus* zu überlassen, der sich gewöhnlich auf seinem nahe bey der Stadt gelegenen Landgut aufhielt.

Nach dem Tode meiner Mutter, die ich am Eintritt in meine Jünglingsjahre verlor, wurde ich von ihrem Vater, mit Bewilligung des meinigen, an Kindesstatt angenommen, und erhielt dadurch den Beynahmen *Proteus*; wiewohl ich mich in der Folge auf meinen Wanderungen, je nachdem es mir schicklicher war, bald des einen bald des andern Nahmens bediente. Du siehest, lieber *Lucian*, daß ich wenigstens ziemlich unschuldig zu dem Nahmen gekommen bin, der dir zu einer mir nicht sehr rühmlichen Vergleichung meiner Wenigkeit mit *Homers* Ägyptischem Meergotte geholfen hat.

LUCIAN.

Desto besser, lieber Peregrinus Proteus, desto besser! Um so mehr habe ich Hoffnung, zu hören, daß du zu einigen andern noch weniger schmeichelhaften Beynahmen, womit der Ruf deine Jugend angeschmitzt hat, eben so unschuldig gekommen bist.

PEREGRIN.

Du wirst – und kannst in der Lage, worin wir uns befinden – nichts als die reine Wahrheit von mir hören.

LUCIAN.

Das versteht sich. Also nur weiter, wenn ich bitten darf.

PEREGRIN.

Die Natur hatte mich zu einer glücklichen Gestalt und Gesichtsbildung mit einer sehr zarten Empfänglichkeit für sinnliche Eindrücke, und mit einer äußerst beweglichen, warmen und wirksamen Einbildungskraft beschenkt. Bey einer solchen Anlage konnte es wohl nicht anders seyn, als daß *Homer*, mit dessen Rhapsodien meine litterarische Erziehung, der Gewohnheit nach, angefangen wurde, unbeschreiblich auf meine Imaginazion wirkte; vornehmlich alles Wunderbare, die Götterscenen auf dem Olymp und auf der Erde, und die Feerey der Odyssee. Mein Pädagog, der nichts als Wörter, Redensarten und Dialekte, grammatische und rhetorische Figuren, Mythologie, alte Geschichte und Geografie – und auch dieß alles nur mit den Augen eines stumpfsinnigen Pedanten in dem Dichter sah, trug nichts dazu bey, die Art, wie dieser auf mich wirkte, zu begünstigen oder zu berichtigen, zu verstärken oder zu schwächen. Da er in meinem *Gedächtniß* alles fand, was seine stolzesten Erwartungen befriedigte, so pries er bey allen Gelegenheiten nur meine *Gelehrigkeit* an, und that sich nicht wenig darauf zu gut, daß ich eine Menge großer Stellen aus allen Gesängen, das ganze Verzeichniß der Schiffe, die Nekyomantie, den Tod der Freyer und dergleichen, trotz einem Rhapsodisten von Profession herdeklamieren konnte, und nicht nur alle Trojaner, die von Diomedens oder Achillens Hand gefallen waren, mit Nahmen zu nennen, sondern sogar die Wunden, die jeder empfangen, so genau anzugeben wußte, als ob ich Feldarzt im Griechischen Lager gewesen wäre. Um alles übrige, und wie oder wodurch Homer zu viel oder zu wenig, zu meinem Vortheil oder Nachtheil, auf mich wirken möchte, blieb er um so unbekümmerter, da er von einem Schaden, den ich dadurch leiden könnte, eben so wenig als von der Behandlung, die in dem einen und andern Falle nöthig war, die leiseste Ahndung hatte.

Mein Großvater trug allzu viel zu der ersten Bildung meiner Seele bey, als daß ich mich überheben könnte, dich etwas genauer mit ihm bekannt zu machen. Er war einer von den eben so unschädlichen als unnützlichen Sterblichen, die, weil sie selbst wenig von der Welt fordern, sich berechtigt halten, noch etwas weniger für sie zu thun als sie von ihr erwarten. Im Genuß eines mäßigen aber seinen Aufwand noch immer übersteigenden Erbgutes hatte er binnen mehr als siebzig Jahren, die er verlebte, oder, eigentlicher zu reden, verträumte, nie einen Finger gerührt es zu vergrößern, noch einen Augenblick dazu verwandt, eine Vergleichung zwischen ihm selbst und seinen reichern Nachbarn zum geringsten Nachtheil seiner Leibes- und Gemüthsruhe anzustellen. Er liebte zwar das Vergnügen, aber nur in so fern es seiner Trägheit nicht zu viel kostete: und weil man, außer den Stunden der Mahlzeit und des Bades, doch nicht immer auf seinem Ruhebettchen oder an einer rieselnden Quelle schlummern, oder dem Lauf der Wolken und dem Tanz der Mücken in der Abendsonne zusehen kann; so hatte er sich, zum Zeitvertreib, eine Art von Filosofie und Literattur ausgewählt, die seiner Gemächlichkeit die zuträglichste war, und die Stelle dessen, was bey andern Menschen Beschäftigung des Geistes ist, bey ihm vertrat.

Der Zufall, der im menschlichen Leben so viel entscheidet, hatte ihn in seinen jüngern Jahren etlichemahl mit dem berühmten *Apollonius von Tyana* zusammen gebracht, und die Eindrücke, die dieser außerordentliche Mann auf sein Gemüth machte, waren stark genug gewesen, um sich bis ins hohe Alter beynahe in immer gleichem Grade der Lebhaftigkeit zu erhalten. Der einzige Mann, von dem ich ihn jemahls mit einer Art von Begeisterung sprechen hörte, war *Apollonius*. Apollonius war ihm das höchste Ideal menschlicher oder vielmehr übermenschlicher Vollkommenheit; denn es war aus dem Tone, worin er von ihm sprach, leicht zu merken, daß er ihn für irgend einen Mensch gewordnen Gott oder Genius hielt; und in der That hatte es dieser neue Pythagoras bey allen seinen Handlungen und Reden darauf angelegt, eine solche Meinung von sich zu erwecken und zu unterhalten.

Indessen fand doch mein Großvater keinen Beruf in sich, die Zahl der sieben Jünger zu vermehren, welche Apollonius vor seiner Reise nach Indien immer um sich zu haben pflegte. Alles was der vermeinte Gottmensch auf ihn wirkte, war, daß die Neugier für außerordentliche Dinge, die ein so wesentlicher Karakterzug aller trägen Menschen ist, eine bestimmtere Richtung bey ihm erhielt, und zu einer erklärten Liebhaberey für das wurde, was man in unsrer Zeit *Pythagorische Filosofie* nannte. Proteus, dessen Sache nicht war, in den *Geist* der Filosofie eines Pythagoras einzudringen, machte sich einen so weiten und willkührlichen Begriff von derselben, daß alles ächte und unächte Platz darin hatte, was dem Ägyptischen *Hermes*, dem Baktrianischen *Zoroaster*, dem Indischen *Buddas*, dem Hyperborischen *Abaris*, dem Thrazischen *Orfeus*, und allen andern Wundermännern des Alterthums von der Sage zugeschrieben oder von verschmitzten Betrügern untergeschoben wurde. Er sammelte sich nach und nach einen ansehnlichen Schatz von großen und kleinen Büchern, theosofischen, astrologischen, traum- und zeichendeuterischen, magischen, mit Einem Worte, übernatürlichen Inhalts – auf Pergament, Ägyptischem und Serischem

Papier, Palmblättern und Baumrinden geschrieben, – über Götter und Geister, – über die verschiednen Arten ihrer Erscheinungen und Einwirkungen, über ihre geheimen Nahmen und Signaturen, über die Mysterien, wodurch man sich die guten Geister gewogen und die bösen unterthänig machen könne, – über die Kunst Talismane und Zauberringe zu verfertigen, über den Stein der Weisen, die Sprache der Vögel, – kurz über alle Schimären, womit Griechische und barbarische Beutelschneider, so genannte Kaldäer, herum ziehende Bettelpriester der *Isis* oder der großen *Göttermutter*, und andere Schlauköpfe von diesem Schlage, die gern betrogene Leichtgläubigkeit müßiger Thoren zu unterhalten und zinsbar zu machen wußten. Je seltsamer, dunkler und räthselhafter diese Schriften klangen, desto höher stieg ihr Werth bey ihm; und waren sie vollends in lauter *Hieroglyfen* geschrieben, so glaubte er ein paar Blätter, zumahl wenn sie etwas muffìcht rochen und ein Ansehn von moderndem Alterthum hatten, um hundert und mehr Drachmen noch sehr wohlfeil bezahlt zu haben.

Bey allem dem war es natürlich, daß die Indolez des guten Proteus sich auch nach einer leichtern und verdaulichern Nahrung sehnte; und daher machten alle Arten von Wundergeschichten, Götter- und Heldenlegenden, Geistermährchen, Milesische Fabeln und dergleichen, keinen kleinen Theil seiner Bibliothek und seine gewöhnliche Erhohlung aus, wenn er sich an dem vergeblichen Versuch, in jenen geheimnißvollen Schriften klar zu sehen, ermüdet hatte. Glücklicher Weise für ihn waren die Eindrücke, die diese Lesereyen auf seine Einbildungskraft machten, flüchtig genug, daß er sie der Reihe nach zwanzigmahl durchlesen konnte, und jedesmahl wieder ungefähr eben so viel Reitz darin fand, als eine Seele wie die seinige nöthig hatte, um in diesen Mittelstand von Traum und Wachen versetzt zu werden, worin er seine einsamen Stunden am liebsten hinzubringen pflegte. Dieses Mittel, sich selbst auf eine angenehme Art um seine Zeit zu betrügen, reichte um so eher zu, da in der That, ungeachtet er fast alle Gemeinschaft mit den Parianern abgebrochen hatte, wenige Tage oder Wochen im Jahre vergingen, wo er sich ganz allein gesehen hätte. Denn seine bald genug bekannt gewordene Neigung zu den *geheimen* Wissenschaften und Künsten zog ihm eine Menge Besuche von Fremden zu, die das ihrige zu Befriedigung derselben beytragen wollten. Herum ziehende Kaldäer und Magier, reisende Pythagoräer, und Leute, die mit der Art von Handschriften, auf die er so erpicht war, handelten, gingen bey ihm immer ab und zu; selten fehlte es ihm an dem einen oder andern Tischgenossen dieser Art, und es würde einem, der ihre Tischreden aufgeschrieben hätte, ein leichtes gewesen seyn, in kurzer Zeit ganze Karren voll solcher Konversazionen zusammen zu bringen, wie du eine in deinem *Lügenfreunde* verewiget hast. In den letzten Jahren seines Lebens ließ er sich von einem *Hermetischen Adepten* überreden, eine geheime Werkstätte in seinem Hause anzulegen, worin Tag und Nacht an dem großen Werke, das man in spätern Zeiten den *Stein der Weisen* nannte, gearbeitet wurde. Zu gutem Glücke starb er noch zeitig genug, um den Plan des Adepten zu vereiteln, der sich wahrscheinlich mit guter Art zum Erben des alten Mannes zu machen hoffte.

Du siehest leicht, lieber Lucian, was die Erziehung in dem Hause eines solchen Großvaters bey einem jungen Menschen mit einer Anlage wie die meinige natürlicher Weise für Folgen haben mußte. Dazu kam noch, daß ich der Liebling des alten Proteus war, und daß er sich eine eigne Freude daraus machte, mich so gut er konnte und wußte in den Geheimnissen seiner Filosofie zu iniziieren. Sein Museum stand mir immer offen; ich mußte ihm oft, wenn er auf seinem Ruhebette lag, vorlesen, und er fand großes Behagen daran, aus meiner Neugier für diese Dinge, und aus der Leichtigkeit womit ich mich in alles zu finden wußte, zu *augurieren*, daß dereinst (wie er sich ausdrückte) ein großer Mann aus mir werden würde. Das einzige, was er nicht an mir bemerkte, war der Unterschied, der bey aller dieser anscheinenden Sympathie zwischen seiner und meiner Sinnesart vorwaltete. Ihm war das Wunderbare nichts als eine Puppe, womit seine immer kindisch bleibende Seele spielte; bey mir wurde es der Gegenstand der ganzen Energie meines Wesens. Was bey ihm Träumerey und Mährchen war, füllte mein Gemüth mit schwellenden Ahndungen und helldunkeln Gefühlen großer Realitäten, deren schwärmerische Verfolgung meine Gedanken Tag und Nacht beschäftigte. Er belustigte sich an filosofischen Bildern, Räthseln und Hieroglyfen, wie ein Kind an bunten Blumen oder Schmetterlingen Freude hat; Ich bestrebte mich in ihren tiefsten Sinn einzudringen: kurz, Er liebte das Außerordentliche, weil es den ewigen Schlummer seiner natürlichen Trägheit durch angenehme Träume unterbrach, und Ich brannte schon als ein Mitteldink von Knabe und Jüngling vor Begierde, diese außerordentlichen Dinge selbst *zu erfahren* und *zu verrichten.*

LUCIAN.

Oder, mit andern Worten, der Unterschied zwischen euch war *der*: dein Großvater las die Geschichte der Abenteurer zum Zeitvertreib, und *Du* machtest alle mögliche Anstalten selbst auf Abenteuer auszuziehen. Allerdings ein sehr wesentlicher Unterschied, und wovon du in deinem ganzen Leben die Folgen stark empfunden hast.

PEREGRIN.

Ohne mich jemahls eine derselben gereuen zu lassen.

LUCIAN.

Um Verzeihung, daß ich dich unterbrochen habe! Es soll ohne Noth nicht wieder geschehen. Fahre immer fort, ich bin lauter Ohr.

PEREGRIN.

In der Bibliothek meines Großvaters befand sich auch das Buch des *Empedokles* von der Natur, verschiedene Dialogen von *Plato* und einige kleine Schriften des *Heraklitus.* Weil es gerade die einzigen waren, die er nicht zu lesen pflegte, so mochten sie, dicht mit Staube bedeckt, hinter einem Vorhang von Spinneweben schon zwanzig oder dreyßig Jahre ruhig gelegen haben, als ihm einst, da er um etwas Neues verlegen war, zufälliger Weise *Pla-*

tons Gastmahl, als ein Werkchen, das sehr sinnreich und unterhaltend seyn sollte, vor die Stirne kam. Ich mußte es hohlen, und ihm, da er nach einer tüchtigen Mahlzeit aus dem Bade kam, an seinen Ruhebette vorlesen. So lange Fädrus, Pausanias, Eryximachus und Aristofanes ihre Meinungen von der Liebe vortrugen, ging es ziemlich gut; der letzte machte ihn sogar, mit seiner komischen Hypothese über die ursprüngliche Natur der Menschen und die wahre Ursache der verschiedenen Arten von Liebe, mehr als Einmahl laut auflachen. Bey der eleganten Hymne, die der schöne Agathon dem Amor singt, fing er mitunter zu gähnen an: aber wie endlich Sokrates das Wort nimmt, und nach einer Disputazion in seiner eignen Manier, die mein Alter sehr langweilig fand, der Gesellschaft den Unterricht mittheilt, den er ehemahls von der Profetin *Diotima* über die Liebe und die Kunst zu lieben empfangen zu haben vorgiebt; schlief er unvermerkt so fest ein, daß ich Zeit hatte, diesen Theil des Symposions, der sich meiner ganzen Aufmerksamkeit bemächtigte, zwey- oder dreymahl wieder zu lesen und zu meditieren, bevor er wieder aufwachte. Ich legte mich noch in derselben Nacht nicht eher schlafen, bis ich diese Rede der Diotima heimlich abgeschrieben hatte; und als ich am folgenden Morgen, wie ich das Buch an seinen Ort zurück trug, seine Mitverbannten in eben demselben Winkel liegen sah, und aus den bloßen Titeln und Nahmen der Verfasser von der Wichtigkeit des gefundenen Schatzes urtheilte, nahm ich sie alle mit, und verwandte von Stund' an keinen Augenblick, über den ich Meister war, auf etwas andres, als diese Schriften zu lesen, wieder zu lesen, zu durchdenken, zu vergleichen, und aus den Ideen, die sie in mir entwickelten, wo möglich ein Ganzes in mir selbst zu bilden. Mein bisheriges Leben schien mir dem Zustand eines Menschen zu gleichen, über dem, nachdem er lange bey schwachem Mondschein in einem dicht verwachsenen Walde herum tappte, die Morgendämmerung aufzugehen anfängt. Aber nun ward es auf einmahl Tag und Sonnenschein in meiner Seele. Sie wurde Anfangs dadurch geblendet, stärkte sich aber unvermerkt durch das Lichtbad selbst, worin sie zu schwimmen glaubte, und erstaunte, sich auf einer Anhöhe zu finden, wo sie, von der reinsten Himmelsluft umflossen, in eine unermeßliche Welt voll Schönheit hinaus sah, und in dem Wonnegefühl ihrer eigenen Freyheit, Kraft und Größe sich wie vergöttert fühlte.

LUCIAN.

Deine Seele, lieber Peregrin, muß (mit der ehrwürdigen Profetin *Diotima* zu reden) von einer ganz erstaunlichen Fruchtbarkeit gewesen seyn, da sie nur die Berührung eines *Plato*, *Empedokles* und *Heraklitus* nöthig hatte, um auf einmahl von einer ganzen Welt voll Licht und Schönheit entbunden zu werden.

PEREGRIN.

Wenn dieß nicht Scherz wäre, Lucian, so würde ich sagen, die Einwirkung dieser Weisen auf mein Innerstes könnte eher mit einem Funken, den der Stahl aus einem Feuerstein schlägt, verglichen werden. Denn was sie in mir entzündeten, war im Grunde nur eine einzige aber unauslöschliche Flamme, die von diesem Augenblick an die Quelle alles Lichts und Lebens in mir wurde. Oder, um mich noch genauer auszudrücken, mir war, da diese Flamme in mir hervorbrach, als ob eine dunkle dichte Rinde, die mein Wesen bisher umschlossen hätte, plötzlich von mir abfiele; ich erblickte mich nicht mehr in einem *Spiegel* außer mir, sondern *in mir selbst*, erkannte mich selbst zum ersten Mahl, und bedurfte von diesem Augenblick an keines Pythagoras oder Platons mehr dazu; so wenig, als die Sonne einer fremden Beleuchtung und Erhitzung bedarf, um lauter Licht und Feuer zu seyn.

LUCIAN.

Ich bekenne dir unverhohlen, Freund Peregrin, daß ich meines Orts noch einiges *fremden Lichtes* nöthig hätte, um zu verstehen was du mir hier offenbarest. Allem Ansehn nach muß mein Wesen seine alten Schalen und Rinden noch nicht alle durchbrochen haben.

PEREGRIN.

Das könnte leicht seyn, lieber Lucian. Doch vielleicht kann ich dir durch ein einziges Wort verständlicher werden. Du erinnerst dich vermuthlich, da du Platons Symposion gelesen hast, was Diotima von der *Liebe* als einem *Dämon*, das ist nach ihrer Erklärung, *einem Mittelwesen zwischen der sterblichen und unsterblichen Natur*, spricht. So einleuchtend mir diese Theorie war, die ich (wie beynahe alle Platonischen Begriffe) immer in mir *geahndet* zu haben glaubte, so sah ich doch Anfangs diesen *Dämon der Liebe* noch *außer mir*; nur daß er mir, durch eine sonderbare Art von Täuschung, immer *näher zu kommen*, immer *anschaulicher* zu werden schien. Die Rinde, von der ich dir sagte, wurde immer dünner, und in eben diesem Maße ward es auch immer heller in meinem Inwendigen; kurz, sie wurde endlich so dünn, daß ein einziger Vers des Empedokles, der mir zufälliger Weise in die Augen fiel, genug war, sie ganz zu zersprengen. Nun fühlte ich mich gleichsam *von mir selbst entbunden*, fühlte, daß der Dämon der weisen Diotima *in mir*, oder vielmehr, *daß ich selbst der Dämon sey*, der keiner Vermittlung eines dritten, sondern bloß des ihm eigenen ewigen Verlangens und Aufstrebens nach dem höchsten Schönen und Vollkommnen nöthig habe, um im Genuß desselben *Eudämon*, das ist, der reinsten Wonne, deren ein Dämon fähig ist, theilhaftig zu seyn, und im Genuß des Göttlichen sich selbst vergöttert zu fühlen.

LUCIAN.

Ich fange an zu besorgen, daß, um die erhabenen Dinge, die du mir sagst, zu fassen, ein eigener *Sinn* erfordert wird, womit die Natur mich zu versehen vergessen haben muß.

PEREGRIN.

Es ist nichts als die Rinde, die du noch nicht ganz durchbrochen hast, Lucian.

LUCIAN.

Wie es auch damit seyn mag, so muß ich dich bitten, wenn du in deiner Geschichte fortfahren willst, dich so nahe als dir immer möglich ist an meine Rinde zu halten, und eine Sprache mit mir zu reden die ich verstehe, wenn du willst daß es nicht eben so viel sey als ob du bloß mit dir selber sprächest.

PEREGRIN.

Was ich gesagt habe, schien mir die einfachste Sache von der Welt zu seyn. Aber sey ruhig, Lucian! es wird, so wie ich in meiner Erzählung fortfahre, immer heller um mich her werden, und ich bin nun nahe an einigen Begebenheiten meiner Jugend, die, wiewohl du sie ehemahls in einem falschen Lichte gesehen hast, doch so beschaffen sind, daß man nur ein ganz gewöhnlicher Mensch zu seyn braucht, sowohl um solche Abenteuer zu haben, als um zu begreifen wie es damit zuging.

Ich hatte kaum das achtzehnte Jahr zurück gelegt, als mein Großvater starb, nachdem er mich in seinem letzten Willen zum einzigen Erben seiner Verlassenschaft eingesetzt hatte. Ich sah mich nun im Besitz eines weit größern Vermögens, als ich brauchte um unabhängig zu leben; und mein erster Gedanke war, Parium zu verlassen, und mich auf Reisen zu begeben, nicht sowohl um das was man die Welt nennt zu sehen, (die mich damahls wenig kümmerte) als um Menschen zu suchen, die, wie ich, von der göttlichen Liebe der Vollkommenheit entbrannt, in dieser innigen Gemeinschaft und Vereinigung der Seelen mit mir leben könnten, die ich mir – vermöge einer mir selbst unbekannten Vermischung des Instinkts meines damahligen Alters mit dem Bedürfniß meines Herzens – als einen wesentlichen Theil der höchsten *Eudämonie* vorstellte. Aber die Geschäfte, die ich meiner Erbschaft halben vorher abzuthun hatte, hielten mich, wegen Abwesenheit meines Vaters, unter dessen Vormundschaft ich stand, noch ein ganzes Jahr in Parium zurück; und in diesem Zeitraume begegnete mir das Abenteuer, das dein Ungenannter in der schönen Lobrede, die er mir zu Elea hielt, so übel verunstaltet hat, daß ich, wofern mein Nahme nicht dabey genannt wäre, nie hätte vermuthen können der unglückliche Held dieses Mährchens zu seyn.

Während der ersten Jahre meines Lebens, die ich unter der Aufsicht meiner Mutter zubrachte, befand sich ein junges Mädchen in unserm Hause, die, als das einzige Kind einer verstorbenen Schwester meines Vaters, unter seiner Vormundschaft von meiner Mutter erzogen wurde. Sie war nur ein Jahr älter als ich, und da sie eine Tochter vom Hause vorstellte, so wurden wir unvermerkt gewohnt, uns als Bruder und Schwester zu betrachten. Die kindische Liebe, die sich zwischen uns entspann, war um so unbedeutender, da ich mit dem siebenten Jahre in das Haus meines Großvaters versetzt wurde, und von dieser Zeit an nur selten in die Stadt kam.

Kallippe (so hieß die Nichte meines Vaters) erwuchs indessen nach und nach zu dem schönsten Mädchen in Parium. Ich sah sie bis zum Tode meiner Mutter von Zeit zu Zeit; aber wiewohl ich etwas für sie empfand, das der Anlage zu einer künftigen Leidenschaft ähnlich sah, so war ich doch noch viel zu jung, um recht zu wissen was ich fühlte, oder auch etwas andres für sie zu fühlen, als was unsrer nahen Verwandtschaft ganz anständig war; Kallippe hingegen, die um diese Zeit schon das funfzehnte Jahr angetreten, hatte mit demselben auch die Sinnesart eines Mädchens von diesem Alter angenommen, und betrachtete mich als einen Knaben, dem man ohne alle Gefahr liebkosen könnte.

Bald darauf glaubte mein Vater dieses einzige Kind einer Schwester, die er sehr geliebt hatte, aufs glücklichste versorgt zu haben, indem er sie an einen der reichsten und angesehensten Männer in Parium verheirathete, ohne weder auf die Untugenden seiner Gemüthsart und Sitten, noch auf den großen Abstand seiner Jahre von den ihrigen die geringste Rücksicht zu nehmen. Von dieser Zeit an verlor sich meine Base Kallippe unvermerkt aus meinem Gesichtskreise; ich bekam sie nicht mehr zu sehen, und bekümmerte mich, in der Meinung daß sie mit ihrem Loose zufrieden sey, nicht weiter um sie, bis nach meines Großvaters Tode die Angelegenheiten seiner Verlassenschaft mich nöthigten, einige Monate in der Stadt zuzubringen.

Hier hörte ich, daß mein Vater seine Absicht, Kallippen glücklich zu machen, nicht leicht ärger hätte verfehlen können. Jedermann sprach von ihr als einer Frau, welche die schönsten Jahre ihres Lebens unter dem Druck eines unempfindlichen, finstern, kargen und eifersüchtigen Tyrannen zu schmachten verurtheilt sey; jedermann bedauerte sie, und alle Stimmen waren gegen den Mann, der einer solchen Frau übel zu begegnen fähig sey. Ich kannte den Lauf der Welt zu wenig, um etwas von der Sache zu begreifen; ich sann hin und her, verwarf aber meine Anschläge immer wieder als unschicklich und unausführbar. Vor allem schien mir nöthig, sie selbst zu sprechen: aber die kaltsinnige Höflichkeit und argwöhnische Vorsicht des alten *Menekrates* wußte es immer so einzurichten, daß ich keine Gelegenheit dazu finden konnte.

Endlich erfuhr ich von einer jungen Sklavin, der einzigen auf deren Treue Kallippe ein unumschränktes Vertrauen setzte, daß ihre Gebieterin nichts sehnlicher wünsche als mich zu sprechen, indem sie mir Sachen von der größten Wichtigkeit zu entdecken hätte. Bey einer solchen Übereinstimmung unsrer Wünsche war es nur noch um die Ausführung, nehmlich um eine geheime Zusammenkunft zu thun, die aber, in der Lage worin sich Kallippe befand, nothwendig so behutsam veranstaltet werden mußte, daß weder ihr Mann noch die Nachbarn noch die übrigen Hausgenossen auch nur die leiseste Ahndung davon haben könnten. Auch hier fehlte es nicht an meinem guten Willen: aber wenn Kallippe und ihre Sklavin nicht erfindsamer oder dreister als ich gewesen wären, so möchte es wohl immer dabey geblieben seyn; denn selbst das gewöhnlichste, was in solchen Fällen zu thun ist, kam mir gar nicht in den Sinn. Dafür ließ ich mich desto williger von der weiblichen Klugheit leiten; und so wurde endlich, nachdem verschiedene andere Vorschläge als gefährlich oder unthulich verworfen worden, beschlossen, daß man eine kurze Abwesenheit des Menekrates benutzen wollte, um mich in der Stille der Nacht durch eine kleine Gartenthür in ein Kabinet zu bringen, wo ich meine Base finden würde.

LUCIAN.

Natürlicher Weise gewinnt die Sache unter allen diesen Umständen eine ganz andere Gestalt; und doch, wenn der Zufall *gegen uns* ist, nehmen weder die Gesetze noch die Welt auf solche Umstände Rücksicht.

PEREGRIN.

Nur zu wahr. Aber *für mich* gab es keine Gesetze; oder vielmehr, da ich mein Gesetz *in mir selbst* hatte, so dachte ich nicht an die Gesetze von *Parium.* Und was ist das Urtheil der Welt einem Menschen, der nach dem Beyfall höherer Zeugen strebt, die seinem innern Auge so gegenwärtig sind, als ob sie auch dem äußern sichtbar wären! Ich dachte nichts als eine *Pflicht* zu erfüllen, und in der Wahl der Mittel mich bloß der *Nothwendigkeit* zu unterwerfen, der die Götter selbst unterthan sind.

LUCIAN.

So weit begreife ich alles. Was mich wundert ist bloß, ob ich den Erfolg errathen habe oder nicht. Die *Gelegenheit* ist eine gefährliche Versucherin, und ich glaube aus Erfahrung zu wissen, was in solchen Fällen möglich oder unmöglich ist.

PEREGRIN.

Die Schlüsse, die man aus seinen eignen Erfahrungen auf das, was andere in ähnlichen Fällen gethan haben oder thun werden, macht, sind schon trüglich; wie sehr müssen es erst *die* seyn, die man von dem *was meistens geschieht*, auf das was *möglich* ist, macht! Indessen zweifle ich keinen Augenblick, lieber Lucian, daß ich mit einer Art von Gewißheit sagen könnte, wie *Du* dich an meiner Stelle aus der Sache gezogen hättest: aber daß du dieß mit eben so vieler Gewißheit von *mir* sagen könntest, daran zweifle ich, mit deiner Erlaubniß.

LUCIAN.

Du hast Recht, Peregrin! Ich war immer nur ein gewöhnlicher Mensch, und von einem gewöhnlichen Menschen läßt sich freylich nicht auf einen *Dämon* schließen. Und doch sollte michs nicht befremden, wenn auch einem Dämon (zumahl einem dessen Natur *Lieben* ist) in dem Körper eines blühenden Jünglings von achtzehn Jahren, der sich mit einer schönen, zärtlichen und betrübten jungen Base von neunzehn in der Stille der Nacht in einem Gartenkabinet eingeschlossen findet, unvermerkt eben so zu Muthe würde, als wenn er ein Mensch wie andre wäre.

PEREGRIN.

Auch in meinen Augen würde es kein großes Wunder seyn. Höre also was sich zutrug. Unsre Zusammenkunft ging durch die schlaue Veranstaltung der getreuen Sklavin glücklich von Statten. Die erste Überraschung war auf beiden Seiten nicht gering, da *Ich* Kallippen zum ersten Mahl in der vollen Reife der Schönheit und Jugend, und *Sie* den Knaben von vierzehn, den sie vor vier Jahren zum letzten Mahle gesehen hatte, in einen hoch aufgeschoßnen Jüngling verwandelt sah, an dessen Blüthe noch kein Wurm genagt hatte, und dem ein sonderbares Gemisch von Sanftheit und Feuer, von Heiterkeit und Ernst, das Ansehen eines weit reifern Alters gab, ohne dem, was die Jugend Empfehlendes hat, nachtheilig zu seyn. Die einzige Lampe, die das Kabinet beleuchtete, trug wohl auch das ihrige bey, daß unser mit so geheimnißvollen Umständen verbundenes Wiedersehen mehr das Schauerliche einer unverhofften Erscheinung, als das Freudige einer veranstalteten Zusammenkunft hatte. Indessen faßten wir uns bald wieder, und Kallippe fing die Unterredung mit Entschuldigung und Rechtfertigung des sonderbaren Schrittes, wozu sie sich gezwungen sähe, an. Natürlich führte dieß zu einer umständlichen Ausführung der großen Beschwerden, die sie über ihren Tyrannen zu führen hatte; wobey die schöne Klägerin weder Redefiguren noch Thränen sparte, um das Mitleiden des jungen Menschen zu gewinnen, den sie zum Richter oder vielleicht zum Rächer ihrer Leiden machen wollte. Sie schien alle Fragen, die ich an sie thun konnte, voraus gesehen zu haben, mit so vieler Leichtigkeit antwortete sie auf alles; und sie beschloß endlich mit verschiedenen geheimen Aufträgen, theils an meinen abwesenden Vater, theils gewisse Familienumstände, die eine

Beziehung auf ihre eigenen hatten, betreffend, welche eine zweyte und dritte Zusammenkunft vorbereiteten und ganz ungezwungen herbey brachten.

Hätte ich damahls schon die Menschenkenntniß haben können, die uns eine Erfahrung von dreyßig oder vierzig Jahren verschafft, so könnte mir vielleicht das Betragen der schönen Kallippe einigen Argwohn gegeben haben; und wäre ich gesinnt gewesen, wie beynahe jeder andere in meinem damahligen Alter, so würde ich mich an allen Grazien zu versündigen geglaubt haben; wenn ich eine so gute Gelegenheit aus den Händen hätte schlüpfen lassen. Aber bey mir war weder das eine noch das andere möglich. Wie sichtbar auch die Schlingen waren, die meiner unerfahrnen Unschuld gelegt wurden, ich sahe sie nicht, weil ich nicht mehr Begriff von Schlingen hatte als ein neu ausgebrüteter Vogel; und vor Nachstellungen von *mir* hätte die schöne Kallippe nicht sicherer seyn können, wenn sie eine Priesterin der Diana oder meine leibliche Schwester gewesen wäre. Jede Frau oder Jungfrau war in meinen Augen ein heiliges Gefäß im Tempel der Natur, desto heiliger und unverletzlicher, je schöner sie war. Wie sehr mußte es mir also die Gemahlin des Menekrates seyn, die durch Anverwandtschaft, Schönheit und Unglück ein dreyfaches Recht an meine Theilnehmung, meine Ehrfurcht und meine Dienste hatte!

LUCIAN.

Wunderbarer Mensch!

PEREGRIN.

Ich sehe, mit deiner Erlaubniß, hier nichts Wunderbares; vielmehr wär' es ein Wunder gewesen, wenn ich anders gedacht hätte. Meine Erziehung hatte meinen Leib und meine Seele vor aller Verderbniß, zumahl vor allzu früher Erweckung und willkührlicher Reitzung des Instinkts, verwahrt. Meine Einbildung war so rein wie meine Sinne; und die Liebe des *höchsten Schönen*, die in dieser Epoke meines Lebens die Seele aller meiner Gedanken und Neigungen war, gab dem Eindruck, welchen schöne Gestalten auf mich machten, eine vom gewöhnlichen, was andre Erdensöhne erfahren, so verschiedene Tinktur, daß auch die Wirkung desselben nothwendig sehr verschieden seyn mußte. Übrigens bitte ich dich nicht zu vergessen, daß ich mir kein Verdienst daraus zu machen begehre, sondern die Sache bloß erzähle wie sie war. Als ich mich von Kallippen entfernte, folgte mir zwar ihr Bild, aber ohne mir eine andere Unruhe zu verursachen, als die Sorge, ihre Aufträge so gut mir möglich war auszurichten.

LUCIAN.

Alles Feuer in deiner Natur mußte sich damahls in die höchste Region deiner Einbildungskraft hinauf gezogen haben.

PEREGRIN.

Doch nicht so ganz; denn ich läugne nicht, Kallippe wurde, mit jedem Mahle daß ich sie sah, schöner und liebenswürdiger in meinen Augen: aber ich setzte noch immer nicht den geringsten Argwohn weder in mich selbst noch in sie, und fand nichts natürlicher, als daß mein Wohlgefallen und meine Theilnahme an ihr immer lebhafter wurde, je liebenswürdiger sie mir erschien. War die *Liebe zum Schönen* meiner dämonischen Natur nicht eben so eigenthümlich als meiner Brust das Athemhohlen? Daß auch Kallippe immer wärmer, und immer sinnreicher wurde neue Ursachen und Wege zu neuen geheimen Zusammenkünften auszudenken, bemerkte ich zwar, hielt es aber für eine so natürliche Folge der rechtmäßigen Zuneigung zu einem nahen Anverwandten, den sie von Kindheit an wie einen Bruder anzusehen gewohnt war, daß es mir gar nicht als etwas mögliches einfiel, wie die Tadelsucht selbst etwas daran zu tadeln finden könnte. Und war es ihr, in einer so verlaßnen Lage als die ihrige, am Ende zu verdenken, wenn sie schwer daran ging sich des einzigen Trostes wieder zu berauben, der ihr einige Erleichterung ihres traurigen Zustandes verschaffte? – »Deine Gegenwart, deine Reden sind *Nepenthe* für mich, sagte sie mir einsmahls beym Abschied, mit einer Stimme die wie Musengesang in meiner Seele wiedertönte. – Ich vergesse in diesen stillen Augenblicken der Freund-

BIBLIOTHEK
DES 18. JAHRHUNDERTS

Die Bände des Jahres 1985

JAMES BOSWELL
Das Leben Samuel Johnsons
und Das Tagebuch einer Reise
nach den Hebriden
Mit 17 zeitgenössischen
Illustrationen
661 Seiten

FRIEDRICH SCHILLER
Sämtliche Erzählungen
Etwa 290 Seiten

SOPHIE VON LA ROCHE
›Ich bin mehr Herz als Kopf‹
Ein Lebensbild in Briefen
460 Seiten

CHRISTOPH MARTIN
WIELAND
Peregrinus Proteus
Etwa 416 Seiten

VERLAG C. H. BECK MÜNCHEN

BIBLIOTHEK
DES 18. JAHRHUNDERTS

Bisher erschienene Bände

GOTTHOLD EPHRAIM LESSING
Freimäurergespräche und anderes

HENRI MASERS DE LATUDE
Fünfunddreißig Jahre im Kerker

DANIEL DEFOE
Robinson Crusoe
2. Auflage
2 Bände im Schuber

TOBIAS SMOLLETT
Die Abenteuer des Roderick Random

JOHANN HEINRICH JUNG-STILLING
Jugend, Jünglingsjahre und Wanderschaft

LUDVIG HOLBERG
Nachricht von meinem Leben

HENRI SANSON
Tagebücher der Henker von Paris
2. Auflage
2 Bände im Schuber

ALAIN-RENÉ LESAGE
Der hinkende Teufel

VERLAG C. H. BECK MÜNCHEN

BIBLIOTHEK
DES 18. JAHRHUNDERTS

Bisher erschienene Bände

JOHANN GOTTLIEB
SCHUMMEL
Spitzbart

BENJAMIN FRANKLIN
Autobiographie

ANTIOCH KANTEMIR
Im Chaos aber blüht der Geist ...
(vergriffen)

CHESTERFIELD
Briefe an seinen Sohn
Philip Stanhope

JOHANN GOTTWERTH
MÜLLER
Siegfried von Lindenberg

JEAN-BAPTISTE LOUVET
DE COUVRAY
Die Liebesabenteuer
des Chevaliers Faublas
2 Bände im Schuber

CHRISTIAN FRIEDRICH
DANIEL SCHUBART
Briefe

GIACOMO CASANOVA
Geschichte meines Lebens
in 12 Bänden

VERLAG C. H. BECK MÜNCHEN

ORIENTALISCHE BIBLIOTHEK

In dieser neuen Reihe
erscheinen 1985

DAṆḌIN
Die zehn Prinzen
Ein indischer Märchenroman
Etwa 320 Seiten

USĀMA IBN MUNQIḎ
Die Erlebnisse des
syrischen Ritters
Usāma ibn Munqiḏ
Etwa 280 Seiten

RYUNOSUKE
AKUTAGAWA
Rashomon
Ausgewählte japanische Kurzprosa
Etwa 632 Seiten

LAO SHE
Die Blütenträume
des Lao Li
Ein chinesischer Roman
Etwa 250 Seiten

VERLAG C. H. BECK MÜNCHEN

schaft daß ich unglücklich bin: könntest du schon müde seyn, mir zuweilen eine Stunde zu schenken, die du nur dem Schlaf entziehest?« – Ich hätte mich für einen Barbaren gehalten, Lucian, wenn ich dessen fähig gewesen wäre.

LUCIAN.

Ich wahrlich auch! Aber gestehe, daß du um diese Zeit den unsichtbaren Pfeil schon in der Leber stecken hattest!

PEREGRIN.

Ich glaub' es selbst, Lucian; aber damahls wußte, ahndete ich sogar nichts davon: und was mich nothwendig sicher machen mußte, war, daß ich die Nacht, da wir uns wieder sehen sollten, immer mit eben so vieler Ruhe erwartete, als ich sie mit Vergnügen kommen sah.

Indessen darf ich einen neuen Umstand nicht unerwähnt lassen, der einige Veränderung in der Beschaffenheit unsrer Zusammenkünfte machen konnte. Weil Menekrates eine ziemliche Zeit lang nicht aus der Stadt kam, so wurde das Gartenkabinet für unsern fernern Gebrauch zu gefährlich befunden. Nach langem Überlegen was zu thun sey, sagte endlich die Sklavin mit der Miene einer Person, die auf einmahl das Wahre gefunden hat: Ich weiß im ganzen Hause keinen Ort, wo wir so völlig vor jedem Überfalle sicher sind, als das Schlafzimmer meiner Gebieterin. – Da hast du Recht, versetzte Kallippe lächelnd; ich weiß nicht, warum es mir nicht sogleich in den Sinn kam! – *Aber* – sagte ich etwas betroffen, *Menekrates*? – O, der ist in Jahr und Tag mit keinem Fuße über die Schwelle gekommen, und – hat seine Ursachen dazu, sagte die Sklavin. Ich schwieg, und es blieb fürs nächste Mahl bey Kallippens Schlafzimmer.

LUCIAN.

Ein schöner und bequemer Ort, ohne Zweifel; aber, beym Jupiter! der schlüpfrigste, den dein Platonischer Dämon zwischen Himmel und Erde finden konnte!

PEREGRIN.

Du wirst mich auch gar zu unschuldig nennen, Lucian, – genug, mir fiel das nicht ein. Wäre Kallippe bey dem Vorschlage roth geworden, hätte sie einige Bedenklichkeit geäußert, so möchte vielleicht auch in *mir* ein Zweifel über die Schicklichkeit der Sache rege geworden seyn: aber daß sie so unbefangen, so schnell und so ruhig ihren Beyfall gab, ließ mich in meiner natürlichen Sicherheit. Ich liebte zwar Kallippen, aber mit einer so jungfräulichen Unwissenheit, daß ihr Schlafzimmer für mich nichts mehr war als jeder andere Ort. Und in der That hätte sie im innersten Heiligthum der Vesta nicht sichrer vor geheimen Absichten und Anschlägen auf ihre Unschuld von meiner Seite seyn können als in ihrem Schlafzimmer.

LUCIAN.

Was für ein schlauer kleiner Bube euer Dämon Amor ist, Peregrin! Wie er die guten arglosen Seelen durch seine kindisch unschuldige Miene zu locken weiß! Und doch wette ich, das Schlafzimmer war die Ursache alles Unheils.

PEREGRIN.

Höre nur. Beynahe hätte ich noch einen kleinen Umstand vergessen, der auch nicht ganz unwichtig war, wiewohl ich damahls nicht auf ihn achtete. Die junge Sklavin war immer bey unsern Zusammenkünften gegenwärtig; Anfangs ohne sich einen Augenblick ganz zu entfernen; bey der zweyten und dritten ging sie ab und zu; in der Folge blieb sie bald kürzer bald länger aus, oft eine halbe Stunde, auch noch länger; aber alles so ungezwungen und absichtlos, daß ich ihre Abwesenheit kaum gewahr wurde.

LUCIAN.

Die Spitzbübin!

PEREGRIN.

Es vergingen mehrere Tage, ehe ich wieder den gewöhnlichen Wink von ihr erhielt.

LUCIAN.

Auch das vielleicht nicht ohne Absicht – Aber *Du* merktest immer nichts?

PEREGRIN.

Gewiß nicht, außer daß mir die Zeit doch länger vorkam als ich ungefähr gerechnet hatte. Ich fing an für Kallippen unruhig zu werden, als die Sklavin mir durch den gewöhnlichen Weg das zwischen uns abgeredete Zeichen gab. Es war eine ziemlich dunkele Nacht, und alles im Hause lag in tiefem Schlafe begraben, als ich durch den Garten zu einem niedrigen Fenster in das Haus herein gelassen wurde. Ich konnte mir selbst nicht recht sagen warum, aber zum ersten Mahle war mirs, als ob ich um diese Zeit nicht in diesem Hause seyn sollte. Diese kleine Unruhe verschwand zwar in dem Augenblicke, da mir die schöne Kallippe in ihrem Zimmer mit Augen voll Dank und Liebe entgegen kam; doch kehrte sie von Zeit zu Zeit wieder, wiewohl ich sie zu unterdrücken suchte. Kallippe ward es endlich gewahr. Sie fragte mich nach der Ursache einer Unruhe, die sie noch nie an mir bemerkt hatte, und ich gestand ihr, daß ich sie und mich weder in diesen Mauern noch in diesem Zimmer für sicher halten könne. – Ohne Zweifel schlagen unsre Herzen auch hier sympathetisch, sagte sie; du irrest dich nur in der Ursache. Auch mir, fuhr sie fort, (und mit einem zärtlich wehmüthigen Tone, der alle meine Nerven in antwortende Schwingungen setzte) auch mir ahndet daß wir uns zum letzten Mahle sehen. Nicht als ob wir hier das mindeste zu befürchten hätten. Ich, liebster Proteus, zittre vor einer ganz andern Gefahr, der einzigen, die ich zu befürchten habe – Ich darf, ich kann dich nicht länger sehen. Frage mich nicht nach der Ursache – denn du bist unter allen Sterblichen der letzte, der sie wissen darf.

Diese mir ganz neue Sprache setzte mich in Erstaunen: aber Kallippe ließ mir keine Zeit zu mir selbst zu kommen. Sie sagte mir, mit einem Ausdruck von Wahrheit und zugleich mit einer Sanftheit, die ihren Worten einen unbeschreiblichen Zauber gab, das zärtlichste was die erste Liebe einem gefühlvollen jungen Weib eingeben kann; und das Ende davon war die Wiederhohlung, daß wir uns zum letzten Mahl gesehen hätten. Wir müssen scheiden, rief sie mit erstickter Stimme, indem sie ihre schönen Arme um meinen Hals wand – Lebe wohl, Proteus! und erinnere dich zuweilen – der Unglücklichen, die dich *deiner* und *ihrer* Tugend aufopfert! – Lebe wohl!

Ein so unvermutheter Sturm, auf mein Herz und meine Sinne zugleich, war zu stark um seine Wirkung zu verfehlen; aber es kam noch ein Umstand hinzu, der den Sieg der schönen Kallippe über den unerfahrnen Neuling entscheidend machen mußte. Sie war bey allen unsern Zusammenkünften immer äußerst anständig gekleidet gewesen. Dieß war sie, dem ersten Anblick nach, auch jetzt; nur zu leicht für die heftigen Bewegungen des Schmerzes und der Liebe, denen sie sich in diesen Augenblicken des Scheidens überließ. Freylich war es eine sehr warme Sommernacht: aber für eine so zärtliche Abschiedsscene war eine Tunika, die ein einziger Seidenwurm hätte gesponnen haben können, gar zu dünn; und als die zärtliche Kallippe ihre Arme um meinen Nacken wand, und in einem Augenblicke, wo der Gedanke eines ewigen Scheidens sie außer sich setzte, ihren Busen etwas zu heftig an den meinigen drückte, kam natürlicher Weise eine so duftartige Hülle in eine Unordnung, die in einem solchen Moment ihren Reitzen ein zu großes Übergewicht über meine unverwahrten Sinne gab.

Was in diesem Augenblick in mir vorging, ist schwer zu beschreiben. Ein allgemeines Zittern überfiel mich, mir ward schwindlig und dunkel vor den Augen, und ich wäre, glaube ich, zu Boden getaumelt, wenn mich Kallippe nicht in ihren Armen aufgehalten, und zu ihrem Ruhebette geführt hätte, wo ich in kurzem wieder zu mir selber kam, indessen sie, den rechten Arm noch immer um meinen Leib geschlungen, Augen auf mich heftete, die alles Feuer der Liebe in mich zu ergießen schienen. Die Sklavin war bey dieser Scene nicht zugegen; Kallippe mußte meinen Zufall nicht für gefährlich genug gehalten haben, sie um Hülfe zu rufen.

Die Götter mögen wissen, wie das alles sich geendigt hätte, wenn nicht in diesem Augenblick ein großer Lärm im Hause uns auf einmahl aus unserm Taumel gerissen und genöthigt hätte, auf das, was außer uns vorging, Acht zu geben. Wir sind verrathen, rief die bestürzte Kallippe, indem das Getümmel immer näher kam, und die donnernde Stimme des Menekrates sich bereits deutlich unterscheiden ließ. Ich sprang auf, und brauchte mich nicht einen Augenblick zu besinnen, daß außer meinem plötzlichen Verschwinden kein Mittel sey die Dame und mich zu retten.

LUCIAN.

In solchen Fällen haben die *Dämonen ohne Körper* ein beneidenswürdiges Vorrecht.

PEREGRIN.

Ich lief an das Fenster, das in den Garten ging; aber, außerdem daß die Höhe für einen Sprung zu gefährlich war, sah ich den Garten von verschiedenen mit Knütteln und Stangen bewaffneten Sklaven besetzt, in deren Hände zu fallen noch gefährlicher schien. Ein anderes Fenster ging in einen kleinen Hof, der zu einem Holzbehältniß zugerichtet und mit einem Schindeldache versehen war, das nahe an Kallippens Fenster reichte, und von welchem es nicht unmöglich schien, durch einen Sprung auf das ziemlich flache Dach des niedrigen Seitengebäudes eines benachbarten Hauses zu kommen. Das weitere mußte dem Zufall überlassen werden. Menekrates pochte inzwischen, mit einem so lauten und herrischen Befehl aufzumachen, an der verschloßnen Thür des Schlafzimmers, daß Kallippe, ohne den Verdacht zu vergrößern, nicht länger verziehen konnte sie zu öffnen. Ich wagte also den entscheidenden Sprung. Ich gelangte glücklich auf das benachbarte Dach, und von diesem in einen kleinen Garten, wo es mir nicht schwer fiel, über eine niedrige und baufällige Mauer in ein enges Gäßchen herab zu glitschen, an dessen Ausgang ich mich vor der Hinterthür meines eigenen Hauses, und einen

Augenblick darauf in der Freyheit befand, von einer Gefahr, deren bloßer Gedanke alle meine Haare empor richtete, wieder zu Athem zu kommen. Allerdings war es viel Glück, daß ich meine so oft wiederhohlte Unvorsichtigkeit mit der bloßen Angst, noch immer wohlfeil genug, bezahlte: indessen verhielt sich die ganze Sache wie ich dir erzählt habe; die *Prügel* und der *Rettig* waren bloße Verzierungen, womit dein Ungenannter das Geschichtchen seinen Zuhörern interessanter zu machen hoffte.

LUCIAN.

Wahrscheinlich wartete beides auf dich, wenn dir dein guter Dämon nicht noch so glücklich durchgeholfen hätte. Übrigens sind diese Verzierungen, wie du wissen wirst, bey Geschichten dieser Art, wovon das Publikum meistens Etwas, aber selten die wahren Umstände erfährt, zu gewöhnlich, als daß man dem Ungenannten ein großes Verbrechen daraus machen könnte, sie, vielleicht ohne historischen Grund, der bloßen Wahrscheinlichkeit zu Ehren hinzu gedichtet zu haben. – Aber wie erging es der armen Kallippe? Denn, wiewohl ich gestehe, daß sie mir in dieser ganzen Sache bey weitem nicht der unschuldigste Theil zu seyn scheint, so kann ich doch nicht umhin zu wünschen, daß sie nicht zu hart für eine so verzeihliche Schwachheit gebüßt haben möchte.

PEREGRIN.

Es war ein Glück für sie, daß ihre Sklavin die Geliebte eines Freygelaßnen war, welcher alles über den alten Menekrates vermochte, und sie, indem er sich für ihre Unschuld verbürgte, von der angedrohten Tortur rettete, die ihr ohne Zweifel das Geständniß der Wahrheit ausgepreßt haben würde. Kallippe, vielleicht nicht so unvorbereitet auf solche Scenen als ich ihr zutraute, war Meisterin genug über sich selbst, um die Unwissende zu spielen; und da sich nichts fand, was gegen sie hätte zeugen können, so blieb sie am Ende noch berechtiget, Genugthuung von ihrem Unholde zu verlangen, dessen unzeitige Eifersucht ihren sanften Schlummer gestört und ihre unbefleckte Ehre angeschmitzt hatte. Zu gutem Glücke war mein Vater eben wieder nach Hause gekommen. Ich entdeckte ihm den ganzen Hergang; er nahm sich seiner beleidigten Nichte an: und da beide Theile ihre Ursachen hatten, die Sachen nicht aufs äußerste zu treiben und dem Gelispel der Parianer je eher je lieber ein Ende zu machen; so überließ Menekrates seiner Gemahlin die Freyheit, über sein Haus in der Stadt und über ihre Tugend nach eigenem Gutdünken zu schalten, und zog sich bald nachher auf eines seiner Landgüter zurück, während ich in aller Stille Anstalten traf, an eben demselben Tage nach *Athen* abzureisen.

Das sonderbare Vorgefühl, womit ich in die ehrwürdige *Minervenstadt* eintrat, – die Meinung von ihrem hohen Alterthume, das sich bis in der *Götterzeit* verlor, – die Heiligkeit eines Ortes, wo man keinen Schritt thun kann, ohne dem Denkmahl eines Gottes oder Heros oder merkwürdigen Menschen zu begegnen – die Erinnerung an ihren ehemahligen Glanz, an alles was sie einst war, und was Griechenland, und durch dieses die ganze Welt ihr zu danken hat, – im Gegensatz mit ihrer jetzigen Stille und Ruhe, stimmte in den ersten Tagen meines Aufenthalts zu Athen meine vorhin schon wunderbar genug gestimmte Seele in einen Ton von Melankolie und Feierlichkeit, der mit dem leichten muntern Geiste der Athener einen starken Mißklang machte. Wenig um diese letztern und um alles Unbedeutende was sie thaten, da sie nichts Bedeutendes mehr zu thun hatten, bekümmert, entzog ich mich beynahe aller Gesellschaft, hielt mich immer an den einsamsten Orten auf, besuchte den *Keramikus*, die *Akademie*, die *Pöcile*, das *Lyceon*, nur in den frühen oder nächtlichen Stunden, wenn sonst niemand da zu sehen war: kurz, anstatt wie andere Leute in dem wirklichen Athen zu leben, schwebte ich bloß wie ein abgeschiedener Geist über dem Grabe des großen und herrlichen Athen, das – nicht mehr war.

Die Schulen der Filosofen hatten damahls keinen aufzuweisen, der sich über das Gewöhnliche merklich erhoben hätte. Sogar unter denen, die sich mit dem Pythagorischen und Platonischen Kostum dekorierten, fand ich nicht Einen, von dem ich mich im geringsten angezogen gefühlt hätte. Da die Stadt, ihrer Größe ungeachtet, nur sehr mittelmäßig, wie du weißt, bevölkert war, und die Athener alle mögliche Muße hatten, sich um alles zu bekümmern was sie nichts anging: so beschäftigte ich eine Zeit lang ihre Aufmerksamkeit und ihren Witz, und sie ließen es nicht an Epigrammen fehlen, zumahl da ihnen meine Lebensweise mit meiner Jugend und Gestalt sehr lächerlich abzustechen schien. Weil ich aber, ohne darauf zu achten, bey meiner Weise blieb, und nach Verlauf weniger Wochen in einem der nächst gelegenen Flecken ein Landhaus miethete: hörte ich bald auf, etwas Neues für sie zu seyn; und so wie ich ihnen aus den Augen kam, kümmerte sich niemand mehr um mein Daseyn, bis ein kleines Abenteuer, das dein *Ungenannter* zu Elea nicht vorbey gelassen, aber eben so übel zugerichtet hat wie die Liebesgeschichte mit Kallippen, mich auf eine sehr unangenehme Art wieder in Erinnerung bey ihnen brachte.

Der Zufall ließ mich einst in einem Gehölz am Fuße des Pentelikus einen Knaben von vierzehn bis funfzehn Jahren finden, der dürres Reisig zusammen las, und dessen ungewöhnliche Schönheit meine ganze Aufmerksamkeit an sich zog. Ich ließ mich in ein Gespräch mit ihm ein, und bewunderte die Offenheit und Lebhaftigkeit seiner Antworten. Auf einmahl fiel mir die Anekdote von der ersten Bekanntschaft ein, welche Sokrates einst mit einem eben so schönen Knaben in einem engen Gäßchen von Athen gemacht hatte, und daß unter der Leitung des Weisen und seines Genius aus diesem Knaben der berühmte Xenofon geworden war. Mein Waldknabe schien mir ein nicht weniger glückliches Naturell zu versprechen; ich beschloß an ihm zu thun was Sokrates an dem jungen Xenofon gethan hatte, vergaß aber unglücklicher Weise, daß Sokrates damahls ein Mann von funfzig Jahren war, und ich kaum zwanzig zählte. Die Reinheit meiner Seele und die Unschuld meiner Absichten ließen mich an diesen Unterschied nicht denken; und es fiel mir – mir, der das Urtheil anderer Leute nie in Anschlag brachte – so wenig ein, daß jemand an meinem guten Willen für diesen Knaben etwas tadelhaftes finden könnte, als wenn ich einen Vogel aus dem Walde mit nach Hause gebracht hätte, um ihn singen zu lehren. Ich hing damahls, ohne daß mich meine kleine Erfahrung mit der schönen Kallippe behutsamer über diesen Punkt gemacht hätte, noch sehr stark an dem Platonischen Glauben, daß die äußere Schönheit ein Widerschein der innern sey; und meine rasche Einbildung weissagte sich in meinem jungen Xenofon vielleicht einen künftigen zweyten *Pythagoras* oder *Apollonius*, ohne es nur für möglich zu halten, daß es auch wohl ein *Alcibiades* oder *Nicias* seyn könnte. Aber außer dem Verdienste, das ich mir durch die Pflege einer so schönen Pflanze um die Menschheit zu machen hoffte, hatte ich noch die besondere Absicht, mir in ihm einen künftigen Gehülfen in den Mysterien der hohen *Magie* zu erziehen, die damahls das große Ziel meiner Wünsche und Gedanken war, und wozu ich die Pythagorische und Platonische Filosofie, welcher ich seit einiger Zeit mit großem Fleiß obgelegen hatte, als eine Vorbereitung ansah. Die Schönheit und Unschuld des jungen *Gabrias* war eine sehr wesentliche Bedingung zu meinen Absichten, so wie seine Unwissenheit kein Hinderniß derselben war. Denn je reiner ich seine Seele von erkünstelten Begriffen und falscher Wissenschaft fand, desto geschickter war sie, die Ideen aufzufassen, zu welchen ich sie nach und nach zu erheben hoffte.

Die Neigung, die den Knaben gleich Anfangs zu mir zu ziehen schien, verwandelte sich ziemlich schnell in eine so große Anhänglichkeit, daß er mich bat, ihn als einen Menschen zu betrachten der mir gänzlich angehöre. Von dieser Zeit an lebte er einige Wochen beständig mit mir in dem vorerwähnten kleinen Landhause. Es zeigte sich indessen immer mehr, daß meine Hoffnungen von der Anlage des jungen Gabrias zu voreilig gewesen waren. Seine Lebhaftigkeit war mit einem Leichtsinn und einem Hang zum Muthwillen und zur Sinnlichkeit verbunden, der ihn zum untauglichsten aller Menschen machte, in Mysterien eingeweiht zu werden, deren *erste Stufe* die Reinigung der Seele von allen thierischen Neigungen ist.

So bald ich mich hiervon überzeugt hielt, verging mir alle Lust mich weiter mit ihm abzugeben. Hätte ich keine andere Zwecke mit ihm gehabt, als ihn zu einem leidlichen Bürger von Athen zu bilden, so war freylich die Hoffnung dazu nichts weniger als verloren; er konnte sogar werden was seine Landsleute einen *liebenswürdigen* Menschen hießen; denn er war der angenehmste Plauderer von der Welt, hatte Witz und drollige Einfälle, machte auf einen Blick das Lächerliche an einer Person oder Sache ausfündig, und besaß die Gabe, anderer Leute Stimme, Geberden, Gang und übrige Eigenheiten nachzuahmen, in einem ungewöhnlichen Grade: aber für *meine* Absichten war er unverbesserlich, und ich suchte mich also je eher je lieber von ihm los zu machen. Dennoch wußte er mich zwey- oder dreymahl durch seine außerordentliche Liebe zu mir, die er meisterlich spielte und mit den zärtlichsten Liebkosungen begleitete, wieder dahin zu bringen, daß ich ihn noch länger bey mir duldete: bis endlich sein Betragen (welches einem weniger Unerfahrnen schon lange hätte verdächtig seyn müssen) keinen Zweifel mehr übrig ließ, daß er sich an *mir* eben so sehr betrogen habe als ich mich an ihm.

Er wurde noch an demselben Tage aus dem Hause geworfen; aber auch an demselben Tage meldete sich ein alter schlecht gekleideter Mann mit einer Miene von böser Vorbedeutung, als *Vater* des jungen Gabrias, bey mir, beklagte sich mit großer Heftigkeit, daß ich seinen Sohn – das unschuldigste Kind von der Welt, eh' er in meine Hände gefallen sey – verführt hätte, und forderte Genugthuung deßwegen, wenn ich nicht wollte, daß er seine Klage gegen mich noch in dieser Nacht im Areopagus laut erschallen ließe. Ich merkte bald genug, daß ich einen Mann vor mir habe, dem es nicht um Versicherungen oder Beweise meiner Unschuld, sondern um mein Geld zu thun war; und alle Standhaftigkeit, die ich ihm entgegen setzte, wurde zum Schweigen gebracht, da er mir sagte, daß Gabrias bereit wäre, über Gewalt gegen mich zu klagen. – Wie schlecht diese Leute auch waren, so war *ich* ein Fremder, ohne Freunde, und konnte darauf rechnen, ganz Athen, vornehmlich die ganze Zunft der Filosofen, die sich eine falsche Rechnung auf mich gemacht hatten, wider mich zu haben. Aber auch ohne diese Rücksichten hätte ich lieber mein ganzes Vermögen hingegeben, ehe ich in einem solchen Handel vor Gericht erschienen wäre. Ich bequemte mich also, dem alten Bösewicht die Summe worauf er bestand, und die in der That nicht gering war, zu bezahlen, wie ich mich bequemt haben würde, mein Leben oder meine Freyheit von einem Seeräuber los zu kaufen.

Dieser Zufall, der wie ein Blitz bey hellem Himmel auf mich herab stürzte, unterbrach das innere Geschäfte meiner Seele auf eine höchst schmerzliche Weise. Der Aufenthalt zu Athen wurde mir durch den Gedanken, was für Leute meinen guten Nahmen in ihrer Gewalt hätten, unerträglich; ich konnte mich nicht schnell und weit genug von Menschen entfernen, die mir zu meinem Zwecke so wenig halfen, und unter welchen man solchen Bübereyen ausgesetzt war. Ich packte also meine Sachen zusammen, und begab mich schon am dritten Tage nach dieser verhaßten Begebenheit an Bord eines Schiffes, das nach Smyrna abzugehen begriffen war.

LUCIAN.

Was du thatest um dir dieses Gesindel vom Halse zu schaffen, würde ich, und vermuthlich ein jeder anderer, an deinem Platze auch gethan haben; wiewohl vielleicht wenige seyn mögen, die zu einem so schlimmen Handel so unverschuldet gekommen wären wie du. Der Verfasser der *Liebesgötter*, zu denen ich eben so unschuldig Vater seyn muß, würde gesagt haben, du hättest deine Strafe durch deine Unschuld verdient: aber, meiner Meinung nach, verdientest du sie durch die Unvorsichtigkeit, dich mit einem dir unbekannten Athenischen Knaben – wenn er auch schöner als Ganymed und Adonis gewesen wäre – in einen Umgang einzulassen, der einen jungen Menschen von deinem Alter nothwendig verdächtig machen mußte; zumahl da du den Vorwurf gegen dich hattest, ein Sonderling und ein Verächter der besten Gesellschaft zu seyn die vielleicht in der ganzen Welt zu finden war; denn dafür galten die Athener unsrer Zeit, und nicht ohne Grund, däucht mich. Übrigens ist es sehr möglich, daß der Alte so ganz Unrecht nicht hatte, sich zu beschweren daß du seinen Sohn verführt habest.

PEREGRIN.

Wie so?

LUCIAN.

Der Junge konnte wirklich, da du ihn im Walde antrafst, noch unschuldig, und, ohne die rasche Sokratische Liebe die du so plötzlich auf ihn warfst, es noch lange geblieben seyn. Vermuthlich erzählte er zu Hause, was ihm mit dem schönen fremden Herrn im Walde begegnet sey. Sein Vater, ein dürftiger, schlecht denkender, und wo es auf Gewinn ankam wenig bedenklicher Mann, machte seine Glossen darüber. Natürlicher Weise hatte er von einer so geistigen uninteressierten Liebe zu schönen Bübchen oder Mädchen, wie die deinige war, nicht die geringste Vorstellung noch Ahndung; er erkundigte sich vermuthlich nach dir, erfuhr daß etwas bey dem fremden Herrn zu gewinnen sey, machte nun seinen kleinen Plan auf den einen oder den andern Fall, und unterrichtete den Jungen wie er sich zu benehmen habe. Die Hoffnung eines nahmhaften Gewinns ist für Leute von diesem Schlag eine unwiderstehliche Verführung; und so hättest du dich denn doch, mit aller deiner Unschuld, als den Verführer des jungen Gabrias anzusehen.

PEREGRIN.

In diesem Sinne allerdings. Indessen war der weise Sokrates selbst, nach dem unverwerflichen Zeugnisse, welches ihm der schöne Alcibiades in ziemlich großer Gesellschaft darüber ertheilte, nicht reiner von diesem seinem Liebling, als ich von dem jungen Gabrias; wiewohl ich dich versichern kann, daß der berüchtigte Günstling Hadrians ihm den Vorzug der Schönheit kaum hätte streitig machen können. Wäre ich gesinnt gewesen wie zehen tausend andere, so hätte alles den gewöhnlichen Gang genommen, und dein Unbekannter zu Elea würde wahrscheinlicher Weise eine Verleumdung weniger gegen mich vorzubringen gehabt haben. Ich bezahlte also meine *Tugend* mit drey tausend Drachmen und einer Verwundung meiner Ehre, wovon ich die Narbe bis an meinen Tod behielt.

LUCIAN.

Deine Tugend, und – deinen *Mangel an Klugheit*, bitte ich hinzu zu setzen. Wer, ohne sich den Gesetzen dieser letztern, welche *die große Tugend des gesellschaftlichen Lebens* ist, zu unterwerfen, in seinem Betragen gegen andere bloß von seinem Herzen und von einer idealischen Vorstellungsart geleitet wird, läuft immer Gefahr ähnliche Erfahrungen zu machen.

PEREGRIN.

Diese Klugheit war freylich *nie meine* Tugend. Durch sie allein würde mein ganzes Leben eine andere Gestalt gewonnen haben, alle Abenteuer, woraus es zusammen geflochten ist, würden unterblieben, und Peregrin –

LUCIAN.

– würde, mit Einem Worte, *nicht* Peregrin gewesen seyn – welches, nach dem ewigen Beschluß der großen *Pepromene*, oder, wenn du lieber willst, vermöge der Natur der Dinge, eben so wenig möglich war, als daß Lucian *unschuldiger Weise* hätte in den Fall kommen können, aus dem Fenster des alten Rathsherrn Menekrates zu springen, oder einem Athenischen Sackträger drey tausend Drachmen dafür zu bezahlen, daß er seinem Jungen einen Kuß auf die Stirne gegeben hätte.

ZWEYTER ABSCHNITT.

PEREGRIN.

Ich sollte nun in meiner *Apologie*, wenn ich es so nennen kann, auf den Tod meines Vaters und meine Gemeinschaft mit den Christianern kommen. Aber es verflossen einige Jahre zwischen diesen Begebenheiten und meinem Aufenthalt zu Athen. Willst du daß ich diese überspringen soll? oder hast du Geduld genug die Erzählung etlicher Geschichten anzuhören, die diese Zwischenzeit ausfüllten, und in der That zu besserer Übersicht des Ganzen meines Lebens nicht gleichgültig sind, wiewohl dein Unbekannter nichts davon zu sagen wußte?

LUCIAN.

Du bist mir, ohne dir eine Schmeicheley sagen zu wollen, aus dem was du mir bereits vertraut hast, interessant genug geworden, daß mir kein Umstand gleichgültig seyn kann, der deinen Karakter stärker oder von einer neuen Seite beleuchtet, und mir begreiflicher machen hilft, was ich in deinem Leben zweydeutig, räthselhaft und übel zusammen hängend fand.

PEREGRIN.

So mache dich immer auf eine sehr seltsame Geschichte gefaßt! Aber ehe ich dahin komme, wird es nöthig seyn noch ein paar

Worte von der innern Verfassung zu sagen, worin ich mich befand, als ich den Entschluß nahm nach Asien überzugehen.

Seitdem mich der Dämon der Liebe, den die Wahrsagerin *Diotima* dem Sokrates offenbarte, auf die Entdeckung gebracht hatte, daß ich selbst ein eingekörperter Dämon dieser Art sey, schien mir nichts natürlicher, als das Verlangen, mich selbst und die Wesen meiner Gattung sowohl, als die höheren, mit denen meine Natur verwandt war, besser kennen zu lernen. Diese Kenntniß war die einzige, die ich meiner würdig hielt, da sie mich geraden Weges zur *Eudämonie* führte, jener erhabenen *Geisterwonne*, die mir nichts Irdisches weder geben noch rauben konnte, und nach welcher zu streben mein angebornes Vorrecht war. Und was konnte diese Eudämonie anders seyn, als *das Leben eines Dämons zu leben*, mit *Dämonen* und *Göttern umzugehen*, und von einer Stufe des Schönen zur andern bis zum *Anschauen* und *Genuß* jener höchsten *Urschönheit*, jener *himmlischen Venus* zu gelangen, welche die Quelle und der Inbegriff alles Schönen und Vollkommnen ist?

Die große Frage blieb indessen immer: *wie*, auf welchem *Wege*, und durch was für *Mittel* dieß geschehen könne? und, wofern es mehrere Wege gäbe, welches der nächste und kürzeste wäre? Da es mir nun ausgemacht schien, daß unter den Alten *Pythagoras* und unter den Neuern *Apollonius* zu dieser hohen Eudämonie, und vielleicht zur höchsten Stufe derselben, gekommen seyen: so war meine erste Sorge, mich mit diesen so bekannt zu machen, als es durch eignes Forschen in allem was sie hinterlassen, und durch vertrauten Umgang mit Personen, die in den Mysterien ihrer Weisheit wirklich eingeweiht wären, geschehen könnte. Die Hoffnung, Einen wenigstens von dieser Klasse zu Athen zu finden, war mir fehl geschlagen: die wenigen Pythagoräer, die ich dort sah und hörte, schienen Leute zu seyn, die sich an den äußerlichen Formen ihres Ordens und an Ansprüchen begnügten, welche sie zu realisieren weder wußten noch begehrten. Ich sah mich also genöthigt die einsame Lebensart zu erwählen, die den

Zerstreuung liebenden Athenern so lächerlich vorkam, und mich auf mein eigenes Forschen, und auf die *Reinigungen* und *Übungen* der Seele einzuschränken, welche die natürliche Vorbereitung zu den höhern Stufen waren, die ich so sehnlich zu ersteigen wünschte.

LUCIAN.

Und fandest du denn, guter Peregrin, in ganz Athen keine ehrliche *Glycerion*, die dir die Wohlthat erweisen konnte, dich von allem diesem Unsinn auf einmahl und von Grund aus zu entledigen? Denn, so viel ich merken kann, fehlte dir doch nichts als *diese* Kur.

PEREGRIN.

Um einen Arzt zu suchen oder zuzulassen, Lucian, muß man sich für krank halten, und davon war ich himmelweit entfernt. Auf dem Wege der Enthaltung, den ich ging, begegnet man keiner *Glycerion*, und wäre es geschehen, ich würde sie wie eine *Empuse* geflohen haben.

LUCIAN.

Sage mir nur noch dieß einzige: Da du doch deine ganze Existenz an eine Eudämonie setztest, die dich mit Dämonen und Göttern in Gemeinschaft bringen sollte, stieg dir nie ein Zweifel über das Daseyn dieser wunderbaren Wesen auf? Fragtest du dich nie selbst: woher weiß ich daß es Dämonen und Götter giebt?

PEREGRIN.

Nie in meinem ganzen Leben! so wenig als es mir je einfiel mich zu fragen, ob es eine Sonne in der Welt gebe?

LUCIAN.

Aber daß die Sonne da sey, *sahest* du –

PEREGRIN.

Mit dem *körperlichen* Auge, aber nicht gewisser, als den Gott der Sonne mit dem *geistigen*.

LUCIAN,
den Kopf ein wenig schüttelnd.

Also weiter, Freund Peregrin!

PEREGRIN.

Es scheint, lieber Lucian, man müsse *aus eigener Erfahrung* wissen, was es ist, seine Seele mit lauter Idealen von Schönheit und Vollkommenheit angefüllt zu haben; welche innere Ruhe, welche Freyheit und Größe es giebt, auf alle Gegenstände der Wünsche und Leidenschaften der Menschen mit Verachtung herab zu sehen, – im Getümmel aller dieser nach der Erde hin gebückten Geschöpfe seine eigene höhere Natur zu fühlen, – und, während sie einen nie gesättigten Hunger mit thierischen oder wesenlosen Befriedigungen zu stillen suchen, sich am reinen Ambrosia der Götter, an Schönheit, Harmonie und Vollkommenheit zu weiden, – kurz, mitten in der Hülle der groben Sinnenwelt, in einer lichtvollen und grenzenlosen Welt von Geistern und Ideen zu leben: man muß, sage ich, vermuthlich aus Erfahrung wissen was für eine Existenz dieß ist, oder du würdest mich in diesem Zustande nicht so bedauernswürdig finden, als du zu thun scheinst. Aber solltest du nicht wenigstens *dieß* erfahren haben: daß es Träume giebt, die uns glücklicher machen, als wir wachend je gewesen sind, und deren wir uns, selbst nach dem Erwachen, noch immer mit Vergnügen erinnern?

LUCIAN.

Träume? – Allerdings! – Aber wie ging es dir denn auf der Fahrt nach Smyrna? Ihr hattet doch günstigen Wind und gutes Wetter?

PEREGRIN,
lächelnd.

Sehr gutes. Wir kamen glücklich zu Smyrna an, und mein Genius wollte mir so wohl, daß ich gleich in den ersten Tagen die Bekanntschaft eines eisgrauen alten Mannes, Nahmens *Menippus*, machte, der keiner von den unangesehensten in der

Stadt war, und in seiner Jugend mit dem Weisen, den ich genauer zu kennen so begierig war, mit dem großen *Apollonius*, vielen Umgang gepflogen hatte.

LUCIAN.

Wie? doch nicht des Menippus, von dem uns der aberwitzige *Damis* in seinen *Reisen des Apollonius* das abgeschmackteste aller Ammenmährchen erzählt, die Geschichte von der *Empuse* oder *Lamie*, die, um diesen Menippus in sich verliebt zu machen, die Gestalt einer schönen Frau aus Fönizien angenommen, ein prächtiges Haus gemacht, und die Sache zwischen ihr und ihrem verblendeten Liebhaber bis zur Hochzeit getrieben habe; da denn der theure Wundermann Apollonius ganz unerwartet zum Hochzeitschmause gekommen, das ganze Zaubergastmahl sammt allem Gold- und Silbergeschirr und allen Bedienten verschwinden gemacht, und die arme in Thränen zerfließende Braut genöthigt habe, zitternd und zähnklappend zu gestehen, daß sie eines von den Gespenstern sey, womit die Ammen den unartigen Kindern zu drohen pflegen, und daß sie den holden Menippus bloß darum an sich gezogen, um ihn erst recht fett zu machen und dann lebendig aufzuessen, indem sie und die übrigen Lamien, ihre Schwestern, gar große Liebhaberinnen von jungen wohl genährten Mannspersonen seyen, weil sie so reines Blut hätten? Wars etwa der?

PEREGRIN.

Eben der, Lucian, wiewohl er die Geschichte mit der *Lamie*, wie du leicht erachten kannst, etwas anders erzählte. Das angebliche Gespenst war weder mehr noch weniger als eine ausländische *Hetäre*, die schon seit mehrern Jahren zu Korinth unter dem Nahmen einer Fönizischen Dame junge Leute an sich gezogen, und auf die eine oder andere, oder auch auf beiderley Art zugleich, so gut ausgesogen hatte, als es eine leibhafte Empuse nur immer hätte thun können. Menippus, der sich damahls zu Korinth aufhielt und ein wohl gemachter athletenmäßiger junger Mensch war, hatte sich ebenfalls in den Netzen dieser schönen Menschenfresserin gefangen; und Apollonius, der ihn wenige

Wochen zuvor in voller Blüthe und Jugendkraft gesehen hatte, brauchte weder ein Profet noch ein Halbgott zu seyn, um ihm die Verheerung, welche die Fönizierin an den Rosen seiner Wangen angerichtet hatte, auf den ersten Blick anzusehen. Er brachte den jungen Menschen, der ihm sehr ergeben war, ohne Mühe zum Geständniß, und Menippus mußte ihm versprechen, einem so gefährlichen Umgang zu entsagen. Aber die Fönizierin hatte keine Lust, sich einen Liebhaber rauben zu lassen, von dessen Wichtigkeit niemand besser urtheilen konnte als sie. Sie hatte wirklich eine heftige Leidenschaft für ihn gefaßt, und da sie schon ziemlich weit über ihre Rosenzeit hinaus war, und bereits einen großen Theil ihrer Reitzungen von der Kunst borgen mußte, beschloß sie, weil ihr kein anderes Mittel übrig blieb, den Menippus durch den Antrag ihrer Hand und der Reichthümer, die sie auf Unkosten ihrer Liebhaber erworben hatte, an sich zu fesseln. Dieser ließ sich in einem Augenblick von Schwäche überwältigen. Die Fönizierin veranstaltete eine prächtige Hochzeit, und legte bey dieser Gelegenheit alles ihr Silber und alle ihre goldnen und mit Edelgesteinen besetzten Becher und Trinkschalen aus, um ihren Geliebten durch die Größe seines Glücks zu desto lebhafterer Dankbarkeit aufzufordern. Alles ging so gut wie sie es nur wünschen konnte: als auf einmahl der von allem unterrichtete Apollonius erschien, und der Hochzeitfreude ein Ende machte. Das, wodurch dieser außerordentliche Mann den größten Theil seiner Wunder wirkte, (sagte Menippus) war die majestätische Länge und Schönheit seiner Gestalt, und die Magie seiner Beredsamkeit, die durch sein Ansehen und den Ton seiner Stimme eine hinreißende Gewalt bekam – kurz, ein Äußerliches, wodurch er Königen und dem Kaiser *Domizian* selbst eine Art von Ehrfurcht zu gebieten gewußt hatte. Was Wunder, daß eine so mancher Schuld sich bewußte Dirne, wie diese, von der unerwarteten Gegenwart und der donnernden Anrede eines solchen Mannes, der sie eine *Lamie* schalt und seinen Freund aus ihren Klauen, wie er sagte, zu retten gekommen war, zu Boden geworfen wurde? Das Gastmahl, das Gold und Silber und die Bedienten verschwanden freylich, aber auf ihren eigenen

Wink. Die bestürzte Fönizierin fiel dem Apollonius zu Füßen: allein, was hätten ihre Bitten und Thränen über diesen Mann vermögen sollen? Er führte die angefangene Vergleichung ihres Karakters und ihrer bisherigen Lebensart mit dem, was von den Lamien oder Empusen gefabelt wird, ohne alle Schonung und mit Worten von solchem Nachdruck aus, daß das arme Weib beynahe selbst zweifelte ob sie nicht wirklich eine Lamie sey – und endigte damit, daß er den erschrocknen und beschämten Menipp, mit der Autorität, die er sich über seine jungen Freunde zu geben wußte, beym Arm ergriff und mit sich davon führte, indem er zugleich der verblüfften Lamie befahl, unverzüglich aus Korinth zu verschwinden, und sehr nachdrückliche Drohungen hinzu fügte, wofern sie sich unterstände jemahls wieder einem seiner Freunde nachzustellen.

LUCIAN.

So habe ich mir diese Geschichte immer gedacht, und es ist bey diesem, wie bey allen andern Mährchen des Babyloniers Damis, ziemlich leicht, das Natürliche und Wahre von dem Wunderbaren, wodurch er es, dem Genie seines Landes gemäß, aufzustutzen sucht, zu unterscheiden.

PEREGRIN.

Der alte Menippus erzählte mir eine Menge dergleichen Anekdoten, worauf der Schildknapp Damis und andere seines gleichen ihren Glauben gründeten, daß Apollonius wenigstens ein Halbgott, wo nicht gar ein ganzer Mensch gewordner Gott gewesen sey; welche aber, seiner Meinung nach, weiter nichts bewiesen, als daß er ein Mann von ungewöhnlich großem Genie und Karakter war – und damit sehr viel bewiesen. Es ist natürlich, sagte er, daß derjenige von gemeinen Menschen für *mehr als ein Mensch* gehalten wird, der das Größte was ein Mensch seyn kann, und also so weit über sie erhaben ist, daß ihnen schwindelt wenn sie an ihm hinauf sehen. Wir stritten uns öfters über diesen Punkt; denn ich konnte dem angenehmen Wahne, den Apollonius für eines der glänzendsten Beyspiele eines *vermenschten Dämons* zu halten, ohne eine allgemeine Umkehrung meiner ganzen Vorstellungsart unmöglich entsagen; und Menippus, entweder weil er diese Bemerkung gemacht hatte, oder weil er nicht stark an seinen Meinungen hing, begnügte sich bey unsern Disputen über diese Dinge gemeiniglich, sich mit einem unglaubigen *Vielleicht* in die Sokratische Unwissenheit zurückzuziehen.

Ich fragte ihn einst, wie es käme, daß ein Weiser von so außerordentlicher Art, wie Apollonius, keine Schüler, die seiner würdig wären, hinterlassen, und daß dieser zweyte, oder vielleicht zum zweyten Mahl in die Welt gekommene Pythagoras auf die Pythagoräer unsrer Zeit so wenig gewirkt habe? Menippus schien dieß für eine Bestätigung und natürliche Folge seiner Meinung von der Person des Apollonius anzusehen. Ein ungewöhnlich großer Mann, sagte er, hat *eben deßwegen* wohl dumpfe Anstauner, aberglaubische Verehrer, kindische Nachahmer und mechanische Wiederhaller seiner Worte, aber keine *Söhne* und *Erben* seines Geistes, seiner Naturgaben und seines Karakters. Indessen, wenn man einer Sage, die seit einiger Zeit sich verbreitet, glauben dürfte, so befände sich in der Gegend von Halikarnassus eine Art von Profetin oder Magierin, die eine Ausnahme hiervon machte. Man spricht sehr verschieden von dem was sie seyn soll. Einige geben sie für eine Ägyptische oder Syrische Priesterin aus; nach andern ist sie nichts geringers als die *Erythräische Sibylle*, die nach einer Verschwindung von tausend Jahren sich wieder sehen läßt; die meisten aber halten sie für eine *Tochter des Apollonius*, dem sie ungemein ähnlich seyn soll, und geben ihr, um ihren Ursprung noch mehr zu verherrlichen, ich weiß nicht welche Göttin oder Nymfe zur Mutter, mit welcher er sie, nach seiner Verschwindung aus den Augen der Menschen, in einer der *glücklichen Inseln*, wohin er sich *ohne zu sterben* zurückgezogen, erzeugt haben soll. Kurz, diese *Dioklea*, wie sie sich nennt, ist eine sehr geheimnißvolle Person: aber darin stimmen alle Gerüchte von ihr überein, daß ihr nichts vergangenes noch künftiges unbekannt sey, daß sie mit den Göttern umgehe, viele Wunderkuren verrichtet habe, und überhaupt ganz unbegreifliche Dinge zu thun im Stande sey

Wenn mich, setzte er hinzu, mein hohes Alter nicht an Smyrna fesselte, so hätte ich selbst die Reise nach Halikarnaß gemacht, um diese wundervolle Person kennen zu lernen, und zu sehen, ob sie dem Apollonius, dessen Bild keine Zeit aus meinem Gedächtniß auslöschen kann, wirklich so ähnlich ist als man sagt. – Besitzest du, fragte ich ihn, keine Bildsäule oder Büste von ihm? – Mehr als Eine, erwiederte er, und führte mich sogleich in ein Museum, wo er mir unter andern Brustbildern großer Männer verschiedene zeigte, die den Apollonius vorstellen sollten, aber an deren jedem er vieles auszusetzen hatte. Ich drückte diejenige, die er für die ähnlichste erklärte, tief in meine Seele, und beschloß bey mir selbst, (wiewohl ich ihm nichts davon merken ließ) daß sich der Mond nicht zweymahl ändern sollte, ehe ich mich durch meine eigenen Augen überzeugt hätte was an der Sache wäre.

Ich machte die Reise von Smyrna nach Halikarnaß zu Lande, und mit solcher Eilfertigkeit, daß ich zu Efesus nicht einmahl so lange verweilte, um den Dianentempel zu sehen, dem ich zu einer andern Zeit eine große Reise zu Liebe gethan hätte. Je näher ich dem Ziel meiner Reise kam, je öfter hörte ich von der weisen *Dioklea*, oder *Apollonia*, wie sie von vielen genannt wurde, sprechen. Man erzählte seltsame, und (wie es zu gehen pflegt) übertriebene Dinge von ihren Orakeln und Wundern, von ihrem einsamen Aufenthalt in einem heiligen Walde der *Venus Urania*, von ihrer Felsenwohnung, in welche keinem Menschen den Fuß zu setzen erlaubt sey, und wo sie von unsichtbaren Nymfen bedient werde, und wie übel es gewissen Verwegenen bekommen sey, die sich aus Vorwitz oder einer andern sträflichen Absicht hätten erfrechen wollen, ohne ihre Erlaubniß in ihre geheimnißvolle Wohnung einzudringen. Alles was ich hörte, vermehrte mein Verlangen, mit dieser Tochter des Apollonius (wofür ich sie, ungesehen und ununtersucht, zu erkennen geneigt war) so bald als möglich genauer bekannt zu werden. Besonders war ich über den heiligen Hain der *Venus Urania*, worin sie sich aufhielt, erfreut: denn ich schloß daraus, daß sie mit dieser Gottheit, zu deren Anschauen zu gelangen schon lange das Ziel aller meiner Bestrebungen war, in unmittelbarer Verbindung stehen müßte. Die Schwierigkeit war nur, wie ich Zutritt bey ihr erhalten könnte, da meine Fremdheit, mein Geschlecht und meine Jugend meinen Wünschen nicht geringe Hindernisse entgegen setzten. Nach vielem Hin- und Hersinnen schien mir das schicklichste zu seyn, ihr mein Anliegen schriftlich vorzutragen. Ich machte ihr, mit Verschweigung meines Nahmens, in wenigen aber starken Zügen eine Abschilderung von mir selbst; entdeckte ihr das mich unumschränkt beherrschende Verlangen, in den Mysterien der höchsten und heiligsten Magie iniziiert zu werden, und wie weit ich es in der Vorbereitung dazu gebracht zu haben glaubte; und, um ihre Zuneigung desto eher zu gewinnen, setzte ich hinzu, (wie es denn auch die reine Wahrheit war) daß ich der himmlischen Venus, als der ewigen Quelle und Fülle des höchsten und unvergänglichen Schönen, schon seit mehreren Jahren ein heiliges Gelübde gethan hätte, mich von aller irdischen Liebe und allem sinnlichen Liebesgenuß rein zu erhalten, und meine Seele sowohl als meinen Leib in unbefleckter Unschuld für ihren Dienst, dem ich mich gänzlich gewidmet hätte, aufzubewahren. Alles dieses vorausgeschickt, legte ich ihr diese zwey Fragen vor: *Ob mein Verlangen der Göttin angenehm sey*? und, *was ich* in diesem Falle *weiter zu thun hätte*?

In einer Entfernung von vierzig bis funfzig Schritten von dem Felsen, worin Dioklea sich aufhielt, lief eine hohe und dichte Hecke von wilden Myrten um denselben, deren Pforte immer verschlossen blieb. Vor dieser Pforte lag ein großer Sfinx von weißem Marmor, in dessen offnen Mund alle, welche die Profetin um etwas befragen oder ersuchen wollten, ein Papier steckten, worauf ihr Anliegen kurz und deutlich ausgedrückt war. Aber so wie man ihre Antworten oder ihre Hülfe *unentgeldlich* erhielt, so war auch die Erlaubniß, sich durch dieses Mittel an sie zu wenden, auf eine einzige Stunde eines gewissen Tages in jeder Woche eingeschränkt, und die Erhörung hing gänzlich von der Willkühr der Göttin oder ihrer Priesterin ab. Auch durfte niemand, der sich einer Übelthat oder Verunreinigung, wodurch er der Göttin mißfällig seyn könnte, bewußt war, den Graben überschreiten, der den heiligen Bezirk von dem übrigen Walde absonderte; und man pflegte sich daher gewöhnlich eines Knaben unter zwölf Jahren zu bedienen, um die Briefe oder die Zettel dem Sfinx in den Mund zu stecken.

Ich hatte mir jenseits des Grabens ein Zelt aufschlagen lassen, wohin ein einziger alter Diener, der bey mir war, meine unentbehrlichsten Bedürfnisse bringen mußte. Aber von dem Augenblick an, da ich meinen Brief an Dioklea abgelegt hatte, brachte ich den ganzen Tag in dem Innern des Hains zu, dessen heilige Dunkelheit und Stille das schicklichste Mittel war, die Abgeschiedenheit oder den *Pythagorischen Tod*, wodurch ich in das *dämonische Leben* übergehen mußte, zu befördern, und mein Inneres dem himmlischen Licht aufzuschließen, worin ich zum unmittelbaren Anschauen der göttlichen Dinge zu gelangen versichert war. Eine unzählige Menge schneeweißer Tauben schienen die einzigen Bewohner dieses Hains zu seyn, deren Farbe das Symbol der Reinheit, so wie ihr sanftes Girren (der einzige Laut der die tiefe Stille belebte) mir ein Bild des sehnenden Verlangens der Seele war, sich mit der höchsten Schönheit zu vereinigen. Die damahlige Jahrszeit, (es war im Anfang des Sommers) der reine Himmel dieses schönen Landes, dem wenige in der Welt zu vergleichen sind, die durch die lieblichste Kühlung gemilderte Wärme, alles trug das seinige bey, einen Jüngling von zwanzig Jahren, der so sonderbar gestimmt war, in diese Art von wachenden Träumen zu versetzen, wo, unter einem Schlummer der Sinne den das Flattern eines Schmetterlings erwecken kann, das Zauberspiel der begeisterten Einbildung zum *Anschauen* und die leiseste Ahndung der Seele zur *Empfindung* wird, – wo wir in vorbey blitzenden Augenblicken sehen und hören, was keine Zunge beschreiben, kein Apelles mahlen, kein Günstling der Musen in Töne setzen kann, – und das, was wir in diesen unbegreiflichen Augenblicken *erfahren*, es uns vielleicht durch unser ganzes Leben unmöglich macht, dem Gedanken Raum zu geben, daß es Täuschung gewesen seyn könnte.

LUCIAN.

Eine glücklichere Stimmung hätte in der That die göttliche Dioklea oder Apollonia ihrem künftigen Schüler nicht wünschen können!

PEREGRIN.

Nachdem ich den größten Theil des Tages und der Nacht auf diese Weise vorbey geträumt hatte, war ich endlich in einer süßen Ermattung unter einigen Lorbeerbäumen mitten im Hain eingeschlafen. Beym Erwachen fand ich die Antwort der Tochter des Apollonius auf meinem Schooße liegen. Wie groß war mein Erstaunen, als ich, der in meinem Briefe nicht genannt war und schwerlich in ganz Karien von jemand gekannt seyn konnte, die Aufschrift erblickte: *An Peregrinus Proteus von Parium.* Es konnte nur durch die Entzückung, in welche mich der Inhalt setzte, übertroffen werden. »Mein Verlangen war der Göttin angenehm, und noch heute sollte ich mich in der ersten Stunde nach Mitternacht vor der Pforte einfinden, die in den innersten Bezirk des heiligen Haines führte.«

Ich erlasse dir, lieber Lucian, die Beschreibung alles dessen, was bis zu dieser feierlichen ersten Stunde nach Mitternacht in mir vorging. Du kennst nun bereits deinen Mann so gut, als ein Geist aus deiner Klasse ihn zu kennen fähig ist; und überdieß habe ich dir noch so viele sonderbare Dinge bis zu dem Augenblick meiner *Verlüftung* (wie es dein Unbekannter zu nennen beliebt hat) zu erzählen, daß ich mich, wo es nur immer ohne Nachtheil der Sache geschehen kann, der möglichsten Kürze werde befleißigen müssen.

LUCIAN.

Du kannst wenigstens auf einen willigen und dankbaren Hörer rechnen, Peregrin. So lange du meine Aufmerksamkeit unvermerkt immer höher spannst, werde ich deine Erzählung nie zu umständlich finden.

PEREGRIN.

Nachdem ich mich in der heiligen Quelle, die aus einem Felsen des Hains hervor sprudelte, dreymahl gewaschen, und ein schneeweißes Kleid angezogen hatte, begab ich mich an den bestimmten Ort, und wartete mit klopfendem Herzen bis die Pforte sich öffnen würde. Sie öffnete sich endlich, und schloß sich sogleich wieder hinter mir zu. Ich befand mich zwischen zweyen mehr als mannshohen Myrtenwänden, in einem sehr langen Gange, der mich zu einem Rosenhain führte, wo die schönsten Rosen, die ich jemahls sah, in unendlicher Menge und Mannigfaltigkeit der Formen an hoch aufgeschoßnen und zierlich durch einander geschlungenen Büschen in voller Blüthe standen, und, im Glanze des beynahe vollen Mondes, durch die anmuthigste Vermischung von Licht und Dämmerung, und den Abstich starker Schlaglichter mit schwarzen Schatten, eine beynahe magische Wirkung auf mich thaten. Ich schien mir in die Sfäre verzückt zu seyn, die der eigene Wohnsitz der Göttin der Schönheit und Liebe ist; der Glanz, der mich umfloß, war der Wiederschein ihres Lächelns, und die Luft, die ich einsog, der Rosenathem ihres himmlischen Mundes. Das Wonnegefühl, wovon mein ganzes Wesen durchdrungen war, befreyte mich von aller Bangigkeit; mir war als ob ich keinen Körper mehr hätte, ich fühlte mich lauter Seele, und noch nie war ich mir so lebhaft und innig meiner dämonischen Natur bewußt gewesen.

In diesem Zustande irrte oder schwebte ich vielmehr unter den zauberischen Rosengebüschen umher, als eine ehrwürdige Gestalt langsam auf mich zu kam, in welcher ich, so wie sie sich näherte, (es sey nun daß es Täuschung oder Wahrheit war) immer mehr und mehr die auffallendste Ähnlichkeit mit dem Bilde des Apollonius, und der Abschilderung, die mir der alte Menipp von ihm gemacht hatte, entdeckte. Es war eine Frau von hohem schlankem Wuchs und feiner Gestalt, dem Ansehen nach zwischen dreyßig und vierzig, von einer schönen Gesichtsbildung, worin gerade so viel Weiblichkeit war, als erfordert wurde, den

Ernst ihrer edeln, beynahe männlichen Züge angenehm zu machen. Sie war, unter einer langen weißen schmal gefalteten Tunika, die ein breiter funkelnder Gürtel unter dem Busen zusammen hielt, in ein himmelblaues, mit silbernen Sternen durchwirktes Gewand gekleidet, dessen weite Ärmel bis auf die halbe Hand herab hingen. Ihre schwarzen Haare, um die Stirn mit einer weißen priesterlichen Binde umschlungen, wallten in langen dichten Locken um ihre Schultern den Rücken hinab. Ich blieb stehen, indem sie mit Grazie und Würde langsam auf mich zuging, und da sie, in einer Entfernung von drey oder vier Schritten still hielt, näherte ich mich ihr ehrerbietig und sagte: Ich glaubte mich nicht irren zu können, wenn ich die Tochter des großen Apollonius und die Erbin seiner erhabenen Weisheit in ihr verehrte; wer ich selbst wäre, hätte ich nicht nöthig derjenigen zu sagen, die mich in diesem Lande Unbekannten, sogar ungesehen schon gekannt hätte. Sie erwiederte: »Ich würde mich nicht mehr hierüber wundern, wenn sie mir sagte, daß ihr in der ersten Nacht meiner Ankunft zu Halikarnaß Apollonius im Traum erschienen sey, und sie angewiesen habe, mir zur Befriedigung meiner Wünsche behülflich zu seyn.« – Ich gestehe, daß sich meine Eigenliebe durch diese Eröffnung nicht wenig geschmeichelt fand; denn sie versicherte mich der Wahrheit meiner Meinung von mir selbst und aller meiner Lieblingsideen, und ich schien mir nun mit meinen stolzesten Ansprüchen nach nichts zu streben, als wozu ich gleichsam durch meine Geburt berechtigt war.

Dioklea führte mich hierauf aus dem Rosenwäldchen in einen Gang, der mit einer doppelten Reihe hoher Pomeranzenbäume besetzt war, und auf einer sanft empor steigenden Anhöhe zu einem marmornen Tempel führte. Wir setzten uns unter dem vordern Säulengang auf eine Bank, und sie wußte mich, wiewohl sie wenig sprach, unvermerkt dahin zu bringen, daß ich ihr eine umständliche Erzählung der Geschichte meines Lebens machte. Bald darauf, als ich mit meiner Erzählung fertig war, stand sie auf, nahm mich bey der Hand, führte mich an der linken Seite der

Anhöhe auf einem durch Gebüsche sich windenden Pfade herab, und, indem sie mich mit einem leisen Druck der Hand versicherte, daß ich bald wieder von ihr hören würde, sah ich mich unversehens wieder vor der Pforte, durch die ich herein gekommen war. Sie öffnete und schloß sich, wie das erste Mahl, von selbst, Dioklea war verschwunden, und ich befand mich in der Verfassung eines aus dem schönsten Traum erwachenden Menschen in dem äußern Bezirke des Hains allein.

LUCIAN.

Deine Dioklea legitimiert sich als eine ächte Tochter des großen Apollonius; denn sie konnte ein wenig hexen, wie es scheint. Ich gestehe daß du meine Neugier gewaltig aufgeregt hast.

PEREGRIN.

Du wirst dich nicht betrogen finden, wenn du von einem solchen Anfange nichts alltägliches erwartest.

Die Sonne hatte die Hälfte ihres Laufs zurückgelegt, als ich, nach einem leichten Mahle, unter dem angenehmen Gewirre von Gedanken, Ahndungen und Träumereyen, die das Abenteuer der vergangnen Nacht in meiner Seele theils zurück gelassen theils erweckt hatte, einschlummerte, und nicht eher wieder erwachte, als nachdem sie bereits untergegangen war. Wie ich die Augen aufschlug, sah ich einen nackten Knaben von neun bis zehn Jahren vor mir stehen, dessen Schönheit mir mehr als menschlich schien. Mit Rosen bekränzt, in der Hand einen Lilienstängel, der mich an *Anakreons Amor* erinnerte, winkte er mir mit einem lieblich unschuldigen Lächeln, ihm zu folgen. Er ging immer schweigend vor mir her, und führte mich durch ein Gewinde unbekannter Büsche, auf einem durch Kunst geebneten schneckenförmig steigenden Pfad an einem Felsen hinauf. Auf einmahl standen wir am Eingang einer hohen gewölbten Grotte, die von einer einzigen Lampe erleuchtet war, und in ihrer Vertiefung mit jedem Schritte niedriger und enger wurde. Mein kleiner Führer öffnete eine Thür, und ich befand mich in einem mit Marmor zierlich ausgelegten Vorsahle, durch dessen innere Öffnung ich in einem größern schön erleuchteten Gemach eine kleine Tafel gedeckt sah.

Indem ich mich nach meinem verschwundnen Führer umsah, kam mir die Tochter des Apollonius entgegen. Du bist mir zu gut empfohlen worden, Proteus, – sagte sie mit einem leisen Lächeln, das den Ernst ihrer Züge sehr angenehm erheiterte und ihrer Miene etwas einladendes gab – als daß es mir erlaubt wäre, dich nicht als einen Gast zu betrachten, den mir Apollonius zugeschickt hat. Und hiermit nahm sie mich bey der Hand und führte mich zu einem vergoldeten Stuhl, wo ich mich an der kleinen Tafel ihr gegenüber setzen mußte. Sie war leichter und einfacher als gestern, aber äußerst edel angezogen, und hatte mit ihrer priesterlichen Binde um die Stirn das Ansehen einer Vestalin in ihrer Hauskleidung. Die kleine Tafel war niedlich besetzt, und eine einzige junge Nymfe, lieblich und unentfaltet wie eine Rosenknospe, verrichtete den Dienst, der dabey nöthig war.

Während ich mit aller Eßlust eines Menschen von meinem damahligen Alter, der seit etlichen Tagen nur sehr leichte Mahlzeiten gethan hatte, dem Gastmahl meiner freundlichen Wirthin Ehre machte, sprach sie mit mir von meiner Reise, von den Schönheiten der Stadt Smyrna, und von dem Dianentempel zu Efesus; und es schien ihren Beyfall zu haben, daß ich, vor lauter Verlangen bald zu Halikarnaß zu seyn, keine Zeit gehabt hatte, dieses Wunder der Welt in Augenschein zu nehmen. Als die Tafel abgetragen war, goß sie etwas Wein in eine goldene Schale, machte der Göttin eine Libazion damit, und, nachdem sie die Schale wieder gefüllt hatte, brachte sie mir den gewöhnlichen Gast- und Freundschaftstrunk in einem Weine zu, der nur dem Nektar der Götter weichen konnte. Wir standen endlich auf; und während uns die junge Nymfe Wasser zum Waschen in einem vergoldeten Becken reichte, verschwand die Tafel, ohne daß ich sah wohin sie gekommen war.

Eine Anmerkung, die ich erst lange hernach machte, war, daß Dioklea bey allem Wunderwürdigen, das ihren Aufenthalt von der Wohnung gewöhnlicher Sterblichen unterschied, gerade so aussah als ob nichts alltäglichers seyn könnte als diese Dinge, und daß sie meine wenige Befremdung darüber eben so wenig zu bemerken schien. Bald nachdem wir von Tische aufgestanden waren, öffnete sie eine Thür, die auf eine kleine Terrasse führte, von welcher man über einen Theil dieser anmuthigen Wildniß, und weiter hin durch eine Öffnung des Waldes in die See, wie ins Unendliche, hinaus sah. Hier setzten wir uns wieder, und die junge Nymfe brachte ihr eine Laute. Dioklea spielte einige sanfte melodische Stücke, und endigte mit einem Hymnus an *Venus Urania*, der meine Seele mit heiligen Gefühlen durchdrang; ich glaubte, die hohe *Theano* oder ihre Tochter *Myja* dem stillhorchenden Pythagoras und seinen Freunden himmlische Ruhe zusingen zu hören. Nach dieser Pythagorischen Vorbereitung zum Schlafengehen gab sie die Laute zurück, führte mich in ein kleines, nur vom Mondschein schwach erhelltes Schlafgemach, das für mich zubereitet war, wünschte mir mit feierlicher Miene einen gesunden und heiligen Schlummer, und entfernte sich.

Was dir vielleicht sonderbarer als alle diese *Feerey* vorkommen wird, ist dieß: daß ich das alles, wie gesagt, ohne Erstaunen oder Verwunderung, als etwas das meine Erwartung nicht übertraf, kurz als die natürlichste und schicklichste Sache von der Welt aufnahm. Die ganze Wirkung, die es auf mich that, war, mich gleichsam unter Gewährleistung aller meiner Sinne gewiß zu machen, daß ich wirklich bey der Tochter des Apollonius, der Erbin seiner Weisheit und erhabenen Geheimnisse, sey. Dieß vorausgesetzt, hätte alles noch weit außerordentlicher bey ihr seyn können, ohne daß ich einen Augenblick stutzig darüber geworden wäre. Meine Einbildung war von früher Jugend an mit allen Arten des Wunderbaren vertraut, und was im gemeinen Laufe der Dinge wunderbar heißt, war, nach meiner Vorstellungsart, in dem höhern Kreise, zu welchem Dioklea gehörte, natürlich. Ich überließ mich also mit dem ruhigsten Zutrauen der Freude über eine Aufnahme, die alles was ich erwarten konnte übertraf, und schlief in Hoffnungen ein, die der Traumgott selbst mit aller seiner grenzenlosen Macht nicht hätte übertreffen können.

Als ich mit dem Tag erwachte, war das erste was mir in die Augen fiel, ein wunderschönes Gemählde, welches in einem prächtigen Rahmen von vergoldetem Schnitzwerk eine ganze Wand meines Schlafgemachs einnahm. Es stellte *Venus* und *Adonis* vor: *jene*, in dem Augenblicke, wie sie, von einer rosenfarbnen Wolke umgeben, auf einer Anhöhe des Idalischen Hains aus ihrem Schwanenwagen steigt, indem eine von ihren Grazien die Zügel hält, und die beiden andern, mit der Göttin die schönste Gruppe machend, ihr im Aussteigen behülflich sind; *diesen*, wie er, zu ihren Füßen liegend, mit dem wärmsten Ausdruck der anbetenden Liebe zu ihr empor schaut, in einer Stellung als ob er die Arme gegen sie ausbreiten wollte, aber plötzlich von einem heiligen Schauer zurück gehalten würde.

Es wäre schwer die Bewegungen zu beschreiben, die dieser unerwartete und meinen eigenen innern Zustand mir so lebhaft vorspiegelnde Anblick in meinem ganzen Wesen hervorbrachte. Genug, dieses Gemählde beschäftigte mich einige Stunden lang um so angenehmer, da ich es als ein Unterpfand betrachtete, daß ich dem Ziele meiner Wünsche nahe sey. Indessen, wie groß und blendend mir auch die Schönheit der Göttin Anfangs vorkam, so verlor sie doch bey so oft wiederhohltem Anschauen und Betrachten unvermerkt, und schien mir zuletzt weit unter dem Ideale zu bleiben, das ich in meiner Seele trug. Nicht als ob ich mir wirklich schönere Formen, oder im Ganzen ein vollkommneres Bild von ihr hätte einbilden können: sondern weil ihm die *Glorie*, worin ich sie mir dachte, alles das Unaussprechliche, Himmlische und Göttliche, das sich nicht mahlen läßt, fehlte, – oder vielmehr, weil das gemahlte Bild die ganze Wirkung nicht auf mich that, die ich von einer Erscheinung der Göttin selbst erwartete. Indessen kam ich doch von Zeit zu Zeit zu ihm zurück, um den Gedanken an ihm zu nähren, was Adonis beym Anschauen der *gegenwärtigen* Göttin empfunden haben müsse, da der bloße gefärbte Schatten des Bildes, das ein Mahler sich von ihr vorstellen konnte, schon so viel Anziehendes und Liebeathmendes hatte.

LUCIAN.

Wie sehr, guter Peregrin, bestätigt dein Beyspiel die große Wahrheit, daß es nicht *die Dinge selbst*, sondern *unsre* durch die Individualität bestimmten *Vorstellungen von ihnen* sind, was die Wirkung auf uns macht, die wir den Dingen selbst zuschreiben, weil wir sie unaufhörlich mit unsern Vorstellungen verwechseln!

PEREGRIN.

Ich sollte an diesem Morgen auf mehr als Eine Art überrascht werden. Indem ich verschiedene schöne Stücke, womit dieses Gemach ausgeziert war, durchging, ward ich auf einem kleinen Ecktische von Ebenholz eines elfenbeinernen Kästchens gewahr, worin ein goldner Schlüssel steckte. Da ich dieß für eine Erlaubniß ansah es zu öffnen, so schloß ich es auf, und fand – eine mit goldnen Buchstaben beschriebene Rolle von purpurfarbnem Pergament darin, welche die Überschrift hatte: *Apollonius von Theofanien.*[1] Du kannst dir vorstellen, mit welchem Entzücken, und zugleich mit wie viel Ehrerbietung und Glauben ich diesen kostbaren Schatz in die Hand nahm, und wie begierig ich zu lesen anfing. Ich war noch nicht weit gekommen, als mir Dioklea durch die junge Nymfe wissen ließ, sie wäre verhindert mich diesen Morgen zu sehen; ich würde aber etwas gefunden haben, das meine Muße hinlänglich beschäftigen könnte, und ich möchte es übrigens in allen Stücken so halten, als ob ich in meinem eigenen Hause wäre. Ich steckte also die Rolle in meinen Busen, und begab mich in eine Laube des Rosenhains, der nahe an Diokleens Felsenwohnung lag. Bald darauf erschien der Knabe, der gestern mein Führer gewesen war, wieder, setzte ein aus Golddraht geflochtenes Körbchen, worin mein Frühstück war, auf einen kleinen Marmortisch, und schwand wieder aus meinen Augen, ohne ein Wort zu sagen. Ich brachte den ganzen Morgen

1 Göttererscheinungen.

mit Lesen und Wiederlesen der gefundnen Handschrift zu, die mir zwar in ihrer bildervollen mystischen Sprache nicht viel deutliches offenbarte, aber eben darum mein Gemüth nur desto lebhafter in Bewegung setzte. Unvermerkt überschlich mich die Mittagshitze bey dieser süßen Beschäftigung, und ich schlummerte unter den seltsamsten Träumereyen ein.

Als die schwülsten Stunden des Tages vorüber waren, ließ sich mein stummer Aufwärter wieder sehen, um mich in ein zierliches marmornes Bad zu führen, wo er mich stillschweigend mit allem bediente was man in einem Bade verlangen kann; denn bey Diokleen zeichnete sich alles durch Vollkommenheit aus. Wie endlich der Tag sich zu neigen anfing, ließ sie mir sagen, sie erwarte mich in der Grotte, wo sie in der heißen Jahrszeit den Abend zuzubringen pflegte. Sie empfing mich mit einem Ausdruck von Wohlwollen, der den Ernst ihrer Miene unvermerkt erheiterte. Das Buch des Apollonius von *Theofanien* wurde bald der Gegenstand unsers Gespräches; und da ich ihr auf die Frage, »ob ich alles darin verstanden hätte?« mit einem zögernden Nein antwortete, nahm sie davon Gelegenheit, mir über das, was mir nothwendig darin dunkel seyn müßte, so viel Licht zu geben, als ich dermahlen ertragen könnte. Sie unterschied *zweyerley Arten* von *Theofanien.* Die Götter, sagte sie, sind von jeher einigen besonders von ihnen geliebten Menschen sichtbar geworden: zuweilen *ohne Zuthun der letztern*, aus bloßem Antrieb ihres eignen freyen Wohlwollens; zuweilen *auf Veranlassung der Menschen*, und durch die Mittel dazu bewogen, welche die *theurgische Magie* in ihrer Gewalt hat. Nicht als ob es nicht immer von den Göttern abhinge, sich mehr oder weniger, oder gar nicht mitzutheilen; sondern weil es möglich ist auf die Neigung ihres Willens selbst zu wirken, und sie durch die *Allgewalt der Liebe* zur *Gegenliebe* zu nöthigen. In jedem Fall aber ist es unmöglich anders zu dieser Mittheilung zu gelangen, als *stufenweise*, und *durch Mittel*, wodurch sie selbst, in eben dem Maße, *wie wir uns zu ihnen erheben*, sich *zu uns herablassen.* Die höchsten und wohlthätigsten Götter haben sich daher immer in *menschlicher Ge-*

stalt gezeigt; und bloß hierauf gründet sich die Verehrung, die wir ihren *Bildern*, als *Denkmählern ehemahliger Theofanien*, und weil sie diese Gestalt gewisser Maßen zu *ihrer eigenen* gemacht haben, schuldig sind. Nicht selten sind diese Bilder – nach Maßgabe der Stärke, womit die Seele durch ihr unverwandtes Anschauen sich von allen andern Bildern abzuscheiden, und in einem einzigen reinen Gedanken des Herzens sich die unsichtbare Gottheit selbst anschaulich zu machen fähig ist – Kanäle außerordentlicher Gnaden der Götter gewesen; und es ist daher immer wohl gethan, sich dieses Mittels zu bedienen, was auch der Erfolg seyn mag; der zwar immer von der Willkühr der Gottheit, aber gewiß sehr viel von der Beschaffenheit des Subjekts und der Energie der Gefühle abhängt, wodurch wir uns *zu ihnen aufschwingen* und sie *zu uns herunter ziehen.*

Diese Theorie – von welcher ich dir hier bloß einen leichten Umriß mache – hatte desto mehr einleuchtendes für mich, da sie mit meinen eigenen Vorstellungen sehr gut zusammen stimmte, und mir zu einer vollgültigen Bestätigung derselben diente. Dioklea setzte noch verschiedenes hinzu, das mir einen hohen Begriff von ihren Einsichten in die *göttliche Magie* gab, und sprach unter andern mit Verachtung von gewissen Mitteln, wodurch manche angebliche *Theurgen* die Götter zum Erscheinen *nöthigen zu können* vorgäben. Es sey zwar nicht zu läugnen, sagte sie, daß es, zum Beyspiel, gewisse auserlesene *Wohlgerüche* gebe, die ihnen angenehm seyen; denn sie liebten das reinste und vollkommenste in jeder Art: aber sie durch Räucherungen oder Zauberlieder *anziehen* zu wollen, sey ein kindischer Gedanke, und es werde nie ein anderes Mittel, sie zu uns zu ziehen, geben, als eben das, wodurch wir uns zu ihnen aufschwüngen, nehmlich das heißeste Verlangen einer von jeder andern Begierde und Leidenschaft gereinigten Seele. Vielleicht hätten jene vermeinten Theurgen gehört, die Götter pflegten ihre Gegenwart zuweilen durch *himmlische Wohlgerüche* oder *Harmonien* oder ein *überirdisches Licht* anzukündigen, und hätten hieraus, ohne Grund, den Schluß gezogen, daß man sie durch *Fumigazionen* und *Epoden* herbey locken könne: immer sey es gewiß, daß die *unächte Magie* sich solcher Behelfe zu Bewirkung betrüglicher Theofanien und Geistererscheinungen bediene, aber eben darum enthielten sich die *wahren Theurgen* dieser zweydeutigen Mittel gänzlich.

Als sie zu reden aufgehört hatte, bat ich sie sehr inständig, mir, wofern sie mich dessen nicht unwürdig hielte, das Heiligthum der Göttin nicht länger zu verschließen, an dessen Schwelle sie mich vermuthlich bey unsrer ersten Zusammenkunft geführt hätte. Sie antwortete: dieser Tempel sey allen Profanen unzugangbar; aber mir sollte er, wie billig, noch in dieser Nacht geöffnet werden.

Bald darauf befahl sie unsre Abendmahlzeit zu bringen, welche, ganz nach Pythagorischer Weise, bloß aus einigen leichten Speisen und auserlesenen Früchten bestand; auch wurde bloßes Wasser aus krystallenen Bechern dazu getrunken, aber das reinste, leichteste und frischeste, das ich je getrunken hatte. Nach der Mahlzeit hörten wir in einiger Entfernung eine äußerst sanfte und herzerhöhende Musik von Instrumenten und Stimmen, ohne zu sehen wo sie herkam. Wir setzten uns auf eine Bank im Rosenhain, und hörten ihr eine Weile zu. Endlich wurde sie immer schwächer und schwächer, bis sie ganz in die Lüfte zu zerfließen schien. Wie wir nichts mehr hörten, stand Dioklea auf. Es ist Zeit, sagte sie, dein Verlangen zu befriedigen! – Du wirst das heilige Bild der Göttin sehen, und auf Sie allein wird es ankommen, wie viel oder wenig sie dir durch dieses Mittel von sich selbst erblicken lassen will. Von nun an bis zum Aufgang der Sonne versiegelt das heilige Schweigen unsre Lippen!

Ich bückte ihr meinen Dank und meinen Gehorsam zu, und wir gingen mit langsamen Schritten den Pomeranzengang zum Tempel hinauf. Als wir ankamen, fanden wir unter den Säulen rechter Hand drey junge Nymfen in langem weißem Gewande, und auf der linken drey zwölfjährige Knaben, ebenfalls weiß gekleidet, auf uns warten. Dioklea schloß die äußere Pforte auf, und wir traten in eine Halle, in deren Mitte eine vergoldete Thür unmittelbar in den Tempel führte. Zu beiden Seiten war ein Gemach, zum Ankleiden der Personen, die in den Tempel eingehen durften, bestimmt. Dioklea begab sich mit den drey Nymfen in das eine, und winkte mir, den Knaben in das andere zu folgen. Alles was hier zu thun war, wurde stillschweigend verrichtet. Ich wusch vor allem mein Gesicht und meine Hände. Hierauf zogen sie mir mein Oberkleid ab, bekleideten mich mit einem langen Rock von weißer glänzender Seide, und gürteten mich mit einem breiten Gürtel von glattem Goldstoff mit den feinsten Perlen gestickt. Als ich angekleidet war, führten sie mich heraus, bückten sich, die Arme über die Brust gefaltet, vor mir und verschwanden.

Bald darauf trat auch die Priesterin wieder heraus. Sie war, über ein rosenfarbnes Gewand das nur bis an die Knöchel reichte, in ein violett purpurnes Oberkleid mit langen weiten Ärmeln gehüllt; ihre dichten Haare flossen los gebunden um ihre Schultern, und mitten auf der priesterlichen Binde um ihre Stirn funkelte ein Stern von citronfarbnen Diamanten. Sie hatte in diesem Aufzuge beynahe selbst das Ansehen einer Göttin, und noch nie war sie mir so schön und blendend vorgekommen. Die drey Nymfen erschienen in einer Art enge gefalteter Leibröcke von weißer Seide, mit breiten rosenfarbnen Gürteln, und ihre Haare waren mit einem goldnen Bande aufgebunden, dessen Enden an beiden Seiten bis an die Knie herab hingen. Alle vier gingen mit zur Erde gesenktem Blicke vor mir vorbey; Dioklea öffnete mit einem goldnen Schlüssel die innere Pforte des Tempels, trat mit ihren Dienerinnen hinein, und schloß die Pforte wieder hinter sich zu. Nach einer kleinen Weile that sich diese wieder auf, sie kamen heraus und langsam auf mich zu, jede etwas in der Hand haltend, das sie aus dem Tempel mitgebracht hatte. Dioklea band mir eine der ihrigen ähnliche Binde um die Stirn; eine der Nymfen setzte mir einen Myrtenkranz auf, die zweyte gab mir einen Lilienstängel in die rechte Hand, und die dritte einen Rosenzweig in die linke. Hierauf berührte die Priesterin jedes meiner Augen mit den drey Mittelfingern ihrer rechten Hand, winkte mir in den Tempel hinein zu gehen, und schloß die Pforte hinter mir zu.

LUCIAN.

Wahrlich, viel Ceremonien, und mehr als zu viel um diese Mysterien verdächtig zu machen! Ich bin ungeduldig zu hören, wie sich das alles enden wird.

PEREGRIN.

Was auch der Zweck dieser Feierlichkeiten war, so viel ist gewiß, daß mir das Herz beym Eintritt in den Tempel merklich höher schlug. Ich blieb nahe an der Pforte stehen, und faßte mich zusammen so gut mir möglich war, indem ich mich umsah und den edeln Geschmack der innern Baukunst und Verzierung bewunderte, so viel ich davon bey dem Lichtstrom sehen konnte, der aus einer halbrunden Vertiefung hervorbrach, wo die Göttin in einer hohen vergoldeten Blende stand. Vor ihr, etwas seitwärts nach der rechten Hand, kniete ein marmorner Amor mit einer goldnen Pfanne, an Form dem Horn der Amalthea ähnlich, aus welcher mit dem lieblichsten Wohlgeruch eine ungemein helle Flamme in der Dicke einer Zirbelnuß empor loderte, und dem geglätteten Marmorbilde der Göttin eine zum Verblenden täuschende Beleuchtung gab. Dieses Bild war merklich größer als alle Venusbilder die ich noch gesehen hatte, und verband in meinen Augen die Majestät einer Göttin mit einer Schönheit, welche gleich beym ersten Anblick alles, womit man sie hätte vergleichen können, auslöschte, und nichts vollkommneres wünschen ließ. Eine unfreywillige Gewalt warf mich vor ihm auf die Erde nieder, ich betete in ihm den *sichtbaren Abglanz* der höchsten geistigen Schönheit an, und fühlte in seinem Anschauen mein ganzes Wesen in die reinste Liebe aufgelöst. Doch ich will nicht versuchen, unbeschreibliche Empfindungen, oder Täuschungen, wenn du willst, beschreiben zu wollen; denn in der That war es doch wohl Täuschung, daß ich zuletzt, ob schon nur einen Augenblick, die Göttin selbst in ihrer ganzen überirdischen Glorie vor mir zu sehen glaubte.

Lucian,
lächelnd.

Das sollt' ich beynahe auch vermuthen. Aber was wurde zuletzt aus dem allen?

Peregrin.

Ich ward endlich gewahr, daß die Fackel Amors, die zu diesen Mysterien unentbehrlich war, in wenig Augenblicken erlöschen würde, und zog mich, noch früh genug um die Thür des Tempels ohne tappen zu finden, zurück, nachdem ich meinen Myrtenkranz nebst dem Rosenzweig und Lilienstängel zu den Füßen der Göttin niedergelegt hatte. Ich fand vor der Thür einen von den Knaben, der mir das feierliche Gewand wieder abnahm, und ich kehrte mit einem neuen Bilde in meiner Seele zurück, das, so zu sagen, ihre ganze Weite ausfüllte, aber, anstatt kalter Marmor zu seyn, von aller der Liebe belebt war, die –

Lucian.

– der kalte Marmor in dir angezündet hatte!

Peregrin
nach einer kleinen Pause.

Mein Zustand in dieser Nacht war wachend und schlafend ein immer währender Traum von meiner angebeteten Göttin. Bald lag ich wieder im Tempel zu ihren Füßen, bald wandelte ich an ihrer Seite im Hain von Amathunt, bald fand ich mich mit ihr in die himmlische Sfäre der Schönheit und Liebe verzückt, und sah und fühlte unaussprechliche Dinge. Diese Gemüthsverfassung wäre vielleicht bey jedem andern völlig erklärter Wahnsinn geworden: aber bey mir war sie durch alles vorhergehende so gut vorbereitet, hing mit meinen herrschenden Ideen so schön zusammen, und war meiner ganzen Art zu seyn so angemessen, daß ich mich in meinem Leben nie so heiter, so gut und so glücklich gefühlt hatte. Kurz, mein Zustand war – bey aller Überspannung meiner Fantasie – der Begeisterung, worin sich jeder gefühlvolle und noch ungeschwächte Jüngling in den goldnen Tagen *der ersten Liebe* befindet, ähnlich genug, um im Grunde die natürlichste Sache von der Welt zu seyn.

Ich brachte einen Theil des folgenden Morgens mit Diokleen in den Rosengebüschen zu. Sie sagte mir: daß ich von nun an den Tempel so oft besuchen könnte als ich wollte, ohne daß es dazu ihrer Gegenwart oder besonderer Feierlichkeiten vonnöthen hätte; sie würde mir zu diesem Ende einen eigenen Schlüssel zustellen, um davon freyen Gebrauch zu machen; nur mit dem einzigen Vorbehalt, daß der Tempel nie vor Untergang der Sonne aufgeschlossen werden dürfte, und bey ihrem Aufgang wieder zugeschlossen seyn müßte. Die Göttin, setzte sie hinzu, hat Wohlgefallen an der hohen Reinheit deiner Empfindungen, die unter den Sterblichen einem Wunder ähnlich ist; und ich müßte mich sehr irren, oder dir ist ein Loos beschieden, das selbst unter den Söhnen der Weisen nur selten einem Glücklichen zu Theil wird, wiewohl mir nicht erlaubt ist dir mehr davon zu sagen.

LUCIAN.

Aha! Ich sehe sie kommen! – Dachte ichs doch gleich vom Anfang an!

PEREGRIN.

Ich errathe deinen Gedanken: aber nicht zu voreilig, Lucian! du könntest dich betrogen finden. Man ist mit den Leuten, in deren Gesellschaft ich dich gebracht habe, nicht so leicht im Klaren. Gedulde dich! das Drama nähert sich seiner *Peripetie.*

Mein gestriger erster Besuch des Tempels, und was dabey in mir vorgegangen, war natürlicher Weise der vornehmste Gegenstand, worüber sich Dioklea mit mir unterhielt. Sie fragte mich, ob ich jemahls zu *Knidos* gewesen sey? und da ich mit Nein antwortete, fuhr sie fort: Du kennst also die berühmte Venus des *Praxiteles* nur dem Nahmen nach; aber vermuthlich hast du die Venus des *Alkamenes* zu Athen gesehen? – Öfters, war meine Antwort: allein, o wie wenig ist sie mit dieser zu vergleichen! oder vielmehr, wie unendlich ist der Unterschied zwischen dem was ich beym Anschauen der einen und der andern erfahren habe! – Jene, sagte Dioklea, flößte dir wohl nur kalte ruhige Bewunderung ein; aber diese? – »Ein Gefühl, das meine Brust zu zersprengen schien, das meine ganze Seele kaum zu ertragen vermochte. In jener sah ich nur das *Symbol* der höchsten Schönheit; in dieser erkannte und fühlte ich die *gegenwärtige Göttin selbst.*« – Bey allem dem, versetzte sie, muß ich dich erinnern gegen deine Fantasie auf der Hut zu seyn; sie arbeitet oft zur Unzeit der höhern Einwirkung entgegen, und weidet uns mit *Schatten*, da wir ohne ihre zu große Dienstfertigkeit *das Wesen selbst* haben könnten. Du glaubtest die Gegenwart der Göttin zu fühlen, und es war vielleicht bloße Täuschung. Das sicherste Mittel dich vor den Blendwerken der Einbildung zu verwahren, ist ihrer Geschäftigkeit Einhalt zu thun, und dich gänzlich den Gefühlen deines Herzens zu überlassen. Durch diese allein kannst du hoffen, die Göttin dir günstig zu machen. Das *Herz*, nicht die Einbildungskraft, ist das *Organ*, das ihrer Mittheilungen empfänglich ist. – Nach diesen Worten verließ sie mich, damit ich mir diese Lehren durch eigenes Nachdenken wahr machen könnte.

Um deine Geduld durch Erzählung des stufenweisen Wachsthums meiner vermuthlich beyspiellosen Leidenschaft nicht auf eine allzu große Probe zu stellen, will ich von dem Besuche, den ich in der folgenden Nacht im Tempel machte, nichts weiter sagen, als daß dießmahl die Art, wie das Anschauen der Göttin auf meine *Sinne* wirkte, indem ich mich (nach dem Rathe der Tochter des Apollonius) den Empfindungen, die sie mir einflößte, gänzlich überlassen wollte – zuletzt so lebhaft wurde, daß sie mich erschreckte und gegen mich selbst mißtrauisch machte. Ich eilte in großer Unruhe aus dem Tempel hinweg, und beschloß mich der Göttin nicht wieder zu nähern, bis ich durch die sorgfältigste Reinigung meiner Seele alles Sinnliche von meiner Liebe abgewaschen hätte, welche, meiner Meinung nach, ganz rein und geistig seyn müßte, um mich der wirklichen Theofanie als des einzigen Zieles meiner Wünsche fähig zu machen. Ich konnte nicht von mir erhalten, mit einer so heiligen Jungfrau, als

Dioklea in meinen Augen war, von dieser Entschließung zu sprechen, weil ich mir keine Worte zu finden getraute, das, was sie veranlaßt hatte, zart genug auszudrücken, um keine unziemlichen Vorstellungen in ihr zu veranlassen. Sie konnte indessen leicht bemerken, daß es nicht ganz richtig mit mir stehen müsse: ich war unruhig, tiefsinnig, zerstreut, und suchte die Einsamkeit um meine Gemüthsverfassung vor ihr zu verbergen, ohne zu bedenken, daß ich sie eben dadurch verrieth. Indessen that sie doch, als ob sie nichts davon gewahr würde, und vermied, nach dem Beyspiel das ich ihr gab, alles was mich zu einer Erklärung hätte nöthigen können. So ging der Tag vorüber, und in der nächsten Nacht hatte ich wirklich so viel Gewalt über mich selbst, mir das Anschauen meiner geliebten Göttin zu versagen, wiewohl ich mich mehr als zehnmahl auf den Weg machte, und einmahl schon bis an die äußere Pforte gekommen war.

Diese grausame Selbstpeinigung kostete mir eine schlaflose Nacht. Meine Unruhe wurde dadurch mehr vergrößert als vermindert, und ich sah am folgenden Tage so blaß und hohläugig aus, daß Dioklea sich nicht länger überheben konnte, Kenntniß davon zu nehmen. Was ist mit dir vorgegangen, Proteus? fragte sie mich: Wo ist deine vorige Heiterkeit und Ruhe? Woher diese Blässe deines Gesichts? dieses trübe Feuer in deinen Augen? Und warum besuchtest du gestern den Tempel nicht, sondern schweiftest die ganze Nacht durch im Hain und in den Gärten umher? – Ich fand lange keine Antwort auf diese Fragen. Endlich bemühte ich mich, nicht ohne große Verlegenheit und vieles Stocken, in so behutsamen Ausdrücken als ich (mit Gefahr ein wenig unverständlich zu seyn) nur immer finden konnte, ihr die Bedenklichkeiten zu eröffnen, die mir die Pflicht auferlegt hätten, mich freywillig aus den Augen der Göttin zu verbannen. Sie schien mir mit Erstaunen in die Augen zu sehen, wiewohl sie mich mehr als zu wohl verstanden hatte. Sie schwieg eine gute Weile. Endlich nahm sie mich lächelnd bey der Hand und sagte: Du bist ein wenig wunderlich, Proteus, und die Göttin ist nur zu gütig gegen dich. Steht es etwa nicht in ihrer Willkühr, durch welche Art von Einwirkung sie ihre Macht über dich beweisen will? Und wie sollten deine Sinne allein bey den entzückenden Einströmungen ihrer Gegenwart unempfindlich bleiben, da sie sogar die leblose Natur mit Wonnegefühlen durchschüttert? Wie kannst du glauben, daß die Göttin etwas unmögliches und unnatürliches von dir fordern werde? – Ist die Liebe, die sie dir eingeflößt hat, nicht ihr eigenes Werk? Kann Liebe ohne Verlangen, Verlangen ohne Ausdruck seyn? Die reinste Liebe – Venus Urania kann keine andere erwecken! – veredelt und verfeinert die Sinne, erhöht und begeistert sie, *aber vernichtet sie nicht.*

Dioklea war, indem sie dieß sagte, lebhafter geworden als ich sie noch nie gesehen hatte: sie bemerkte dieß vielleicht in meinen Augen, und hielt auf einmahl ein. – Soll ich dir sagen, (fuhr sie nach einer ziemlich langen Pause in einem ruhigern Tone und mit einem kaum merklichen ironischen Lächeln fort) soll ich dir sagen, was ich von deiner Liebe denke? Sie täuscht dich! oder vielmehr, du täuschest dich selbst mit einer Art von *fantasierter* Liebe, die du gleichsam durch Kunst und durch theurgische Mittel in dir erzwingen willst, weil du dich durch sie zu einer Stufe von Vollkommenheit empor zu schwingen hoffest, die deiner stolzen Eigenliebe schmeichelt. Wahre Liebe ist zu stark an ihren Gegenstand geheftet, zu tief in ihn versenkt, um so viel auf sich selbst Acht zu geben, und so behutsam und ängstlich über unbedeutende Dinge zu seyn. Du bist vielleicht einer sich *so rein* und *ganz* hingebenden Liebe nicht fähig: aber, glaube mir, die Götter lassen sich mit weniger nicht abfinden; und wiewohl es möglich ist, durch ihre besondere Gunst zu jener Theilnehmung an ihrer *Macht* zu gelangen, die das einzige Ziel deiner Wünsche scheint, so giebt es doch kein Mittel ihnen diese Gunst wider ihren Willen abzunöthigen.

Dioklea berührte mich durch diese Rede an einem sehr empfindlichen Theile; denn in der That war ich mir sehr wohl bewußt, mit den Absichten, die sie mir zuschrieb, zu ihr gekommen zu seyn: aber auf der andern Seite fühlte ich noch lebhafter, daß mir das Bild der Göttin eine Liebe eingehaucht hatte, die meine ganze Seele beschäftigte, und wovon das, was ich ehemahls für *Kallippen* fühlte, kaum eine leise Ahndung genannt werden konnte. Da mich nun ihr Vorwurf von dieser Seite *nicht* traf, so antwortete ich mit einer Zuversicht, die ihr vermuthlich nicht unangenehm war: dießmahl wäre wohl, wenn ich es sagen dürfte, Sie selbst diejenige die sich irrte, wenn sie mich beschuldigte, daß meine Liebe bloßer Selbstbetrug, oder gar eine heuchlerische Maske eigennütziger Absichten sey. Ich erklärte mich so warm und lebhaft über diesen Punkt, daß sie genöthigt war, ihren Worten einen mildern Sinn zu geben, oder vielmehr zu behaupten, ich hätte den ihrigen nicht recht gefaßt. Dieser kleine Streit, der erste und letzte den wir mit einander hatten, endigte sich in einer Aussöhnung, wodurch wir bessere Freunde wurden als jemahls, und brachte eine Lebhaftigkeit in die Unterhaltungen dieses Tages, die der Einförmigkeit unsrer Lebensart sehr zu Statten kam.

Meine Ungeduld, die Göttin wieder zu sehen, gab den Vorstellungen, welche Dioklea meinen vielleicht allzu zärtlichen Bedenklichkeiten entgegen gesetzt hatte, so viel Gewicht, daß ich das Ende eines Spaziergangs, wozu sie mich nach der Abendmahlzeit einlud, kaum erwarten konnte, wiewohl sie sichs so angelegen seyn ließ, mich angenehm zu unterhalten, daß sie nicht wohl befürchten konnte mir lange Weile zu machen. Es war schon ziemlich spät, als sie sich von mir beurlaubte, und ich eilte nun mit beflügelten Schritten dem Tempel zu. Nie hatten die Nachtigallen, die in großer Menge ein dichtes Gehölze zur Linken des Tempels bewohnten, sich so sehr beeifert meine Aufmerksamkeit auf ihre lieblichen Wettgesänge zu ziehen; aber nie war es ihnen weniger gelungen. Meine ganze Seele war bereits in meinen Augen. Ich verdoppelte meine Schritte, schloß die Pforten des Tempels hastig auf, und – stand auf einmahl wie versteinert, da ich Amors Fackel ohne Feuer und den Tempel so dunkel fand, daß die geöffnete Thür nicht Licht genug einließ, um das Bild der Göttin unterscheiden zu können.

Unter tausend Zweifeln und Besorgnissen, die sich über diese unerwartete Begebenheit in meinem Gemüthe drängten, behielt endlich der Gedanke die Oberhand, daß die Göttin mich vielleicht auf die Probe stellen wolle, ob ich fähig sey, sie auch ohne Beyhülfe einer meine Sinne rührenden Gestalt eben so gegenwärtig zu denken, als ob sie in diesem Marmor vor meinen Augen stände. Aber wenn dieß ihre Absicht war, so ließ sie mir wenigstens nicht Zeit genug die Probe zu machen. Denn unversehens erfüllte den Tempel eine hell leuchtende Klarheit und ein leises Wehen der lieblichsten Rosendüfte; und statt der Bildsäule erblickte ich in einer helldunkeln Wolke, welche die ganze Vertiefung erfüllte, *die Göttin selbst* in lebendiger unaussprechlicher Schönheit und Glorie, zwischen ihren ewig jugendlichen *Grazien*, welche, Hand in Hand wie in einem leicht schwebenden Tanze sich um sie her bewegend, von Augenblick zu Augenblick ihre himmlischen Reitze bald umschleierten bald wieder sichtbar machten. Ich stand in Entzückung und Anbetung verloren, als die Göttin, mit einem Lächeln das den ganzen Tempel zu erheitern schien, einen Blick voll Huld und Majestät auf mich warf, und plötzlich wieder aus meinen Augen verschwand.

LUCIAN.

Freund Peregrin! – was willst du daß ich glauben soll?

PEREGRIN.

Daß ich dir nichts sage als was ich gesehen habe.

LUCIAN.

Gesehen nennst du es? Geträumt willst du sagen –

PEREGRIN.

Ich versichere dich, daß ich in *diesem* Augenblicke nicht *mehr* träume als damahls.

LUCIAN.

So war es doch wenigstens einer von den *wachenden* Träumen, wovon du vorhin sprachest, *wo man in vorbey blitzenden Augen-*

blicken sieht, was kein besonnener Mensch, dessen Vernunft und Einbildung im gehörigen Gleichgewichte stehen, je mit gesunden Augen gesehen hat.

PEREGRIN.

Denke davon was du kannst, Lucian.

LUCIAN.

Bey allem dem müßten die geschworensten Gegner aller Täuschungen, *Demokrit* und *Epikur* selbst, gestehen, daß du in deinem Erdenleben mit einer beneidenswürdigen Imaginazion ausgesteuert warst! – Aber wie lange dauerte diese himmlische Erscheinung?

PEREGRIN.

Diese Frage, lieber Lucian, ist schwerer zu beantworten als du glaubst. Erscheinungen dieser Art lassen sich mit keinem gewöhnlichen Zeitmaße messen; und wer, der mit einem solchen Gesichte beseligt wird, könnte daran denken dessen Dauer *messen zu wollen*, wenn es auch möglich wäre? Alles was ich dir davon sagen kann, ist, daß sie mir, als alles wieder verschwunden war, nur wenige Augenblicke gedauert zu haben schien, aber daß, meinem Gefühle nach, diese Augenblicke gegen die zwanzig Jahre, die ich bisher gelebt hatte, eine Ewigkeit gegen einen Augenblick waren.

LUCIAN.

Ich merke aus allen Umständen, daß du noch etwas im Rückhalt hast, das mir auf die eine oder andere Art aus dem Wunder helfen wird: denn *Alles*, was dir in dem Zauberhaine der wundervollen Tochter des Apollonius begegnet ist, kannst du doch nicht wohl geträumt haben.

PEREGRIN.

Wenigstens würde ich nicht so unbescheiden gewesen seyn, dich mit einem so langen Traume aufzuhalten. Aber ich fühle selbst, daß es Zeit ist, dir aus dem Wunder zu helfen, wie du es nennst, und wenn es auch nicht anders geschehen könnte, als indem ich dich *in ein neues* noch weit größeres werfe.

Lucian.

Du wirst mich sehr verbinden; denn ich muß gestehen, daß ich den Gemüthszustand, in welchen du mich hinein gezaubert hast, nicht lang' ertragen kann.

Peregrin.

Du glaubst mir wohl ohne Schwüre, daß *Venus Urania* nach dieser Erscheinung keinen inbrünstigern Anbeter in der weiten Welt hatte als mich. Das ganze System meiner theurgischen Schwärmerey hatte durch diese *offenbare Theofanie* eine neue Stütze erhalten, und war in diesen wenigen Augenblicken so verdichtet und über allen Zweifel hinaus gesetzt worden, daß ich nun das Wunderbarste und Unglaublichste zu ertragen fähig seyn mußte. So wie die wonnevolle Erscheinung verschwunden war, wurde mir auch der wieder verfinsterte Tempel zu enge. Ich eilte ins Freye, um meiner von Entzücken fast erstickten Brust Luft zu machen. Diese Nacht kam natürlicher Weise eben so wenig Schlaf in meine Augen als in der vorigen; aber die aufgehende Sonne überraschte mich, da ich sie noch weit entfernt glaubte.

Dioklea erblickte mich als ich vor ihrer Wohnung vorbey ging. Sie war schon völlig angekleidet, kam zu mir herab, und sagte: Sie wäre so früh aufgestanden, weil sie nothwendiger Geschäfte wegen in die Stadt reisen müßte: aber, setzte sie mit Verwunderung hinzu, wie kommt es, daß ich Dich zu einer solchen Tageszeit schon so munter finde? Ich erzählte ihr, mit aller Redseligkeit eines Menschen, der kein dringenderes Bedürfniß hatte als seinem zu vollen Herzen einige Erleichterung zu verschaffen, was mir diese Nacht im Tempel begegnet war. Ich mußte es ihr mehr als Einmahl mit allen Umständen erzählen, bis ich sie von allen Zweifeln geheilt sah, daß meine Fantasie die Schöpferin dieses schönen Gesichtes gewesen seyn könnte. Die Stärke meiner eigenen Überzeugung nöthigte ihr endlich auch die ihrige ab; sie freute sich meines Glückes, und trennte sich nun, wie sie sagte, mit desto leichterem Herzen auf einige Tage von mir, da sie so gewiß seyn könne, daß ich ihre Abwesenheit kaum gewahr werden würde. Ich sollte mich inzwischen als denjenigen ansehen, der in dem ganzen Bezirke des heiligen Hains unumschränkt zu gebieten habe; alle, die von ihr abhingen, wären angewiesen, meine Winke eben so gehorsam wie die ihrigen zu befolgen: auch hätte sie dafür gesorgt, daß es mir an nichts fehlen würde, was ich nöthig haben oder wünschen könnte, ohne daß ich mich selbst deßwegen zu bekümmern brauchte. Nach diesen Worten umarmte sie mich mit der Vertraulichkeit einer alten Freundin, bestieg mit einer ihrer Nymfen und einem Diener einen mit zwey schneeweißen Pferden bespannten Wagen, und verschwand in kurzem aus meinen ihr nachfolgenden Blicken.

Die Entfernung der Tochter des Apollonius hätte mir nie weniger unangenehm seyn können, als in meiner damahligen Verfassung. Der *ekstatische*, oder, wenn du willst, *nymfoleptische* Zustand, worein mich die Erscheinung der vergangenen Nacht versetzt hatte, machte mirs zum Bedürfniß, mir selbst und meinen Empfindungen überlassen zu werden. Doch, was sage ich mir selbst? da mein ganzes Selbst in jenes himmlische Gesicht, das noch immer in ätherischer Klarheit vor mir schwebte, übergegangen war. – Nichts äußeres um mich her, nichts – als Diokleens Gegenwart, hätte mich in dieser süßen Entzückung stören können: denn *sie* würde mich freylich unvermerkt verleitet haben, von dem Unaussprechlichen, das mein ganzes Wesen ausfüllte, zu *sprechen*; und wie wenig wäre das, was ich *ihr* von meiner Wonne hätte mittheilen können, gegen das gewesen, was mir selbst dadurch entgangen wäre!

Ich begab mich nun in den dunkelsten und stillsten Theil des Hains, und es gingen einige Stunden hin, ehe die in meiner Einbildung noch immer fortdauernde Vision durch ein fast unmerkliches Ermatten des Lichts und der Farben so viel von ihrer ersten Lebhaftigkeit verlor, daß ich wieder zu mir selbst kam, mich wieder *da* sah wo ich war, mich mit einer Art von süßem Erstaunen fragte, ob ich es sey, dessen Augen mit dem unmittelbaren Anschauen der Göttin beseliget worden? und mir selbst diese Frage mit der Gewißheit des innigsten Gefühls beantwortete. Die Gedanken, die jetzt mit außerordentlicher Klarheit und Leichtigkeit in mir aufstiegen, waren nicht mehr Gedanken eines Sterblichen; mit meiner Liebe zu *Venus Urania* hatte sich bereits meine *Dämonisierung* angefangen. Konnt' ich noch zweifeln ob diese Liebe der Göttin angenehm sey? Sie hatte mir ja den stärksten Beweis davon gegeben; hatte sich herab gelassen, mir in der einzigen Art von Erscheinung, die meine Sinne ertragen konnten, in der Gestalt der höchsten weiblichen Schönheit, sichtbar zu werden. – Sollte sie bey dieser ersten Gunst stehen bleiben wollen? Unfehlbar war dieses Gesicht nur ein Pfand noch vollkommnerer Mittheilungen; mit jedem höheren Grade derselben, hoffte ich, würde sich meine eigene dämonische Natur mehr enthüllen, bis ich endlich, von einer Stufe zur andern, zum reinen unmittelbaren Anschauen *Ihres Wesens*, und zum vollen Genuß aller *Vorrechte des Meinigen* gelangen würde. – Welche Hoffnungen! Welche Aussichten! Wie ganz anders versprach ich mir selbst mir die Liebe der Göttin zu Nutze zu machen, als die *Adonis* und *Endymionen* der poetischen Fabel! Schon durchflog ich mit ihr in Gedanken das unermeßliche Weltall, durchschaute alle Geheimnisse der Pythagorischen Zahlen, hörte die Harmonie der Sfären, und begriff den tiefsten Sinn aller Hieroglyfen der Natur. Nichts was ein *Dämon* wissen kann, war mir verborgen, nichts was er wirken kann, unmöglich. – Welche Wonne, welch ein Vorgefühl neuer Kräfte, neuer weit ausgebreiteter Thätigkeit, lag in diesem vergötternden Gedanken! Und nun ergoß sich auf einmahl die ganze Gutmüthigkeit meines Herzens in ihn. Ein *neuer Prometheus*, bildete ich schon in meiner allvermögenden Fantasie das Menschengeschlecht zu gutartigen und glücklichen Geschöpfen um; alles Elend verschwand von der Erde; ich rief Asträen wieder vom Himmel herab, stellte die Unschuld und Gleichheit des goldnen Alters wieder her, und beseligte es mit allem, was Künste, Musen und Grazien zur Ausschmückung und Veredlung des menschlichen Lebens beytragen können.

LUCIAN.

Armer Ikarus! Wie hoch schwangst du dich auf deinen Wachsflügeln empor, und wie schmerzlich muß der Fall aus einer solchen Höhe gewesen seyn!

PEREGRIN.

Ahndest du schon meinen Fall, Lucian? – Ganz andre Ahndungen schwellten damahls meinen Busen! Auch nicht der kleinste Zweifel, nicht der leiseste Laut einer unglückweissagenden Vorempfindung, störte die Wonne meiner bezauberten Seele; und, wenn es wahr ist, daß kein wirklicher Genuß an das reicht was uns die Einbildung davon verspricht, wo war dieser einsame Tag unstreitig der glücklichste meines Lebens.

Ich hatte inzwischen, ohne darauf Acht zu geben, den Ort mehr als Einmahl verändert, und befand mich in einer Laube des Rosenwäldchens, wo ich endlich in der heißesten Stunde des Tages unvermerkt eingeschlummert war, als ich beym Erwachen einen Tisch mit verschiedenen Speisen und einer in Eis stehenden krystallnen Flasche Wein vor mir sah, ohne gewahr worden zu seyn wie er hierher gebracht worden. Solltest du es glauben? aller seiner hohen dämonischen Schwärmerey zu Trotz, fiel der bezauberte Liebhaber der himmlischen Venus mit der Eßlust eines gemeinen Erdensohns über die anziehend duftenden Schüsseln her, und ließ, wiewohl sie für zwey mäßige Esser zureichend gewesen wären, nicht so viel übrig, daß ein Schooßhündchen davon hätte satt werden können.

LUCIAN.

Dieß ist gerade was mich von allen Symptomen deines damahligen Fiebers am wenigsten befremdet. Wiewohl man zu glauben pflegt, bezauberte Personen bedürften weder Speise noch Trank, so bin ich doch überzeugt, daß bey der verliebten Art von Bezauberung gerade das Gegentheil Statt findet, und daß von allen Arten der Liebe keine mehr Aufwand von Lebensgeistern verursacht, und also ihre öftere Ersetzung nothwendiger macht, als die *Platonische*. Vielleicht, da doch die Quelle der Ahndungen an diesem Tage so reichlich bey dir floß, war diese außerordentliche Eßlust auch eine geheime Ahndung, daß du zu den neuen, vermuthlich nahe bevorstehenden Mittheilungen der Göttin einer solchen Vorbereitung nöthig haben könntest.

PEREGRIN.

Wie dem auch gewesen seyn mag, so zweifle ich nicht, daß Hippokrates oder Galenus diese Begebenheit sehr natürlich gefunden haben würden. Was ich dir übrigens für gewiß sagen kann, ist, daß die Schüsseln leer waren, bevor ich ein Wort davon wußte, und daß die erhabenen Träume meiner Fantasie sehr wenig durch dieses animalische Geschäft unterbrochen wurden. Wirklich habe ich in spätern Zeiten oft die Bemerkung gemacht, daß Seele und Leib bey der Art von Menschen, unter denen ich damahls keiner der geringsten war, eine ganz eigene Wirthschaft zusammen führen. Bald treibt jedes seine Geschäfte für sich, ohne von dem andern die mindeste Kenntniß zu nehmen; bald vertauschen sie unvermerkt ihre Rollen mit einander; bald leben sie in offenbarer Fehde; aber ehe man sichs versieht, sind sie wieder so warme Freunde, daß nichts in der Welt ist, was sie nicht für einander zu thun oder zu leiden bereit wären. – Doch vergieb, daß ich dich mit unnöthigen Bemerkungen aufhalte, da ich dir bloß meine Geschichte versprochen habe, und in der That einer seltsamen Auflösung der Räthsel nahe bin, womit ich dir eine Weile her den Kopf warm zu machen genöthigt war.

Ob es bloß eine Folge der natürlichen Veränderlichkeit der menschlichen Seele war, die sich nicht lange in einer und eben derselben Stimmung erhalten kann, oder ob die beträchtliche Verstärkung, die der Strom meiner Lebensgeister so eben erhalten hatte, das ihrige dazu beytrug, – gewiß ist, daß die *halcyonische Stille*, welche in der ersten Hälfte des Tages mein Gemüth, wie ein heitrer wolkenloser Himmel die Erde unter ihm, umgeben hatte, sich in der andern Hälfte unvermerkt verlor. Ein geheimer Drang, ein unruhiges Sehnen, das mit jeder Stunde des sich neigenden Tages zunahm, trieb mich hin und her, und ließ mich nirgends lange verweilen. Das Bild der Erscheinung, die ich in der letzten Nacht gehabt hatte, stand wieder mit neuer Lebhaftigkeit und mit neuen unbeschreiblichen Reitzen vor meiner Stirne. Aber *das ätherische Licht*, worin es mir diesen Morgen vorschwebte, war nicht mehr. Ich sah die Göttin in einer Beleuchtung, die ihre Schönheit mehr zu *verkörpern*, ihren Reitzungen einen *Zauber* zu geben schien, dessen Gewalt ich noch nie so lebhaft gefühlt hatte. Das Verlangen sie wieder zu sehen wurde immer feuriger, immer ungeduldiger. Oft breiteten sich meine Arme unfreywillig aus sie zu umfangen. Ich sprach mit ihr, sagte ihr alles was die höchste Schwärmerey der ersten Liebe dem Liebhaber einer Göttin eingeben kann, schweifte im ganzen Hain umher, und befand mich immer unvorsetzlich vor der Thür des Tempels. Je näher die Sonne ihrem Niedergang kam, desto länger wurde mir jede Minute, welche sie noch über dem Horizont verweilte. Eine geheime Ahndung – die im Grunde wohl nichts andres war als das instinktmäßige Harren dessen was wir sehnlich wünschen – hieß mich von dem Besuche, den ich diese Nacht wieder in dem Tempel machen wollte, irgend eine neue noch größere Gunst der Göttin hoffen. In jener ersten Erscheinung hatte sie bloß den Versuch gemacht, wie viel meine Sinne von ihrer Gegenwart *ertragen* könnten. Vielleicht, dachte ich, läßt sie sich dießmahl länger, vielleicht in einem noch mildern Glanze sehen; vielleicht nähert sie sich mir, würdigt mich einer Anrede, läßt mich aus ihren eigenen göttlichen Lippen hören, was ich thun muß, um unmittelbarerer, vollkommnerer Mittheilungen würdig zu werden. Wahr ists, daß ich mir von diesen Mittheilungen nur sehr dunkle, oder, besser zu reden, gar keine Vorstellungen machen konnte: aber die Wirkung dieses dunkeln Vorgefühls auf mein Gemüth war nur desto gewaltiger, und mein Wesen erlag beynahe unter der unnennbaren Wonne des Gedankens – *von Venus Urania geliebt zu seyn* – – so wie mir in der That die Sprache zu gebrechen anfängt, da ich dir mit einiger Wahrheit schildern möchte, was in diesem seltsamen Zustande mit mir vorging.

LUCIAN.

Es ist freylich schwer von *unnennbaren* Dingen zu *sprechen*, und von außerordentlichen Gefühlen einem andern, der in seinem Leben nichts außerordentliches gefühlt hat, einen Begriff zu geben. Ich entbinde dich also eines vergeblichen Versuchs um so lieber, da du mir bereits genug gesagt hast, um sehr deutlich einzusehen, daß du, mit aller möglichen Bestrebung, dem *Blinden*, den du vor dir hast, keinen *anschaulichern* Begriff von den *Farben* der *unsichtbaren* Gegenstände, die du ihm schilderst, mittheilen könntest.

PEREGRIN.

Ich verstehe den Wink, und werde in meiner nächsten Beschreibung, wo nicht so deutlich, doch wenigstens so *kurz* als möglich seyn.

DRITTER ABSCHNITT.

PEREGRIN.

Die Sonne war nicht lange untergegangen, als ich mich nach den gewöhnlichen Vorbereitungen auf den Weg zum Tempel machte. Aber, wie groß meine Ungeduld nach diesem Augenblick gewesen war, so befiel mich doch, da ich unter den Säulengang trat und im Begriff war den Schlüssel in die Pforte zu stecken, ein so wunderbares Schaudern, daß ich wieder umkehren, und den langen Gang von Pomeranzenbäumen zwey- oder dreymahl hin und her gehen mußte, bis ich Muth genug gefaßt hatte, die Pforte aufzuschließen.

Ich fand das Innerste des Tempels nur schwach beleuchtet, ohne zu sehen wo das Licht herkam; der Amor mit der Fackel fehlte, und die tiefe bogenförmige Blende, wo das Bild der Göttin zu stehen pflegte, war mit einem purpurnen Vorhang bedeckt.

Mit hoch schlagendem Herzen stand ich in ehrfurchtsvoller Entfernung, die Augen auf den Vorhang geheftet, als er von zwey eben so schnell erscheinenden als verschwindenden Liebesgöttern plötzlich aufgezogen wurde, und die Göttin in ihrer gewöhnlichen Stellung meinen entzückten Augen zeigte. Der einzige Unterschied war, daß sie nicht auf ihrem Fußgestelle, sondern auf einer kleinen, mit einem purpurnen Teppich belegten Erhöhung stand, zu welcher man auf zwey niedrigen Stufen empor stieg.

Während ich dieses Ideal der höchsten Schönheit mit einer Liebe und einem Verlangen, als ob ich es mit meinen Augen einsaugen wollte, betrachtete, schien mirs, die Statue belebe sich unvermerkt unter meinen Blicken; ihre Augen funkelten von einem überirdischen Lichte, ihr Busen schien sich zu heben, und eine liebliche Röthe alle Lilien ihrer nach dem schönsten Ebenmaße gebauten Glieder in Rosen zu verwandeln.

Du wirst mir gern glauben, daß mein Gefühl bey dieser Erscheinung – mochte sie nun Täuschung oder Wahrheit seyn – alle Beschreibung zu Schanden machen würde. Von einem unwiderstehlichen Zug überwältigt wagte ich es endlich, mich ihr mit zögernden Schritten zu nähern; ein unbeschreiblich süßer Blick schien mich dazu einzuladen, und in eben dem Augenblicke, da ich meinen unfreywillig sich öffnenden Armen nicht länger gebieten konnte, breiteten sich die ihrigen gegen mich aus. Ich flog ihr entgegen, schlang jeden glühenden Arm um ihren Leib, fühlte ihren elastischen Busen den meinigen umwallen; dieses göttliche Feuer, das die ganze Natur beseelt, blitzte und strömte aus ihr mit einer Wollust, die ich nicht ertragen konnte, in mein ganzes Wesen über, alle meine Sinne taumelten, alle Bande meines Körpers lösten sich auf, meine Augen erloschen, und ich verlor alles Gefühl meiner selbst.

LUCIAN.

Eine seltsame Geschichte! – und im Grunde doch die gemeinste von der Welt. Alles kommt bey diesen Dingen auf die vorhergehenden und begleitenden Umstände, und vornehmlich auf die Beschaffenheit und Stimmung des Subjekts an. – Indessen muß ich gestehen, Peregrin, du warst ein glücklicher Erdensohn; und wäre deine Verbrennung zu Harpine die einzige Bedingung gewesen, unter welcher das Schicksal dir erlaubt hätte *solche Erfahrungen* zu machen, du hättest sie wahrlich nicht zu theuer bezahlt! Wenn die Sterblichen eines Genusses fähig sind, der ihnen das Gefühl sich zu vergöttern giebt, so ist es das, was *Du* in diesen Augenblicken erfuhrst.

PEREGRIN.

Die Vergötterung, lieber Lucian, erfolgte erst, als sich der Todte, ohne zu wissen wie ihm geschah, auf einem zugleich äußerst weichen und elastischen Ruhebette – in den Armen der Göttin wiederfand. Aber über diese Mysterien *versiegelt* (mit der Hohenpriesterin Dioklea zu reden) *das heilige Schweigen meine Lippen.* Alles was ich dir schuldig zu seyn glaube, ist, dich nicht länger in der Ungewißheit zu lassen, wer diese irdische Venus Urania war, die den unbedeutenden Sohn eines Bürgers von Parium, mit einem solchen Aufwand von wunderbaren Anstalten und theurgischen Vorbereitungen, zu ihrem *Adonis* zu machen würdigte.

Ohne Zweifel mußt du schon selbst gefunden haben, daß dein Verdacht irre ging, da er auf die ehrwürdige Tochter des Apollonius fiel. Wäre die Priesterin und die Göttin nur eine und eben dieselbe Person gewesen, so müßte ich den Betrug schon bey der ersten *Theofanie*, da sie mir mit ihren Grazien in der Wolke erschien, und noch deutlicher in dem Augenblicke, da ihre Bildsäule sich so unverhofft für mich belebte, nothwendig entdeckt haben, und sie hätte sich also dieser Mittel zu meiner Bezauberung nicht bedienen können. Denn, wiewohl Dioklea, den Mangel der Jugend abgerechnet, eine sehr schöne Frau genannt werden konnte, so sah sie doch der Bildsäule nicht gleich; hingegen war die Ähnlichkeit des Bildes mit der Göttin, die ich in den Wolken sah und in der Blende des Tempels umarmte, durchaus in allen Theilen, Formen und Zügen so vollkommen, daß das Leben allein den Unterschied zwischen dem einen und der andern machte.

Wisse also, Freund, daß der heilige Hain, die Felsenwohnung der Dioklea, die Gärten um sie her, und der Tempel der Venus Urania – einen Theil eines großen Landgutes ausmachten, welches, nebst vielen ansehnlichen Ländereyen in Ionien, Karien, Lycien und auf der Insel Rhodus, das Eigenthum einer *edlen*

Römerin war, die hier, im Mittelpunkt ihrer Besitzungen und in der vollkommensten Unabhängigkeit, den Rest ihrer Jugend, und die Reichthümer, die ihr ein betagter Gemahl hinterlassen hatte, nach einem eigenen, romantischen, aber (wie du gestehen wirst) nicht übel ausgedachten Plane zu genießen beschlossen hatte. Sie nannte sich *Mamilia Quintilla*, und würde in den Zeiten eines Kaligula, Klaudius oder Nero durch ihre außerordentliche Schönheit sich eben so leicht zu dem Range der *Poppeen* und *Messalinen* erhoben haben, als es ihr unter der Regierung *Hadrians* gelang, sich – mit Aufopferung ihrer ersten Blüthe an einen alten Römischen Ritter, der durch Handelschaft, Glück und Pachtung der Staatseinkünfte ganzer Provinzen in Asien ein unermeßliches Vermögen zusammen gebracht hatte – in wenig Jahren zur Erbin desselben zu machen.

Wenn die Dame Mamilia Quintilla den besagten Kaiserinnen, außer der Schönheit, noch in einer andern Eigenschaft, die ihren Ruhm bey der Nachwelt mehr als zweydeutig gemacht hat, ähnlich war, so ist wenigstens nicht zu läugnen, daß sie einen so sinnreichen Geschmack in der Art, wie sie ihre Lieblingsleidenschaft befriedigte, und so viel Feinheit in der Wahl der Personen, welche sie dazu vonnöthen hatte, zeigte, daß es nicht gerecht wäre, sie mit jenen übel berüchtigten *Augusten*, oder andern Römerinnen ihrer zahlreichen Klasse, in eben dieselbe Linie zu stellen. Ihre Fantasie hatte, wie die meinige, in früher Jugend einen gewissen dichterischen Schwung bekommen: und da sie vermuthlich von den Tischfreunden ihres alten *Tithons* oft genug mit der Göttin von Cythere verglichen worden war; so mochte ihr, als sie sich mit zwanzig Jahren, in der Fülle des Lebens und der Schönheit, frey und im Stande sah jeder ihrer Neigungen und Launen ein Genüge zu thun, der Gedanke leicht genug gekommen seyn, sich einiger Vorrechte dieser Göttin anzumaßen, und die Freuden, welche sie zu empfangen und zu geben gleich geschickt und geneigt war, einer gewissen *idealischen Vollkommenheit* so nahe zu bringen, als es einer Sterblichen nur immer möglich seyn könnte.

In dieser Absicht hatte sie ihre *Villa* zu einem wahren Zauberpalast, und den weitläuftigen Bezirk, der zu derselben gehörte, zu lauter *Idalischen Hainen* und zu einem zweyten *Dafne* umgeschaffen. Die prächtigen Gebäude, woraus die Villa bestand, waren mit einer zahllosen Menge wunderschöner Knaben zwischen acht und zwölf, und reitzender Mädchen zwischen zwölf und sechzehn Jahren angefüllt, die sie aus allen Provinzen des Römischen Reichs mit der eigensinnigsten Auswahl hatte zusammen kaufen lassen. Kein Fürst konnte sich rühmen, schönere Stimmen und Instrumente, vollkommnere Tänzerinnen, bessere Köche, und geschicktere Künstler, von allen Gattungen die dem Vergnügen und dem Luxus dienen, in seinen Diensten zu haben, als die schöne Mamilia; und sie hatte sich der letztern so gut zu bedienen gewußt, daß ihr Palast und ihre Gärten eben so vielen *künstlichen Scenen* glichen, wo alles zu jedem Schauspiel, jeder Theaterveränderung, die zu ihrer Absicht nöthig seyn konnten, aufs sinnreichste eingerichtet und vorbereitet war. Und wie es von Zeit zu Zeit solche Günstlinge der Glücksgöttin giebt, zu deren Vortheil alle Zufälle sich mit einander verabredet zu haben scheinen, so mußte es sich fügen, daß auch diese *Römerin*, deren Einbildung auf einen so romantischen Lebensgenuß gestimmt war, die einzige *Griechin* antraf, die ganz dazu gemacht war, ihr zu Ausführung ihrer feinsten und sonderbarsten Ideen behülflich zu seyn.

Doch, ich will mir nicht länger selbst durch eine nähere Erklärung zuvor eilen, die noch zeitig genug an ihrem rechten Orte kommen wird. In den Augenblicken, wo die Erzählung meiner Abenteuer stehen geblieben ist, war ich noch unendlich weit von dem leisesten Argwohn entfernt, daß ich in allem dem Außerordentlichen, was mir seit einigen Tagen begegnete, nur das Spielzeug einer fantastisch-wollüstigen jungen Römerin und einer – alternden Griechischen Schauspielerin seyn könnte. Freylich würde jeder andere, der nicht so ganz unerfahren in den Angelegenheiten der Göttin von Cythere gewesen wäre als ich, durch eine solche Entwicklung des Lustspiels auf einmahl ins Klare gekommen seyn: aber bey *mir* stieg gerade durch das, was jedem andern die Augen geöffnet hätte, die Täuschung auf den höchsten Grad. So glücklich, als ich in den Armen der schönen Mamilia war, konnte, meinem Gefühle nach, nur die Göttin der Liebe machen, und nur ein Halbgott konnte unter solchen Übermaß von Wonne nicht erliegen. Wirklich wandte die schlaue Römerin alles an, mich nicht einen Augenblick aus dieser Berauschung aller Sinne zu mir selbst kommen zu lassen; und die Leichtigkeit, womit es ihr gelang, schien etwas so neues für sie zu seyn, daß sie (ohne einige täuschende Künste von *meiner* Seite) endlich selbst versucht war, mich für etwas mehr als einen Sterblichen zu halten.

Indessen, da sogar die Götter von Zeit zu Zeit nöthig haben, der unverlöschbaren Flamme ihrer ewigen Jugend etwas Nektar und Ambrosia zuzugießen, so erschienen, vermuthlich auf irgend ein geheimes Zeichen, plötzlich eben die drey lieblichen Mädchen, die bey ihrer ersten Theofanie die *Grazien* vorgestellt hatten, und boten uns auf goldenen Schalen und in zierlichen Gefäßen von geschliffenem Krystall, Erfrischungen an, die einen bey großer Frugalität auferzogenen Bürger von Parium sehr leicht in dem Wahn erhalten helfen konnten, daß er in die Wohnung der Liebesgöttin versetzt sey. Die *Grazien* ließen uns wieder allein, und – kurz, Freund Lucian, als ich nach einem kleinen Schlummer wieder erwachte, war der Tag angebrochen, die Göttin verschwunden, und ich befand mich, ohne zu wissen wie, von einem Gewimmel kleiner Amoretten umschwärmt, in einem lauen Bade, dem vermuthlich einige Tropfen Rosenöhl den ambrosischen Wohlgeruch mittheilten, der auch hier nicht fehlte, sich mit so vielen andern Umständen zu vereinigen, um meine Sinne in immer währender Trunkenheit und Täuschung zu erhalten.

LUCIAN.

In der That scheint die *Circe*, in deren Schlingen du gefallen warst, an Alles gedacht zu haben.

PEREGRIN.

Nachdem ich das Bad verlassen hatte, und in einem daran stoßenden kleinen Gemache mit einer sehr zierlichen Kleidung von Fuß auf angethan worden war, öffnete sich eine Thür, und ich befand mich in einem großen Parterre, in welches Flora alle ihre schönen Kinder zum Vergnügen der Göttin der Liebe versammelt hatte. Eine Menge kleiner Zefyre, die unter den Blumen umher schwärmten, hüpften mir mit Kränzen und Sträußern entgegen, und führten mich, in tausend lieblichen Gruppierungen vor mir hergaukelnd, durch einen kleinen Wald von immer blühenden Citronenbäumen, auf eine sanft empor steigende Anhöhe, wo ein prächtiger doppelter Säulengang sich um einen großen Platz herum zog, in dessen Mitte ein Brunnen, mit Gruppen von vergoldetem Erze geziert, das schönste Wasser in ein geräumiges Becken von Jaspis ausströmte.

Ich folgte meinen kleinen Führern in einem Zustande von Begeisterung, den du dir eher einbilden kannst, als ich ihn beschreiben könnte. In meinem Leben hatte ich mich nie so leicht gefühlt; mir war als ob ich mit schärfern Augen sähe und mit feinern Ohren hörte, oder vielmehr als ob ich jetzt erst zu leben anfinge, und mit jedem Augenblick ein neuer Sinn, eine neue Quelle geistiger Gefühle sich in mir aufthäte.

LUCIAN.

Eine sehr natürliche Folge der unmittelbaren Mittheilungen der Liebesgöttin bey einem zwanzigjährigen Neuling in ihren Mysterien, der durch sein ganzes bisheriges Leben, und vornehmlich durch die guten Dienste einer Tochter des Apollonius, *vorbereitet* war, auf eine so angenehme Art *mit der Wahrheit selbst* getäuscht zu werden!

PEREGRIN.

Im Grunde des Platzes erhob sich zwischen den zwey Bogen, die der Säulengang zu beiden Seiten machte, ein Pavillion von Frygischem Marmor, aus dessen weit offner Pforte mir zwey

Köre junger Nymfen singend und tanzend entgegen kamen, die mich in diesem Palast, als meiner künftigen Wohnung, willkommen hießen, und das Glück des neuen Adonis priesen. Sie entschlüpften mir wieder aus den Augen, und ganze Schwärme neuer Amorinen und Zefyretten hüpften von allen Seiten herbey, um mich in den schimmernden Marmorsählen und zierlichen Gemächern meiner neuen Wohnung herum zu führen, welche mit dem reichsten und ausgesuchtesten, was alle der Wollust dienstbaren Künste zu Befriedigung des feinsten Geschmacks, der üppigsten Fantasie und der verwöhntesten Sinnlichkeit erfunden haben, bis zur Verschwendung angefüllt war. Aber weder das alles, noch die Menge der schönen Gemählde, Bildsäulen und Hermen, womit die Gallerie ausgeziert war, konnten mehr als einen flüchtigen Überblick von mir erhalten: meine Augen suchten überall nur *die Göttin*, und suchten sie vergebens. Der einsamste Busch, die dunkelste Höhle, wo ich mich ungestört dem Anschauen ihres Bildes, das sich mir aus meiner eignen Seele entgegen spiegelte, und den süßen Erinnerungen, die keinem andern Gedanken in mir Raum gaben, überlassen konnte, wäre mir tausendmahl lieber gewesen als alle diese Herrlichkeiten.

Ich eilte also wieder in die Gärten, warf mich neben einer Quelle, die aus der Urne einer schönen marmornen Nymfe sprudelte, unter ein dichtes Gewölbe von hohen Bäumen und duftenden Gebüschen, und verlor mich im Gefühl meines Glückes, in einer Art von Entzückung, worüber vielleicht alle andere Bedürfnisse vergessen worden wären, wenn die Liebesgötter, die mir zugegeben waren, mich nicht zur gewöhnlichen Zeit zu mir selbst gebracht, und zu einer Tafel geführt hätten, die unter einem dichten Laubgewölbe für mich bereitet war. Die lieblichste Musik unterhielt mich, ohne daß ich sah woher sie kam, während ich meine durch die höchste Kunst des Komus gereitzte und befriedigte Eßlust stillte, und dauerte, sich unvermerkt entfernend, noch lange fort, nachdem die Tafel und die Amorinen wieder verschwunden waren. Endlich überschlich mich eine wollüstige Mattigkeit, und ich verschlummerte die heißen Stunden des

Tages unter den geistigsten Träumen, die vermuthlich jemahls ein aus den ersten Umarmungen seiner Göttin kommender Verliebter geträumt hat. Ich erwachte wieder um die Zeit, da die Sonne ungefähr noch den sechsten Theil ihrer täglichen Reise zu vollenden hat, und eilte mit aller Munterkeit und Ungeduld, die ein Vorrecht unverdorbener Jugend ist, meine angebetete Göttin so lange zu suchen bis sie sich finden ließe. Ein anmuthiger Schlangengang führte mich auf einem sanften Abhang unvermerkt in ein enges von buschigen Felsen umringtes Thal –

LUCIAN.

– dessen Beschreibung ich dir erlasse, wie romantisch es auch ohne Zweifel gewesen seyn wird.

PEREGRIN.

Daran thust du mir einen großen Gefallen, lieber Lucian; denn in der That sah ich von allen seinen romantischen Schönheiten so viel als nichts, weil ein ganz anderes Schauspiel sich meiner Augen bemächtigte, und, hätte ich ihrer auch so viele gehabt als *Argus*, sie alle zugleich angezogen und beschäftigt haben würde. In einer der Felsenwände, die dieß liebliche Thal von jeder andern Seite als der, woher ich hinein gekommen war, unzugangbar machten, hatte die Kunst eine hohe und geräumige Grotte, und in dieser Grotte ein so schönes, heimliches und einladendes Bad erschaffen, als sich irgend eine Göttin zu ihrer Erfrischung in den glühenden Tagen des Sommers nur immer wünschen könnte. In einem Gebüsche von Rosen und Myrten, das die Grotte umgab, umher irrend, war ich ihr nahe genug gekommen, um durch ein leichtes Plätschern nach der Ursache desselben neugierig zu werden, und – wen anders als meine Göttin? in eben der Lage zu erblicken, worin eine nicht so gefällige Unsterbliche überrascht zu haben dem unglücklichen *Aktäon* einst so übel bekam. Wiewohl ich nun, allem Ansehen nach, kein ähnliches Schicksal zu besorgen hatte, so hielt mich doch Ehrfurcht und Entzücken bey diesem unverhofften Anblick so gefesselt, daß ich mir kaum zu athmen getraute – aber glücklicher Weise war das Gebüsche zugleich so dunkel und so durchsichtig, daß ich sehen konnte ohne gesehen zu werden.

LUCIAN.

Man sollte denken, deine Augen müßten durch die Bildsäule, die der Göttin so ähnlich war, mit ihrer Gestalt schon so bekannt gewesen seyn –

PEREGRIN.

Bekannt? – O ja; aber was für ganz andere Augen hatte mir die letzte Nacht gegeben! Welch ein Unterschied! Nicht geringer, als ob einer in ein Buch schaute, dessen Karaktere ihm unbekannt wären, oder ob er die Sprache und die Zeichen verstände, worin es geschrieben ist.

LUCIAN.

Du hast Recht, Peregrin! daran dachte ich nicht, und das macht doch in der That, selbst für einen so kalten Anschauer der Schönheit als ich und meines gleichen, einen großen Unterschied.

PEREGRIN.

Zudem vereinigten sich hier noch verschiedene kleine Umstände, die Schönheit der Göttin in ein Licht zu setzen, worin ich sie noch nie gesehen hatte. Die Grazien, die ich in immer abwechselnden Gruppierungen um sie her beschäftigt sah, waren bekleidet; zwar leicht und nymfenhaft, aber doch genug, um mit allen ihren Reitzen eine Art von Schatten zu machen, der die unverhüllte Schönheit der Göttin desto mehr erhob. Überdieß war die Zeit dieser neuen Theofanie so schlau gewählt worden, daß einige gebrochne Sonnenstrahlen zwischen den Felsenspalten gerade in die gegenüber liegende Grotte fielen, und eine Glorie auf die badende Göttin warfen, die meine Bethörung hätte vollenden müssen, wenn noch etwas daran zu vollenden gewesen wäre.

LUCIAN.

Du glaubst also, daß auch diese Badescene absichtlich angelegt war?

Peregrin.

Ohne Zweifel; denn ich hatte (wiewohl ich damahls nicht darauf merkte) immer den einen oder andern sichtbaren oder unsichtbaren Amor neben mir, oder über mir, oder hinter mir, der auf alle meine Bewegungen Acht gab, und kraft dieser Vorsicht konnte *Quintilla* genau wissen, um welche Zeit ich ungefähr auf dem Spaziergang, den mir einer von ihnen gezeigt hatte, nicht weit von der Grotte anlangen würde.

Die Göttin wurde ihrer Rolle eher müde als ihr Zuschauer der seinigen; sie verließ das Bad meiner Rechnung nach sehr bald, und nachdem sie von ihren Grazien wieder angekleidet worden war, wurden plötzlich auf ein gegebenes Zeichen alle Gebüsche umher lebendig, und eine unzählige Menge junger Nymfen und kleiner Amorinen eilte herbey, sie zurück zu begleiten. Ich entfernte mich so schnell ich konnte; und als ich eine Weile darauf von einer andern Seite gegen den Pavillion zurück ging, fiel mir mitten in einem dunkeln Myrtenwäldchen ein kleiner Tempel in die Augen, vor dessen halb offner Pforte ein Amor, mit dem Zeigefinger auf den Lippen, stand. Er winkte mir, öffnete die Pforte, schloß sie hinter mir zu, und ich befand mich in einem Augenblick zu den Füßen der Göttin, die in halb sitzender Lage auf einem thronförmigen Ruhebette mich zu erwarten schien. Die Wollust selbst hatte dieses Gemach, wie zur Scene ihrer Siege, mit einem zauberischen Rosenlichte beleuchtet, dessen Quelle verborgen war; und ein *Pausanias* hätte etliche Blätter zu Beschreibung aller Wunder der Kunst, womit es ausgeziert war, verwenden können. Aber besorge nichts, Lucian; wiewohl das Ganze, auch bey einem unaufmerksamen Anblick, nothwendig eine wunderbare Wirkung that, so wurde ich doch nicht so viel von den Theilen gewahr, daß ich dir diese Wirkung begreiflich machen könnte; denn auch hier sah ich nur die Göttin.

Die in der letzten Nacht angefangene Einweihung in ihren Mysterien wurde in dieser vollendet: aber da ihr der Zwang ihrer

Gottheit endlich lästig werden mochte, so verwandelte sich *Venus Urania* unvermerkt in die leibhafte *Mamilia Quintilla*; und, wiewohl in dem süßen Taumel, worin sie ihren Adonis zu erhalten wußte, selbst das Übermaß ihrer Gunsterweisungen die Täuschung eine Zeit lang beförderte, so kam doch endlich der Augenblick, wo die Erscheinung der Grazien eben so erwünscht als nothwendig war.

Sie erschienen auch wie gestern; aber mit ihrer Ankunft lösete sich, leider! der Zauber auf, der meine Vernunft seit einiger Zeit so seltsam gebunden hatte. Ein gewisses spöttelndes Lächeln, das ich in den Augen und Lippen derjenigen, die mir die Nektarschale anbot, überraschte, machte mich stutzen. Ich betrachtete sie mit einer mißtrauischen Aufmerksamkeit, heftete dann mit Bestürzung meine Augen auf die Göttin, und glaubte – o Himmel, welche Verwandlung! – in der Grazie nur eine *Cypassis*, und in der vermeinten Venus Urania nur eine sehr irdische *Lais* oder *Fryne* zu entdecken.

Die plötzliche Veränderung, die bey diesem Gedanken in mir vorging, war zu groß, um einer Kennerin wie *Mamilia* unbemerkt zu bleiben: aber ohne das geringste Zeichen von Verdruß darüber sehen zu lassen, sagte sie mit einem unbeschreiblich süßen Lächeln zu mir: Du bedarfst der Ruhe, mein Geliebter! – Und, auf einen Wink, den sie ihren Mädchen zuwarf, hüllte sie sich in einen großen Schleier ein, und verschwand mit ihnen aus meinen Augen.

Wie bedürftig ich auch (nach dem Urtheil der schönen Mamilia) der Ruhe seyn mochte, so war doch in dem Zustande, worein mich meine so plötzliche – wiewohl freylich sehr natürliche – Entzauberung geworfen hatte, für diese Nacht an keine Ruhe mehr zu denken. Der Fall eines *Faeton*, mit welchen Farben ihn auch ein Dichter ausmahlen könnte, gäbe nur ein schwaches Bild des Sturzes ab, den meine taumelnde Seele von der Spitze ihrer vergötternden Aussichten that, als der magische Nebel so auf einmahl von meinen Augen niedersank. Keine Beschreibung könnte die Beschämung des *betrognen Dämons* und den Unwillen erreichen, worin er über sich selbst entbrannte, der Held einer lächerlichen Posse, das Spielzeug einer Bande leichtfertiger Weibsstücke gewesen zu seyn, die sich zusammen verschworen hatten, ihren Muthwillen mit seiner Unschuld und Aufrichtigkeit zu treiben.

Da meine Unerfahrenheit mich in diesem Augenblicke noch unwissend darüber ließ, wie vielen Antheil vor zwey Tagen der Überfluß meiner Lebensgeister an meiner Bezauberung, und nun die Erschöpfung an der Auflösung derselben hatte: so war es bey einem Menschen von meiner Vorstellungsart nicht wohl anders möglich, als daß ich von einem Äußersten ins andere fiel, mich selbst sowohl als die Gegenstände, denen meine Fantasie und mein Herz unwissender Weise eine idealische Vollkommenheit geliehen hatte, auf einmahl tiefer als recht war herab würdigte, und indem ich mir alles, was seit acht Tagen mit mir vorgegangen, mit den kleinsten Umständen ins Gedächtniß zurück rief, nicht begreifen konnte, wie es möglich gewesen sey, daß ich die Kunst, womit Dioklea und die vorgegebene Göttin mir ihre Schlingen gelegt hatten, nicht viel früher gewahr geworden. Der Unmuth, womit mich diese Gedanken erfüllten, machte mir die *Scene meiner Entgötterung* unerträglich; ich floh in den entlegensten Theil des Waldes, der die Gärten umgab, warf mich unter einen Baum, und hatte schon einige Stunden in dieser von meiner vorigen Wonne so stark abstechenden Gemüthslage hingebracht, als eine Erscheinung, deren ich mich gerade am wenigsten versah, den Lauf meiner kränkenden Betrachtungen hemmte.

Es war die Tochter des Apollonius selbst, die mit der Ruhe und Unbefangenheit einer Person, welche keine Vorwürfe befürchtet weil sie keine verdient zu haben glaubt, auf mich zukam und mich anredete. Wie? sagte sie mit einer angenommenen Miene von Verwunderung, wie finde ich dich *hier*, Proteus? – Möchtest du mich nie gefunden haben! antwortete ich, mein Gesicht mit einem tiefen Seufzer von ihr wegwendend. – Ists möglich, versetzte sie schalkhaft lächelnd, daß Proteus, nach allem was seit unsrer Trennung mit ihm vorging, eines so undankbaren Wunsches fähig seyn kann? – »Undankbaren? – Und Du, kannst du nach dem schändlichen Betrug, den du mir gespielt hast, noch Dank erwarten?« – Seltsamer Mensch! Wenn du *das* Betrug nennest, wo ist der König, der sich nicht glücklich schätzte *so* betrogen zu werden? Du bist mir unbegreiflich, Proteus! – »Und du, Dioklea, oder wie du heißen magst – denn warum sollte nicht auch dein Nahme, wie alles andere an dir, falsch seyn? – kannst du läugnen, daß die Venus, in deren Arme du mich betrogen hast, eine –«

Dioklea ließ mich nicht vollenden was ich selbst nicht heraus zu sagen vermochte. Du bist in einer Laune, fiel sie ein, worin du nicht zu fühlen scheinst, was *dir* zu sagen, oder *mir* anzuhören geziemt – Und mit diesen Worten entfernte sie sich mit ihrer gewöhnlichen Majestät, und ließ mich in einem Zustande von Verwirrung und Unzufriedenheit über meine eigenen Gefühle, den ich mir selbst nicht hätte erklären können. Genug, es zeigte sich bald, daß mein Unwille nicht lange gegen diese räthselhafte Frau aushalten konnte. Die Zuversicht mit der sie sich mir darstellte, ihr Anblick selbst, der edle Anstand womit sie dem Ausbruch meines Unmuths Einhalt that, alles an ihr gebot mir eine unfreywillige Ehrerbietung; und so wie sie sich entfernte, wurden alle die wunderbaren und zauberischen Eindrücke wieder rege, die sie von unsrer ersten Bekanntschaft an auf mich gemacht hatte. Kurz, sie erhielt wieder ihre vorige Gewalt über mich; und kaum hatte ich sie aus den Augen verloren, als ich in einer plötzlichen Anwandlung von Reue über mein ungebührliches Betragen aufsprang, und ihr, zwar nicht ohne innern Kampf, aber wie von einer stärkern Kraft fortgezogen, nachzugehen anfing.

Es währte eine ziemliche Weile, bis ich sie wieder zu Gesichte bekam. Sie saß, mit einer Nadelarbeit auf ihrem Schooße, unter einer Laube des Myrtenwäldchens, und schien nicht zu bemerken daß ich ihr immer näher rückte. Nachdem ich in einiger Verlegenheit eine Zeit lang hin und her um die Laube herum gegangen war, ohne daß sie sich nach mir umgesehen hätte, konnte ich mich nicht länger zurückhalten hinein zu treten, und mich stillschweigend ihr gegenüber zu setzen. Sie schien meine Gegenwart noch immer nicht zu achten, und diese stumme Scene dauerte so lange bis ich zu seufzen anfing. War das nicht ein Seufzer, Proteus? sagte sie in einem scherzenden Tone. Du bist in der That sehr zu bedauern, daß man dich wider deinen Willen dahin gebracht hat, ein schimärisches Glück gegen ein wirkliches, das alles was du dir jemahls einbilden konntest übertrifft, zu vertauschen! – Ich glaube selbst, sagte ich, daß ich mich sehr glücklich finden würde, wenn ich so denken könnte, wie du es jetzt zu verlangen scheinst. – Glaubst du das? versetzte sie mit einem kleinen Nasenrümpfen. Aber, fuhr sie in dem ernsthaften Tone, den ich an ihr gewohnt war, fort, indem sie aufstand und auf den Pavillion zuging, wir sind jetzt nicht aufgelegt, von einem so zarten Gegenstande zu sprechen. Die Gebieterin dieses Ortes, von deren Stand und Vermögen du dir aus allem was du hier siehest die richtigste Vorstellung machen kannst, ist durch unvermuthete Geschäfte nach *Milet* abgerufen worden, und hat mir aufgetragen, in ihrer Abwesenheit dafür zu sorgen, daß dir die Weile nicht lang werde. Wenn es dir nicht zuwider ist, wollen wir die Zeit bis zur Tafel mit Besehung der merkwürdigsten Dinge in dieser *Villa* hinbringen.

Hiermit nahm sie mich bey der Hand, führte mich in die Gallerie, die ich zuvor nur flüchtig übersehen hatte, und zeigte mir, indem sie die mannigfaltigen Kunstwerke, welche Reichthum und Geschmack hier aufgehäuft hatten, mit mir betrachtete, so viele Kenntnisse in diesem Fache, und bey jeder Gelegenheit, die sich dazu anbot, so viel Weltkunde und Bekanntschaft mit allen merkwürdigen Personen der Zeiten Trajans und Hadrians, daß die Bewunderung, die sie mir einflößte, mit jeder Minute höher stieg, und alle Beschwerden, die ich gegen sie zu führen hatte, auf die Seite drängte. Kurz, Dioklea war so reich an Erfindung angenehmer Zerstreuungen, so unerschöpflich an Unterhaltung wenn wir uns allein befanden, und so aufmerksam, jeden leeren Zwischenraum mit Musik, Tänzen, Pantomimen, oder den übrigen Künsten, die hier für *Mamiliens* Vergnügen beschäftigt waren, auszufüllen, daß mir die drey Tage, welche die Dame des Hauses abwesend war, wie einzelne Stunden vorbey kamen. Die Wolken, die mein Gemüth umzogen hatten, zerstreuten sich; meine Einbildung klärte sich wieder auf; die tausendfachen zauberischen Eindrücke, welche Natur und Kunst auf alle meine Sinne machten, gewannen unvermerkt die Oberhand, und ehe der zweyte Tag vorüber war, befand ich mich wieder so lebendig und so hohen Muthes als jemahls; mit dem einzigen Unterschiede, daß die Götternächte der *Venus Mamilia* einen *Sinn*, dessen geheime Forderungen mir so lange unverständlich geblieben waren, in eine Thätigkeit gesetzt hatten, die sich nicht so leicht beruhigen ließ, und sich nun des Einflusses und der Obermacht bemeisterte, in deren Besitz ehemahls *die Fantasie* gewesen war. – Warum sollte ich dir, da ich doch einmahl im Bekennen bin, nicht alle meine Verirrungen und Bethörungen gestehen? Zwey Tage Abwesenheit, die Ruhe einer einsamen Nacht, und der üppige Überfluß einer Römischen Tafel hatten der schönen Mamilia in meiner Einbildung ihre ganze Gottheit wiedergegeben; ich sehnte mich nach ihrer Zurückkunft: aber sie war abwesend, und die Tochter des Apollonius war gegenwärtig. Ihre ehemahlige priesterliche Feierlichkeit war mit der Binde um ihre Stirn verschwunden; sie hatte sich allmählich ihrer natürlichen Lebhaftigkeit überlassen; und so wie sie alle Reitze ihres Geistes vor mir entfaltete, schien sie sich auch nicht länger verbunden zu glauben, mir aus den eben so mannigfaltigen Reitzen ihrer Person länger ein Geheimniß zu machen. Nie waren vielleicht die Grazien einem Weibe holder gewesen als ihr, und in der Kunst, die Gunstbezeigungen der Natur mit Anstand in das vortheilhafteste *Licht* oder *Helldunkel*, und was der Zahn der Zeit etwa daran benagt haben mochte, in den vortheilhaftesten *Schatten* zu setzen, hatte sie schwerlich jemahls ihres gleichen gehabt. Kurz, wiewohl sie die Hälfte ihrer Jahre hätte abgeben müssen um die Göttin der Jugend vorzustellen, so blieb ihr doch mehr, als für einen Neuling meiner Art nöthig war, um in einer dämmernden Rosenlaube oder in dem kleinen Tempel des Stillschweigens die Abwesenheit der Göttin Mamilia zu ersetzen.

LUCIAN.

Und sie machte sich vermuthlich eben so wenig Bedenken daraus, als der Neuling sich machte diese Untreue an seiner Göttin zu begehen?

PEREGRIN.

Er glaubte Mamilien keine Treue schuldig zu seyn. Aber die erfahrne Dioklea kannte die Männer zu gut, als daß sie ihm den Sieg, den er über ihre Weisheit erhielt, nicht schwer genug zu machen gewußt hätte, um den Werth desselben in seinen Augen zehnfach zu verdoppeln. – Soll ich dir noch mehr sagen? So lächerlich es in unserm dermahligen Stande seyn mag, von den Spielzeugen und Kurzweilen unsrer ehemahligen Kindheit mit einem gewissen Wohlbehagen zu sprechen, so kann ich mich doch der Tochter des Apollonius nicht ohne das Vergnügen erinnern, welches den Gedanken, irgend etwas Schönes oder Gutes in seiner höchsten Vollkommenheit genossen zu haben, natürlicher Weise begleitet. Wie weit war die Römerin auch in diesem Stücke unter der feiner organisierten, seelenvollern erfindungsreichern Griechin! einer Griechin, die, von allen Musen und Grazien mit ihren Gaben überschüttet, einige Jahre lang unter andern Nahmen, als Mimentänzerin die Augenlust und der angebetete Liebling der halben Welt gewesen war!

LUCIAN.

Du kannst dich nun verbrennen wenn du willst, Peregrin! Du hast gelebt, und in einer einzigen Woche auf der Villa Mamilia zu Halikarnaß des Lebens mehr genossen, als Millionen Menschen in der ganzen Zeit ihres Daseyns.

PEREGRIN.

Gut! Aber ehe wir zu jenem letzten und höchsten Lebensgenuß, zu meinem *Verbrennen* kommen, Lucian, wirst du wohl noch einige Scenen meines *Lebens-Mimus* (wie es Cäsar Augustus nannte) anhören müssen, die zur Vorbereitung dieses letzten Auftritts nothwendig waren.

LUCIAN.

Für jetzt bin ich nur begierig zu sehen, wie du dich aus den Händen zweyer so gefährlichen Personen, als deine Venus Mamilia und ihre Priesterin zu seyn scheinen, retten wirst.

PEREGRIN.

Wiewohl Dioklea die priesterliche Maske mit der Gleichgültigkeit einer Schauspielerin, die ihre Theaterkleidung von sich wirft, abgelegt hatte, so war sie doch viel zu klug, meinen Enthusiasmus, durch dessen magische Wirkung sie Vortheile, die ihr nicht gleichgültig zu seyn schienen, über mich gewonnen hatte, geradezu bestreiten zu wollen. Sie suchte ihm nur eine andere Richtung zu geben, und unvermerkt den Gedanken in mir zu veranlassen, daß es keine andere Göttinnen gebe als liebenswürdige Weiber, und keine höhere Magie als den Zauber ihrer Reitzungen und des Instinkts der uns zu ihnen zieht; und diesem Plan zu Folge fand sie für gut, mir in einer vertraulichen Stunde den *Schlüssel* zu dem ganzen Zauberspiele zu geben, dessen Held ich, ohne es zu merken, gewesen war.

Nachdem sie mir von Mamiliens Person und Karakter, und von ihrer eigenen Verbindung mit dieser Römerin, so viel als ich (ihrer Meinung nach) zu wissen brauchte, entdeckt hatte, sagte sie mir: Diese Dame werde durch gewisse Kundschafter, welche sie zu Halikarnaß und an verschiedenen noch entferntern Orten halte, so gut bedient, daß sie schon am ersten Tage meiner Ankunft eine ziemlich genaue Beschreibung meiner Person erhalten habe. Da ihre Aufmerksamkeit dadurch nicht wenig gereitzt worden sey, habe sie nicht nur alle meine Schritte aufs genaueste beobachten lassen, sondern auch bald Mittel gefunden, aus meinem alten Diener (einem arglosen und kurzsinnigen Frygier) so viel von meinen Lebensumständen auszufischen, daß der Anschlag, sich meiner auf die eine oder andere Art zu bemächtigen, schon vor dem Empfang meines seltsamen Briefes an die göttliche Dioklea eine beschlossene Sache gewesen sey. Dieser Brief, (sagte Dioklea) indem er die schöne Römerin mit einem Karakter bekannt machte, der allen möglichen Reitz der Neuheit und des Wunderbaren für sie hatte, trieb ihre Vorstellung von der Wichtigkeit deiner Eroberung auf den höchsten Grad, und zeigte uns zugleich den einzig möglichen Weg, auf welchem sie zu machen war. Wie viel Dank wurde jetzt dem Unbekannten gesagt, der vor mehrern hundert Jahren einen Theil der Waldungen, welche zu Mamiliens Halikarnassischen Gütern gehörten, der *Venus Urania* geheiligt hatte! Wie glücklich pries man sich, daß man den Einfall gehabt hatte, der Göttin, statt ihres alten in Ruinen gefallnen Kapellchens, den schönen marmornen Tempel aufzuführen, und ihn mit den Hauptgebäuden der Villa, besonders mit demjenigen, welches zu theatralischen Vorstellungen eingerichtet war, in unmittelbare Verbindung zu bringen! – Der Plan und die Ausführung gab sich nun von selbst; und die wenigen Tage, die du in dem heiligen Hain und bey *mir* in meiner Felsenwohnung zubrachtest, waren völlig hinreichend, alle zu unserem Zauberspiele nöthigen Maschinen in Bereitschaft zu setzen.

Du begreifst nun, fuhr Dioklea fort, wie natürlich es zuging, daß du auf deinen Brief ohne Nahmen eine Antwort mit der Aufschrift, an Peregrinus Proteus von Parium, auf deinem Schooße fandest, als du im Hain aus einem Schlafe erwachtest, der, ohne daß du es merktest, sehr genau beobachtet worden war. Mamilia, die vor Ungeduld brannte den wunderbaren Jüngling selbst in Augenschein zu nehmen, hatte ihn mit eigner Hand auf deinen Schooß gelegt. Der schlafende *Endymion* kann schwerlich seine Göttin stärker bezaubert haben als du die deinige, da sie dich, wie in einem süßen Traume, in der schönsten Beleuchtung des durch einige Zweige gebrochnen Mondlichtes, vor sich liegen sah. Du wirst mir, da du die Lebhaftigkeit dieser feurigen Römerin nun kennst, gern glauben, daß ich alle Mühe von der Welt hatte, sie wieder wegzubringen, ehe sie sich, durch den Kuß den sie dir geben wollte, in Gefahr setzte, den schlummernden Träumer zur Unzeit aufzuwecken. Mir kostete diese Scene meinen Schlaf; denn ich mußte den ganzen Rest der Nacht an Mamiliens Bette zubringen, um die Ergießungen ihrer Leidenschaft anzuhören, und ihre Ungeduld durch die Beschreibung aller Maschinen, die zu ihrem Vortheile zusammen spielen sollten, einzuschläfern. Wir konnten nicht zweifeln, daß die bloße Versetzung in einen so romantischen, mit lauter schönen Gegenständen angefüllten Ort, verbunden mit dem Scheine des *Wunderbaren*, den alles von sich werfen sollte, auf einen Neuling, den seine eigene Schwärmerey, und die ihm unbewußte Magie des noch mit seiner ganzen Stärke wirkenden Naturtriebes, so ganz wehrlos in unsre Hände lieferte, schon sehr viel zur Beförderung unsers Anschlages thun würde. Aber das meiste kam doch auf den ersten Eindruck an, den die Tochter des Apollonius bey der ersten Zusammenkunft auf dich machen sollte; und daher wurden auch (wie du dich erinnern wirst) alle Umstände so gewählt und verbunden, daß sie die verlangte Wirkung thun mußten, und daß keiner hätte fehlen dürfen, ohne dieser etwas von ihrer Stärke zu benehmen. Alles mußte mit deinen enthusiastischen Ideen zusammen klingen, alles mußte sie wahr machen und immer höher spannen, alles in deinen Augen ungewöhnlich und wunderbar seyn und dir doch natürlich vorkommen, alles übereinstimmen deine Vernunft vollends zu betäuben, und deine bezauberte Seele mit ungewissen Erwartungen, neuen entzückenden Gefühlen, und dumpfer Ahndung der hohen Mysterien, die der Gegenstand deiner Wünsche waren, anzufüllen. Bey einem so arglosen, so unerfahrnen, so schwärmerischen Jüngling war wenig zu besorgen, daß er das Maschinenspiel, wodurch er gefangen werden sollte, so leicht entdecken würde: aber du wirst dich nun auch hinten nach erinnern, wie sorgfältig alles darauf angelegt war, dir eine solche Entdeckung *unmöglich* zu machen. Unsere Nymfen und Amoretten, die gewandtesten Geschöpfe von der Welt, waren jedes zu seiner Rolle aufs beste abgerichtet. Die Beschaffenheit des Ortes, und die Art, wie die Gärten der Villa von dem geheiligten Hain und dem Bezirke, der die Felsenwohnung umgiebt, abgesondert sind, ließ dich nicht ahnden, daß eine solche Villa in der Nähe sey. Wiewohl der hintere Theil des Tempels, der dem Anschein nach an einen Felsen angelehnt ist, unmittelbar mit derselben zusammen hängt, so war diese Verbindung doch durch die dichten Gebüsche und hohen Bäume, die den Tempel umgeben, so gut versteckt, daß sie ohne eine sehr genaue Untersuchung schwerlich entdeckt werden konnte; und sowohl damit du hierzu keine Gelegenheit finden möchtest, als um die gute Wirkung der Theofanien, womit wir dich beglücken wollten, zu befördern, wurde dir gleich Anfangs zum Gesetz gemacht, daß der Tempel nur nach Sonnenuntergang besucht werden dürfe. Die Bildsäule der Göttin war schon lange zuvor nach dem Modell der schönen Mamilia verfertigt worden, und eine jede andere, wäre es auch *die Knidische selbst* gewesen, würde zu unserer Absicht nichts getaugt haben. Ohne Zweifel wäre diese Absicht eben so wenig erreicht worden, wenn sie dir bey Tageslicht und an einem andern Orte, als das Bild irgend einer schönen Römerin, gezeigt worden wäre. Aber nachdem die Idee der Göttin in deiner Fantasie nun einmahl mit diesem Bilde zusammen geschmolzen war, und Mamilia, sogar im Marmor, schon beym zweyten Besuche deine Sinne so stark beunruhiget hatte: so durften wir es wagen, sie dir mit ihren Grazien in eigener leibhafter Gestalt, wiewohl in Wolken und in einem übernatürlich scheinenden Lichte, erscheinen zu lassen, und konnten um so gewisser seyn, daß die abgezielte Täuschung bey dir erfolgen, und daß dir selbst der Taumel deiner Sinne als eine natürliche Folge der vermeinten Theofanie erscheinen werde, da du, zu allem Überfluß, durch die zwischen uns vorgefallenen Unterredungen (deren du dich vermuthlich noch besinnest) so trefflich zu dieser Scene vorbereitet warst. Denn du wirst nun leicht begreifen, warum ich zu eben der Zeit, da ich dich des Wohlgefallens der

Göttin an der Reinheit deiner Empfindungen versicherte, mir so angelegen seyn ließ, dich zu überzeugen, daß es in ihrem Belieben stehe, durch welche Art von Einwirkung sie sich dir mittheilen wolle. – Spitzbübin! rief ich, (wiewohl mit einer Umarmung, die ich ihrer reitzend schalkhaften Miene nicht versagen konnte) ich erinnere mich noch deiner eigensten Worte: »Ist die Liebe, die sie dir eingeflößt hat, nicht ihr eigenes Werk? Kann Liebe ohne Verlangen, Verlangen ohne Ausdruck seyn? Die reinste Liebe – Venus Urania kann keine andere erwecken – veredelt und verfeinert die Sinne, erhöht und begeistert sie, aber vernichtet sie nicht.« – Du hast ein treffliches Gedächtniß, versetzte sie lächelnd: vermuthlich verstehst du nun auch, – nachdem wir dir den Schlüssel nicht nur zu dem was *mit dir vorgenommen* wurde, sondern auch zu dem was *in dir vorging*, gegeben haben – was ich damit meinte, als ich zu zweifeln schien, »ob du auch einer *so rein* und *ganz sich hingebenden* Liebe, wie die Göttin verlange, fähig seyest?« – Und gleichwohl, bey allen diesen Täuschungen, glaubtest du nicht, als dir Mamilia mit ihren drey Mädchen in der helldunkeln Wolke von gemahlter Leinwand erschien, die Göttin der Liebe selbst mit ihren ewig jugendlichen Grazien zu erblicken? und kannst du läugnen, daß dich diese vermeinte Theofanie unaussprechlich glücklich machte? – Weil ich sie für *Theofanie hielt*, fiel ich ihr ins Wort. O daß ihr mich doch ewig in diesem Wahne gelassen hättet! – Sey versichert, antwortete Dioklea, es wäre geschehen, wenn nicht *die Natur selbst* es unmöglich gemacht hätte, nach dem höchsten Grade von Genuß, dessen die Sinne fähig sind, noch länger getäuscht zu werden. Aber, wer wollte sich, wenn er so glücklich geworden ist als es ein Sterblicher seyn kann, noch beklagen, daß man ihn nicht gar zum Gott gemacht hat? Und zudem, hattest du nicht, in den Stunden da sich die Göttin in Mamilien verwandelte, Augenblicke, worin du dich wirklich vergöttert fühltest? – »O da war mir Mamilia noch immer die Göttin selbst.« – Und sollte sie es nicht, trotz aller Aufschlüsse die du bekommen hast, wieder werden können? sagte Dioklea.

Die Zurückkunft der schönen Römerin, die dieser sonderbaren Unterredung ein Ende machte, verfehlte die Wirkung nicht, welche die Tochter des Apollonius von ihren Reitzungen und meiner starken Anlage, immer auf eine oder andere Art zu schwärmen und getäuscht zu werden, erwartete. Meine Verführerinnen glaubten die außerordentlichen Mittel, die nun nicht länger zu gebrauchen waren, auch nicht länger nöthig zu haben. Sie hatten den Zauber, der vorher auf meiner Einbildungskraft lag, nun auf meine *Sinne* geworfen, und zweifelten nicht, in der fortwährenden Trunkenheit, worin sie mich durch immer abwechselnden Genuß der ausgesuchtesten Vergnügungen zu erhalten wußten, mich unvermerkt dahin zu bringen, daß meine vorige Denkungsart mir selbst endlich eben so lächerlich werden müßte als sie ihnen war. Kurz, sie hofften mich aus dem eifrigsten Verehrer und Nachahmer des Pythagoras und Apollonius in den ausgemachtesten *Epikuräer* zu verwandeln. Auch in den Künsten, die zu einer *solchen* Operazion erfordert wurden, war Dioklea eine ausgelernte Meisterin; und hätte nur Mamilia mehr Gelehrigkeit für ihre Unterweisungen gehabt, so möchte es ihr, wo nicht auf eine sehr lange, doch gewiß auf eine weit längere Zeit gelungen seyn, mich in dem Taumel zu erhalten, der in den ersten Tagen nach ihrer Zurückkunft mein ganzes Daseyn in einem fortdauernden Moment von Genuß und Wonne verschlang. Aber diese kluge Mäßigung, die allen Befriedigungen der Sinne so nöthig ist, diese *Kunst* dem Überdruß von ferne schon zuvor zu kommen, die Begierde immer lebendig zu erhalten, sie auf tausendfache Art zu ihrem desto größern Vergnügen zu hintergehen, sie in jedem Genuß einen noch vollkommnern ahnden zu lassen, und dieß alles auf eine so ungezwungene Art und mit so viel Grazie zu bewerkstelligen, daß es *Natur* scheint, – alle diese feinen Künste, worin Dioklea unübertrefflich war, vertrugen sich nicht mit der raschen Sinnesart der feurigen Römerin. Der Zwang, den sie sich hätte auflegen müssen, um ihren Adonis wie einen Liebhaber, den man verlieren könnte, zu behandeln, war der Tod des Vergnügens in ihren Augen: kurz, sie betrug sich als ob sie wirklich die Göttin wäre, deren Rolle sie so gern spielte; und ihr Günstling hätte nichts geringers als der ewig junge Apollo oder der unerschöpfliche Sohn der Alkmena seyn müssen, um nicht viel eher, als sie es vielleicht erwarten mochte, gesättigt, ermüdet, und wieder zu sich selbst gebracht zu werden.

Wie unangenehm die Gefühle und Betrachtungen seyn mußten, die auf dieses *zweyte Erwachen* folgten, wird dir die Kenntniß, die du bereits von der *eigenen Form* meiner Seele, und der sonderbaren Vorstellungsart die ihr natürlich war, erlangt hast, anschaulicher machen, als ich es durch irgend eine Schilderung bewirken könnte. Diese Form, diese Vorstellungsart war mir zu wesentlich, um durch irgend eine zufällige Veränderung ausgelöscht zu werden. Die ungewohnte Trunkenheit, worein Mamiliens Zauberbecher meine Sinne gesetzt hatte, konnte unter keinen Umständen von langer Dauer seyn; und ihre verschwenderische Art zu lieben beschleunigte nur den Augenblick des Erwachens.

Mein erstes Gefühl in diesem schmerzlichen Augenblicke war die *Höhe*, von welcher ich gefallen war, und die *Tiefe*, worin ich lag. Aber glücklicher Weise war es nicht der Sturz eines *Ikarus*, dessen mit Wachs zusammen geleimte Flügel an der Sonne schmolzen, sondern der Fall eines *Platonischen Dämons* aus den überhimmlischen Räumen in den Schlamm der gröbern Elemente. Wie groß auch meine Beschämung darüber war, so fühlte ich doch, daß mich dieser Fall nur erniedriget und besudelt, nicht zerschmettert hatte. Die Schwingen meiner Seele waren nicht zerbrochen; ich konnte sie wieder los winden, mich wieder in die reinen Lüfte, die ich gewohnt war, empor schwingen, und die Erfahrungen selbst, die mich jetzt demüthigten, konnten mir dazu dienen, mich künftig vor ähnlichen Verirrungen zu hüten, und das Ziel meiner innersten Wünsche desto sicherer zu erreichen.

Dieses Gefühl allein, oder vielmehr die Ahndung dieser Gedanken, und das dunkle Bewußtseyn der in mir liegenden Kräfte und Hülfsquellen war es, was mich in den ersten Augenblicken vor Verzweiflung bewahrte. Aber es fehlte viel, daß Gedanken wie diese gleich Anfangs die Oberhand gehabt, und mit ihrer ganzen Stärke auf mich gewirkt hätten. Im Gegentheil, ich wurde finster, mißmuthig und übellaunisch; alles umher verlor seinen Reitz und Glanz, und nahm die Farbe meiner düstern Seele an; ich verachtete mich selbst, und zürnte bitterlich auf diejenigen, die mich dazu gebracht hatten. Und dennoch hatte dieses Seelenfieber seine Abwechslungen; und ich lernte nun verstehen, was Xenofons *Araspes* mit dem Streit seiner beiden Seelen sagen wollte, denn ich erfuhr es in mir selbst. Ich schämte mich, wie ein anderer nektartrunkner *Ixion*, eine Theatergöttin für Venus Urania genommen zu haben, und erinnerte mich doch mit Entzücken der Augenblicke, wo mich diese Täuschung zum glücklichsten aller Sterblichen machte. Ich betrachtete in den Stunden der bösen Laune die üppige Mamilia als eine zauberische *Lamie*, die mich bloß deßwegen nährte und liebkosete, um mir alles Blut aus den Adern zu saugen; und bald darauf, wenn ein Becher voll unvermischten Weins von Thasos in der schönen Hand dieser Lamie dargeboten, und zuvor von ihren wollustathmenden Lippen beschlürft, meine Lebensgeister wieder in Schwingung setzte, war ich wieder schwach genug, eine irdische Venus in ihr zu sehen, und in ihren immer willigen Armen neuen Stoff zu der bittern Reue zu hohlen, die meine einsamen Stunden vergiftete.

Wie sehr ich mich auch eine Zeit lang bemühte, diesen peinvollen Zustand meines Gemüthes vor Mamilien und ihrer scharfsichtigen Freundin zu verbergen, so war es doch (wie du leicht denken kannst) eben so verlorne Mühe, als alles was diese Damen sagen und thun konnten, um die einmahl aufgelöste Bezauberung der ersten Wonnetage wieder herzustellen. Die Römerin hoffte es durch Verdopplung dessen, was sie ihre *Zärtlichkeit* nannte, zu bewerkstelligen, beschleunigte aber dadurch die gegenseitige Wirkung. Die Tochter des Apollonius versuchte es auf einem andern Wege. Sie ließ meine Sinne unangefochten, machte bloß die Freundin und Rathgeberin, schien nichts angelegneres zu haben als mich zu beruhigen und mit mir selbst auszusöhnen; und indem sie die Unterredung bey jeder Gelegenheit vom Gegenwärtigen ablenkte und ins Allgemeine spielte, suchte sie mir unvermerkt eine feine *Aristippische* Art zu filosofieren einleuchtend zu machen, die in ihrem Munde eine so einnehmende Gestalt annahm, daß die ganze Widerspenstigkeit eines zum Enthusiasten gebornen Menschen dazu erfordert wurde, nicht von ihr gewonnen zu werden. Sie erhielt indessen doch immer so viel, daß die Grazien ihres Geistes, die sich in diesen Gesprächen in so mancherley vortheilhaftem Lichte zeigen konnten, mir ihren Umgang immer unentbehrlicher und gar bald zu dem einzigen machten, was mich an diesen Ort fesselte. Wir verirrten uns unter diesen Gesprächen zuweilen in ihre Felsenwohnung, oder in das Rosenwäldchen, dessen Anblick so viel angenehme Erinnerungen in meiner Seele wieder anklingen machte; und nicht selten endigte sich dann unser Streit über die Verschiedenheit unsrer Grundbegriffe auf eine Art, die das Übergewicht der Aristippischen Filosofie über die Platonische völlig zu entscheiden schien; wiewohl im Grunde nichts dadurch bewiesen wurde, als die Schwäche des Platonikers, und die große Fertigkeit seiner Gegnerin in dem, was man die Sofisterey ihres Geschlechts nennen möchte. Genug, sie verhalf der schlimmern Seele zu manchem schmählichen Sieg über die bessere: aber eben dieß stürzte mich unversehens in jenen gewaltsamen und qualvollen Zustand zurück, der von dem ewigen Widerspruch zwischen einer Art zu denken, deren Warheit man im Innersten fühlt, und einem Betragen, das man immer hintennach mißbilligen muß, die natürliche Folge ist.

Während dieses seltsame Verhältniß zwischen Diokleen und mir bestand, hatte Mamilia, deren Leidenschaften eben so schnell verbrausten als aufloderten, einen neuen Gegenstand für ihre launenvolle Fantasie gefunden. Sie war fast immer abwesend, und schien sich eine geraume Zeit gar nicht mehr um mich zu bekümmern. Ohne Zweifel trug die Ruhe, die sie uns ließ, viel dazu bey, daß auch jenes Verständniß mit Diokleen, das im

Grunde weder Liebe noch Freundschaft war, den Reitz ziemlich bald verlor, den es Anfangs für mich gehabt hatte. Der leeren Stunden wurden immer mehrere, in welchen der Zweykampf der beiden Seelen sich erneuerte, und der Sieg sich endlich auf die Seite der bessern neigte, ohne daß Dioklea, die es auf der andern Seite an mancherley Kriegslisten nicht fehlen ließ, mehr als einige Verzögerung ihrer gänzlichen Niederlage bewirken konnte. Ich sah mich mit Unwillen und Selbstverachtung wie in den Stall einer neuen Circe eingesperrt. Jeden Morgen stand ich von meinem weichen aber meist schlaflosen Lager mit dem Vorsatz zu entfliehen auf, und legte mich jede Nacht mit Grimm über mich selbst nieder, daß ich den Muth nicht gehabt hatte ihn auszuführen.

Einsmahls, da ich mit der ersten Morgenröthe aufgestanden war, und in dem abgelegensten Theile des Waldes, der an Mamiliens Gärten stieß, verdrießlich und unentschlossen herum irrte, kam eine reitzende weibliche Gestalt zwischen den Bäumen hervor geschlichen, die mich aufzusuchen schien, und in welcher ich bald eine der vermeinten *Nymfen* erkannte, die uns in Diokleens Felsenwohnung bedient hatten. Diese Sklavin, *Myrto* genannt, war eines von den Geschöpfen, die eine allgemeine Empfehlung an die ganze Welt in ihrem Gesichte tragen; und sie redete mich mit so vieler Anmuth und anscheinender Schüchternheit an, daß ich nicht stark genug war, die Unhöflichkeit zu begehen und ihr den Rücken zuzukehren, wie mein erster Gedanke gewesen war, da ich sie erkannte. Sie sagte mir, sie habe schon lange diese Gelegenheit gesucht mich allein zu finden, um mir verschiedene Dinge, die mir nicht gleichgültig seyn könnten, zu entdecken; und nachdem wir uns in einem Gebüsche, wo wir nicht überrascht zu werden besorgen durften, gesetzt hatten, fing sie damit an, mir im engesten Vertrauen eine Menge geheimer Nachrichten von Mamilien mitzutheilen, die nicht sehr geschickt waren den Widerwillen zu mildern, den ich bereits gegen diese *Venus Pandemos* gefaßt hatte. Aber was der guten Nymfe ganz besonders am Herzen lag, war die allzu günstige Meinung herunter zu stimmen, die ich von ihrer Gebieterin Dioklea zu hegen schien. Die umständliche Geschichte, die sie mir von ihr erzählte, würde uns zu weit von der meinigen entfernen: ich will also nur das wesentlichste davon berühren.

Die so genannte Dioklea war, unter den Nahmen *Chelidonion*, *Dorkas*, *Filinna*, *Anagallis*, und einer Menge anderer dieser Art, schon zwanzig Jahre in Griechenland, Italien und Gallien eine der bekanntesten Personen ihrer Klasse gewesen, ehe sie zu Halikarnaß als Profetin auftrat und sich Dioklea nennen ließ. Ein junger Thessalier hatte sie beynahe noch als Kind zu Korinth einem Manne abgekauft, der mit hübschen Mädchen handelte, und ein feines Sortiment von dieser schlüpfrigen Waare beysammen hatte. Ein paar Jahre hernach bekam ein alter Epikuräer zu Athen Lust zu ihr, als sie mit einer kleinen Truppe von herum ziehenden Tänzern und Luftspringern in Gestalt einer Flötenspielerin vor seine Thür kam: er nahm sie zu sich, und fand großes Belieben daran, die mannigfaltigen Talente, die er in dem Mädchen aufkeimen sah, auszubilden, und ihr die Maximen von Klugheit und Wohlanständigkeit einzuprägen, durch deren Beobachtung sie sich in der Folge so weit über die meisten Personen ihrer Klasse erhob. Nachdem sie noch durch verschiedene andere Hände gegangen war, und allerley Abenteuer bestanden hatte, erschien sie zu Antiochia und Alexandria unter dem Nahmen *Anagallis* als die schönste und geschickteste Mimentänzerin, die man jemahls in Syrien und Ägypten gesehen hatte. Sie zeigte sich nach und nach in dieser Eigenschaft in verschiedenen Provinzen des Römischen Reichs, und endlich in Rom selbst, wo sie einige der ersten Senatoren und Hofleute unter ihren Anbetern zählte. Nun erschien sie nicht mehr öffentlich auf dem Schauplatz, sondern lebte von den Einkünften ihrer Reitze und Geschicklichkeiten, mit dem verschwenderischen Aufwand einer Person, die es in ihrer Gewalt zu haben glaubt, sich überall die mächtigsten und reichsten zinsbar zu machen. Indessen hörte sie unvermerkt auf neu und jung zu seyn, die Quellen ihres Aufwands flossen immer spärlicher, und sie fand sich endlich genöthiget, in Gallien, Sicilien und Griechenland ihre vorige Profession wieder auszuüben. Da sie aber die große Wirkung nicht mehr that, die sie in der glänzendsten Zeit ihrer Blüthe zu thun gewohnt worden war, so gab sie diese Lebensart wieder auf, veränderte ihren Nahmen, und gesellte sich zu einer in Pontus, Kappadocien und Syrien herum wandernden Bande von *Isispriestern*, deren Gewerbe sie durch ihre erfinderische Einbildungskraft und die Mannigfaltigkeit ihrer Talente sehr einträglich zu machen wußte. In dieser Epoke ihres Lebens, fuhr die Nymfe fort, war es, wo sie sich mit allen den *goetischen*, *magischen* und *theurgischen* Mysterien und Künsten vertraut machte, wodurch sie geschickt wurde, einige Zeit darauf, als die besagte Bande durch ein unangenehmes Abenteuer aus einander getrieben worden war, die Rolle einer vorgeblichen Tochter des göttlichen Apollonius zu spielen, und unter dem Schutze der Römerin Mamilia Quintilla, einer erklärten Liebhaberin alles Außerordentlichen, eine Art von *Orakelbude* in dem heiligen Hain der Venus Urania, der ein Zugehör ihrer Halikarnassischen Güter ist, aufzurichten. Der Nahme einer Erbin der Wissenschaften des großen Apollonius, der mystische Schleier worein sie sich hüllte, ihre sonderbare Lebensart, und die vierlerley Gerüchte, die sie von ihrer profetischen Gabe, ihrem geheimen Umgang mit den Göttern, und den Wunderdingen die sie verrichtet hätte, unter das Volk zu bringen wußte, fing schon an in Karien und den benachbarten Gegenden zu wirken, und gab der Profetin gute Hoffnung, in dem Aberglauben begüterter Thoren eine neue ergiebige Quelle von Einkünften zu finden: als die Entschließung der Dame Mamilia, diese Villa zu ihrem gewöhnlichen Aufenthalte zu machen, der ganzen Sache eine andere Wendung gab. Dioklea wurde nun bekannter mit der edlen Römerin, und bemächtigte sich in kurzem ihrer Zuneigung in einem so hohen Grade, daß sie die vertrautesten Freundinnen wurden: und da die Profetin kein Geheimniß mehr für ihre neue Freundin hatte, so wurde beschlossen, daß sie die angefangene Rolle, wiewohl mit verschiedenen Abänderungen die zu Mamiliens Absichten nöthig schienen, fortsetzen sollte. Die Mysterien der Venus Urania, zu deren Priesterin sie sich aufwarf, schienen der wollüstigen Römerin eine Menge unterhaltender Scenen zu versprechen, wodurch sie das Einförmige des ländlichen Lebens zu vermannigfaltigen, und ihrem Hang zu romantischen Einfällen und sonderbaren Liebesabenteuern Nahrung zu geben hoffte. Dioklea ordnete alle Einrichtungen an, die in den Gebäuden und Gärten der Villa zu diesem Ende für dienlich gehalten wurden; alles ging nach Wunsch von Statten, und schon mancher Unvorsichtige hatte sich in den Schlingen gefangen, die der treuherzigen oder lüsternen Jugend hier überall gelegt waren, ehe mein Verhängniß, oder – um die Sache mit ihrem rechten Nahmen zu nennen, meine Thorheit mich, wiewohl auf meine eigene Weise, zu ihrem Nachfolger machte. Es wäre, setzte die geschwätzige Nymfe hinzu, zwischen den beiden Sirenen verabredet, daß Mamilia die Unglücklichen, die ihnen in die Klauen geriethen, so bald ihr die Fantasie zu ihnen vergangen wäre, ihrer dienstfertigen Freundin überließe. Dieses schreckliche Schicksal würde, wofern ich es nicht bereits erfahren hätte, auch das meinige seyn. Sie schilderte mir hierauf die Dame mit den vielen Nahmen als eine wahre Zaubrerin; es sey nicht anders möglich, sagte sie, das Weib müsse unerlaubte magische Mittel dazu gebrauchen, um die feinsten Männer so unbegreiflich zu verstricken, daß sie in einer *Hetäre*, die der halben Welt angehört habe, und die ohne die Hülfe der Färbekunst, des Pinsels und aller nur ersinnlichen Geheimnisse des Putztisches, der Kumäischen Sibylle gleich sehen würde, die liebenswürdigste Person ihres Geschlechtes zu umarmen glaubten. Aber dieß sey gewiß, daß ich mir vergeblich schmeicheln würde, jemahls diesen Ort verlassen zu können, so lange Dioklea mich zurück behalten wolle; und ich könnte versichert seyn, daß sie dieß so lange wolle, bis sie mich durch ihre verderblichen Liebkosungen zum Schatten abgemergelt, und in ein wahres Gespenst verwandelt haben werde.

Die Lebhaftigkeit, womit die schöne Myrto diese Übertreibungen vorbrachte, hatte mir ihre Absicht bey der ganzen Vertraulichkeit schon verdächtig gemacht, als sie, nach einer kleinen Pause, mit dem Tone des zärtlichsten Mitleidens und mit aller Verführung, die sie in ihre schwarzen Augen legen konnte, fortfuhr: Der Gedanke, daß ein so liebenswürdiger Mann wie ein Wachsbild an dem Zauberfeuer einer so schändlichen *Empuse* dahin schmelzen sollte, sey ihr unerträglich; sie hätte seit dem ersten Augenblicke, da sie mich in der Felsenwohnung gesehen, einen Antheil an mir genommen, der sie zu meiner genauen Beobachterin gemacht habe; sie finde mich eines bessern Looses würdig; und kurz, wenn ich *ihre uneigennützige Freundschaft* mit einiger Gegengunst belohnen wollte, so fühle sie sich stark genug, mir alle Annehmlichkeiten ihrer Lage in diesem Hause aufzuopfern, meine Flucht zu befördern, und mir, an welchen Ort der Welt es mir gefiele, zu folgen.

LUCIAN.

Das uneigennützige Nymfchen hätte also doch mit dem Rest, den die Empusen von dir übrig gelassen, großmüthig fürlieb genommen?

PEREGRIN.

Sie war noch uneigennütziger als du denkst; denn es zeigte sich in der Folge, daß sie, wie ihr der Anschlag alles zu haben nicht gelingen wollte, bescheiden genug gewesen wäre, mich mit den Empusen zu theilen. Ich machte mich mit so guter Art als ich konnte von ihr los, indem ich ihr ein unverbrüchliches Stillschweigen über die Geheimnisse, die sie mir vertraut hatte, angeloben mußte. Die Flucht, womit ich schon mehrere Tage umging, war mit so wenig Schwierigkeiten verbunden, daß ich der Hülfe dieser Sklavin dazu nicht vonnöthen hatte. Aber, anstatt daß ihre geheimen Nachrichten von Diokleens bisherigem Lebenslauf, und die Furcht, die sie mir vor ihrer angeblichen Zauberey einzujagen hoffte, meine Lust zum Fliehen hätte vermehren sollen, fand ich mich nach dieser Unterredung weniger dazu geneigt als jemahls. Ich konnte mich nicht entschließen, die Villa Mamilia zu verlassen, bevor mich Dioklea eine Probe ihrer so hoch gerühmten Geschicklichkeit in der pantomimischen Tanzkunst hätte sehen lassen. Ich ergriff die erste Gelegenheit, die sich anbot, um zu versuchen ob ich ihr Lust dazu machen könnte, ohne ihr merken zu lassen, daß ich mehr von ihrer Geschichte wisse, als sie mir selbst davon zu entdecken beliebt hatte. Es traf sich, daß einer von den Knaben und eines von den kleinen Mädchen, womit dieses Haus so reichlich bevölkert war, während wir bey Tische saßen, die Fabel von *Amor* und *Psyche* ganz artig für Kinder ihres Alters tanzten. Ich möchte wohl, sagte ich, nachdem wir ihnen eine Weile zugesehen hatten, ein so schönes Süjet von der berühmten *Anagallis* tanzen gesehen haben! Mein Wille war, indem ich dieß sagte, so unbefangen dazu auszusehen, daß Dioklea glauben müßte, ich dächte nicht mehr noch weniger dabey, als wenn ich gewünscht hätte die Glycera des Menanders oder die Korinna des Ovidius gesehen zu haben: aber ich erröthete, zu meinem großen Verdruß, so plötzlich und stark bei dem Nahmen Anagallis, daß sie leicht merken konnte, ich müsse mehr von ihr wissen als ich das Ansehen haben wollte. Ohne die geringste Betroffenheit in ihrem Gesichte zu zeigen, versetzte sie: Du hast also auch von dieser Anagallis gehört? Und da ich mich verwunderte, wie sie daran zweifeln könne, flüsterte sie mir lächelnd zu: Ich bin eine mächtigere Zauberin als du denkst; du sollst sie tanzen sehen, wiewohl sie schon eine geraume Zeit aus der Welt verschwunden ist.

Ein paar Tage darauf lud sie mich zu einem kleinen Schauspiel ein, das sie mir zu Ehren veranstaltet habe. Die Scene war mit zwey Kören von Liebesgöttern, Zefyrn und jungen Nymfen besetzt, die unter einem mit Musik begleiteten Tanz einen Lobgesang auf Amor und Psyche zu singen anfingen. Bald darauf theilten sie sich wieder zu beiden Seiten, und es erschien eine Tänzerin, die mir beym ersten Anblick die nehmliche *Psyche* darstellte, die ich öfters in Mamiliens Gallerie betrachtet hatte, wo sie, von der Hand *Aetions* gemahlt, unter die vorzüglichsten Zierden derselben gerechnet wurde. Ihre Kleidung, von einem sehr zarten Indischen Gewebe, zeichnete mit Anstand und Grazie die zierlichste Jugendgestalt, und eine Fülle der feinsten goldgelben Haare floß in großen ringelnden Locken um ihre schönen Schultern den Rücken hinab. Ohne diese gelben Haare hätte sie beym ersten Anblick Dioklea scheinen können; wiewohl die Tänzerin auch noch schlanker und feiner gebildet schien. Ich betrachtete sie mit einem halb schauderlichen Erstaunen, ungewiß wofür ich sie halten sollte, und beynahe zweifelhaft, ob das was ich sehe nicht wirklich ein Wunder der Zauberkünste sey, deren die Sklavin Myrto ihre Gebieterin beschuldigt hatte. Aber das sogleich angehende Spiel ihrer Arme und Hände, oder vielmehr die bewundernswürdige Musik aller Glieder und Muskeln ihres ganzen Körpers, die mit unbeschreiblicher Fertigkeit, Wahrheit und Anmuth zu einem immer mahlerischen und vorbildenden Ausdruck der Fabel, deren verschiedene Scenen sie darstellte, zusammen stimmten, – bemächtigte sich meiner ganzen Aufmerksamkeit zu stark, um einem andern Gedanken Raum zu lassen. Dieser pantomimische Tanz – der, ohne Hülfe der Wortsprache, bloß von einer melodiösen und ausdrucksvollen Musik unterstützt, in einer allgemein verständlichen, unmittelbar zur Empfindung und Einbildungskraft redenden Sprache, die feinsten Schattierungen nicht nur der stärkern Leidenschaften, sondern sogar der zartesten Gemüthsregungen, den Augen mit der größten Deutlichkeit vorzeichnete – gewährte mir ein Vergnügen, das nach und nach zu einem nie gefühlten und beynahe unaushaltbaren Entzücken stieg. Aber was wurde erst aus mir, als auf einmahl alle Amoretten und Nymfen verschwanden, und die reitzende *Psyche* in meine Arme flog, mich vollends zu überzeugen, daß sie mir Wort gehalten, und – um mich einen der stärksten Züge aus dem Nektarbecher der Wollust thun zu lassen – wieder *Anagallis* geworden sey! – O gewiß warst du eine Zaubrerin, Dioklea! wiewohl in einem andern Sinn als es die uneigennützige Myrto nahm; in dem einzigen, worin es vermuthlich jemahls Zaubrerinnen gegeben hat: denn alles was Natur und Kunst Reitzendes, Verführerisches und Seelenschmelzendes haben, war in dir aufgehäuft! Wer hätte, mit einer Empfindlichkeit wie die meinige, deinen Zaubereyen widerstehen können! – Diese einzige Stunde, Lucian, warf mich auf einmahl mitten in den Taumel der ersten Tage meiner Verirrungen zurück: und da die Gefälligkeit der wieder auferstandnen Anagallis eben so unerschöpflich war, als die Quelle dieser neuen Art von Unterhaltung, wozu ich ihr so unverhofft Gelegenheit gemacht hatte; so dauerte dieser neue und letzte Rückfall länger, als ich dir ohne Beschämung gestehen dürfte.

LUCIAN.

Ich glaube gar, du willst dir noch Leid seyn lassen, daß die Götter des Vergnügens mit ihren Wohlthaten so verschwenderisch gegen dich gewesen sind? Täuschung oder nicht! welcher König (möchte ich mit Anagallis-Dioklea sagen) ja welcher Weise in der Welt hätte sich nicht um diesen Preis täuschen lassen wollen!

PEREGRIN.

Um die Sache in ihrem wahren Lichte zu sehen, lieber Lucian, mußt du dich in meine eigenste Person hinein denken, und den Zustand, worin du mich so beneidenswürdig findest, mit demjenigen vergleichen, worin ich von Kindheit an aufgewachsen war, und der im Grunde als *eine bloße Entwicklung meines Ichs* anzusehen ist. Wäre meine vorige Gemüthsverfassung, und die ganze Sinnesart, woraus sie entsprang, bloß das Werk einer unfreywilligen Beraubung angenehmer Gegenstände, und also eines nothgedrungnen Bedürfnisses, den Mangel eines reellen Genusses durch Schimären zu ersetzen, – kurz, wäre das hohe Selbstgefühl, die innere Ruhe, die Zufriedenheit mit mir selbst, das Ahnden einer erhabenen Bestimmung, und das Aufstreben zu idealischer Vollkommenheit, die mein vormahliges Glück ausmachten, bloße Täuschung gewesen: dann wäre wohl nichts begreiflicher, als warum sie gegen eine Kette der lebhaftesten und ausgesuchtesten Vergnügungen der Sinne und des Geschmacks, welche *keine Täuschungen* sind, nicht hätten aushalten können. Aber jene Ideen und Gesinnungen, wie viel oder wenig sie auch mit Wahnbegriffen in meinem Kopfe verschlungen seyn mochten, waren meinem Gemüthe natürlich und wesentlich; *die moralische Venus*, die meinem Geiste vorschwebte, war kein Fantom, sondern ewige unwandelbare Wahrheit; nicht dieses Ideal, sondern meine durch erwachende Naturtriebe überraschte Fantasie, hatte mich in das künstliche Netz gelockt, das meiner erfahrungslosen Jugend von sinnlicher Liebe und Wollust gestellt wurde. Dieß, däucht mich, macht einen großen Unterschied; und bey dieser Bewandtniß der Sache ist wohl nichts natürlicher, als daß ich keine dauernde Zufriedenheit in einem Zustande finden konnte, worin tausend andere sich viele Jahre lang den Göttern gleich geachtet hätten.

Indessen dauerte doch dieser letzte Rückfall in das goldne Netz der Zaubrerin Dioklea lange genug, daß ich das Vergnügen hatte mein beliebtes Rosenwäldchen zum zweyten Mahl in voller Blüthe zu sehen. Während dieser Zeit hatte Mamilia mehr als Einmahl den Einfall gehabt, und Mittel gefunden, ihre vernachlässigten Ansprüche wieder geltend zu machen: da sie aber, nach ihrer leichten Sinnesart, bloß die Vergnügung einer augenblicklichen Laune suchte, und weder zu lieben wußte noch geliebt zu werden verlangte, so schien sie mich ihrer Freundin immer wieder mit eben so wenig Eifersucht zurück zu geben, wie sie ihr alles übrige, was sie hatte, zum Gebrauch überließ. Denn dieß that sie mit so wenigem Vorbehalt, daß ein Fremder lange ungewiß bleiben konnte, welche von beiden die Dame des Hauses sey. Überdieß brachte sie einen großen Theil der Zeit, die ich noch hier verweilte, bald zu Milet, bald auf ihren Gütern zu Rhodus zu, und schien sich ohne uns gut genug zu belustigen, um von unserm Thun und Lassen keine Kenntniß zu nehmen.

Dioklea bediente sich dieser Freyheit mit so vieler Behutsamkeit, hatte eine so große Mannigfaltigkeit reitzender Formen und Umgestaltungen in ihrer Gewalt, wußte auf so vielerley Art zu gefallen, und dem Überdruß durch eine so große Abwechslung und eine so feine Mischung der Vergnügungen der Sinne, der Einbildungskraft und des Geschmacks zuvorzukommen, daß sie sich mit einigem Rechte schmeicheln konnte, einen bey eben so vieler Empfindsamkeit weniger sonderbaren Menschen als ich war, noch ziemlich lange in ihren Fesseln zu erhalten. Gleichwohl konnte sie mit allen ihren Künsten nicht verhindern, daß die Täuschung, die dazu gehörte, wenn sie sich sogar in den Augen eines sehr von ihr eingenommenen Zuschauers in eine *Psyche*, *Danae*, oder *Leda* verwandeln sollte, immer schwerer wurde, je öfter man sie in dergleichen Rollen gesehen hatte; und wie nichts unterm Monde vollkommen seyn kann, so war es ganz natürlich, daß sie mir, nachdem die Stärke des ersten Eindrucks durch öftere Wiederhohlung geschwächt worden war, zuletzt immer weiter unter dem Ideale zu bleiben schien, dem sie so nahe als möglich zu kommen sich beeiferte.

Die Zeit, da auch *dieser* Talisman alle seine Zauberkraft an mir verlor, rückte immer näher heran, als die schöne Mamilia auf den Einfall gerieth, die bevorstehenden *Dionysien* durch ein großes *Bacchanal* zu feiern, wobey Dioklea die *Ariadne* und ich den *Bacchus* vorstellen sollte.

Du wirst mich, denke ich, gern mit einer Beschreibung dieses Festes verschonen, dessen ich mich ungern erinnere, wiewohl es würdig gewesen wäre, einem Sardanapal oder Elagabalus gegeben zu werden. Die üppige Römerin, die sich viel darauf zu gut that, die ganze Einrichtung dieser Lustbarkeit mit allen ihren Scenen selbst erfunden und angeordnet zu haben, hatte sich vorgesetzt, die Darstellung eines ächten Bacchanals, wie es von Mahlern und Dichtern geschildert wird, so weit zu treiben als sie nur immer gehen könnte; und sie hatte zu diesem Ende eine ziemliche Anzahl frischer wohl gebildeter Jünglinge aus ihren weitläufigen Landgütern zusammen gebracht, welche die Faunen und Satyrn vorstellen mußten, während sie selbst sich an der bescheidenen Rolle einer gemeinen Bacchantin genügen ließ. Aber, ihrer Meinung nach, der feinste Zug von Imaginazion an dem ganzen Feste, und etwas, wodurch sie mich auf eine sehr angenehme Art zu überraschen hoffte, war: daß sie mit ihrer immer gefälligen Freundin die Abrede genommen hatte, wenn diese, als *Ariadne*, ihre Person bis zum letzten Akt gespielt haben würde, sich, unter Begünstigung der Dunkelheit, unvermerkt an ihren Platz zu setzen, und das übrige in ihrem Nahmen vollends auszuspielen. Der arme Bacchus, von einer zweyfachen Trunkenheit erhitzt, fand den Betrug, als er ihn endlich entdeckte, so angenehm, daß er in dem Taumel, worein der Zusammenfluß so vieler berauschenden Umstände seine Sinne setzte, mehr Bacchus war als einem Sterblichen geziemet. Mamilia ließ nichts, was dem Karakter einer Bacchantin Ehre machen konnte, unversucht, ihn dazu aufzumuntern; und um dieses ächte Satyrspiel mit einem recht lustigen Ende zu krönen, mußte zuletzt *Ariadne* an der Spitze eines Schwarms von Faunen, Satyrn, Mänaden, Amoretten und Nymfen, alle mit Fackeln in der Hand, unversehens dazu kommen, und ihren Ungetreuen, unter einem ungezähmten Gelächter des ganzen *Thyasos*, auf der That ertappen.

Dieser letzte Zug stellte den bestürzten After-Bacchus auf einmahl in die vollkommenste Nüchternheit her, und der Zauber, unter welchem er so lange gelegen, war unwiederbringlich aufgelöst. Ein Mensch, der in einem entzückenden Traum an Jupiters Tafel mitten unter den seligen Göttern gesessen hätte, und im Erwachen sich von Gespenstern, Furien, Gorgonen und Harpyen umzingelt fände, könnte von keinem grauenvollern Erstaunen ergriffen werden, als ich, da ich mich in einer *solchen* Lage dem unsittigen Muthwillen einer *solchen* Gesellschaft Preis gegeben sah. Indessen behielt ich doch so viel Gewalt über mich selbst, daß ich die Bewegungen zurück hielt, deren Ausbruch meine Demüthigung nur vergrößert, und die Entschließung, die ich auf der Stelle faßte, vielleicht unausführbar gemacht haben würde. Aber so bald das Unvermögen es länger auszuhalten diesen Scenen der wildesten Schwärmerey endlich ein Ende machte, und die sämmtlichen Bewohner der Villa, die daran Theil genommen hatten, in einen allgemeinen Schlaf versunken lagen: raffte ich mich auf, bekleidete mich mit der einfachsten Kleidung die ich finden konnte, und verließ, ohne von Mamilien und ihrer Freundin Urlaub zu nehmen, mit einem Vorrath neuer Begriffe und Erfahrungen, den ich mit dem Verlust meiner Unschuld und Gemüthsruhe theuer genug bezahlt hatte, diesen verhaßten Boden, ohne auch nur Einen Blick auf die Wunder der Natur und Kunst, womit er bedeckt war, zurück zu werfen.

LUCIAN.

Vermuthlich war dieß gerade was die edle Römerin wollte. Denn, ich kann dir nicht bergen, dieses Bacchanal, und diese Abrede mit der ehrwürdigen Venuspriesterin Anagallis, hat mir ganz das Ansehen eines Anschlags, einen Menschen, der uns lästig zu werden anfängt, mit guter oder böser Art los zu werden. Die scharfsichtige Dioklea mußte dich zu gut kennen, um die Wirkung, die ein so übertrieben ausschweifendes Possenspiel auf dich thun mußte, nicht voraus zu sehen.

PEREGRIN.

Ich denke du hast es getroffen, ob ich gleich noch immer glaube, daß Dioklea bey dieser ganzen Sache bloß einer allzu großen Gefälligkeit gegen ihre Freundin schuldig war. Wie es aber auch damit seyn mochte, so war doch jeder Tag, um den ich eher aus diesen Sirenenklippen entrann, Dankes werth; und wenn ich ihn auch dem Überdruß der edlen Mamilia Quintilla schuldig gewesen wäre. Allein so viel gutes traute ich ihr damahls nicht zu; ich besorgte vielmehr, daß es der launischen und viel vermögenden Römerin leicht einfallen könnte, mir nachsetzen zu lassen. Diese unnöthige Furcht bewog mich, so bald ich zu Halikarnaß anlangte, anstatt den Weg gerade nach Milet zu nehmen, tiefer ins Land hinein zu gehen; wo ich einige Wochen in großer Verborgenheit damit zubrachte, dem was mit mir vorgegangen war nachzudenken, und zu überlegen, was für Mittel mir übrig geblieben seyn könnten, das so übel verfehlte Ziel meiner Wünsche zu erreichen.

VIERTER ABSCHNITT.

Lucian.

Ich muß gestehen, Freund Peregrin, daß du einen reichen Stoff zu Selbstgesprächen aus der *Villa Mamilia* mitgebracht hattest. Mit aller meiner Kälte kann ich mich doch so ziemlich in deine damahlige Lage hinein denken, und ich zweifle sehr, ob sich eine schmerzlichere für einen Jüngling, der mit so hohen Erwartungen dahin gekommen war, ersinnen ließe.

Peregrin.

So wie du mich nun kennest, wirst du mir ohne Mühe glauben, daß das, was mich am meisten schmerzte, nicht der Verlust der Wollüste und Vergnügungen war, womit die schöne Römerin und ihre sinnreiche Freundin mich ein ganzes Jahr lang überfüllt hatten. Selbst die Vernichtung der schwärmerischen Hoffnungen, die mich nach Halikarnassus zogen, kränkte mich jetzt so wenig, daß ich im Gegentheil unbegreiflich fand, wie es möglich gewesen, dem *Urbilde der Vollkommenheit* eine *Venus Urania*, und *dieser* ein *Marmorbild*, das am Ende doch nur eine wollustathmende Erdentochter vorstellte, unterzuschieben. Meine ganze ehemahlige Vorstellungsart hatte durch eine *fysische* Folge meiner neuen Erfahrungen eine große Veränderung erlitten. Meine Einbildungskraft war abgekühlt. Alles was in meinen ekstatischen Träumen und Gesichten *Täuschung* gewesen war, *erschien mir* jetzt auch als solche; und ich glaubte deutlich zu sehen, wofern es ja möglich wäre, zu jener einst so feurig gewünschten Erhöhung meines Wesens und Empfänglichkeit für die Einflüsse der göttlichen Naturen zu gelangen, so müßte es wenigstens auf einem ganz andern Wege geschehen, als auf dem, der mich an der Hand der sehr unächten Tochter des Apollonius in die Arme einer Venus Mamilia geführt hatte.

Aber, wenn gleich die Fantomen, die ich ehemahls als Wahrheit liebte, verschwunden waren, so war doch der Raum noch da, den sie eingenommen hatten; und dieses ungeheure Leere wieder auszufüllen, wurde nun das dringendste meiner Bedürfnisse. Ich hatte mich *verirrt*; aber das *Ziel*, wohin ich wollte, stand noch immer unverrückt, als der einzige Zweck meines Daseyns, in dunkler Ferne vor meinen Augen; und bis ich den rechten Weg dahin gefunden hatte, war keine Ruhe noch Glückseligkeit für mich. Mein Zustand in dieser Gemüthslage ist der dunkelste Schatten im Gemählde meines Erdelebens, woraus ich dir jetzt die lichtesten Stellen aushebe. Alles, was ich mich davon erinnern kann, ist, daß es mir unmöglich schien, aus dieser Leerheit, diesem Hin- und Herschwanken, dieser immer getäuschten Bestrebung in einem bodenlosen Moore Grund unter mir zu finden, mich jemahls heraus zu arbeiten, und daß mir diese Unmöglichkeit endlich unausstehlich wurde. Ich irrte von einem Orte zum andern und konnte nirgends bleiben. Da ich mich aber, nachdem auf diese Weise mehrere Monate verstrichen waren, jetzt vor allen Nachstellungen der Römerin sicher hielt, kehrte ich nach der Ionischen Küste zurück, und langte zu Anfang der schönen Jahreszeit in Smyrna an, ohne daß die körperliche Stärkung, die mir dieß mühsame Herumwandern verschaffte, eine merkliche Erheiterung meines Gemüthes hätte bewirken können.

Zu Smyrna war meine erste Sorge, den alten *Menippus* zu besuchen, der ohne seine Schuld die Veranlassung zu allen Abenteuern gegeben hatte, welche mir seit unserer ersten Zusammenkunft zugestoßen waren: aber ich fand ihn nicht mehr unter den Lebenden. Der Anblick einer unzähligen Menge von Fremden, wovon dieser große Handelsplatz wimmelte, und worunter ich viele Ägypter, Syrer und Armenier sah, weckte jetzt auf einmahl den Gedanken wieder in mir auf, der mich vor anderthalb Jahren nach Smyrna geführt hatte; und ich beschloß, zu Ausführung desselben mich an Bord des ersten Schiffes zu begeben, das nach Laodicea abgehen würde.

Während ich die Anstalten zu einer so langen Reise machte, traf es sich eines Tages, daß mir auf einem einsamen Spaziergange, den ich in einer Gegend des Ufers, wo der Fußtritt eines Menschen etwas seltenes war, beynahe alle Abende zu machen pflegte, ein Mann in den Wurf kam, der hier eben so fremd zu seyn schien als ich, und durch seine Gestalt und Miene sowohl als durch seine Kleidung, die einen Syrer oder Fönizier vermuthen ließ, meine Aufmerksamkeit auf sich zog. Nie sah ich so viel Tiefsinn mit so viel Feuer, einen so finstern Blick mit einer so offnen Stirn, und etwas so anziehendes mit einem solchen Ehrfurcht-gebietenden Ernst in Einem Gesichte vereinigt. Ich fand ihn, indem ich um die Ecke eines vorragenden Felsen herum kam, in einer natürlichen Nische, welche die Zeit in den Felsen gegraben hatte, auf einem Steine sitzen, mit einem aufgerollten Buche auf seinem Schooße, in dessen Lesung er begriffen war, als ihn meine unvermuthete Erscheinung aufzuschauen bewog. Er warf, unter seinen schwarzen überhängenden Augenbraunen hervor, einen scharfen Blick auf mich, und fuhr wieder fort in seinem Buche zu lesen. Ich weiß nicht welcher geheime Zug sich bey seinem Anblick in mir regte. Meine erste Bewegung war, mich ihm zu nähern: aber ich sah so wenig Einladendes in seinem Auge, daß ich es nicht wagte. Ich ging tiefer in den Wald hinein, der sich auf dieser Landspitze bis nah ans Ufer erstreckte, und als ich zurück kam, fand ich den *Unbekannten* nicht mehr.

Des folgenden Abends trieb mich ein mehr als gewöhnlicher Grad von Trübsinn abermahls in diese Gegend. Ich sah mich lange vergebens nach dem Fremdling um, den ich, ohne zu wissen warum, hier wieder anzutreffen hoffte. Alles weit umher war einsam, still und schauervoll. Meine Gedanken wurden immer trüber. Ich stand mit gesenkter Stirn, an den Rumpf einer alten Eiche gelehnt, als ich auf einmahl den Fremden gewahr ward, der langsam bey mir vorüber ging. Er hielt einen Augenblick still, heftete einen Blick auf mich, der mir bedeutungsvoll schien, wiewohl ich ihn nicht entziffern konnte; und als ich, nach einigem Zaudern, zum Entschluß kam ihm zu folgen, war er wieder verschwunden.

Der Mann fing an mich zu beunruhigen. Ich entfernte mich; aber sein Bild folgte mir; ich konnte mich nicht davon los machen, und es kam mir sogar im Schlafe wieder vor. Etwas, das ich mir selbst nicht erklären konnte, hielt mich am dritten Abend zurück, den einsamen Ort, wo ich diese sonderbare Erscheinung schon zweymahl gehabt hatte, zum dritten Mahle zu besuchen: aber ein eben so unerklärbares Etwas zog mich beynahe wider meinen Willen dahin. Ermüdet setzte ich mich auf den Stein, wo der *Unbekannte* neulich gesessen hatte, und hing, den Kopf auf den rechten Arm gestützt, meinen gewöhnlichen Gedanken nach, als er plötzlich wieder vor mir stand.

LUCIAN.

Man muß gestehen, Peregrin, deine Abenteuer haben alle einen ganz eigenen Anfang – immer so feierlich! so geheimnißvoll!

PEREGRIN.

Das ist das letzte, Lucian, das sich so anfängt; und wiewohl meine Neugier gereitzt war, so gewann doch der *Unbekannte* durch diese ungewöhnliche Art meine Bekanntschaft zu suchen nichts, als daß ich alle meine Klugheit (welches freylich nicht viel gesagt ist) aufbot, um auf meiner Hut gegen ihn zu seyn. *Dioklea* hatte mich mißtrauisch gemacht.

Lucian.

Und doch wollte ich wetten, mit allem deinem Mißtrauen wurdest du so gut wieder betrogen, als du dich mit der reitzenden *Kallippe*, dem schönen *Gabrias*, und der göttlichen *Dioklea* betrogst, da du lauter Vertrauen warst.

Peregrin.

Alles zu seiner Zeit, lieber Lucian. – So bald der *Unbekannte* nahe genug war, daß ich nicht zweifeln konnte seine Absicht sey mich anzureden, stand ich auf, als ob ich ihm meinen Sitz überlassen wollte, und machte eine Bewegung mich zu entfernen, aber wie einer der erst ein Band zerreißen muß, wodurch er zurück gehalten wird. – *Wie, Peregrinus?* sprach der *Unbekannte* mit einem Tone, der sogleich den Weg zu meinem Herzen fand, und einem Blicke, der wie ein Lichtstrahl in das Dunkle meiner Seele drang, – *du fliehest vor deinem guten Genius?* – Bey dieser Anrede blieb ich stehen, und raffte alle Kälte, die ich in meine Gewalt bekommen konnte, zusammen, um ihm statt der Antwort mit einer so unglaubigen als befremdeten Miene ins Gesicht zu sehen. Aber ich zweifle sehr, daß der Erfolg meinem Willen gehorsam war. Denn, indem ich es sprach, lief mir ein Schauder durch alle Adern, und das unfreywillige Erstaunen, mich von einem so sonderbaren Unbekannten mit einer so seltsamen Anrede bey meinem Nahmen nennen zu hören, verschlang in einem Augenblicke mein Bestreben, dieses außerordentliche Wesen durch eine angenommene Kälte von mir zurück zu schrecken.

Lucian.

Da haben wirs!

Peregrin.

»Kannst du, fuhr er in eben dem herzgewinnenden Tone fort, kannst du glauben, daß uns ein bloßer Zufall hier zusammen gebracht habe? Es giebt keinen Zufall, Peregrin! Wir *sollten* uns finden, und wir *fanden* uns.«

Ich fühlte mich überwältigt. Ich setzte mich wieder auf meinen Stein, und der Unbekannte ließ sich mir gegenüber auf einem bemoosten Felsenstücke nieder.

»Du fliehest die Menschen, (fuhr er fort, da meine Zunge noch immer gebunden schien) du suchst die Einsamkeit, suchest Ruhe, und lebst im Kriege mit dir selbst, sehnest dich nach dem Licht, und taumelst in der Finsterniß. Noch so jung an Jahren, an Erfahrung schon so reich, was hast du an Weisheit gewonnen? Vor wenig Monaten noch eine so schöne Blume, wo ist der Glanz deiner Blüthe? Empusen in Lichtgestalten haben ihn mit ihrem Hauche befleckt! Der stolze Ixion glaubte die Königin der Götter zu umarmen; noch glücklich, wenn die vermeinte Göttin an seinem Busen in eine Wolke zerflossen wäre! Aber er selbst schmolz in den Armen einer Sirene hin.«

Und dieß alles liesest du in meinem Gesichte? rief ich mit Erstaunen und Bestürzung aus: Wunderbares Wesen, wer bist du?

»Nicht wofür du mich vielleicht hältst, wiewohl *mehr* als ich *scheine*. Du bist lange genug getäuscht worden, Peregrin! es ist Zeit, daß dir der Weg der Wahrheit aufgeschlossen werde. Ich nannte mich deinen guten Genius, denn ich vertrete seine Stelle bey dir; und, wiewohl ich im Grunde nicht mehr bin als du selbst, so kann ich doch, in der Hand dessen dem ich diene, ein Werkzeug deiner Rettung werden.« –

Du begreifst, lieber Lucian, daß mein Erstaunen mit jedem Augenblicke wachsen mußte. Wie konnte der *Unbekannte* mit den geheimsten Umständen meiner Geschichte so vertraut seyn, als ob er wirklich mein Genius wäre?

LUCIAN.

Dein alter Bedienter wird wieder geschwatzt haben.

PEREGRIN.

Da hätte er mehr sagen müssen als er selbst wußte.

LUCIAN.

Er wußte doch *Etwas*, wenn schon nicht Alles; und ein so schlauer Mann, als mir dein Unbekannter scheint, brauchte zu dem, was ihm deine eigene Gegenwart sagte, nur einige Bruchstücke von Nachrichten, um das Räthsel deiner Person ziemlich leicht aufzulösen.

PEREGRIN.

In der That vermuthete ich selbst so etwas, und dieser Gedanke gab dem letzten Funken von Mißtrauen, den die Offenheit des *Unbekannten* in mir übrig gelassen hatte, noch so viel Nahrung, daß seine Reden nicht die ganze Wirkung auf mich thaten, die er erwarten konnte. Aber auch dieß las er in meinem Gesichte. »Mich wundert nicht, fuhr er fort, daß du unschlüssig bist, was du von mir denken sollst. Nichts *ist* was es *scheint*, wiewohl dem *Erleuchteten* Alles scheint *was es ist*. Die Natur ist eine Hieroglyfe, wozu wenige den Schlüssel haben, und der Mensch kennet alles andre besser als sich selbst. Er gleicht einem ausgesetzten Königssohne, der, von Hirten erzogen, in schlechter Gesellschaft, unter tausend verworrenen Zufällen und Abenteuern grau ward, ohne von seinem Ursprung und von dem, wozu er geboren war, einige Ahnung gehabt zu haben. Was für Trost hat der Blinde davon, daß rings um ihn her Sonnenschein ist? Was hilft dem Bettler das Gold in den Eingeweiden der Erde? Das Leben des Menschen, das sein Alles scheint, ist Nichts; immer von einem Augenblicke verschlungen, der schon dahin ist ehe man gewahr wurde daß er da war, ist es *Nichts*! Aber, – o möchtens die Menschen wissen! möcht' es ihnen der Donner, der die Todten wecken wird, in die Seele donnern! – es ist mit der *Zukunft* schwanger, die *Alles* ist.«

Mein *Unbekannter* gab dieses sonderbare Orakel mit einer Begeisterung, einem Feuer in den Augen, einem, ich weiß nicht welchem mehr als menschlichen Klang der Stimme, von sich, daß ich davon ergriffen wurde, und den Muth verlor, ihn zu fragen was er damit wollte. Nachdem wir beide eine ziemliche Weile geschwiegen hatten, nahm er das Wort wieder, und sagte in einem sanftern, aber nach und nach immer feierlicher werdenden Tone: »Du bist zu einer großen Bestimmung berufen, Peregrin! – Eine mächtige Stimme vom Himmel ist durch alle Lande erschollen. Der Eingeladenen sind viele, aber die Zahl der Erwählten ist klein. Wir stehen am Rande einer furchtbaren Umkehrung der Dinge. Das Licht ist mitten aus der Finsterniß hervorgebrochen, das Reich der Dämonen und ihrer Diener naht sich einem schrecklichen Ende. Schon ist die Stadt Gottes herab gestiegen, durch das Licht selbst, das von ihr ausstrahlt, den geblendeten Augen der Unheiligen noch verborgen: aber sie wird plötzlich, gleich der Morgensonne aus Wolken, hervorbrechen; die Völker der Erde werden sich zu ihr versammeln, und jeder ihrer Strahlen wird ein Blitz seyn, der die Feinde des Lichts verzehren wird.«

LUCIAN.

Immer besser! Ich erkenne deinen Mann an dieser Weissagung. Die wackern Leute, zu denen er gehört, bedrohten die Welt so lange mit einer fürchterlichen Umkehrung der Dinge, bis sie es in ihre Macht bekamen, die Drohung wahr zu machen.

PEREGRIN.

Er hielt abermahl ein, und heftete einen Blick auf mich, der mein Innerstes durchforschen zu wollen schien. Ich gestehe dir, daß die Spitzen meiner Haare sich zu bewegen anfingen. *So* hatte ich noch keinen Menschen sprechen gehört! Ohne zu verstehen was er wollte, fühlte ich alle Kräfte meines Wesens durch seine Reden erschüttert; geheime Ahnungen stiegen in mir auf; mir war nicht anders, als ob ich dem Augenblick einer großen Veränderung nahe sey. Indessen hatte ich mich doch, nach einer ziemlich langen Pause, so zusammen genommen, daß ich eben die Lippen öffnen wollte, ihn zu bitten, daß er sich über die geheimnißvollen Dinge, die er mit der Begeisterung und der

Gewißheit eines Profeten vorgebracht, deutlicher gegen mich erklären möchte; als er mir zuvorkam, und in einem viel ruhigern Tone fortfuhr: »Fasse dich, Peregrin! –Ich habe dich in Erstaunen gesetzt. Es war nöthig, um den erstorbenen Keim des Lebens in deinem Innersten wieder zu erwecken. Du bist gefallen, aber du wirst dich wieder erheben. Ich sehe das Zeichen der Erwählung auf deiner Stirne. Von nun an haben die Dämonen, in deren Schlingen du dich zu Halikarnaß verfingest, keine Gewalt mehr über dich. Reinige dein Gemüth mit Strenge gegen dich selbst von jeder körperlichen Befleckung! Nur durch Ertödtung des *thierischen* Menschen wird der *geistige* ins Leben geboren; und keine andern als *diese* können Bürger der heiligen Gottesstadt werden, in die ich dich einen Blick des Geistes thun ließ. Noch einmahl, Peregrin, das Reich des Lichtes ist nahe – es hat schon angefangen – unwissend und als ein *Fremdling*, wie dein Nahme sagt, stehst du bereits in seiner Mitte. Bald wird die Decke von deinen Augen fallen; du wirst in *Mysterien*, wovon jene zu *Eleusis* nur täuschende Schatten sind, zum Anschauen eines ganz andern Lichtes kommen, und ein ganz anderer *Führer der Seelen*, als jener fabelhafte *Hermes*, wird das Göttliche in dir zu seinem Ursprung zurück führen! – Dann wirst du mein Bruder seyn, Peregrin! wirst die Stimme des hohen Berufs hören, zu welchem du erwählt bist, und der Ehre theilhaftig werden, ein Mitarbeiter an dem glorreichsten aller Werke zu seyn, und unter dem Zepter des großen *Eingebornen* die neu geschaffene Erde regieren zu helfen.«

LUCIAN.

Das war viel auf einmahl, guter Peregrin! Nach einer solchen Weissagung wird wieder eine ziemliche Pause erfolgt seyn?

PEREGRIN.

Der *Unbekannte* ergriff bey den letzten Worten meine Hand, drückte sie mit Inbrunst, und stand auf. »Ich sehe, sprach er mit gerührter Stimme, dein Herz ist voll; allein mehr zu sagen ist mir nicht erlaubt. Ich stehe unter einem höhern Befehl. Ich muß dich verlassen. Am siebenten Tage nach dem nächsten Neumond werden wir uns zu *Pergamus* wiedersehen.« – Und hiermit küßte er mich mit einem Blick voll Liebe und Vertrauen auf die Stirn, entfernte sich eh' ich ein Wort sprechen konnte, und verlor sich zwischen den Felsen aus meinen Augen.

Ich stand in einer unfreywilligen Bewegung auf, als ob ich ihm folgen wollte: aber die Furcht ihm zu mißfallen zog mich schnell zurück. Mit einem in der That sehr vollen Herzen setzte ich mich auf den Stein, wo dieser wunderbare Sterbliche oder Genius gesessen hatte. Seine Stimme schien noch leise um die Felsen zu tönen, von denen ich eingeschlossen war; von seinen Reden war kein Wort aus meinem Gedächtniß entschlüpft; noch hörte ich sie alle in meinem Innern wiederhallen, und ich blieb, in tiefes Nachdenken über ihren Inhalt versunken, so lange sitzen, bis die einbrechende Nacht mich endlich nöthigte nach meiner Wohnung zurückzukehren.

Hier war mein erstes, meinen alten Freygelaßnen in die schärfste Untersuchung zu nehmen, ob *Er* es sey, der den Unbekannten mit dem geheimern Theile meiner Begebenheiten so vertraut gemacht habe? Aber es fand sich, daß der Alte ihn weder selbst gesehen, noch mit irgend einem andern, von welchem jener seine Nachrichten hätte ziehen können, ein Wort von mir und meinen Angelegenheiten gesprochen hatte.

LUCIAN.

Und was schlossest du hieraus?

PEREGRIN.

Eigentlich zu reden, nichts: aber ich machte mir doch selbst einen Vorwurf darüber, daß ich, nach allem was ich von dem Unbekannten mit meinen Augen gesehen und aus seinem Munde gehört hatte, noch eines Mißtrauens gegen ihn fähig sey.

Lucian.

An diesem Zug erkenn' ich dich, Freund Peregrin: diese Gemüthsbeschaffenheit war es eben, die dir immer alle Vortheile, die du aus deinen Erfahrungen hättest ziehen können, rauben mußte.

Peregrin.

Du wirst dich um so weniger wundern, daß ich so leicht in die Falle des Unbekannten einging, (wofern wir es anders, durch ein etwas vorschnelles Urtheil, für eine Falle erklären wollen) wenn du bedenkst, wie dringend bey mir das Bedürfniß war, das Leere, das meine letzte Entzauberung in meiner Seele zurück gelassen hatte, wieder auszufüllen; und daß die Harmonie in meinem Innern durch nichts andres hergestellt werden konnte, als indem die ganze Thätigkeit meines Geistes wieder auf den großen Zweck gerichtet wurde, der, wiewohl ich ihn auf einem Irrwege verfehlt hatte, nicht aufhörte, noch ohne eine gänzliche Verwandlung meines Ichs aufhören *konnte*, das Ziel meiner ewigen Sehnsucht zu seyn. Mir war, als ob mich die Reden des Unbekannten mit einer neuen Lebenskraft angeweht hätten Ihre Beglaubigung war in meinen eigenen Gefühlen und Wünschen. Sie blieben mir, wie sein Bild, immer gegenwärtig; mit jeder Erinnerung senkten sie sich tiefer in meine Seele ein, und sein Abschiedskuß brannte noch lange auf meiner Stirne.

Lucian.

Ganz gewiß wußte dein Unbekannter auch dieß voraus! Der verstand sich auf die profetische Kunst! Und mit welcher Sicherheit er vorher sagte, ihr würdet euch am siebenten Tage nach dem ersten Neumond wiedersehen! Das ist doch keine Begebenheit, die sich so voraus berechnen läßt wie eine Mondsfinsterniß! Und Er, er bestimmt nicht nur den Tag; er nennt dir, damit du ihn ja nicht verfehlen könntest, sogar den Ort, wo ihr euch wiederfinden würdet. Der große Profet! Wie gut er seinen Mann kannte!

PEREGRIN.

Spotte nicht, Lucian! So simpel die Sache scheint, so gehörte doch vielleicht ein Mann von ungewöhnlichem Geiste dazu, ein so simples Mittel, seiner Sache gewiß seyn zu können, zu finden. Du wirst über meine Einfalt lachen; ich gestehe dir aber aufrichtig, daß ich mir damahls eben so wenig zu erklären wußte, wie der Unbekannte wissen könnte, daß wir uns zu Pergamus wiedersehen würden, als woher er meinen Nahmen und meine Begebenheiten zu Halikarnaß erfahren habe.

LUCIAN.

Und doch hattest du nichts eilfertigeres zu thun, als den Ort und den Tag in dein Denkbuch einzuzeichnen?

PEREGRIN.

Ich that es wirklich, wiewohl ich meinem Gedächtniß auch ohne diese Beyhülfe hätte trauen dürfen: aber als ich es that, war ich weit von dem Vorsatz entfernt, die Vorhersagung durch eine freywillige Reise nach Pergamus wahr zu machen. Indessen wurde doch nach einem vierzehntägigen Aufenthalt zu Smyrna, wo die einsame Felsengegend alle Abende einen Besuch bekam, unvermerkt Anstalt gemacht, von Smyrna nach Kyme, von Kyme nach Myrina, von Myrina nach Grynion vorzurücken, ohne daß sich ein wesentlicherer Beweggrund hätte angeben lassen, als daß ich dem gebenedeiten Pergamus dadurch immer näher kam.

LUCIAN.

Darf ich dich, weil wir doch (wie es scheint) jetzt zu deiner Verbindung mit den *Christianern* gekommen sind, ohne Unterbrechung fragen, ob du vor dem Tage, der dich mit dem Unbekannten zusammen brachte, niemahls Neugier oder Gelegenheit hattest, diese Leute näher kennen zu lernen? Eine aus Palästina entsprungene Sekte, die einen gekreuzigten Gott zum Stifter hatte, und sich eines Geistes rühmte, welcher Galiläischen Fischern die Gabe mittheilte alle Sprachen des Erdbodens zu reden, eine Sekte, welche die reinsten und erhabensten Grundsätze der Filosofie mit allem, was der Magismus Schwärmerisches hat, in Verbindung zu bringen wußte, und sich einer Menge von Mitgliedern rühmte, die durch die bloße Kraft ihres Glaubens, oft an Einem Tage, mehr und größere Wunder gewirkt haben sollten, als dein *Apollonius von Tyana* in seinem ganzen Leben, – eine solche Sekte, sollte man denken, hätte eine Imaginazion wie die deinige um so mehr reitzen sollen, da sie einen so dichten Schleier um ihre Mysterien zog, und überdieß durch Beyspiele der größten Standhaftigkeit und einen mehr als Pythagorischen Gemeingeist die öffentliche Aufmerksamkeit auf sich gezogen hatte.

PEREGRIN.

Beynahe möchte ich deine Frage auf dich selbst zurück drehen; denn für einen so eifrigen Menschenforscher, wie du warst, scheinst auch Du ehemahls um eine genauere Kenntniß der Christianer wenig bekümmert gewesen zu seyn.

LUCIAN.

Die rechte Antwort auf diese Gegenfrage würde uns zu weit aus dem Wege führen, Freund Peregrin. Und dann wirst du mir erlauben zu sagen, daß der Fall bey dir und mir nichts weniger als eben derselbe war. *Ich* hatte einen natürlichen *Abscheu* vor dieser Art von Leuten; *dich* zog eine natürliche *Sympathie* zu ihnen.

PEREGRIN.

Also kurz, lieber Lucian, die Ursache, warum ich in der That nie neugierig gewesen war die Christianer näher kennen zu lernen, war die einfachste von der Welt: denn es war ungefähr eben dieselbe, warum ich nie daran dachte, mit den seltsamen Geschöpfen, womit du in deiner *wahren Geschichte* den Mond und die Sonne bevölkert hast, Bekanntschaft zu machen. Du warst dich erinnern, daß zu unsern Zeiten in guter Gesellschaft entweder gar nicht, oder nur mit Verachtung von den Christianern gesprochen wurde. Zu *Parium* hatte ich kaum ihren Nahmen nennen gehört, und zu *Athen* auch diesen nicht. Mein Großvater hegte aus mancherley Ursachen einen grenzenlosen Abscheu vor Juden und Judenthum; seine Vorurtheile gegen sie waren vielleicht zum Theil ungerecht, aber sie waren unheilbar: und weil die Christianer für eine Jüdische Sekte galten, und, was noch schlimmer war, für eine, die sogar von den Juden selbst aus ihrem Mittel ausgestoßen worden; so glaubte man ihnen kein Unrecht zu thun, wenn man das Schlechteste von ihnen dachte und sagte; zumahl da ein so weiser und gerechter Fürst wie *Trajan*, und Männer wie *Plinius* und *Tacitus* keine bessere Meinung von ihnen gehegt hatten. Mit diesen Vorurtheilen gegen Juden und Christianer aufgewachsen, hatte ich es, wie gesagt, nie der Mühe werth gehalten, mich genauer nach ihnen zu erkundigen; und wiewohl mein *Unbekannter*, wie du bemerkt hast, ein Christianer war, und sogar eine wichtige Person unter ihnen vorstellte, so kam doch damahls, eben darum weil er mir Ehrfurcht und Vertrauen einflößte, kein Verdacht in meine Seele, daß er zu einer so verächtlichen Menschenklasse gehören könnte. Denn dieß war sie in meinem Wahne so sehr, daß, wiewohl ich wußte daß sich eine zahlreiche Gemeine derselben zu Smyrna befand, mir gar nicht einfiel, die geringste Nachfrage ihrenthalben zu thun.

LUCIAN.

Der Unbekannte scheint gute Nachrichten von dir gehabt zu haben. Denn nun sehe ich offenbar, daß er sich deiner zuvor versichern wollte, eh' er es wagte sich vor dir zu einem Nahmen zu bekennen, gegen welchen du so stark eingenommen warst. Würde er sonst Bedenken getragen haben, dich mit den Christianern zu Smyrna in Bekanntschaft zu bringen?

PEREGRIN.

In der That wußte er mehr von mir als ich ihm zutraute. Aber das letztere zu unterlassen, mochte er wohl noch einen andern Beweggrund haben: denn er war das Haupt einer von den vielen besondern Sekten, in welche sich die Christianer um diese Zeit zu spalten anfingen; und da die Gährung, welche seine Lehre in der Gemeine zu Smyrna verursachte, damahls gerade am stärksten war, würde es auf keine Weise klug von ihm gewesen seyn, mich in einem so kritischen Augenblicke zum Zeugen derselben zu machen. Aber durch alle diese Aufklärungen laufen wir der Geschichte vor.

Ich hatte bald nach meiner Ankunft zu Smyrna von meinem Vater verschiedene Aufträge erhalten, die mich nöthigten meinen Aufenthalt an diesem Orte zu verlängern. Je weniger diese Geschäfte mit dem, was mir jetzt allein am Herzen lag, gemein hatten, desto mehr nahm meine Sehnsucht, den *Unbekannten* wieder zu sehen und den Aufschluß seiner geheimnißvollen Eröffnungen von ihm zu erhalten, mit jedem Tage zu. Als meine Geschäfte geendiget waren, fehlten noch fünf bis sechs Tage bis zum siebenten nach dem Neumond. Ich verließ Smyrna, weil ich nichts mehr da zu thun hatte: aber zu Mitylene warteten neue Aufträge auf mich, und überdieß sollte ich so bald als möglich nach Parium zurückkehren. Was war also natürlicher, als von Smyrna gerade nach Mitylene, und von Mitylene nach Hause zu reisen? Wozu diese Landreise nach *Pergamus*, die mich so weit von meinem Wege abführte – als die Weissagung des *Unbekannten* wahr zu machen, welcher, wofern ich den Ausrechnungen der kalten Vernunft, und dem, was im Grunde meine Pflicht war, mehr Gehör gegeben hätte, als meinem Hang zum Außerordentlichen, unstreitig dießmahl zum Lügenprofeten geworden wäre. Aber wirklich wurde der Drang nach Pergamus zu gehen unvermerkt so stark, daß ich keinen Willen in mir fand, nur zu versuchen ob ich ihn überwältigen könnte. Das Sonderbarste an der Sache ist, daß die Vorhersagung des Unbekannten dadurch, *daß ich sie vorsätzlich wahr machte*, nichts von ihrem Wunderbaren in meinen Augen verlor: denn woher hätte er voraus wissen können, dachte ich, daß ich so viele Beweggründe, einen ganz andern Weg zu nehmen, dem bloßen Verlangen ihn wieder zu sehen aufopfern würde, wenn er nicht die Gabe hatte, Gesinnungen in meiner Seele voraus zu lesen, die in vielen Tagen erst entstehen sollten?

LUCIAN.

Mit Personen von so gutem Willen ist es in der That eine bequeme Sache ein Wundermann zu seyn.

PEREGRIN.

Wie wollten die Wundermänner auch zurechte kommen, wenn es nicht solche gutwillige, jeder Täuschung immer selbst entgegen kommende Seelen in der Welt gäbe? Dieß war also auch hier der Fall. Ich reisete so eilfertig, als ob mir alles daran gelegen gewesen wäre, die Weissagung meines Unbekannten ja nicht zu Wasser werden zu lassen, und langte schon am sechsten Tage nach dem Neumond zu Pergamus an, wo ich den ganzen Abend damit zubrachte, mich allenthalben, wo er zu finden seyn konnte, nach ihm umzusehen. Allein seine Stunde war noch nicht gekommen. Mein Glaube wurde dadurch nicht erschüttert, aber meine Ungeduld nahm überhand. Endlich ward ich des folgenden Tages einen Sklaven gewahr, der mir eine Zeit lang von ferne bald zur Seite gegangen bald nachgefolgt war, und mich sehr aufmerksam zu betrachten schien. Ich blieb bey einem alten Denkmahle an einem wenig gangbaren Platze stehen: der Sklave näherte sich mir endlich, fragte mich sehr demüthig mit leiser Stimme, ob ich Peregrinus von Parium sey? und da ich es bejahte, überreichte er mir einen versiegelten Zettel, der nichts als diese Worte enthielt: »Folge diesem wohin er dich führen wird« – mit der Unterschrift, *der Unbekannte von Smyrna*. Der Sklave sagte hierauf: wenn ich diesen Abend um die vierte Stunde nach Sonnenuntergang mich an einem gewissen Platze einfinden wollte, würde er mich dahin führen wo man mich erwartete. Ich versprach es. Die Stunde kam, ich begab mich an den bestimmten Ort, und bald erschien auch der Sklave wieder, und brachte mich durch eine Menge enger Gassen an eine kleine Thür, die uns, auf ein Zeichen das er gab, von innen aufgemacht wurde.

Ich folgte ihm an seiner Hand durch einen finstern Gang in ein kleines Gemach, das er hinter mir verschloß. Auch dieser Winkel war ohne Licht, hatte aber eine viereckige Öffnung, die mit einem so durchsichtigen Flor bedeckt war, daß sie die Stelle eines Fensters vertreten konnte. Ich wurde bald gewahr, daß diese Öffnung durch die Mauer einer Scheune ging, welche von einigen Lampen ziemlich schwach erleuchtet war. So viel ich sehen konnte, befanden sich hier eine Anzahl Personen von allerley Alter, Geschlecht und Stande versammelt, die in großer Stille auf verschiedenen Reihen von Bänken um einen Tisch herum saßen, der einige Stufen über den Boden der Scheune erhöht und mit einem Teppich zugedeckt war.

Ich hatte kaum Zeit dieß alles zu bemerken, als ein Mann in einem langen leinenen Gewande, ein großes purpurnes Kreuz auf der Brust, mit einem Rauchfaß herein trat, und die Scheune mit Wolken von Weihrauch erfüllte; eine Ceremonie, die meiner Nase um so willkommner war, da ihr der dumpfige Geruch des Ortes und die Atmosfäre der anwesenden Personen beschwerlich zu werden anfing, und leicht den Verdacht hätte erregen können, daß ich mich nicht in der besten Gesellschaft befinde, wiewohl ich zu merken anfing, daß ich unter Christianern sey. Bald darauf erschien ein anderer, ungefähr eben so gekleidet, stellte sich vor den Tisch, und begann eine Art von Wechselgesang anzustimmen, wobey die Gemeine von Zeit zu Zeit, mit halber Stimme und mit ziemlich genauer Beobachtung der Modulazion und des Rhythmus, einfiel und dem Sänger zu antworten schien. Ich konnte zwar mit der angestrengtesten Aufmerksamkeit nur einzelne Worte dieser Litaney (wie es die Christianer nennen) verstehen; allein das Feierliche dieses sehr einfachen, und um so herzrührendern Gesangs, weil er bloße Sprache des innigsten Gefühls der Singenden zu seyn schien, wirkte mit seiner vollen Kraft auf meinen innern Sinn, und erregte (zumahl da der Sabäische Wohlgeruch den ersten widrigen Eindruck verschlungen hatte) unvermerkt ein leises Verlangen in mir, mit den guten Wesen, die sich mir durch diesen einzigen Sinn auf eine so angenehme Art mittheilten, in nähere Gemeinschaft zu kommen.

Als der Wechselgesang zu Ende war, erfolgte eine allgemeine tiefe Stille, die nur zuweilen durch halb laute abgebrochne Worte und Seufzer, welche ich mir damahls nicht zu erklären wußte, unterbrochen wurde. Der Mann mit dem Rauchfaß erschien abermahl, und erfüllte den ganzen Versammlungsort mit einer dicken Wolke von Weihrauch: und als sie sich zertheilt hatte, sah ich auf dem erhöhten Platze vor dem bedeckten Tische – wen anders als meinen *Unbekannten*, im Begriff eine Anrede an die Gemeine zu halten. Seine Stellung und sein ganzes Äußerliches gebot Ehrfurcht; er hatte das Ansehen eines Weisen, dessen Gemüth von allen Leidenschaften und Gebrechen der sterblichen Natur gereinigt ist, und der gewohnter ist mit höhern Wesen als mit Erdenkindern umzugehen. Niemahls hörte ich einen Menschen mit einem so wahren Tone der Überzeugung von Dingen sprechen, die außer der Einbildung und Vorstellungsart dessen, der sie glaubt, keine Realität haben, oder von deren Realität es wenigstens nicht möglich ist sich durch Anschauung oder Vernunftschlüsse zu überzeugen. Seine Rede bezog sich zwar unmittelbar auf das Lob eines gewissen Märtyrers, (mit den Christianern zu reden) dessen Gedächtniß an diesem Tage von ihnen begangen wurde: aber ihr ganzer Inhalt schien mir darauf abgezielt zu seyn, mir – den er doch wohl nicht ohne eine besondere Absicht hierher gebracht hatte – über die geheimnißvollen Dinge, in die er mich zu Smyrna hatte blicken lassen, einigen nähern Aufschluß zu geben. Er sprach von dem Jüngling, der an diesem Tage die Wahrheit durch die standhafteste Erduldung eines grausamen Todes verherrlichet habe, als von einem *edeln Kämpfer*, der in dem großen Streite, worin die Kinder des Lichts mit den Geistern der Finsterniß und ihrem Anhang begriffen wären, rühmlich gefallen sey, um nach der bevorstehenden glorreichen Endigung dieses heiligen Krieges als Sieger wieder aufzustehen, und einer von denen zu seyn, welche *die neue Erde regieren würden*. Er breitete sich mit hinreißender Beredsamkeit über diesen Zeitpunkt aus, dessen Glorien zu beschreiben ihm (wie er sagte) Bilder und Worte fehlten; wiewohl er den ganzen Reichthum der Sprache erschöpfte, nur einen matten

Schattenriß davon zu entwerfen. Er kündigte ihn mit der Gewißheit eines Profeten, der das Künftige schon gegenwärtig sieht, als *etwas sehr nahe bevorstehendes* an, und ermahnte die anwesenden Brüder und Schwestern, (die er in der eigenen Sprache seiner Sekte mit den prächtigsten Titeln belegte) um so tapferer und unermüdeter in dem Streite zu seyn, wozu sie berufen wären, da jeder Sieg, den sie über den Feind erhielten, den großen Tag beschleunigte, an welchem alles neu werden, oder vielmehr, *durch die Wiedervereinigung mit dem Urquell des Guten*, in den ursprünglichen Stand der reinsten und göttlichsten Vollkommenheit zurückkehren würde. Dieser Feind hätte, wie sie wohl wüßten, ehemahls seinen Sitz in ihnen selbst gehabt, und seine Herrschaft über sie durch die Gewalt ausgeübt, womit er sie zu den Werken der Finsterniß hingerissen hätte: aber, wiewohl er, seitdem der neue Mensch in ihnen zu leben angefangen, aus ihrem Herzen vertrieben sey, so suche und finde er doch, so lange das Göttliche in ihnen in diesem sterblichen Leibe gefangen gehalten werde, tausend Wege, sich durch die Sinne in den innerlichen Menschen wieder einzuschleichen, das Licht ihrer Seele zu umnebeln, und Aufruhr, Stürme und Verheerungen in ihrem Inwendigen anzurichten. Da nun zu Ertödtung des *thierischen* Menschen kein anderes Mittel sey, als das Leben des *geistigen* zu befördern: so ermahnte er sie mit großem Ernste, dem erstern, so viel nur immer mit der schuldigen Erhaltung des natürlichen Lebens bestehen könne, alle Nahrung zu entziehen, jede sinnliche Lust und Begierde in der Geburt zu ersticken, und durch öfteres Fasten, Wachen und Anhalten im Gebet den Einfluß der *himmlischen Kräfte* in ihr *Innerstes* zu unterhalten. Söhne des Lichts, rief er, euch gebührt es, rein und ohne Makel zu seyn, wie der Vater der Lichter von dem ihr abstammet! Brüder des *Eingebornen*, Erstlinge der neuen Schöpfung, auserwählt mit Ihm das herrliche Reich zu regieren, dessen Stifter und König Er ist, euch gebührt es, aller Gemeinschaft mit den Kindern dieser Welt zu entsagen, und jede Gleichstellung mit den Unheiligen für Schmach zu halten. Gehet aus von ihnen! Sondert euch ab von ihnen! Ihr Anhauch ist Befleckung, ihre Berührung Gräuel und Bann!

Welche Gemeinschaft könnte zwischen dem Licht und der Finsterniß seyn? welche Theilnehmung zwischen den Glaubigen und den Unglaubigen? *Ihre* Augen sind verschlossen, die *eurigen* aufgethan. *Sie* trachten nach dem was auf Erden, *Ihr* nach dem was droben ist. Euer Wandel ist im Himmel. Dieser verächtliche Kothklumpen unter euern Füßen hat nichts das eurer Wünsche werth sey. Die zerbrechliche Schale, meine Brüder, die uns noch umgiebt, ist es allein, was uns hindert das Leben der Geister zu leben: aber auch diese dünne Scheidewand wird, durch das Feuer der göttlichen Liebe unvermerkt verzehrt, immer dünner, immer durchsichtiger. – Hier hielt er auf einmahl ein; sein Haupt sank zurück, er schaute mit starren Augen empor, und schien einige Augenblicke in Verzückung zu schweben, während die Stille in der Versammlung noch stiller wurde, und alle Augen mit Erstaunen auf ihn geheftet waren. – Sollten aber auch, fuhr er wieder zu sich selbst kommend fort, sollten gleich viele unter euch in *diesem* Leben, welches nur *die Geburt ins wahre Leben* ist, noch nicht bis zum *Anschauen selbst* gelangen, noch nicht *entkörpert genug* seyn, daß die Herrlichkeiten der unsichtbaren Welt ihrem Geiste aufgeschlossen würden: hat nicht der *Glaube*, der euch mitgetheilt ist, ein Auge, zu sehen was ihr *nicht* sehet, wiewohl ihr um und um davon umgeben seyd? hat er nicht eine Hand, zu ergreifen was euch ferne scheint, wiewohl es euch so nahe ist? Und wenn weder Glaube noch Liebe Grenzen haben; wenn beide so unendlich sind wie ihr Gegenstand, so unerschöpflich, wie die *Äonen*,[1] deren Ausflüsse sie sind – wer, meine Brüder, kann sagen, was dem, der Glauben und Liebe hat, zu thun oder zu erreichen unmöglich ist?

LUCIAN.

Um der Grazien willen, Peregrin, halt ein! Laß es an dieser Probe genug seyn! Ich sehe, dein Unbekannter war ein Meister in

1 So nannten die *Gnostiker*, zu welchen der *Unbekannte* gehörte, die höchsten himmlischen Kräfte, welche sie als die ersten Ausflüsse der Gottheit, des Urquells aller geistigen Kräfte und Vollkommenheiten, betrachteten.

seiner Kunst. Braucht es einer größern Probe, als daß er dich noch in diesem Augenblicke mit seiner göttlichen Raserey wieder angesteckt hat? – Du guter Peregrin! Da hattest du deinen Mann gefunden!

PEREGRIN.

In der That sog mein Ohr, oder vielmehr meine ganze Seele mit tausend unsichtbaren Ohren, alle seine Worte mit einer wunderbaren Befriedigung ein. Was ich fühlte war dem unbeschreiblichen Gefühl ähnlich, womit ein lechzender Wanderer, der lange nach einem Tropfen frischen Wassers schmachtete, die ersten Züge aus einer ihm unverhofft entgegen rauschenden Felsenquelle thut. Der Unterschied war nur, daß, wie bey jenem Durst mit jedem Zug abnimmt, ich hingegen mit jedem Zuge begieriger wurde, mich, den Kopf zu unterst, in diesen Strom zu stürzen, und kaum meine äußersten Lippen gelabt zu haben glaubte, als der göttliche Mann zu reden aufhörte. In eben demselben Augenblick erschien auch der Sklave, der mich hierher gebracht hatte, wieder, nahm mich bey der Hand, und führte mich eilends davon, indem er mir ins Ohr flüsterte, daß nun die heiligen Mysterien, bey denen kein Uneingeweihter zugegen seyn könnte, ihren Anfang nehmen würden. Ich entfernte mich, die Glücklichen beneidend, denen erlaubt war an diesen Mysterien Theil zu nehmen, und im Weggehen hallte mir noch das herzerhebende Getön eines neuen Hymnus nach, den die Gemeine anstimmte.

LUCIAN.

Natürlicher Weise entferntest du dich also mit dem Entschluß je eher je lieber einer von diesen beneideten Glücklichen zu werden: und da dieß vermuthlich gerade das war, was der Unbekannte wollte, so wirst du, hoffe ich, deines Wunsches bald genug gewährt worden seyn?

PEREGRIN.

Dein Scharfsinn hat dich dießmahl nur zur Hälfte getäuscht, Lucian. *Meine* Gedanken hast du errathen: aber der *Unbekannte* war nicht so leicht zu entziffern als ich. Er überließ mich den ganzen Morgen, der auf diese merkwürdige Nacht folgte, meiner

Sehnsucht, ihn allein zu sehen und zum Vertrauten dessen was in meinem Gemüthe vorging zu machen; aber vergebens erwartete ich ihn in meiner Wohnung, vergebens suchte ich ihn überall auf, wo ich ihn zu finden vermuthen konnte. Endlich, da ich um die siebente oder achte Stunde nach Hause kam, fand ich einen Brief, worin er mir sagte: »Es wäre ihm nicht erlaubt mich jetzt zu sprechen; aber wir würden uns zu rechter Zeit wieder sehen: inzwischen sollte ich zu Parium, wohin mich meine Pflicht zurück rufe, denjenigen erwarten, der mir zugesandt werden würde, um mich auf dem rechten Wege weiter zu bringen.«

FÜNFTER ABSCHNITT.

Peregrin
fährt in seiner Geschichte fort.

Da ich zu *Pergamus* nichts weiter zu erwarten hatte, machte ich auf der Stelle Anstalt nach *Pitane* abzugehen, um von da nach *Mitylene* überzusetzen. Man sagte mir, daß ich einen großen Wald zu durchwandern hätte, worin man sich ohne Wegweiser leicht verirren könne; und indem ich meinen Wirth darüber zu Rathe zog, bot sich ein Landmann von freyen Stücken an, dem, seiner Versicherung nach, die ganze Gegend sehr bekannt war. Er müßte, sagte er, ohnehin durch diesen Wald, um in seine jenseits desselben liegende Heimath zurück zu kehren, und der Weg würde ihm desto kürzer scheinen, wenn er ihn in meiner Gesellschaft zurücklegen könnte. Es war etwas in der Fysionomie dieses Mannes, das mir Vertrauen einflößte. Ich trug also, zumahl da mein alter Diener bey mir war, kein Bedenken sein Erbieten anzunehmen, und wir gingen früh genug ab, um noch vor Sonnenuntergang die Gefahr des Verirrens überstanden zu haben.

Aber es fiel anders aus als mein Mann geglaubt hatte. Die Sonne ging unter, und wir sahen noch keinen Ausgang aus dem Labyrinthe; vielmehr schienen wir uns immer mehr darin zu verfangen, wiewohl mein Führer versicherte, daß wir auf dem rechten Wege wären. Da ich kein Mißtrauen in einen Menschen setzen konnte, der seiner Sache so gewiß war und ein so sprechendes Zeugniß seiner Redlichkeit in seinem Gesichte trug, so beruhigte ich mich dabey, und folgte meinem fast immer stillschweigenden Führer so lange, bis er endlich selbst zu gestehen anfing, daß er den Weg nach Pitane verfehlt habe. Er schien nicht zu begreifen wie es zugegangen sey. Da muß, sprach er, eine höhere Hand im Spiele seyn. – Glaubst du etwa, daß uns ein Waldgeist irre geführt habe? sagte ich lachend. – Das wäre nicht unmöglich, antwortete er ganz gelassen: es giebt überall böse Geister. – Und du fürchtest sie nicht? fragte ich. – Gewiß nicht, versetzte er: sie müssen doch immer, wie leid es ihnen auch thut, durch das Böse, das sie wollen, das Gute befördern, das sie nicht wollen.

Ich hätte dem Manne bey diesen Worten gern ins Gesicht sehen mögen, wenn es nicht zu dunkel gewesen wäre. – Es wäre mit Dank anzunehmen, sagte ich, wenn uns dein Waldgeist, indem er uns in irgend einen Sumpf oder an einen jähen Abgrund zu verführen gedachte, unversehens zu einem guten Nachtlager gebracht hätte. – Das soll er auch, hoffe ich, erwiederte er; ich sehe schon Licht zwischen jenen Bäumen. – Es ist vielleicht ein Irrwisch, wenn es nicht der Mond ist, versetzte ich. – Er schwieg: aber bald darauf wurde der Wald offner, der Mond gab uns etwas Licht, und es zeigte sich wieder ein Weg, den mein Führer zu erkennen versicherte. Wir waren kaum eine Viertelstunde fortgegangen, so fanden wir ein langes angebautes Thal vor uns liegen, und entdeckten zwischen Gruppen von Bäumen einige Wohnungen. Sagte ichs nicht? sprach der Wegweiser, mit der Hand nach den Wohnungen deutend. – »Aber die Frage ist, ob man uns aufnehmen wird.« – Was wir hier sehen, ist ein kleines Landgut, erwiederte er, dessen Besitzer mir bekannt ist. Er ist ein guter Mann: er wird uns das Nachtlager nicht versagen.

Wir eilten, so ermüdet wir waren, den Hügel hinab, und sahen uns bald zwischen einigen Reihen hoher Kastanienbäume, die uns gerade zu einem sehr einfachen aber geräumigen Gebäude führten, welches die Wohnung des Landwirths schien, dem dieses Gut zugehörte. Wie wir näher kamen, tönte uns aus der Stille der Nacht ein äußerst anmuthiger Gesang verschiedener männlicher und weiblicher Stimmen entgegen, deren gut zusammen passende Verschiedenheit, bey einer überaus reinen Intonazion, die angenehmste Harmonie hervorbrachte. Ich glaubte einen Korgesang jener himmlischen Wesen zu hören, deren wieder hergestellte Gemeinschaft mit uns, nach der Versicherung meines *Unbekannten*, eine der Glückseligkeiten des bevorstehenden Reichs Gottes seyn sollte. Meinem Führer schien das eine gewohnte Sache zu seyn, und ich fing an zu vermuthen, daß seine Verirrung im Walde weder ein Werk des Zufalls noch der Wald-Dämonen, sondern vorsetzlich abgezielt gewesen sey, mich hierher zu bringen.

LUCIAN.

Dieß ist, dünkt mich, klar genug, und ich vermuthete es lange vor dir, lieber Peregrin.

PEREGRIN.

Wir hörten dem Gesang eine gute Weile stillschweigend zu; und als er aufhörte, klopfte mein Führer dreymahl an der Pforte des Vorhofs an. Nicht lange, so hörten wir jemand aus dem Hause an die Pforte kommen, der uns fragte, was unser Begehren sey? Mein Führer antwortete ihm etwas auf Syrisch, das ich damahls nicht verstand, und setzte auf Griechisch hinzu: er hätte ein Paar Fremde, die nach Pitane wollten, durch den Wald geleitet; wir wären verirrt, und hofften keine Fehlbitte zu thun, wenn wir an dieser Pforte um ein Nachtlager bäten.

Er hatte die letzten Worte noch nicht ausgesprochen, so ging die Thür auf, und wir sahen einen rüstigen Mann von funfzig Jahren, der uns, einen nach dem andern, bey der Hand nahm und in seinem Hause willkommen hieß. Einer seiner Söhne leuchtete uns, und wir wurden in einen kleinen Sahl geführt, wo sich in kurzem noch fünf oder sechs andere wackere Jünglinge einfanden, die als Söhne vom Hause sich geschäftig erwiesen, uns zu zeigen daß wir freundlich aufgenommen wären. Bald darauf brachten sechs Mädchen von dreyzehn bis zwanzig Jahren, die Schwestern dieser Jünglinge, alles was vonnöthen war, uns die Füße zu waschen. Sie waren alle eben so reinlich als einfach gekleidet, und zeichneten sich von allen weiblichen Wesen, die mir jemahls vorgekommen waren, durch ein Ansehen von Unschuld, Zucht und in sich selbst verhüllter Jungfräulichkeit aus, das sich besser fühlen als beschreiben läßt. Sie setzten das Wasser, ohne die Augen aufzuschlagen, vor uns nieder, breiteten reine Tücher und das übrige Zubehör auf einen Tisch aus, und entfernten sich wieder, eine nach der andern, eben so sittsam und ohne Geräusch, wie sie gekommen waren. Noch etwas das mir auffiel, war, daß diese sechs Mädchen einander so ähnlich sahen, als ob es eben so viele Kopien eben desselben Modells gewesen wären; bloß das Alter und die Größe machte den Unterschied aus. Eben dieß, wiewohl in minderem Grade, bemerkte ich auch an den Söhnen, von welchen die drey jüngsten, nachdem sie sich mit Schürzen von Leinen umgürtet hatten, ohne auf meine und meines alten Dieners Weigerungen zu achten, den Dienst des Fußwaschens in großer Stille und mit einem sonderbaren Anschein von Demuth und Andacht verrichteten.

Als sie damit fertig waren, und wir eine Weile ausgeruht hatten, erschien der Hausvater wieder, und führte uns in einen andern kleinen Sahl, zu einem gedeckten Tische, der mit Eyern und Milch, sehr schönem Brote und vortrefflichen Früchten besetzt war. Hier fanden wir eine Matrone von etwa vierzig Jahren, die Frau des Hauses und die Mutter aller dieser Kinder, die uns bat, da wir doch einiger Erquickung bedürften, mit dem fürlieb zu nehmen, was das Haus noch so spät zu geben vermöchte. Diese Frau flößte mir beym ersten Anblick eine Empfindung ein, die ich noch nie gefühlt hatte – etwas das aus dem, was man für eine Königin und für eine Mutter fühlen kann, zusammen gesetzt war, und mich zwischen zwey unfreywilligen Anwandlungen, vor ihr nieder zu knien und ihr um den Hals zu fallen, im Gleichgewicht hielt: in einem so hohen Grade leuchtete jede Tugend, die wir mit dem schönen Worte *Sofrosyne* zusammen fassen, aus ihrem ganzen Gesicht und Wesen hervor. Ohne daß sie vermuthlich jemahls eine Schönheit gewesen war, gab ihr die Mischung von Würde und Demuth, von Ernst und Güte, Weisheit und Einfalt, Betriebsamkeit und Ruhe, die den Karakter ihrer Gesichtsbildung und Züge ausmachte, eine so eigene Art von Würde und Anmuth, und zu aller der *Mütterlichkeit*, wenn ich so sagen kann, die eine Mutter von sechs Söhnen und eben so viel Töchtern in ihr darstellte, etwas so *Jungfräuliches* und *Vestalenartiges*, daß ihr Anschauen auf einmahl alle Bilder von Schönheit und Grazie auslöschte, die aus der Villa Mamilia in meiner Seele zurück geblieben waren. Damahls kannte ich nichts, womit ich diese Frau, und das was ich bey ihrem Anblick empfand, hätte vergleichen können: aber lange nachher, als ich in allen Mysterien der Christianer eingeweiht war, dachte ich, so oft ich mich ihrer erinnerte, ein Mahler oder Bildner hätte, um die Mutter des Gottgesandten darzustellen, kein vollkommneres Modell finden können als diese Frau.

Es war ein schöner und für mich ganz neuer Anblick, diese Ältern zu sehen, die, von so vielen ihnen ähnlichen, gesunden und gutartigen Kindern umgeben, einem schönen Baume glichen, der sich durch zwey Hauptäste in eine Menge saftvoller, dicht belaubter Zweige ausgebreitet hat. Die ganze Familie schien Ein Herz und Eine Seele. Die Befehle der Ältern wurden nur durch Winke gegeben, und doch eben so schnell und mit eben der Stille vollzogen, wie die Glieder des Leibes dem Willen gehorchen. Gutherzigkeit und Wohlwollen, eine Gefälligkeit, die aus reinem herzlichem Gefallen an einander zu entspringen schien, kurz eine Übereinstimmung der Gemüther, wovon ich noch keine Vorstellung gehabt hatte, leuchtete aus allen Augen, sprach aus allen Bewegungen und Handlungen dieser glücklichen Geschöpfe, und wirkte desto sonderbarer auf mich, da ich noch nie unter Menschen gewesen war, die so wenig Worte gemacht hätten wie diese. Es war als ob ihnen die Seelensprache, worin sie einander so gut verstanden, zu allem hinreichte, was sie sich zu sagen hatten. Sind dieß, sagte ich zu mir selbst, die Menschen, von denen unsre

Priester und unser Pöbel mit solchem Abscheu, und unsre großen Männer mit solcher Verachtung sprechen? Ist der Geist, der diese gutartige Familie beseelt, der allgemeine Geist ihres Ordens? O so hatte mein *Unbekannter* wohl Recht, sie *neue Menschen* und *Erstlinge einer neuen Schöpfung* zu nennen! Selbst das goldne Alter unsrer Dichter ist nur ein kindisches Mährchen gegen eine Welt, die von lauter Menschen, wie diese Familie, bewohnt würde.

Ich konnte mich nicht enthalten, ihnen die Bewunderung und Zuneigung, die ich für sie fühlte, in sehr lebhaften Ausdrücken zu bezeigen. Aber meine Sprache schien ihnen fremd; die jungen Leute schlugen die Augen nieder oder traten auf die Seite, und der Hausvater sah mich an, als suchte er in meinem Gesichte, ob er sich an mir geirret habe. Indem ich nachdachte, was dieß zu bedeuten haben könnte, reichte mir die Frau des Hauses einen Becher mit Wein, welchen eine ihrer Töchter, nach Gewohnheit des Landes, vorher mit Wasser vermischt hatte. Ich nahm ihn an, und aus einer bloß mechanischen Gewohnheit goß ich, indem ich meine Wirthin mit Ehrerbietung und Wohlgefallen betrachtete, ohne zu denken was ich that, etwas Wein auf den Boden, bevor ich trank. Sie erblaßte, trat zurück, und in wenig Augenblicken waren die Mutter und die Töchter aus dem Sahle verschwunden.

Warum thatest du das? fragte mich der Hauswirth mit freundlichem Ernste: siehe, wie du diese guten Seelen erschreckt hast! – Ich wurde feuerroth, und entschuldigte mich, mit einer eben so mechanischen *Betheuerung beym Jupiter*, daß meine Hand es ohne den Willen meiner Seele gethan habe. Nun schlichen sich auch die Söhne unvermerkt und in größter Stille einer nach dem andern fort. – Die Macht der Gewohnheit! sagte der Wegweiser mit einem kleinen Kopfschütteln. – Seit mehr als vierzig Jahren, fuhr unser Wirth fort, ist dieser Boden durch keine abgöttische Libazion entweiht, und der Nahme keines bösen Dämons in diesem Hause ausgesprochen worden. Wir scheuen uns nicht zu bekennen, daß wir nur den Einzigen anbeten, durch welchen und in welchem Alles ist, und daß wir ihm dienen, wie es uns der Liebling seines Sohnes, nach dessen Nahmen man uns nennt, gelehrt hat. Unser Bruder, der dich hierher gebracht hat, sagte uns, du wärest auf dem Wege einer der Unsrigen zu werden.

Er hielt ein, und ich gestehe, daß mir diese Rede von einem Manne, den ich bisher eben so verständig als biederherzig gefunden hatte, mächtig auffiel. Du hättest mich also, ohne diese vielleicht irrige Meinung nicht aufgenommen? fragte ich mit einiger Empfindlichkeit. – »Dennoch, antwortete er mit seiner gewohnten Ruhe, nur auf eine andere Art. Alle Menschen, wer sie auch seyn mögen, können gewiß seyn, daß wir uns keiner Pflicht der Menschlichkeit gegen sie weigern; aber *Liebe* können nur unsre Brüder von uns erwarten; und wenn wir nicht so strenge darüber hielten, so viel möglich alle Gemeinschaft mit denen, die es *nicht* sind, zu vermeiden, würden wir bald aufhören das zu seyn, was dir (wie du sagst) so viel Wohlwollen für uns eingeflößt hat. Nur die Absonderung von den Kindern der Welt sichert uns, nicht von ihnen angesteckt zu werden.« – Wenn der Wunsch, einer der Eurigen zu seyn, hinreichend wäre! versetzte ich. – Aber ich bin noch so unwissend, daß ich nicht einmahl die Elemente der Weisheit, die euch zu so guten Menschen macht, begriffen habe. – »Was wir Gutes haben, erwiederte unser Wirth, ist Gnade von oben: der Wille allein ist unser; und auch das ist Gnade, daß er gut ist. Übrigens sind wir als bloße Säuglinge der himmlischen Weisheit nur mit Milch genährt worden; wir sind ungelehrte Landleute, und die hohe *Gnosis* unsrer Profeten ist eine Gabe des Geistes, die uns nicht gegeben ist. In Einfalt des Herzens begnügen wir uns, an unserm Meister zu hangen, ihn, der aus Liebe zu uns sein Leben ließ, von ganzem Herzen zu lieben, seines Sinnes zu seyn, seinem Exempel zu folgen, und mit Freudigkeit seiner Wiederkunft zu harren.«

Dieß ist zum *Heil* hinreichend, mein Bruder, sagte unser Wegweiser: aber Kinder sind doch nicht geboren, um Kinder zu bleiben; sie sollen Jünglinge und Männer werden, und bedürfen alsdann, ja schon *um es zu werden*, stärkere Speise.

Der Hauswirth erwiederte nichts hierauf. Nach einer kleinen Weile fuhr jener fort: Ich weiß daß man dir Vorurtheile gegen unsre Gemeine beygebracht hat; aber ich bin gewiß, wenn du unsern Profeten gesehen, wenn du ihn gehört hättest, du würdest andres Sinnes werden.

Mein Bruder, versetzte unser Wirth mit Wärme, ich werde nie einen solchen Mann wieder sehen wie *Johannes*, der Liebling *unsers Herren*, war! Wohl mir, daß ich ihn gesehen habe, den liebenswürdigen Greis, den wir alle wie unsern Vater liebten und als den Stellvertreter seines geliebten Meisters verehrten, und daß sein Bild, oder vielmehr sein Geist in himmlischer Lichtgestalt, noch immer vor mir schwebt, so oft ich mich seiner erinnere! Unvergeßlich wird mir, so lang' ich lebe, der Augenblick seyn, da er in *diesem* Hause, in diesem nehmlichen Gemache wo wir jetzt sind, als ich ein Knabe von sieben Jahren war, seine heiligen Hände auf mich legte und mich segnete! Und so lang' ich lebe, werd' ich den herzlichen Ton der letzten Worte in meiner Seele hören, mit denen er von seiner Gemeine zu Efesus schied. Durch eine besondere Schickung hatte mich damahls mein Vater in meinem vierzehnten Jahre nach Efesus gebracht, um meine Erziehung daselbst vollenden zu lassen. Bald darauf fühlte der Heilige, der beynahe das ganze erste Jahrhundert des Heils durchlebt hatte, daß die Stunde des Scheidens gekommen sey. Er wurde in einem Lehnstuhl in die Gemeine getragen, die sich in dem Hause, wo er wohnte, versammelt hatte. Nie, nie wird mir dieser Anblick, diese Gefühle, die mein Innerstes durchdrangen, aus dem Sinne kommen! Wenn uns ein Engel in Gestalt eines Greises erscheinen wollte, so würde er die Gestalt des von seinen Kindern scheidenden *Johannes* annehmen. Seine Augen waren dunkel geworden: aber das letzte Auflodern der erlöschenden Flamme schien sie auf einmahl zu erheitern, und in einem Blick voll Liebe auf uns alle auszustrahlen. Die ganze Gemeine lag in heiliger Stille und mit thränenden Augen auf den Knien um ihn her, seinen letzten Segen zu empfangen. Er erhob sich, breitete seine Arme gegen uns aus, segnete uns, sank zurück, und war verschieden.

Die Stimme unsers guten Wirths erstickte bey den letzten Worten, und Thränen rollten über seine glühenden Wangen herab; er sah eine lange Weile unverwandt empor; mein Wegweiser schwieg, wie in Gefühl verloren; und ich – ich gelobte mir selbst, daß von nun an alle meine Gedanken dahin gerichtet seyn sollten, so bald immer möglich in die Gemeinschaft dieser liebenswürdigen Menschen aufgenommen zu werden, die in meinen Augen einen Timon selbst mit dem ganzen Menschengeschlecht ausgesöhnet hätten.

Bald darauf stand unser Wirth schweigend auf, führte uns in ein für uns aufgerüstetes Schlafgemach, und wünschte uns eine gute Nacht.

Mein Herz war zu voll, als daß ich, wiewohl von der Reise sehr ermüdet, selbst hätte ruhen, oder meinem Gefährten Ruhe lassen können. Wie ist es möglich, sagte ich zu ihm, daß so gute Menschen, wie ich nun sehe daß ihr seyd, von der Welt so sehr verkannt werden können?

»Das wundert dich? antwortete er mit dem Lächeln, womit man auf die einfältige Frage eines Kindes antwortet: *eben darum weil wir gut sind.* Können wir, die wir noch so weit unter dem Vorbilde unsers Meisters und Herren sind, können wir erwarten, daß es uns besser ergehen werde als ihm?« – Und nun fing er an, durch meine Fragen veranlaßt, und durch das Interesse womit ich ihm zuhörte aufgemuntert, sich mit einer immer zunehmenden Wärme über den Karakter des außerordentlichen Menschensohnes, den er seinen Meister und Herren nannte, auszubreiten; der (wie er sagte) in einem Alter, worin gewöhnliche Menschen kaum die ersten Elemente der Weisheit zu fassen fähig sind, die weisesten Männer aller Völker und Zeiten so weit hinter sich zurück ließ, daß die Hermes und Zoroaster, die Pythagoras und Sokrates, sich für glücklich geachtet haben würden seine Schüler zu seyn; in dem Alter der Leidenschaften sich als ein so vollkommnes Muster der Mäßigung, Enthaltsamkeit, Ruhe des Gemüths, Sanftmuth, und überhaupt *aller Tugenden, die am schwersten auszuüben sind*, darstellte, daß er seine Feinde öffentlich auffordern konnte ihn irgend einer Vergehung zu zeihen, und daß selbst der Römische Prokurator von Judäa, wiewohl feige genug den Unschuldigen dem Hasse der Priester und der Wuth des Pöbels Preis zu geben, laut gestehen mußte, er finde keine Schuld an ihm. – »Wo ist jemahls, fuhr er fort, ein Menschensohn gesehen worden, der *so* gesprochen, *so* gelebt, und ein so reines Leben mit einem so bewundernswürdigen Tode gekrönt hätte? Ohne die geringste Anforderung an diese Welt, ohne Sorge für sich selbst, gewiß daß der Auftrag, womit er auf die Erde gesendet worden war, alle Mächtigen und Reichen, alle Priester und Schriftgelehrten, und überhaupt alle Regenten und Unterthanen des Reichs der Finsterniß zu seinen tödtlichsten Feinden machen würde, – ging er mitten unter ihnen seinen Weg so heiter und ruhig fort, als ob er nicht voraus gewußt hätte, daß dieser Weg ihn gerade ans Kreuz führe. Jeder seiner Schritte zu diesem grausenvollen Ziele war mit einer Wohlthat bezeichnet, jedes seiner Worte ein goldner Spruch der Weisheit, o wie weit erhaben über alles, was vor ihm, selbst bey unsern auf ihre höhere Kultur so stolzen Griechen, diesen Nahmen geführt hatte! Wer sprach jemahls zugleich mit solcher Hoheit und Einfalt, so tief und doch so faßlich, so Gott geziemend und doch zugleich so menschlich, von himmlischen und göttlichen Dingen? Es war unmöglich ihn mit unbefangenem Sinne zu hören, ohne die Wahrheit seiner Worte zu fühlen, oder vielmehr zu fühlen, daß es die Wahrheit selber war, die in Gestalt eines Menschensohnes zu Menschen sprach. Es war unmöglich nur ein bloß natürlich guter Mensch zu seyn, und ihn zu sehen, zu hören, mit ihm zu leben, ohne von seiner unwiderstehlichen Holdseligkeit und Güte überwältiget zu werden, und ihm mit einer Liebe, die kein anderer Sterblicher einflößen konnte, zugethan zu seyn. Alle seine Jünger und Jüngerinnen, sogar diejenigen, die er zu beständigen Gefährten und Zeugen seines Lebens auserwählt hatte, hingen bloß durch diese Liebe an ihm. Seine Person blieb ihnen immer ein unauflösliches Geheimniß; mehrmahls wurden sie sogar irre an ihm; aber auch, nachdem sie nun gewiß waren, daß sie nichts in dieser Welt von ihm zu hoffen hätten, gewiß waren, daß im Gegentheil ihre Anhänglichkeit an ihm ihnen nichts als Haß und Verfolgung, ein mühseliges Leben und einen peinvollen Tod zuziehen würde: auch *da* wirkte diese unbegreifliche Liebe noch immer so wunderbar in ihnen fort, daß sie, nach seinem Beyspiel, keine Gefahren, keine Leiden, keine Martern scheuten, um den von ihm empfangnen Auftrag zu vollziehen, indem sie der ganzen Welt das Reich Gottes ankündigten, zu dessen Gründung er auf die Erde gekommen war. So lebte er, auch nach seinem Hingang, noch immer (wie er ihnen versprochen hatte) mitten unter den Seinigen; oder vielmehr nur seine *Gestalt* war ihren Augen entschwunden, *Er selbst* lebte in ihnen fort, redete aus ihnen, wirkte aus ihnen, und vollendete durch sie das große Werk, welches die Geister der Finsterniß durch seinen Tod im Werden zu zerstören gehofft hatten. – Und dieser göttliche Mensch, (rief mein begeisterter Evangelist mit verstärkter Stimme aus) dieser weiseste, beste, reinste, liebevolleste, liebenswürdigste und geliebteste aller Menschen, *starb* im drey und dreyßigsten Jahr eines *solchen* Lebens – *am Kreuze!* – – Und nun, setzte er nach einer ziemlich langen Pause hinzu, wirst du dich noch länger wundern, die Jünger eines Meisters, der *so* verkannt wurde, nicht besser behandelt zu sehen? In der That geht es uns noch viel zu gut: und ich fürchte sehr, es ist ein schlechtes Zeichen unsrer Lauterkeit und Gleichförmigkeit mit ihm, daß uns die Kinder dieser Welt seit geraumer Zeit so viele Ruhe lassen.«

Ich hatte, wie du leicht erachten kannst, gegen eine Antwort, die den Knoten so rasch entzwey hieb, nichts zu erwiedern, und konnte es um so weniger, da mir in diesem Augenblick eine Stelle meines *Plato* einfiel, wo er behauptet: »Ein vollkommen weiser und guter Mensch würde eben darum, weil er dieß wäre, von den übrigen Menschen nothwendig gemißkannt, gehaßt, geschmähet, verfolgt und endlich gar getödtet werden, ohne daß er darum *sogar am Kreuze* aufhören würde, sich selbst gleich zu bleiben.«

Sollte man, dachte ich, nicht glauben, ein profetischer Geist hätte dem Attischen Filosofen diese Worte als eine Weissagung eingegeben, welche mehrere Jahrhunderte nach ihm unter einem Volke, dessen bloßer Nahme ihm vielleicht unbekannt war, auf eine so auffallende Weise in Erfüllung gehen sollte?

Ich konnte mich nicht enthalten meinem Gefährten diesen Gedanken mitzutheilen. Er schien *meiner* Meinung zu seyn, und behauptete: die Weisen unter den abgöttischen Völkern hätten sich öfters in dem Falle befunden, ohne es selbst zu wissen, Vorboten und Ankündiger des Gottgesandten zu seyn. Sein Eifer, mich vollends zu überzeugen, wurde nun immer feuriger, je mehr Eindruck seine Reden auf mich zu machen schienen. Vermuthlich wollte er, da wir uns mit Anbruch des Tages wieder trennen sollten, sich nicht vorzuwerfen haben, er hätte es an sich fehlen lassen, mich auf den rechten Weg zu bringen; und so überschlich uns der Morgen unvermerkt, ohne daß ein Schlaf in unsre Augen gekommen war.

LUCIAN.

Dein Wegweiser war, wie ich sehe, nicht ohne Absicht zu diesem Amte befördert worden. Aber bey aller Geschicklichkeit und allem Eifer, womit er sich seines Auftrages entledigte, sollte dir doch aufgefallen seyn, daß mächtig viel Deklamazion in seinem Vortrage war; und es lag, dünkt mich, nur an dir, das ganze Räthsel des außerordentlichen Mannes, zu dessen Anhänger er dich machen wollte, auf eine viel simplere Art zu erklären als die seinige. Das Außerordentliche an ihm mußte sich so ziemlich verlieren, und alles wieder in den begreiflichen Lauf der Dinge eintreten, so bald du bedachtest, daß die Geschichte, oder, um ihr ihren rechten Nahmen zu geben, die *Mythologie* aller dieser Göttersöhne, vom *Brama* der Indier, dem *Hermes* der Ägypter, dem *Zoroaster* der Baktrianer, dem *Zamolxis* der Geten, dem *Linus* und *Orfeus* der Griechen, u.s.w. bis auf unsern wundervollen *Apollonius* herab, in der Hauptsache immer *eben dieselben Erscheinungen* und *eben dieselben Resultate* giebt. Immer, von der Empfängniß bis zum Tode, alles wunderbar; übermenschliche Natur und Kräfte, übermenschliche Weisheit und Tugend; Gemeinschaft mit den Göttern und einer unsichtbaren Welt; Gewalt über die Elemente und die vermeintlich in ihnen herrschenden Geister; unwiderstehliche Einwirkung auf gewöhnliche Menschen; hinreißende oder alle Herzen gewinnende Beredsamkeit; Gabe Wunderdinge zu thun, Todte zu erwecken, das Zukünftige vorher zu sagen, u.s.w. Immer ein unter den Sterblichen erschienener *wohlthätiger Dämon in Menschengestalt*, um sie von großen Übeln zu befreyen und in einen höchst glücklichen Zustand zu versetzen, irgend eine neue Religion, einen geheimen Gottesdienst und Orden, oder eine *Theokratie* zu stiften, welche Anfangs das wohlgemeinte Werk unschuldiger Enthusiasten, zuletzt, und in ziemlich kurzer Zeit, zu einer ganze Völker und Reiche unterjochenden *Priester-Regierung* wird. Für uneingenommene Zuschauer der menschlichen Dinge löset sich in allen diesen Fällen der geheimnißvolle Knoten durch ein und eben dasselbe Dilemma auf. Entweder die Wundermänner *täuschten ihre Anhänger* und den übrigen großen Haufen – vielleicht aus wohlthätigen Absichten – *vorsetzlich*, was z.B. von den Stiftern unsrer *Eleusinischen Mysterien* unläugbar ist: oder sie täuschten unwissender Weise *sich selbst* durch ihren *Enthusiasmus*, und *andere* durch den *natürlichen Zauber*, womit große Seelen auf kleine wirken. In beiden Fällen erklärt sich alles auf die natürlichste Art von der Welt; zumahl wenn man bedenkt, wie wenig dazu gehört, daß in den Augen unwissender und abergläubischer Leute aus einem *ungewöhnlichen Menschen* ein *Heros*, und aus einem *Heros* ein *Gott* werde. Man müßte die menschliche Natur wenig kennen, wenn man von den unmittelbaren Jüngern eines solchen Mannes, oder von den Jüngern dieser Jünger, etwas anderes erwartete, als daß sie immer *mehr* sagen werden als sie wirklich gesehen und gehört haben. Und wie sehr kommt ihnen dabey der Umstand zu Statten, daß sie nie begieriger seyn können, unglaubliche Dinge zu *erzählen*, als ihre meisten Zuhörer es sind, dergleichen zu *hören* und zu *glauben*!

PEREGRIN.

Du wärest also, an meinem Platze, weiser gewesen als der Pythagorische *Timäus* beym Plato, der die religiöse Tradizion der Griechen auf einen sehr festen Grund gesetzt zu haben vermeint, indem er behauptet: »Ihre alten Sänger und Dichter hätten als *Göttersöhne* von den Angelegenheiten und Thaten ihrer Ahnen und ihrer ganzen Sippschaft natürlicher Weise am besten unterrichtet seyn müssen; und es sey also, wie unerweislich und unglaublich auch ihre Nachrichten *an sich* seyn möchten, für uns Menschensöhne schon genug, daß sie uns von *Göttersöhnen* gegeben würden, um sie mit gebührender Ehrfurcht für hinlänglich beglaubigte Thatsachen gelten zu lassen.«

LUCIAN.

Ich mache deinem Verstande wohl kein großes Kompliment, Peregrin, wenn ich ihm zutraue, daß ein Argument von dieser Stärke selbst in dem höchsten Punkt der Wärme deines Kopfes keinen großen Vortheil über dich erhalten hätte?

PEREGRIN.

Bey allem dem wäre es nicht mehr als billig, das Ansehen solcher Männer wie *Timäus* einem jungen Menschen zu Statten kommen zu lassen, welchen, außer der Wärme seines Kopfes und seinem angebornen Hang zum Außerordentlichen, noch der mechanische Einfluß der Gewohnheit, von Kindesbeinen an Göttersöhne geglaubt zu haben, in diesem Stücke etwas leichtgläubig machen mußte. Allein die Gründe des Glaubens, zu welchem ich mich durch die Unterredung mit meinem Wegweiser so mächtig hingezogen fühlte, hatten (um nicht ungerecht zu seyn) ein ganz anderes Gewicht, als Timäus, oder Plato selbst, – der mir in dieser Sache ohnehin der Ironie verdächtig ist – demjenigen, dem sie das Wort zu reden scheinen, jemahls verschaffen können. Wie scheinbar auch beym ersten Anblick die Ähnlichkeit seyn mag, die du unter den Göttersöhnen aller Völker und Zeiten findest, so war doch der Vorzug und die Überlegenheit desjenigen, mit welchem ich seit kurzem durch die Christianer bekannt geworden war, so groß, so wesentlich, so unverkennbar – –

LUCIAN.

Um Vergebung, lieber Peregrin, daß ich dir in die Rede falle! Aber es bedarf, wie du selbst siehest, keiner Rechtfertigung über diesen Punkt. Wir sind ja beide schon lange im Klaren, und ich hatte Unrecht, dich durch eine Anmerkung, die uns in ganz unnöthige Erörterungen verwickeln könnte, in deiner Erzählung zu unterbrechen.

PEREGRIN,
nach einer kleinen Pause.

Die Geschäfte meines Vaters in Mitylene waren so dringend und die Zeit meiner Zurückkunft nach Parium so nahe, daß ich, wie schwer es mir auch wurde mich von meinen neuen Freunden so bald wieder zu trennen, nicht daran hätte denken dürfen, länger zu verweilen, wenn auch mein gastfreyer Wirth auf einen längern Aufenthalt angetragen hätte. Ich schied also mit Aufgang der Sonne von ihm und von meinem Wegweiser, der, indem er es einem der Hausgenossen unsers Wirthes überließ, mich vollends auf die Straße nach Pitane zu bringen, mich sehr liebreich umarmte, mit der Versicherung, daß wir uns eher, als ich vielleicht vermuthete, wiedersehen würden. Er weigerte sich sehr ernstlich eine Belohnung von mir anzunehmen, und da ich schlechterdings darauf bestand, bequemte er sich endlich nur in so ferne dazu, als es eine milde Handreichung zu den Bedürfnissen nothleidender Brüder seyn sollte, für welche von den Beyträgen der Begüterten aller Gemeinen in jeder Provinz eine gemeinschaftliche Kasse errichtet sey. Unter diesem Titel allein, sagte er, könne er meine Gabe annehmen, da er mich, wenigstens dem guten Willen nach, bereits als einen *Bruder* zu betrachten Ursache habe.

In der That hatte ich ihm zu warme und positive Versicherungen über diesen Punkt gegeben, als daß er sich etwas andres zu mir hätte versehen können: und wenn du dich des Gemüthszustandes erinnerst, worin mich die erste Erscheinung *des Unbekannten* zu Smyrna antraf, und alle die Eindrücke, die von jenem Abend an auf mich gemacht worden waren, zusammen nimmst, so wirst du nichts Unbegreifliches darin finden, daß ich mich (um dir einen deiner Lieblingsausdrücke abzuborgen) den Kopf zu unterst in einen Glauben stürzte, der meinen schönsten Gefühlen und erhabensten Ideen so angemessen war, daß ich diese jetzt als bloße *Ahnungen* betrachtete, deren wirkliche Gegenstände mir nun bald in ihrer ganzen Fülle mitgetheilt werden sollten.

In der größten Lebhaftigkeit erwachte jetzt, da ich mir selbst und meinen Betrachtungen überlassen war, alles wieder in mir, was mich der *Unbekannte* hatte hoffen heißen, und mir war als hörte ich die emfatischen Worte noch in meinen Ohren klingen: »Bald wird die Decke von deinen Augen fallen! Du wirst in Mysterien, wovon die zu Eleusis nur täuschende Schatten sind, zum Anschauen eines ganz andern Lichtes kommen, und ein ganz andrer Führer der Seelen, als jener fabelhafte Hermes, wird das Göttliche in dir zu seinem Ursprung zurück führen!« – Und nun kannst du dir leicht vorstellen, mit welcher Ungeduld ich eilte, die Hindernisse, die noch in meinem Wege lagen, auf die Seite zu schaffen, und wie ich wachend und schlafend nichts andres dachte und träumte, als mich so bald nur immer möglich von allen andern Verhältnissen los zu machen, um mich gänzlich dem großen Beruf zu widmen, zu welchem ich erwählt war. Denn, hatte nicht der *Unbekannte das Zeichen meiner Erwählung* auf meiner Stirne gesehen?

LUCIAN.

Da du doch selbst wieder auf deinen *Unbekannten* gekommen bist, so wär' es, däucht mich, wohl einmahl Zeit, daß er aus dem geheimnißvollen Nebel, worein er sich schon so lange, gleich einem Homerischen Gott, eingehüllt hat, hervor träte, und uns wissen ließe wer er eigentlich sey, und durch was für eine Magie er dazu gekommen, bey euerem ersten Zusammentreffen dir nicht nur alles was damahls in dir vorging, sondern sogar alles was lange vorher mit dir vorgegangen war, an den Augen anzusehen? Suchtest du nicht von deinem Wegweiser einige Erkundigungen über seine Person einzuziehen?

PEREGRIN.

Allerdings; aber alles was ich heraus brachte, war bloß, daß er Vorsteher einer ansehnlichen Anzahl Asiatischer Gemeinen, und ein Lehrer, oder (wie sie es nannten) ein Profet von großer Geisteskraft und hoher Erleuchtung in göttlichen Dingen sey. Mehr, sagte mein Mann, könne er mir, ehe ich unter die *Epopten*[1] aufgenommen sey, nicht entdecken; und daran, lieber Lucian, wirst auch Du dich vor der Hand begnügen müssen, bis die Zeit mehr ans Licht bringen wird.

Ich bin bey Erzählung der Begebenheiten, die mich mit den Christianern bekannt machten, und die Entschließung, mich unter sie zu begeben, herbey führten und beförderten, vielleicht in kleinere Umstände hinein gegangen, als ein Erzähler, dem vor der Gefahr langweilig zu werden bang ist, sich erlauben sollte. Aber ich glaubte so umständlich seyn zu müssen, weil ich dir begreiflich machen wollte, wie es ohne einen Sprung (den die Natur niemahls thut) möglich war, daß aus einem Epopten der Mysterien der Venus Mamilia in so kurzer Zeit einer der eifrigsten *Neofyten* werden konnte, die mein Unbekannter für sein tausendjähriges Lichtreich jemahls angeworben haben mochte.

LUCIAN.

Du hast deine Absicht erreicht, Peregrin –

1 So hießen die Iniziierten der Eleusinischen Mysterien, nachdem sie zum *Anschauen* des Lichts gelangt waren. Die Christianer entlehnten bekannter Maßen dieses Wort, wie mehrere andere dieser Art, um es auf *ihre* Mysterien anzuwenden.

Peregrin.

Und ich werde also um so füglicher die Geschichte mehrerer Jahre, die noch bis zu dem Zeitpunkte, da ich eine nicht ganz unbedeutende Person unter den Christianern vorstellte, verstrichen, ins kurze zusammen fassen können.

Bey meiner Zurückkunft in das väterliche Haus fand ich meinen Vater von den Beschwerden des Alters früher übereilt als ich es seinen Jahren nach vermuthet hätte, und daher entschlossen, seine Handlung aufzugeben, mit allen seinen Korrespondenten Richtigkeit zu machen, und den Rest seines Lebens in gemächlicher Ruhe unter seinen Freunden in Parium hinzubringen. Diesem Vorhaben zu Folge säumte er nicht, mir anzukündigen: daß er mich bloß deßwegen zurück berufen habe, um alle seine noch übrigen Geschäfte, besonders diejenigen, die mit größern oder kleinern Reisen nach verschiedenen Handelsplätzen des schwarzen, Ägeischen und Cilicischen Meeres verbunden waren, auf die jüngern Schultern seines einzigen Sohnes abzuwälzen. Wiewohl nun nichts in der Welt mit meinen Neigungen weniger zusammen stimmte als die Lebensart, wozu ich dadurch verdammt wurde: so fühlte ich doch meine Pflicht stark genug, um mich ihren Obliegenheiten mit so guter Art zu unterziehen als mir möglich war.

Lucian.

Im Grunde, lieber Peregrin, lag es nicht an deinem Schicksale, wenn du von der Überspannung, die dich bisher in so sonderbare und so weit außer dem gewöhnlichen Wege liegende Abenteuer verwickelte, nicht bey dieser Gelegenheit noch zu rechter Zeit um einige Grade herab gestimmt wurdest. Eine beschäftigte Lebensart, häufige Reisen, und die mannigfaltigen Verhältnisse mit allerley Arten von alltäglichen Leuten, in welche man dadurch gesetzt wird, sind sonst immer das sicherste Mittel die übermäßige Lebhaftigkeit der Einbildung zu schwächen, und einen Platonischen Schwärmer, unvermerkt und zu seiner eigenen Verwunderung, in einen Menschen wie andere umzugestalten.

In der That begegnete mir auch bey dieser Gelegenheit wieder etwas menschliches. Nicht als ob mein Entschluß, mich so bald als immer möglich unter die Christianer zu begeben, wankend gemacht worden wäre. Im Gegentheil, je weniger ich an den Geschäften und Zerstreuungen meiner neuen Lebensart Vergnügen fand, und je auffallender der Kontrast war, den die Menschen, mit welchen ich zu verkehren hatte, mit jenen arglosen und gutherzigen Geschöpfen machten, unter welche mich mein Wegweiser von Pergamus hatte verirren lassen: desto ungeduldiger ward von Zeit zu Zeit meine Sehnsucht nach der unbewölkten Stille der Seele und *der reinen Eudämonie*, wozu ich nirgends als unter so guten Menschen gelangen zu können glaubte. Aber eben dieß hing an einer in mir vorgegangenen Veränderung, die vermuthlich unter andern Umständen nicht so bald erfolgt wäre. Das, was du meine Schwärmerey nennest, bekam allmählich eine andere Richtung. Je mehr Gewalt die *Einwirkungen* der äußern *Sinnenwelt* über mich erhielten, je stumpfer wurde der *innere Sinn* für die *geistigen Erscheinungen* der fantastischen *Ideenwelt*, in welcher ich ehemahls gelebt hatte. Anstatt daß einst das Ziel aller meiner Wünsche gewesen war, unter höhern Wesen *das Leben der Geister* zu leben, und mich bey lebendigem Leibe zum *Dämon* zu entkörpern, – fühlte ich jetzt kein dringenderes Bedürfniß, als von aller Verbindung mit Menschen, deren ganze Art zu seyn in ewigem Widerspruch mit meinem Ideale von Harmonie und Schönheit stand, je eher je lieber befreyt zu werden, um in einer kleinen Gesellschaft unverfälschter, durchaus guter Menschen zu leben, an deren Anschauen meine Seele immer reines Wohlgefallen haben, und über die ich die ganze Fülle meiner Liebe, ohne Furcht vor Täuschung und Reue, ohne Gefahr von ihren Leidenschaften und Sitten angesteckt zu werden, ergießen könnte. Mit Einem Worte, Lucian, die *magische* Schwärmerey meiner frühern Jugend ging unvermerkt, eine Zeit lang wenigstens, in eine *moralische* über, welche mich zwar wieder neuen Illusionen der Einbildung und des Herzens aussetzte, aber doch zugleich dem, was in meinen Augen die Vollkommenheit des Menschen ist, näher brachte, und vielleicht ein Mittelzustand war, durch welchen ich nothwendig gehen mußte, um auf den geradesten Weg, der zu jener Vollkommenheit führt, zu kommen.

LUCIAN.

Das wollen wir sehen! Aber wie benahmen sich inzwischen der *Unbekannte* und der *Wegweiser?*

PEREGRIN.

Nichts weniger als zudringlich. Es verging beynahe ein halbes Jahr, ehe ich von dem *letztern*, mit Gelegenheit einiger Waaren, die meinem Vater von Smyrna kamen, ein Briefchen erhielt, worin er meldete, daß er mich in kurzem zu Parium besuchen würde. Bald darauf erschien er wirklich in unserm Hause in Gestalt eines Handelsmannes von Ägina, Nahmens *Hegesias*, der von verschiedenen unsrer Korrespondenten Aufträge an meinen Vater hatte. Er betrug sich dabey mit so vieler Geschicklichkeit und Klugheit, daß der Alte ganz von ihm eingenommen wurde, und sein Anerbieten, sich hinwieder von ihm mit Aufträgen nach einigen Plätzen der Ionischen Küste beladen zu lassen, mit Vergnügen annahm. Dieß setzte ihn in kurzem auf einen so freundschaftlichen Fuß mit uns, daß es mir an Gelegenheit nicht fehlen konnte, so viele besondere Unterredungen mit ihm zu haben als ich nur immer wünschte. Ich erhielt einige der Bücher von ihm, die von den Christianern damahls noch sehr geheim gehalten wurden, und hauptsächlich die Geschichte der drey letzten Lebensjahre ihres Meisters, seine Wunderthaten, seine öffentlichen Reden, und den *geheimern* Unterricht, der nur seinen auserwählten Anhängern zu Theil ward, enthalten. Ich verschlang diese Bücher mit meiner gewöhnlichen Lebhaftigkeit, und schöpfte daraus eine so innige Liebe für die Person dieses wunderbaren und in seiner Art einzigen Menschensohnes, daß es mir nicht schwer gewesen wäre, *ihm* noch weit unglaublichere Dinge, als er zum Theil gesagt haben soll, mit eben der zutraulichen Gutherzigkeit zu glauben, womit ich, auf das Wort und die ehrliche Miene meines Freundes Hegesias, an die historische Zuverlässigkeit der *Erzähler* so außerordentlicher Dinge glaubte. Hegesias ließ nichts außer Acht, was mich in meinem neuen Glauben bestärken, und mir den Beruf eines Mitarbeiters an dem großen Werke der Zerstörung des Reichs der Finsterniß immer wichtiger machen konnte; und kurz, (um dich mit der Beschreibung meiner Fortschritte nicht noch längere Zeit aufzuhalten als ich gebrauchte sie zu machen) er fand mich in so guter Verfassung, daß er kein Bedenken trug, mir noch in der Nacht vor seiner Abreise von Parium *den ersten Grad der Iniziazion* in den Mysterien der Christianer zu ertheilen, und bey dieser Handlung – deren einfache aber herzerschütternde Feierlichkeit durch die Stille der Mitternacht und das Schauerliche des Ortes, den er dazu ersehen hatte, nicht wenig erhöht wurde – ein Gelübde von mir anzunehmen, das mich auf ewig zum Genossen des Reichs des Lichtes und zum unversöhnlichen Bekämpfer des Reichs der Finsterniß machen sollte.

Hegesias hatte schon mehr als Einmahl seine ganze Beredsamkeit anwenden müssen, den Eifer, den er selbst in mir entzündet hatte, zu mäßigen, und mich zu überzeugen, daß es Pflicht sey, mich den Verrichtungen, welche die Vorsehung mir dermahlen angewiesen habe, nicht eher zu entziehen, bis ein höherer Befehl mich davon abrufe. Aber in diesen feierlichen Augenblicken ergriff mich das Verlangen, alles zu verlassen und mich meinem neuen Beruf gänzlich und mit ungetheilter Thätigkeit zu widmen, mit solcher Gewalt, daß ich von neuem in ihn drang, und in Hoffnung, seinen Widerstand auf einmahl zu entwaffnen, mit großem Feuer mich auf die Antwort berief, die unser Meister dem reichen Jüngling ertheilt hatte, der ihn fragte, was er thun müsse um selig zu werden. Nichts konnte, meiner Meinung nach, entschiedener seyn, als die Anwendbarkeit dieser Antwort auf meinen Fall. Allein Hegesias war nicht so leicht aus seinem Vortheil zu werfen als ich mir einbildete. Er strafte meine Ungeduld mit sanftem aber unerbittlichem Ernst, und bestand schlechterdings darauf, daß es mir nicht erlaubt sey, meinen Vater eher zu verlassen, als bis er meines Dienstes nicht mehr benöthigt seyn würde. »Die Antwort, die dem Jüngling, auf den du dich beziehest, ertheilt wurde, sagte er, paßt so wenig auf deinen Fall, daß sie vielmehr *gegen* dich entscheidet. Die Gemüthsverfassung, worin du dich in diesem Augenblicke befindest, ist gerade das Gegentheil der seinigen: denn *Er* schlich sich traurig fort, als er hörte daß er das alles fahren lassen müsse, was *Du* mit Ungeduld zu verlassen wünschest. Irre dich nicht, mein Bruder, fuhr er fort: dich selbst, nicht deine äußerlichen Umstände, dich selbst zu verläugnen, indem du dem feurigsten Wunsche deines Herzens widerstehst, ist die erste Pflicht, die dir deine Aufnahme in die Gemeinschaft der Kinder des Lichtes auflegt! Wie, Peregrin? du schmeichelst dir das große Gebot unsers Herren zu erfüllen, und ihm alles aufzuopfern, indem du in der That nur eine mühsame drückende Last von dir würfest, und, anstatt *seinen* Willen zu thun, deinen eigenen thätest? Gerade diese leidenschaftliche Begierde, womit du alles um seinetwillen verlassen möchtest, würde dein Opfer verwerflich machen; denn sie ist bloße Täuschung deines noch nicht ganz überwältigten Selbst, oder vielmehr ein unsichtbares Netz, welches dein böser Dämon dir über den Kopf zu werfen sucht. Willst du dich gewiß machen ob deine Selbstverläugnung ächt ist? Opfre dem, welchem du alles was du bist und hast aufzuopfern bereit zu seyn wähnest, diese unzeitige Begierde auf; kehre in dein väterliches Haus zurück, und glaube, du dienest dem Herrn, indem du fortfährst die Geschäfte deines Vaters mit Aufmerksamkeit und Eifer zu besorgen. Du wirst, wenn du in diesem geringen Posten treu gewesen bist, zu rechter Zeit an einen höhern abgerufen werden.«

Hegesias ertheilte mir diese Züchtigung mit einem so ernsten und Gehorsam fordernden Tone, daß ich den Unbekannten von Smyrna zu hören glaubte. Ich unterwarf mich also mit aller Demuth, die einem *Neofyten*[1] zukam, und empfing seinen Segen,

1 So wurden von den damahligen Christianern diejenigen genannt, die nur noch den ersten Grad der Iniziazion in ihren Mysterien erhalten hatten.

mit der Versicherung, daß ich mich von nun an als einen *Bürger der Stadt Gottes*, die in kurzem in sichtbarer Glorie auf die Erde herab steigen würde, zu betrachten hätte: und da ich mit Übernahme der strengen *Pflichten* dieser hohen Würde auch alle *Vorrechte* derselben erhalten hätte, so könnte ich gewiß seyn, daß ich, von diesem Augenblick an, unter dem unmittelbaren Schutz und Einfluß aller Geister des Lichtes, und in einer Verbindung mit den Genossen ihres Reiches stehe, die weder durch Raum noch Zeit gehemmet werden könne, und wovon ich ohne mein Zuthun, so oft es der Dienst unsers Königs erforderte, untrügliche Beweise erhalten würde.

LUCIAN.

Dieser Hegesias spielte, wie es scheint, keine geringe Rolle unter den Kindern des Lichtes.

PEREGRIN.

Er war, wie ich in der Folge erfuhr, einer der vertrautesten und thätigsten geheimen Agenten meines Unbekannten; ein Amt, wozu ihn seine außerordentliche Gegenwart und Geschmeidigkeit des Geistes, seine Weltkenntniß, und seine Geschicklichkeit mit allen Arten von Menschen umzugehen und ihr Zutrauen zu erwerben, ganz vorzüglich geschickt machte. Es war beynahe unmöglich ihm zu entgehen, wenn er sich eines Menschen bemächtigen wollte, der nur einige Anlage hatte, wissentlich oder unwissentlich, in einem höhern oder niedrigern Posten, als Gewicht, Rad oder Springfeder, an dem großen Werke, dessen Seele der *Unbekannte* war, arbeiten zu helfen. Er sprach mit vieler Fertigkeit alle Sprachen, die in dem ganzen damahligen Umfang des ungeheuern Römer-Reichs gesprochen wurden; besaß große Geschicklichkeit und Kenntnisse in Handelsgeschäften; stand mit vielen Großen und mit den vornehmsten Häusern in allen Handelsplätzen des Reichs in Verbindung, und konnte der Sache, welcher er sich gewidmet hatte, desto wichtigere Dienste thun, da sich (außer den Brüdern, die ihn kannten oder denen er sich zu erkennen gab) niemand einen Christianer hinter ihm vermuthet hätte. Denn er war, um zum besten der guten Sache *Allen Alles* seyn zu können, von jeder äußerlichen Handlung dispensiert, die ihn den *Profanen* hätte verdächtig machen können; eine Befreyung, welche mein Unbekannter den thätigsten unter seinen Vertrauten gewöhnlich zu ertheilen pflegte, und die er auch mir (wiewohl ich noch weit von diesem Grade war) durch Hegesias ertheilen ließ, da es mir von ihnen selbst zur *Pflicht* gemacht wurde, meine Verbindung mit den Brüdern vor meinen Verwandten und Mitbürgern geheim zu halten.

LUCIAN.

Diese Erlaubniß, zum Vortheil des ganzen Ordens jede beliebige Person unter jeder erforderlichen Maske vorzustellen, giebt mir auf einmahl Licht über die Möglichkeit, wie eine zu meiner Zeit noch so sehr verachtete Sekte schon in der ersten Hälfte des dritten Jahrhunderts ihrer Zeitrechnung so zahlreich und ansehnlich seyn konnte, daß sie die Eifersucht der Priester der alten Götter nothwendig erregen mußte. Ihre Anzahl war schon unter den *Antoninen* viel größer als man glaubte, da vermuthlich nicht wenige (zumahl in den höhern Klassen der bürgerlichen Gesellschaft) aus mancherley Rücksichten, und zum Theil auch (wie dein Hegesias) in der Absicht, ihren Brüdern bey jeder Gelegenheit desto nützlicher seyn, und überhaupt ihre *neue Theokratie* im Stillen desto ungehinderter gründen und ausbreiten zu können, mit Vergünstigung der Obern ihre Verbindung mit den Christianern so lange geheim hielten, bis veränderte Umstände diese Zurückhaltung immer weniger nöthig machten.

PEREGRIN.

Sehr wahrscheinlich. Indessen muß ich gestehen, daß für mich selbst, wiewohl ich mehrere Jahre in ziemlich enger Verbindung mit einigen von ihnen gestanden, ein undurchdringliches Dunkel auf der Geschichte des Ursprungs und der ersten Zeiten dieses in der Folge für die ganze Menschheit so wichtig gewordenen Ordens liegt. An meinen *Vermuthungen* darüber kann dir wenig gelegen seyn; auch würden sie uns zu weit von der Geschichte meiner eigenen Wenigkeit abführen, um welche es doch jetzt allein zu thun ist. Aber was ich aus eigener Erfahrung weiß, ist, daß zwischen den Christianern unter dem so genannten großen *Konstantinus*, und den größern und kleinern, durch den ganzen Römischen Erdkreis zerstreuten Brüdergemeinen, die man zu *meiner* Zeit unter diesem Nahmen zu begreifen pflegte, ein mächtiger Unterschied war. Denn damahls herrschte noch so wenig Zusammenhang, Ordnung und Übereinstimmung unter ihnen, daß vielleicht nicht zwey Gemeinen von beträchtlicher Größe zu finden waren, die in allen Stücken Eines Glaubens und Sinnes gewesen seyn sollten. Aus Mangel eines genau bestimmten und allgemein angenommenen Lehrbegriffs, blieben viele Punkte ihres Glaubens zweifelhaft: und da eine Menge Fragen, die man sich nicht entbrechen konnte nach und nach aufzuwerfen, aus eben diesem Grunde nicht rein aufgelöst werden konnte; so hing jede besondere Gemeine hierin größten Theils von den Meinungen und Vorurtheilen ihrer Vorsteher und Lehrer ab. Der Meister selbst hatte nichts schriftliches hinterlassen, das seinen künftigen Anhängern zur Richtschnur hätte dienen können. Natürlicher Weise war also das *Maß* von *Gedächtnis* und *Verstand*, das *seinen ersten Schülern* zu Theil geworden war, nebst dem *Glauben* an die *Redlichkeit ihres Willens*, die einzige *Gewährleistung*, welche *diese* den *ihrigen* für die Wahrheit der *Thatsachen*, wovon sie als *Augenzeugen* sprachen, und der Lehren, die sie aus seinem Munde gehört zu haben versicherten, geben konnten. Was Wunder also, daß sogar schon bey Lebzeiten derjenigen, durch welche die ersten Brüdergemeinen gepflanzt wurden, Irrungen, Streitigkeiten und Spaltungen entstanden, die das Ansehen dieses oder jenes Lehrers um so weniger verhüten oder ersticken konnte, weil derjenige, der etwas anderes lehrte, sich ebenfalls auf *Tradizion*, oder auf *Schriften*, die im Grunde für nichts mehr als für *geschriebene Tradizion* gelten konnten, berief, und also so viel anscheinendes Recht hatte, als jener, seine Lehre für diejenige zu geben, die mit dem Sinne des Meisters und mit dem Geiste seiner Worte am besten übereinstimme.

Bey dieser Bewandtniß der Sachen läßt sich zwar mit vieler Wahrscheinlichkeit vermuthen, daß die Anzahl der *ächten*

Christianer schon zu meiner Zeit ziemlich gering, und vielleicht bloß auf einzelne Familien oder kleine Gemeinen von derjenigen Art, wie ich auf meiner Wanderschaft nach Pitane eine kennen gelernt hatte, eingeschränkt war: aber desto ansehnlicher mußte hingegen die Zahl derjenigen werden, die den *Nahmen* der Christianer führten, und, wiewohl sie in einigen Glaubenspunkten übereinstimmten, dennoch sowohl in ihrer Vorstellungsart überhaupt, als in besondern Lehrmeinungen und religiösen Gebräuchen und Übungen, weit genug von einander abgingen, daß die Streitigkeiten, die darüber unter den Lehrern entstanden, unvermerkt den Geist der Liebe und Eintracht ersticken mußten, der aus allen Gemeinen einen einzigen Leib, dessen Seele Christus wäre, hätte machen sollen.

Und eben diese Spaltung der damahligen Christianer in etliche Hauptparteyen, die zum Theil wieder in mehrere kleinere Sekten zerfielen, – ein Spaltung, welche um die nehmliche Zeit, da ihre Anzahl, während der ihnen von *Hadrian* und den beiden *Antoninen* gegönnten Ruhe, außerordentlich gewachsen war, dem Orden selbst einen baldigen Untergang zu drohen schien – eben dieß war es, was meinen *Unbekannten* (einen Mann, der sich zu schweren Unternehmungen geboren fühlte) auf den großen Gedanken brachte, einen *geheimen* Orden zu stiften, durch welchen er nach und nach allen Asiatischen und morgenländischen Gemeinen die zu ihrer Konsistenz und Dauer nöthige *Gleichförmigkeit* geben, und aus dessen Mittelpunkt er selbst, als unsichtbares Oberhaupt des Ganzen, die große Unternehmung, – eine neue, alles umfassende und beherrschende Theokratie auf den Trümmern aller alten Religionen und Staatsverfassungen aufzuführen – wo nicht zu Stande zu bringen, wenigstens so fest zu *gründen* hoffte, daß er die gänzliche Vollendung seines Werkes der Zeit getrost überlassen könnte.

Doch ich merke, daß ich meiner Geschichte schon wieder zuvorlaufe, und dir ein großes Theil mehr von dem Geheimnisse des

Unbekannten verrathe, als ich in der Epoke, von welcher jetzt die Rede ist, selbst davon wissen konnte.

Es war nun, seitdem ich von Hegesias den ersten Grad der Weihe erhalten hatte, über ein Jahr verflossen; wir hatten uns in dieser Zeit mehr als Einmahl an verschiedenen Orten gesehen, und ich hatte schon so viele Proben meiner eifrigen Anhänglichkeit an *die gute Sache*, und meines grenzenlosen Gehorsams gegen die Winke meiner Obern, die ich als unmittelbare Organe des großen *Logos* betrachtete, abgelegt, daß ich endlich von *Kerinthus* (so nannte sich, wie ich nun erfuhr, mein *Unbekannter*) einer zweyten Zusammenkunft, und bald darauf der feierlichen Einführung in eine der Gemeinen, die unter seiner Leitung standen, gewürdiget wurde.

Ich empfing bey dieser Gelegenheit den *zweyten Grad* der Weihe, wobey der hochwürdigste Kerinthus selbst das Amt des *Mystagogen* verwaltete, und wo alles, was ich sah und hörte, meine Seele mit nie empfundnen Gefühlen durchdrang. In der That verdiente das, was bey dieser Gelegenheit nicht sowohl *außer mir* (denn dieß war sehr einfach) als *in mir selbst* vorging, – so natürlich ich es mir auch *jetzt* erklären kann – den Nahmen *unaussprechlicher Dinge (Aporrheta)* in einem ganz andern Sinne, als jene Aufschlüsse, die den *Epopten* der *Eleusinischen Mysterien* zu Theil wurden, und ich enthalte mich deßwegen mehr davon zu sagen; denn man müßte schlechterdings in dem Falle gewesen seyn das nehmliche erfahren zu haben, um sich einen Begriff davon machen zu können.

LUCIAN.

Ich überhebe dich dessen sehr gern, Freund Peregrin. So wie ich dich selbst nun kenne – und nach allem, was du mir von dem *Unbekannten*, von dem Geiste der Brüdergemeinen, von ihren Versammlungen, von der hohen Meinung, die sie von der Würde, den Vorrechten und den Erwartungen ihres Ordens hegten, und überhaupt von allem, was seit deinem zweyten Aufenthalt in Smyrna mit dir vorgegangen war, bereits entdeckt hast, kann ich mir, auch ohne eigene Erfahrungen dieser Art und ohne alle Anlage dazu, ziemlich lebhaft vorstellen, wie dir bey der feierlichen Einführung in die Brüderschaft der Kinder des Lichts zu Muthe seyn mußte.

PEREGRIN.

Immer bleibt zwischen deiner Vorstellung, mein lieber Lucian, und dem was damahls in *meiner* Seele gegenwärtiges Gefühl und Anschauen war, der Unterschied, wie zwischen einem gemahlten Feuer und einem wirklichen; ein Unterschied, den ich hier bloß deßwegen geltend mache, damit du den brennenden Eifer desto begreiflicher findest, womit ich von diesem Augenblick an in alle Plane des *Unbekannten* einging. Dieser schien mit dem Grade der Hitze, zu welchem er die drey großen Beweger des menschlichen Gemüthes, *Glauben*, *Liebe* und *Hoffnung*, bereits in mir gestiegen sah, so wohl zufrieden, daß er in den ersten Tagen nach meiner Aufnahme zwischen mir und seinen Vertrautesten keinen Unterschied zu machen schien. Aber unvermerkt hüllte er sich wieder in das geheimnißvolle Dunkel ein, worin er sich mir beym Anfang unsrer Bekanntschaft gezeigt hatte; und da ich schon ins Innere des Heiligthums eingegangen zu seyn vermeinte, erfuhr ich, daß ich erst im zweyten Vorhofe sey, und daß es noch längere und stärkere Prüfungen und Vorbereitungen erfordere, ehe es ihm erlaubt sey, die Decke gänzlich von meinen Augen wegzuziehen, und mich zum vollen Anschauen des Lichtes, dessen Glanz ich noch nicht ertragen würde, zuzulassen.

Diese Eröffnung konnte die Wirkung nicht verfehlen, die er vermuthlich dadurch auf mich zu machen hoffte. Anstatt mich abzuschrecken, spannte sie zugleich mit den Erwartungen, wozu sie mich berechtigte, alle Springfedern meines Wesens, um alles zu unternehmen und alles zu erdulden, was ich nur immer zu thun oder zu leiden haben könnte, um jene hohe Stufe zu ersteigen, die nun das Ziel aller meiner Wünsche war. Indessen ließ sich Kerinthus in keine nähere Erklärung über die Vorbereitungen und Prüfungen ein, die ich noch zu überstehen hatte. Er ermahnte mich bloß, wie er schon bey unsrer ersten Zusammenkunft zu thun angefangen hatte, in Reinigung meines Gemüthes und Ertödtung aller sinnlichen Neigungen und eigennützigen Leidenschaften unverdrossen und unerbittlich gegen mich selbst zu seyn, und dieses Selbst als den gefährlichsten, schlauesten und hartnäckigsten unter allen Feinden zu betrachten, die ich als ein Streiter im Reiche des Lichts zu bekämpfen hätte. Er gab mir zu verstehen, daß die unerschütterlichste Entschlossenheit, sich der Sache Gottes gänzlich aufzuopfern, der einzige Weg sey, der zu jener hohen Vollkommenheit führe, die er mir in der Brüderversammlung zu Pergamus von fern und wie in der ersten Dämmerung des anbrechenden Tages gezeigt habe. Ich sehe dein Herz für sie entbrannt, setzte er hinzu; aber Sehnsucht und klopfendes Verlangen ist noch nicht dieser felsenfeste Wille selbst, den keine Gefahr abschrecken, keine reitzende Verführung bestricken, keine Arbeit ermüden, keine Aufopferung in Verlegenheit setzen kann: *dieser* Wille ist nicht das Werk weniger Tage oder Wochen; er wird bloß durch die Abtödtung jeder andern Neigung, jedes andern Willens in uns geboren, und er ist nicht eher wirklich da, bis er unser Selbst ganz in sich verschlungen hat. – Er gab mir hierauf verschiedene besondere Anweisungen und Verhaltungsregeln, die Mittel betreffend, wodurch ich, desto eher, je eifriger ich in ihrem Gebrauch seyn würde, zum gänzlichen *Durchbruch* durch die Scheidewand, die noch zwischen mir und dieser Vollkommenheit stehe, gelangen könne. Denn, wiewohl er mir den *Weg* nichts weniger als leicht machte, so ließ er mich doch deutlich genug merken, daß die *Zeit*, in welcher ich ihn zurücklegen könne, größten Theils von mir selbst abhange.

Fünf oder sechs Tage nach meiner Aufnahme in die Gemeine der Heiligen riefen den Vorsteher seine Verrichtungen anderswohin, und mich die meinigen nach Parium zurück. Die Art, wie er sich von mir trennte, ließ auch dießmahl einen tiefen Stachel in meinem Herzen zurück. Ich scheide nicht von dir, mein Bruder, (sagte er zu mir, indem er mir die Hand mit Wärme drückte) denn ich werde dir *im Geiste* immer nahe bleiben, und *ein unsicht-*

barer Zeuge der Treue seyn, mit welcher du das empfangne Kleinod bewahren wirst. Mit diesen Worten, die aus seinem Munde etwas unbeschreiblich eindringendes und magisches hatten, gab er mir den Bruderkuß, der eines der Zeichen ist, woran die Christianer einander erkennen, und war aus meinen Augen verschwunden, ehe ich vermögend war, meinem von Empfindung geschwellten Herzen durch Worte Luft zu machen.

Kerinthus ließ mich in einer Stimmung, die mich geneigter und geschickter machte, unter die *Anachoreten* der *Thebaischen Wüste* zu gehen, als nach Parium in das Getümmel des beschäftigten Lebens, und zu Menschen, deren Umgang mir mit jedem Tage peinlicher ward, zurückzukehren: aber *Hegesias*, der sich beynahe eben so viel Gewalt über mein Gemüth erworben hatte als der Profet selbst, und dem ich etwas von dieser Abgeneigtheit merken ließ, brachte mich bald wieder auf andere Gedanken. Er wiederhohlte die Vorstellungen, die er mir ehemahls schon deßwegen gemacht hatte, mit verdoppelter Stärke, und bestand schlechterdings darauf, daß das Beharren in meinem bisherigen Wirkungskreise die größte Probe von Selbstverläugnung sey, welche dermahlen von mir gefordert werde. So gönne mir, rief ich endlich mit einer Wärme die ihn sehr kalt zu lassen schien, so gönne mir wenigstens den einzigen Gedanken, der mir diese weltlichen, den Geist belastenden Sorgen, wozu du mich verurtheilest, erträglich machen kann! Die Natur bedarf wenig, und selbst in dem Wenigen, worauf ich mich einschränke, ist noch so viel Nahrung für *den alten Menschen*, daß ich täglich darauf bedacht bin, mich noch von etwas entbehrlichem frey zu machen. Erlaube mir also, von diesem Augenblick an, die *Gemeine* als den Eigenthümer und Herren meines ganzen Vermögens, und mich als den bloßen Verwalter desselben, der ihr für jeden Obolen Rechnung abzulegen hat, anzusehen. Unter dieser Bedingung will ich nicht nur mit Geduld, sondern mit Vergnügen, so lange es von mir gefordert wird, an dieser Ruderbank angeschmiedet bleiben.

LUCIAN.

Darüber wird der arme Hegesias gewaltig erschrocken seyn!

PEREGRIN.

In der That bekam ich in der Folge alle Ursache zu glauben, daß ihm meine Freygebigkeit, im Nahmen der Brüderkasse, deren oberster Verwalter er war, nicht sehr unangenehm seyn mochte. Aber wenigstens ließ er sich nichts davon merken. Er dankte mir für meinen guten Willen so kaltsinnig, als ob die Rede von funfzig Drachmen und nicht von mehr als zwey hundert Talenten gewesen wäre; aber zugleich warnte er mich mit brüderlichem Ernste, wohl auf meiner Hut zu seyn, daß nicht etwa ein geheimer Stolz oder irgend eine andere unlautere Absicht unbemerkt bey dieser wohlgemeinten Darbringung meiner zeitlichen Güter im Hinterhalt laure. Mein Bruder, sprach er zu mir, wir gehören mit allem was wir sind und haben dem *Herren* an; denn was haben wir, das wir nicht empfangen hätten? oder was können wir *unser* nennen, das nicht *sein* wäre? Wir alle sind, in jeder Betrachtung, nichts andres als Verwalter über einen kleinern oder größern Theil seiner Haushaltung. Er wird, wenn seine Zeit kommt, das Seinige schon von uns zu fordern wissen; und wehe uns, wenn er uns nicht alle Augenblicke bereit fände, ihm Alles bis auf den letzten Häller zurück zu geben!

LUCIAN.

Wie schmeckte das, Freund Peregrin?

PEREGRIN.

Ich gestehe, es fiel mir einen Augenblick auf die Brust, daß so gar nichts *freywilliges* und *verdienstliches* bey meinem Opfer seyn sollte: aber ich unterdrückte diese kleine Empörung meines Herzens auf der Stelle, als die Eingebung eines bösen Dämons, und fand in der Rede des Hegesias nichts als die einfacheste und unwidersprechlichste Wahrheit. Denn *so* weit war ich noch nicht gekommen, – oder vielmehr, wie wäre es in meiner damahligen Gemüthsverfassung möglich gewesen, – den Taschenspielerstreich zu argwöhnen, mit welchem diese subtilen Heiligen so behend, daß es keine arglose Seele wahrnehmen konnte, sich selbst an die Stelle des *Herren* zu schieben, und die Einfältigen zu bereden wußten, was man *ihnen* gebe, sey bloß eine alte Schuld, die man *Ihm* zurück bezahle?

LUCIAN.

Ich fürchte sehr, mein guter Peregrin, daß es mit der ganzen überstrengen und sogar über die stoische Spitzfindigkeit hinaus getriebenen Moral, mit der sich diese Schlauköpfe so viel wußten, bloß auf Maskierung der Kunst, die Gemüther der Menschen zu beherrschen und über ihre Kasse zu schalten, abgesehen war.

PEREGRIN.

Bey ihm, dessen ehrwürdigen Nahmen sie trugen, und bey seinen ersten redlichen Anhängern gewiß nicht! Ihm war es in ganzem Ernst darum zu thun, die Menschen durch die Eigenschaften, die uns die Kindheit so liebenswürdig machen, durch Einfalt, Unschuld, reine Güte des Herzens und unbesorgtes Vertrauen auf den Vater im Himmel, zu der höchsten moralischen Vollkommenheit, und dadurch zu der reinsten Eudämonie, deren die Menschheit jenseits des Grabes fähig ist, zu führen. Dahin brachte er alle, die sich mit einfältigem Sinne seiner Führung überließen; und lebendige Beyspiele davon hatte ich auf dem Meierhofe zwischen Pergamus und Pitane gesehen. Aber es erfolgte, was vermöge der Natur der Sache erfolgen *mußte*, und was keine menschliche noch göttliche Macht verhindern konnte. Die Christianer arteten schon nach Annehmung dieses Nahmens aus; sie verfielen nach und nach in alle Arten von Schwärmerey, standen allen Verführern, welche den Geist ihres Meisters zu heucheln und die Stimme des guten Hirten nachzuäffen wußten, bloß: und so wurden jene hohen Gesinnungen und zarten Gefühle (die, so zu sagen, *die angeborne Moral* der schönsten Seelen ausmachen) von arglistigen Menschen zu subtilen Netzen verwebt, worin sie immer die gutherzigsten und arglosesten Gemüther am ersten zu fangen gewiß waren.

Aber, wie gesagt, um diese Zeit hatte ich noch nicht die mindeste Ahnung davon, daß ich einst Ursache finden würde, so nachtheilig von diesen heiligen Menschen zu denken, von welchen nun *Bruder* genannt zu werden der höchste Stolz meines Herzens war. Ich nahm alles was sie mir sagten in dem reinsten und wörtlichsten Sinne; und, da ich mich von nun an als einen bloßen Geschäftsträger der Gemeine betrachtete, so gewannen die Geschäfte selbst eine ganz andere Wichtigkeit in meinen Augen als sie vorher hatten. Sie schienen mir nun durch diese Bestimmung zu einer Art von Gottesdienst erhoben, und ich arbeitete, von Hegesias und andern unter seiner Leitung stehenden Brüdern fleißig unterstützt, um so eifriger an Vermehrung meines künftigen Erbgutes, da es – in der Sprache unsers Ordens zu reden – gänzlich zum *Bau des Reichs Gottes* verwendet werden sollte.

ENDE DES ERSTEN THEILS.

PEREGRINUS PROTEUS.

ZWEYTER THEIL.

INHALT.

VI. ABSCHNITT.

Peregrin wird durch den Tod seines Vaters Besitzer eines großen Vermögens, und seine Obern lassen sich endlich gefallen, den größten Theil davon, als ein zum Bau des Reichs Gottes beygetragenes Scherflein, zu ihren Handen zu nehmen. Er wird nach Nikomedien berufen, erhält zur Belohnung der *Treue*, welche er bisher in dem angefangnen Werke seiner Heiligung bewiesen, das Versprechen, daß er nun ohne weiters zum Anschauen der höchsten Geheimnisse des *Reichs des Lichts* zugelassen werde, und empfängt von *Hegesias*, als dem dazu von Kerinthus verordneten *Mystagogen*, den wirklichen Unterricht in der erhabenen *Gnosis*, hinter deren emblematischen und allegorischen Bildern *Kerinthus* das wahre Geheimniß seines weit grenzenden politischen Plans verbarg. Peregrin, dessen unheilbare Fantasie in dieser aus *magischen* und *kabbalistischen* Quellen geschöpften *Gnosis* die nahe Befriedigung seiner höchsten Wünsche ahndet, nimmt die Bilder für die Sache selbst, und bestärkt dadurch seine Obern in dem Urtheil, daß er ihrem Orden bloß als *Werkzeug*, aber *als solches* durch seinen Eifer für ihre Sache, die ihm die Sache Gottes war, und durch die unbedingten Aufopferungen, wozu sie ihn immer bereit sahen, desto größere Dienste thun könne. Anstatt also die Decke von seinen Augen wegzunehmen, unterhalten sie ihn vielmehr in seiner schwärmerischen Vorstellungsart, und bestimmen ihn endlich, nach einer neuen strengen Vorbereitung, in den *Missionen* zu arbeiten, durch welche der Orden die in Asien zerstreuten Brüdergemeinen nach und nach mit sich zu vereinigen suchte. Peregrin wird zu diesem Ende in eine Pflanzschule der Kerinthischen

Sekte nach *Ikonium*, und von da nach *Syrien* abgeschickt. Der glückliche Fortgang seiner Arbeiten wird durch eine von *Parium* aus gegen ihn gerichtete Kabale unterbrochen: er wird vor dem Statthalter von Syrien angeklagt und kraft des bekannten *Trajanischen Edikts* ins Gefängniß geworfen. Berichtigung der Erzählung des Lucianischen Ungenannten. Peregrins Gemüthszustand bey der Fortdauer seiner Einkerkerung.

VII. Abschnitt.

Unverhoffter nächtlicher Besuch, den er von *Diokleen* im Gefängniß erhält. Sie entdeckt sich ihm als die Schwester des Kerinthus, macht ihn mit der geheimen Geschichte ihres Bruders und mit dem Innern seines großen Plans bekannt, und öffnet ihm dadurch auf einmahl die Augen über die ganze Kette von Täuschungen, wodurch er von Kerinthus und Hegesias bisher zum blinden Werkzeug ihrer politischen Absichten gemacht worden war. Peregrin erhält durch ihre Vermittlung seine Freyheit wieder, unter der Bedingung Syrien sogleich zu verlassen. Er stellt sich als ob er in alle ihre Absichten mit ihm eingehe, verläßt sie aber bald darauf heimlich, und entflieht nach *Laodicea*, fest entschlossen, alle Gemeinschaft mit Kerinthus und seinem Anhang auf immer abzubrechen.

VIII. Abschnitt.

Der schwärmerische Hang zur theurgischen Magie, von welchem Peregrin bisher beherrscht und unter mancherley Gestalten getäuscht wurde, macht nun allmählich einer andern Art von Schwärmerey Platz, deren erste Wirkung sein plötzlicher Entschluß ist, sich für sein übriges Leben mit der liebenswürdigen Familie von *Johanniten* zu vereinigen, welche ihn bald nach seiner ersten Bekanntschaft mit Kerinthus, auf seiner Reise von Pergamus nach Pitane, so freundlich aufgenommen hatte. Dieses Vorhaben wird durch das unvermuthete Zusammentreffen mit einem gewissen *Dionysius* von *Sinope* vereitelt, mit welchem er vor etlichen Jahren zu Ikonium bekannt worden war. Beide theilen einander die Geschichte ihrer ehemahligen Verbindung mit Kerinthus und die während derselben gemachten Beobachtungen und Erfahrungen mit. Gründe, warum Dionysius Peregrins Trennung von Kerinthus und Diokleen eher mißbilligt als gut heißt, nun aber, da dieser Schritt einmahl geschehen war, und Peregrin seinen unüberwindlichen Abscheu, an dem Plan dieser gefährlichen Geschwister Antheil zu nehmen, erklärt, darauf besteht, daß er alle Gemeinschaft mit den Christianern, von welcher Sekte sie seyn möchten, gänzlich aufheben müsse. Merkwürdige Äußerungen des Dionysius über die Tendenz des damahligen

Christianismus, und über Hierarchie und Theokratie überhaupt. Peregrin, bey welchem sich inzwischen aus den Trümmern seines ehemahligen Platonisch-magischen Systems eine neue, wiewohl nicht weniger schwärmerische Vorstellungsart entwickelt hat, entschließt sich, die *Eudämonie* (das ewige Ziel seiner Wünsche) zwar auf einem andern, aber seinem zeitherigen sehr nahe liegenden Wege zu suchen, und das höchste Ideal eines vollkommnen *Cynikers* zum Zweck und Vorbild seines übrigen Lebens zu machen. Er trennt sich von seinem Freunde Dionysius, der ihm vergebens anbietet sein unscheinbares aber sicheres Glück mit ihm zu theilen, und kehrt im Kostum eines Cynikers nach Parium zurück, um die Überbleibsel seines, größten Theils dem Kerinthus aufgeopferten, Vermögens in Sicherheit zu bringen. Seine Verwandten verursachen ihm neue Ungelegenheiten und Kränkungen, welchen er sich durch den raschen Entschluß, dem Volk von Parium ein Geschenk von dem Rest seines Erbgutes zu machen, auf einmahl entzieht. Er begiebt sich nun nach Alexandrien in Ägypten, um die Schule des Filosofen *Agathobulus* zu besuchen, nachdem er sich von dem Ertrag eines kleinen Meierhofes (dem einzigen, was er sich bey Verschenkung seines Vermögens an die Parianer *mentaliter* vorbehielt) ein zur höchsten Nothdurft eines Cynikers ungefähr hinreichendes Einkommen versichert zu haben glaubte, welches ihm zwar in der Folge durch die Bemühungen seiner Feinde wieder entzogen, durch einen unverhofften Zufall aber reichlich ersetzt wird. Er findet zu Alexandrien nicht was er suchte, und bestärkt sich dadurch in dem Vorsatz, die Austerität der *Heroen* des cynischen Ordens in seinen Maximen, Reden und Handlungen aufs äußerste zu treiben. Karakter seiner *Misanthropie*, und seltsame Leibesübungen und Selbstpeinigungen, wodurch er die Gewalt über seinen thierischen Theil bis zur völligen Apathie zu treiben sucht. Der große, wiewohl zweydeutige Ruf, in welchen er sich durch dieß alles setzt, zieht ihm die Aufmerksamkeit eines vornehmen jungen Römers zu, von welchem er sich bereden läßt, ihn in der Eigenschaft eines Freundes und Hausgenossen nach Rom zu begleiten. Peregrin tritt seine Reise nach der Hauptstadt der Welt mit dem ganzen Enthusiasmus eines Menschen an, der dem glorreichsten Werke, das *ein moralischer Herkules* unternehmen konnte, der *Sittenverbesserung* dieser zur tiefsten Unsittlichkeit und Verderbniß herab gesunkenen Stadt, entgegen geht, und findet sich, zu seinem Erstaunen, abermahls in allen seinen Erwartungen betrogen. Er verläßt das Haus des jungen Römers; der Unmuth versäuert und erbittert seine Sinnesart immer mehr, und er benutzt die Freyheit, welche der Schutz *Mark-Aurels* damahls allen Griechischen Filosofen zu Rom gewährte, seiner bösen Laune durch die heftigsten Satiren und die schonungsloseste Züchtigung des Lasters und der Lasterhaften Luft zu machen.

IX. ABSCHNITT.

Peregrin setzt sich durch sein Betragen in Rom in den Ruf ein erklärter Weiberhasser zu seyn, und behauptet diesen Ruf bey verschiedenen Proben, auf welche er gestellt wird. Dieß giebt Gelegenheit, daß auch bey der jungen *Faustina* von ihm gesprochen wird, und diese Prinzessin (in deren Karakter leichter Frohsinn und arglose Gutherzigkeit die Hauptzüge waren) kommt auf den Einfall, den cynischen Weiberfeind von Person kennen zu lernen. Peregrin wird ihr vorgestellt, und benimmt sich auf eine so linkische Art, daß Faustina in einem Anstoß von muthwilliger Fröhlichkeit Lust bekommt, den Versuch selbst zu machen, ob die Apathie dieses seltsamen Sonderlings gegen die *feineren* Verführungskünste, die sie gegen ihn anzuwenden gedenkt, aushalten werde. Sie geht darüber mit einer andern Römischen Dame eine Wette ein, und weiß, ohne ihrer eigenen Würde etwas zu vergeben, die bald von ihr ausfündig gemachte schwache Seite des unheilbaren Schwärmers so geschickt anzugreifen, daß sie endlich einen Triumf über seine *Misogynie* erhält, der ihr selbst zwar den Preis der Wette verschafft, aber den armen Peregrin zur Fabel des Hofes und der Stadt macht. Der Unwille über diesen, seinem nichts arges besorgenden Herzen gespielten Streich treibt jetzt seinen cynischen Menschenhaß so weit, daß er alle Grenzen der Klugheit überspringt, und nicht nur Faustinen und ihre Freundinnen, sondern auch ihren Gemahl und den Kaiser ihren Vater selbst in seinen Deklamazionen nicht verschont. Faustina, die sich zu einer billigen Entschädigung gegen Peregrin verbunden glaubt, wird mit allem, was sie für ihn thun will, auf eine so beleidigende Art abgewiesen, daß Peregrin am nächsten Morgen vom Präfekt der Stadt Rom den Rath erhält, die Stadt ohne Aufschub zu verlassen. Er gehorcht, und kehrt nach Griechenland mit dem Vorsatze zurück, der Menschen weniger als jemahls zu schonen, und, da er sie nicht besser machen könne, sie durch den ungefälligen Spiegel, in welchen er sie zu sehen zwingen wollte, wenigstens zu demüthigen und zu beschämen. Das gegenseitige unangenehme Verhältniß, das zwischen ihm und der Welt daraus entsteht, nöthigt ihn, sich unweit von Athen in die einsamste Abgeschiedenheit zurückzuziehen, wo der Cyniker *Theagenes*, wiewohl wegen seiner plumpen Rohheit zu einer engern Verbindung mit Peregrin unfähig, beynahe der einzige Mensch ist, der sich ihm durch seine Anhänglichkeit erträglich macht. Endlich fühlt sich Peregrin von einem Lebensüberdruß und von einer Lust zu sterben ergriffen, die mit jedem Tage zunehmen, und die für ihn anständigste Art, sein Leben freywillig zu endigen, zum Hauptgegenstand seiner Gedanken machen. So wie seine ganze Art zu seyn, seine strenge Enthaltsamkeit, und, mehr als alles andere, seine Erfahrungen, die dünnen Fäden, wodurch er noch am Leben hängt, einen nach dem andern abreißen, erwacht hingegen das alte, nie ganz erloschne Gefühl seiner *dämonischen Natur* wieder in seiner ganzen Stärke und in eben demselben Verhältniß, wie der natürliche Trieb zum Leben die seinige verliert. Er sehnt sich immer ungeduldiger nach jenem höhern Leben der Wesen seiner Gattung; er fühlt, daß er den Menschen nur noch durch seinen Tod nützen kann, und beschließt zu sterben. Gründe, die ihn bewegen, die Todesart des Herkules allen andern vorzuziehen, und vier Jahre zuvor öffentlich anzukündigen. Erwähnung der *Zirkelbriefe*, die er unmittelbar vor seinem Tod an alle Griechischen Städte abgehen ließ, in der schwärmerischen Erwartung, daß sie, als der letzte Wille eines zur Bestätigung seiner Lehre sterbenden Weisen, gewaltig auf die Gemüther wirken, und ihn noch im Tode selbst zum Wohlthäter der ganzen Hellas machen würden. Peregrin beschließt damit seine nicht selten auf Unkosten seines Verstandes aufrichtigen Bekenntnisse, indem er sich, wie es scheint, mit der Hoffnung tröstet, seinen neuen Freund überzeugt zu haben, daß er in seinem Erdeleben, wenn auch ein *Schwärmer*, wenigstens (was ziemlich selten ist) ein *ehrlicher* Schwärmer gewesen sey.

SECHSTER ABSCHNITT.

PEREGRIN
fährt in seiner Geschichte fort.

Nach etlichen Jahren erfolgte der Tod meines Vaters; plötzlich, aber niemand befremdend, da man, seiner Leibesbeschaffenheit und Lebensweise nach, schon lange voraus vermuthet hatte, daß ein Stickfluß etwas früher oder später seinem Leben ein Ende machen würde. Keiner Seele in Parium, am wenigsten mir selbst, fiel nur der Gedanke einer Möglichkeit ein, daß nach mehrern Jahren die boshafteste Verleumdung fähig seyn könnte, von diesem Umstande den Stoff zu jenem schändlichen Gerüchte herzunehmen, dessen dein ungenannter Redner zu Elis sich so boshaft und zuversichtlich gegen mich bedient hat. Das gute Vernehmen, welches immer zwischen meinem Vater und mir, der Verschiedenheit unsrer Grundsätze und Neigungen ungeachtet, vorwaltete, und die Achtung, in welche mein sittlicher Karakter und ein Betragen, das keiner Art von Verleumdung die mindeste Blöße gab, mich bey meinen Mitbürgern gesetzt hatte, machte einen solchen Argwohn eben so unnatürlich, als es die That selbst gewesen wäre. Meines Wissens hatte ich um diese Zeit in ganz Parium keinen Feind. Der einzige *Menekrates*, der seit mehrern Jahren alle nur ersinnliche Künste der Erbschleicherey (die du in deinen Todtengesprächen so meisterlich geschildert hast) angewandt hatte, um sich eine ansehnliche Stelle in dem letzten Willen meines Vaters zu verschaffen, ließ mich einige Erkältung seiner Freundschaft spüren, nachdem sich bey Bekanntmachung des Testaments gezeigt hatte, daß seiner gar nicht darin erwähnt, und nur seine Gemahlin Kallippe, als Nichte meines Vaters, mit einem nicht sehr erheblichen Legat bedacht worden war. Die Wahrheit zu gestehen, auch diese Dame, die seit meiner Zurückkunft nach Parium ihre alten Ansprüche an mich bey jeder Gelegenheit ohne Erfolg erneuerte, gab mir seit Eröffnung des Testaments wenig Ursache, sie für meine besondere Gönnerin zu halten; indessen kam ihr Mißvergnügen doch zu keinem öffentlichen Ausbruch. Erst nachdem ich durch meine Entfernung von Parium, und durch das Gerüchte, daß ich unter die Christianer gegangen sey, ein Gegenstand des allgemeinen Tadels meiner Mitbürger geworden war, erlaubte sie sich (wie ich lange nachher erfuhr) Anmerkungen und Winke über mich, die den ersten Grund zu der Verleumdung legten, auf welche ich zu rechter Zeit wieder zurück kommen werde.

LUCIAN.

Ich brauche dich wohl nicht erst zu versichern, mein Bester, daß du bey *mir* schon gerechtfertiget bist. Wäre die Rede nur von irgend einer großen Narrheit, so wirst du mir erlauben zu sagen, daß meine Partey genommen wäre: aber wer dich eines Bubenstücks beschuldiget, hat seinen Prozeß bey mir verloren, und wenn er auch ganz *Mysien* zum Zeugen gegen dich aufstellen könnte. Doch, das versteht sich von selbst. – Wohlan denn, Freund Peregrin! das einzige Hinderniß, das deiner gänzlichen Vereinigung mit den Christianern im Wege stand, ist nun fortgeräumt; du bist frey und Herr über ein ansehnliches Vermögen – Doch nein! ich vergesse, daß du dir bereits einen *unsichtbaren Herren* gegeben hast, dessen sichtbare Hausverwalter schon vorläufig bedacht gewesen waren, dich aller Sorge, was du mit deinem Erbgut anfangen wollest, zu entbinden. Vermuthlich hattest du nun nichts angelegneres, als alles je eher je lieber dem wundervollen Unbekannten zu Füßen zu legen?

Das konnte nicht fehlen. So bald ich von der ganzen Erbschaft, die sich nach Abzug einiger Vermächtnisse auf zwey hundert und zwanzig Talente belief, Besitz genommen hatte, schrieb ich an *Hegesias:* Ich hoffte, man würde nun kein längeres Bedenken tragen, in meine gänzliche Absonderung von den Kindern der Finsterniß einzuwilligen, und zu erlauben, daß ich mich selbst, und alles was ich besäße, einzig und allein dem Dienst unsers Herren und der Beförderung seines Reiches aufopferte.

In der That hatte Hegesias, durch seine Verbindungen mit den vornehmsten Kaufleuten und Wechslern in den Asiatischen Handelsplätzen, bereits auf eine so gute Art, daß ich ihm noch dafür verbunden seyn mußte, dafür gesorgt, daß ein großer Theil meines Vermögens schon zu seinen Befehlen stand. Er begnügte sich also, ohne etwas bestimmtes auf mein Ansuchen zu antworten, mir eine Zusammenkunft in *Nikomedien* vorzuschlagen, wo wir uns mündlich darüber besprechen könnten; als bis dahin er von dem Profeten (wie *Kerinthus* gewöhnlich von seinen Anhängern genannt wurde) zu vernehmen hoffte, was der Wille unsers Herrn in Absicht meiner wäre.

Auf diese Antwort beschleunigte ich meine Abreise mit Ungeduld; und, nachdem ich alle meine Angelegenheiten zu Parium in Ordnung gebracht, schiffte ich mich, unter dem Vorwande die mir angefallnen Landgüter in Bithynien zu besichtigen, nach Nikomedien ein, ohne mich das gemächliche Leben, welches ich im Schooße des Vergnügens unter meinen Mitbürgern hätte genießen können, auch nur einen Augenblick dauern zu lassen; so voll war meine ganze Seele von den Herrlichkeiten, die in der Gemeinschaft der Kinder des Lichts auf mich warteten, und von dem hohen Beruf, dem ich entgegen eilte! Denn wie konnte der höchste Stolz eines Sterblichen einen größern Gedanken erstreben, als an dem glorreichen Werk aller *Äonen*, welche ihre göttlichen Kräfte und Einflüsse zur Zerstörung des Reichs *des*

Gottes dieser Welt und *seiner Dämonen* vereinigten, ein Mitarbeiter zu seyn, und *eine neue Erde* unter dem Zepter des Menschgewordnen *Logos* regieren zu helfen? – Du kennest doch diese Sprache, Lucian?

LUCIAN.

Meinen Ohren wenigstens ist sie nicht so fremd als meiner Vernunft.

PEREGRIN.

Auch dieser wird sie sehr verständlich seyn, wenn ich dir diese vorgeblichen Geheimnisse der Geisterwelt aus der räthselhaften Bildersprache unsrer Sekte in die gewöhnliche Menschensprache übersetze. Erinnere dich der großen Entwürfe eines *Alexanders* und *Julius Cäsars*, – aus dem ganzen Erdboden ein einziges Reich, aus allen Völkern eine einzige Nazion zu machen, diesem ungeheuern Reiche eine einzige Hauptstadt zum Mittelpunkt zu geben, und in diesem Mittelpunkt ihr stolzes Selbst zur regierenden Seele des Ganzen zu machen.

Mein *Kerinthus* hatte keinen kleinern Plan; und wiewohl es ihm mit dem seinigen nicht besser gelang als dem großen Alexander, so bin ich doch gewiß, daß er sich schmeicheln darf, den ersten Grund zu der großen Revoluzion gelegt zu haben, die wir in den Zeiten der *Theodosier* zu Stande kommen sahen. Diese *furchtbare Umkehrung der Dinge*, die er mir gleich bey unsrer ersten Zusammenkunft so feierlich ankündigte, der *Untergang des Reichs der Dämonen*, das *Herabsteigen der Stadt Gottes*, zu welcher sich *die Völker der Erde versammeln*, und deren blitzende Strahlen *die Feinde des Lichts verzehren sollten* – alle diese pompösen Bilder waren keine Worte ohne Sinn; ganz gewiß wußte er was er damit sagen wollte: und was konnte dieß anders seyn, als daß es der neuen Theokratie der Christianer gelingen werde, *die alte Religions- und Staatsverfassung umzustürzen?* Diese Revoluzion zu bewirken und zu beschleunigen, war der wahre Zweck des geheimen Ordens, wovon ich einige Jahre nicht sowohl ein *sehendes Mitglied*, als ein *blindes Werkzeug* war.

LUCIAN.

Dein *Kerinthus* war ein *kalter kluger* Mann. Ein so warmer treuherziger Enthusiast, wie du, war zu seinem Plane sehr gut zu gebrauchen, aber nur so lange als man deine Vernunft in dem gehörigen *Helldunkel* zu erhalten wußte. Alles war verloren, wenn man dich sehen ließ, was hinter dem hoch tönenden mystischen Prunk verborgen steckte, und wie *natürlich* diese *theurgische Magie* war, womit man die herrschende Leidenschaft deiner Seele gefesselt hatte.

PEREGRIN.

Der Erfolg wird zeigen, daß du richtig gerathen hast, Lucian. Hegesias empfing mich zu Nikomedien mit der zärtlichsten Bruderliebe; führte mich in die dortige Gemeine ein, welche nicht sehr zahlreich, aber gänzlich unter dem Zauber des Kerinthus war; bezeugte mir die Zufriedenheit des Vorstehers über die *Treue*, die ich bisher in dem angefangenen Werke meiner Heiligung bewiesen hätte, und endigte mit der Versicherung: daß er nun kein Bedenken mehr trüge, den letzten Vorhang wegzuziehen, und mich in Geheimnisse schauen zu lassen, welche selbst dem größern Theile der Brüder nur in Bildern und Symbolen geoffenbaret würden.

Dieses Versprechen spannte, wie du denken kannst, meine Erwartung auf den höchsten Grad; und Hegesias, dem das Mystagogenamt hierbey aufgetragen war, wußte dem geheimen Unterricht, den ich nun einige Wochen lang von ihm empfing, alles das Feierliche, Heilige und Magische zu geben, wodurch seine Wirkung auf ein Gemüth, wie das meine, zehnfach verstärkt werden mußte. Die *Gnosis* umleuchtete mich wie ein überirdisches Licht, das aus offnem Himmel auf mich herab strömte; ich fühlte mich davon empor getragen, fühlte die schauervolle Gegenwart und das gewaltige Eindringen der *göttlichen Urkräfte* in das Innerste meines Wesens, und glaubte, mit Einem Worte, in manchen Augenblicken jenes hohe *dämonische Leben*, jenes unmittelbare Zusammenfließen mit der göttlichen Natur – ein Gefühl, unter welchem (wie viel Täuschung auch dabey seyn mag) alle menschliche Sprache einsinkt – *wirklich zu erfahren*, wovon in meiner ersten Jugend, und in dem Hain Uraniens zu Halikarnaß, nur der schwache Schimmer leiser Vorempfindungen (wie ich *jetzt* wähnte) in meiner Seele aufgedämmert hatte. – Vermuthlich würde eine ausführliche Darstellung dieser erhabenen *Gnosis* wenig Interesse für dich haben –

LUCIAN.

Darauf kannst du dich verlassen! nicht das allermindeste!

PEREGRIN.

Ich begnüge mich also zu sagen, daß sie weder mehr noch weniger als ein Gewebe von *theosofisch-magischen* Träumereyen war, welche *Kerinthus* eben so leicht den Grundbegriffen des damahligen Christenthums anzupassen wußte, als sie sich mit jeder andern Moral und Religion in Verbindung setzen ließen. Denn es war eine der natürlichen Folgen seiner Theorie, daß der menschliche Geist, trotz der dichten Rinde von kaltem und finsterm Stoffe, womit er nach seiner Verbannung aus den empyreischen Wohnungen umzogen worden, doch nie so ganz verfinstert geblieben sey, daß nicht, gleichsam durch die Risse und Spalten dieser Kruste, einige Funken und Strahlen des allumfließenden Oceans von Feuer und Licht, der sich ewig aus dem *Abyssus der Gottheit* ergießt, in sie eingedrungen wären, und –

LUCIAN.

Genug, genug, lieber Peregrin! – Mir ist nichts unausstehlicher als diese *dithyrambische* Art von Filosofie, die sich die Miene giebt, *das unergründliche Geheimniß der Natur* ausfündig gemacht zu haben; und doch mit allen den Fantasiebildern, in welche sie ihre vorgeblichen Offenbarungen verkleidet, entweder nichts, als was jedermann schon längst gewußt hatte, offenbart, oder geradezu platten Unsinn sagt. Indessen hat mich gleichwohl die Neugier einst verleitet, unter so vielen andern Ausgeburten der menschlichen Thorheit, mich auch mit diesem *gnostischen* Aberwitz bekannt zu machen: und du kannst also getrost voraussetzen, daß es überflüssig wäre, dich über das ganze theurgische System deines hochwürdigsten Profeten weiter auszubreiten; wie viel oder wenig es auch mit dem *Ebionitischen*, *Valentinianischen*, und andern dieser Art, wovon es in der Folge verschlungen wurde, gemein haben mochte. Die Vollständigkeit deiner eigenen Geschichte wird, denke ich, nichts dadurch verlieren.

PEREGRIN.

Erlaube mir nur noch diese einzige Anmerkung. Es kommt bey dieser *gnostischen Theosofie* alles im Grunde darauf an, daß die abstrakten Begriffe der gemeinen Filosofie darin *versinnlicht*, und den *Wörtern*, wodurch sie bezeichnet werden, die unbekannten *Wesen* und *Urkräfte* selbst, wovon jene metafysischen Begriffe nur leere Hülsen sind, untergelegt werden: und gerade dieß war es, was diese Art zu filosofieren für alle warmen Köpfe und glühenden Herzen eben so anziehend und verführerisch machte, als sie den kalten Köpfen deiner Art immer verächtlich seyn mußte. *Ihr wußtet*, daß die *Göttin*, in deren Arme man euch zu führen versprach, nur ein *Wolkengebilde* war; was für Genuß hätte euch also eine *wissentliche Täuschung* verschaffen können? *Wir Ixionen* hingegen glaubten in der Wolke *die Göttin*, deren Gestalt sie uns vorspiegelte, *selbst* zu umfassen, und fühlten uns selig, nicht nur weil wir *nicht wußten* daß wir getäuscht wurden, und also unser *Genuß* (so lange die Täuschung dauerte) *wirklich* war; sondern auch, weil die *Ähnlichkeit der Wolke mit der Göttin* etwas *wirkliches*, und also der *Gegenstand*, der uns in diese Entzückungen setzte, mehr als ein bloßes Hirngespenst war. Denn, wofern auch dem Menschen in jenem irdischen Leben alle unmittelbare Gemeinschaft mit der unsichtbaren Welt versagt ist, so wird doch niemand zu läugnen begehren, daß in *dem unergründlichen Geheimnisse der Natur* (wie du es nanntest) etwas sey, das sich zu den *Äonen* oder *Urkräften* der Gnostiker, und dem ewigen *Urwesen*, aus welchem sie ausströmen, ungefähr so verhält, wie die *Juno* der Fabel zu der *Wolke*, womit Jupiter den Ixion täuschte. Immerhin mögen also die Bestrebungen der wärmsten Einbildungskraft, sich zum wirklichen Anschauen dieser unerreichbaren Gegenstände zu erheben, vergeblich seyn: so sind doch diese Gegenstände selbst wirklich; so besitzt doch die menschliche Seele das Vermögen sich eine Art von *Schattenbildern* von ihnen zu machen; und so ist begreiflich, wie jenes bloße Bestreben in *den innern Sinnen* begeisterter Menschen *Gefühle* und *Erscheinungen* hervorbringen kann, die bey aller Täuschung noch immer Realität genug haben, um das Subjekt derselben, wenigstens seiner eigenen Schätzung nach, unbeschreiblich glücklich zu machen.

LUCIAN,
lächelnd.

Ich glaube etwas davon zu begreifen, Freund Peregrin. Aber weiter, wenn ich bitten darf!

PEREGRIN.

Der geheime Unterricht, den mir Hegesias während meines Aufenthalts zu Nikomedien ertheilte, anstatt daß er der letzte Grad meiner *Iniziazion* gewesen seyn sollte, (wie ich mir schmeichelte) war ohne allen Zweifel vielmehr eine Art von *Probe*, worauf man mich stellte, um zu sehen ob ich würdig sey zum Aufschlusse des wahren Geheimnisses zugelassen zu werden. Denn in diesem Punkte sich nicht zu irren, mußte ihnen aus mehr als Einer Rücksicht sehr angelegen seyn. Wäre meine Vernunft damahls schon meiner Fantasie mächtig genug gewesen, daß ich – anstatt alle diese Blendwerke einer den *Thatsachen* des Christenthums *untergelegten* theurgischen *Magie* (woraus die *Gnosis* des *Kerinthus* größten Theils zusammen gewebt war) im *Wortverstande* zu nehmen und mich unbeschreiblich dafür zu erhitzen – vernünftige Zweifel gegen den wörtlichen Sinn derselben und gegen ihre Übereinstimmung mit der reinen Lehre des Gottgesandten geäußert, und den scharf sehenden Menschenkenner Hegesias durch mein ganzes Benehmen überzeugt hätte, daß ich durch schimmernde Luftgestalten nicht zu täuschen sey: so würde er wohl kein Bedenken getragen haben, mir das Innere des Ordens wirklich aufzuschließen, mich des Unterschiedes zwischen seiner *exoterischen* und *esoterischen* Lehrart zu verständigen, und, kurz, mir zu vertrauen, daß der buchstäbliche Sinn nur für die schwächern und schwärmerischen Seelen, der *moralische* und *politische* hingegen (der alles wieder in *die natürliche Ordnung der Dinge* einleitete, und welchem jener nur zur Hülle dienen sollte) nur für die Wenigen sey, die an der Spitze der ganzen Verbrüderung standen, und eben darum heller sehen mußten als die übrigen. Aber einen Enthusiasten meiner Art, einen Menschen, dem das, was Kerinthus und Hegesias nur als *Mittel* zu ihrem Zwecke gebrauchten, *der Zweck selbst* war, und dem, so wie man die Binde von seinen Augen genommen hätte, auf einmahl alle Lust zum Werke vergangen wäre, konnte man unmöglich in ein Geheimniß von dieser Wichtigkeit sehen lassen.

Sie beschlossen also (wie die That zeigte) den einzigen Gebrauch von mir zu machen, wodurch ich ihrer Sache wirklich Nutzen schaffen konnte, und wozu ich mich selbst so treuherzig darbot. Sie bemächtigten sich, zu Beförderung des Reichs Gottes, nach und nach und mit meinem besten Willen, meines Erbgutes; mich selbst aber, so bald sie sahen, daß der Eifer für die Ausbreitung *der heilsamen Lehre* (wie sie ihre Gnosis nannten) meine ganze Seele in Flammen gesetzt hatte, bestimmten sie in den *Missionen* zu arbeiten, welche der Orden in allen Theilen der Asiatischen und morgenländischen Provinzen des Römischen Reichs unterhielt. Denn außerdem, daß sie mich bereit sahen, für die Sache Gottes (wofür ich die ihrige ansah) alles mögliche zu wagen und zu leiden, glaubten sie in meinen *Fähigkeiten* und selbst in meinem *Äußerlichen* alles zu finden, was ihnen einen glücklichen *Proselytenmacher* in meiner Person versprechen konnte. Ein einziges Requisit ging mir noch ab: ich sah für einen Missionar noch zu wohl genährt aus. Aber dafür wußte der kluge Hegesias in kurzem Rath zu schaffen. Das heilige Werk, wozu mich der *Herr* erwählt hatte, erforderte eine strenge Vorbereitung; und so mußte ich einige Monate lang so viel fasten, wachen und beten, daß die wenige Nahrung und die vielen in erhitzender Betrachtung und Kontemplazion durchwachten Nächte mir bald genug das Ansehen eines *Indischen Büßers* gaben, welches in der That ein wesentliches Erforderniß zu dem Beruf ist, dem ich mit brennendem Verlangen entgegen ging.

Endlich kündigte mir Hegesias an, daß er eine Reise zu machen hätte, auf welcher ich sein Gefährte seyn würde. *Wohin*, sagte er mir nicht, und mir war es nicht erlaubt zu fragen; denn ein unbedingter Gehorsam gegen alle Winke des Vorstehers – von welchem vorausgesetzt wurde, daß er seine Verhaltungsbefehle unmittelbar von unserm *Herren* empfange – war eine der ersten Pflichten, zu deren Erfüllung ich mich, vor meiner angeblichen Einführung in das innere Heiligthum des Ordens, verbindlich gemacht hatte. Hegesias selbst schien in diesem Stücke nichts vor mir voraus zu haben. Er verbarg mir sorgfältig, daß er die rechte Hand, ja, im eigentlichen Verstande des Wortes, das *Faktotum* des hochwürdigen Kerinthus war, und wollte dafür angesehen seyn, daß er ein eben so blindes und passives Werkzeug in der Hand des *Herren* sey als ich selbst.

Nach einer langen Wanderschaft, auf welcher wir Bithynien, Galazien und Frygien die Kreuz und die Quer durchzogen und überall die Brüder besucht und *gestärkt* hatten, langten wir endlich zu *Ikonium* an, wo Kerinthus eine der ansehnlichsten Pflanzschulen seiner Sekte angelegt hatte. Wir fanden ihn mitten unter seinen Zöglingen, welche (wie ich in der Folge erfuhr) theils von ihm selbst, theils von einem seiner Vertrauten, zu der nehmlichen Bestimmung, wozu der *Herr* meine Wenigkeit erwählt hatte, ausgebildet wurden. *Kerinthus* empfing mich mit aller Zärtlichkeit und Offenheit, die mich (falls ich noch gezweifelt hätte) gewiß machen mußten, daß ich ein Jünger von der vertrautesten Klasse sey, und daß er vor mir kein Geheimniß mehr habe; und, so lange ich zu Ikonium lebte, zeichnete er mich durch tausend Merkmahle einer besondern Achtung vor den übrigen Brüdern, welche, wie ich, zum *fahrenden Apostolat* bestimmt waren, aus. Nichts konnte, bey allem Anschein von der offensten Mittheilung, feiner seyn als sein Betragen gegen mich; wiewohl ich diese Reflexion zu machen erst lange nachher fähig war, und damahls alles *so* für *wahr* nahm wie es *schien.* Um dir nur ein einziges Beyspiel davon zu geben, so wußte er es so einzurichten, daß ich es selbst war, der die erste Anregung von dem Amte, wozu er mich bestimmt hatte, that, indem ich ihm davon als von einem Geschäfte sprach, wozu ich mich innerlich berufen fühlte. – »Ich zweifelte keinen Augenblick, (war seine Antwort) als mir geoffenbaret wurde daß du zu diesem hohen Beruf erwählt seyest, daß dir auch die Gewißheit davon in deinem Innersten würde gegeben werden.«

Von dieser Zeit an unterhielt er sich mit mir, so oft wir allein waren, von keinen andern Gegenständen, als die sich auf dieses Geschäft bezogen, und theilte mir eine Menge Verhaltungsregeln und Kautelen mit, die ich dabey zu beobachten haben würde. Er verbarg mir nicht, daß von mehr als fünf hundert größern und kleinern Brüdergemeinen, welche damahls durch Asien, Syrien und Ägypten zerstreut waren, kaum der siebente Theil in näherer und unmittelbarer Verbindung mit ihm stehe; und daß es daher von unumgänglicher Nothwendigkeit sey, zahlreiche Arbeiter auszusenden, um der Verwirrung, dem Mißtrauen und den Spaltungen, welche der Geist der Finsterniß unter den Gemeinen zu unterhalten geschäftig sey, vorzubeugen, und alle diese zerstreuten Schafe, durch die engeste Verbindung ihrer Hirten unter einander, nahe genug beysammen zu halten, um die Stimme des Oberhirten immer hören zu können, und von keinen blinden oder betrügerischen Leitern irre geführt zu werden. Er ließ sich hierüber, besonders über die Klugheit, womit die Vorsteher der verschiedenen Gemeinen geprüft, behandelt und gewonnen werden müßten, in sehr genaue Instrukzionen ein, die ich übergehe, weil sie mich zu weit von mir selbst abführen, und einem Menschenkenner, wie du, wenig neues sagen würden.

LUCIAN.

Ich muß gestehen, Peregrin, daß ich der *Entwicklung* dieses Theils deiner Geschichte mit Verlangen entgegen sehe.

Wir kommen ihr immer näher, lieber Lucian. Nur Eines Umstandes muß ich, ehe ich mein so genanntes Apostolat wirklich antrete, noch vorher erwähnen; und dieser war, daß ich während meines Aufenthaltes zu Ikonium, unter andern jungen Männern, die in der Pflanzschule des Kerinthus beysammen lebten, einen kennen lernte, der meine Aufmerksamkeit auf sich gezogen haben würde, wenn ihn der Vorsteher auch nicht durch eine besondere Art von fein beobachtender Hochachtung von den andern unterschieden hätte. Er nannte sich *Dionysius*, war (dem Ansehen nach) einige Jahre älter als ich, und hatte Paflagonien (wo er aus einer kleinen Stadt gebürtig war) schon in seinen ersten Jünglingsjahren verlassen, um sich zu *Athen* aus einem Paflagonier zu – einem *Menschen* bilden zu lassen. Nachdem er in dieser ehrwürdigen Grabstätte der Sokraten und Platonen über zehn Jahre von einer Filosofenschule zur andern herum geirret und nirgends hinlängliche Befriedigung gefunden hatte, begab er sich, um mit der Natur und den Menschen durch eigenes Anschauen bekannt zu werden, auf Reisen; durchwanderte Griechenland, Italien, Gallien, Spanien, das Römische Afrika und Ägypten; wurde zu Alexandrien mit Hegesias, und durch diesen mit Kerinthus bekannt, und gefiel sich so wohl bey diesen Männern, (welchen, wenn sie jemand an sich ziehen wollten, schwerlich zu widerstehen war) daß er, nachdem sie einander eine Zeit lang beobachtet hatten, den Entschluß faßte, sich in ihren Mysterien einweihen zu lassen, und sein Loos mit dem ihrigen zu verketten. Die Heiterkeit und anscheinende Ruhe, die sich in der Fysionomie dieses Dionysius ausdrückte, zog mich eben so stark zu ihm, als ihn ich weiß nicht was in der meinigen hinwieder anzuziehen und zu interessieren schien. Wir suchten und fanden einander öfters; aber *die Aufrichtigkeit meiner Schwärmerey* hielt ihn (wie ich in der Folge aus seinem eigenen Munde hörte) wider seinen Willen in einer Art von Respekt, und unsre Gespräche blieben, wie unsre Freundschaft, immer an der äußersten Grenze der Vertraulichkeit stehen. Kerinthus und Hegesias schienen große Absichten mit ihm zu haben; allein zu Beobachtungen dieser Art waren meine Augen damahls noch nicht hell genug. Ich trennte mich ungern von diesem Menschen, den ich, seiner Kälte ungeachtet, ungemein liebenswürdig fand, und der überdieß wegen seiner mannigfaltigen Kenntnisse ein unterhaltender Gesellschafter war. Aber die Zeit kam, da wir, mit dem Bedauern einander nicht näher gekommen zu seyn, scheiden mußten: er blieb bey unserm Vorsteher zurück, und ich wurde mit einem jungen *Akoluthen*, der mir zum Dienst zugegeben war, nach *Kappadocien* geschickt, um bey den Brüdergemeinen, die in diesem großen Lande zerstreut waren und unter die *eifrigsten* gerechnet wurden, meine erste Mission anzutreten.

Über diesem Geschäfte, worin ich – da ich es mit Kappadociern zu thun hatte – ziemlich glücklich war, gingen einige Jahre hin, binnen welcher Zeit es mir gelang, verschiedene zahlreiche Gemeinen mit der Kerinthischen Schwärmerey anzustecken, und in mehrern andern wenigstens einen so guten Anfang zu machen, daß es dem Profeten ein leichtes war, das übrige durch seine eigene Gegenwart, und durch einige Wunder, die ich ihn verrichten sah, vollends zu Stande zu bringen.

LUCIAN.

Wunder? – Was nennst du Wunder, Freund Peregrin?

PEREGRIN.

Ich will damit eben nicht sagen, daß er den Mond vom Himmel herab gerufen habe, um ihn in seinen linken Rockärmel hinein und zum rechten wieder heraus rollen zu lassen; oder daß er durch sein bloßes Wort Berge versetzt und Flüssen einen andern Lauf geboten habe: indessen muß ich doch bekennen, daß ich ihn höchst seltsame Nervenkrankheiten, welche (wie leicht zu erachten) auf Rechnung böser Dämonen gesetzt wurden, durch bloßes Handauflegen vertreiben sah; wobey doch vielleicht, als kein unbedeutender Umstand, nicht zu vergessen ist, daß dieses

Handauflegen mit einem ziemlich lange anhaltenden Streicheln und Reiben verbunden war –

LUCIAN.

Das laß' ich gelten!

PEREGRIN.

Einige Teufel wurden durch die bloße Kraft lieblich betäubender Wohlgerüche und die Magie eines feierlich schönen Gesangs, den er von den Brüdern und Schwestern mit gedämpften Tönen anstimmen ließ, vertrieben. Ein paar Kranke – in der Einbildung vermuthlich – wurden bloß dadurch plötzlich gesund, daß er ihnen, nach allerley vorbereitenden Feierlichkeiten, auf einmahl mit mächtiger Stimme befahl *zu glauben daß sie gesund seyen* –

LUCIAN.

Auch nicht übel!

PEREGRIN.

Das stärkste Stück aber, das ich mit meinen eignen Augen gesehen habe, war die Auferweckung einer – hysterischen Jungfrau, welche, als er herbey gerufen wurde, nach der Versicherung ihrer weinenden Verwandten, schon vor zwey Tage gestorben war –

LUCIAN.

Und – den einzigen Umstand, daß sie noch lebte, ausgenommen – ohne Zweifel alle Zeichen einer todten Person an sich hatte?

PEREGRIN.

Wie es auch damit beschaffen seyn mochte, bey den ehrlichen Kappadocischen Bauern galt diese Auferweckung für ein augenscheinliches Wunder; und ich kann nicht läugnen, daß ich selbst bey dieser Gelegenheit so sehr Kappadocier war als ein anderer; mit so vielem Anstand und in einer so großen Manier wußte der hochwürdige Kerinthus seine Rolle in solchen Scenen zu spielen. Kurz, die Wirkung der Wunder, die er zum Beweise seiner Sendung that, war so entscheidend, daß nicht nur alle anwesenden Brüder, die noch an ihm gezweifelt hatten, sondern sogar viele von der Neugier herbey gezogene Götzendiener auf der Stelle gewonnen wurden. Ich, dem er sich gleich im ersten Augenblick unsrer Bekanntschaft als ein außerordentlicher und mit höhern Wesen in Verbindung stehender Mann dargestellt hatte, wurde vielleicht durch diese Dinge am wenigsten befremdet: indessen gaben sie doch meinem Glauben an ihn einen neuen Schwung; und ich zog nun, nachdem er mir seine wunderthätigen Hände aufgelegt hatte, desto getroster auf das neue Abenteuer aus, zu dessen Bestehung er mich, mit den nöthigen Empfehlungen und Instrukzionen versehen, nach *Syrien* abschickte.

Die Eroberung dieser Provinz lag ihm sehr am Herzen. Denn die Brüder zu *Antiochia*, *Seleucia* und *Laodicea am Meer* waren zum Theil reiche Handelsleute, von deren Vermögen und Verbindungen in allen Theilen des Römischen Reiches der geheime Orden, dessen Seele er war, große Vortheile ziehen konnte, wenn es ihm nur erst gelang, die Gemeinen selbst auf seinen Ton zu stimmen, und mit seinen Anhängern in den Provinzen des kleinen Asiens in nähere Vereinigung zu bringen. Da die Syrer überhaupt Leute von sehr lebhaften Sinnen und warmer Einbildungskraft sind, so schien ich ihm zu diesem Werk ein auserwähltes Rüstzeug zu seyn; und damit meine Bearbeitung eines so guten Bodens desto schneller und reichlicher Früchte bringen möchte, hatte er mich durch Hegesias und andere seiner *heimlichen Anhänger* als einen Jünger aus der Schule des heiligen *Johannes* ankündigen lassen, der die Tradizion der wahren Lehre unmittelbar aus der lautersten Quelle geschöpft habe, und sowohl dieses Vorzugs halber, als wegen der Heiligkeit seines Lebens und seines Eifers für die Ausbreitung des Reichs unsers Herren, als ein wahrhaft apostolischer Mann aufgenommen zu werden verdiene.

In der That hatte meine Schwärmerey um diese Zeit den höchsten Grad ihrer Hitze erreicht. Meine innige Liebe für das Ideal der reinsten Menschheit, unter welchem ich mir die Person unsers ersten Meisters dachte, und mein Sinn für die Wahrheit seiner eben so erhabenen als einfachen Lebensweisheit hatte sich mit der schwärmerischen *Gnosis* und dem Glauben an die bevorstehende *Theckratie* des *Kerinthus* völlig amalgamiert; und meine von so viel brennbaren Materien entzündete und in stetem Feuer erhaltene Seele kochte und strudelte von einem so heißen Verlangen, ihre Gefühle und Überzeugungen mit ihrer ganzen Fülle von Glauben, Liebe und Hoffnung über alle, die derselben nur einiger Maßen empfänglich wären, auszuströmen, daß Kerinthus schwerlich ein tauglicheres Subjekt zu Ausführung dessen, wozu er mich sendete, hätte finden können.

Ich machte meine erste Erscheinung in den Gemeinen, die unter der Aufsicht des Bischofs von *Laodicea* standen, und wurde allenthalben wie ein Engel, der geraden Weges vom Himmel käme, aufgenommen. Das Evangelium Johannis, wovon mir Kerinthus eine von ihm nach seinen Grundsätzen verfälschte Abschrift mitgegeben hatte, und die Auslegung, die ich – der selbst keine andere Abschrift kannte – den Brüdern in ihren Versammlungen über die darin enthaltnen Geheimnisse vortrug, wirkten außerordentlich. Mein Ansehen unter diesen guten Leuten, deren größter Theil sich eben so treuherzig von mir täuschen ließ als ich selbst getäuscht war, nahm von Tag zu Tage zu, und – kurz, meine Mission ging so gut von Statten, daß in weniger als zwey Jahren mehr als die Hälfte der Gemeinen in Syrien und Palästina unvermerkt in den feinen Netzen des Kerinthus gefangen war, und sammt ihren Vorstehern unter die unsichtbare Leitung und Oberherrschaft eines Ordens kam, von dessen Existenz sie nicht die geringste Ahndung hatte.

Du stellst dir wohl von selbst vor, daß bey diesem Geschäfte von Zeit zu Zeit Schwierigkeiten und Hindernisse zu bekämpfen waren, deren Beschreibung meine Erzählung ohne Noth verlängern würde. Dafür konnte ich aber auch sicher auf beständige Unterstützung der *Unsichtbaren* rechnen; und, was mir am meisten zu Statten kam, war der Umstand, daß die Bischöfe und andere Diener der Gemeinen, welche mir hätten hinderlich seyn können, durch ansehnliche Verbesserungen ihrer Einkünfte, die ihnen aus der Ordenskasse (vermuthlich auf Unkosten meines Erbgutes) zuflossen, klüglich gewonnen waren, sich wenigstens bloß leidend bey der Sache zu verhalten.

Mitten in dem Laufe meiner apostolischen Triumfe wurde ich ganz unvermuthet von einer *unsichtbaren Hand* aufgehalten, welche keinem der unsichtbaren Obern, von welchen ich abhing, zugehörte. Hättest du wohl gedacht, Lucian, daß der geheime Pfeil, der mich zu *Antiochia* traf, in *Parium* abgeschossen wurde?

LUCIAN.

In deiner Vaterstadt? – Ich begreife. Deine Verwandten und präsumtiven Erben hatten wohl keine Lust, ruhig zuzusehen, wie das ansehnliche Erbgut, worauf das Gesetz, falls dir etwas menschliches begegnete, ihnen die nächste Anwartschaft gab, in die Brüderkasse der Christianer, wie in einen Strudel der nichts wieder zurück gab, hinein stürzte?

PEREGRIN.

Du hast es errathen, Lucian! Meine Entfernung von Parium – welcher man, wiewohl sie nichts weniger als heimlich geschehen war, in der Folge den Anschein einer *Entweichung* zu geben suchte – hatte großes Aufsehen erregt, so bald man gewahr wurde, daß ich an kein Wiederkommen dachte, und so bald man ausgekundschaftet hatte, daß ich unter den Christianern lebe, und, wie es scheine, in sehr enge Verbindungen mit ihnen getreten sey. Einige Jahre lang hatten meine Verwandten sich vergebens Mühe gegeben, den Ort meines Aufenthalts, seit der Zeit da ich Nikomedien verließ, ausfündig zu machen; bis endlich der alte Menekrates von einem seiner Freunde, der einen Korrespondenten zu Antiochia hatte, erfuhr, daß ich mich, in der Qualität eines Profeten und Mystagogen der Christianer, bald zu Laodicea, bald zu Antiochia oder Seleucia aufhielt, und in großem Ansehen bey dieser Sekte stände. Meine Verwandten gingen nun mit einander zu Rathe, wie sie es anfangen wollten, um wenigstens das, was von der väterlichen Verlassenschaft noch zu

Parium war, und das Landgut, das ich von meinem Großvater geerbt hatte, aus den Klauen der Christianer zu retten; und das Resultat ihrer Berathschlagungen war endlich: durch Vermittlung des besagten Antiocheners mich dem kaiserlichen Statthalter als einen Christianer von der gefährlichsten Art anzuzeigen, dessen unruhige Schwärmerey die Aufmerksamkeit der Regierung um so mehr erregen müsse, weil er seinem Eifer für die Ausbreitung dieser hassenswürdigen Sekte bereits den größten Theil eines ansehnlichen Erbgutes aufgeopfert habe.

Du erinnerst dich, Lucian, daß die Strafgesetze gegen alle heimliche Zusammenkünfte überhaupt, und gegen die ausdrücklich verbotenen geheimen Versammlungen der Christianer insonderheit, unter der milden Regierung des Kaisers *Hadrianus* zwar nicht aufgehoben, aber doch unvermerkt eingeschlafen waren. Da sich die Christianer um diese Zeit ziemlich ruhig verhielten, so waren die Obrigkeiten überall unter der Hand angewiesen worden, sie auch hinwieder in Ruhe zu lassen, und, ohne daß man sie ganz aus den Augen verlöre, zu thun als ob man sie nicht gewahr würde; so lange nicht besondere Umstände oder eine förmliche Anklage es etwa nöthig machten, gegen diesen oder jenen nach der Strenge der Gesetze zu verfahren. Die eben so unvernünftige als unmenschliche Maxime, keine andere Religion neben sich dulden zu wollen, war (wie du weißt) den Priestern der alten gesetzmäßigen Religion so lange fremd geblieben, bis diese *neue*, welche geduldet seyn wollte ohne eine andere zu dulden, im Dunkeln und durch die Nachsicht der Obrigkeiten und der Priester unvermerkt so weit um sich griff, daß die letztern nothwendig aus ihrer allzu großen Sicherheit erwachen mußten. Es war seit geraumer Zeit zur Mode geworden, die *Christianer* und *Epikuräer* (weil beide darin, daß sie die alte Volksreligion für *Aberglauben* erklärten, gemeine Sache zu machen schienen) gewisser Maßen mit einander zu vermengen; und da die Epikuräische Sekte schon einige Jahrhunderte lang bestanden hatte, ohne dem Interesse der Priesterschaft merklichen Abbruch zu thun, (denn man hatte ja Beyspiele, daß

Priester selbst, ohne ihrem Amt oder ihrer Filosofie etwas dadurch zu vergeben, Epikuräer waren) so ging es ganz natürlich zu, daß man sich, gerade dieser Vermengung wegen, unvermerkt angewöhnte, die Christianer für eben so unschädlich anzusehen als jene. Gleichwohl war der Unterschied in diesem Punkte so groß, daß er auch den sorglosesten Priestern der alten Götter in die Augen springen mußte. Die Epikuräer glaubten zwar so wenig als die Christianer an die *Pronöa* (Vorsehung) des großen *Jupiter*, aber seine *Gottheit* machten sie ihm nicht streitig; sie spotteten über alle Arten von *Aberglauben*, aber die herrschende *Religion* respektierten sie als ein politisches Institut der Gesetzgeber. Indem sie also *jenen* verlachten, und *diese* unangetastet ließen, blieben sie (dem Geist ihrer Filosofie gemäß) in einer *Gleichgültigkeit* gegen beide, die keinen Eifer, ihre Sekte auf Unkosten der Staats- und Priesterreligion auszubreiten, unter ihnen aufkommen ließ. Bey den Christianern hingegen fand das vollkommenste Gegentheil Statt. Sie waren die erklärten Gegner nicht nur des Aberglaubens, sondern des gesetzmäßigen Dienstes der Götter selbst; und der Enthusiasmus, womit sie den Dienst ihres Einzigen, der keine andere neben sich duldete, und den Glauben an seinen Gesandten, welcher *das Reich dieses Einzigen* allgemein machen sollte, auszubreiten suchten, ließ mit Recht von ihnen erwarten, daß sie nicht eher ruhen würden, bis sie den alten Volksglauben und den darauf gegründeten Götterdienst, oder, in ihrer Sprache zu reden, *das Reich der Dämonen*, gänzlich vertilgt haben würden.

Meine Verwandten zu Parium hatten, bey dem Anschlag den sie gegen mich faßten, sehr richtig darauf gerechnet, daß Vorstellungen dieser Art die Priesterschaft zu Antiochia in Feuer setzen und geneigt machen würden, ihre Angebung bey dem Statthalter von Syrien durch eine förmliche Klage zu unterstützen; und, um dieser den gehörigen Nachdruck zu geben, hatte man solche Maßregeln genommen, daß ich in einer nächtlichen Versammlung der Brüder, mitten in der Begehung unsrer heiligsten Mysterien ergriffen wurde. Man begnügte sich, die übrigen, mit der ernstlichen Vermahnung, sich nie wieder in einer solchen gesetzwidrigen Zusammenkunft betreten zu lassen, nach Hause zu schicken: ich hingegen, als Vorsteher und Mystagog dieser verbotenen *nächtlichen* Zusammenkünfte, wurde vor den Richter der ersten Instanz gebracht, und so bald ich die Frage, ob ich ein Christianer sey? mit aller Entschlossenheit eines Märtyrers bejahet hatte, dem Trajanischen Edikt zu Folge, in ein öffentliches Gefängniß abgeführt.

Diese Begebenheit, machte Anfangs um so mehr Aufsehen zu Antiochia, weil sich seit mehrern Jahren nichts ähnliches in dieser großen, reichen und unendlich üppigen Hauptstadt zugetragen hatte. Man sprach ein paar Tage von nichts anderm; dafür wurde aber auch, so bald sie aufhörte etwas neues zu seyn, gar nicht mehr daran gedacht. Die Christianer hingegen, und besonders die mit Kerinthus verbündeten Gemeinen, geriethen dadurch in außerordentliche Bewegung: und, wiewohl man bald merken konnte, daß alles bloß auf meine Person gemünzt sey, und die Brüder überhaupt wenig oder nichts deßhalben zu befürchten hätten; so zeigten sie doch so viel Unruhe, nahmen so warmen Antheil an meinem Schicksal, und machten im Verborgenen so vielerley Anschläge und zum Theil so viel wirkliche Schritte zu meiner Befreyung, daß eben diese ihre unruhige Geschäftigkeit wahrscheinlich nicht wenig dazu beytrug, meine Gefangenschaft über ein ganzes Jahr hinaus zu ziehen. Kerinthus und Hegesias waren zwar viel zu klug, um in dieser Sache unmittelbar zu erscheinen; aber ich bin ihnen die Gerechtigkeit schuldig, zu gestehen, daß sie sich durch die dritte Hand mit vielem Eifer für mich verwendeten, und große Sorge trugen, daß es mir, so lang' ich im Gefängniß war, an keiner Bequemlichkeit, die um Geld zu erhalten war, fehlen möchte. Überhaupt, Lucian, ist dein Ungenannter zu Elis, in seiner ganzen Erzählung, der Wahrheit nirgends so getreu geblieben als da, wo die Rede von meiner Gefangenschaft ist; alle Umstände, die er anführt, sind buchstäblich wahr; den einzigen ausgenommen, daß ich durch die Freygebigkeit der Brüder nicht so reich ward als er vorgiebt.

Denn, wiewohl sie in solchen Fällen nichts zu sparen pflegten, den Zustand ihrer *Märtyrer* (wie sie einen jeden aus ihrem Mittel nannten, der deßwegen, weil er sich zum Christenthum bekannte, etwas leiden mußte) zu erleichtern, und, wo möglich, ihre Befreyung zu bewirken, so waren sie doch viel zu gute Ökonomen, um etwas überflüssiges und zweckloses zu thun. Man ließ keinen Bruder Noth leiden; aber ihn durch ihre Freygebigkeit reich zu machen, wäre gänzlich gegen den Geist des Ordens gewesen, bey welchem die einzelnen Glieder nur in so weit in Betrachtung kamen, als der Vortheil des Ganzen es erforderte.

Was mich betrifft, so hatte die Einkerkerung, durch den Gedanken, für welche Sache ich litt, und durch alles das Heroische und Glorreiche, das in meiner Einbildung mit dem Nahmen eines *Bekenners* und *Dulders* verbunden war, zumahl in den ersten Tagen und Wochen, etwas so Herzerhöhendes für mich, daß ich mich vielleicht in meinem ganzen Leben nie freyer fühlte als damahls –

LUCIAN.

Zum klaren Beweise, daß die Stoiker ihrem *Weisen* zu viel schmeicheln, wenn sie behaupten, *Er allein* habe das Vorrecht, selbst in Ketten und Banden frey zu seyn. Der *Schwärmer*, der doch, um nichts härteres zu sagen, gerade das Gegentheil des *Weisen* ist, kann diesem auch hierin den Vorzug sogar noch streitig machen. – Übrigens, Freund Peregrin, würdest du mich verbinden, wenn du, diesem edeln Freyheitsgefühl unbeschadet, deinen Ausgang aus dem Kerker so viel möglich beschleunigen wolltest.

PEREGRIN.

Sehr gern. Denn, wiewohl diese Epoke meines Lebens die letzte war, wo mir die hohe Stimmung meiner Einbildungskraft eine Art von Glückseligkeit verschaffte, deren Verlust ich in der Folge oft genug zu bedauern Ursache hatte: so muß ich doch gestehen, daß die allzu große Einförmigkeit dieses fantastischen Glücks nach Verfluß einiger Monate seinen Zauber merklich schwächte, und mich das Unangenehme der Einkerkerung und der Ungewißheit meines Schicksals zuweilen sehr lebhaft fühlen ließ.

Auch der Mangel an Umgang mit Menschen, die, anstatt bloß *an mir zu saugen*, auch mir, wie Hegesias und Kerinthus, *etwas zu geben* fähig gewesen wären, trug nicht wenig dazu bey, das Unbehagliche meines Zustandes zu vermehren. Zwar ermangelten die andächtigen Schwestern und gutherzigen alten Mütterchen, welche meiner pflegten, nicht, durch Bestechung des Kerkermeisters von Zeit zu Zeit kleine Versammlungen von Glaubigen, die *das Wort von mir zu hören* Verlangen trugen, und bey dieser Gelegenheit sehr reichliche *Liebesmahle* in meinem Gefängnisse zu veranstalten, auch überhaupt ihr möglichstes zu thun, mir ihre herzliche, und eben dadurch oft sehr beschwerliche, *christliche Liebe* mit Worten und Werken zu beweisen: aber –

LUCIAN,
lachend.

Armer Peregrin! – Kein *Aber*, wenn ich bitten darf – nur immer zu!

PEREGRIN.

Genug, es kam endlich so weit mit mir, daß in gewissen Stunden – zumahl wenn ich (wie öfters geschah) auf meinem nicht allzu weichen Lager den Schlaf nicht finden konnte – Erinnerungen und Bilder aus der zauberischen *Villa Mamilia* in mir erwachten –

LUCIAN.

Und du wunderst dich noch darüber?

PEREGRIN.

Wenigstens geschah es sehr wider meinen Willen, das kannst du mir glauben! und ich kämpfte oft bis aufs Blut, um dieser *Anfechtungen*, (wie sie in unsrer Sprache hießen) als Eingebungen böser Dämonen, los zu werden: ich sage bis aufs Blut, im wörtlichen Verstande; denn ich geißelte mich zuweilen, wenn mir Satan zu mächtig werden wollte, so unbarmherzig, daß mein

Rücken des folgenden Tages meinen mitleidigen Wärterinnen nicht wenig zu schaffen machte.

LUCIAN.

Und was war der Erfolg dieser listigen Art dem Feind in den Rücken zu fallen?

PEREGRIN.

Ich kann nicht läugnen, daß ich übel dadurch ärger machte.

LUCIAN.

Das hätte ich dir vorher sagen wollen, mein guter Peregrin. *Diesen Dämon* mit *Fasten* und *Beten* zu bekämpfen, das laß' ich allenfalls gelten: aber Ruthen und Geißeln sind immer für ein besseres Mittel gehalten worden, ihn vielmehr aufzureitzen als zu dämpfen.

PEREGRIN.

Der Hauptfehler war wohl, daß ich (nach den Grundsätzen der Kerinthischen Filosofie) gleich Anfangs solchen sehr *natürlichen* Anfechtungen die Wichtigkeit gab, sie in meinem Wahne zu *übernatürlichen* zu erheben. Eben daß ich sie für Anfälle *böser Geister* hielt, und mich mit so großen Bewegungen und Anstalten gegen sie zur Wehre setzte, mußte die Sache immer ernsthafter und schwieriger machen. – Doch, es ist hohe Zeit, auf die Begebenheit zu kommen, die das Ende aller dieser Ausschweifungen und meine gänzliche Trennung von den Christianern herbey führte.

LUCIAN.

Ich bin lauter Ohr.

SIEBENTER ABSCHNITT.

Peregrin.

Eines Abends, da die lange Dauer meiner Gefangenschaft und die Lauigkeit, womit meine Freunde an meiner Befreyung zu arbeiten schienen, meiner Geduld härter als gewöhnlich zusetzten, öffnete sich die Thür meines Gefängnisses, und eine verschleierte Frau, mit einem Korb auf dem Kopfe und einer Lampe in der Hand, trat herein, und grüßte mich (indem sie die Lampe auf einen kleinen Tisch und den Korb auf den Boden setzte) mit dem wohl bekannten *Friedenswunsche* der Christianer. Ihr Anzug war die gewöhnliche Kleidung der *Diakonissen*, das ist, der ältlichen Wittwen, die sich dem Dienste der Brüdergemeinen widmeten; ein dunkelbrauner Habit von der gemeinsten Wolle, mit einem ledernen Gürtel zusammen gehalten: aber in ihrer Gestalt war etwas, das mit diesem Anzuge kontrastierte, und, in eben dem Augenblick, da es mich befremdete, eine schlafende Erinnerung zu erwecken schien. Ich war betroffen, und das Herz schlug mir vor Erwartung, was aus dieser Erscheinung werden sollte, ohne daß ich ein Wort hervorbringen konnte. Auch die unbekannte *Schwester* schien keine Eile zu haben, die Unterredung anzufangen. Das erste, was sie that, war, daß sie in großer Gelassenheit ihren Korb aufdeckte, ein kleines Rauchfaß voll glühender Kohlen heraus nahm, etwas Räuchwerk darauf warf, und das ziemlich dumpfe Gewölbe mit einem Wohlgeruch erfüllte, der es auf einmahl (wenigstens für Einen Sinn) in ein Zimmer eines Feenpalasts verwandelte.

Dieß erweckte neue Rückerinnerungen: mein Erstaunen nahm zu; ich erwartete mit Ungeduld, was auf diese magische Vorbereitung folgen würde. – »Und dein Herz sagt dir noch immer nichts, mein Bruder Peregrin?« sprach sie endlich mit einer Stimme, die mich zu oft in Entzücken gesetzt hatte, um mich länger im Zweifel zu lassen; und mit dem letzten Worte schlug sie ihren Schleier zurück und öffnete ihre Arme.

Was seh' ich? *Dioklea?* rief ich außer mir, indem ich in ihre Arme sank; ists möglich? Dioklea *hier?* Dioklea eine *Christianerin?*

»Und warum nicht? versetzte sie lächelnd. Ich habe so vielerley Rollen gespielt, warum nicht auch diese? die einzige, die es vielleicht der Mühe werth war noch zu lernen?«

Eine *Rolle* nennst du es? rief ich mit Bestürzung.

»Stoße dich nicht an dieses Wort, lieber Peregrin; es ist nicht so übel gemeint als du es aufnimmst. Es gehört, wie du weißt, Zeit dazu, eine lange gewohnte Sprache zu verlernen und sich eine ganz neue anzugewöhnen. Ich wollte nichts damit sagen, als worin wir unfehlbar beide einverstanden sind, daß wir nichts weiseres und besseres thun konnten, als das, was wir ehemahls waren, mit dem, was wir nun sind, zu vertauschen.«

Ganz gewiß, Dioklea, hast du das beste Loos erwählt! Aber, o sage, wie und wann und wo warest du so glücklich, dich von der schändlichen Mamilia los zu reißen? Wer war das gebenedeite Werkzeug deiner Erleuchtung?

»*Kerinthus.*«

Ists möglich? Kerinthus? rief ich mit Entzückung aus; Kerinthus, der *mich* auf eine so wunderbare Weise gerettet hat, Kerinthus hat auch *dich* aus den Klauen der Dämonen gerissen, und der unermeßlichen Seligkeiten des Reichs der Himmel theilhaftig gemacht?

»Ich habe dir noch weit wundervollere Dinge zu entdecken, mein lieber Proteus; aber vor allen Dingen laß dich bitten, diese seltsame Sprache, die dir, wie ich höre, so geläufig geworden ist als ob du nie eine andere gesprochen hättest, mit einer natürlichern zu vertauschen.«

LUCIAN.

Darum hätte ich dich selbst bitten wollen.

PEREGRIN.

»Fast sollte ich denken, (fuhr sie fort) du wärest noch nicht über die Schwelle des innern Heiligthums unsers Ordens gekommen: oder glaubst du etwa, daß dieß bey *mir* der Fall sey, mein Bruder? so irrest du dich sehr. Ich bin von *den Jüngern hinter dem Vorhang,*[1] lieber Peregrin; ich bin – was du gewiß nicht vermuthest, nie errathen würdest, ich bin –«

Und was denn? rief ich –

»*Die Schwester, die leibliche Schwester des Kerinthus*«, sagte sie mit einem lächelnden Blick, und einem Tone, der über mein Erstaunen zu triumfieren schien.

Sprichst du im Ernste? Du? Du, *Anagallis-Dioklea*, die Schwester des *Kerinthus?* –

»In vollem Ernste, lichtstrahlender Peregrinus Proteus, erwiederte sie indem sie meine Hand ergriff; hier hast du meine

1 So hießen diejenigen Schüler des *Pythagoras*, vor welchen er nichts geheimes hatte.

Hand darauf, die leibliche Schwester des großen Profeten Kerinthus, wiewohl nicht länger Anagallis noch Dioklea, sondern *Theodosia.*«

Bisher, lieber Lucian, hatte ich, ungeachtet des Eindrucks der Gegenwart dieser Zaubrerin, und des *magischen Nimbus* von tausend süßen, Herz und Sinne schmelzenden Erinnerungen, in welchem sie vor meinen Augen stand, noch immer ausgehalten: aber gegen *diese* Entdeckung, und gegen den leisen Druck ihrer Hand in dem nehmlichen Augenblicke – hielt ich nicht länger aus. Es war als ob ich plötzlich aufhörte, der vorige Mensch zu seyn. – Ich warf mich, oder taumelte vielmehr, unwissend wer ich war und was ich that, zu ihren Füßen, umfaßte ihre Knie, drückte mich mit der Entzückung eines Rasenden an sie an, stieß sie einen Augenblick darauf wieder von mir, sprang auf, schlug mich mit der Faust vor die Stirne, sank mit dem Kopf aufs Lager hin, sprang wieder auf, stürzte auf Diokleens Schulter, und brach glücklicher Weise in einen Strom von Thränen aus, der mir die Sprache wiedergab, und wahrscheinlich meine Vernunft rettete. *O so war auch dieß alles Täuschung!* rief ich endlich aus, indem ich mein Gesicht an ihren leicht verschleierten Busen drückte – Aber *Du* bleibst mir! Anagallis oder Dioklea, oder unter welchem Nahmen du dich mir darstellst, unter jedem Nahmen, unter jeder Verkleidung bist du – *du selbst!* Nicht wahr, Dioklea, *Du* täuschest mich nicht?

Sie umarmte mich statt der Antwort mit der ruhigen Zärtlichkeit einer Schwester, indem sie mich bat, mich zu fassen, und diese stürmischen Bewegungen zu mäßigen. »Ich habe dir noch unendlich viel zu sagen, setzte sie hinzu; aber du mußt erst ruhiger werden. Setze dich, lieber Peregrin. – Ich bringe in diesem Korb Erfrischungen mit, die deine Lebensgeister besänftigen werden; und ich hoffe, schon meine Gegenwart soll wie Homers *Nepenthe* auf dich wirken, und dich aller unangenehmen Dinge vergessen machen. Ich habe dafür gesorgt, daß uns niemand stören wird. Die Nacht ist unser; sogar die frommen Bettler und die Schaar von alten Weibern, die sonst immer vor der Thür lagen und Wache bey dir hielten, sind durch einen Polizeybefehl entfernt. Dioklea denkt an alles, wie du weißt.« – Unter diesen Reden schickte sie sich an, ihren Korb auszupacken, und, um desto rüstiger zu seyn, legte sie den Wittwenschleier, den braunen Überrock und den ledernen Gürtel ab, und stand in einer faltenvollen schneeweißen Tunika, die von einem Gürtel von künstlichen Rosen zusammen gehalten wurde, mit halb aufgebundnen, halb wallenden Haaren, nymfenähnlicher und reitzender, däuchte mich, als jemahls, vor mir da.

Lucian.

Armer – oder vielmehr *nicht* armer, reicher, an süßen Täuschungen reicher Peregrin! Und du hättest gewollt, daß dich Dioklea nicht täuschen sollte?

Peregrin.

Ach! was mich täuschte, war immer *in mir selbst!* Ich wage es kaum – denn in der That, entweder du bist so gefällig und erlässest mir ein Geständniß, wofür ich wirklich keine Worte zu finden weiß – oder was ich dir gestehen muß, die Wirkung, welche Dioklea – du weißt, was für Reitze, was für Erinnerungen dieser Nahme umfaßt – Dioklea, in diesem Anzug, in einem so gefährlichen Augenblicke, beym magischen Schein einer einzigen Lampe, nach einer so langen Trennung, nach einem so enthaltsamen Leben als ich seit sieben Jahren geführt hatte, in diesem Aufruhr aller meiner äußern und innern Sinne, auf mich machte, das Geständniß dieser Wirkung – Nein Lucian, fordre es nicht! – es wirft mich zu sehr vor dir zu Boden! Du würdest nicht begreifen können, wie dieses Weib, – die das war was ich wußte, – die, wiewohl noch immer voller Reitze, doch gewiß in einer ruhigern Gemüthsstimmung und bey hellem Tageslichte wenig Eindruck auf meine Sinne gemacht hätte, in *diesem* Augenblicke den Mann, den ich dir bisher geschildert habe, aus einem Enthusiasten von der höchsten Klasse, aus einem halben Engel – in einen wüthenden – ich kann das Wort nicht aussprechen – in einen –

LUCIAN.

So laß es *mich* sagen – in einen *Satyr* verwandeln konnte. – Freund Peregrin, das begreife ich so gut, daß ich noch keine von allen deinen Begebenheiten besser begriffen habe; so gut, daß dieß Geständniß in meinen Augen allen deinen übrigen das Siegel der Wahrheit aufdruckt, und daß ich, hätte Dioklea in jenem nehmlichen Augenblick, unter solchen Umständen, unmittelbar nach einer so heftigen Revoluzion in deinem ganzen Seyn und Wesen, auf einen Menschen wie du, diese Wirkung *nicht* gethan, entweder geglaubt hätte, du verschweigest mir etwas, oder gezwungen gewesen wäre, in deine ganze bisherige Erzählung ein Mißtrauen zu setzen. – Gieb dich also zufrieden, daß du, mit allen deinen Visionen und trotz *der hohen Gnosis* des *Kerinthus*, doch nur ein *Mensch*, das ist, ein Ding warst, das unter gewissen Umständen und Bedingungen *ein halber Engel*, unter andern *ein ganzer Satyr* seyn kann, – und sage mir, wie benahm sich die schöne *Theodosia* in diesem Sturme?

PEREGRIN.

Ich bin ihr die Gerechtigkeit schuldig, zu sagen, daß sie das Mögliche und das Unmögliche versuchte, um dem wüthenden *Nymfolepten* zu entgehen; aber ihre Kräfte reichten nicht so weit. Überdieß war die Thür von außen verriegelt, und *noch* lauter zu schreyen als sie wirklich schrie, – uns beide dadurch zum Stadtmährchen von Antiochia zu machen, und auf die unschuldigen Christianer eine Nachrede zu bringen, welche gewiß von ihren Feinden sehr grausam gemißbraucht worden wäre, dazu war sie zu verständig und zu edel denkend. – Aber laß mich kein Wort weiter von dieser widerlichen Scene sagen; denn Du, der alles so gut begreift, begreifst auch dieß, daß Dioklea –

LUCIAN.

O gewiß begreife und billige ich sogar, – unter allen vorwaltenden Umständen, versteht sich – *daß sie dir vergab*; dir, da du (wie ich mir leicht vorstellen kann) im Staube vor ihr lagst, und, von Scham und Reue beynahe vernichtet, um Gnade flehtest, eben so aufrichtig vergab, als sie gethan haben würde, wenn du sie durch eine unfreywillige Bewegung mit einem Messer verwundet hättest. – Nichts davon zu sagen, daß eine Dame von Diokleens Stand, Alter und Karakter sich im Grunde durch einen so außerordentlichen Beweis der Gewalt ihrer Anziehungskraft weniger beleidigt als geschmeichelt finden mußte.

PEREGRIN.

Dieß, Lucian, war wohl nicht der Fall mit Diokleen. Was geschehen war, verrückte ihren ganzen Plan, und konnte ihr also unmöglich anders als äußerst unangenehm seyn. Und in der That, wenn ich bedenke, daß dieser Sturm, wie du es zu nennen die Güte hattest, vielleicht das einzige war, was mich von den Verführungen dieser schlauen Kreatur retten, und in die ruhige Fassung setzen konnte, ohne welche es mir, aller Wahrscheinlichkeit nach, unmöglich gewesen wäre, ihren Anschlag auf mich zu vereiteln: so bin ich beynahe versucht, jenen wilden Ausbruch, der so ganz und gar nicht in meinem natürlichen Karakter war, eher für das Werk meines guten Genius zu halten, oder wenigstens in die Zahl der unerklärbaren Zufälle zu setzen, durch welche wir, indem wir bloß als blinde Werkzeuge einer mechanisch auf uns wirkenden Ursache handeln, von irgend einem großen Übel befreyet oder irgend eines großen Gutes theilhaftig werden; Zufälle, wovon jeder Mensch, vielleicht ohne Ausnahme, auffallende Beyspiele aus seiner eigenen Erfahrung anzuführen hat. Der Verfolg meiner Erzählung wird dich, denke ich, überzeugen, daß ich Grund habe diese Bemerkung zu machen.

LUCIAN.

Etwas, wovon ich sehr stark überzeugt bin, ist: daß die gute Mutter Natur, die ihre Kinder nicht leicht im Stiche läßt, sehr mütterlich dafür gesorgt hat, daß wir, um den Glauben an uns selbst (dieß so unentbehrliche Triebrad in unserm Wesen) durch keine unsrer Vergehungen oder Thorheiten gänzlich zu verlieren, für jede *Anklage* in unserm eigenen Busen eine *Entschuldi-*

gung finden, welche unvermerkt die Gestalt einer *Rechtfertigung* gewinnt, und wenigstens uns selbst beruhigt, wenn sie auch nicht immer vor einem ganz unparteyischen Richter bestehen könnte. – Aber weiter, Peregrin!

PEREGRIN.

Als ich endlich, wiewohl nicht ohne große Mühe, meine so gröblich beleidigte Freundin wieder besänftiget sah, und einige Becher von einem Weine, der die Bacchanalien der Villa Mamilia in unsre Erinnerung zurück rief, das gute Verständniß zwischen uns wieder hergestellt hatten, bat ich sie, mir zu erklären, durch was für ein Wunder die Tochter des Apollonius, die weltberühmte Tänzerin Anagallis, die Vertraute der üppigsten aller Römerinnen, mit Einem Worte, die schöne *Dioklea*, aus einer sehr irdischen Priesterin der himmlischen Venus in eine Schwester des erhabnen Kerinthus und in eine Christianerin umgestaltet worden sey.

Ich bin, versetzte sie, mit der Entschließung hierher gekommen, dich über alle diese Dinge ins Klare zu setzen; und wiewohl ich wenig Ursache habe, viel Vertrauen in deine Weisheit zu setzen, so will ich es doch, auf die Gefahr noch einmahl von meinem Herzen betrogen zu werden, mit dir wagen, und deiner Freundschaft für mich, an welcher ich nie gezweifelt habe, das Geheimniß meiner Seele anvertrauen. Alles müßte mich betrügen, (setzte sie hinzu) oder das Schicksal hat uns, nach einer so langen Trennung, wieder zusammen gebracht, um an einem großen Plane mit einander zu arbeiten, und, wie oft uns auch die Umstände noch ferner trennen möchten, dem Geist und Herzen nach immer aufs engeste vereiniget zu bleiben. – Nach dieser Vorrede forderte sie, als die einzige und absolute Bedingung, ohne welche alle Gemeinschaft zwischen uns sogleich unwiderruflich aufgehoben werden müßte, daß ich ihr feierlichst angeloben sollte, von diesem Augenblick an zu vergessen, daß sie jemahls Dioklea und Anagallis für mich gewesen sey, nichts andres mehr in ihr zu sehen, als meine neu gefundene Schwester *Theodosia*, und mit dem heiligen *Nahmen* eines *Bruders* auch die

Gesinnungen und das Betragen eines Bruders gegen sie anzunehmen. Es war natürlich, daß ich mich auf alle Fälle gegen einen solchen Antrag sträubte; aber, da sie mit großem Ernst darauf bestand, blieb mir nichts andres übrig als zu gehorchen, und es lediglich auf die Bescheidenheit meines Betragens und ihre eigene Großmuth ankommen zu lassen, ob und unter welchen Umständen sie für gut finden würde, von der strengen Buße, welcher ich mich unterwarf, mit der Zeit etwas nachzulassen.

Nachdem dieser vorläufige Punkt berichtiget war, fing sie an, mir das Wesentlichste von der geheimen Geschichte ihres Bruders und ihrer eignen mitzutheilen. *Kerinthus* war einige Jahre älter als sie; sie stammten von Jüdischen Ältern ab, die ihnen aber noch in ihrer Kindheit entrissen wurden. Noth und Dürftigkeit brachten ihren Bruder dahin, sich selbst und seine kleine Schwester auf eine gewisse Zeit an eine Bande herum ziehender Tänzer und Luftspringer zu verhandeln. Etliche Jahre darauf fiel die kleine *Dorkas*, wie sie sich damahls nannte, in die Hände eines gewissen *Hermias*, eines Weisen von dem Aristippischen Orden, der zu Athen privatisierte, und sich, aus nicht ganz uneigennützigen Absichten, ein Geschäft daraus machte, die Anlagen, die er in ihr entdeckte, theils selbst, theils durch die besten Meister die er finden konnte, auszubilden. Sie sprach von diesem ihrem zweyten Vater mit der Wärme und Zärtlichkeit einer Tochter, die ihm alles was sie war zu danken hätte. Aber auch *Er* wurde ihr nach einigen Jahren durch den Tod geraubt; und weil das kleine Vermächtniß, das er ihr hinterlassen konnte, ziemlich bald aufgezehrt war, so befand sie sich nun in dem Falle, von den Talenten zu leben, welche sie zu Athen erworben hatte; und in der That erfüllte sie, indem sie zu Smyrna, Efesus, Antiochia, und in andern Hauptstädten der östlichen Provinzen des Reichs, unter dem Nahmen *Anagallis* als *mimische Tänzerin* auftrat, wirklich die Absicht, zu welcher Hermias (der sie auf keinem andern Wege glücklicher machen zu können glaubte) sie mit so vielem Aufwand erzogen hatte.

Inzwischen hatte das Schicksal auch mit ihrem Bruder auf mancherley Art gespielt. Er war ehemahls zugleich mit ihr nach Athen gekommen, und Hermias hatte, aus Liebe zu ihr, ein paar Jahre für seinen Unterhalt gesorgt, und ihm Gelegenheit verschafft, in den Schulen der Rhetorn und Filosofen die erste Bildung eines Geistes zu erhalten, der schon damahls nichts gemeines zu versprechen schien. Nach Verfluß dieser Zeit fand Hermias Gelegenheit, den jungen Menschen an einen seiner Freunde zu Korinth zu empfehlen, der ihn zu Handlungsgeschäften gebrauchte, und in dessen Gesellschaft er verschiedene Reisen machte, auf einer derselben aber, durch die Unruhe seines immer ohne bestimmten Zweck empor strebenden Geistes, von ihm getrennt, und zuletzt nach Alexandrien verschlagen wurde, wo er einige Zeit in Gemeinschaft mit den *Juden* lebte, sich in der Religion seiner Väter unterweisen ließ, und mit verschiedenen übel berechneten Entwürfen, seinem unglücklichen Volke aufzuhelfen, umging, deren Vereitlung ihn von Alexandrien wieder weg, und von einem Abenteuer zum andern trieb. Er hatte sich in Ägypten mit *der Hermetischen Filosofie* bekannt gemacht, und wanderte nun durch Chaldäa und Medien bis nach der heiligen Stadt *Balk*, an die Ufer des Oxus, um sich in den Mysterien der *Chaldäer* und *der Zoroastrischen Schule* einweihen zu lassen.

Während der ganzen Zeit, da Kerinthus von seinem rastlosen und mit Entwürfen schwangern Geiste in den Morgenländern herum getrieben wurde, zeigte sich seine Schwester nach und nach in allen Provinzen der Römischen Herrschaft als die erste Tanzkünstlerin ihrer Zeit, und bezauberte sowohl auf den öffentlichen Schauplätzen, als in den Privathäusern, wohin sie eingeladen wurde, alle Augen und Herzen. Seitdem sie sich dieser Lebensart ergeben hatte, waren mehr als zehn Jahre verflossen, in welchen sie ihren Bruder unvermerkt völlig aus dem Gesichte verloren hatte: als sie unverhofft eine Einladung von ihm erhielt, sich mit ihm zu einer Unternehmung zu verbinden, von welcher er sich und ihr große Vortheile versprach. Er hatte sich nehmlich zum Haupt einer Brüderschaft aufgeworfen, welche in den nördlichen Provinzen von Kleinasien von Ort zu Ort herumziehen wollte, um die Liebhaber fanatischer Religionsübungen in den Mysterien der Isis einzuweihen, und dieses Institut zugleich mit einem Orakel und andern Chaldäischen und magischen Operazionen zu verbinden, welche unter den rohen Völkern in Paflagonien, Galazien, und im Pontus große Ausbeute hoffen ließen. Kerinthus hatte dazu einer Priesterin vonnöthen, auf deren Geist und Geschmeidigkeit er sich in allen Fällen verlassen könnte; und der öffentliche Ruf hatte ihm über diesen Punkt einen so vortheilhaften Begriff von seiner Schwester gemacht, daß er sich des glücklichsten Erfolgs seiner Unternehmung gewiß hielt, so bald sie an der Ausführung Antheil nehmen würde. Da die schöne Anagallis um diese Zeit des Theaters ziemlich überdrüssig war, so ging sie um so williger in die Vorschläge ihres Bruders ein, als sie sich von dieser neuen Lebensart tausend Gelegenheiten versprach, ihren erfinderischen Kopf auf eine angenehme Art zu beschäftigen, und weil überdieß, seitdem sie aufgehört hatte den Augen des Publikums in den Hauptstädten etwas neues zu seyn, die Quellen zu Bestreitung ihres großen Aufwandes immer unergiebiger wurden. Sie begab sich also zu ihrem Bruder, der sie zu Smyrna erwartete; ließ sich von ihm in der Rolle, welche sie in seinem *geheimen Isisorden* spielen sollte, unterrichten; durchwanderte hierauf mit ihm und seiner Gesellschaft einen großen Theil des kleinern Asien, und rechtfertigte durch ihre Talente für diesen neuen Zweig der Schauspielkunst und Mimik die Meinung vollkommen, welche Kerinthus von ihr gefaßt hatte. Allein diese wandernde Lebensart war, bey allen ihren Annehmlichkeiten, auch großen Beschwerden und Gefahren ausgesetzt; nicht alle Abenteuer fielen glücklich aus, und Anagallis, oder *Parisatis* (wie sie sich jetzt nennen ließ) ging schon einige Zeit mit ihrem Bruder zu Rathe, wie sie ihre Fähigkeiten auf eine edlere und seines hoch strebenden Geistes würdigere Art beschäftigen könnten: als ein glücklicher Zufall sie mit der schönen und reichen Römerin Mamilia Quintilla bekannt machte, und die beiden Damen eine so große Zuneigung für einander faßten, daß sie von nun an beschlossen, sich nie wieder zu trennen. Kerinthus war eben abwesend, als sich dieses zutrug; sie benachrichtigte ihn schriftlich davon, und er ließ sich um so eher gefallen seine Schwester in so guten Händen zu lassen, da er selbst im Begriff war, neue Verbindungen einzugehen, und bereits über dem großen Entwurfe brütete, mit dessen Ausführung wir ihn beschäftigt gesehen haben; jedoch mußte sie ihm versprechen, daß sie so viel möglich einen ununterbrochnen Briefwechsel mit ihm unterhalten und immer bereit seyn wollte, ihm, bey jeder Aufforderung, zu seinem Vorhaben (woraus er ihr damahls noch ein Geheimniß machte) beförderlich zu seyn.

LUCIAN.

Ah! nun klärt sich auf einmahl alles auf, was dich bey deiner ersten Zusammenkunft mit Kerinthus beynahe nöthigen mußte, ihn für ein übermenschliches Wesen, oder wenigstens für einen Wundermann vom ersten Range anzusehen.

PEREGRIN.

Mich hatte dieser fatale Lichtstrahl in dem Augenblicke durchblitzt, da ich aus Diokleens Munde hörte, daß sie die Schwester des Kerinthus sey; und daher diese heftige Revoluzion, die auf einmahl mein ganzes Wesen erschütterte. Es brauchte für mich nichts mehr, als mir zwey solche Personen wie *Kerinthus* und *Anagallis* in einem *solchen* Verhältnisse zu denken, um alles übrige dunkel voraus zu sehen, und mich verrathen und betrogen zu glauben. Indessen wollte ich doch aus ihrem eignen Munde hören, wie es damit zugegangen; und sie ermangelte nicht, mir von freyen Stücken alles Licht zu geben, das ich wünschen konnte.

Ich habe wohl nicht nöthig, (fuhr sie mit dem halb ironischen Lächeln, das in ihrem Gesicht einen so eigenen Zauber hatte, fort) mich über meine Begebenheiten, so lange ich in Verbindung mit Quintillen war, weitläufig auszubreiten, da du selbst eine Hauptrolle dabey gespielt, und schon damahls, als wir in der Villa Mamilia beysammen lebten, den Schlüssel zu der ganzen Maschinerey, durch welche man dir so beneidenswürdige Täuschungen verschaffte, von mir bekommen hast. Ich eile also zu einem Umstande, der sich bald nach deiner Entfernung von uns zutrug, und dir einen neuen Schlüssel zu dem wunderbaren Abenteuer, das dir zu Smyrna aufstieß, geben wird.

Und nun erzählte sie mir: Ihr Bruder hätte ihr seit ihrer zweyten Trennung so viel Nachricht von sich gegeben, daß sie daraus ersehen können, er habe endlich einen Wirkungskreis gefunden, worin er seine Fähigkeiten zu einem sehr großen und ehrenvollen Zweck anwende, und sich einen gewisser Maßen unsichtbaren, aber nur desto wichtigern Einfluß verschaffe, dessen Grenzen nicht abzusehen wären. Er meldete ihr von Zeit zu Zeit, daß sein Geschäfte, trotz der vielen Schwierigkeiten die er zu bekämpfen habe, den glücklichsten Fortgang gewinne, sagte aber nie warum es eigentlich zu thun sey, und drückte sich über alles in einer so geheimnißvollen Sprache aus, daß ihre Neugier dadurch um so stärker gereitzt werden mußte, da er noch immer auf ihre künftige Mitwirkung Rechnung zu machen schien. Wenige Tage nach meiner Entweichung erschien er selbst zu Halikarnaß, und lud seine Schwester zu einer geheimen Zusammenkunft ein, worin er sich über die Natur seiner neuen Verbindungen, über seine Plane, und über die Mittel, wodurch er sich, so zu sagen, zum *König eines unsichtbaren Reichs* zu machen hoffte, ausführlich gegen sie heraus ließ. Seine Reisen durch den größten Theil des Reichs hätten ihm mancherley Gelegenheiten verschafft die Christianer genauer kennen zu lernen, und sich von ihrem Institut, oder vielmehr *von dem, was es unter den Händen eines fähigen und unternehmenden Mannes werden könne*, ganz andere Begriffe zu machen als man gewöhnlich davon habe. Er hätte gefunden, was sich vielleicht noch keiner aus ihrem Mittel deutlich gedacht haben möchte – *daß es ganz dazu gemacht sey die größte Revoluzion in der Welt zu bewirken*, und daß dazu, nächst der Zeit, die alles zur Reife bringen muß, nichts weiter erfordert werde, als vermittelst eines geheimen Ordens wo nicht alle, wenigstens den größern Theil der Brüdergemeinen, in ein *wohl organisiertes Ganzes* zu verbinden, und unter die unsichtbare Leitung eines *Einzigen* zu bringen, der durch seinen Geist, seine Talente, seinen Muth und eine unermüdliche Thätigkeit und Beharrlichkeit, einem so viel umfassenden Amte gewachsen sey. – Du kennest meinen Bruder, fuhr sie fort, und so brauche ich dir nicht zu sagen, wer dieser *Einzige* war, den er zur Ausführung seines Plans bestimmte, und ob er von dem Augenblick an, da dieser große Gedanke in seinem erfindungsreichen Geiste aufblitzte, mit etwas anderm beschäftigt war, als mit den Mitteln, wodurch er ihn in Wirklichkeit setzen könnte. Er wurde ein Christianer, und that sich durch die Behendigkeit, womit er den Geist ihres Instituts erfaßte, durch die Beredsamkeit und das Feuer seines Vortrags in ihren Versammlungen, durch den neuen Schwung, den er ihren Lieblingsideen zu geben wußte, und durch den brennenden, aber immer von Klugheit geleiteten Eifer, womit er sich für einzelne Gemeinen sowohl als für die allgemeine Sache verwendete – in kurzer Zeit so sehr hervor, daß er das Vertrauen vieler einzelner Vorsteher und dadurch immer neue Gelegenheiten erhielt, das Innere ihrer Verfassung und Umstände, und (was für ihn das wichtigste war) die einzelnen Personen sehr genau kennen zu lernen, die entweder zu seinem geheimen Vorhaben als Werkzeuge oder als wirkliche Mitarbeiter brauchbar waren, oder, wenn er sie zu keinem von beiden aufgelegt fand, durch andere Mittel und Wege, wo nicht gewonnen, wenigstens verhindert werden mußten, ihm mit Erfolg entgegen zu arbeiten.

Mitten unter diesen rastlosen Bemühungen brachte er den geheimen Orden zu Stande, mit dessen Hülfe er nun, da die Mitglieder durch eine große Anzahl der Asiatischen Gemeinen zerstreut waren, an dem Vereinigungswerke arbeiten konnte, wodurch er dem Institut der Christianer die Festigkeit und den genauen Zusammenhang geben wollte, ohne welche (wie er glaubt) seine immer weitere und schnellere Ausbreitung und endlich sein Triumf über die herrschende religiöse und politische Verfassung unmöglich seyn würde. Der Anfang zu diesem allen war gemacht. Aber noch immer suchte er Ordensglieder, denen er sich *ganz* vertrauen könnte, und welche mit den allzu seltenen Fähigkeiten ausgerüstet wären, die er bey den unmittelbaren Organen seines Plans zu finden wünschte: und da er mir (setzte sie hinzu) die Ehre erwies, von den meinigen eine sehr günstige Meinung zu hegen; so ließ er nichts unversucht, um mich zu bewegen, daß ich alle andere Verbindungen und Entwürfe aufgeben, und die Geistesgaben, die mir seine brüderliche Parteylichkeit zuschrieb, der Beförderung eines Werkes widmen sollte, wovon er meine Vernunft selbst überzeugte, daß es das größte, glänzendste und vortheilhafteste sey, was Personen, die sich über den gewöhnlichen Menschenschlag erhaben fühlten, jemahls unternehmen könnten. Er beantwortete alle meine Fragen, löste alle meine Zweifel, entdeckte mir alle seine Hülfsquellen, und überführte mich von der wirklichen Ausführbarkeit seines Plans, bis zur Unmöglichkeit weiter etwas dagegen einzuwenden. Aber meine Zeit war noch nicht gekommen. Ich hing noch zu stark an Mamilien, oder (aufrichtig zu reden) an allem, was meine Verbindung mit ihr Angenehmes und Vortheilhaftes hatte; und Kerinthus selbst schien das letztere wichtig genug zu finden, um endlich seine Ansprüche auf mich, wiewohl ungern, der Betrachtung, daß ich ihm in meinen damahligen Verhältnissen vielleicht nützlicher seyn könnte, aufzuopfern. Indem wir diese Sache noch mit vielem Eifer zwischen uns verhandelten, stellte sich mir auf einmahl das Bild meines lieben Flüchtlings dar. Gieb dich zufrieden, Bruder, rief ich mit einer Art von Begeisterung, ich habe einen Mann gefunden, der dich für deine fehl geschlagene Hoffnung reichlich entschädigen wird! – einen jungen Mann, der so ganz in deine Plane paßt, als ob ihn die Natur und das Glück absichtlich und ausdrücklich für dich ausgebildet hätten. Und nun, mein lieber Peregrin, erzählte ich ihm alles, was ich von deiner Geschichte aus deinem eigenen Munde wußte, und was mir selbst mit dir begegnet war; und du kannst leicht ermessen, ob ich ihn dadurch begierig machte, einen so seltenen, so liebenswürdigen und so ganz entschiedenen Schwärmer je eher je lieber in seine Partey zu ziehen. Wir überlegten mit einander, was du nach deiner Entweichung von Halikarnaß vermuthlich für einen Weg genommen haben könntest; und da ich nicht zweifelte daß du über Smyrna zurück gehen würdest, so beschloß Kerinthus sich unverzüglich dahin zu begeben, und inzwischen allenthalben, wo du wahrscheinlich auf deiner Wanderung durchkommen würdest, durch seine Freunde Erkundigungen von dir einzuziehen. Nach einiger Zeit erfuhr ich den glücklichen Erfolg des Plans, den er dieser Verabredung zu Folge entworfen hatte, und erhielt große Danksagungen von ihm, daß ich ihn in den Stand gesetzt, eine Eroberung zu machen, von welcher er seiner Unternehmung wichtige Vortheile versprach.

Dioklea fuhr nun fort, mir von dem, was sich bis auf diese unsre, von meiner Seite so unverhoffte Zusammenkunft mit ihr selbst zugetragen, so viel zu berichten, als sie für nöthig hielt, mich zu überzeugen, daß es auch *damit* ganz natürlich zugegangen sey. Die schöne Mamilia wurde des Aufenthalts in diesen Gegenden von Kleinasien überdrüssig, und Dioklea begleitete sie zuerst nach den berühmten Bädern von *Dafne*, unweit Antiochien, sodann nach Alexandrien, und endlich nach Italien zurück, wo die üppige Römerin eine schöne Villa, welche sie in der Gegend von Bajä besaß, zu ihrem gewöhnlichsten Aufenthalt machte, und von dem Beyspiele der neuen Bekanntschaften, in welche sie hier verwickelt wurde, hingerissen, sich allen Arten von Ausschweifungen mit so wenig Mäßigung überließ, daß ihre aus einem feinern Thone gebildete Freundin es endlich nicht länger bey ihr aushalten konnte. Sie trennten sich von einander; und Dioklea, welche sich von der Rolle, die sie in der Unternehmung ihres Bruders spielen könnte, eine neue, den Fähigkeiten ihres Geistes und ihrem gegenwärtigen Alter angemeßnere Art von Thätigkeit versprach, säumte nun nicht länger sich mit ihm zu vereinigen, und, nachdem sie in kurzer Zeit alle dazu erforderlichen Kenntnisse und die Einweihung in den innersten Mysterien seines Ordens unter dem Nahmen *Theodosia* erhalten hatte, ihm an der Beförderung seiner geheimen Theokratie mit eben so vielem Eifer als Erfolg arbeiten zu helfen. Diese Vereinigung mit

Kerinthus erfolgte bald, nachdem ich mich wieder von ihm getrennt hatte, um meine Mission nach der Syrischen Küste anzutreten.

Wie billig, war es eine ihrer ersten Sorgen, sich nach ihrem alten Freunde Proteus bey ihm zu erkundigen; und so erfuhr sie nicht nur alles, was ich – in der Meinung für die Sache Gottes und der ganzen Menschheit zu arbeiten – für *ihn* und *seine* Sache gethan hatte, sondern auch zugleich, daß Kerinthus, weit entfernt mich seines innersten Vertrauens würdig zu halten, mich bisher nur als ein bloßes *Werkzeug* seiner Absichten betrachtet habe, einen Menschen von gutem Willen, dessen Schwärmerey man benutzen müsse, ohne ihm jemahls auch nur ahnden zu lassen, daß das, was er für den *Zweck* hielt, bloß ein *Mittel* zu dem wahren Zweck seines Ordens sey. Ich konnte, (sagte mir Dioklea mit aller Wärme unsrer ehemahligen Freundschaft) ich konnte mich mit dem Gedanken nicht versöhnen, einen Mann wie Du in den Augen meines Bruders so klein zu sehen. Wir stritten uns oft über dieses Kapitel, ohne daß ich mit allem, was ich ihm zu deinem Vortheil sagte, etwas über seine vorgefaßte Meinung gewinnen konnte, welche (wie ich mir selbst nicht verbergen kann) auf Beobachtungen und Maximen gegründet war, die einen kältern und weniger für dich eingenommenen Kopf als der meinige nothwendig zurückhaltend machen mußten. Mit Einem Worte, Kerinthus scheint sich überzeugt zu haben, daß du seiner Sache als *Apostel*, und allenfalls auch als *Märtyrer*, unendliche Mahl nützlicher seyn könnest, als du ihm seyn würdest, wenn er dich ohne Schleier in sein Geheimniß schauen ließe. Aber er mag seiner Schwester verzeihen, wenn sie eine bessere Meinung von dir hegt, und nichts dabey zu wagen hofft, indem sie, einen alten Freund zu retten, gewisser Maßen zur Verrätherin an einem Bruder wird. In der That sah ich kein anderes Mittel, dich aus der gegenwärtigen Gefahr zu ziehen und vor künftigen sicher zu stellen. Nein, mein lieber Peregrin! du sollst nicht das Opfer eines schwärmerischen Eifers werden; wenn Kerinthus Märtyrer für seine Sekte braucht, so mag er sich nach solchen umsehen, an welchen mein Herz weniger Antheil nimmt. Übrigens kennest du meine Art zu denken. Es ist angenehm sich zuweilen einer unschädlichen und vorüber gehenden Schwärmerey der Fantasie oder des Herzens zu überlassen, so wie zuweilen eine kleine Trunkenheit angenehm und unschädlich ist: aber sein ganzes Leben durch zu schwärmen, und darüber zum blinden Werkzeuge fremder Absichten und Entwürfe zu werden, ist eine eben so undankbare als verächtliche Art von Existenz. Man gewinnt immer bey der Wahrheit, auch dann, wenn sie uns der schmeichelhaftesten Täuschungen beraubt. Der schlechte Erfolg, womit ich dir diese Filosofie vor sieben Jahren in der Villa Mamilia predigte, hätte mich billig abschrecken sollen, einen neuen Versuch zu machen: aber dießmahl, Peregrin, hast du so wenig dadurch zu verlieren, daß ich dir die Augen öffne, und der Vortheil, hell in diesen Dingen zu sehen, ist dagegen so entschieden, daß ich weder deinem noch meinem Verstand ein großes Kompliment mache, wenn ich mir schmeichle, dich, noch ehe wir uns wieder trennen müssen, gänzlich zu meiner Vorstellungsart bekehrt zu haben.

Und nun fing sie an, sich in eine ausführliche Darstellung sowohl der Beschaffenheit und Lage, worin ihr Bruder die Angelegenheiten der Christianer gefunden habe, auszubreiten, als über den Plan, nach welchem er sie unvermerkt zu befestigen, empor zu bringen, und den größten und edelsten Zweck, der jemahls zum Besten der Menschheit gefaßt worden, dadurch zu bewirken gesonnen sey. Sie wandte alle ihre Beredsamkeit an, mich von der Realität und Erreichbarkeit dieses Zweckes, und von der Unsträflichkeit und Unfehlbarkeit der Mittel, die er zu wirklicher Erreichung desselben zusammen spielen lasse, zu überführen. Die erhabnen Offenbarungen der unsichtbaren Welt, zum Beyspiel, die du (sagte sie lächelnd) mit einer in der That allzu kindlichen Einfalt *im buchstäblichen Verstande* genommen hast, scheinen mir weder mehr noch weniger als die unschuldigste *Poesie;* entweder bildliche Einkleidungen großer Wahrheiten, um sie, die in ihrer reinsten Form den meisten Menschen unverständlich seyn würden, anschaulich und eben dadurch geschickt zu machen auf das Gemüth dieser Menschen zu wirken – oder Versinnlichung edler Zwecke, welche, ohne dieses unschuldige Mittel, die eigennützige Trägheit sinnlicher Menschen kalt lassen würden, hingegen, so bald sie ihnen als Befriedigungen ihrer liebsten Wünsche gezeigt werden, ihre ganze Seele erhitzen und alle ihre Kräfte in Bewegung setzen. Ist nicht die Natur selbst die erste und größte Zaubrerin? Täuscht sie etwa nicht uns alle durch Fantasie und Leidenschaften? und sind, dieser Täuschung ungeachtet, Fantasie und Leidenschaften, von Vernunft geleitet, nicht unentbehrliche Springfedern des menschlichen Lebens? Mit welcher Billigkeit könnte man es also einem *Gesetzgeber*, einem *Religionsstifter*, einem von den großen *Heroen der Menschheit*, die auf *das Ganze* wohlthätig zu wirken geboren sind, verargen, wenn sie sich der Mittel, welche die Natur selbst zu diesem Ende in uns gelegt hat, zu Beförderung des möglichsten und allgemeinsten Glücks der Menschen bedienen? Ich möchte nicht behaupten, daß Kerinthus ein Wort mehr von der unsichtbaren Welt wisse, als ich, du, oder irgend ein anderer Erdensohn: aber wenn es höhere Wesen giebt, die sich damit beschäftigen den Menschen Gutes zu thun, so hätte wahrlich keines von ihnen einen edlern, göttlichern Gedanken in die Seele eines Sterblichen hauchen können, als die Befreyung der Menschheit von allen Arten der Tyranney, der Vorurtheile und der Leidenschaften, des Aberglaubens und des Despotismus, der Cäsarn und der Priester, welche der letzte Zweck der *Theokratie* des Kerinthus ist. Was könnte die erhabnen Benennungen des *Reichs des Lichts*, des *Reichs Gottes*, verdienen, wenn eine solche Freyheit sie nicht verdiente? Und sogar die Einflüsse der *Äonen*, und alle diese heiligen Mysterien *der unsichtbaren Welt*, womit Kerinthus die Einbildung schwärmerischer Seelen bezaubert, sind sie etwa ohne *Sinn* und *Bedeutung? Könnte*, *dürfte* wohl jener große Zweck, eh' er wirklich erreicht ist, anders als durch *unsichtbare Kräfte*, als durch eine *geheime Verbindung* unsichtbarer Beweger verfolgt werden? Das Schwärmerische, Mystische und Wunderbare des Glaubenssystems und der religiösen Übungen, welche Kerinthus den mit ihm verbundenen Brüdern und Schwestern gegeben hat, ist um so unentbehrlicher, da sein wahrer Plan sowohl vor denen, *gegen* welche, als vor denen *für* welche er arbeitet, nicht geheim genug gehalten werden kann. Denn *diese* würden, wenn ihre Vorstellungen ganz geläutert würden, weder den Werth der ihnen zugedachten Güter zu schätzen wissen, noch begreifen können, daß der Weg, worauf sie geführt werden, der richtigste und sicherste ist: *jene*, welche den Glauben der Christianer für eine unschädliche Schwärmerey zu halten angefangen haben, würden die gewaltsamsten Mittel zu Ausrottung derselben anwenden, so bald sie wüßten, daß das Reich der Freyheit und Glückseligkeit, mit dessen Bau wir uns beschäftigen, nur auf den Trümmern des ihrigen errichtet werden könne.

Dioklea kannte mich so gut, daß sie alles gewonnen zu haben glaubte, wenn sie mir sowohl die verhaßte Vorstellung, daß ich selbst betrogen worden sey, benehmen, als meine natürliche Abneigung andere zu täuschen überwinden, und mich überreden könnte, daß diese Täuschung nicht in der Sache selbst, sondern bloß in den Formen, oder vielmehr in den *Hüllen* liege, worin die Wahrheit sich zeigen müsse, um desto mehr Liebhaber anzulocken, und sich den Nachstellungen ihrer Feinde leichter zu entziehen. Die Scheinbarkeit ihrer Gründe, durch die Beredsamkeit ihrer Augen und den Reitz ihrer Stimme und ihres ganzen Wesens verstärkt, überwältigte mich für den Augenblick: sie glaubte mich gewonnen zu haben, und genoß schon im voraus den Triumf, den ihr meine Bekehrung (wie sie es nannte) über den Unglauben ihres Bruders verschaffen werde. Sie kündigte mir nun an, daß der Statthalter von Syrien einer ihrer wärmsten Freunde sey, ohne mir zu verbergen, was für Rechte sie sich während ihres ehemahligen Aufenthalts in den Bädern von Dafne an seine Dankbarkeit erworben habe: alles sey bereits zu meiner Befreyung vorgearbeitet; ich würde morgen von dem Statthalter selbst vernommen werden, welchem sie die Meinung beygebracht habe, daß ich ihr naher Anverwandter, und, einen unschuldigen Hang zur Schwärmerey ausgenommen, ein Mann von vorzüglichen Gaben, und in jeder Betrachtung werth sey, daß der allzu großen Wärme meiner Einbildungskraft etwas zu gut gehalten werde. Sie unterrichtete mich hierauf umständlich, wie ich mich bey diesem Römischen Satrapen zu benehmen hätte, und, nachdem sie mir gesagt hatte, wo sie mich nach meiner Freylassung anzutreffen hoffte, schieden wir von einander als die besten Freunde von der Welt.

LUCIAN.

Weißt du auch, Freund Peregrin, daß ich selbst von deiner Dioklea immer mehr und mehr bezaubert bin, und es dir schwerlich verzeihen könnte, wenn du eigensinnig genug gewesen wärest, ihre gute Meinung von dir zum zweyten Mahle zu täuschen?

PEREGRIN.

So mache dich nur gefaßt darauf, mir auch *diese* Anomalie vergeben zu müssen, da du mir so viele andere schon übersehen hast. Denn in der That, dieser Zauber, womit sie mich seit dem ersten Augenblick unsrer Bekanntschaft gebunden hielt, und dem du selbst, wie es scheint, nicht widerstehen kannst, dauerte immer nur so lange sie gegenwärtig war. Kaum sah ich mich wieder allein, so war mir ungefähr zu Muthe, wie einem seyn müßte, der die Nacht mit der lieblichsten Nymfe zugebracht zu haben geglaubt hätte, und sich beym Erwachen von den dürren Armen einer alten Thessalischen Zaubrerin umfangen sähe. Der große Plan des Kerinthus – der mich vielleicht hätte verblenden können, wofern er selbst, zu der Zeit da ich ihn noch für den ersten aller Menschen hielt, mir mit dem Feuer eines Mannes, der kein anderes Interesse als das allgemeine Beste der Menschheit hat, den Aufschluß darüber gegeben hätte – war nun, seitdem ich einen *Scharlatan* und eine *Schauspielerin* an seiner Spitze sah, nichts als ein betrügerisches Netz, worin er mich und tausend andere gutherzige Menschen gefangen hatte, um uns zu blinden Werkzeugen, und, nach Erforderniß der Umstände, zu Opfern seiner Herrschsucht und seines Eigennutzes zu machen. Es war mir unmöglich, einem Manne, der alles, was in meinen Augen das Ehrwürdigste und Heiligste war, bloß als Maschinen, Dekorazionen und Masken zu Ausführung eines weit grenzenden politischen Plans gebrauchte, edle Absichten dabey zuzutrauen; und nichts in der Welt hätte mich dahin bringen können, mit dem ehemahligen Vorsteher einer herum ziehenden Bande von Isispriestern gemeine Sache zu machen, und wäre ich auch noch so gewiß gewesen, in nicht mehr Jahren, als Alexander zu seinen Eroberungen brauchte, den Thron unsrer heuchlerischen Theokratie mitten in der Hauptstadt der Welt aufgerichtet zu sehen, und der Zweyte nach Kerinthus in dieser allgemeinen Monarchie zu seyn.

Diesen Gesinnungen zu Folge bedachte ich mich nicht lange, was ich von der Freyheit, die ich nun durch Diokleens Vermittlung wieder erhalten sollte, für einen Gebrauch zu machen hätte. So bald die Täuschung, die mir eine Wolke statt der Juno in die Arme gespielt hatte, vorüber war, konnte ich mich nicht schnell genug von den Gegenständen meiner betrognen Liebe los reißen, für die ich nun eben so viel Widerwillen empfand, als sie mich ehemahls angezogen und gefesselt hatten. Aber wie ich mich von Diokleen, welche ich wieder zu sehen nicht vermeiden konnte, auf eine bessere Art als durch eine heimliche Flucht los machen könnte, dazu fand ich in dem ganzen Umfang meiner Einbildungskraft kein Mittel. Denn ich kannte die Schwäche meines Herzens und die magische Gewalt ihrer Überredungen, ihrer Liebkosungen, und (wenn nichts andres helfen wollte) ihrer Thränen, zu gut, um nur daran denken zu dürfen, ihr meine Entschließung und die Beweggründe derselben eher zu entdecken, bis ich aus dem Kreise heraus wäre, worin sie alles was sie wollte aus mir machte. Dieß war die einzige Schwierigkeit, die mich keine geringe Überwindung kostete. Denn der Gedanke an die großen Summen, die aus meiner Erbschaft in die Brüderkasse des Kerinthus und Hegesias geflossen waren, und welchen auch Dioklea, wiewohl nur im Vorbeygehen, bey mir geltend zu machen nicht vergessen hatte, hielt mich keinen Augenblick auf. Wie hätte auch ein solcher Verlust einen Menschen kränken sollen, der die Befriedigung eines einzigen seiner schwärmerischen Wünsche mit allen Schätzen von Indien noch sehr wohlfeil erkauft zu haben geglaubt hätte, und, nachdem er sich nun zum zweyten Mahle vom höchsten Gipfel seiner schönsten Hoffnungen herabgestürzt sah, nichts mehr zu verlieren hatte, was bedauernswerth war!

Alles erfolgte nun wie Schwester Theodosia es vorher gesagt hatte. Ich wurde am nächsten Morgen vor den Statthalter geführt, fand ihn aber von einer so ungeheuern Menge von Leuten, die entweder etwas anzubringen hatten oder auf seine Befehle warteten, belagert, daß er weder Zeit noch Lust zu haben schien, mir zu der Schutzrede für die Christianer, die ich meditierte, Gelegenheit zu geben. Er begnügte sich zwey oder drey Fragen an mich zu thun, deren Beantwortung ihn vermuthlich in der Meinung, die ihm Dioklea von mir beygebracht, bestärken mochte: denn er erwiederte sie bloß mit einem ironischen Lächeln, und dem Befehl, mich, als einen Menschen, von welchem der Staat und die öffentliche Ruhe nichts zu besorgen habe, auf der Stelle in Freyheit zu setzen, unter der einzigen Bedingung, daß ich die Provinz Syrien sogleich verlassen und mich hüten sollte, noch einmahl in verbotenen Versammlungen, von welcher Art sie seyn möchten, betreten zu werden. Von der Klage, welche meine Verwandten der Verschleuderung meines Erbgutes halben gegen mich erhoben hatten, wurde gar nichts erwähnt. Vermuthlich hatte die vorsichtige Dioklea, die mit ihrem Bruder auf Gewinn und Verlust in Gesellschaft getreten war, Mittel gefunden, diesen Punkt mit dem Statthalter in geheim auszumachen. Genug, meine guten Freunde zu Parium mußten sich an dem Bescheid ersättigen, daß man bey der vorgenommenen Untersuchung keine Ursache gefunden habe, den Beklagten der Gewalt, die ihm die Gesetze in Rücksicht seines Alters über die Anwendung seines Vermögens gäben, zu berauben. Und so endigte sich, lieber Lucian, diese ganze Sache, ohne daß die Filosofie des Statthalters so viel zu meiner Entlassung mitgewirkt hätte, als dein *Ungenannter* zu Elis dich glauben machen wollte.

Lucian.

Aber wie lief es nun mit Diokleen ab?

Peregrin.

Die Lebhaftigkeit der Freude, womit sie mich empfing, hätte beynahe alle meine Entschlossenheit umgeworfen. Ich wußte mir nicht anders zu helfen, um das Bewußtseyn des Widerspruchs zwischen meiner wirklichen Gesinnung und der Person, die ich spielen mußte, zu übertäuben, als daß ich mich dem Eindrucke, den die Gegenwart dieser sonderbaren Frau immer auf mich machte, gänzlich Preis gab, und den Gedanken an das, was wir vorhatten, so viel möglich von ihr und mir zu entfernen suchte. Indessen war es doch unmöglich, daß der innerliche Zwang, den ich mir anthun mußte um ruhiger und fröhlicher zu scheinen als ich war, einem so scharfen Auge wie das ihrige hätte entgehen können. Sie zeigte mir von Zeit zu Zeit einige Unruhe darüber; und da ich, in der drückenden Nothwendigkeit, sie durch eine Lüge zufrieden zu stellen, mich wenigstens derjenigen bedienen wollte, die der Wahrheit am ähnlichsten sah – oder vielmehr wirklich zur Hälfte Wahrheit war –

Lucian,
lachend.

Das nenne ich einen gewissenhaften Schelm!

Peregrin.

– so gab ich ihr endlich zu verstehen, daß es sehr grausam von ihr gehandelt wäre, wenn sie dem Zwange, den sie mir in der verwichnen Nacht fürs Künftige zu einer Pflicht gemacht hätte, die mir, bey dem was ich für sie fühlte, weder leicht noch angenehm seyn könnte, nicht wenigstens so viel zu gut halten wollte, um die unfreywilligen Seufzer, die mir von Zeit zu Zeit entführen, ungeahndet zu lassen. Sie beantwortete diese Äußerung, welche sie, ohne eine zu geringe Meinung von mir oder eine zu große von sich selbst zu hegen, für sehr natürlich halten konnte, durch ein

Betragen, das mir einige Hoffnung ließ, wenn ich mich ihres Zutrauens erst würdiger gemacht haben würde, von ihrem *Herzen* zu erhalten, was in der That bey einer Frau wie sie durch irgend eine andere Art von Verführung schwerlich zu erhalten war. Diese Wendung, welche unsre Unterhaltung nahm, führte unvermerkt Erinnerungen an Scenen aus der Vergangenheit herbey; dein armer Freund (wenn du ihn anders dieses Nahmens noch würdig findest) wurde eben so unvermerkt immer wärmer, und es kam so weit mit ihm, daß, wenn Dioklea nur die mindeste Ahndung der Gefahr, von ihm verlassen zu werden, gehabt hätte, es gänzlich in ihrer Gewalt gewesen wäre, ihn bis zum Geständniß seines treulosen Vorhabens zu treiben, und ihm einen Rückfall wenigstens auf lange Zeit unmöglich zu machen. Aber von *dieser* Seite lebte sie in der vollkommensten Sicherheit: und da sie alle ihre Aufmerksamkeit und Kunst bloß darauf wandte, dem, was sie für die einzige Gefahr bey unserm neuen Verhältnisse hielt, mit guter Art vorzubauen; so entging ich zu meinem Glücke der einzigen, in welcher mein Entschluß unfehlbar gescheitert wäre. Denn ich hätte in diesen zärtlichen Augenblicken, da meine Seele in dem Andenken so vieler unbeschreiblich wonnevoller Tage dahin schmolz, die mir in der zauberischen Einsamkeit der Villa Mamilia mit ihr zu einzelnen Stunden geworden waren, keine Stirne gehabt, ihr etwas zu verheimlichen oder abzuläugnen, wenn sie in meinem Inwendigen hätte lesen können. So hingegen schien sie, vielleicht aus Mißtrauen in ihr eigenes Herz, nichts angelegners zu haben, als mich von jenen verführerischen Erinnerungen zurück zu ziehen, und wußte mir auf ihre eigene feine Art unvermerkt Fragen abzulocken, deren Beantwortung ihr Gelegenheit gab, sich in eine umständliche Erzählung des Merkwürdigsten einzulassen, was ihr in den sieben Jahren unsrer Trennung begegnet war. Eine Vertraulichkeit, die meinem wankenden Vorsatz ungemein zu Statten kam, da es nicht fehlen konnte, daß sie mich dabey manchen Blick in ihr Inneres thun ließ, der mich in der alten Entdeckung bestätigte, daß sie eine zu große Meisterin in der *Mimik* sey, als daß ein Mensch von meinem Schlage jemahls hoffen dürfe, das, was der Natur oder der Kunst in ihr angehöre, mit einiger Sicherheit unterscheiden zu lernen.

LUCIAN.

Meine erste Sorge, so bald du deine Lebensgeschichte glücklich zu Ende gebracht haben wirst, soll seyn, diese Dioklea aufzusuchen, wofern sie anders in den Gegenden, die uns zur Wohnung angewiesen sind, zu finden ist.

PEREGRIN.

Über diesen Zweifel kann ich dich beruhigen, Lucian. Ich habe sie schon öfters und immer in sehr guter Gesellschaft angetroffen. Es soll mir ein Vergnügen seyn dich mit ihr bekannt zu machen.

LUCIAN.

Eine Gefälligkeit mehr, wofür ich dir verbunden seyn werde. Aber nun zum Verfolg deiner eigenen Angelegenheiten!

PEREGRIN.

Da mir auferlegt war, Antiochien noch an dem nehmlichen Tage und ohne alles Aufsehen zu verlassen, und Dioklea alle Anstalten dazu bereits getroffen hatte; so begreifst du, ohne mein Erinnern, daß alles, was ich dir so eben von unsrer gegenseitigen Lage gesagt habe, das Merkwürdigste von den drey Tagen ausmacht, an welchen wir auf ihrer Rückreise zu ihrem Bruder, der uns zu Damaskus erwartete, zum letzten Mahl allein beysammen waren. Dioklea befand sich um die dritte Nacht so ermüdet, daß sie, so bald wir in unsrer Herberge anlangten, sich sogleich zur Ruhe begab, und mir dadurch Zeit verschaffte, meine beschlossene heimliche Flucht ins Werk zu setzen. Glücklicher Weise hatten wir uns den Abend zuvor über das, was ich *Heucheley* nannte, ein wenig mit einander entzweyt, aber auf meiner Seite stark genug, daß es mir bey Ausführung meines Vorhabens leichter ums Herz war als ich selbst gehofft hatte. Wir befanden uns nicht weit von *Gabala*, in dem Hause einer Christianerin, einer guten alten Wittwe, die hier von den Einkünften eines kleinen Landgutes lebte, und, da sie kinderlos war, den Mann Gottes Kerinthus, oder vielmehr die unter seiner Verwaltung stehende Brüderkasse, zu ihrem eventualen Erben eingesetzt hatte. Ich ließ also meine geliebte Schwester Theodosia in guten Händen. Überdieß hielt ich es auch für Pflicht, ihr von einer ziemlichen Summe an Gold, welche sie mir bey unsrer Abreise von Antiochien übergeben hatte, zwey Drittheile zurück zu lassen, wiewohl ich, ohne mein Gewissen zu belasten, das Ganze, als einen sehr kleinen Ersatz für das reiche Opfer, so ich der Brüderkasse dargebracht, hätte behalten können. Meine Flucht hatte nicht die geringste Schwierigkeit. Ich hinterließ einen Brief an Diokleen, worin ich ihr sagte: »Die Aufschlüsse, die ich über das Geheimniß des Ordens, in welchen mich meine unvorsichtige Gutherzigkeit verflochten habe, seit kurzem erhalten hätte, machten mir eine gänzliche Aufhebung aller Gemeinschaft mit besagtem Orden und seinen Vorstehern zum unumgänglichen Gesetz. Ich begäbe mich hiermit freywillig und wohlbedächtlich alles Anspruchs an alle Summen, welche Hegesias und Kerinthus während unsrer Verbindung von mir erhalten oder in meinem Nahmen bezogen hätten; und hoffte dagegen, daß Sie so billig seyn würden, mich für ein so beträchtliches Lösegeld hinwieder aller Pflichten zu entlassen, die ich beym Eintritt in ihren Orden übernommen, und deren Erfüllung mir von nun an moralisch unmöglich sey. Im Übrigen werde ihnen ihre Kenntniß meines Herzens Bürgschaft dafür leisten, daß keines von ihnen jemahls etwas nachtheiliges von mir zu besorgen haben könne.«

Ich machte, als alles im Hause im ersten Schlafe lag, meinen Abzug durch ein Fenster, das aus meinem kleinen Zimmer in den Garten ging, doch mit etwas mehr Bequemlichkeit als ehemahls aus dem Fenster der schönen Kallippe; und da ich, vom Gefühl meiner Freyheit und dem schmeichelhaften Bewußtseyn der Leichtigkeit, womit ich der Tugend so viele und große Opfer brachte, begeistert, die ganze Nacht durch in Einem fort lief, befand ich mich mit Anbruch des Tages am Ufer des Meeres. Ich ließ mich unverzüglich in einem Fischernachen nach Laodicea übersetzen, wo ich, in größter Verborgenheit, ein paar Tage zubrachte, meine Lage zu überdenken, und zu sehen was für eine Partey mir nach einer so großen Katastrofe meiner innerlichen und äußerlichen Umstände zu nehmen übrig sey.

ACHTER ABSCHNITT.

LUCIAN.

Ich gestehe dir offenherzig, Freund Peregrin, daß in deinem letztern Betragen gegen Diokleen etwas ist, das ich mit deinem Karakter, so wie er sich bis zu dieser Epoke gezeigt hat, nicht recht zusammen reinem kann. Mich dünkt, das feine moralische Gefühl, das dich sonst bey allen Verirrungen deiner Fantasie und deines Herzens nie verließ, müsse durch deinen langen Aufenthalt unter den Christianern ein wenig abgestumpft worden seyn: denn wie wäre es sonst möglich gewesen, daß du eine Freundin, die schon so viel für dich gethan, dir in diesem Augenblick einen so großen Beweis ihrer Theilnehmung und ihres Zutrauens gegeben hatte, auf eine eben so unedle als unzärtliche Art, ohne die geringste Rücksicht auf die Verlegenheiten, in welche sie dadurch gesetzt wurde, hättest verlassen können? Bloß aus Freundschaft für dich, bloß weil sie den Gedanken nicht ertragen konnte, daß du, anstatt ein Mitgenoß der Unternehmungen ihres Bruders, nur ein Werkzeug, und wohl gar ein Opfer derselben seyn solltest, hatte sie dir sein Geheimniß entdeckt, und sich dadurch in den Fall gesetzt, seinen ganzen Unwillen auf sich zu laden, ja vielleicht seinen ganzen Plan scheitern zu machen, wofern sie zu viel auf dich gerechnet haben sollte. Würde sie dieß gewagt haben, wenn sie nicht die größte Meinung von deinem Edelmuth gehegt, dich nicht schlechterdings für unfähig gehalten hätte, ihr Zutrauen so zu belohnen wie du thatest? Und wärest du fähig gewesen so zu handeln, wenn du dich nur einen Augenblick an ihren Platz gesetzt hättest?

PEREGRIN.

Welch einen warmen Sachwalter diese Zaubrerin an dir gefunden hat, von deren verführerischer Gewalt du dir nur erst jetzt einigen Begriff machen kannst, nachdem es ihr schon bey einer bloß mittelbaren Bekanntschaft gelungen ist, den kalten Lucian, den erklärten Feind aller Täuschungskünste, durch einen einzigen behenden Handgriff auf ihre Seite zu bringen! Mit welcher Leichtigkeit hat sie alle Aufschlüsse, die wir in dem Haine der Venus Urania und auf dem Landgute der edeln Römerin von ihrem wahren Karakter erhalten haben, plötzlich aus deinen Augen gerückt! Aber *ich*, mein lieber Lucian, *ich* trug zu tiefe Narben von allem, was ich durch ihren Leichtsinn, ihren Muthwillen, ihre Eitelkeit, ihre eigennützige Gefälligkeit gegen fremde Leidenschaften, gelitten hatte, in meiner Seele; *ich* hatte zu viele, zu entscheidende Proben, wie hoch sie es in der Mimik gebracht, und wie leicht es ihr sey, die Gestalt, Miene, Sprache und Geberde jeder schönen Empfindung, jeder Tugend, jeder moralischen Grazie anzunehmen, als daß ich (zumahl nach Geständnissen, welche nothwendig einen dem Kerinthus und ihr selbst höchst nachtheiligen Eindruck auf mich machen mußten) so geneigt hätte seyn können, von der anscheinenden Großmuth ihrer Freundschaft auf eine dauernde Art gerührt zu werden. Ich begehre mich nicht zu rechtfertigen, Lucian; ich erzähle dir bloß mit aller Aufrichtigkeit, deren ich in unserm gegenwärtigen Zustande fähig bin, was ich von meiner eigenen Geschichte weiß; und Nachsicht mit meinen Verirrungen ist alles, worauf ich, bey einem Manne wie du, Anspruch machen kann. Ich bin getäuscht *worden*, und habe andere getäuscht; aber *jenes* immer unwissend, *dieses* immer ohne Vorsatz: ich gestehe beides offenherzig; aber am Ende ist es doch nur Gerechtigkeit, wenn ich sage, daß ich zu beidem fast immer durch *Anscheinungen* verleitet wurde, die so lebhaft auf mich wirkten daß ich sie für *Wahrheit* hielt. Mich dünkt, ich habe in meiner Erzählung schon erwähnt, daß es mir während der vier Tage, die ich wieder mit Diokleen lebte, nicht wenig kostete, daß ich nicht so offen und gerade gegen sie seyn durfte, als es ihr Betragen gegen mich zu fordern schien. Aber wie konnte ich anders, da ich entschlossen war, mit einem so gefährlichen Menschen, als Kerinthus nun in meinen Augen war, schlechterdings alle Gemeinschaft aufzuheben? Der Abscheu, den ich nach so unerwarteten und aus einem so glaubwürdigen Munde erhaltenen Aufschlüssen gegen ihn gefaßt hatte, war so übermäßig als die Verehrung, von welcher ich, so lang' ich ihn in einer überirdischen Glorie erblickte, für ihn durchdrungen war; er war zu heftig, um in seiner ersten Energie von irgend einer andern Empfindung überwogen zu werden. Und dennoch machte Dioklea meine Entschließung mehr als Einmahl wanken! Dennoch würde sie allem Vermuthen nach einen gänzlichen Sieg über mich davon getragen haben, wenn sie in dem kritischen Momente, dessen du dich erinnern wirst, tiefer in mich gedrungen, und mich genöthiget hätte, ihr die wahre Ursache meiner Verlegenheit und meiner Seufzer zu entdecken.

LUCIAN.

Ich erinnere mich dieses kritischen Augenblicks sehr wohl, lieber Peregrin: aber erlaube mir zu bemerken, daß es nicht Edelmuth und dankbares Gefühl für die außerordentliche Freundschaftsprobe, die sie dir gegeben hatte, sondern etwas ganz anderes war, was dich damahls in ihre Gewalt brachte.

PEREGRIN.

Ich bekenne meine Schuld, und weiß zu meiner Vertheidigung nichts weiter anzuführen als was ich schon gesagt habe. Im Fall eines Zusammenstoßes zweyer einander entgegen wirkender Gefühle muß natürlicher Weise das schwächere weichen; und dieß geschah im vorliegenden Falle um so mehr, da ich Diokleens Offenherzigkeit gegen mich, in der Stimmung worin mich die

Geheimnachrichten von ihrem Bruder gesetzt hatten, bloß als einen feinern Kunstgriff ansah, mich stärker und unauflöslicher in die Unternehmungen eines Ordens zu verwickeln, der schon allein *dadurch*, daß er im Grunde bloß politische Absichten und Finanzspekulazionen zum Zweck hatte, alles Anziehende für mich verlor, und meiner ganzen Sinnesart zuwider war. – Aber, es ist Zeit, den Rest meiner Geschichte mit etwas schnellern Schritten fortzusetzen.

LUCIAN.

Doch nicht schneller, wenn ich bitten darf, als das Interesse, das mir deine Geschichte eingeflößt hat, gestatten kann. Du bliebst zu Laodicea stehen, in Überlegungen vertieft, was du nun mit deiner wieder erlangten Freyheit und mit deinen neuen Erfahrungen anfangen wollest. Beide waren, nach deiner Gewohnheit, etwas theuer erkauft!

PEREGRIN.

Und mußten eben darum auch einen desto größern Werth in meinen Augen haben. Indessen übertreibe ich nichts, wenn ich sage, daß weder der Verlust des größten Theils meines Vermögens, noch die Trennung von Kerinthus, Dioklea und meinen ehemahligen Brüdern, mir das Vergnügen, mich wieder frey zu wissen, verkümmern konnten. Es gehörte, wie du bereits bemerkt haben wirst, zu den Eigenheiten meiner Sinnesart, daß dieselben Gegenstände, welche in dem Zauberlichte, worin sie mir erschienen, meine ganze Seele eingenommen hatten, so bald ich fand oder zu finden glaubte, daß sie das nicht waren wofür ich sie gehalten hatte, nur aus *meinen Augen* gerückt zu werden brauchten, um sich in wenigen Tagen auch aus meinem *innern Gesichtskreise* so gänzlich zu verlieren, als ob alles, was zwischen mir und ihnen vorgegangen, ein bloßer Traum gewesen wäre. Ich trennte mich von Kerinthus und seinen Anhängern, nachdem der Sturm des ersten Augenblicks vorüber war, ohne daß es meinem Herzen das geringste kostete, als von Betrügern oder Betrognen, zwischen welchen und mir von nun an keine Gemeinschaft mehr Statt fand; ohne Reue oder Beschämung, und durch das Bewußtseyn befriediget, daß ich, durch die edelsten Beweggründe in meine Verbindung mit ihnen hinein gezogen, der guten Sache, so lange ich sie dafür halten mußte, alles aufgeopfert hatte. Aber noch lebte ein Bild in meiner Seele, das mir zwar unter so vielen Gegenständen, welche unmittelbarer auf mich gewirkt und sich aller meiner Aufmerksamkeit bemächtigt hatten, nach und nach aus dem Andenken gekommen war, aber nun, in der tiefen Einsamkeit, in die ich mich zurück geworfen sah, durch einen Kontrast, der seine Liebenswürdigkeit verdoppelte, auf einmahl wieder wie eine himmlische Erscheinung vor meiner Stirne stand; – und dieß war – das Bild der guten, unschuldigen, unverfälschten Familie von Christianern, zu denen mich mein Wegweiser Hegesias ehemahls in dem Walde zwischen Pergamus und Pitane verirren ließ. Du kennest mich nun so gut, Lucian, daß ich dir nicht zu sagen brauche, mit welchem Feuer meine Einbildungskraft, in dem abermahligen Schiffbruch, den alle meine Hoffnungen und Wünsche erlitten hatten, nach diesem Brete griff. Meine Partie war auf einmahl genommen. Mein großväterliches Erbe, – eine Kleinigkeit gegen das, was die Ordenskasse des Kerinthus verschlungen hatte, aber mehr als hinlänglich einen Menschen von mäßigen Bedürfnissen zu befriedigen – dieses Erbe, welches größten Theils in einem kleinen, nahe bey Parium gelegenen Landgute bestand, war glücklicher Weise noch in meinen Händen. Mein Plan war also, mit dem ersten Schiffe, das nach Cypern und Rhodus befrachtet wäre, abzugehen, von da nach Hause zurückzukehren, die Trümmer meines Vermögens zu Gelde zu machen, und mich dann, wo möglich, unmittelbar mit jenem auserwählten Häuflein ächter Jünger unsers guten Meisters zu vereinigen, um in paradiesischer Unschuld und Abgeschiedenheit von der Welt, Ein Leib, Ein Herz und Eine Seele mit diesen engelähnlichen Sterblichen, im reinsten Genuß des gegenwärtigen und in freudigster Erwartung des zukünftigen Lebens, dieser hohen Eudämonie und göttlichen Befriedigung meines Innersten theilhaftig zu werden, welche schon so lange vergebens das letzte Ziel meiner Wünsche gewesen war.

LUCIAN.

Bravo, Peregrin! Deine Imaginazion thut wieder ihre Schuldigkeit, wie ich sehe; du genießest wieder so überschwenglich viel *voraus*, und alles in einer so überirdischen Lauterkeit und Vollkommenheit – daß die guten ehrlichen Seelen, von denen du so viel erwartest, schlechterdings in die Unmöglichkeit gesetzt sind, deiner Fantasie genug zu thun, wenn sie auch noch so guten Willen dazu hätten.

PEREGRIN.

Dießmahl ließ das Schicksal, oder meine Wankelmüthigkeit (wenn du nicht etwa lieber einmahl meiner Vernunft die Ehre davon geben willst) es nicht zur Probe kommen, welche sehr wahrscheinlich gerade so ausgefallen seyn dürfte, wie du erwartest. Eine unverhoffte Zusammenkunft mit einem Freunde, den ich seit mehrern Jahren ganz aus den Augen verloren hatte, verrückte mir den Gesichtspunkt, woraus ich diese Dinge noch anzusehen gewohnt war, und das Schicksal vollendete, was jener angefangen hatte.

Während daß ich zu *Lindus* auf ein Fahrzeug wartete, welches mich nach Mitylene bringen sollte, begegnete mir in einer bedeckten Halle ein Mann, der bey meiner Erblickung eben so verwundert still stehen blieb, als ich bey der seinigen. Zu unsrer beiderseitigen Freude entdeckten wir, *Ich* in ihm den nehmlichen *Dionysius von Sinope*, mit welchem ich zu Ikonium in der Pflanzschule des Kerinthus Bekanntschaft gemacht hatte, *Er* in mir den damahligen Vertrauten und Günstling des Profeten, der auf eine geheime Mission nach Syrien abgeschickt worden war. Der bloße Umstand, daß wir uns so allein zu Lindus wiederfanden, sagte uns, daß wir einander merkwürdige Dinge zu entdecken haben würden. Dionysius war seit kurzem, wie er mir sagte, durch eine Erbschaft nach Lindus gezogen worden, und gefiel sich da so wohl, daß er diese anmuthige Stadt zum Ziel seiner Wanderungen zu setzen Lust hatte.

Und wie machtest du es, fragte ich etwas voreilig, daß du dich und deine Erbschaft aus den Klauen des Profeten Kerinthus in Sicherheit brachtest?

Diese Frage sagt mir viel auf einmahl, erwiederte Dionysius; aber wir müssen einen bequemern Ort suchen, uns einander näher zu erklären: und hiermit führte er mich in seine Wohnung, und nöthigte mich, das Gastrecht bey ihm anzunehmen. – Ich habe dir schon gesagt, Lucian, daß dieser junge Mann den Schlüssel zu meinem Kopf und Herzen bey sich trug; denn in der weiten Welt fand sich schwerlich noch ein anderer, der, was die Schwärmerey betrifft, ein vollkommnerer Gegenfüßer von mir gewesen wäre, und doch in allem übrigen mehr mit meiner Gemüthsart sympathisiert hätte als er. Wir wurden also in wenigen Stunden vertraut genug, um nichts geheimes vor einander zu haben. Dionysius machte den Anfang mich über seine ehemahlige Verbindung mit Kerinthus ins Klare zu setzen.

Ich wurde, sagte er, durch einen Zufall mit ihm bekannt. Er schien mir ein Mann von tiefem Inhalt zu seyn, und alles, was ich an ihm sah, fesselte meine Aufmerksamkeit. Auch *Er* schien mich hinwieder als einen Menschen zu betrachten, der die seinige verdiente. Wir näherten uns einander unvermerkt, aber von beiden Seiten so behutsam, daß ich lange nicht recht wußte, was ich aus ihm machen sollte. Da wir einige Tage in Gesellschaft reiseten, so fehlte es uns nicht an Gelegenheit, allein beysammen zu seyn; und so fiel die Unterredung nach und nach auf alles, was für Personen von Erziehung, Weltkenntniß und gesetztem Karakter Interesse hat. Wir sprachen von Politik, von Filosofie, von Religion – immer mit Rücksicht auf den gegenwärtigen Zustand der Dinge. Kerinthus ließ sich über alles wie ein Mann von großem Sinn und festen Grundsätzen vernehmen, aber immer so, daß er viel weniger zu sagen schien als er könnte. Ich glaubte etwas Geheimnißvolles in ihm zu bemerken; aber er schien es zu tragen, wie einer, der zwar nicht sehen lassen will *was* er trägt, aber doch wohl leiden kann, daß man merke er trage etwas

Wichtiges. Dieß schien mir auf *mich* gezielt zu seyn, und machte mich desto behutsamer; denn es war fest bey mir beschlossen, mich nicht verwickeln zu lassen. Alles was ich von seiner Art zu denken heraus brachte, und worüber er sich allmählich etwas deutlicher erklärte, war: daß die Welt zu einer großen Revoluzion heran reife; daß wir diesem Zeitpunkte schon wirklich näher wären als man glaubte; daß in den Begriffen und Meinungen der Menschen eine zu große Veränderung vorgegangen sey, als daß die alten Stützen länger halten könnten, welche die politische und moralische Welt seit einigen Jahrtausenden getragen hätten, und daß eine neue, auf die Würde und Bestimmung des Menschen gegründete Ordnung der Dinge nöthig sey, um den fürchterlichen Folgen einer gänzlichen Auflösung der gegenwärtigen Weltverfassung zuvor zu kommen. Dieß brachte mich zuweilen auf den Gedanken, daß er vielleicht ein Christianer seyn könnte; aber er affektierte bey allem dem so gar nichts Profetisches, sprach von allem so schlicht, wie es die Natur der Sache und der begreifliche Zusammenhang zwischen Ursache und Wirkung mit sich brachte, daß ich immer wieder versucht war, ihn für einen bloßen Filosofen zu halten, wiewohl er sich mit ziemlicher Wärme gegen unsere Sektenfilosofie erklärte.

Ists möglich, unterbrach ich meinen Freund, daß du mir von eben dem Manne sprichst, der mir zu Smyrna zwischen den Felsen des Vorgebirgs als eine Art von Genius erschien; der in meinem Innern las, sich mit einer Art von magischer Gewalt meiner ganzen Seele bemächtigte, und, als er wieder verschwand, mich in Ungewißheit ließ, ob ich ihn für einen neuen Zoroaster, oder für einen Gott halten sollte?

Du siehest, fuhr Dionysius fort, daß der Mann das große Talent hat, jeden nach seiner Weise zu bedienen; eine Gabe, wodurch schon einer der ersten Häupter seiner Sekte zu ihrer Ausbreitung so viel beygetragen hatte. Bey *dir* machte er den Profeten; bey *mir* den Weisen, den Menschenspäher, den freyen, gegen alle gleich wohlgesinnten Weltbürger, dessen Herz, auch wenn es von Eifer für die Rechte der Menschheit, von Verlangen ihrem Elend abgeholfen zu wissen glühte, dennoch immer unter den strengen Befehlen der Vernunft, unter der Leitung eines kalten Kopfes stand. Mehr als Einmahl schien es mir zwar, wenn er von der Nothwendigkeit sprach, daß alle aufgeklärte Menschen, die es wohl mit ihren Brüdern meinten, mit vereinigten Kräften auf *das einzig Nothwendige* arbeiten sollten, als ob er absichtlich wärmer würde, um zu sehen wie und was es auf mich wirkte. Weil ich aber bey dergleichen Äußerungen allemahl in gleichem Verhältnisse kälter und einsylbiger ward, so zog er sich immer unvermerkt wieder in seine gewöhnliche Ruhe zurück, ohne daß ich an seinem Benehmen die mindeste Spur einer fehl geschlagnen Hoffnung wahrnehmen konnte.

So blieben die Sachen zwischen uns, bis es sich, da wir uns wieder trennen sollten, zeigte, daß wir einander unvermerkt interessant genug geworden waren, um zu wünschen es noch mehr zu werden: und da ich bey meinen Reisen keine Zwecke hatte, die ich an dem einen Orte nicht eben so gut als an dem andern verfolgen konnte; so bot ich ihm an, ihn nach *Ikonium*, dem Ziel seiner Reise, zu begleiten, und er schien es mit sichtbarem Vergnügen anzunehmen. Wir kehrten unter Weges zwey oder dreymahl in Häusern ein, wo er das Gastrecht hatte, und mich seinen Freunden als einen ihm sehr werthen Reisegefährten vorstellte. Ich wurde dadurch mit einigen Familien bekannt, die mir ein liebenswürdiger Schlag von Menschen zu seyn schienen, und sich ungemein gefällig gegen mich bezeigten; wiewohl es mir vorkam, als ob meine Gegenwart ihnen einigen Zwang auflege, den sie zu verbergen suchten.

Als wir endlich nur noch eine Tagereise von Ikonium entfernt waren, wußte Kerinthus das Gespräch unvermerkt auf die *Christianer* zu lenken, schien aber, nach seiner Gewohnheit, vor allen Dingen die Tiefe des Wassers sondieren zu wollen, eh' er sich zu weit hinein wagte. Ich erklärte mich ohne Bedenken:

wiewohl ich wenig Kenntniß von dieser Sekte hätte, so könnte ich mich doch nicht überreden lassen, daß sie so bösartige und gefährliche Leute seyen, als ihre Feinde behaupteten. – Wie es scheint, sagte er lächelnd, hast du vielleicht noch keinen von ihnen sehr nahe gesehen. – Niemahls daß ich wüßte, war meine Antwort. – Aber vielleicht desto mehrere ohne es zu wissen, versetzte er. – Wie so, Kerinthus? – »Du hast auf unsrer letzten Reise dreymahl bey Christianern das Gastrecht genossen.« – Ich betrachtete ihn bey diesen Worten mit einem Blick, den er zu verstehen schien – »Und ich bin gewiß, fuhr er fort, daß du schon tausendmahl in deinem Leben mit Christianern gesprochen oder Geschäfte gehabt hast, ohne sie dafür anzusehen. Dafür kann ich dir wenigstens bürgen, wenn dir im gemeinen Leben ein stiller, friedfertiger, zuverlässig treuer und guter Mensch, von unbescholtnem Ruf und reinen Sitten, in den Wurf kommt, so kannst du drey gegen Eins setzen, er ist ein Christianer.« – Du machst mich begierig, sagte ich, so gute Menschen, und noch begieriger, das was sie zu solchen Menschen macht, genauer kennen zu lernen; und da du, wie ich sehe, selbst einer von ihnen, und vermuthlich ein Mann von Ansehen unter ihnen bist, so kann ich mich mit diesem Verlangen wohl an niemand schicklicher wenden als an dich. – Kerinthus beantwortete dieses Kompliment auf eine eben so bescheidene als leutselige Art: er sagte mir, daß auch *sie* ihre Mysterien hätten, zu welchen zwar, dem ersten Ansehen nach, weniger harte und beschwerliche, aber im Grunde weit strengere Bedingungen erfordert würden als zu den Eleusinischen und andern dieser Art. – Ich antwortete: Da ich von einem Manne, wie Er, keine Zumuthung, die der Vernunft oder dem Herzen eines Menschen von gutem Willen widerstehen könnte, zu besorgen habe, so sey ich zu allem übrigen bereit. Und so wurde denn ausgemacht, daß ich, so bald wir in Ikonium angelangt seyn würden, zur Vorbereitung für den ersten Grad der Weihe zugelassen werden sollte.

Nach einer Vorbereitung von wenigen Wochen erhielt ich diesen ersten Grad; aber dabey blieb es auch, und ich kann mich nicht rühmen, weiter als bis an die Schwelle des innern Vorhofes gekommen zu seyn. Denn wiewohl ich eine Zeit lang ziemlich gute Hoffnung von mir gab, so fand sich doch in der Folge, daß ich weder als Missionar, noch als Märtyrer, noch als geheimer Minister und Vertrauter im Reiche des Kerinthus (welches ich von einem andern Reiche, wovon mir viel Herrliches gesagt wurde, sehr gut zu unterscheiden wußte) zu gebrauchen war: und da ich überdieß noch die Hand fest auf meinem Geldbeutel hielt, und alles was mir gelegentlich von Verachtung des Irdischen, von dem was der *Herr* bedarf, von der tausendfältigen Frucht, welche alles, was man für seine Sache aufopfere, hier oder dort trage, und was dergleichen mehr war, ans Herz gelegt wurde, weder verstehen wollte noch um nähere Erklärung bat; so konnte ich deutlich genug sehen, daß man nach Verfluß einiger Monate an meiner Erwählung zu verzweifeln anfing, und als ich, dringender Familien-Angelegenheiten wegen, um meine Entlassung bat, noch froh war, eines beschwerlichen Beobachters los zu werden. Vermuthlich wünschte sich Kerinthus Glück, daß er immer so zurückhaltend und verschlossen gegen mich geblieben war. Indessen hatte er doch in Augenblicken, wo meine Neugier mehr die Miene von Gelehrigkeit und Empfänglichkeit haben mochte, einzelne Lichtstrahlen in meinen Kopf fallen lassen, die sich darin sammelten, und mir zu sehr wahrscheinlichen Vermuthungen über den geheimen Plan dieses talentvollen moralischen Zauberers, wenn ich ihn so nennen kann, verhalfen. In der That wußte er seinen Plan, das eigentliche große Mysterium seines Ordens, in sehr scheinbare *moralische Hüllen* einzuwickeln, welche, je nachdem die Hoffnung mich noch zu gewinnen stieg oder sank, dünner oder dichter wurden: aber eben diese Kunstgriffe, wie leicht auch seine Hand dabey war, verriethen mir was er verbergen wollte; und je mehr ich ihn zu enträthseln glaubte, desto mehr fand ich mich in der Meinung bestärkt, daß er schwerlich den Mystagogen unter den Christianern spielen würde, wenn es in seiner Willkühr stände, auf dem Wege eines Alexanders oder Julius Cäsars zu seinem Ziele zu gelangen.

Dieß, lieber Lucian, war ein Punkt, worüber mein Freund Dionysius sehr authentische Nachrichten von mir zu erwarten hatte. Damit ihm alles desto begreiflicher seyn könnte, sah ich mich genöthigt meine Geschichte vom Ey anzufangen.

LUCIAN.

Man hat immer viel vor andern Sterblichen voraus, wenn man eine Geschichte wie die deinige zu erzählen hat.

PEREGRIN.

Einem so ausgemachten Antipoden aller Schwärmerey, wie Dionysius, mußte sie in der That wunderbar genug vorkommen; und doch merkte ich, daß von allen den außerordentlichen Dingen, womit er dadurch bekannt wurde, *ich selbst* doch das wunderbarste in seinen Augen war. Er schien sich ganz leicht zu erklären, wie man eine Mamilia Quintilla, eine Dioklea, ein Kerinthus oder Hegesias seyn könne: aber wie es möglich sey *Peregrinus* zu seyn, dieß, (wiewohl er zu höflich war, es mir ausdrücklich zu sagen) dieß schien über seinen Begriff zu gehen. Indessen, da er sich doch nicht erwehren konnte an dem seltsamen Schwärmer Antheil zu nehmen, fand er, als ich mit meiner Erzählung zu Ende war, daß es wirklich *solcher Erfahrungen* bedurft habe, um einen Menschen von dieser Gattung völlig zur Vernunft zu bringen; ein Vortheil, der, seiner Meinung nach, mit allem was er mir gekostet hatte, nicht zu theuer bezahlt war. Du kannst dir also vorstellen, wie der gute Mann erschrak, da er hörte daß er meine Genesung zu voreilig vorausgesetzt habe, und daß ich, weit entfernt endlich den rechten Talisman gegen alle Zaubereyen meines bösen Dämons gefunden zu haben, noch immer der alte Enthusiast sey, der sich nur in den Personen geirrt zu haben glaubte, und im Begriff stand, sich in ein neues Abenteuer zu wagen, wobey, seiner Meinung nach, zehn gegen Eins zu setzen war, daß es keinen fröhlichern Ausgang nehmen würde. Ich hingegen hatte, seitdem das Bild meiner liebenswürdigen *Johanniten* wieder in mir lebendig geworden war, mich in den Gedanken mit ihnen zu leben schon so tief hinein gearbeitet, daß ich nicht begreifen konnte, wie auch der kaltblütigste aller Menschen einem so natürlichen und vernünftigen Projekte seinen Beyfall versagen könne. Es muß daran liegen, dachte ich, daß du bey Erzählung deiner Begebenheiten zu schnell über *diese* hinweg geeilt bist; der gute Dionysius hat keine Vorstellung davon, was für Engel von Menschen es sind, zu denen mein Herz mich so unwiderstehlich hinzieht. Ich bot also alle meine Mahlerkunst auf, ihm eine Abschilderung von dieser Familie und von der Glückseligkeit, die mich in ihrem Schooß erwarte, zu machen: aber ich trug meine Farben so dick auf, daß mein Gemählde gerade das Gegentheil dessen, was ich beabsichtete, bey ihm wirken mußte.

»Beynahe, sagte er, sollte ich mir ein Gewissen daraus machen, dich von einem so süßen und so unschuldig scheinenden Wahnsinne zu heilen: aber ich sehe, daß deine Fantasie dein Herz abermahl zum Besten hat, und daß du bey diesem neuen Lebensplan um so größere Gefahr läufst, weil es vielleicht nicht so leicht seyn dürfte, dich, wenn die Täuschung vorüber seyn wird, von diesen ehrlichen Seelen wieder los zu winden, als von den Komödianten und Gauklern, deren Spiel du bisher gewesen bist. Ich sehe diesen Ausgang zu gewiß voraus, um eher von dir abzulassen, bis ich dich überzeugt habe, daß dir, nachdem du einmahl glücklich genug gewesen bist den Kopf aus der Schlinge zu ziehen, keine andere Wahl übrig bleibt, als alle Gemeinschaft mit den Christianern aufzuheben.

»Dein Unglück, lieber Peregrin, (fuhr er fort) war bisher, daß du dich immer blindlings von zwey Führern leiten ließest, die dich nothwendig irre führen mußten. *Gefühl* und *Imaginazion* sind sehr angenehme *Gefährten*, aber gefährliche *Wegweiser* durch den Labyrinth des Lebens. Du hast dieß nun schon so oft erfahren, daß es wahrlich hohe Zeit ist, es endlich einmahl mit einem Führer zu versuchen, der unmöglich irre führen kann. Laß also, anstatt einem vielleicht betrüglichen Zuge nachzugeben, *die Vernunft* entscheiden, was für eine Partey du ergreifen sollst. Die Vernunft, glaube mir lieber Peregrin, *die Vernunft* ist *der gute Dämon* des Menschen, und die Eudämonie, nach welcher du strebest, ist die Frucht eines nach *ihrer* Vorschrift geführten Lebens; oder es giebt gar nichts, das diesen Nahmen verdient, diesseits des Mondes. Ich will jetzt nicht untersuchen, ob du, da du dich einmahl so tief mit Kerinthus eingelassen, da deine Fähigkeiten und Vorzüge dich zu einem ansehnlichen Posten in seinem unsichtbaren Reiche bestimmten, und die Freundschaft Diokleens (deren Aufrichtigkeit und Wärme zu bezweifeln, du, so viel ich sehe, keinen Grund hattest) dir unfehlbar das Innerste seines Ordens aufgeschlossen und einen unmittelbaren Antheil an den Vortheilen seiner Unternehmung verschafft haben würde, – ob du, sage ich, nicht *klüger* gethan hättest, bey ihm auszuharren, und ob nicht gerade das, was dich bewog seine Partey zu verlassen, dich zum Gegentheil hätte bestimmen sollen.

»Zwar bin ich so überzeugt als du, daß der außerordentliche Mann, nach welchem die Christianer sich nennen und für dessen Jünger sie sich ausgeben, einen *ganz andern Plan* hatte, als der ist, an welchem Kerinthus arbeitet. Ganz gewiß war *das Reich Gottes*, welches *Er* ankündigte, und zu welchem er (nachdem ihm seine Absicht bey den Juden, seinen Stamm- und Glaubensgenossen, fehl geschlagen war) alle Menschen eingeladen wissen wollte, nichts weniger als eine politische Universalmonarchie. Alles müßte mich trügen, oder dieses Reich hatte mit der *Theokratie* oder *Hierarchie*, an welcher seine vorgeblichen Anhänger im Verborgnen arbeiten, und womit sie über lang oder kurz die erstaunende Welt überraschen werden, nicht mehr gemein, als *sein Geist* mit dem *ihrigen*. Er war ein *Enthusiast* im erhabensten Sinne dieses ehrwürdigen Wortes, welches durch Vermengung mit Schwärmerey, Fanatismus und Magismus so häufig entheiligt wird: aber seine *Lehre* war zu einfach, sein *Sinn* zu lauter, die *Vollkommenheit*, zu welcher er einlud und die er an sich selbst darstellte, zu rein und groß, als daß es sich nur denken ließe, sie könnte jemahls das Antheil von Hunderttausenden und Millionen seyn. *Was erfolgte* also, und *was mußte* erfolgen? Eines von beiden: entweder seine reine Theosofie mußte, wie die Weisheit und Tugend (zwey nicht weniger profanierte Wörter!) eines *Archytas* oder *Sokrates*, sich immer nur, *unsichtbarer Weise*, unter den Wenigen erhalten und fortpflanzen, *die seines Geistes waren*; oder, wenn sie sichtbar werden, zu einer Art von Herrschaft über die menschlichen Gemüther gelangen, und irgend eine wichtige Veränderung in der Welt hervorbringen sollte, so mußte sie sich mit den Meinungen und Leidenschaften der Menschen amalgamieren, und in der Hand ehrgeitziger, planvoller und betriebsamer Menschen zu einer neuen Volksreligion, und als solche zum Mittel eines Zwecks, der nicht der Zweck des ersten Stifters war, kurz, zu *dem* gemacht werden, was der Glaube und die Mysterien der Christianer in den Händen eines Kerinthus und Hegesias sind.

»Wie viel Antheil aber auch Regiersucht und Eigennutz an der Unternehmung dieser Männer haben mögen, so ist doch nicht zu läugnen, daß etwas Großes in dem Gedanken ist, die Menschheit zugleich von den Ketten des Aberglaubens und des Despotismus zu befreyen, und alle Völker der Erde, durch einen Glauben, der die moralische Natur des Menschen reinigt und veredelt, sie zu Kindern Eines Vaters, zu Mitgenossen gleicher Rechte, zu Erben eben derselben Hoffnung macht, in *eine einzige Brüdergemeine* zu versammeln. Mag doch diese Idee, in ihrer höchsten Vollkommenheit gedacht, unerreichbar seyn! Aber würden auch Jahrtausende dazu erfordert, um ihr von Stufe zu Stufe näher zu kommen, und müßte gleich das Gute, das für die Menschheit dadurch gewonnen würde, mit tausend vorüber gehenden Übeln erkauft werden: immer bliebe der, der den Grund zu einer solchen Revoluzion gelegt hätte, ein Wohlthäter des menschlichen Geschlechts. Ich müßte mich sehr irren, oder Kerinthus betrachtet sich selbst in diesem Lichte. Und, wiewohl man *den* keinen Schwärmer nennen kann, der so künstliche Maschinen mit so viel Klugheit und mit so feinen Handgriffen zu Ausführung eines Werks, wovon *Er selbst* die Seele ist, zu verbinden weiß; wiewohl der Gebrauch *wunderbarer* Mittel und einer Art von *moralischer Magie* ihm sogar das Ansehen eines *Betrügers* geben: so wollte ich doch nicht behaupten, es sey unmöglich, daß er, von der Schönheit und Größe seines *Plans* begeistert, sich selbst über die *Mittel* täusche, und alles für recht und gut halte, was zu einem so herrlichen Ziele führe; und dieß um so mehr, je scheinbarer der Gedanke ist, daß durch eine solche Anwendung das, was in einem andern Zusammenhang der Dinge böse seyn würde, in so fern als das Gute dadurch befördert wird, sich wirklich in etwas Gutes *verwandelt*, und also aufhört zu seyn was es war. Ich erinnere mich, von Kerinthus etwas diesem ähnliches gehört zu haben; und wenn die Alexander und Cäsarn, wie zu vermuthen ist, Augenblicke hatten, wo eine unfreywillige innere Gewalt sie nöthigte einem Richter in ihrem eigenen Busen Rechenschaft zu geben, so waren es ohne Zweifel Sofismen dieser Art, wodurch sie ihn zu bestechen suchten.

»Wie es aber auch damit beschaffen seyn mag, immer macht es dem Genie des Kerinthus in meinen Augen Ehre, daß er (aller Wahrscheinlichkeit nach) der erste war, der in dem Glauben einer bisher so verachteten Sekte das Mittel und Werkzeug fand, die größte aller Revoluzionen zu bewirken. Es ist sehr möglich, oder vielmehr es ist sehr wahrscheinlich, daß er mit seiner Unternehmung scheitern wird. Er betreibt sie zu *lebhaft*, und, als einer der die Früchte seiner Arbeit selbst genießen möchte, zu *eilfertig*; die Welt ist zu einer so großen Katastrofe noch nicht reif. Aber ich bin gewiß, wenn auch Kerinthus unterliegt, das von ihm angefangene Werk wird von andern Händen im Verborgenen fortgeführt; und vielleicht in weniger als zwey hundert Jahren werden unsre Nachkommen erstaunen, eine in ihren Anfängen so unscheinbare und nichts geachtete Verbrüderung auf einmahl ihr Haupt erheben, die alte Religion und Verfassung verschwinden, und die *Theokratie* des Kerinthus, vielleicht *unter einem andern Nahmen* und *mit einer andern Außenseite*, aber ihrem Geist und ihren Grundsätzen nach *eben dieselbe*, der Welt Gesetze geben zu sehen. Ob diese sich viel besser dabey befinden wird, will ich dahin gestellt seyn lassen. Ich meines Orts gestehe, daß ich kein Freund von den Theokratien bin, in welchen man die Gottheit die Rolle eines morgenländischen *Schachs* spielen läßt, während Menschen, unter dem Nahmen seiner *Satrapen* und *Wessire*, sich seiner Allgewalt so wohl oder so übel bedienen, als es ihre Fähigkeiten, Leidenschaften, Schwachheiten und Laster erlauben oder fordern.

»Ich weiß nur von *Einer Theokratie*, gegen welche keine Einwendung zu machen ist, weil sie weder Unrecht haben noch von irgend einer Macht aufgehalten werden kann; in welcher wir alle unsere Rolle spielen, ohne weder den Plan noch den Ausgang des Stücks zu kennen; in deren Plan alles, was ist und lebt, eingeflochten ist, alles von unbekannten Ursachen zu unbekannten Zwecken in ewiger Bewegung erhalten wird, alles zugleich Mittel und Zweck, Ursache und Wirkung ist, und der erste Beweger von allem ewig unsichtbar hinter der Scene bleibt.

»In *dieser* Theokratie, mein lieber Peregrin, bin ich was ich bin, wirke was ich kann, und leide was ich muß: von allen andern *Autokratien*, *Demokratien*, *Aristokratien* und *Theokratien* halte ich mich so fern als möglich. Ich verachte mich selbst nicht so sehr, daß ich von der Willkühr eines andern abhangen möchte, so lang' es in der meinigen steht frey zu seyn: aber ich bin auch nicht stolz oder eitel genug, um über meines gleichen herrschen zu wollen.

»Aufrichtig zu reden, ist bey einer solchen Sinnesart gewöhnlich eine gute Porzion Trägheit und Liebe zum seligen Leben der Götter im Himmel, dem goldnen *Müßiggang*; eine Liebhaberey, wovon ich mich selbst nicht frey sprechen will, und woraus du dir leicht erklären kannst, warum ich keine Lust hatte, mich mit dem hoch strebenden Kerinthus auf das gefahrvolle Meer weit aussehender, mühsamer, und vielleicht undenkbarer Abenteuer einzuschiffen.

»Du, Peregrin, hast keine Entschuldigungen dieser Art: aber, wie geschickt du dich auch während deiner Verbindung mit Kerinthus und Hegesias gezeigt hast, in ihrem Operazionsplan eine der thätigsten Rollen zu spielen, so begreife ich doch, wie dir durch die Entdeckung, daß, was du für *Ernst* hieltest, nur *Spiel* sey, die Lust dazu vergehen konnte. Aber, o mein Freund! du, dem es so innig zuwider ist andere zu betrügen oder von andern betrogen zu werden, warum wolltest du dich von neuem in Gefahr begeben, der Betrogne eines *magischen Gauklers* zu seyn, der *in deinem eignen Busen* sitzt? Die Farben, womit er dir die Seligkeit vormahlt, die im Schooße der vermeintlichen Engel auf dem Meierhofe bey *Pitane* deiner warten soll, sind *Zauberfarben*; das Licht, worin du diese guten Menschen siehst, ist *Zauberlicht.* Eine Zeit lang würdest du dich in das Paradies der Morgenländer versetzt glauben, und unter deinen Idealen von Unschuld und Liebe in den seligsten Gefühlen zerfließen. Aber so bald Zeit und Gewohnheit die erste Blüthe des Genusses abgestreift hätte, würden diese Engel unvermerkt zu armen, einfältigen Menschen herab sinken, mit denen du, außer einiger Gleichförmigkeit in Gesinnungen des Herzens, wenig oder nichts gemein haben könntest. Du bist von Jugend an gewohnt mit Personen von gebildetem Geiste zu leben, bist selbst viel zu sehr entwickelt, als daß du es, bey einer wenig oder bloß mechanisch beschäftigten Lebensart, unter so schlichten und einförmigen Landleuten in die Länge aushalten könntest. Ihr Unvermögen, das wirklich für dich zu seyn, was dir deine Fantasie in ihrem Nahmen versprach, würde dich zuletzt *übellaunig* machen: und wäre es einmahl *dahin* gekommen; so würde nicht nur das, was du an ihnen liebst, viel von seinem Werth und Reitz verlieren; es würden auch Unvollkommenheiten zum Vorschein kommen, die du ehemahls nicht gesehen hattest, und die nun in deiner umgestimmten Einbildung (eben so gewiß wie ehemahls das Schöne und Gute) größer erscheinen würden als sie sind. Was die natürliche Folge von diesem allen seyn müßte, brauche ich dir nicht zu sagen: aber ob es dann so leicht, oder nicht wohl gar unmöglich seyn dürfte, die Verbindungen, welche du in der ersten Schwärmerey des Herzens mit diesen guten Leuten eingegangen wärest, wieder aufzuheben, ist eine Frage, deren Beantwortung du nicht auf den Erfolg ankommen lassen darfst. Wenn also mein Rath etwas über dich vermöchte, so folgtest du meinem Beyspiel, und brächest, nachdem du dich doch einmahl durch einen Sprung aus dem Fenster von dem Profeten Kerinthus los gemacht hast, alle fernere Gemeinschaft mit den Christianern ab. Das was du suchest, lieber Peregrin, ist weder hier noch dort, weder bey dieser noch bey jener Partey oder Sekte; *es ist in dir selbst oder es ist nirgends.*«

Verzeihe, Freund Lucian, wenn ich vielleicht in Anführung dieser Rede meines klugen und wohlmeinenden Wirthes zu weitläufig gewesen bin, wiewohl ich nur das Wesentlichste, dessen ich mich erinnere, ausgezogen habe. Aber ich hielt es für nöthig, weil diese Vorstellungen, und die Gewalt, die sein Geist unvermerkt über den meinigen erhielt, in den acht Tagen, welche ich bey ihm zubrachte, eine Veränderung in mir bewirkten, die in der Geschichte meines Lebens Epoke macht. Denn es gelang ihm nicht nur, mir das neue Projekt, worauf sich meine Fantasie geworfen hatte, gänzlich auszureden; sondern *Er* war es auch, der die Entschließung in mir veranlaßte, so bald ich meine häuslichen Angelegenheiten zu Parium ins Reine gebracht haben würde, zu dem weisen *Agathobulus* nach Ägypten zu reisen, und in vertrauterem Umgang mit diesem Manne (welchen er mir als einen sehr vortrefflichen Menschen und als das Muster eines *ächten Cynikers* beschrieb) mich in der einzigen Lebensweise vollkommen zu machen, wobey ich, vermöge der Selbstkenntniß wozu mir die Erfahrung verholfen hatte, glücklich zu seyn hoffen konnte.

»Wärest du, sagte mir Dionysius kurz zuvor ehe wir von einander schieden, wärest du ein weniger ungewöhnlicher Mensch, Peregrin, so würde ich dir vorgeschlagen haben, ob du nicht bey mir zu Lindus bleiben, und an dem kleinen Handel, womit ich mich (um nicht ganz müßig zu gehen) beschäftige, Antheil nehmen wollest. Aber du bist nun einmahl nicht dazu gemacht, auf irgend einem gebahnten Wege durchs Leben zu ziehen, und es wäre vergeblich, zu erwarten, daß du hierin jemahls deine Natur ändern werdest. Ich sehe zwey Grundzüge in deinem Karakter, die dich unvermeidlich bestimmen, so lange du lebst, und vielleicht (setzte er lachend hinzu) in deinem Tode selbst, *außerordentlich* zu seyn. Du strebest nach einem Lebensgenuß, den nur *innere Vollkommenheit* geben kann; und wiewohl du, durch den Zauber einer unaufhörlich geschäftigen Einbildungskraft, dein bisheriges Leben in lauter Verblendung und Täuschung zugebracht hast, so kenne ich doch wenige, und vielleicht niemand, der die *Wahrheit* so leidenschaftlich liebt wie du, und für den es ein größeres Bedürfniß wäre, sich in ihrem Besitz *zu glauben.* Für einen solchen Menschen ist meines Erachtens nur Ein Mittel sich zu retten. Er muß sich von allen Banden der bürgerlichen Gesellschaft sowohl als von allen besondern Verbindungen gänzlich los wickeln, und, um allenthalben, immer, und im höchst möglichen Grade unabhängig zu seyn, sich schlechterdings auf die unentbehrlichsten Bedürfnisse des Körpers einschränken, und gegen allen äußerlichen Reitz von Vergnügen und Schmerz, so wie gegen die Urtheile der Menschen, ihren Beyfall oder Tadel, ihre Verehrung oder Verachtung, gleichgültig zu werden suchen. Auf *diesem Wege* wird er unfehlbar mit allem, was lebt und ist, in das reinste Verhältniß kommen, und, frey von Wahn und Leidenschaft, in ungestörtem Selbstgenuß und unumschränktem Wohlwollen, sich selbst in allem und alles in sich selbst fühlend, der göttlichen Natur so gleichförmig werden, als die menschliche dessen fähig ist. Es steht mir wohl nicht zu, dich zu einer Lebensweise aufzumuntern, zu welcher ich selbst weder Lust noch Fähigkeit habe: aber, wenn dich die Schwierigkeiten des Weges, worauf es deines gleichen vielleicht zu dieser Vollkommenheit bringen können, nicht abschrecken, so bin ich versichert, daß es das vernünftigste ist, was du in deiner Lage und mit einer Sinnesart, wie die deinige, unternehmen kannst.«

Wie du siehest, Lucian, so war es weder mehr noch weniger als das Ideal, das du in deinem *Cyniker* aufgestellt hast, was, nach der Meinung meines Freundes Dionysius, die wahre Bestimmung des ehemahligen Günstlings der Mamilien und Diokleen seyn sollte. Seltsam genug! aber vielleicht noch seltsamer, daß dem Günstling der Mamilien und Diokleen nichts einfacher und einleuchtender schien als dieser Gedanke. Er schmiegte sich so schön an meine eigensten und innigsten Lieblingsideen an, paßte so gut zu meinen Umständen, und die Ausführung war so ganz in meiner Gewalt! – Überdieß schien mir dieser reine, hohe *Cynismus* von dem ursprünglichen Institut der Christianer so wenig in irgend einem wesentlichen Punkte verschieden zu seyn, daß er, auch in dieser Rücksicht, die einzige Partey war, die ich, ohne meinem Gefühl zu widerstreben, ergreifen konnte. Denn wiewohl mich Dionysius, in einer besondern Unterredung über *die Person* des *Stifters jenes Instituts*, von seiner Meinung zu überreden suchte, daß er (abgezogen, was vernünftiger Weise nur als *poetische Ausschmückung* seiner Geschichte zu betrachten sey) mit allen andern eminenten Weisen, deren beynahe jedes nahmhafte Volk in der Welt sich wenigstens Eines rühmen könne, in eben dieselbige Linie zu stellen sey: so war doch etwas in seinem individuellen Karakter, das er mir vor allen übrigen voraus zu haben schien, und das mir durch die Anhänglichkeit, die ich selbst für ihn empfand, – ich, der ihn weder gesehen noch gehört hatte, die unbeschreibliche Liebe begreiflich machte, womit diejenigen, die mit ihm gelebt hatten, bis an ihren Tod an ihm hingen. Du siehest also, Freund Lucian, daß der *Cynismus*, zu welchem ich von diesem Augenblick an so leicht überging als man einen Rock mit einem andern vertauscht, im Grunde eine ziemlich *christianische Miene* hatte; und ich möchte nicht dafür stehen, daß es nicht abermahls ein unversehener Streich meiner Einbildungskraft war, die *Sokraten*, *Diogenen* und *Epikteten* mit einem so schönen *Ideal* zu gruppieren, und durch das Licht, das von ihm auf sie zurück fiel, sie desto würdiger zu machen, von dieser Zeit an meine Helden zu seyn.

LUCIAN.

Du bedarfst bey *mir* keiner Entschuldigung deiner Apostasie, Peregrin; aber ich begreife, daß du damahls einiger Entschuldigung bey *dir selbst* nöthig haben konntest.

Peregrin.

Weniger als du glaubst. Denn in der That ward ich durch diesen Übergang zu einem Cynismus, wovon ich aller Wahrscheinlichkeit nach *das einzige Exemplar* in der Welt war, keiner meiner vorigen Gesinnungen ungetreu, und, die gnostische Geisterlehre des Kerinthus ausgenommen, blieb in meinem *innern Mikrokosmos* alles wie es war. Aber auch jene Träumereyen waren schon lange zuvor, ohne eine Spur in meinem Kopfe zurück zu lassen, in dem nehmlichen Augenblicke verschwunden, da ich erfuhr, daß mein Profet derselbe Mann sey, der vor einigen Jahren mit einer Bande *Isispriester* in der Welt herum gezogen war. Alles, was sich also (wenn ich anders eine Stimme über mich selbst habe) von der Sache mit Wahrheit sagen läßt, ist dieß: daß mein Christianismus das reinigende Mittel war, durch welches ich gehen mußte, um des hohen Cynismus fähig zu werden, zu welchem ich mich von dieser Epoke an eben so warm und aufrichtig, wie vormahls zu meinen magischen, erotischen und theosofischen Schwärmereyen, bis zu meinem letzten Augenblick bekannte.

Dionysius, der zu Mitylene Geschäfte hatte, begleitete mich bis dahin. Wir schieden als Freunde, die sich wiederzusehen hofften; und diese Hoffnung wurde in der Folge mehr als Einmahl erfüllt.

Wie ich nach Parium zurück kam, fand ich überall eine sehr kalte Aufnahme. Ich erklärte mir die Sache Anfangs, als etwas ganz natürliches, aus der Verachtung, welche die Einwohner einer Handelsstadt gegen einen Mitbürger fühlen mußten, der ein großes Vermögen, in einer Zeit, worin der geringste von ihnen es dupliert und tripliert haben würde, so heilloser Weise durchgebracht hatte. Aber es fand sich bald, daß mein Kredit in Parium noch viel schlimmer war als ich mir einbildete. Meine Verwandten, deren Erbitterung gegen mich durch den Ausgang ihrer zu Antiochien angebrachten Klage auf den höchsten Grad gestiegen war, hatten unter der Hand, durch allerley heimliche

Kunstgriffe, unter das Volk gebracht: man habe Anzeigen, daß es mit dem plötzlichen Tode meines Vaters nicht richtig zugegangen sey. Bald darauf hieß es: man sey der Sache näher auf die Spur gekommen; man sprach von einem Sklaven, den ich vor meiner Entfernung von Parium frei gelassen, und der bald darauf verschwunden war. Endlich flüsterte man einander in die Ohren: es wäre leider nur zu gewiß, daß Peregrin selbst der Thäter sey. Unvermerkt wurde davon als von einer ausgemachten Thatsache gesprochen, wovon die Familie die Beweise in den Händen hätte; und man nannte schon einen Tag, da die Klage gegen mich öffentlich angebracht werden sollte. Jetzt wollte jedermann so klug gewesen seyn, etwas von der Sache geahndet zu haben; jedermann hatte, als mein Vater todt war und begraben wurde, und bey Eröffnung des Testaments, und bey zwanzig andern Gelegenheiten irgend einen verdächtigen Umstand wahrgenommen: und nun klärte sichs auf, warum ich ohne irgend eine begreifliche Ursache mich selbst aus Parium verbannt hatte, und als ein von den Furien hin und her getriebener Vatermörder in der Welt herum geirret war.

Als mir diese Gerüchte endlich zu Ohren kamen, errieth ich, ohne ein Ödipus zu seyn, sehr leicht, aus welcher Quelle sie geflossen, und was meine Intestaterben damit zu gewinnen hofften. Sie wußten sehr wohl, daß sie *nicht beweisen* konnten was *nicht geschehen* war: aber sie kannten die Wirksamkeit dreister Verleumdung bey einem ohnehin schon gegen mich eingenommenen Volke, und sie glaubten auch *mich* zu kennen. Kurz, sie zweifelten nicht, ich würde aus Verdruß und Unwillen über eine so wenig verschuldete Aufnahme bald wieder davon gehen, und sie dadurch berechtigen, zu sagen: die Furcht vor der Anklage und vor der Strafe, welcher ich nicht anders hätte entgehen können, habe mich zur Flucht getrieben. Sie würden dann (wie sehr wahrscheinlich zu vermuthen war) dem Abwesenden wirklich den Prozeß gemacht, und, da sie in Parium einen großen Anhang hatten, meine ewige Landesverweisung und die Einziehung meines noch übrigen Vermögens ohne Mühe ausgewirkt haben.

Ich hatte diesen geheimen Anschlag kaum errathen, als mir plötzlich ein Mittel, ihn auf einmahl zu Wasser zu machen, einfiel, welches, so einfach es auch in *meinen* Augen war, schwerlich einem andern Parianer an meinem Platze in den Sinn gekommen wäre. Ich erschien bey der ersten öffentlichen Volksversammlung im ganzen Kostum eines Cynikers, bestieg den Redestuhl, und hielt eine Anrede an meine Mitbürger, worin ich ihnen mit Wenigem von meiner zweymahligen langen Abwesenheit Rechenschaft gab, und, nach einer öffentlichen Profession meiner Grundsätze und des Plans meines künftigen Lebens erklärte: da ich künftig nur sehr wenig bedürfen und Parium ungesäumt verlassen würde, um zu dem weisen Agathobulus nach Alexandrien zu reisen, so glaubte ich von meinem väterlichen Hause und von dem Landgute meines Großvaters keinen edlern Gebrauch machen zu können, als indem ich, wie hiermit geschehe, meinen geliebten Mitbürgern, dem Volke von Parium, eine mündliche und in gehöriger Form schriftlich beurkundete Schenkung davon machte.

Die Wirkung, welche diese Handlung auf die untern Volksklassen that, denen nach meiner Verordnung die Einkünfte jener Grundstücke vornehmlich zu gut kommen sollten, hat dein Ungenannter (der sich in allen unbedeutenden Dingen immer genau an die Wahrheit hält) so richtig beschrieben, daß ich nichts weiter davon zu sagen brauche. Ich war nun auf einmahl an meinen Verwandten gerochen, und bey meinen Mitbürgern gerechtfertigt. Aber während die Lüfte von Lobpreisungen und Segnungen des edeln, großmüthigen und weisen Peregrinus erschallten, schlich ich mich aus dem Getümmel fort, und verließ Parium mit den Empfindungen, die seine Einwohner werth waren, auf immer.

Ein kleiner Meierhof in Bithynien, und einige böse Schuldforderungen aus der väterlichen Verlassenschaft, welche ich noch in Taurien einzutreiben hatte, wenn ich die Reisekosten daran wagen wollte, machten nun den ganzen Rest meines ehemahligen Vermögens aus. Das Gütchen warf etwas über vier hundert

Drachmen jährlich ab. Ich machte also den Überschlag, daß mein Einkommen, in so fern meine tägliche Ausgabe die Summe von vier *Obolen*[1] nicht überstiege, zu den unentbehrlichsten Bedürfnissen meines thierischen Theils hinreichen würde, und damit hielt ich mich für reich genug. Hatte Sokrates jemahls *mehr*, oder Antisthenes und Diogenes nur *so viel* gehabt? Nur der Schmutz – mit deiner Erlaubniß, Lucian –

LUCIAN,
lachend.

Was für ein Gedächtniß du hast, Peregrin! Wie? du erinnerst dich noch der *ziemlich schmutzigen* Tunika, worin ich dich in meiner Erzählung vor dem Scheiterhaufen paradieren ließ?

PEREGRIN.

Wäre sie zufälliger Weise (wie es sich doch auch hätte fügen können) just schneeweiß gewesen, so würdest du es mir, in der Laune worin du damahls warst, zur *Hoffart* ausgedeutet haben. – Der *Schmutz* also – war das einzige, worüber ich mit dem Cynismus kapitulierte; ich wollte, im Nothfall, lieber *thierischer essen*, um etwas *menschlicher gekleidet zu seyn*. Ich machte mir also zum Gesetz, das Wasser nicht zu sparen, da ich es doch beynahe überall, so gut als die freye Luft, umsonst haben konnte. Indessen gestehe ich gern ein, daß ich keinen Anspruch an den Titel eines *eleganten* Cynikers machte. Ich vertauschte nun den Nahmen *Peregrinus*, den ich unter den Christianern geführt hatte, wieder mit dem Nahmen meines Großvaters *Proteus*, und schickte mich zu meiner Reise nach Ägypten an, über welcher, da ich sie zu Fuße machte, und überall, wo die Natur meinem Geiste oder gute Menschen meinem Herzen Nahrung gaben, verweilte, beynahe ein ganzes Jahr verstrich.

Aber, ehe ich zu meinem Aufenthalt bey Agathobulus komme, muß ich noch mit zwey Worten berichtigen, was der *Ungenannte*

1 Ungefähr drey Groschen.

zu Elis von dem vergeblichen und schimpflichen Prozesse sagt, den ich mit den Parianern wegen der bewußten Schenkung vor dem Kaiser geführt haben sollte. Es ist, wie an allen seinen Anekdoten, etwas wahres auch an dieser, aber mit so viel Unwahrheit vermischt, als er nöthig hatte, damit eine an sich sehr unschuldige Handlung mich bey seinen Zuhörern zugleich lächerlich und verächtlich machen müßte. Die Sache verhielt sich so.

Es waren einige Jahre verstrichen, ehe meine Verwandten zu Parium erfuhren, daß ich das vorerwähnte kleine Gütchen in Bithynien, woraus ich meinen nothdürftigen Unterhalt zog, aus dem allgemeinen Schiffbruche meines Vermögens gerettet hätte. Der Streich, den ich ihrer Bosheit durch die mehr erwähnte Schenkung gespielt hatte, war zu empfindlich, als daß sie nicht jede Gelegenheit, sich deßwegen zu rächen, mit Begierde hätten ergreifen sollen. Sie zeigten also die gemachte Entdeckung dem Volk an, und behaupteten: da ich mir in der Schenkung, die ich der Stadt Parium von meinen noch übrigen liegenden Gründen gemacht, nichts ausdrücklich vorbehalten hätte; so wäre unstreitig auch der Bithynische Meierhof darunter begriffen, und die Stadt wäre nicht nur vollkommen berechtiget denselben als ihr Eigenthum anzusprechen, sondern auch den Ersatz der seit mehrern Jahren von mir bezogenen Nutznießung zurück zu fordern. Die Parianer ließen sich dieß wohlgefallen, und fanden bey dem Statthalter von Bithynien so gutes Gehör, daß sie ohne weitere Untersuchung in augenblicklichen Besitz gesetzt wurden. Ich befand mich damahls noch zu Alexandrien, und erfuhr diesen Vorgang nicht eher als durch das Ausbleiben meines kleinen Einkommens, welches mir jährlich durch die Vermittelung eines alten Freundes zu Smyrna (eines ehemahligen Freygelaßnen meines Vaters) zugeflossen war. Die Verlegenheiten, in welche ich dadurch gesetzt wurde, nöthigten mich an die Parianer zu schreiben, und ihnen mit allem nur möglichen Glimpf vorzustellen: wenn ich mich auch in der Schenkungsurkunde unvorsichtiger Weise so ausgedrückt hätte, daß sie meinen eignen Buchstaben gegen mich geltend machen könnten; so forderte doch die Billigkeit von ihnen, zu bedenken, daß es unmöglich meine Meinung habe seyn können, mich selbst zu ihrem Vortheil sogar des Unentbehrlichsten, was ich zum Leben nöthig hätte, zu berauben. Weil aber diese Vorstellungen ohne Wirkung blieben, wandte sich mein Smyrnischer Freund, wiewohl er keinen Auftrag dazu von mir hatte, aus bloßem Mitleiden in meinem Nahmen unmittelbar an den Kaiser: aber alles was er auch bey diesem mit vielem Bitten und Betreiben ausrichtete, war, daß das strenge Recht den Sieg erhielt, und Supplikant mit seinem unstatthaften Begehren zur Ruhe verwiesen wurde.

Dieser Handel brachte mich dahin, meine tägliche Ausgabe vor der Hand von vier Obolen auf zwey zu beschränken; bis es bald genug so weit mit mir kam, daß ich mich, um von niemand als eine Wohlthat meinen Unterhalt zu erbetteln, entschließen mußte, täglich in den Hafen herab zu steigen, und durch einige Stunden harter Arbeit so viel zu verdienen, daß ich dem Hunger wehren konnte. Ich hatte diese Lebensart bereits eine geraume Zeit, zu großem Vortheil meiner Gesundheit, getrieben, als ein ganz unvermutheter Zufall mich mit einem Cyprischen Kaufmanne zusammen brachte, welchem ich vor mehr als zehen Jahren, in einer Verlegenheit, worein er, an einem Orte wo ihn niemand kannte, gerathen war, auf die bloße Bürgschaft seiner Fysionomie, oder vielmehr ohne jemahls auf Wiedererstattung zu rechnen, fünf tausend Drachmen geliehen hatte. Wiewohl dieß keine erhebliche Summe war, so war doch der Dienst, den ich dem Cyprier dadurch leistete, damahls von der äußersten Wichtigkeit für ihn; und da ich darauf bestand, ihm meinen Nahmen zu verbergen, so bestand er nicht weniger hartnäckig darauf, daß ich ihm versprechen mußte, wenn er jemahls so glücklich wäre mich wiederzufinden, so wollte ich mich nicht weigern das Doppelte von ihm anzunehmen. Wie wenig ließ ich mir damahls einfallen, daß ich diesen Mann in meinem Leben wiedersehen würde! Und nun liefen wir einander, nach eilf oder zwölf Jahren, unverhofft am Ufer von Alexandrien in die Hände, und glücklicher Weise mußte es sich fügen, daß die Fysionomie des Cypriers die Wahrheit gesagt hatte. Seine Freude mich wiederzufinden war so groß, als ob er alle sechs *Zauberringe* deines *Timolaus*[1] auf einmahl gefunden hätte; aber sein Erstaunen war es nicht weniger, mich in Umständen zu sehen, worin mancher andere sich erlaubt hätte, einen ehemahligen Wohlthäter nicht wieder zu erkennen. Der Cyprier verkannte mich nicht. Er sagte mir, er wäre ein sehr reicher Mann; aber die Hälfte seines Vermögens würde nicht hinreichend seyn, ihn seiner Verbindlichkeit gegen mich zu entbinden: – kurz, er nöthigte mich auf die edelste Art, nun auch an *meiner* Seite die Bedingung, unter welcher er meine Wohlthat angenommen, zu erfüllen, und die Summe, die ihn gerettet hatte, doppelt von ihm zurück zu nehmen. Überdieß sagte er mir auch seinen Nahmen und den Ort seines gewöhnlichen Aufenthalts, und drang mir das Versprechen ab, wenn ich mich jemahls wieder in Noth befände, ihm vor allen andern Freunden, die ich haben könnte, den Vorzug zu gönnen. Ich sagte es ihm zu, machte aber nie Gebrauch davon. Mit zehen tausend Drachmen war ich nun, für einen cynischen Filosofen, ein *Krösus*. Ich überrechnete, wie weit ich damit reichen würde, wenn ich meine tägliche Ausgabe auf vier bis fünf Obolen festsetzte; und da ich nicht gesonnen war länger als bis zum sechzigsten Jahre zu leben, so fand sich, daß ich – ohne irgend einen außerordentlichen Zufall – meinen wackern Cyprier nicht weiter nöthig haben würde.

Der weise Agathobulus, dessen Ruf mich nach Alexandrien zog, erfüllte zwar die Vorstellung nicht ganz, die ich mir auf das Wort meines Freundes Dionysius von ihm gemacht hatte: und daran waren beide allerdings gleich unschuldig; denn welcher Sterbliche hätte einer Imaginazion wie die meinige ein Genüge thun können? Indessen war er doch unter den Lehrern der damahligen Alexandrinischen Schule der einzige, der mir einige Anhänglichkeit an seine Person einflößte. Agathobulus ist mit gleich wenigem Rechte bald unter die Epikuräer, bald unter die

1 S. *das Schiff* oder *die Wünsche*, in *Lucians Werken*, 1. Theil, S. 317f.

Cyniker gezählt worden; denn er war im Grunde keiner Sekte zugethan. Er schien das Ideal des Weisen, welches er sich selbst zum Kanon vorsetzte, aus dem, was ihm an mehrern Einzelnen das Schönste dünkte, wie *Zeuxis* seine *Helena*, zusammen gesetzt zu haben; und, wenn er ja mit einem von den Alten verglichen werden müßte, so hätte man ihn einen *Aristipp im Kostum eines Stoikers* nennen können. So wie man ehemahls von Sokrates sagte, daß er die Filosofie vom Himmel herab gerufen, und sie mit den Menschen umzugehen und an den mannigfaltigen Verhältnissen ihres häuslichen und bürgerlichen Lebens Antheil zu nehmen gelehrt habe: so konnte man von Agathobulus sagen, er habe die Lebensweisheit des *Diogenes* in der guten Gesellschaft eingeführt, und, indem er die Strenge ihrer Maximen auf eine ihm eigene Art mit Urbanität und Grazie zu mildern wußte, Wahrheiten und Tugenden, welche sich gewöhnlich in den Zirkeln der Glücksgünstlinge weder hören noch sehen lassen können ohne überlästig oder lächerlich zu seyn, selbst dieser am meisten verfeinerten, und eben darum verderbtesten Klasse von Menschen ehrwürdig oder wenigstens erträglich gemacht. Da er ohne Leidenschaften war, und sich von Jugend an der strengsten Ausübung der stoischen und cynischen Grundsätze ohne Mühe unterworfen hatte, so war es ihm ein leichtes geworden, seine Sitten unter den Weltleuten rein zu erhalten. Er stand von der üppigsten Tafel eines Römischen Ritters so nüchtern auf als von einem Sokratischen Mahle, und die reitzendste Gaditanische Tänzerin ließ seine Sinne so ruhig als eine sechzigjährige Vestalin. Kurz, Agathobulus *lebte* die Weisheit die er *lehrte*, weil sie ihm eben so leicht auszuüben war als das Athemhohlen und Verdauen einem gesunden Menschen; und eben diese Leichtigkeit, die von der prunkvollen Gravität und steifen Pedanterie seiner meisten Professionsverwandten so stark abstach, war die Ursache, warum die vornehmsten Römer und Griechen zu Alexandrien sich in die Wette beeiferten, ihn zum Tischgesellschafter zu haben. Wie die Eitelkeit der Menschen aus allem, sogar aus dem, was ihr zur Beschämung dienen sollte, Nahrung zu ziehen weiß, so schienen besonders die Römischen

Magnaten, die in dieser Hauptstadt Ägyptens sehr zahlreich waren, ihre Toleranz gegen manche an sich selbst unangenehme Wahrheiten, welche sie bey Gelegenheit von dem Filosofen hören mußten, sich selbst zu keinem geringen Verdienst anzurechnen; aber sie glaubten auch dadurch das Äußerste gethan zu haben, was sich von ihres gleichen erwarten lasse, und hielten sich durch diese Duldsamkeit ihrer an lauter Schmeicheley und Beyfall gewöhnten Ohren aller Verbindlichkeit überhoben, in ihren Urtheilen oder Handlungen auf besagte Wahrheiten die mindeste Rücksicht zu nehmen. Der gute Agathobulus, wenn seine Gefälligkeit gegen die Großen anders so uneigennützig war als sie es in der That zu seyn schien, verfehlte also seines Zwecks gerade durch das, was er für das einzige Mittel hielt dieser Klasse von Menschen beyzukommen. Man ließ ihm seine Filosofie hingehen, weil der Witz und die Laune, womit er sie würzte, seine Grillenfängerey (wie sie es nannten) unterhaltend machte; aber um aller Wahrheiten willen, die er ihnen täglich und oft mit großer Freymüthigkeit predigte, geschah nicht eine einzige Thorheit, Ungerechtigkeit und Schelmerey weniger in Alexandrien.

Die zweydeutige Figur, welche Agathobulus unter diesen Umständen machte, bestärkte mich nicht wenig in dem Gedanken, daß die Filosofie, wenn sie unter so verdorbnen Menschen, als unsre Zeitgenossen waren, wenigstens ihre eigene Würde behaupten wolle, anstatt das geringste von der Strenge und Austerität der Heroen des cynischen Ordens nachzulassen, sie vielmehr, wo möglich, noch weiter treiben, und den bloßen Gedanken verschmähen müsse, den Schleier der Grazien oder den Gürtel der Venus zu entlehnen, um sich zu einer gefälligen Gesellschafterin dieser Menschen zu machen, deren strenge Richterin und unerbittliche Zuchtmeisterin zu seyn sie berufen sey. Solche Betrachtungen konnten in einem Menschen meiner Art nicht lange müßig liegen. Die Erfahrungen, durch welche ich in der ersten Hälfte meines Lebens gegangen war, hatten mein Gemüth zu einer Art von *Misanthropie* gestimmt, deren in der That nur solche Menschen fähig sind, die, indem sie einem jeden mit Liebe, Zutrauen und Wohlwollen entgegen kamen, entweder allenthalben abgewiesen und zurück gestoßen wurden, oder, so oft sie sich den lockendsten Einladungen der Sympathie, den verführendsten Anscheinungen von Aufrichtigkeit und Wahrheit überließen, sich am Ende so grausam getäuscht und betrogen sahen, wie dieß in den wichtigsten Verbindungen meines vergangnen Lebens mein Fall gewesen war. Ich glaubte die Menschen zu *hassen*; aber im Grunde war es doch nur der Antheil den ich an ihnen nahm, war es doch nur *die Liebe zur Menschheit*, was mich zum Entschluß brachte, im ganzen Rest meines Lebens einen Weg einzuschlagen, der, anstatt mich für alles was ich von den Menschen gelitten hatte zu rächen, zu nichts führen konnte als mich selbst, ohne Gewinn für mich oder andere, zum Gegenstand *ihres* Hasses zu machen. Denn wo anders hin hätte mich die Entschließung führen sollen, mit freywilliger Übernahme alles Ungemachs, das daraus erfolgen könnte, den herrschenden Maximen und Sitten meiner Zeit offene Fehde anzukündigen, und alle meine Reden und Handlungen zu einer immer währenden lebendigen Satire auf die Thorheiten und Laster der Menschen um mich her, und vornehmlich auf diejenigen zu machen, denen alle übrigen zu gefallen und zu schmeicheln beflissen waren?

LUCIAN.

In der That ist die heroische Entschließung, sein Leben in einem unaufhörlichen Kriege mit den Thorheiten und Lastern, oder, was noch gefährlicher ist, mit den Narren und Schelmen seines Zeitalters zuzubringen, kein sonderliches Mittel sich beliebt zu machen, und ich könnte dir davon ein Lied aus eigener Erfahrung singen. Indessen kommt es auch hierin, wie in allen Dingen, auf ein wenig mehr oder minder, und vornehmlich auf die Sinnesart und innere Stimmung desjenigen an, der sich dieser gefährlichen Profession widmet. Ich gebe zu, daß es Fälle giebt, wo die wärmste Liebe zur *Menschheit* in eine Art von Abscheu vor *den Menschen, die uns umgeben*, umschlagen kann. Aber ich zweifle sehr, ob dieß so leicht ohne Beymischung irgend einer sauren Leidenschaft von der eigennützigen Art geschehe; und bey genauerer Untersuchung wird sich wohl meistens finden, daß es gekränkte *Eigenliebe*, nicht Liebe zur Menschheit ist, was diejenigen, die in der Jugend immer mit Übermaß liebten, im Alter zu Misanthropen macht. Ich glaube dir nicht Unrecht zu thun, Freund Peregrin, wenn ich annehme, daß es *auch dir* so ergangen sey, und daß an dem Heldenmuthe, womit du die Thorheiten und Laster deiner Zeitgenossen bekämpftest, ein wenig Bitterkeit und versteckte Rachbegierde Antheil gehabt habe. Doch gestehe ich gern, daß ich mir an einem zu Selbsttäuschungen so außerordentlich aufgelegten Sterblichen, auch ohne dieß, sehr gut erklären kann, wie der bloße Gedanke, *allein* gegen das ganze Menschengeschlecht zu stehen, und, als ein neuer *moralischer Herkules*, sich durch Bekämpfung der sittlichen Ungeheuer, von denen du die Welt verwüstet und geängstiget sahest, den Weg zu den Göttern zu eröffnen, wie dieser Gedanke den Mann, dem bereits zwey große Versuche, sich über die gewöhnliche Menschheit empor zu schwingen, so übel mißlungen waren, zum irrenden Ritter der cynischen Tugend machen konnte.

Peregrin.

Ich habe mich dir nun einmahl Preis gegeben, Lucian, und nach allen Bekenntnissen, die ich bereits abgelegt, würde eine Apologie für die, so ich noch zu thun habe, sehr überflüssig seyn. Warum sollte ich dir also nicht unverhohlen gestehen, daß die seltsame Idee – oder Grille, (wenn du sie lieber so nennen willst) die sich meiner Imaginazion von früher Jugend an bemächtigt hatte und durch meine Verbindung mit den Christianern nur anders gestaltet, nicht verdrängt worden war, die Einbildung, oder, wie ich in ganzem Ernste glaubte, das innige Bewußtseyn meiner *dämonischen Natur*, (welches mich unter keinen Umständen gänzlich verlassen, und dann, wenn ich mich am tiefsten niedergedrückt fühlte, immer am stärksten empor gehoben hatte) um diese Zeit wieder mit neuer Lebhaftigkeit erwachte; daß ich mich kraft derselben wirklich berufen fühlte, in einem geistigen und moralischen Sinne meinem Zeitalter das zu seyn, was der

Thebanische Herkules dem seinigen gewesen war, und daß dieß von nun an die herrschende Vorstellung ward, die mich durch mein übriges Leben führte, und mich zuletzt mit dem Gedanken begeisterte, es auf Herkulische Art zu Olympia in den Flammen zu endigen?

Ein so hoher Beruf schien mir eine ganz besondere Vorbereitung zu erheischen. Denn, wiewohl ich bey den Christianern mehrere Jahre lang ein sehr strenges Leben geführt hatte, so warnte mich doch das, was mir mit *Schwester Theodosien* im Gefängniß zu Antiochia begegnet war, zu stark vor der Möglichkeit eines Rückfalls; und ich sah mich, auch außer diesem, bey der neu erwählten Lebensweise so manchen Anfechtungen anderer Leidenschaften ausgesetzt, daß ich, um dem *Dämon* in mir eine unbeschränkte Gewalt über den *Menschen*, an welchen er noch gebunden war, zu verschaffen, es schlechterdings bis zu der vollkommensten *Apathie* bringen mußte, deren ein *eingefleischter Genius* nur immer fähig ist. Ich mußte nicht nur Mangel an allen Bequemlichkeiten und, im Nothfalle, selbst an den Bedürfnissen des Lebens, Frost und Hitze, Hunger, Durst und alle Arten körperlicher Schmerzen so leicht ertragen können, als ob es nicht *ich*, sondern ein anderer wäre, der sie litte; ich mußte nicht nur gegen alle Reitze der Sinnenlust und gegen alle Arten von Verführung so unempfindlich seyn als ein Marmorbild; ich mußte es auch gegen die empfindlichste aller Beleidigungen, gegen die *Verachtung* der Menschen seyn. Alles dieß erforderte vielfältige und langwierige Übungen, – Übungen, welche mir (da es zu meinem Plan gehörte, bey manchen derselben keine Zeugen zu scheuen) von vielen den Nahmen eines Narren und Wahnsinnigen zuzogen, und zu dem, was dein Ungenannter von Elis (wiewohl mit ziemlicher Überladung) davon erzählte, einen sehr natürlichen Anlaß gaben.

Ich zweifle sehr, ob irgend einer von den heiligen Faunen und Satyrn, von welchen die *Thebaide* bald nach unsern Zeiten bevölkert wurde, seinen Witz zu Erfindung neuer Übungen dieser

Art eifriger angestrengt haben könne als ich. Wirst du es mir wohl glauben, wenn ich dir sage: daß ich – um auf allen Fall gewiß zu seyn, daß ich auch die Probe, worauf die schöne Fryne die Weisheit des Platonischen *Xenokrates* gestellt haben soll, rühmlich bestehen könnte – die Selbstpeinigung so weit trieb, eine der reitzendsten Hetären in Alexandrien eine ganze Nacht durch neben mir liegen zu lassen, und daß ich wirklich so viel Gewalt über mich und sie behielt, daß sie sich auch nicht des kleinsten Sieges über meine Enthaltsamkeit zu rühmen hatte?

LUCIAN.

Bravo, Freund Peregrin! *Robert von Arbrissell* ist also nicht nur *nicht der erste*, der dieses gefährliche Experiment glücklich überstanden hat: er muß dir den *Vorzug* auch *deßwegen* lassen, weil er es zwischen *zwey* jungen zuchtvollen Klosterschwestern anstellte; welches ohne Vergleichung leichter war, als neben einer einzigen Priesterin der Venus Pandemos.

PEREGRIN.

Ich erwähnte dieser Anekdote bloß als einer Probe, wie Ernst es mir mit meinen Übungen war, und wie sauer ich es mir werden ließ, meinem Vorbilde – dem von Epiktet hinterlassenen Ideal eines ächten und vollkommnen Cynikers – Zug für Zug gleichförmig zu werden. Alle diese Sonderbarkeiten zogen mir zwar, wie gesagt, unter einem so verfeinerten und üppigen Volke wie die Einwohner von Alexandria waren, einen sehr zweydeutigen Ruf zu; aber es fanden sich doch auch mehrere, die den Karakter einer hohen und beynahe mehr als menschlichen Weisheit darin zu sehen glaubten, und von mir als einem neuen Sokrates, Antisthenes und Epiktetus sprachen. Auch fehlte es mir (wiewohl Agathobulus selbst sich einige Spöttereyen, die von Mund zu Mund in der Stadt herum gingen, gegen mich erlaubt hatte) nicht an Schülern, die von dem Enthusiasmus, womit ich ihnen von der Würde, Freyheit und Eudämonie eines nach den strengsten Grundsätzen des wahren Cynismus geführten Lebens sprach, um so mehr überwältiget wurden, da sie bey mir eine

Übereinstimmung zwischen Lehre und Ausübung wahrnahmen, welche an der prunklosen Weisheit des von allen Extremen gleich weit entfernten Agathobulus nicht so stark in die Augen fiel.

Ich hatte bereits über zehen Jahre (einige Reisen in Oberägypten und zu den Äthiopischen Gymnosofisten abgerechnet) in dieser Lebensart von Alexandrien zugebracht, als ich mit einem jungen Römer von Rang und großem Vermögen, Nahmens *Cejonius*, bekannt wurde, der an meiner Person und an meinen Reden außerordentlich viel Geschmack zu finden schien, und, nach langem Widerstand, endlich von mir erhielt, daß ich ihn nach der Hauptstadt der Welt begleitete; welcher es, wie er sagte, seit dem berühmten *Demetrius* (dem Freunde eines *Pätus* und *Seneka*) an einem Manne gefehlt habe, der mitten in diesem unendlichen Strudel von prachtvoller Sklaverey, Aufwartungen und Gastmählern, Sykofanten, Schmeichlern, Giftmischern, Erbschleichern und falschen Freunden, (wie er die Stadt Rom mit den Worten deines *Nigrinus* schilderte) den Muth hätte, einem jeden die Wahrheit zu sagen, und, unter dem buntesten Gewühl und Gedränge aller Arten von Thoren, Gecken und Narren, das Leben eines Weisen zu leben.

Ich kann es ruhig deiner eigenen Schätzung überlassen, lieber Lucian, wie viel Antheil meine Eitelkeit – eine Schwachheit, von welcher ich mich darum nicht freysprechen möchte, weil ich mir ihres Einflusses auf meine Entschließung nicht bewußt war – an meiner Gefälligkeit gegen das unabweisliche Anhalten meines jungen Römers hatte. Der Zauberspiegel in meinem Kopfe, worin ich alles sah, und so oft falsch sah was die gemeinsten Menschen mit bloßer Hülfe ihrer Leibesaugen richtig sehen, stellte mir freylich, ungeachtet der wenig geschmeichelten Abschilderungen, die mir mein edler Freund von der Königin des Erdkreises machte, alles ganz anders vor, als ich es in der Folge aus Erfahrung kennen lernte. Ich könnte jetzt noch über mich selbst lachen, wenn ich mich erinnere, mit was für Hoffnungen ich meinen jungen Führer nach Italien begleitete, und wie ich albern genug war, mir einzubilden, daß Peregrinus Proteus von Parium nicht ein Jahr zu Rom gelebt haben werde, ohne eine mächtige Umgestaltung in den Sitten und der Denkart der ausgearteten Quiriten hervorgebracht zu haben. Aber ein Kopf wie der meinige konnte auch nur durch unangenehme *Gefühle* überführt werden, daß er sich selbst immer zu viel zutraue, und von andern immer mehr erwarte als sie leisten wollten oder konnten.

Das erste, worin ich mich häßlich betrogen fand, war der Karakter des jungen Römers, dem ich mich anvertraut hatte. Die frühzeitige Kultur, welche seines gleichen zu erhalten pflegen, gab ihm, so bald er wollte, einen Anschein von Reife, von dem ich mich um so leichter hintergehen ließ, weil in der Anhänglichkeit, die er mir zeigte, wirklich etwas persönliches war. Ich schmeichelte mir, einen jungen Mann von so glücklichen Anlagen nach und nach völlig gewinnen zu können, und, da er sowohl durch sein großes Vermögen als durch die Verwandtschaft seines Hauses mit dem kaiserlichen zu den ersten Stellen im Reiche berufen war, ihn zum Werkzeuge der großen Reformazion zu machen, von welcher ich mir in meiner Einsamkeit zu Alexandrien einen schönen Plan geträumt hatte, dessen Realisierung lediglich von der einzigen kleinen Bedingung abhing, den *regierenden* Theil der Welt in *Weise* und den *gehorchenden* in *Patrioten* zu verwandeln.

LUCIAN.

Ein artiges kleines Projekt!

PEREGRIN.

Unglücklicher Weise hatte mein edler Römer, der mich zu Alexandrien mit so vielem Vergnügen über Staats- und Sittenverbesserung und über alles, was in dieses Fach (worüber sich so schöne Dinge sagen lassen) einschlug, deklamieren hörte, keinen Begriff davon, daß solche Diskurse einen andern Gebrauch und Zweck haben könnten, als in müßigen Stunden zu einer leidlichen Unterhaltung zu dienen. Überdieß lebte er zu Rom in einem solchen Wirbel von Zerstreuungen, daß ich ihn, außer dem Tafelzimmer, sehr selten und immer nur auf Augenblicke zu sprechen bekam. Kurz, es zeigte sich in wenig Wochen, daß er, indem er einen Griechischen Filosofen in seinem Hause unterhielt, sich eigentlich nur einer damahls herrschenden Mode fügen wollte, und daß seine Wahl bloß darum auf mich gefallen war, weil er auf seinen Reisen keinen andern gefunden hatte, der ihm besser anstand, und mit dem er sich zu Rom mehr Ehre machen zu können glaubte. Denn der Kontrast zwischen meinem Äußerlichen und dem cynischen Kostum, welcher damahls noch ziemlich stark auffiel, konnte für eine Art von Seltenheit gelten; und der junge Herr schien sich nicht wenig darauf einzubilden, einen Hausfilosofen zu besitzen, von welchem jedermann gestehen mußte, daß er einer schönen Büste des Pythagoras, die in seiner Bibliothek paradierte, so ähnlich sehe, als ob sie von ihm abgeformt wäre. Ich habe dir, lieber Lucian, schon zu viel gebeichtet, das meiner Klugheit nicht zur Ehre gereicht, um dir zu verschweigen, daß es eine ziemliche Zeit währte, bis ich über mein Verhältniß mit dem edeln *Cejonius* im Klaren war: aber von dem Augenblick an, da ich es war, hörte auch, meiner alten Gewohnheit nach, alle Gemeinschaft zwischen uns auf. Ich verließ sein Haus auf der Stelle, und, nicht zufrieden, ihm selbst, mit aller Bitterkeit der gedemüthigten Eigenliebe, sehr derbe Wahrheiten ins Gesicht gesagt zu haben, glaubte ich der Filosofie noch die Genugthuung schuldig zu seyn, öffentlich gegen ihn und die edle Römische Jugend, die ich in seinem Hause kennen gelernt hatte, in einem sehr heftigen Tone los zu ziehen. Ein Betragen, wodurch ich meinen gewesenen *hohen Freund* zu bittern Klagen über meine *Undankbarkeit* berechtigte, und den ersten Grund zu mancherley Unannehmlichkeiten legte, die ich während meines Aufenthalts in Rom zu erdulden hatte. Ohne Zweifel würden die Folgen der Unklugheit, die ich bey dieser Gelegenheit zu Tage legte, noch verdrießlicher für mich gewesen seyn, wenn Cejonius und sein Anhang sich nicht vor dem erklärten Thronfolger, dem Cäsar *Markus Aurelius*, gescheuet hätten, unter dessen unmittelbarem Schutze gewisser Maßen alle Filosofen des stoischen und cynischen Ordens standen, und unter dessen Hausgenossen ich einige warme Freunde hatte.

NEUNTER ABSCHNITT.

PEREGRIN.

Ich übergehe, um deine Geduld zu schonen, lieber Lucian, verschiedene Begebenheiten, die mir in den drey bis vier Jahren, welche ich in Italien, theils zu Rom, theils bey meinen Bekannten auf dem Lande lebte, zugestoßen sind. Aber eine einzige wird dir selbst vielleicht eine Ausnahme zu verdienen scheinen, wenn ich dir sage, daß es nichts geringeres war, als ein kleines Abenteuer mit der einzigen Tochter des Kaisers, der jüngern *Faustina*, welche damahls schon einige Jahre mit seinem angenommenen Sohne *Markus Aurelius* vermählt war, aber noch in der vollen Blüthe der Jugend und Schönheit stand.

Es wird dir nicht unbekannt seyn, in was für einen schlimmen Ruf die Sitten dieser Dame bey der Nachwelt gekommen sind, ohne daß weder die zärtliche Achtung ihres Gemahls, welche sie bis an ihren Tod besaß, noch die ausgezeichneten Ehrenbezeigungen, die der Senat ihrem Andenken erwies, einige Unvorsichtigkeiten vergüten konnten, wodurch sie in ihren jüngern Jahren die Verleumdung gegen sich gereitzt hatte. Ich kann mich nicht von dem Vorwurfe frey sprechen, zu einer Zeit, da ihr Karakter einem Menschen meiner Art nothwendig in einem sehr zweydeutigen Licht erscheinen mußte, selbst nicht wenig dazu geholfen zu haben, daß das Römische Publikum (dessen herrschende Sitten dem Glauben an die Tugend der Frauen vom ersten Rang ohnehin wenig günstig waren) um so geneigter ward, die nachtheiligsten Anekdoten, die auf Unkosten der schönen Faustina herum getragen wurden, glaublich zu finden. Allein, seitdem der Scheiterhaufen zu Alpine den Zunder der Leidenschaften in mir verzehrt hat, sehe ich auch diese liebenswürdige Römerin und ihr Betragen gegen mich in einem andern Lichte, und finde mich – schon nach dem, was mir selbst mit ihr begegnet ist – sehr geneigt zu glauben, daß ihr wenigstens durch die Gerüchte, welche sie mit den *Poppeen* und *Messalinen* in Eine Linie stellen, großes Unrecht geschehen sey. Doch, du magst selbst von der Sache urtheilen.

Ungeachtet der ungeheuern Größe der Stadt Rom, und der Schnelligkeit, womit eine unendliche Menge aus allen Weltgegenden zusammen geflogener Menschen, deren jeder seinen eigenen Zweck verfolgte, sich wie Meereswogen durch und über einander her wälzten, war doch der *Cyniker*, welchen *Cejonius* aus Ägypten (dem Vaterlande so vieler Wunderdinge) mitgebracht hatte, eine Erscheinung, welche in gewissen Zirkeln eine Art von flüchtiger Aufmerksamkeit erregte. Beynahe ein jeder, der ihn gesehen hatte, wußte irgend etwas lächerliches oder seltsames, irgend eine kleine, wahre oder falsche, Anekdote von ihm zu erzählen, wodurch diese *Neuigkeit aus Afrika* dem müßigen Theile des Publikums interessant wurde. Jedermann wollte *den Cyniker mit dem Pythagoraskopfe* kennenlernen, um sagen zu können daß er ihn auch gesehen habe; und es fehlte wenig, daß man nicht den Kaiser selbst anging, zu befehlen, daß er an dem ersten besten Feste dem Volke, unter andern seltsamen Thieren, die aus allen Enden der Welt nach Rom zusammen geschleppt wurden, öffentlich im Cirkus vorgezeigt werden sollte.

Es konnte also nicht fehlen, daß endlich auch die Prinzessin, deren stärkste und vielleicht einzige Leidenschaft war, immer mit einer neuen Puppe zu spielen, neugierig ward, sich mit meiner

Wenigkeit in Bekanntschaft zu setzen. Aber so leicht dieß an sich selbst zu seyn schien, so hatte die Sache doch ihre Schwierigkeiten; denn man beschrieb ihr das filosofische Wunderthier als ungewöhnlich scheu und störrig. Besonders, sagten ihre Kammerfrauen, äußere es eine Antipathie gegen das weibliche Geschlecht, welche, wie man wahrgenommen habe, mit der Schönheit und Jugend der Damen in gleichem Verhältniß stehe, und also für die Neugier der Prinzessin gar leicht unangenehme Folgen haben könne. Man erzählte ihr verschiedene Beyspiele dieser seltsamen *Misogynie*, welche wirklich nicht ohne Grund waren: aber bey Faustinen war dieß gerade ein Beweggrund mehr, sich von einer so unglaublichen Wirkung der Schönheit durch den Augenschein zu überzeugen. Sie wohnte während der schönsten Monate des Jahrs gewöhnlich in den *Sallustischen Gärten*, deren anmuthige Lustwäldchen ich in der heißen Tageszeit öfters zu besuchen pflegte. Ihre Neugier blieb also nicht lange unbefriedigt. Man sagte mir daß sie mich zu sprechen wünschte, und, da ich mich dessen unter keinem schicklichen Vorwande weigern konnte, so ließ ich mich, wiewohl ungern, in einen kleinen Gartensahl führen, wo ich sie mit zwey oder drey von ihren vertrautern Gesellschafterinnen bey einer tändelnden Art von Arbeit antraf. Ihre Schönheit, wiewohl sie das untadeligste Modell zu einer Göttin der Liebe abgeben konnte und mit einem einladenden Ausdruck von Gefälligkeit und Gutheit verbunden war, machte, vielleicht eben dieses Ausdrucks wegen, beym ersten Anblick nur einen schwachen Eindruck auf mich. Aber desto mehr schienen die Damen in ihrer Erwartung getäuscht zu seyn, da sie, anstatt eines rauhen, übel gekämmten und ungeschliffnen Cynikers, einen Menschen vor sich sahen, der in guter Gesellschaft gelebt zu haben schien, nach Griechischem Kostum anständig gekleidet war, und seinem äußerlichen Ansehen und Betragen nach keine Gelegenheit zu den feinen Spöttereyen gab, womit sich eine von ihnen zur Belustigung der Prinzessin bewaffnet hatte, und die bey meinem Eintritt schon auf ihren Lippen schwebten. Kurz, ich sah daß der Pythagoraskopf auf den Schultern eines Mannes, den die Venus Mamilia vor dreyßig Jahren zu ihrem Adonis gewählt hatte, seine Wirkung that. Aber die Unterredung gewann nichts dadurch an Lebhaftigkeit: und da der Filosof die gute Meinung, die man auf Empfehlung seines Äußerlichen von ihm gefaßt zu haben schien, durch die Einsylbigkeit seiner Antworten auf alle Fragen, die man an ihn richtete, wenig aufmunterte; so wurde er zu seinem großen Troste ziemlich bald wieder verabschiedet, ohne daß man auch nur den leisesten Wunsch äußerte, die angefangene Bekanntschaft fortzusetzen.

LUCIAN.

Ich liebe die Abenteuer, die einen so trocknen Anfang haben; und ich müßte mich sehr irren, wenn diese anscheinende Kälte nicht einen geheimen Anschlag gegen deine Weisheit verbarg, der bereits in dem leichten Gehirnchen der schönen Faustina brütete.

PEREGRIN.

Ich wenigstens war damahls weit entfernt, so etwas zu argwohnen. Wir sahen uns indessen nach dieser ersten Zusammenkunft zufälliger Weise noch öfters in den Sallustischen Gärten. Der sanfte Reitz, der alles, was die schöne Faustina sagte und vornahm, wie verstohlner Weise begleitete, ihre immer währende Heiterkeit und Fröhlichkeit, der gänzliche Mangel an allen Ansprüchen, welche sie als die einzige Tochter des Kaisers zu machen hatte, mit einer Gutherzigkeit und schönen Einfalt verbunden, die an einer Römerin von ihrem Stande und aus diesem Zeitalter noch unendliche Mahl überraschender war als der Pythagoraskopf an einem Cyniker, – das alles überschlich mein Herz unvermerkt. Die schöne Faustina ward mit jeder Unterredung schöner in meinen Augen: und da sie mir eben so empfänglich als geneigt schien, ihrem Geist eine Art von Ausbildung geben zu lassen, wodurch sie (wie sie sagte) der Ehre, die Gemahlin eines Mark-Aurels zu seyn, würdiger zu werden hoffte; so ließ sich dein alter Schwärmer – das wahre tribus Antyciris insanabile caput des *Horaz* – ohne Bedenken überreden, dieses gefährliche Amt bey einer jungen Fürstin zu übernehmen, deren wahrer Karakter, ungeachtet aller Aufschlüsse, die er durch die Kallippen,

Mamilien und Diokleen über das große Räthsel des weiblichen Herzens erhalten zu haben glaubte, etwas ganz neues für ihn war.

Bey allem dem war das, was ich für die liebenswürdige Faustina fühlte, so rein und unschuldig, hatte so wenig Leidenschaftliches, und glich, mit Einem Worte, so sehr der Liebe eines zärtlichen Vaters für eine gutartige Tochter, daß ich unmöglich in die mindeste Unruhe darüber gerathen konnte. Aber eben diese Ruhe meines Herzens war es, was Faustinen – welche wirklich (wie du sagtest) einen kleinen schelmischen Anschlag gegen meine Weisheit in der Arbeit hatte, und in der Ausführung ihrer launischen Einfälle ziemlich ungeduldig war – den bösen Gedanken eingab, daß sie schlechterdings die unterste von den drey Seelen, welche Plato den menschlichen Körper bewohnen läßt, auf ihre Seite ziehen müsse, wenn sie den Triumf über die *Apathie* ihres Filosofen erhalten wollte, worauf sie nun einmahl ihren Sinn gestellt hatte, und worüber es (wie ich in der Folge erfuhr) zwischen ihr und einer vertrauten Freundin eine große Wette galt.

Sie veranstaltete es also mit dem Zufall so geschickt, daß ich sie einsmahls an einem sehr heißen Tage, in der einsamsten Grotte ihrer Gärten auf einer mit Rosen dicht bestreuten Moosbank, ziemlich leicht bekleidet schlummern fand. Es war der schönste Anblick, der meinen Augen jemahls gewährt worden war; wenigstens däuchte es mir so, da die Zeit die Bilder ehemahliger Visionen dieser Art zu matt gemacht hatte, um von dem lebendigen Eindruck der gegenwärtigen nicht ausgelöscht zu werden. Ich verweilte zwar nicht lange: aber meine Apathie war erschüttert; die Erinnerungen an diesen Augenblick schwächten die Gewalt, welche meine Vernunft durch eine vieljährige Übung in der strengsten Enthaltsamkeit über meine Einbildung erhalten hatte; und, wiewohl ich weder jung noch thöricht genug war, einer unziemlichen Leidenschaft für die Gemahlin eines Mark-Aurels Raum zu geben, so blieb es doch nicht mehr in meiner

Macht, sie bey unsern fortgesetzten Zusammenkünften mit so unbefangenen Augen wie ehemahls anzusehen.

Diese Veränderung konnte der Prinzessin nicht lange verborgen bleiben. Sie ließ zwar nichts davon gewahr werden, daß sie ihren Lehrer bey jeder Zusammenkunft wärmer, belebter und unterhaltender fand; aber sie hielt sich von nun an gewiß, ihre Wette gewonnen zu haben, und beschleunigte die Ausführung ihres Plans. Einsmahls fand ich sie mit einem Buche auf dem Schooß, in dessen Lesung sie so vertieft schien, daß ich ihr schon ganz nahe war, ehe sie meine Gegenwart bemerkte. Du hättest zu keiner gelegnern Zeit kommen können, sagte sie, um mir zur Gewißheit zu helfen, ob ich die Theorie einer sehr sublimen Dame, die mich schon seit einer halben Stunde unterhält, recht begriffen habe oder nicht. – Das Buch, worin sie las, war *Platons Symposion*, und also *Diotima* die Dame, von welcher die Rede war. Diese schöne und geistige Art von Liebe, welche man, mit undankbarer Verschweigung ihrer wahren Erfinderin, die *Platonische* zu nennen pflegt, ward nun der Gegenstand einer Unterredung, welche mich, der schönen Faustina und einer Gruppe der Grazien von *Praxiteles* gegenüber, unvermerkt in die Vorstellungsart und Gemüthsstimmung meiner ersten Jugend versetzte.

Ich war vielleicht der einzige Mensch in der Welt, der einer Frau, wie diese die ich vor mir hatte, in solchem Ernst und mit so vielem Feuer von der Möglichkeit einer unkörperlichen Liebe zu der liebenswürdigsten aller Frauen, das ist, (wie ich ihr deutlich genug zu verstehen gab) *zu ihr selbst*, sprechen konnte. Faustina schien eben so vergnügt als verwundert darüber zu seyn, zum ersten Mahl in ihrem Leben einen Mann von einer so feinen und mit ihren Begriffen so übereinstimmenden Denkungsart zu finden: aber sie konnte nicht umhin, dem Schüler der Diotima, mit einer Miene, worin Naivität und Schalkheit sich zugleich mit einer ihr eigenen Grazie mahlten, einige Zweifel über die Möglichkeit, eine so geistige Art von Liebe auf beiden Theilen in die Länge auszuhalten, zu zeigen.

Das unmöglichste für mich war, in diesem Augenblicke nicht an Kallippen und Mamilien zu denken, die mich über diesen Punkt billig etwas behutsamer hätten machen sollen; und es konnte also nicht fehlen, daß ich in einige Verwirrung gerieth, da sie mir mit einem Blick, der in den Grund meiner Seele zu dringen schien, sagte: wer mit solcher Gewißheit, wie ich, von dieser Sache sprechen könne, müsse Erfahrungen gemacht haben, die ihn dazu berechtigten; und ich würde es sehr verzeihlich finden, wenn sie mir ihre Neugier über diesen Theil meiner Lebensgeschichte nicht verbergen könnte.

In der That kam sie, nachdem wir einmahl so tief in diese Materie gekommen waren, und meine Verwirrung ihr gar leicht meine Aufrichtigkeit hätte verdächtig machen können, mit ihrem Wunsche dem meinigen entgegen. Ich versprach ihr also eine getreue und umständliche Erzählung der Begebenheiten meiner Jugend, die ihr (wie ich unbesonnen genug war hinzu zu setzen) beweisen würden, was ich schon damahls fähig gewesen wäre, wenn ich das Glück gehabt hätte, eine Diotima mit Faustinens Gestalt und Reitzen anzutreffen. Sie schien dieses Kompliment gerade so aufzunehmen, wie ich es wünschen konnte. Einer der nächsten Tage wurde dazu bestimmt, den Anfang meiner Erzählung zu machen; und man entließ mich mit Zeichen von Zufriedenheit, die auch ein weniger Platonischer Liebhaber ohne große Unbescheidenheit für Aufmunterungen hätte nehmen können.

Du siehest ohne mein Erinnern, lieber Lucian, daß ich mich durch diese unvorsichtige Gefälligkeit gegen die Neugier der schönen Faustina in ein schlimmes Abenteuer hatte verwickeln lassen. Unter den Augen einer so liebenswürdigen Zuhörerin meine Einbildung durch die lebhafteste Versetzung in die Zauberscenen meiner Jugend in Flammen setzen, hieß die Kerze, wie man zu sagen pflegt, an beiden Enden anzünden. Faustina, unter deren so lieblich lächelnden Gesichtszügen ich keine Schalkheit ahndete, trug alles, was sie, ohne sich gar zu bloß zu geben, beytragen konnte, dazu bey, das Platonische Feuer, das im

Busen ihres schwärmerischen Filosofen loderte, immer stärker anzufachen. Die Erzählung, durch häufige Digressionen und Erörterungen unterbrochen, ward alle Minuten zum Dialog, und dieser zuletzt so interessant, daß er Ergießungen des Herzens (denn die Platonische Liebe hat ja auch die ihrigen) nöthig machte, welche durch die Gegenwart der kleinen Sklavinnen, deren die Prinzessin bey unsern Zusammenkünften immer drey oder vier um sich herum schwärmen hatte, nicht wenig gehindert wurden.

Natürlicher Weise war Faustina durch meine Bekenntnisse in ihren Zweifeln an der Möglichkeit der Platonischen Liebe vielmehr bestärkt als davon geheilt worden. Sie machte mir kein Geheimniß daraus; und gleichwohl schien sie sich der meinigen mit einem so kindlich unschuldigen Zutrauen zu überlassen, daß sie die Voraussetzung eines sympathetischen Gefühls, in dessen Reinigkeit ihr Bewußtseyn sie kein Mißtrauen setzen ließ, beynahe unvermeidlich machte.

LUCIAN.

Ich wundere mich nicht, Freund Peregrin, warum du immer, sogar bis in den Jahren, wo man gewöhnlich an die Gunst der Schönen keine Ansprüche mehr zu machen hat, von den reitzendsten dieses Geschlechts, das von unsrer guten Meinung von ihm so viele Vortheile zu ziehen weiß, so außerordentlich begünstiget wurdest. Denn – bey der kindlichen Unschuld der immer lächelnden Faustina! – nie ist ein Sterblicher mit einer glücklichern Anlage, immer das Beste von ihnen zu denken, geboren worden als du.

PEREGRIN.

Bethört von dem süßen Wahne, der mir dieses Kompliment von dir zugezogen hat, ward ich nun immer weniger gewahr, was für ein gefährlicher Gegenstand eine *Seele*, deren Schönheiten mit den Reitzen ihres materiellen und animalischen Theils so zart verwebt oder vielmehr so unmerklich in einander verschmelzt waren, wie bey Faustinen, für einen Platonischen Liebhaber sey, der dem Unglück, beide Arten von Reitzen alle Augenblicke mit einander zu verwechseln, so sehr ausgesetzt war wie ich; und unstreitig war es in einem solchen Augenblick, wo mich die Weisheit so sehr verließ, daß ich der Prinzessin von dem Zwange sprach, den die einzige Tagesstunde, welche sie mir (unter dem Vorwande des Unterrichts in der Filosofie) widmete, und die kleinen Nymfen, die immer dabey gegenwärtig waren, dem freyen Umtausch der Empfindungen unsrer Seelen auferlegten. Sie schien dieß eben so gut als ich zu fühlen, aber verlegen zu seyn, wie es anders eingerichtet werden könnte. Sollte, sagte ich endlich, die keusche Luna, deren gute Dienste so oft von den gewöhnlichen Liebhabern angerufen werden, sich nicht erbitten lassen, einem Eingeweihten in den Mysterien der höhern Liebe günstig zu seyn? – Warum nicht? erwiederte Faustina lächelnd. Wenigstens gebe ich dir, setzte sie nach einer kleinen Pause hinzu, meine Einwilligung, wenn du es auf dich nehmen willst, auch *mich* in diesen erhabenen Mysterien einzuweihen.

Die schlaue Dame hatte mich, wie du siehest, unvermerkt auf einen Weg gebracht, worauf sie ihr mir damahls noch unbekanntes Ziel schwerlich verfehlen konnte. Sie erlaubte mir, unter der Leitung der jungfräulichen Göttin – deren Liebe zu Endymion ganz gewiß, trotz den Lästerungen der Mythologen, ebenfalls von der Platonischen Art gewesen sey – die *Sallustischen Gärten* auch zu einer ungewöhnlichen Zeit zu besuchen, und ließ mich hoffen, daß ich sie zu einer gewissen Stunde, in dem Myrtenwäldchen, das einen kleinen offnen Tempel der Grazien umgab, nicht umsonst erwarten würde.

So viel ich mich erinnere, begünstigte sie mich mit drey oder vier solchen nächtlichen Zusammenkünften. Sie, welche (wie sichs am Ende auswies) nichts dabey wagte, blieb immer sich selbst gleich, immer so heiter und sanft, so herablassend gefällig und theilnehmend als ich sie stets gefunden hatte: aber für *meine* Apathie war diese Probe zu stark. Es gab Augenblicke, wo der Drang alles dessen, was ich für sie empfand, meine Brust zu zersprengen drohte; und mehr als Einmahl war ich, unter dem fürchterlichen Kampf zwischen dem Überschwang des Gefühls, das mich zu ihren Füßen werfen wollte, und der Ehrfurcht und Scham, die mich mit gleich großer Gewalt zurück zogen, in Gefahr ohnmächtig vor ihr hinzusinken. Aber jedesmahl war dieß auch der Augenblick, wo sie mich, unter dem Vorwande, daß mir die Nachtluft nicht länger zuträglich scheine, mit dem Ausdruck der zärtlichsten Besorgniß für meine Gesundheit auf der Stelle nach Hause schickte.

Der Mond hörte endlich auf, diese nächtlichen Unterredungen zu begünstigen. Ich konnte mich nicht enthalten, ihr meinen Schmerz über den Verlust so seliger Stunden auf eine Art zu erkennen zu geben, die mich zum Mitleiden einer Dame, die mir schon so viel Güte gezeigt hatte, berechtigte. Du bist für einen Endymion ein wenig dringend, mein lieber Proteus, sagte sie: doch, ich beurtheile deine Empfindungen nach den meinigen. Auch *ich* entsage diesen angenehmen Unterhaltungen zwischen Seele und Seele, die durch das Elysische einer stillen Mondnacht so schön befördert werden, ungern: aber, was kann ich thun, sie dir zu ersetzen?

Ein tiefer Seufzer war alles, was der bezauberte Wahnsinnige darauf antworten konnte.

Ich will sehen was möglich ist, fuhr sie nach einigem Bedenken fort; du sollst in kurzem wieder von mir hören. Aber, wenn ich mich nun, um deinen und meinen Wunsch zu befriedigen, genöthiget fände, deinen Platonismus auf eine etwas harte Probe zu stellen?

Ich glaubte zu errathen, was sie damit sagen wollte, und schwor ihr, bey der himmlischen Cythere und den Grazien des Sokrates, sie würde, auf welche Probe sie mich auch stellen wollte, niemahls Ursache finden, sich ihr Zutrauen gegen mich gereuen zu lassen.

Die schöne, aber ein wenig leichtfertige Gemahlin Mark-Aurels war nun am Rande der Ausführung ihres Plans. Sie spielte mir übel mit, und ich hab' es ihr längst vergeben: aber was ich mir selbst nie vergeben werde, war die Blindheit, mit welcher ich in ihre –

LUCIAN.

– *von dir selbst gewebten* –

PEREGRIN.

– Schlingen fiel. – Gut! auch dieß vermehrt die Vorwürfe, die ich mir zu machen habe.

LUCIAN.

Wunderliche Seele! wozu? Sie kommen *nun* zu spät; und es ist, däucht mich, klar, daß deine Eitelkeit *damahls* eine solche Demüthigung noch nöthig hatte.

PEREGRIN.

Wie groß auch meine Schuld bey diesem allen war, so würdest du mir doch Unrecht thun, wenn du glaubtest, daß ich, mitten in diesen Ausschweifungen meiner Leidenschaft für die schöne Faustina, mich auch nur des leisesten Anschlags auf ihre Tugend schuldig gemacht hätte. Im Gegentheil, meine Schwärmerey (wie du es nennen wirst) ging so weit, daß ich, falls es möglich seyn sollte daß Faustina schwach würde, fest entschlossen war, ihrer guten Seele mit der meinigen zu Hülfe zu kommen, und daß ich sogar auf diesen Fall hin eine Menge der sublimsten und herzrührendsten Sachen, die ich ihr sagen wollte, in Bereitschaft hielt.

LUCIAN.

Dieß, lieber Peregrin, werde ich, – der ich in meinem Leben nie der *Tugend*, sondern nur der falschen oder übertriebenen Anmaßungen einer dem Menschen nicht gegebenen Vollkommenheit gespottet habe – *dieß*, Peregrin, werde ich nie *Schwärmerey* nennen. Aber daß du dich vorsetzlich in den Fall setztest, dir selbst vielleicht nicht Wort halten zu können; daß du, nach so manchen Erfahrungen des Gegentheils, – auf den bloßen Triumf hin, den dein Eigensinn über eine *Alexandrinische Hetäre* erhalten hatte – dir selbst eine Stärke zutrautest, die sich kein Sterblicher eher, als bis er ohne seine Schuld in dem Fall ist ihrer zu bedürfen, zutrauen soll: *das nenne ich Schwärmerey!*

PEREGRIN.

Gieb dich zufrieden, Freund Lucian! du wirst mich streng genug dafür büßen sehen. Es vergingen einige Tage, ohne daß ich die Prinzessin auf ihren gewöhnlichen Spaziergängen wieder zu sehen bekam, wiewohl ich sie überall, selbst in der Grotte, wo ich sie einst schlafend gefunden hatte, aufsuchte. Aber am vierten oder fünften Tage nach unsrer letzten Zusammenkunft, da ich zur gewöhnlichen Morgenstunde in einem Gange, der zum Tempel der Grazien führte, traurig auf und nieder ging, fiel ein Granatapfel vor mir nieder, in dessen Krone ich ein kleines Papier stecken fand. Ich entfaltete es mit zitternder Freude, und las ungefähr folgende Worte: »Du kannst die außerordentliche Probe, die du von meinem Vertrauen auf deine Gesinnungen erwartest, nicht lebhafter wünschen, als ich wünsche, was ich für dich thue durch dein Betragen gerechtfertigt zu sehen. Hast du noch Muth, die Probe, worauf ich dich selbst dadurch stelle, zu bestehen, so finde dich eine Stunde vor Mitternacht bey dem Seitenpförtchen ein, das aus der Gallerie des Apollo in die Rosengebüsche führt, und folge dem, den du daselbst antreffen wirst.«

Beides, die hohe Meinung, die ich von der Unschuld und Güte der schönen Faustina hegte, und das Vertrauen auf die Stärke meines eigenen Vorsatzes, war zu groß, als daß mein Entzücken über diesen mehr gewünschten als gehofften Beweis ihrer Gesinnung gegen mich durch den mindesten Zweifel hätte unterbrochen werden können. Die Zwischenzeit, die einem andern Liebhaber eine Ewigkeit geschienen hätte, verfloß mir unter wonnevollen Vorgefühlen unvermerkt; kaum hatte ich mich in den schönsten Tagen meiner Jugend, selbst im heiligen Haine der Venus Urania zu Halikarnaß, *so entkörpert*, so ganz *Dämon* gefühlt, als in der Erwartung dieser heiligen Mitternachtsstunde, in welcher der Bund einer ewigen Liebe zwischen der schönsten aller Seelen und der meinigen beschworen werden sollte.

Sie kam endlich. Die kleine Pforte öffnete sich; eine junge Sklavin nahm mich bey der Hand, und führte mich durch eine Menge dunkler Gänge in ein hell erleuchtetes und fürstlich ausgeschmücktes Gemach, dessen offne Mittelthür in eine Reihe kleiner Zimmer führte, welche ich zu durchwandern hatte, um zu der Göttin zu gelangen, die in dem letzten derselben ihres seligen Endymions wartete. In jedem der Zwischengemächer, aus welchen mir der lieblichste Wohlgeruch entgegen duftete, nahm die Beleuchtung stufenweise ab, bis sie zuletzt in dem Kabinette, wo ich Faustinen zu finden glaubte, in die sanfteste Dämmerung zerfloß. Sie lag auf einem prächtigen Ruhebette, in eben dem leichten, aber äußerst zierlichen Anzug und in eben der schönen Attitüde, worin ich sie in der unglücklichen Grotte gesehen hatte.

LUCIAN.

Armer Proteus, das war zu viel!

PEREGRIN.

Ein halb durchsichtiger Schleier verhüllte einen Theil ihres Gesichts und des schönsten Busens, den Amors Hand je geformt hatte. Mit immer stärker klopfendem Herzen hatte ich mich langsam herbey geschlichen: aber dieser erste Anblick überwältigte mich gänzlich. Ich warf mich zu ihren Füßen, und – o Faustina! göttliche Faustina! – war alles, was ich in meiner Entzückung hervorbringen konnte, indem ich eine ihrer mir dargebotnen schönen Hände mit glühenden Küssen bedeckte.

In dem nehmlichen Augenblick hörte ich ein lautes Gelächter, das Kabinet wurde plötzlich so hell als der Tag, und *die wahre Faustina* rauschte hinter einem Vorhang hervor, und sagte zu einer andern Dame, die ihr folgte: »*Ich habe die Wette gewonnen, Flaviana!* – und du, guter Proteus, vergieb mir diese kleine Hinterlist! Ich überlasse es deiner eignen Filosofie, die Moral aus diesem Platonischen Abenteuer zu ziehen, die für dich die zuträglichste seyn mag.« – Und hiermit eilte sie mit ihrer lachenden Freundin davon, und ließ mich in einer Beschämung, einer Bestürzung, einer Vernichtung, die meinen ärgsten Feind zum Mitleiden hätte bewegen müssen.

LUCIAN,
lachend.

Armer Proteus! – Verzeih mir, daß ich mitlachen muß! – Einem *Freunde* ist es schon zu verzeihen. – Aber kanntest du diese *Flaviana*, die so lustig darüber war, daß sie ihre Wette auf deine Unkosten verloren hatte?

PEREGRIN.

Sie war eine der ersten jungen Damen zu Rom, und hatte, weil sie große Ansprüche an Witz machte und für eine Beschützerin der Griechischen Musen gehalten seyn wollte, eine Menge Maschinen angelegt, um sich meiner zu bemächtigen, als ich das Haus des *Cejonius* verlassen hatte. Aber da sie ihrer Sitten wegen in einem sehr zweydeutigen Lichte stand, und ich mir, um alle ähnliche Anmaßungen abzuschrecken, wirklich vorgenommen hatte, mich in den Ruf eines entschiedenen *Weiberhassers* zu setzen: so waren alle ihre Versuche verunglückt; und dieß hatte vermuthlich zu der Wette Anlaß gegeben, von welcher ich auf eine so grausam überraschende Art das Opfer wurde.

LUCIAN.

Und wer war die Dame auf dem Ruhebette?

PEREGRIN.

Ich verweilte nur so lange, daß ich mich zu meinem neuen Erstaunen überzeugen konnte, daß es *Myrto* war, eben dieselbe Sklavin Myrto, welche in der Villa Mamilia eine von den Grazien der Göttin vorstellte, und es sich, wie du dich erinnern wirst, so angelegen seyn ließ, die schöne Dioklea bey mir anzuschwärzen. Der Eindruck, den ich dazumahl auf ihr zartes Herz zu machen das Unglück hatte, schien seit einer so langen Reihe von Jahren noch nicht ganz erloschen zu seyn. Sie wandte, unter dem Vorwand daß sie mir Sachen von großer Wichtigkeit zu entdecken hätte, alles mögliche an mich zurück zu halten: aber mein Stolz war zu tief verwundet, als daß ich die Luft dieses für mich plötzlich verpesteten Hauses nur einen Augenblick länger hätte ertragen können. Ich riß mich von ihr los, floh in meine Zelle zurück, und blieb etliche Tage eingeschlossen, um mich von dem harten Stoß, den ein so schamvoller Ausgang des schönsten Abenteuers meines ganzen Lebens meiner Filosofie gegeben hatte, wieder zu erhohlen, und, alles wohl überlegt, den festen Entschluß zu fassen, daß es das *letzte* dieser Art in meinem Leben seyn sollte.

LUCIAN.

Soll ich offenherzig mit dir sprechen, Freund Proteus? – Daß dein Herz in der ersten Bewegung Galle und Gift gegen die schöne Faustina kochte, kann ich dir leicht verzeihen: wem würde es an deinem Platze nicht eben so ergangen seyn? Aber wenn du in den einsamen Stunden der Besinnung nicht wieder so gut zu dir selber kamst, um sie von aller Schuld an deinem verunglückten Abenteuer mit ihr frey zu sprechen; wenn dein Gedächtniß so treulos war, dich nicht zu erinnern, daß sie, – selbst den Mittagsschlaf in der Grotte nicht ausgenommen, welchen ich, ohne einen gerichtlichen Beweis des Gegentheils, den du schwerlich führen könntest, für einen bloßen Zufall halte – daß sie, sage ich, weder verführerische Künste, dich in ihre Schlingen zu ziehen angewandt, noch dir die geringste Ursache gegeben, sie für eine schwärmerische Seele deines gleichen zu halten, kurz, daß Du selbst es warst, der alle Auslagen bey dieser Gelegenheit auf eigene Rechnung übernahm: wenn du das alles vergessen konntest, so hattest du wahrlich sehr Unrecht. Das Einzige, was Faustina, deiner eigenen Erzählung nach, zu verantworten haben konnte, war, daß sie es geschehen ließ, daß du sie nach deiner sonderbaren Art liebtest. Allein, die Neugier, was wohl am Ende daraus werden würde, ist, däucht mich, einer jungen Fürstin, deren Laune zu solchen Kurzweilen gestimmt war, um so leichter zu gut zu halten, da sie vermuthlich durch *Flavianen* zur Wette *heraus gefordert* worden war, und übrigens von einem Enthusiasten deiner Art unmöglich eine so lebendige Vorstellung haben konnte, um voraus zu sehen, wie wehe sie dir durch die unvermuthete Verwandlung aus einem *neuen Endymion* in – einen *neuen Ixion* – thun würde. In der That, lieber Proteus, war es bloß *deine* Schuld, daß du sie nicht nur, vermittelst des vorbesagten Zauberspiegels in deinem Kopfe, zu einer moralischen Venus, zu einem Ideal jeder geistigen Schönheit erhobst, sondern dieses Göttergebilde deiner schwärmenden Fantasie sogar mit deiner eigenen Art zu empfinden beseeltest, und eine Sympathie und Seelenverwandtschaft zwischen ihr und dir freygebig voraussetztest, für welche in ihrem ganzen Benehmen, so viel ich sehen kann, für einen Mann mit gewöhnlichen Augen kein entscheidender Grund zu finden war. Im Gegentheil, man mußte so verblendet und bezaubert seyn als du es warst, um nicht zu merken, wie sie bey allen deinen Bestrebungen, ihr deine Platonische Schwärmerey einzuimpfen, immer kalt und ruhig blieb, und wie wenig Vertrauen sie darauf setzte, daß die Probe, zu welcher du sie selbst aufzufordern die Vermessenheit hattest, zu deinem Ruhm ausfallen würde. – Aber, was den Prozeß gänzlich zu ihrem Vortheil entscheidet, und für die Güte ihres Herzens desto lauter spricht, je mehr Anlage zu Leichtsinn und Muthwillen in ihrer natürlichen Sinnesart war, ist der Umstand, daß sie dich sogar noch in dem Briefchen, das dir der Granatapfel in die Hände spielte, vor der Gefahr *warnte*, wiewohl der Verlust ihrer Wette darauf stand, falls du dich eines bessern besonnen hättest.

PEREGRIN.

Jetzt, lieber Lucian, bin ich aus allen diesen Betrachtungen so geneigt als du selbst, Faustinen zu entschuldigen, und was mich damahls beynahe wahnsinnig machte, hat ihr und mir, seitdem wir uns hier wiederfanden, mehr als Einmahl Stoff zum Lachen gegeben. Aber *vor meiner Verlüftung zu Harpine* war so viel Unbefangenheit bey mir unmöglich. Auch nachdem sich der erste Sturm in meinem Gemüthe gelegt hatte, blieb es immer ein unverzeihliches Verbrechen in meinen Augen, daß sie bey dem grenzenlosen Vertrauen, das ich in die Unschuld ihrer Seele setzte, fähig gewesen war, mit einem Herzen wie das meinige ein solches Spiel zu treiben, und einen Mann, der selbst in seinen Verirrungen (wie meine Eigenliebe mir schmeichelte) noch Achtung verdiente, dem Spotte fremder Zeugen, und (was mich am empfindlichsten kränkte) dem Hohngelächter einer Frau, deren Eitelkeit ich beleidiget hatte, so leichtsinnig und übermüthig Preis zu geben. Dieß konnte ich ihr so wenig verzeihen, daß ich mich vielmehr überflüssig berechtiget hielt, sie bey jeder Gelegenheit als die gefährlichste Sirene zu schildern, und selbst die Liebenswürdigkeit, die ihr jedermann zugestehen mußte, für eine bloße Larve zu erklären, unter welcher eine falsche, gefühllose und grausame Seele laure. Wenn ich denn einmahl in diesen Ton gerathen war, so wurde weder ihres Vaters noch Gemahls geschont; und die ganze Deklamazion endigte sich gewöhnlich in eine bittere Satire über die Römer und Römerinnen, über die ungeheure Verdorbenheit ihres Herzens und ihrer Sitten, über den hassenswürdigen Despotismus ihrer Regierung, und über die seltsame Schwäche des guten frommen Kaisers, der sich die milde Gelindigkeit seiner flegmatischen Sinnesart für *fürstliche Tugenden* aufschmeicheln lasse, und, weil er allen Menschen Gutes wünsche, wirklich so unschuldig sey, sich einzubilden, daß die Welt unter seinem Zepter *halcyonische Tage* lebe, und daß allen Leuten so wohl sey als ihm selbst.

LUCIAN.

Und wie benahm sich die schöne Faustina bey diesem Rückfall ihres Platonikers in den Karakter eines ächten *cynischen Bellers?*

PEREGRIN.

In der That war sie, trotz dem leichtsinnig fröhlichen Muthwillen, der sie zuweilen zu unschicklichen Schritten verleitete, die gutherzigste Seele von der Welt. Wie leicht hätte sie, wenn sie das gewesen wäre, wofür ich sie in meiner ungerechten Erbitterung ausgab, sich über den Gedanken weggesetzt, was aus einem armen Griechischen Landstreicher, den der Zufall zu seinem Unglück in ihren Weg geworfen hatte, werden könne! Wie unermeßlich war der Abstand von der einzigen Tochter des Kaisers und *künftigen Augusta* zu Peregrinus Proteus von Parium! – Aber Faustina hatte das Herz ihres Vaters geerbt. Kaum war die erste Freude über den wunderschönen *Hermafroditen* von Parischem Marmor, den sie durch ihre Wette gewonnen hatte, ein wenig verdünstet, so fiel ihr ein, daß sie dem ehrlichen Schlag, dessen Thorheit ihre Gallerie mit einem so schönen Stücke bereicherte, eine Art von Vergütung für seine fehl geschlagenen Hoffnungen (wie lächerlich diese auch an sich selbst gewesen seyn möchten) schuldig sey; und so wie ihr dieß einfiel, so bildete sich auch schon ein Plänchen in ihrem Kopfe, den guten Menschen so glücklich zu machen, als er es billiger Weise nur immer wünschen könne. Die vorbesagte *Myrto*, welche nach *Mamiliens* Tod in die Dienste der Kaiserin gekommen und von dieser ihrer Tochter überlassen worden war, genoß des besondern Vertrauens ihrer jungen Gebieterin, und war die erste unter ihren Freygelaßnen. Von ihr hatte Faustina noch eher als von mir selbst alles, was sie von meiner Geschichte wußte, und bey dieser Gelegenheit auch den Nebenumstand erfahren, daß der Liebesfunken, den ich ehemahls unwissend in ihrem schönen Busen entzündet hatte, der Zeit und meiner Undankbarkeit zu Trotz, noch immer unter der Asche fortglimme. Myrto war zwar indessen bis zum fünf und vierzigsten Jahre fortgerückt: aber die Grazien hatten sie mit der Gabe, immer jünger zu scheinen als sie war, beschenkt, und die gute Faustina glaubte, eine Verbindung zwischen uns würde um so schicklicher seyn, da die Ausstattung, welche sie ihrer Favoritin zugedacht hatte, mich in den Stand setzen würde, ein sehr gemächliches Leben zu führen; ein Umstand, der, ihrer Meinung nach, der schönen Myrto bey einem Filosofen, dessen Küche auf vier oder fünf Obolen des Tags fundiert war, keinen Schaden thun könnte.

Die Favoritin hatte mich schon einige Tage vergebens aufsuchen lassen und selbst aufgesucht, um mir von diesen guten Gesinnungen ihrer Gebieterin und von ihren eigenen Nachricht zu geben, als sie mich endlich in den ehemahligen Mäcenatischen Gärten antraf, und mich, eh' ich ihr entwischen konnte, zu einer Unterredung nöthigte, worin sie nichts vergaß, was vielleicht jeden andern in meiner Lage hätte bewegen können, den Antrag, den sie mir mit der jungfräulichsten Bescheidenheit im Nahmen der Prinzessin machte, dankbarlich anzunehmen. Aber die schöne Myrto fand einen Mann vor sich, dem die unvergeßliche Mitternachtsstunde und der Hermafrodit, dem er aufgeopfert worden war, seine ganze Apathie wiedergegeben hatte. Ihre Eigenliebe wurde schon bey diesem ersten Versuche durch die Kälte und Unbeweglichkeit, die ich ihr entgegen setzte, so empfindlich beleidigt, daß ihr alle Lust zu einem zweyten verging.

Einige Wochen verflossen, ohne daß ich von ihr oder Faustinen weiter etwas hörte, oder mich um sie bekümmerte. Aber einsmahls, da ich in der Abenddämmerung auf den Esquilien einsam herum irrte, nahte sich mir eine verschleierte Gestalt, welche mich um einige Augenblicke Gehör bat. Ich folgte ihr hinter eine Gruppe von Bäumen, und so bald sie sicher zu seyn glaubte daß sie von niemand gesehen werde, gab sie sich – für meine alte Freundin – *Dioklea* zu erkennen.

Ihr Anblick versteinte mich beynahe im eigentlichen Verstande dieses Wortes. *Dioklea*! wollte ich ausrufen; aber das Wort erstarrte auf meinen Lippen. Sie schien die Wirkung, die ihre so unverhoffte Erscheinung auf mich that, keiner Aufmerksamkeit zu würdigen. Faustina, sagte sie mit ruhigem Ernst, hat erfahren, daß du dich durch das, was zwischen ihr und dir vorgegangen, berechtigt hältst, übel von ihr zu sprechen. Die Rede geht sogar, man habe dich vor ziemlich vielen Zuhörern von dem Kaiser ihrem Vater, und von ihrem Gemahl, den sie über alle Anfälle der Satire hinweg gesetzt glaubte, in sehr unziemlichen Ausdrücken reden gehört. Die Prinzessin ist geneigt, diese unbedachtsamen Ergießungen einer allzu reitzbaren Galle deiner Menschlichkeit zu gut zu halten: aber sie bittet dich, um deiner eigenen Ruhe willen, die Stadt unverzüglich zu verlassen, und hofft, daß du diesen von ihr selbst gestrickten Beutel, zum Behuf deiner Rückreise nach Griechenland, als ein Zeichen ihres guten Willens annehmen werdest. Mit diesen Worten überreichte sie mir einen ziemlich großen Beutel, der dem Ansehen nach mit Gold angefüllt war.

Es war immer eine von meinen unglücklichsten Eigenheiten, daß ich in Fällen, wo ich zwischen zwey entgegen gesetzten Parteyen auf der Stelle wählen mußte, immer die ergriff, die ich nach besserer Überlegung wünschen mußte *nicht* genommen zu haben. Offenbar war es höchst unklug, die Bitte der Prinzessin für etwas andres als einen milderen Befehl anzusehen; und eben so unschicklich war es, ihr Geschenk mit Verachtung von mir zu weisen. Aber mein Gemüth war noch zu sehr verstimmt, und das Gelächter hinter dem Vorhang und die fatalen Worte – »Ich habe die Wette gewonnen, Flaviana!« – ertönten noch zu stark in meiner Seele als daß ich diese Botschaft einer Dame, von welcher ich mich so unverzeihlich gemißhandelt glaubte, aus dem Munde einer alten Freundin, die mich das zwischen uns bestehende Mißverhältniß auf eine so kränkende Art fühlen ließ, so gut hätte aufnehmen können wie sie gemeint war.

Ich antwortete trotzig: Ich wäre mir keines Verbrechens bewußt, das mich der freyen Wahl meines Aufenthalts, die mir als einem Römischen Bürger zukomme, berauben könnte. Was die milde Gabe der Prinzessin betreffe, so brauchte ich zu meinen Bedürfnissen nur *Obolen;* und da ich deren gerade so viele hätte als ich brauchte, so bäte ich sie, ihr Gold einem andern zuzuwenden, der dessen bedürftiger wäre als Proteus. – Und nach dieser impertinenten Gegenrede wandte ich Diokleen, die einen Blick voll kalter Verachtung auf mich heftete, mit aller Selbstzufriedenheit eines Menschen, der unverbesserlich geantwortet zu haben glaubt, den Rücken zu, und ging davon.

Kaum war der nächste Morgen angebrochen, so wurde ich zum *Präfekt der Stadt Rom* berufen. Ich zweifelte nicht, daß mir der Vorgang am gestrigen Abend diese Ehre zuzöge, und versah mir daher wenig Gutes zu ihm. Aber es war mein Loos, die Menschen immer anders zu finden als ich sie erwartete. Der Präfekt nahm mich auf die Seite, und sagte mir mit einem sehr strengen Blick, aber mit einem eben so sanften Ton der Stimme: Er habe Ursache zu glauben, daß die Luft und der Aufenthalt zu Rom mir ganz und gar nicht zuträglich sey, und wolle mir also, als mein guter Freund, gerathen haben, mich ohne Verzug aus Italien zu entfernen, und nach Griechenland oder Ägypten zurückzukehren. – Ja wohl, rief ich, ist die Luft von Rom Pest für mich! Dein Rath ist ein Befehl meines guten Dämons; ich gehorche ihm auf der Stelle. Und hiermit flog ich meiner Herberge zu, packte meinen Quersack, und machte mich noch in der nehmlichen Stunde auf den Weg nach Brundusium.

LUCIAN.

Du eilest, wie ich sehe, zur Entwickelung der seltsamen Tragikomödie deines Lebens; und doch kann ich dich nicht mit der Frage verschonen, durch welchen seltsamen Zufall wir die Schwester des Profeten *Kerinthus*, die wir als eine eifrige Theilnehmerin an seinen weit grenzenden Entwürfen verließen, so unvermuthet unter den Hausgenossen der schönen *Faustina* wiederfinden?

PEREGRIN.

Eine völlig befriedigende Auskunft über diesen, auch *mir* damahls sehr unerwarteten Zufall, würde eine umständliche Geschichte des Fortgangs und Ausgangs der Unternehmungen dieses außerordentlichen Mannes erfordern, welche du bey Gelegenheit besser aus eben der Quelle, woraus ich sie selbst habe, nehmlich aus seinem oder Diokleens eigenem Munde, schöpfen wirst. Alles was ich dir mit wenigem davon sagen kann, ist: daß die Eifersucht einiger der angesehensten und thätigsten Vorsteher der Brüdergemeinen von seinen immer sichtbarer werdenden ehrgeitzigen Absichten und von der Verfälschung der Lehre ihres Meisters und seiner ersten Jünger, die ihm Schuld gegeben wurde, Gelegenheit nahmen, ihn und seine Anhänger, bald nach meiner

Trennung von ihnen, in so schlimme Händel zu verwickeln, daß ihm, nachdem er alle andere Hülfsquellen seines so erfindsamen und ränkevollen Kopfes erschöpft hatte, zuletzt kein andrer Ausweg übrig blieb, als auf immer *zu verschwinden*, und die Vollendung seines zu rasch betriebenen Plans der Zeit zu überlassen, welche im Lauf von etlichen Jahrhunderten zu Stande brachte, was kein Werk für das Leben eines einzigen Mannes war. Seine Schwester war bey dieser Katastrofe vorsichtig genug gewesen, in Zeiten für ihre eigene Sicherheit zu sorgen. Sie wurde mit eben der Leichtigkeit wieder *Dioklea*, womit sie sich ehemahls in eine *Theodosia* verkleidet hatte; und als sie nach einer absichtlichen Verborgenheit von etlichen Jahren in Rom wieder zum Vorschein kam, fand sie durch Vorschub ihrer zahlreichen Freunde gar bald einen Weg, *der ältern Faustina* als die tauglichste Person zur Erziehung ihrer einzigen Tochter empfohlen zu werden. In dieser Stelle erwarb sie sich durch ihre Klugheit das Vertrauen der Mutter, und durch die gefällige Anmuth ihres Betragens und die Mannigfaltigkeit ihrer Talente die Zuneigung der Tochter in einem so hohen Grade, daß sie nach der Vermählung der letztern mit dem Cäsar *Markus* ihr in das Haus ihres Gemahls folgte, und bis ans Ende ihres Lebens die vertrauteste ihrer weiblichen Günstlinge blieb.

LUCIAN.

Dieß ist zu meiner Beruhigung hinreichend; denn ich muß gestehen, daß es mir nicht gleichgültig gewesen wäre, über das Schicksal dieser vielgestaltigen und in jeder Gestalt so anziehenden Dame in Ungewißheit gelassen zu werden. Ein Kerinthus mag *verschwinden*, wenn er seine Rolle nicht länger spielen kann: aber für eine Dioklea findet sich unter jedem Glückswechsel noch immer eine anständige Rolle. Wie hätte die schöne Faustina in bessere Hände gerathen, oder wo hätte sie eine wachsamere Aufseherin, eine erfahrnere Rathgeberin, eine gefälligere Freundin, und eine geschicktere Ausrichterin ihrer Aufträge finden können als Diokleen? Das Schicksal sorgte für beide da es sie zusammen brachte: laß nun hören, Peregrin, was es für *dich* that, da es dich von beiden vermuthlich auf immer trennte.

Es würde ihm schwer gewesen seyn, etwas für einen Eigensinnigen zu thun, der eine so besondere Gabe hatte, alles, was Götter und Menschen zu seinem Besten thun wollten, zu vereiteln, oder gegen ihre Absicht zu seinem Nachtheil zu kehren. In der That war ich in meinem ganzen Leben nie weniger aufgelegt gewesen als damahls, meine Ruhe von irgend einem Wesen außer mir abhangen zu lassen, geschweige eine bessere Behandlung, als ich bisher von den Menschen erfahren hatte, durch Gefälligkeit um sie verdienen zu wollen; und die Betrachtungen, die auf meiner einsamen Wanderschaft aus Italien meine einzige Gesellschaft ausmachten, waren nicht sehr geschickt, mich in eine andere Stimmung zu setzen.

Ich rief alle Verhältnisse und Verbindungen, worin ich in meinem bisherigen Leben gestanden, in mein Gedächtniß zurück; ich verglich in jeder dieser Lagen meine *Erwartungen* mit dem *Erfolge;* und das Resultat war: daß ich mich stärker als jemahls überzeugt fühlte, ich würde, so oft ich unter den Menschen um mich her *meines gleichen* gefunden zu haben wähnte, mich eben so übel betrogen sehen, als ich es bisher immer gewesen war.

Was blieb mir also übrig, als mich mehr als jemahls in mich selbst hinein zu ziehen und von andern schlechterdings nichts weiter zu erwarten noch zu fordern? Aber – um ihnen doch wenigstens dafür, daß sie mir den freyen Gebrauch der Luft und des Wassers ließen, meine Dankbarkeit zu zeigen, setzte ich mir von neuem vor, ihnen bey jeder Gelegenheit, öffentlich und besonders, wo nicht zu ihrer Besserung, wenigstens zu ihrer Beschämung und Demüthigung, die Wahrheit zu sagen. Es ist immer Etwas gethan, dachte ich, wenn wir sie, trotz ihrer selbstgefälligen Eitelkeit und ihrer allgemeinen stillschweigenden Abrede einander durch Höflichkeit und Schmeicheley zu hintergehen, nöthigen können, sich in dem ungefälligen Spiegel den wir ihnen vorhalten, wär' es auch nur auf Augenblicke, so zu sehen wie sie wirklich sind.

Mit *diesem* Vorsatze kam ich nach Griechenland zurück; und aus *diesem* Gesichtspunkte, Freund Lucian, wirst du dir leicht erklären können, wie es zuging, daß diejenigen, die sich durch meine Freymüthigkeit beleidigt fanden, den Mann, – der keiner ihrer Thorheiten schonte, und sogar die Tugenden und Verdienste, worüber sie von aller Welt beklatscht wurden, durch ein Probefeuer gehen ließ, worin sie in Rauch und Dunst zerflossen, – in den Ruf eines menschenfeindlichen, bissigen und halb tollen *cynischen Hundes* brachten. In diesem Stücke war alles, was du deinen *Ungenannten* sagen lässest, bloßer Widerhall der öffentlichen Stimme. Aber, wenn es nöthig wäre hierüber ins besondere zu gehen –

LUCIAN.

Überhebe dich dieser Mühe, die nach allem, was ich nun von dir weiß, ganz überflüssig wäre. Ich begreife nicht nur, wie du zum Beyspiel die glänzenden Verdienste, welche sich der Sofist *Herodes Attikus*, der eitelste aller Menschen die ich kenne, kraft seiner unermeßlichen Reichthümer um die Eitelkeit und Üppigkeit der Griechen machte, ohne Ungerechtigkeit in einem ganz andern Lichte sehen konntest, oder vielmehr sehen *mußtest* als der große Haufe: ich gestehe sogar, daß ich selbst nicht zu entschuldigen bin, diesem hoffärtigen Glücksgünstling einige Höflichkeiten, die er mir erwiesen hatte, *auf deine Unkosten* bezahlt zu haben.

PEREGRIN.

Dafür, lieber Lucian, hast *du selbst* mich schon mehr als hinlänglich gerochen, da du, in einem andern deiner Aufsätze, eben diese Freymüthigkeit gegen den nehmlichen Herodes, welche *mir* zum Verbrechen gemacht wurde, an *Demonax* – der im Grunde so gut ein Cyniker heißen konnte als ich – mit Lobsprüchen belegtest.

LUCIAN.

Ich muß gestehen, diese kleine Züchtigung ist nicht ganz unverdient; wiewohl ich zu einiger Entschuldigung anführen könnte, daß Demonax der liebenswürdigste und gutlaunigste aller Cyniker war, und seinen Tadel, ja sogar seine Spöttereyen mit einem so feinen Attischen Salze zu würzen und in einer so angenehmen Manier vorzubringen wußte, daß die Getroffnen selbst nur selten ungehalten auf ihn werden konnten.

Peregrin.

Er glich hierin unserm gemeinschaftlichen Meister *Agathobulus*, welchem *ich* aus bereits angeführten Ursachen weder gleichen *wollte*, noch *konnte*. Bey *mir* ging, vermöge der individuellen Form meines Wesens, alles über *die Aristotelische Linie der Mäßigung* hinaus. Wen ich nicht mit Schwärmerey lieben, mit Entzückung loben konnte, den mußte ich mit Abscheu fliehen, mit Bitterkeit tadeln. Wie hätte sich die Welt mit einem solchen Menschen, oder er sich mit ihr, vertragen können? Niemand fühlte dieß stärker als ich selbst, und daher bracht' ich auch den größten Theil meines übrigen Lebens in der einsamsten Abgeschiedenheit zu. Selbst das stille *Athen* war für mich noch nicht still genug. Ich wählte eine kleine abgelegene Bauerhütte nicht weit von der Stadt zu meinem gewöhnlichen Aufenthalt; und außer einigen jungen Leuten, die mein Ruf, – und einem oder zweyen, welche die täuschende Hoffnung, durch den Unterricht eines weisen Mannes selbst weise zu werden, an mich zog, war der Cyniker *Theagenes* von Paträ der einzige Mensch, dessen Besuche ich annahm, aber in der That mehr *duldete* als wünschte.

Ich wundre mich nicht, Freund Lucian, daß dieser Theagenes in deinem Berichte von meinen letzten Tagen so übel weggekommen ist. Er hatte (außer seiner Schwärmerey für mich) in seiner ganzen Person zu viel Anstößiges für einen Mann wie Du, als daß du billiger gegen ihn hättest seyn können als gegen mich selbst. Indessen war er im Grund ein Mensch von gutem Willen, und ich glaube noch in diesem Augenblicke, daß sein Eifer für mich aufrichtig war. Allein eine grobe Organisazion, eine pöbelhafte Erziehung, eine gewisse angeborne Ungeschmeidigkeit, und ein natürlicher aber vom Glücke nicht begünstigter Hang zu einem müßigen und unabhängigen Leben, kurz, eben dieselben Umstände, die ihn in den cynischen Orden geworfen hatten, setzten seiner Ausbildung so enge Grenzen, daß er es, mit aller seiner Schwärmerey für den Thebanischen Herkules und – meine Wenigkeit, doch nie weiter brachte, als unter den *vulgaren* Cynikern dieser Zeit eine ziemlich ansehnliche Person vorzustellen. Gleichwohl, so wie er war, gewann ihm seine Gutmüthigkeit, sein Feuer und seine leidenschaftliche Zuneigung zu mir einigen Antheil an einem Herzen, dessen dringendstes Bedürfnis war *Etwas zu lieben*: und wenn er mich gleich durch die unzähligen Dissonanzen, welche seine Art zu empfinden, zu denken und zu leben mit der meinigen machte, oft genug zurück stieß; so blieb es mir doch unmöglich, den einzigen Menschen von mir zu entfernen, von welchem ich gewiß zu seyn glaubte, daß er von Herzen und ohne eigennützige Rücksichten an mir hange. Und so folgte denn auch ganz natürlich, daß er bey meiner berüchtigten Todesscene die erste und geschäftigste Nebenrolle auf sich nahm.

Diese letzte Epoke meines Lebens – welches (wie du gesehen hast) außerordentlich genug gewesen war, um sich auf eine ungewöhnliche Art zu endigen – ist nun das einzige, lieber Lucian, worüber ich dir noch einige Erläuterungen schuldig bin.

Ein freywilliger Ausgang aus dem Leben, ungeachtet er von den Platonen und Epikteten aus sehr scheinbaren Gründen gemißbilligt wurde, war von jeher unter Griechen und Römern von einer gewissen Klasse etwas so wenig seltenes gewesen, und im Gegentheil durch große Beyspiele so sehr gerechtfertigt, und, so zu sagen, geheiligt worden, daß sich schwerlich jemand darüber verwundert oder bekümmert haben würde, wenn ich meinem Leben in der Stille, wie so manche andre Filosofen, durch Hunger, oder Opium, oder einen laufenden Knoten ein Ende hätte machen wollen. Aber ein in Griechenland so ungewöhnlicher, so feierlicher und vier Jahre zuvor öffentlich angekündigter freywilliger Tod mußte allgemeine Aufmerksamkeit erregen, und es war leicht voraus zu sehen, daß er von dem einen für die größte Heldenthat, von einem andern für Wahnsinn, und von einem dritten für bloße Scharlatanerie erklärt, von allen aber, oder doch wenigstens von den meisten, nur ihren eigenen Augen geglaubt werden würde.

Den Gedanken, mein Leben, so bald ich fühlte daß es Zeit wäre, freywillig zu beschließen, hatte ich schon lange, und in der That schon damahls gefaßt, als ich mich zu Alexandrien entschloß, das Bild eines filosofischen Herkules in meiner Art zu leben darzustellen. Seit meiner Verbannung aus Italien war dieser Gedanke mit jedem Jahre lebendiger geworden. Das Leben unter den Erdebewohnern, das seit meinen letzten Erfahrungen zu Rom allen Reitz für mich verloren hatte, wurde mir nun von Tag zu Tage gleichgültiger, und endlich gar verhaßt. Meine ganze Art zu seyn und die äußerst strenge Enthaltsamkeit, welcher ich von jener Zeit an getreu blieb, hatte alle natürlichen Bande, die den einzelnen Menschen ans Leben fesseln, nach und nach bey mir zu dünnen Zwirnsfaden abgeschlissen. Dagegen war die Stärke jenes sonderbaren Gefühls meiner *dämonischen* Natur – welches dich nun nicht mehr an mir befremden darf, da es die erste und mächtigste Triebfeder meiner ganzen Thätigkeit war – in eben dem Maße gewachsen, wie der natürliche Trieb zum Leben die seinige verlor. Das Klümpchen organisierter Erde, womit ich mich noch schleppen mußte, wurde mir immer überlästiger; diese Organe selbst waren in meiner Vorstellung nur Hindernisse einer vollkommenern Art zu sehen, zu hören, mit dem Weltall, und vornehmlich mit den geistigen Wesen und Kräften desselben, in engere Beziehungen zu kommen, kurz, zu einer unendlich schönern und unbeschränktern Thätigkeit zu gelangen. Ich fühlte mich endlich von einer unbeschreiblichen Sehnsucht nach diesem höhern Leben, an dessen Wirklichkeit ich nie gezweifelt hatte, gepreßt: und da die Hoffnung, den Menschen durch meinen längern Aufenthalt unter ihnen nützlich zu seyn, immer schwächer und schwächer wurde; da sie mir endlich als eine lächerliche Schimäre erschien, die nur in dem Gehirn eines mit der Welt gänzlich unbekannten schwärmerischen Jünglings erzeugt, und, nach allem was mit mir vorgegangen war, nur von einem unheilbaren Thoren länger gehegt werden könne; so blieb nun nichts übrig, was mich hätte zurück halten können, und ich beschloß zu sterben.

Aber in eben demselben Augenblicke stellte sich mir auch der Gedanke dar: da mein *Leben* der Welt zu nichts nütze gewesen sey, wenigstens meinen *Tod* wohlthätig für sie zu machen. In diesem Zeitalter der weichlichsten Entnervung müßte, dachte ich, das unmittelbare öffentliche Schauspiel eines freywilligen heroischen Todes, so eines Todes wie *Herkules* auf dem Öta und *Kalanus* im Angesichte Alexanders und seines ganzen Kriegsheeres starb, einen tiefern und heilsamern Eindruck auf die Gemüther machen, als der beredteste Moralist durch die schönsten Deklamazionen im Lyceum oder in der Stoa in zwanzig Jahren bewirken könnte. Du weißt schon, lieber Lucian, wie leicht meine Einbildungskraft durch Vorstellungen dieser Art in Flammen zu setzen war; und doch müßte es dir lächerlich vorkommen, wenn ich ohne die geringste Übertreibung von dem seltsamen Reitz sprechen wollte, den der Gedanke – mich zu Olympia vor den Augen so vieler Myriaden von Griechen und Ausländern aus allen Gegenden der Welt in einer schönen Sommernacht zu verbrennen – bey seiner ersten Entstehung für mich hatte.

Von welcher Seite ich diesen Tod betrachtete, zeigte er sich mir in einer blendenden Gestalt. In Rücksicht auf die Menschen der gegenwärtigen und künftigen Zeiten war er eine glorreiche Selbstaufopferung, welche mich durch ein unvergeßliches Beyspiel der Standhaftigkeit, der Geringschätzung dessen was den Sterblichen über alles ist, und des innern Bewußtseyns einer über dieses armselige Erdeleben hinaus reichenden Bestimmung, auf ewig zum Wohlthäter der Menschen, die so wenig um mich verdient hatten, machen würde. In Rücksicht auf mich selbst war es die kürzeste, edelste, der ursprünglichen Natur *des Dämons in mir*, der mein wahres *Ich* ausmachte, angemessenste Art, nach einer schon zu lange dauernden Verbannung auf dieses verhaßte Land der Täuschungen, der Leidenschaften und der Bedürfnisse in mein ursprüngliches Element zurückzukehren. Überdieß muß ich gestehen, daß ich mich auch nicht wenig durch die Vorstellung geschmeichelt fand, den Christianern zu zeigen, daß sie nicht die einzigen seyen, die durch ihren Glauben mit dem Muthe begeistert würden, dem Augenblick eines peinvollen Todes Trotz zu bieten.

LUCIAN.

Aber, wenn alle diese Vorstellungen so mächtig auf dich wirkten, wie kam es, daß du dich bey der nächsten Wiederkehr der Spiele zu Olympia an der bloßen Ankündigung deines Vorsatzes begnügtest, und die Ausführung noch vier ganzer Jahre, die dir in einer solchen Gemüthsstimmung vier Jahrhunderte scheinen mußten, verschieben konntest?

PEREGRIN.

Aufrichtig zu reden, Lucian, – da ich mit allen meinen seltsamen Eigenheiten am Ende doch so gut ein Mensch war wie andere, so möchte ich nicht dafür stehen, daß der Instinkt, der alle Lebendigen mit einer geheimen und nur desto mächtigern Gewalt an die einzige Art von Daseyn, welche sie aus unmittelbarer Erfahrung kennen, fesselt, nicht auch bey mir seine Wirkung gethan haben könnte. Indessen ist alles was ich hiervon mit Gewißheit sagen kann, daß ich mir dieser Bewegursache nicht bewußt war. Ich hatte vielmehr lange mit mir selbst zu kämpfen, bis ich zum Entschluß kam, mein ungeduldiges Verlangen nach dem Tode, als *die letzte Leidenschaft, die ich der Weisheit noch aufzuopfern hätte*, zu überwältigen, und das Heroische und Exemplarische desselben eben dadurch, daß ich ihm vier Jahre lang schrittweise entgegen ging, desto auffallender und vollkommener zu machen. Dieß, lieber Lucian, war wenigstens der einzige Beweggrund, den ich mir selbst gestand, dem ich alles mögliche Gewicht zu geben suchte, und der endlich um so mehr die Oberhand behielt, weil ich dadurch Zeit gewann, theils die wenigen Freunde, die mit Wärme an mir hingen, auf unsere Trennung vorzubereiten, theils einen sonderbaren Einfall auszuführen, welchen mir die Begierde, ganz Griechenland durch meinen Tod in eine heilsame Erschütterung zu setzen, eingegeben hatte.

LUCIAN.

Du sprichst vermuthlich von den so genannten *Zirkelbriefen*, die du, wie die Rede ging, als eine Art Vermächtnisse an alle Städte von einigem Ansehen in Achaja und in dem Griechischen Asien erlassen haben solltest?

PEREGRIN.

Du kannst dir nicht vorstellen, wie glücklich mich die Vorstellung der Wirkungen machte, welche der letzte Wille eines auf eine so außerordentliche Art sterbenden Weisen auf diejenigen thun müßte, denen er – zu einer Zeit, da ihm für sich selbst an ihrem Wohl oder Weh, so wie an ihrer guten oder schlimmen Meinung von ihm, nichts mehr gelegen war – auf eine so uneigennützige und rührende Art zu erkennen gab, wie sehr ihm ihr Bestes am Herzen liege. Eine geraume Zeit vor meinem Tode beschäftigten diese Zirkelbriefe meine ganze Seele; sie erhielt unvermerkt dadurch die Wärme und Begeisterung meiner Jugend wieder. Noch nie, däuchte mich, war ein Menschensohn vor mir in einer Lage und Stimmung gewesen, die ihm einen so großen Vortheil über seine Brüder gab; die *ihn* in einem so hohen Grade berechtigte, ihnen jede heilsame Wahrheit mit einem (wie ich in meiner gutherzigen Narrheit mir einbildete) so unwiderstehlichen Nachdruck ins Gesicht zu sagen; und die hingegen auch *sie*, auf ihrer Seite, so geneigt machen müßte, seinem strafenden Tadel und den Vorschlägen, die er ihnen zu Verbesserung ihrer Polizey und ihrer Sitten that, Gehör zu geben. Ich richtete es mit Hülfe meiner Cyniker und ihres Anhangs so ein, daß alle diese Briefe zugleich mit der Nachricht von meinem Tode bey ihren Behörden eintreffen mußten; und – was vielleicht unter allen Sterblichen nur *mir* begegnen konnte – während der ganzen Zeit daß ich mich mit diesen meinen moralischen und politischen Vermächtnissen beschäftigte, kam es mir auch nicht ein einziges Mahl in den Sinn, daß sie sowohl ihres feierlichen Tons als ihres Inhalts wegen, als Träume eines Wahnsinnigen, mit Nasenrümpfen und Achselzucken aufgenommen werden, und alles nicht um ein

Haar besser gehen würde, als es ohne mich und meinen letzten Willen in der Welt gegangen wäre.

Da es mir mit dieser ganzen Beichte meines abenteuerlichen Lebens bloß darum zu thun war, dich, durch umständliche Erzählung dessen, was du *nicht* wußtest, in den Stand zu setzen, von dem, *was du wußtest* oder zu wissen glaubtest, richtiger und billiger zu urtheilen; so kann ich es nun ganz getrost dir selbst überlassen, mich, wo es vonnöthen ist, gegen den Verfasser der Nachrichten von Peregrins Lebensende in deinen Schutz zu nehmen. Alles Mißverständniß hört nun auf, und *Peregrinus Proteus* steht nun, als ein *Schwärmer*, wenn du willst, aber wenigstens als ein *ehrlicher* Schwärmer vor dir da. Du kannst dir nun ohne Mühe selbst erklären, was an der Erzählung des Arztes *Alexander* (der in dem heftigen Fieber, welches mich acht oder neun Tage vor meinem Tode überfiel, zu mir gerufen wurde) wahr oder unwahr gewesen seyn könne; und wirst leicht begreifen, wie der Arzt Alexander die Ursache, die ich ihm angab, warum ich lieber freywillig in den Flammen zu *Harpine* als an einem hitzigen Fieber sterben wollte, eben sowohl falsch ausgedeutet, als *der Sofist Lucian* die Ursache dieses Fiebers durch sein »*vermuthlich* weil er sich den Magen überladen hatte« – übel errathen haben könne. Auch kann ich mich, wegen der *Todesfurcht*, aus welcher mein besagter Gegner sich die Verzögerung meiner öffentlichen Verbrennung begreiflich machte, *nun*, da kein Nebel mehr zwischen uns ist, getrost auf das Augenzeugniß meines *Freundes Lucian* berufen, der mich den Holzstoß mit ziemlich fester Hand anzünden sah.

LUCIAN.

Dieses reinere Element, das wir nun bewohnen, macht es uns glücklicher Weise eben so unmöglich *uns selbst* als *andere* mit Parteylichkeit anzusehen. – Es muß ein süßer Augenblick gewesen seyn, Peregrin, als du dich aus dem erstickenden Flammenstrudel auf einmahl in dieses neue Leben versetzt fühltest!

Peregrin.

O gewiß! und doch für mich, der sich dessen versah, nicht so überraschend als für dich, den der kaltblütige *Epikur* überzeugt hatte, daß mit dem letzten Athem alles aufhöre.

Lucian.

In der That, das Vergnügen dieser Überraschung war so groß, daß ich seine Filosofie – auch ohne Rücksicht auf so viele andere große Vortheile, welche sie über das irdische Leben verbreitet – um dieses einzigen willen für kein geringes Verdienst halte, das der gute Mann sich um die Menschheit gemacht hat. Doch hiervon ein andermahl!

ANHANG

PEREGRINUS PROTEUS
oder
DIE NACHTSEITE DER PÄDAGOGISCHEN REVOLUTION

Christoph Martin Wieland ist ein berühmter Verschollener. Er war 17 Jahre alt, als Bach starb; er erlebte die Große Französische Revolution auf der Höhe seiner Jahre; da er sich begraben ließ, hatte Napoleon den Zenit überschritten. Nach intensiv religiösem jugendlichem Schwärmen war er ein heiterer Pornograph, alsdann für Jahrzehnte ein gelassen-skeptisches Gehirntier geworden. Er reiste nicht; er hat im Auge der Zyklone gesessen. Europa war sein Denkraum, die deutsche Sprache sein Wirkungsfeld. Sein Fühlen reichte zurück ins 17. Jahrhundert: ins 19. ragte er hinein. Den Geist des Altertums hat er sich angeähnelt; durch Rom durch blickte er das Klassische Griechenland.

Dichten, Übersetzen und Publizieren galten ihm gleich: aus dem einen zog er Stoff und Kraft für das andere. Er war ein Anreger, und zwar mit vollkommenen Werken. – Es gibt vollkommene Werke, die dem folgenden Geschlecht nur Rückgriff aufs Vorvergangene und Neuansatz lassen und/oder weisen: Klopstocks Oden etwa, die ein non plus ultra waren. Wieder andere Werke fordern heraus ihrer Unvollkommenheit halber: Lessings Dramen z.E.; diese sind gleichsam ideell Fragmente. – Der Oberon-Vers (die Verquickung frisch geschmeidigten asymmetrischen Brockes-Rasters mit italienischer Strophe) ist ein plus ultra: jedes Wort, jede syntaktische Wendung hat fortan im deutschen Gedicht Platz.

Wielands Prosa-Sätze sind so gefügt, daß Leser und Sprecher sich nicht veratmen werden: wie lang und kompliziert die Perioden auch sein mögen. Sie sind der lebendige freie Atem des Werks, dessen Struktur hinwieder durchsichtig ist auf Muskeln und Knochen; die Gestalt weder skelettiert noch vermummt. Es waltet das wielandische Maß, ein spezifisches Verhältnis von Erzählen und Imaginieren.

Der Übersetzer gab Shakespeare, Lukian, Horaz, Aristophanes deutsch, im hohen Alter Cicero. Abhandlungen und eine Fülle von Fußnoten dokumentieren die Arbeitsweise, definieren das Übersetzen: nicht allein aus der fremden Sprache, sondern ebenso aus dem fernen Zeitalter. Das wortverliebt Philologische, in solchem Kontext, war nie mikrologisch. Freilich ebnete er Ausdrücke, z.B. setzte er für: dreckige Reden – verwünschte Rede (Lukian; Peregrins Ende). Was er am meisten haßte, war Schaum vorm Mund; er opferte Charakteristisches weniger dem Zeitgeschmack (der Unverschämtes duldete und genoß) denn dem eignen programmatischen Streben nach souveränem, d.h. interesselosem, Wohl- oder Mißfallen. Eben die Züge, welche der junge Goethe satirisierte (Götter, Helden und Wieland) ahmten tastend den Klassiker vor, der Goethe dann auch wurde; dies indes bedarf gesonderter Analyse. – Den Shakespeare übertrug Wieland in Prosa, wenige Jahre, nachdem Hamann, Gerstenberg und Herder die Blicke auf den Briten konzentriert hatten. Der erwachsene Aufklärer importierte der Sturm-und-Drang-Jugend das Hauptgeschütz (22 Stücke; das Wort Stücke bedeutete seinerzeit auch Kanonen). Wieland stellte dem Publikum den Gott der zornigen jungen Männer vor. Die deutsche Zunge hat sich des elisabethanischen dramatischen Blankverses erst sehr spät bemächtigt (– in unserem Jahrhundert, durch Flatter und Tragelehn). Das subjektzentrische Weltgefühl der Originalgenies lud die Dramen lyrisch, und der Standard-Vers, der symmetrische Alexandriner, fror die Träne im Augenwinkel, den Schrei in der Kehle fest. Der Vers schien prosaischer denn die ungebundene Rede; nachhaltige

Gewöhnung an die bekämpfte alexandrinische Regularität, die poetische Tiefkühltruhe, verstellte den Sinn für gezielte Deformation des metrischen Rasters, die den Deutschen ein Kunstfehler Shakespeares dünken mußte. So blieb der Nathan-Vers keimhaft-singulär, und die dramatischen Blankverse Goethes, Schillers, Schlegels und Kleists entwuchsen produktivem Mißverstehen.

Der gedolmetschte Lukian begleitet die kopernikanische Wende der Nationalliteratur. Schluß mit dem ästhetischen Voluntarismus; Dialogstruktur weist aus, wer was sagt. Aber der Autor wollte auch sich bergen hinter den Masken: und Fraktionskämpfe ausfechten, ohne daß er den zwistigen Verbündeten unbedingt zum Feind hätte stempeln müssen. Der Feind kam ins Kreuzfeuer der Satire, da der Frontalangriff steckengeblieben war. – Lukian war, seit Zürich, Wielands persönlicher hoher Alliierter, ein Voltaire am Spätabend heidnischer Priestermacht: i.e. am Vorabend christkirchlicher Staatlichkeit, deren demagogisch-terroristische Gewalt der Nachgeborene überschaute. Zugleich durfte der beste Griechenkenner des 18. Jahrhunderts leibhaft betrachten, wie weltverbesserische Hysterie scharf kalkuliertes Herrschaftsdenken entband. (Bereits der Umgang mit deutschen Verlegern lehrte die Dichter das Mißtrauen gegen totale Bürgerlichkeit; der englische Spiegel reflektierte das Menschheitspathos abgeschminkt, und französische Finanzoperationen, schon vor der Revolution, trieben das Wesen der Schwärmerei: die Spekulation.) Lukian führte seinen Zweifrontenkrieg unter Schonung der politischen Zentrale. Wieland deutschte programmatisch ein; etwa gleichzeitig legte Goethe die Versfassung (›Hüllen und Formen!‹ – Kategorischer Imperativ, an Herder) um das Parzenlied; und Schillers Spielernatur analysierte (Don Karlos) Chancen und Grenzen des politischen Spiels, woran der Jüngling Schiller teilzuhaben gedacht hatte.

Deutsche fünffüßige Jamben substituierten den lateinischen Hexameter der horazischen Episteln und Satiren; Leichtigkeit sei gefragt, die leiste der deutsche Hexameter nicht (und wirklich entspricht allein Vossens Georgica im nachgeahmten originalen

Metrum der Eleganz des römischen Gedichts). Wieland hatte das erste deutsche Blankvers-Drama geschrieben (Lady Johanna Gray); nun beherrschte er den Jambus meisterlich. Im Gegensatz zum Dramatiker Shakespeare nahm er sich kaum Lizenzen; hie und da sechs Füße, häufige daktylische Einsätze; das genügt ihm. Das Spiel mit nicht oder andeutungsweise erfüllten Silbenstärken balanciert Stabilität und Diskontinuität; Länge und Iktus, geballt auf- oder füreinander eintretend, definieren die Stärken. – Die Struktur codiert die ›hochgesinnte Verschwörung gegen das Publikum‹. Strengste Form scheint beiläufig angewandt: mithin höchste Kultur gesellig-gesellschaftlichen Umgangs das Selbstverständlichste der Welt. Trotz des, gegen den Hexameter, verkürzten Verses entsteht kein Engnis. Wielands Blankvers ist nicht dramatisch, er ist, zweckentsprechend, erzählend-diskursiv; der antike Hendekasyllabus kreuzt neu ins nordische Muster. Eben deshalb arbeitet er dem deutschen klassischen Stückvers vor: der die einzige, letztverbliebene, ideal utopische Heimat aller Mitwirkenden ist.

Der Französischen Republik antwortete die Übersetzung des Aristophanes. Wieland beschrieb die Komödien als ›historische Urkunden‹, die geschickt seien, ›uns ein wahres lebendiges Bild von der tiefen Verdorbenheit zu geben, zu welcher ein äußerst lebhaftes und feuriges, leicht bewegliches, zur Schwärmerey geneigtes, eitles, ehrgeiziges, in allen seinen Neigungen, Leidenschaften, Wünschen und Entwürfen ausschweifendes, und mit der größten Leichtigkeit von einem Äußersten zum andern überspringendes Volk, zumal in der physischen und politischen Lage der Athener, durch eine demokratische Verfassung und demagogische Regierung heruntergebracht werden kann.‹ (Die Ritter; Vorrede; Att. Mus. 98) – Wer die Vorgänge für übertrieben dargestellt halte, solle ›den aristofanischen Demos‹ und ›die Rollen des Paflagoniers und Wursthändlers‹ in Frankreich beachten. Der Hieb trifft die Revolutionsgewinnler; das Direktorium, – und den General Bonaparte? Dann aber formulierte Wieland drei überlange, sorgfältigst ausgewogene und unangreifbare Perioden:

›Wie leicht auch der auffallende Kontrast, den dieses Stück

überhaupt und im Besonderen mit unsern herrschenden Begriffen, Gewohnheiten und Sitten, zumahl in denjenigen deutschen Staaten, worin die Regierungsform monarchisch oder aristokratisch ist, macht, aus der Natur der Demokratie zu erklären ist, so ist doch vermuthlich, die Verwegenheit des Dichters, nicht nur einen der ersten und mächtigsten Männer in der Republik auf eine so insultante Art auf der öffentlichen Schaubühne zu beschimpfen, zu geißeln und bis auf die Knochen zu brandmarken, sondern das souveräne Volk selbst in seiner eigenen Gegenwart zu verspotten und in der lächerlichsten Blöße darzustellen, eine Erscheinung, die man kaum seinen Augen glauben kann. Man begreift weder, wie Aristofanes sich vor der Rache eines so fürchterlich und unverzeihlich beleidigten, allvermögenden Demagogen sicher halten, noch wie die Athener ohne zu zürnen in einen solchen Spiegel sehen, und über ihre eigene Thorheit und Schwäche so unbefangen und frohen Muthes, als ob die Sache sie nichts anginge, lachen; noch, wie die Republik bey einer so schrankenlosen Freyheit auch nur einige Wochen lang, ohne in sich selbst zusammenzufallen, habe bestehen können. Und dennoch, wie schwer es uns auch fällt, sobald wir uns mit dem gehörigen Grade von Lebhaftigkeit in unsern Gedanken an Zeit und Ort und Stelle versetzen, dies alles als möglich zu denken, so findet sich doch noch etwas zu bemerken, das noch viel unglaublicher ist; und dies war: daß der so jämmerlich in diesem Stücke verspottete Demos von Athen die Freyheiten, die sich der Dichter mit ihm herausnahm, so wenig übel empfand, daß er diesem vielmehr den Siegespreis über seine damahligen Mitbewerber Kratinos und Aristomenes, zuerkannte; und daß Kleon, ungeachtet eine so blutige Personal-Satire über seine Person und Staatsverwaltung öffentlich gekrönt worden war, dennoch dadurch so wenig an seinem Ansehen und Einfluß in der Republik verlohr, daß beydes vielmehr seit dieser Zeit sogar zugenommen zu haben scheint.‹ – Wieland kannte (und beschrieb) die aristokratische Position des Übersetzten; um so deutlicher spricht die Überzeugung des Dolmetschs: demokratische Verfassung wandelt jede Kritik in Selbstkritik; eben dies ist das Kriterium demokratischer

Verfassung und Garantie ihrer Stabilität, ihre wahre Natur. Der Rückschluß auf Frankreich ist evident; der Ehren-Bürger winkte mit dem Zaunpfahl nach beiden Seiten des Rheins. Die hier hoffen umsonst den Zusammenbruch, und die dort können keinen Aristophanes ertragen.

Dreißig Jahre lang publizierte Wieland die Zeitschrift Der Teutsche Merkur (ab 1790: Der Neue Teutsche Merkur). Das Programm war breit gefächert: neue Werke, Rezensionen, Referate, Übersetzungen, Bearbeitungen, Bühnenereignisse, Nachrichten. Der Herausgeber schrieb viel; er ließ Ansichten, die von den seinen abwichen, zu Wort kommen: und lernte aus den Auseinandersetzungen, die er organisierte. Die öffentliche Debatte war Kern des Konzepts, die Literaturdiskussion Gesellschaftsanalyse. Der Editor verstand sich als Moderator; er leitete unaufdringlich und entschieden; er gewann die vorzüglichsten Autoren. So war sein Arbeitsstil; auch seine Nachdichtungen wirkten behutsam und gewichtig, zur jeweils rechten Zeit erschien das nachhaltig Nötige. –

Wieland ist zeitlebens Pädagoge gewesen: Hofmeister, Universitätsprofessor, Prinzenerzieher; der Publizist und Übersetzer unterrichtete kontinuierlich den zugänglichen Teil der Nation. Was er, wie selbstverständlich, tat, wurde Objekt der Reflexion in einer Kette pädagogischer Romane. Sie bildet die Seele des Werks; die Hauptglieder sind: Die Geschichte des Agathon; Der Goldene Spiegel; Peregrinus Proteus; Aristipp.

Was ist das: Pädagogik? Anderthalb Jahrhunderte arbeiteten den Begriffsinhalt heraus. Pädagogisches Denken war Mitte des 17. Jahrhunderts dem dogmatischen Denken entschieden gegenüber –, dann klar entgegengetreten. Nämlich, das Dogma, d.h. das zu Lehrende, damit Art und Weise des Lehrens waren problematisch geworden. Nicht länger stand alles Wissenswürdige in autorisierten Schriften; nicht länger war jedem Stand das Seine per Geburt zugemessen, und nicht mehr unbedingt trat der Sohn in die Fußtapfen des Vaters. Differenzierung der Gewerbe, außerzünftige Produktion, Verlagssystem und Manufaktur, staatliche Monopole, nationale und koloniale Formen ursprünglicher

Akkumulation trieben die Lebensweise der städtischen Bevölkerung in die Krise. Kriege taten das ihre. Große Schichten des Landvolks wurden deklassiert durch, progressiv oder reaktionär motiviertes, Bauernlegen.

Vielfältig verknüpft mit diesen sozialökonomischen Prozessen, ihnen wieder und wieder stark voreilend, vollzog sich die wissenschaftliche Revolution; Bernal periodisierte:

Erste Phase; 1440–1540. Angriff auf das gesamte Weltbild, welches das Mittelalter vom Altertum übernommen hatte. Kopernikus verwarf das geozentrische System des Aristoteles; die Erde drehe sich und kreise, wie alle andern Planeten, um die Sonne.

Zweite Phase; 1540–1650. Kepler und Galilei führten, trotz stärkster Opposition, den Kampf fort; Harvey trug ihn in die Wissenschaft vom menschlichen Körper hinüber. Experimentelle Methoden; die ersten Propheten des Zeitalters waren Bacon und Descartes.

Dritte Phase; 1650–1690. Triumph der modernen Wissenschaft: sie wuchs schnell, erfaßte neue Wissensgebiete, ihre Organisation in Gesellschaften hat begonnen. Boyle, Hooke und Huygens; Ära der mathematisch-mechanischen Philosophie. ›Newtons Formulierung der Mathematischen Prinzipien der Naturphilosophie bündelt die Arbeit vieler Hände und Köpfe‹: sie war die ›Grundlage, auf die man die übrigen Zweige der Wissenschaft vertrauensvoll bauen zu können glaubte‹. Mechanische Kausalität anstelle der Teleologie.

Zwei Jahrhunderte bevor die Maschinerie den Reproduktionsprozeß dominierte, ein Jahrhundert vor Beginn der industriellen Revolution prägte die Ahnung künftiger Maschinenwelt sozialpsychisch relevante Verhaltensmuster und gesellschaftstheoretische Denkraster. Dem tradierten Lehrwesen brach die Spitze, sukzessive faulte das Fundament weg. Die scholastische Universität Typ Sorbonne war der zweiten Phase, die renaissancehumanistischen Gründungen Typ Wittenberg waren der dritten Phase der wissenschaftlichen Umwälzung nicht gewachsen. Die Gelehrten fanden einander in, zunächst privaten, Societies; sie organisierten die Grundlagenforschung und vermittelten den Anwendern technologische Konsequenzen. Hooke schrieb 1703: ›Es obliegt der Royal-Society, das Wissen um die Dinge in der Natur zu vervollkommnen und alle nützlichen Künste, Herstellungsweisen, mechanischen Verfahren, Maschinen und Erfindungen durch Experimente zu verbessern (und sich nicht in Theologie, Metaphysik, Morallehre, Politik, Grammatik, Rhetorik oder Logik einzumischen).‹ – Wie die, alsbald staatlich institutionalisierten, Akademien die intellektuelle Elite erzogen, so nahmen, teils aus den Akademien derivierte, teils vom merkantilistischen Apparat eingerichtete, spezialisierte Fach-Schulen die Generation künftiger Erfinderunternehmer und besoldeter Technologen in Zucht. Neue Technologien trieben das naturwissenschaftliche Denken an und beuteten es aus. Gelehrt ward, wie man sich voranbringt im Reich der nützlichen Künste: wo dann auch eigne Logik, Moral, Metaphysik, Politik usw. herrschen.

Welche Eigenschaften zeichnen das nützliche Mitglied? Wie können sie der Masse unbegünstigter Subjekte anerzogen werden? In Waisen- und Armenhäusern, philanthropisch gewandet, exerzierte die Avantgarde gemeiner Volksbildung; die Versuchsserie am Menschen erkundete das rationelle Reglement.

Das physikalisch-mathematische Denken und die Intention angemessener Ausbildung provozierten eine adäquate Theorie der Erkenntnis. – Wir gewinnen umwälzende Einsichten, aber wie geht es dabei zu? wenn das All eine Maschine ist, wie funktioniert dann der Mensch? so frug die Physik. – Die Lehrer, welche sich anschickten, das Erkennen zu lehren, brauchten Gewißheit über die Natur ihres Arbeitsgegenstandes. Inwieweit ist das Menschenmaterial bildsam? Da tatsächlich Menschen erzogen werden, muß wohl das menschliche Wesen ein erziehbares Wesen sein. Aber was ist es, das auf es wirkt? und wie wirkt wer oder was auf es ein? Gibt es etwas in ihm, das stabil ist? da doch um ihn die Grundfesten gestürzt sind. Sein Denken und Fühlen: sind sie Wesenheit? oder herausgebildet und fixiert?

Die platonisch-kirchenväterische Lehre von den eingeborenen Ideen (die den angeborenen Ständen der Ordo-Welt gemäß gewesen war) widersprach der naturwissenschaftlichen Praxis und den Bedürfnissen der dynamisierten Gesellschaft. Materialistische Vorstellungen über die Natur des Menschen brachen Bahn. Der junge Marx skizzierte den philosophischen Gang:

›In seiner Physik hatte Descartes der Materie selbstschöpferische Kraft verliehen und die mechanische Bewegung als ihren Lebensakt gefaßt. Er hatte seine Physik vollständig von seiner Metaphysik getrennt. Innerhalb seiner Physik ist die Materie die einzige Substanz, der einzige Grund des Seins und des Erkennens.‹ – ›Seine Schüler waren Antimetaphysiker von Profession, nämlich Physiker.‹ – ›Mit dem Arzte Le Roy beginnt diese Schule, mit dem Arzte Cabanis erreicht sie ihren Höhepunkt, der Arzt La Mettrie ist ihr Zentrum. Descartes lebte noch, als Le Roy die kartesische Konstruktion des Tieres – ähnlich wie im 18. Jahrhundert La Mettrie – auf die menschliche Seele übertrug und die Ideen für mechanische Bewegungen erklärte.‹ – ›Die Metaphysik war im 17. Jahrhundert (man denke an Descartes, Leibniz etc.) noch versetzt mit positivem, profanem Gehalte. Sie machte Entdeckungen in der Mathematik, Physik und andern bestimmten Wissenschaften, die ihr anzugehören schienen. Schon im Anfang des 18. Jahrhunderts war dieser Schein vernichtet.‹ – ›Der wahre Stammvater des englischen Materialismus und aller modernen experimentierenden Wissenschaft ist Baco.‹ – ›Nach seiner Lehre sind die Sinne untrüglich und die Quelle aller Kenntnisse. Die Wissenschaft ist Erfahrungswissenschaft und besteht darin, eine rationelle Methode auf das sinnlich Gegebene anzuwenden. Induktion, Analyse, Vergleichung, Beobachtung, Experimentieren sind die Hauptbedingungen einer rationellen Methode. Unter den der Materie eingebornen Eigenschaften ist die Bewegung die erste und vorzüglichste, nicht nur als mechanische und mathematische Bewegung, sondern mehr noch als Trieb, Lebensgeist, Spannkraft, als Qual – um den Ausdruck Jacob Böhmes zu gebrauchen – der Materie.‹ – ›Die Materie lacht in poetisch-sinnlichem Glanze den ganzen Menschen an.‹ – ›In seiner Fortentwicklung wird der Materialismus einseitig. Hobbes ist der Systematiker des baconischen Materialismus. Die Sinnlichkeit verliert ihre Blume und wird zur abstrakten Sinnlichkeit des Geometers. Die physische Bewegung wird der mechanischen oder mathematischen geopfert; die Geometrie wird als die Hauptwissenschaft proklamiert. Der Materialismus wird menschenfeindlich.‹ – ›Wenn die Sinnlichkeit alle Kenntnisse den Menschen liefert, demonstriert Hobbes, von Baco ausgehend, so sind Anschauung, Gedanke, Vorstellung etc. nichts als Phantome der mehr oder minder von ihrer sinnlichen Form entkleideten Körperwelt.‹ – ›Weil nur das Materielle wahrnehmbar, wissbar ist, so weiß man nichts von Gottes Existenz. Nur meine eigne Existenz ist sicher. Jede menschliche Leidenschaft ist eine mechanische Bewegung, die endet oder anfängt. Die Objekte der Triebe sind das Gute. Der Mensch ist denselben Gesetzen unterworfen wie die Natur. Macht und Freiheit sind identisch.‹ – ›Locke begründete das Prinzip des Baco und Hobbes in seinem Versuch über den Ursprung des menschlichen Verstandes.‹ – ›Locke hatte die Philosophie des bon sens, des gesunden Menschenverstandes, begründet, d.h. auf einem Umweg gesagt, daß es keine von den gesunden menschlichen Sinnen und dem auf ihnen basierenden Verstand unterschiedne Philosophie gebe.‹ – ›Der unmittelbare Schüler und französische Dolmetscher Lockes, Condillac, richtete den Lockeschen Sensualismus sogleich gegen die Metaphysik des 17. Jahrhunderts.‹ – ›In seiner Schrift ‚L'essai sur l'origine des conaissances humaines' führte er Lockes Gedanken aus und bewies, daß nicht nur die Seele, sondern auch die Sinne, nicht nur die Kunst, Ideen zu machen, sondern auch die Kunst der sinnlichen Empfindung Sache der Erfahrung und Gewohnheit sei. Von der Erziehung und den äußeren Umständen hängt daher die ganze Entwicklung des Menschen ab.‹ – Helvetius formulierte grob: ›Erziehung ist Alles.‹

Die materialistische Theorie gewann mehr stillschweigende Gefolgsleute als ausdrückliche Bekenner. Beim jungen Wieland traf sie mit Helvetii Buch vom Geist ein. Ihre Resultate sanken zu Grundvorstellungen ab. Das gilt besonders für den erkenntnistheoretischen Part. Die, von Locke prononcierte, demokritisch-epikurisch-baconische, Ansicht, der Mensch sei bei Geburt blank, eine tabula rasa, ein weißes Blatt, das beschrieben werde, wurde Fundament des Glaubens an den Erfolg des Unterrichts und der bedachten Erziehung. Wenn das Innere des Menschen gebildet, sein Tun geleitet wird aus Erfahrung und über Empfindung, so sind die Erfahrungen zu steuern, die Empfindungen zu reizen; die Unterrichtsmethode sei anschaulich-sinnlich. – Was aber ist das Einzelwesen? wohl ein Partikel amorpher Masse? Auf diese Konsequenz hinterfragten idealistische Philosophen die Kategorien Empfindung und Erfahrung. Der Earl of Shaftesbury, Mr. Lockes Chef, setzte einen immanenten menschlichen Schönheitssinn an die vakante Stelle des göttlichen Stabilisators; die Kunst ist der Strohhalm der ertrinkenden Persönlichkeit, die Kunsterziehung das geistige Band der Privilegien. – In der pädagogischen Praxis konvergierten die Weltanschauungen:

Den Pietisten war der Mensch sündig und die Arbeit Buße; am Beginn der Erziehung stand die Bekehrung, i.e. völlige Unterwerfung unter den Willen Gottes, d.h. psychische Vernichtung des Zöglings. Die derart gereinigte Tafel empfing die Schrift. Das widerfuhr Wielands Vater in Franckes Halle, dem Dichter in Klosterbergen.

Auch förderte paradox die Praxis reaktionärer Fraktionen. Lange bevor der deutsche Schulreformer Ratke (er war der Erfinder des Terminus Didaktik und ein früher Vertreter der tabula-rasa-Lehre gewesen) sein sinnlich-anschauliches Organon entworfen hatte, waren die Jesuiten-Kollegs (parallel zur ästhetischen Offensive der Gegenreformation) methodisch Musterschulen geworden. Der geforderte Kadavergehorsam stellte das weiße Blatt administrativ her. Ein geflügeltes Wort lautete, Derundder sei: ein Werkzeug der Jesuiten. Die Freimaurer verfuhren technisch kaum anders; die Societas Jesu war gehaßtes Vorbild.

Alte Gewalten bemächtigten sich mechanisch-materialistischer Philosophie. Die Menschen sind Körper, und nichts als das: warum sollte der Despot nicht nach Belieben mit diesen aasen? Juchhe! nach Amerika – quietschte die Maschine. Ein Adels-Hedonismus entstand, dessen schließlicher Extremist der Marquis de Sade wurde. – Gegenstrom war verbürgerlicht-mystisches, dialektisch-theologisches Denken, welches die Teilhabe des Menschen an der Gottnatur behauptete (Böhme) und zu Spinozas Pantheismus führte; Comenius leitete Kanäle in seine großartig eklektische Pansophia hinüber.

Indessen, die Mehrheit der Europäer atmete den traditionellen zähen Mief: der aufgeklärt werden mußte. Stumpfe Mönche, verknöcherte Pastoren, beschränkte Bürger, debiler Adel, cäsarische Zwergfürsten, geprügelte Soldaten, vertierte Bauern: das war das Normale, die ›selbstverschuldete Unmündigkeit‹. Der Abderiten-Roman quantifizierte das Massenverhältnis; hie Demokrit und Euripides, da der schauerlich komische, selbstgenügsam fort und fort heckende Schwachsinn.

Die langwierige pädagogische Diskussion wurde für Wieland lebenswierig. In England hatte sich die Gesellschaftstheorie auf ökonomische Probleme, in Frankreich auf staatsrechtlich-politische geworfen; die deutschen Staaten wurden klassischer Boden der Erziehlehre. Ökonomie, Staatsrecht, Politik schienen abgeleitete Teildisziplinen, ja der Geschichtsprozeß allgemeines Didaktikum. Während die französischen Aufklärer das gesamte pädagogische Arsenal ganz selbstverständlich als politisches Mittel nutzten, inclusive der ästhetischen Waffen, der sogenannten Schönen Wissenschaften, wurde den deutschen Dichtern die Einflußnahme, die sie übten, wiederum Gegenstand.

Die, hier punktuell skizzierte, Jahrhundert-Debatte hatte eine bedeutende Masse Stoff zusammengebracht; die Materie war füllig entwickelt, in sich selber streitig; die Epoche stand auf der Kippe, und die Problemata gingen ans Fleisch. Der noch optimistisch antizipierte Ausgang ließ die Handlungen selbst retardierend, d.h. episch prädisponiert, scheinen.

Der erste Deutsche, der dies erkannte, war Wieland. 1766/67 beendete er: Die Geschichte des Agathon, deren Fragment er 1763 zugunsten einer Cervantes-Parodie weggelegt gehabt hatte. Handlungsraum ist ein modelliertes Groß-Griechenland; der kosmopolitische Zwergstaatler mußte seinen Gestalten ein Europa schaffen. Unterschiedliche Regierungsformen koexistieren griech-

heitlich, und dem Modell zwanglos integriert werden konnten republikanische Örter. – Poetologische und philosophische Anregungen kamen aus England und Frankreich. Aus England waren angereist Fieldings Tom Jones und Shaftesburys Ästhetik. – Schon der Name des Helden bekennt letztere: bereits das 5. Jahrhundert a. C. n. habe, so Wieland, bequemerweise kurz Agathie statt Kalo-Agathie gebraucht, das Schöne selbstverständlich der Tugend beiordnend.

Und 1762 war Rousseaus didaktischer Roman Emile erschienen. Jean Jacques lehrte das Lehren, indem er das Ziel aller Unterweisung festschrieb. Der Mensch werde zwar geformt durch Umstände und Erfahrung, doch solle er bewußt durch eben diese so ausgebildet werden, daß er die Umstände meistern und jede neue Erfahrung integrieren könne. Die Gesellschaft, wie sie ist, sei naturwidrig; naturgemäße Erziehung souveräner Individuen werde das künstliche Räderwerk übermannen.

›Wir werden mit der Fähigkeit zu empfinden geboren, und von der Geburt an wirken die Dinge, von denen wir umgeben sind, auf verschiedene Weise auf uns ein. Kaum wissen wir, so zu sagen, daß wir empfinden, so sind wir auch geneigt, das zu fliehen oder aufzusuchen, was diese Empfindungen hervorbringt, anfangs nur nach dem Maßstabe des Angenehmen oder des Unangenehmen, späterhin nach der Übereinstimmung oder Nichtübereinstimmung, die wir zwischen uns und den Dingen wahrnehmen, und endlich dem Urteile gemäß, welches die Vernunft nach der Idee von Glückseligkeit oder Vollkommenheit über sie fällt. Diese Anlage erweitert sich und befestigt sich in dem Maße, als wir stärker und klarer empfinden; aber durch unsere Gewohnheiten bezwungen, verändert sie sich, mehr oder weniger gestört durch unsere Meinungen. Vor dieser Störung ist sie das, was ich in uns Natur nenne.‹ – ›Gezwungen, entweder die Natur oder die gesellschaftlichen Einrichtungen zu bekämpfen, muß man sich entscheiden, ob man einen Menschen oder einen Bürger heranziehen will; denn beides zugleich ist nicht möglich.‹

Agathon versucht seine Welt (wie Tom Jones sein England),

bis er den mittleren Platz, den Platz in der Mitte, des Mittelstands Platz einnimmt.

Der Knabe wächst auf bei den Dienern des Gottes (Apollon), der mächtige sinnliche Druck des Tempelbezirks senkt die jenseitige Indoktrination tief der Seele ein (Wieland erlebte süddeutsche Jesuiter-Kirchen); doch Schein und Sein klaffen: der Priester betrügt, die Pythia ist geil. – Religion sei Priestertrug, lehrten die französischen Aufklärer; Christus, Buddha, Mohammed hießen: die drei großen Betrüger. – Der Jüngling flieht; er gelangt nach Athen, wo ruppigste Demokratie waltet. Agathon, der Friedensfreund, treibt Politik moralisch, scheitert und exiliert. Er erlebt Bacchantinnen (Weiber im Naturzustand), wird von Seeräubern gefangen und als Sklave verkauft. Der Käufer Hippias, ein vermögender Privatmann, ist Hedonist (ein kritisches Portrait des geliebten Helvetius); er treibt rohe intellektuelle Spiele mit dem jungen Mann. Illusionslose materialistische Analysen des Weltzustandes und des Geschichtsganges zeugen, scheinbar notfolglich, zynische Apologien platt wirklicher Herrschaft (die Ungleichheit gebiert die Künste; Kunst ist die Kunst, reich zu werden. – Vgl. Goethe, An Suleika; und Marxens brutales Zitat der Schlußstrophe. Vgl. ebenfalls Dichtung und Wahrheit 13. Buch, Graf Stadion und der kleine Laroche.) – Der Sklave flieht, läßt sich mit Plato ein, will das despotisch regierte Syrakus zu platonischer Republik formieren. Dem Tyrannen freilich, Dionysius, seit zarter Jugend ungut geprägt, schlägt der Philosoph nicht mehr an. Agathon wagt die progressive Intrige (vgl. Klopstocks Akademie-Projekt); der höfisch Vermummte erzielt Anfangserfolge und wird inhaftiert. Diplomatische Intervention der utopischen Republik Tarent rettet ihn. – Wieland hat Tarent notgedrungen vage gezeichnet, nicht es funktionierend dargestellt: die Erzählhaltung kündet die Irrealität der Konstruktion.

Patriarch Archytas resümiert: ›Ein Mann von mehr als gewöhnlicher Fähigkeit … hat zu tun genug, an seiner eignen Verbesserung und Vervollkommnung zu arbeiten, … und indem er solchergestalt an sich selbst arbeitet, arbeitet er wirklich für die Welt.‹ Das ist deutlicher Shaftesbury, oder verschämter Mandeville? dessen Klartext lautet: die Tugend des Gemeinwesens ist die Resultante der individuellen Laster. – Der Held übt Wissenschaften und Volksaufklärung. – Der Gelehrte solle eine unauffällige Stelle suchen, die ihm nicht genommen werden könne, und sich den Großen durch Wahrheitsliebe und Tiefe der Erudition furchtbar machen: riet 1771 Klopstock, Gelehrtenrepublik.

Wieland erzählte nicht chronologisch; epische Rück- und Vorblenden kontrastieren die diversen Erkenntnismodelle und Erziehungszwecke. Die konträren Einwirkungen bilden Agathons Individualität. Die Schläge zerstören ihn nicht: sie schmieden ihn zum Mann. Erzogen worden ist gleichsam der Mentor Emiles, den Rousseau a priori gesetzt hatte.

Die editio princeps ist episches Fragment, dem Wesen nach Prolegomena. Der Autor rückte dicht an die Front der Gegenwartsgeschichte heran, in Erwartung, mit ihr vorrücken zu können; die Front aber erstarrte. Der ideelle Fluchtpunkt des Erzählens konkretisierte sich vorerst, d.h. jahrzehntelang, nicht, und lag dann, ab 1789, außerhalb der vorgefaßten Peilung. Dementsprechend waren die Eingriffe von 1773 ein Versuch, das Geleistete zu konservieren; die Bearbeitung von 1795 dichtete ein Notdach über das Bruchstück.

1772 trat Wieland als Prinzenerzieher in Weimar an und veröffentlichte den Roman: Der Goldene Spiegel, oder Die Könige von Scheschian. Das Buch erörtert die Chancen der Fürstenerziehung: ein Fürstenspiegel, der zu Bruch geht. Handlungsraum ist nun Asien, die ideale Heimat der Despotie. Die Station Syrakus der Geschichte des Agathon ist auf kontinentale Ausmaße gestorchschnabelt. Die Erzählstruktur folgt, durch Frankreich vermitteltem, orientalischem Muster: Rahmen in Rahmen in Rahmen in Rahmen. Die Einschachtelungen sorgen für quantitative (ornamentale) Vielfalt, da ja Entwicklung nicht statthat. Wieland pointierte die Strukturparodie, indem er vorgab, ein indisches Werk sei über chinesische und lateinische Adaptationen an ihn gelangt. Dies ist der äußerste Rahmen: der Autor konferiert mit seinem Leser; der innerste Rahmen schließlich umgreift wieder den äußeren:

Schah Gebal sinnt seinem verrotteten Staat nach; der Philosoph Danischmend berichtet ihm die lehrreichen Begebenheiten des Landes Scheschian; Scheschian verfremdet deutsche Zustände: der aufgeklärte Herrscher Tifan reformiert, doch die Reformen überleben ihn nicht. – Das Buch war Joseph II. gewidmet; der historische Gang hat die Prognose der personengebundenen Aktionen bestätigt (1795 arbeitete Wieland, der Zeuge, die Erfahrung ein, die ihm wohl geschwant hatte. Er war ein perfekter professioneller Schreiber. Was so einer sich vornimmt, bringt er in der kalkulierten Zeit hinter sich. Eben deshalb deuten die unvollendeten Schriften, die kaschierten Fragmente, die manischen Variationen fixer Strukturen auf das Zentrum der Existenz. Wenn man nur ausdauernd genug insistiert, wird endlich der Gegenstand seine Form, das Jahrhundert seine wahre Gestalt preisgeben.) – Schah Gebal schläft unter der Erzählung weg oder vergißt sofort; er ist unfähig, aus der Geschichte zu lernen. Der Philosoph wird eingesperrt.

Da das Werk in einer Zeit geschrieben wurde, ›wo die Alleinherrschaft noch nicht erschüttert war‹ (Goethe; Logenrede, 1813), adressierte Wieland seine Skepsis gegen die Fürstenerziehung an die Fürsten selbst: freilich nicht als geheimes Dossier, sondern als offenen Brief; der Roman spielt den Versuch durch, die Regierung auf den Kopf, d.h. auf das Denken zu stellen. Doch bei jeder Versuchsanordnung unterliegt die Vernunft der Tradition und dem Interesse. Nicht die Ratio bestimmt das Tun, und der unmittelbare Eingriff der Vernunft ändert auch das Denken nicht. Wieland modellierte reine Versuchsbedingungen; die optimistischen Erzieher sprechen ihre Ziele unverhüllt aus und verschmähen Methoden, die den Zögling an Drähte legen. Der Monarch soll selbständig denken und verantwortungsbewußt handeln, ein mächtiger Philosoph werden, nicht Marionette allmächtiger Philosophen. Das Mittel sei in nuce der Zweck, kein Mensch länger Puppe. Das ist die, idealisch überhöhte, Tagseite der pädagogischen Revolution. Die Geheime Geschichte des Peregrinus Proteus totalisiert hypothetisch die Nachtseite:

Was geschieht, wenn ausschließlich selbstisches Interesse waltet: und sämtliche Interessenten das moderne pädagogische Arsenal rücksichtslos einsetzen? Weil das Hirn des Neugeborenen tabula rasa ist, verfügen die Schreiber das Programm; aus jedem Exemplar können sie de facto die gewünschte Kreatur ziehen. Zerschneidet die Puppe die Fäden, ist sie ganz ohne allen Halt, sofern sie nicht anderweitig neu eingeschirrt wird. Die Sehnsucht nach Autonomie potenziert die Abhängigkeit; Peregrin stirbt auf dem Haufen seiner Scheiterungen. Wieland wirkte das Grundmuster fort, welches er im frühen Agathon-Ansatz gefaßt hatte. Der Tor erfährt die Welt; Don Quijote, Simplicissimus, Tom Jones, Gil Blas, Candide, tiefstens Parsifal, sind die Vorväter des Protagonisten. Zu welchem Ende ein solcher kommt, das entscheidet nicht der Dichter, sondern die jeweilige soziale Stufe der Nation. Wollte der Autor wider den Stachel löcken, er tötete das Werk. Peregrin ist Agathons spätgeborener düsterer Bruder. Ersterer bildete, wozu? sich an realen und potentiellen Gesellschafts- und Staatsverfassungen, letzterer durchrennt die Romane der zweiten Jahrhunderthälfte, deren Resümees resümierend. Die vier Hauptstationen seines Lebens nämlich entsprechen den vier großen Romantypen des aufgeklärten Saeculums: dem pädagogisch-didaktischen, dem erotischen, dem politischen und dem Gesellschaftsroman. Dergestalt montierte sein Erzeuger die Totalität: indem er hochentwickelte Topoi miteinander verkettete; das Selbstverständnis des Zeitalters betrat den Holzstoß.

Diese Erzähltechnik summiert jahrzehntelange wielandische Kunstübung; gereifte Strukturen integrieren neue und neueste, ja modische Phänomene und Motive.

Peregrinus Proteus war ein Philosoph im 2. Jahrhundert p. C. n. gewesen. Sein Dasein ist spärlich bezeugt, sein Leben überliefert durch postume Schmähung seines Feindes Lukian. Wieland übersetzte 1788/89 den gesamten Lukian, seinen Urfreund; die Arbeit am Peregrinus-Roman schloß sofort an. Er unterwarf die Parteischrift des Freundes der Dialog-Probe, die er von ihm gelernt hatte. Die konträren Geister werden ins Totengespräch vertieft. – Seinerzeit hatte das erwachende Interesse an Literaturgeschichte die Form sogenannter Ehrenrettungen angenommen; die Dichter zogen verschollene und mißachtete Ahnen aus dem Dunkel und schufen derart sich Autoritäten, die sie ins Feld führten. Was dem Philosophen Recht war – Anspruch auf Tradition –, wurde den Poeten billig. Lessing rettete Friedrich von Logau, Goethe Hans Sachs, etc. Die Geheime Geschichte des Peregrinus Proteus parodiert formell den genannten Usus; zugleich rettet sie die Ehre aller gelöschten Individuen, von deren einstigem Atem nichts kündet außer dem Nachhall des Hohngelächters der Stärkeren. Denn das leere Blatt am Beginn ist auch rein, und die Reinheit lockt die Verführung. Der ursprünglich schöne menschliche Entwurf versammelt ringsum Interessenten, Demagogen und Tyrannen; diese verstellen seinen Horizont; wie er sich dreht und wendet, die Welt ist aufgeteilt; wer nicht Henker wird, ist Opfer. Die Selbstverbrennung soll, wähnt Peregrin, beide beispielhaft trennen; der flammende Protest verschmelzt sie gänzlich. Henker und Opfer sind ein und dieselbe Person; die Betrogenen Betrüger, die Betrüger betrogen: das greise Eyn. Höhern Orts, im Elysium, Verfassers Kopfe, hat doch Lukian das letzte, spottende, Wort. Formelle Aktionszeit ist das 2. Jahrhundert. Aber Wieland, teils analogisch, teils genetisch untersuchend, in virtuosem Vexierspiel, bezieht Anfang und Ende der christkirchlichen Ära aufeinander; aus zweien Punkten extrapoliert er linear die prognostische Kurve. Er gab den Personen und Umständen Züge, die in der formellen Aktionszeit möglich, wahrscheinlich und wirklich, in seiner Gegenwart gesellschaftstypisch oder literaturimmanent waren. Den antiquarischen Chiffren eignet aktueller, den aktuellen historischer Sinn. Man dürfe nämlich nicht glauben, daß dies, was jetzt zu Ende gehe, gut begonnen habe, und das, was jetzt beginne, gut ausgehen werde. Peregrins Abenteuer desillusionieren die Kunstgestalt bis zuletzt nicht; aber die epischen Jahrtausendbezüge entfleischen den Schädel des Aufklärers.

Die Figuren sind psychologisch genau und bedeutend gebaut. Erster Roman im Roman:

Der Knabe hat kein Elternhaus. Vaters feste Hand fehlt, die Mutter stirbt früh; so gebricht ihm weiblich-irdisches Milieu: der Junge wird Weiber für höhere Wesen achten; Vaters feste

Hand wirkt neuerdings, auch wenn am Ort, nicht mehr zwingend. Das Waisenkind ist tabula rasa par excellence, die naturwüchsige Tradition ist ihm speziell-unmittelbar abgerissen. – Fieldings Tom Jones war ein Findel. – Der Großvater schließt den Halbwüchsigen in seine Altenteiler-Sphäre; Faszination des vorvergangenen Geschlechts spinnt den Enkel gewaltlos repressiv ein. Der alte Proteus treibt mystische Privatphilosophie, Schau statt Wissen; unter den Pietisten spekulierten viele seinesgleichen, man vgl. Jung-Stillings Kindheit. Als Erzieher trifft Opa instinktiv haarscharf das Gegenteil dessen, was Rousseau geraten hat: lobt das Gedächtnis und nicht das Denkvermögen, protegiert die Einbildung anstelle der Erfahrung.

Das weibliche und das männliche Dirnchen gelten dem Jüngling notfolglich für abnorme Störungen. Der einleitende pädagogische Part ist sorgfältig knapp angelegter Emile-Kontrast.

Der folgende erotische (elegant das Pornographische streifende) Roman im Roman macht vollends klar, daß Peregrin auf zwei Zeitebenen zugleich reist. Er fällt der Venus Mamilia zwischen die Brüste; Wieland verfährt sittenhistorisch souverän; das 2. wie das 18. Jahrhundert kannte den exponierten Typ berühmte Kurtisane; Rom wie Paris sah die cunnisch-phallischen Pantomimen und Ballette. Die pornographischen Schriften der Franzosen waren Bestseller, Nachahmung derselben war ein Erfolgsrezept. – Vulgivaga Mamilia deklariert sich als das, was sie ist: als Venuspriesterin, und sie braucht die klassischen Mittel des Priestertrugs. Fenelon hatte die Technik der Orakel, die Maschinerie der Theophanien dargelegt; indem die große Hure ungeniert priesterlich arbeitet, hängt dem Priester die Mauchurerei an. Die delphische Pythia über Agathon war auch nur ein Weib gewesen, das Sopha im Tempel; nun ist Muschi die Kirche, der geheimste Herrschaftsmechanismus im Bordell publiziert; die Parodie hat das Vorbild verschlungen; die Macht ist ein Gespött geworden. – Goethe erkannte die Konsequenz der Halsband-Affäre. Durch frechstes Veralbern höchster Personen war ›die Würde der Majestät untergraben, schon im voraus vernichtet‹, und ›das Faktum geht der Französischen Revolution unmittelbar voran und ist davon gewissermaßen das Fundament‹. – Der verkaterte Ephebe springt der Opposition bei.

Der dritte Roman im Roman, der politische, hebt an. Die Opponenten heißen Christianer; der Geheimbund des Kerinthus unterwandert die offizielle Gesellschaft. Er ist, wie diese, zweizeitig. Sofern Rom das kaiserliche Rom bedeutet, steht er für das Christentum am Vormorgen seiner Staatlichkeit; Wieland folgt und verschärft Arnold, welcher die machtpolitische Perversion der Lehre auf das 3. Jahrhundert datiert hatte. Die Organisation, laut Wieland, war sui generis: jesuitisch; das Verhältnis Kerinthus/Hegesias porträtiert Paulus, gespalten in den Ideologen und den Organisator der Apostelgeschichte. Die Namen sprechen; Kerinthus, abgeleitet (nach Aristoteles, Zoologie I/40) vom sogenannten Bienenbrot, d.h. Ersatzfutter, wenn der Honig weggenommen ist, eventuell auch (nach einem alexandrinischen Lexikographen) von Geschwür, Aussatz; Hegesias enthält den Begriff Herrschaft. – Die Quellendeutung polemisiert also, klassisch aufklärerisch, kontra zeitgenössische Priestermacht; die alte Verschwörung ist die gegenwärtige offizielle Gesellschaft in statu nascendi. Insofern aber die alte offizielle Gesellschaft bereits der modernen analog ist, bildet die alte Geheimgesellschaft die moderne ab, die gegen das christliche Imperium konspiriert: und prognostiziert deren Zukunft. Die zitierten Toten rufen: Ihr seid, was wir waren, und werdet sein, was wir sind.

Ancien régime und bürgerliche Opposition trugen langwierige verdeckte Kriege aus. – Der dominikanische Terror war verzweifelt offene Machtübung: Inquisition; die päpstliche Sanktion der Societas Jesu, 1540, deutete an, daß die gealterte Macht genötigt war, die Pression partiell zu verstecken. Sie verteidigte sich pragmatisch außerhalb ihrer eignen Legalität: und stimulierte die Organisation der gegnerischen Verbündnisse, welche die gesetzliche Verfolgung in den Untergrund drückte oder dort zu entstehen zwang. Das dunkle labyrinthische Milieu nährte Projektemacher, Scharlatane, Abenteurer und Hochstapler; die konspirativen Apparate waren strikt hierarchisch geordnet, und die, Mysterienkulten entlehnten, Symbolsprachen und Riten bewirkten Selbsttäuschung und Fremdtäuschung. Der exoterische Faltenwurf deckte weitzielende utopische Umsturzpläne; gleichermaßen verhüllte er platteste esoterische Zwecke: die Geschäfte des Propheten (– darauf ging ja dann tatsächlich die ganze bürgerliche Umwälzung hinaus). So wie so waren die Adepten Werkzeuge der Oberen; der ängstliche Bürger wäre vor der radikalen Konsequenz, der enthusiastische Jüngling vor dem ordinären Nutzendenken zurückgeschreckt.

In der zweiten Hälfte des 18. Jahrhunderts hatten die großen Bünde zu annähernd halblegalem Status sich eingependelt. Die Tätigkeit der Jesuiten war staatlicherseits reduziert, territorial zeitweise verboten; die Freimaurer-Logen waren offiziöse Institutionen; die Herrnhuter Chefs verfügten über ein weitverzweigtes Handelsnetz mit kolonialen Ambitionen. Scharfsinnige herkunftlose Außenseiter, John Laws Ableger und Spätkömmlinge, zettelten Staatsintrigen; ernsthafte Reformminister plinkerten unter der Hofperücke. Die Grenze zwischen Predigern und Hochstaplern war fließend; die Skala zwischen Lavater, Kaufmann und Bahrdt einerseits und St. Germain, Clément, Cagliostro, Casanova andererseits fast stufenlos.

Großen Zulauf hatte der Illuminaten-Orden gehabt, noch größeres Aufsehen seine Aufhebung, 1786, gemacht. Die maurerisch vermummte, radikal oppositionelle Organisation war ins bayrische Schulwesen gedrungen. Die nobelsten Geister der Nation und regierende Häupter waren geworben worden, letztere erklärtermaßen ohne Kenntnis des Endzwecks. Goethe und Herder gehörten, nach Perthes, dazu; Ordensbruder Walter Fürst, d.i. der Herzog Ernst II. von Gotha, gab dem flüchtigen Gründer Adam Weishaupt-Spartakus Asyl und ernannte ihn zum Hofrat. Die Weimarer Klassiker müssen Weishaupt gekannt und intim gesprochen haben, geben aber nur indirekte Auskünfte.

Der Komplex wurde frühzeitig Gegenstand der Literatur, eben auch deshalb, weil Erziehung das Losungswort des Jahrhunderts war und die Grade der Orden Stufen der Erziehung symbolisierten. Die maurerische Lektüre propagierte die sensualistische, gar materialistische Philosophie und bürgerliche Nationalökonomie;

man studierte Adam Smith. Wieland fußte auf enormer Materialfülle; auf unmittelbarer Anschauung und kontinuierlicher literarischer Tradition. Terrassons Sethos-Roman (deutsch 1732–37, dann wieder 1774–78) war der Schneeball gewesen, der die Schriften-Lawine gelöst hatte. Knigge, Goué, Starck waren Wielands Zeitgenossen; Lessing konzentrierte den menschheitshistorischen Aspekt: Ernst und Falk, Erziehung des Menschengeschlechts, Nathan; nach dem Konvent von Wilhelmsbad (der strikten Observanz, 1782), nach Zerschlagung der Illuminaten griff Enthüllungsliteratur um sich: wieder Knigge, Jung-Stilling; Bahrdt; die Artikel der Berlinischen Monatsschrift erreichten Tausende.

Auf zweitem, höchsteigentümlich vermitteltem Wege drang die Thematik in die deutsche Hochliteratur. Noch unterhalb der organisierten Vereine und Gemeinen, diese nährend, wimmelte ein kommunizierendes System geselliger Kreise; bürgerliche Geschäftsbeziehungen, wechselseitige Protektionen und Intrigen waren die Basis ihrer Existenz. Sie pflegten bewußt bürgerliche Ideologie; sie disputierten popularisch philosophische, ökonomische und ästhetische Problemata. Klopstock, der die großen Dichtformen den Deutschen anzueignen trachtete, setzte den Freundeskreis (den verklärten Zirkel), als Instanz der Ode. Denn die Ode wendet sich an eine letzte Instanz, sonst wäre sie nicht, was sie ist. Die Heidengötter waren tot, der Christengott poetologisch untauglich; und Klopstocks artistischer Griff aus der Not legte den Männerfreundschaften die Autorität von Bünden Gleichgesinnter bei. Die so gewonnene hohe Kunstform weckte höheres Selbstbewußtsein der Adressaten. Klopstock selbst zog politische Folgerungen und publizierte, zum Exempel, das wunderliche Projekt einer halblegalen Intellektuellenverschwörung: Die Deutsche Gelehrtenrepublik. Schiller schrieb parallel zueinander Geisterseher und Karlos; Posa (vgl. den 10. Brief) ist ein Illuminat. Gleichzeitig mit Wieland arbeiteten Meyern, an Dya-Na-sore, und der gestürzte Weishaupt, am Pythagoras; Mozart/Schikaneders Zauberflöte präsentierte den siegreichen Club musikalisch; Goethes Großkophta entblößte die Knochen, – das um zynische Lieder gruppierte Lustspiel ist die adäquat niedere Form des folgenreichen Gehalts.

Das Ganze fokussiert und beurteilt der dritte Roman Peregrins. Der Kerinthus-Verein trägt modern deutsche Züge; überall dort, wo das historische Sujet Analogien lockt, fügte Wieland Charakteristika seiner Epoche ein, behutsam, aber unübersehbar, immer an verbürgte Züge des Altertums knüpfend und grobe Anachronismen meidend. Wieland schrieb nicht Christen, sondern Christianer: das ist exotisierend-pejorativ, aber unangreifbar, denn der Sekte eignen gnostische Züge, und die gnostische Lehre war verketzert, kräftig aber geisterten Elemente der Gnosis im akuten Denken. Selbstverständlich kannte das römische Kaiserreich verquickte finanzielle und politische Operationen; Wieland nannte derlei: Unternehmungen; die Vokabel ist das Jahrhundert. Der gläubige Peregrin wird als Missionar gebraucht und verbraucht; der Gläubige taugt am besten zum Bekehrer, das belegt die Religionsgeschichte; höher steigen lassen darf man ihn nicht: er störte oder spränge ab. –

Weishaupt hatte verfügt, man solle Fürsten nur die niederen Grade erteilen und sie denken machen, das sei alles; die Mitglieder waren gehalten, übereinander vertrauliche Dossiers einzureichen. Vermutlich ist Kerinthus dem Weishaupt portraitähnlich. – Der esoterische Zweck des Vereins war bedeutend: die bürgerliche Umwälzung; diese ist es, die Wieland immanent beurteilt:

1) wird sie die Hoffnungen nicht erfüllen, jedenfalls nicht die Hoffnungen der Schwärmer (für welche Peregrin steht, dessen Spinnerei freilich die progressiv manische Suche ist nach einer Welt jenseits raffinierter Tierheit und Platitüde);

2) wird sie zwar zum Ziel kommen (über das der Verfasser keine Illusionen weiter hat), jedoch der Geschichtsprozeß kann nicht belehrt und forciert werden: ›Alles was ich dir mit wenigem davon sagen kann, ist: daß die Eifersucht einiger der angesehensten und thätigsten Vorsteher der Brüdergemeinen von seinen immer sichtbarer werdenden ehrgeitzigen Absichten und von der Verfälschung der Lehre ihres Meisters und seiner ersten

Jünger, die ihm Schuld gegeben wurde, Gelegenheit nahm, ihn und seine Anhänger, bald nach meiner Trennung von ihnen, in so schlimme Händel zu verwickeln, daß ihm, nachdem er alle andere Hülfsquellen seines so erfindsamen und ränkevollen Kopfes erschöpft hatte, zuletzt kein andrer Ausweg übrig blieb, als auf immer zu *verschwinden*, und die Vollendung seines zu rasch betriebenen Plans der Zeit zu überlassen, welche im Lauf von etlichen Jahrhunderten zu Stande brachte, was kein Werk für das Leben eines einzigen Mannes war.‹

Wieland publizierte die Geschichte in Fortsetzungen. Der Teutsche Merkur brachte die erste Serie vom Februar bis zum Juli 1789, November/Dezember d.J. ging es weiter, die Buchausgabe 1791 enthielt schließlich das beendete Opus. Das Buch reifte Jahrzehnte gehegte Keime und Triebe; der Verfasser lebte von der Hand in den Satz. Die sorgsam beobachteten ersten Monate des Weltereignisses haben das Autorenurteil mitgeprägt. Die Massen waren beteiligt; keine konspirative Gruppe ergriff die Macht, sondern große Fraktionen differenzierten sich öffentlich unter dem Druck der Interessen und der Feinde. Alles schien elementar, es war kaum vorhergesehen und so nie und von Niemandem geplant gewesen, und dabei vollkommen der Notwendigkeit geschuldet. Jedoch leitete Wieland aus der enthusiastischen Negationsphase der Revolution keine neuen Illusionen her (wie dies viele auch hervorragende Köpfe taten – Klopstock z.E.); er gewann zusätzliche Einsichten in Art und Weise des objektiven Geschichtsprozesses, die seinen Argwohn über dessen Richtung bestätigten und schärften. So hebt sich vor der französischen Folie eine schwarze Travestie ab: des Kerinthus Ziele sind real und finster, seine Mittel kalkuliert und närrisch.

Das Jahrzehnt nach der Niederschrift des Peregrin gebar die mächtigste Untergrundorganisation der Neuzeit: die Geheimpolizei. Die Künste insistierten auf dem, real sich entfaltenden, Thema. Schiller entwarf ein Doppeldrama: Die Polizei. Männerbünde konstituieren Goethes Meister-Romane, Jean Pauls Schriften von den Mumien bis zum Titan, Arnims grotesk schneidendes Kronenwächter-Fragment, Zacharias Werners geniales Dramenmonster: Die Söhne des Tals, Stendhals Köhler-Geschichten. In den Wahlverwandtschaften wirtschaftete der gesellige Kreis ab; die Menschliche Komödie behandelt die Kloakenbataillen als Basis der modernen Gesellschaft; Balzac ist der Homer unaufhörlicher Rattenkriege. Marxens 18. Brumaire des Louis Bonaparte spielt mit der Form des Hochstapler- und Verschwörer-Romans; weil Napoleon III. ästhetisch sich verkappte, meidet, komplementär, die Enthüllungsschrift scheinbar den ästhetischen Schein und wird darum wieder selbst Kunst. Bakunins Truppe regte Richard Wagner an; der siebenfache Sonnenkreis sinkt in den Gral. Die Geheimgesellschaft des Kafkaschen Prozesses ist derart allgemein geworden, daß unwissentlich ihr jeder, jeder ihr unwissend zugehört. – Die Trümmer der geborstenen Maurerei formierten die offiziellen bürgerlichen Parteien der Gegenwart; deren Inneres ist, zumindest was die Finanzierung anlangt, undurchsichtig wie eh und je. Ein Bund der Geächteten war Fötus der mächtigen kommunistischen Organisation unserer Zeit. –

Das aber ist Fortwirken des Gegenstandes. Wielands Buch ist schlecht aufgenommen worden, entweder nicht beachtet oder getadelt. Die Gründe können wir nur vermuten. So günstig der Zeitpunkt für die Niederschrift war, so ungünstig war er für die Perzeption. Die historisch dargestellten Welthändel okkupierten das Publikum politisch; der Verfasser hat es sich, da er allen Dingen die schlimmstmögliche Wendung abgespäht hatte, mit sämtlichen Fraktionen, die er ein Menschenalter in streitbaren Konsens zu leiten bestrebt gewesen war, gründlich verdorben. Der Kommentar des hochintelligenten, hochanständigen und eminent musischen Karl Ludwig von Knebel über Goethes Natürliche Tochter gibt einen Begriff, welches Verständnis hinter ästhetisch abschätzigen Urteilen steckt: ›Sind das die hohen Wirkungen der Kunst und des Genies, uns das Leben und die Menschheit durchaus zu vergiften und zu verekeln? O, wie muß man im Herzen verdorben sein, ein solches Werk hervorzubringen! Vermutlich, weil es schwer sein möchte, nicht bei irgendeinem Individuum eine selbständige freie Seele zu finden, so nahm Goethe die Stände, und diese sind alle par état und de par le roi‹ (von Staats wegen und im Namen des Königs) ›Schurken. Sie mögen es mitnehmen, da ihre Häupter Narren und Schwächlinge sind. So sieht es also in der moralischen Welt aus! Und da ist weiter kein Mittel, wenn man doch fortleben will, als daß man auch ein Bube werde.‹ (An Karoline Herder; 12.10.1803) – Man müsse, forderte, noch später, 1844, Marx, jede Sphäre der deutschen Gesellschaft als Schandfleck der Gesellschaft behandeln.

Wieland gab seinem Bindung suchenden Anti-Helden in keiner Sphäre eine Chance, auch nicht bei den Aussteigern. Nach dem Abschied von Kerinthus kokettiert Peregrin mit den Stillen im Walde zwischen Pergamon und Pitane. Die Lebensform ist ihm leicht auszureden; zur, rousseauisch-herrnhutischen, Familie gehören sechs Jünglinge und sechs Jungfrauen, deren jüngste 13, deren älteste 20 Jahre zählt. Der jüngste Jüngling ist folglich 21, der älteste kaum älter denn 28. Die lieben Eltern haben also zuerst sechs Jungs, danach (es sind zweitrangige Wesen) sechs Mädelchen plan- und fließbandmäßig gefertigt. Oh brave new world! –

Der vierte Roman im Roman, der Gesellschaftsroman, Rom. Gemeint ist die geschlossene Gesellschaft, die höfische, die ihr eigentümliches Wesen mit Sozietät überhaupt identifiziert. Bereits früher hatte Wieland den Hof dargestellt gehabt (im Agathon, im Goldenen Spiegel etc.), jedoch vornehmlich unter politischen Aspekt: der Thron ist Zentrum der Macht, d.h. der wirkenden Kräfte. Höfisches Treiben war substantiell politische Intrige gewesen, Mittel statt Zweck; auch die Geschichte des Prinzen Biribinker war eine wilde Arabeske um die Staatsaktionen geblieben. Nun genügen die großen Familien sich selbst; sie kennen keine Zwecke außer sich. Diese Autor-Haltung fand Wieland literarisch vorgebildet bei Fielding (die London-Kapitel des Tom Jones z.E.), und die Konsequenz des eignen Werks hellte das Auge für die Gegenwartshistorie. Die parasitäre, überreizte, grausam-verspielte goldne Jugend der Oberschicht tändelt mit dem vielfach enttäuschten, zum Kyniker, d.h. Entsagungsphilosophen, modifizierten alten Peregrin.

Der Gesellschaftsroman scheint auf den ersten Blick schwach geschrieben, blaß illuminiert. Die jüngere Faustina könnte als minder wiederholte Mamilia gelten. Tatsächlich ist Rom mehr referiert denn gestaltet; die Bildkraft ist zurückgeschraubt, das suggestive Detail vermieden: nämlich unterdrückt. Jede Einzelheit, sogar die frei erfundne, hätte wie eine persönliche Intim-Anspielung auf die heiligsten Werte zeitgenössischer Machthaber wirken müssen. Hatte Mamilia den Mechanismus der Machtausübung im Bordell entblößt, so enthüllt Faustinens Gehabe, daß die Macht nichts verteidigt, außer einen Puff: sie ist nichtig. – Wieland arbeitete unter großer Angst; er untersuchte die kitzligste Stelle der Spitzen (und er war ein ängstlicher Mensch, vgl. sein, gewiß nötiges, erfurtisches Taktieren, sein Zurückzucken im Fall Schwarz daselbst. Auch ist charakteristisch, daß in jedem der genannten Romane der Philosoph eingesperrt wird.) Offenbar genügte die, wieder akkuratest geformte, historische Fabel seinem persönlichen Sicherheitsbedürfnis nicht, chiffrierte diese doch unmittelbar akute polemische Gehalte. Römischer Kaiser und Thronfolger sind Wissenschaftsfreunde, Antoninus Pius und Marc Aurel, aber dicht neben dem Thron wird der Philosoph zum Narren gemacht (man denke an Simplicissimus, oder Gundlach – oder Goethe – oder: Wieland?). Kokett zieht Faustine den Theoretiker der Bedürfnislosigkeit an sich, verächtlich wirft sie das zerbrochne Spielzeug der Domestikin im Klimakterium hin. Das Geplänkel der Dame mit dem Pasquillanten ist nicht ohne Sozial-Masochismus: sie sucht nach um die Verachtung ihrer Person und ihres Standes, welche sie im eignen Busen hegt.

›Vorgang der Großen, zum Sansculottismus führend. / Friedrich sondert sich vom Hofe. / In seinem Schlafzimmer steht ein Prachtbette. Er schläft in einem Feldbette daneben. / Verachtung der Pasquille, die er wieder anschlagen läßt. / Joseph wirft die äußern Formen weg. / Auf der Reise, statt in den Prachtbetten zu schlafen, bettet er sich nebenan auf der Erde auf eine Matratze. / Bestellt als Kurier auf einem Klepper die Pferde für den Kaiser. / Maxime, der Regent sei nur der erste Staatsdiener. / Die Königin v. Frankreich entzieht sich der Etikette. / Diese Sinnesart geht immer weiter, bis der König von Frankreich sich selbst für einen Mißbrauch hält.‹ (Goethe; Schema zur Biografie, Karlsbad, 1810).

Wieland zeichnete die Konturen des Vorgangs zart, gleichsam mit dem Silberstift. Wortreich beteuerte er seine Loyalität; die Angehörigen des kaiserlichen Hauses sind gebildet und gutmütig, das Publikum denke übertrieben schlecht von ihnen. Lediglich die Eitelkeit des Philosophen wird bloßgestellt, was wähnt er denn, er sei ihresgleichen. Und er hat die Beschämung verdient, urteilt der Autor, warum läßt er sich ein mit solchen? als Kyniker! – Die berühmte Werther-Szene, an der Napoleon Anstoß nahm, ist ins Komische gewendet und expliziert. Der Eindringling wird nicht einfach weggeschubst, sondern verdaut und ausgeschieden. Aber genau deshalb ist der Triumph der feinen Gesellschaft scheinhaft. Über wen triumphiert sie! und von demselben hätte sie so gern sich unterwerfen lassen! Wielands zaghafte Erzählweise signalisiert strukturell, daß der Nerv getroffen ist; er hat den Ort gefunden, wo das Gruseln gelernt wird. Wer die Angst der Herrschenden ausplaudert, ist ein mutiger Mann; seine kleinste Stimme plaudert sie aus.

Der römische Peregrin ist ein überaltertes Original-Genie, der verkalkte Lavater vermutlich, uud dergestalt Objekt der wielandischen Satire. Indessen, die Schrift wahrt den Geist des Sturm und Drang; der Protagonist rebelliert emotional gegen das Totum polierter Nation, nur sind nun auch seine kreatürlichen Reaktionen kreiert, i.e. aus inkriminiertem Totum hergeleitet. Goethe, als er die Hexenküche dichtete, war stolz, daß er die Diktion der siebziger Jahre nachtragen konnte; Klingers Faust (1790/91) führt diese Diktion fort; der Peregrinus-Roman löst sie in Metasprache.

Auf die Frage: wie man fortleben könne, ohne ein Bube zu werden? gab Wieland seine Antwort mit seinem letzten Hauptwerk, dem Gipfelroman Aristipp. Auch dieses Großmeisterstück verfiel, fast 200 Jahre lang, der Nicht- und Mißachtung. Die Zeitgenossen nannten den Urheber Vater Wieland, wie sie Haydn Papa Haydn titulierten, und unter dem Schutz zutäppischen Schulterklopfens vollbrachten die alten Kracher Wunderdinge.

Karl Mickel

ZU DIESER AUSGABE

Unsere Edition folgt der Ausgabe letzter Hand: C.M. Wielands Sämmtliche Werke, 27. und 28. Band, Leipzig bey Georg Joachim Göschen, 1797. Originale Rechtschreibung und Zeichensetzung wurden belassen; letztere gehorcht, bis weit ins XIX. Jahrhundert hinein, mehr rhythmischen Absichten denn syntaktischen Normen, und kein Mensch kann behaupten, daß die Orthographie des späten XVIII. Jahrhunderts heutzutage ernstliche Leseschwierigkeiten bereite. Sie dokumentiert vielmehr zusätzlich die Denkart des Autors, oder doch die des Zeitalters: weil ja die Verlage, mit Zustimmung oder Duldung der Urheber oder eigenmächtig, in gewissen Grenzen normiert hatten. Wieland, der kundige Editor und erfolgreiche Urheberrechts-Streiter, verstand sich geltend zu machen; und es ist amüsant, wenn wir erkennen, wie seine Reform-Vorschläge gegenwärtige Reform-Projekte erreichen oder überbieten.

Wir danken Frau Carla Lehmann, Frau Dipl-phil. Uta Gosselck und Herrn Heiner Wolf für wesentliche Mitarbeit beim Verfassen der Anmerkungen.

Der Verlag

ANMERKUNGEN

7 *mit dem Titel eines Geistersehers:* Wieland spielt hier auf das Unwesen an, das eine ganze Reihe von Magiern im christlichen Gewande in Deutschland trieben und damit auch beträchtlichen Erfolg hatten. Am bekanntesten waren Johann Joseph Gaßner (1727 bis 1779), Johann Schröpfer (1739–1774) und Guiseppe Balsamo (Cagliostro; 1743–1795).

8 *Martyrologien:* Lebensbeschreibungen der Märtyrer.

Lucian der Mönch: Priester und Märtyrer aus Karthago.

Lucian der Pfarrer zu Kafar-Gamala: Kafar-Gamala ist eine Kirche im Gebiet von Jerusalem. Mehr, als Wieland anführt, ist über ihn nicht bekannt.

St. Gamaliel: Der Gesetzeslehrer des jungen Paulus. Nach christlicher Mythologie (Legenda aurea 1293) habe er den Leichnam des gesteinigten Stephanus auf seinem Grund und Boden begraben lassen. Er sei später getauft, dann heiliggesprochen worden, und er habe 417 (Wieland schreibt 415) aus dem Jenseits einem Presbyter Lukianos mitgeteilt, wo die Überreste des Märtyrers zu finden seien.

Lucian der Marcionit: Anhänger des Marcion, eines Gnostikers des 2. Jh.; Marcion verneinte die menschliche Natur Jesu, wurde von den Kirchenvätern als Ketzer betrachtet.

Lucian von Samosata, der Arianer: Anhänger des Arius (gest. 336), Presbyter in Antiochia; seine eigenen arianischen Anhänger nannten sich Lukianisten. Arius lehrte, daß Christus nicht gottgleich und ewig, sondern erstes und höchstes Geschöpf Gottes sei. 325 auf dem Konzil von Nicäa als Irrlehre verworfen.

Lucian der Dialogenmacher: Lukian (ca. 120–180), aus Samosata in Syrien. Griechisch schreibender Schriftsteller, ursprünglich Advokat, später Rhetoriklehrer, durchzog als Prunkredner das römische Imperium, nahm im Alter eine Beamtenstelle beim römischen Statthalter in Ägypten an. Er verfaßte etwa 80 Schriften über Geschichte, Kulturgeschichte, Philosophie, Ethik, Religion und Philologie. Lukian kritisierte Mißstände und den Aberglauben seiner Zeit. Er verband den platonischen Dialog mit Komödienmotiven und der Satire des Menippus. 1788–1789 übersetzte Wieland Lukians Werke, darunter ›Das Lebensende des Peregrinus‹.
Momus: (röm.-myth.) Personifikation des Tadels und der Nörgelei.
Menippus: kynischer Philosoph aus Gadara, lebte in der zweiten Hälfte des 3. Jh. v. u. Z., war erst Sklave, dann wohlhabender Bürger Thebens. Er verfaßte 13 Bücher Satiren, aus Poesie und Prosa gemischt, in denen er in phantastischer Einkleidung (Himmels- bzw. Hadesfahrt) philosophische Schulen und allgemeinmenschliche Schwächen geistvoll verspottet. Seine Schriften sind verloren, sie wurden Vorbild z. B. für Seneca, Petronius und vor allem für Lukian, der ihn in der ›Höllenfahrt des Menippus‹ auftreten läßt.
Schwärmer: ›Schwärmerey ... d. i. Empfindungen, zum Nachtheil klarer und deutlicher Vorstellungen zum Bestimmungsgrunde seiner Urtheile und Handlungen zu machen. Die Schwärmerey in der Religion ist die Fertigkeit, Einbildungen und Empfindungen für göttliche Wirkungen und Wahrheiten anzunehmen, welche den Enthusiasmus und Fanatismus unter sich begreift, wovon der erstere eigentlich auf Einbildungen, und der letzte auf die Empfindungen geht. Im weitesten aber nicht gewöhnlichsten Verstande ist Schwärmerey zuweilen die Fertigkeit andere Erkenntnisquellen der göttlichen Wahrheiten anzunehmen, als die heilige Schrift, da sie denn mit dem Aberglauben überein kommt.‹ (Johann Christoph Adelung, Grammatisch-Kritisches Wörterbuch der Hochdeutschen Mundart 3. Theil, zweyte vermehrte und verbesserte Auflage, Leipzig 1798, S. 1717.)

9 *Peregrin:* Peregrinus Proteus, gnostischer Philosoph des 2. Jh. Über ihn ist im wesentlichen nur das bekannt, was Lukian in seinem Lebensbericht mitteilt. Genau weiß man nur, daß er sich während des ersten Jahres der 236. Olympiade, d. h. im Jahre 168 auf einem Scheiterhaufen in der Nähe von Olympia selbst verbrannt hat.
Der ägyptische Meergott Proteus konnte sich in alle Gestalten, auch in Feuer, verwandeln.
›Und so hat der heillose Mensch, Peregrinus, oder wie er sich selbst lieber nannte Proteus, die Ähnlichkeit mit seinem Homerischen

Namensverwandten vollständig gemacht, und der ehrsüchtige Thor, nachdem er sich in tausenderlei Gestalten verwandelt hatte, ist guterletzt – so heftig brannte die Liebe zum Ruhm in ihm – noch gar zu Feuer geworden.‹ (Lucians von Samosata Sämtliche Werke, übersetzt von Christoph Martin Wieland, Leipzig 1788/89, Bd. 3, S. 45.)

Ich habe an einem andern Orte: ›Über die Glaubwürdigkeit Lucians in seinen Nachrichten von Peregrinus‹ a. a. O. S. 93–111.

als man es von einem ächten Kosmopoliten fordern kann: (griech.) Weltbürger. Von der griechischen Philosophie der Kyniker und Stoiker ausgehende individualistische Lehre, die den Bürger nicht mehr als Bürger eines einzelnen Staates (Polites), sondern der ganzen Welt (Kosmos) ansah. Vgl. Wieland: ›Das Geheimnis des Kosmopolitenordens‹ 1788.

12 *etwas dämonisches:* Für die Griechen war Daimon eine unbestimmte göttliche Macht oder Kraft, die sie zu bestimmten Gelegenheiten zu spüren glaubten; es wurde auch mit dem Schicksal identifiziert. Platon stellte es als eine warnende Stimme hin.

Kallippe: griech. Frauenname, evtl. abgeleitet von der Muse Kalliope, die Schönstimmige.

der Ungenannte zu Elis: fiktive Gestalt aus der Peregrinus-Schmähschrift des Lukian; der Mann verlacht Peregrin und stellt dessen Leben dar als ununterbrochene Kette von Täuschungen und Betrügereien. – Elis ist die Landschaft um Olympia.

Parium: Hafenstadt im Nordwesten Kleinasiens am Hellespont.

Glückseligkeit: griech. Eudämonie, schönes Schicksal, Glück. Eudämonismus ist eine ethische Richtung, welche in der Erlangung des Glückes das Ziel menschlichen Tuns und Strebens sieht. Je nachdem das Glück aber definiert wird, ist der Begriffsinhalt anders und reflektiert unterschiedliche Philosophien: wie die des Demokrit und Sokrates, Spinoza und Locke, Shaftesbury und Helvetius.

Apollonius von Tyana: (1. Jh.), griech. pythagoreischer Philosoph, Wanderprediger und Wundertäter; er trat auch in Beziehung zu dem Asklepiosheiligtum. Seine Reisen führten ihn zu den Magiern in Babylon, den Gymnosophisten in Indien, zweimal nach Italien, nach Spanien und Aithiopien. Er wurde berühmt durch Weissagungen, Dämonenaustreibungen und Erweckungen von Scheintoten. Vgl. Wielands Roman ›Agathodämon‹.

Halikarnaß: griech. Halikarnassos, Hafen- und Handelsstadt an der Südwestküste Kleinasiens; Geburtsort Herodots.

Dioklea: Frauenname griech. Herkunft; bei Wieland vermutlich Anspielung auf die Diokleia, jene Spiele in Megara zu Ehren des

Ortsheros Diokles, an dessen Grab im Frühjahr ein Wettkampf der Knaben im Küssen stattfand.

Geheimnisse der theurgischen Magie: Zauber mit Hilfe guter Dämonen.

Venus Urania: im Gegensatz zur Venus Pandemos (vgl. Anm. zu S. 139) Personifikation der himmlischen hohen Liebe. Venus U. war in Deutschland seit der Sturm- und Drangzeit Chiffre für die Einheit von Eros/Kunst/Wissenschaft.

Theofanie: (griech.) Im klassischen Altertum bezeichnet der Begriff T. vorzüglich die mythologisch normale Vermischung der Götter mit den Menschen; die christliche Mythologie kennt Offenbarungen Gottes und Erscheinungen Heiliger. Die europäische Aufklärung griff, indem sie von betrügerischen heidnischen Gotteserscheinungen sprach, implizit auch den christlichen Offenbarungsglauben an. So hatte Gottsched Fenelons Schrift über die heidnischen Orakel übersetzt; Wieland kannte das Werk.

Mamilia Quintilla: Frauenname nach röm. Muster. Wieland benutzt die Assoziation des Geschlechtsnamens Mamilia zu Mamae, Brüste, um als Gegenstück zur berühmten Statue der Aphrodite Kallypigos, der Schönärschigen, eine Venus Mamilia, Busenvenus, zu kreieren.

13 *Bacchanal:* nächtliche geheime kultische Feier zu Ehren des römischen Weingottes Bacchus, ursprünglich nur für Frauen zugelassen; wegen orgiastischer und z.T. verbrecherischer Ausschweifungen 186 v.u.Z. durch Senatsbeschluß verboten.

Versammlung von Christianern: anfangs Name einer Sekte von Judenchristen in Antiochia, später in der katholischen Kirche der allgemeine Name für alle Bekenner des Christentums. Hier in der Bedeutung Christusanhänger.

Pergamus: Festung und Stadt im Nordwesten Kleinasiens; Hauptstadt der röm. Provinz Asia.

14 *Hegesias:* (um 320–280 v.u.Z.), aus Kyrene; griech. Philosoph, erhielt den Beinamen ›Peisithanatos‹ (Fürsprecher des Todes), da er, das Leben in düsteren Farben malend, Selbstmorde stiftete. Wielands Namensgebung ist eine verdeckte satirische Anspielung; sein H., als Christianer, leitet ja aus dem Jammertal zum Jenseits, und der Deutsche assoziiert mit den ersten Silben den Begriff Hegemonie – dt. Vorherrschaft.

Ägina: (griech.) Ziegeninsel; im Saronischen Golf, Attika vorgelagert.

Digression: (frz.) hier Abschweifung in der Rede.

Christianische Brüdergemeinen: Innerhalb der Roman-Fabel bezeichnet das Wort die frühchristlichen Gemeinden; Wieland be-

nutzte aber die zeitgenössische Vokabel, um auf die Herrnhuter Brüdergemeinde (Brüderunität) anzuspielen. Die Reste der Böhmischen und Mährischen Brüder hatten Anfang des 18. Jh. ihre Heimat verlassen müssen; Graf von Zinzendorff hatte sie 1722 aufgenommen. Aus dem Rittergut Berthelsdorf am Fuße des Hutbergs war der Ort Herrnhut entstanden. Die ursprünglich häretische, dann heterodox-pietistische Gemeinschaft hatte sich binnen eines Vierteljahrhunderts zur de facto theokratisch regierten Sozietät gewandelt, die weltweit missionarische und ökonomische Interessen verfolgte.
Konstantine: diejenigen, welche sich nach dem Toleranzedikt des Kaisers Konstantin (vgl. Anm. zu S. 197) zum Christentum bekannten.
Theodosier: abgeleitet von Theodosius I. (347–395), röm. Kaiser; erhob das Christentum zur Staatsreligion; um 392 wurden die heidnischen Kulte und die Olympischen Spiele verboten sowie zahlreiche antike Tempel zerstört.
Kerinthus: gehört zu den frühesten Vertretern des Gnostizismus. Er wurde für den Verfasser oder von einigen für den Verfälscher des Johannesevangeliums angesehen. Kerinthus wurde in Ägypten geboren, ›lehrte, nicht von dem ersten Gott sei die Welt gemacht worden, sondern von einer Kraft, die von dem Urprinzip des Universums weit entfernt und getrennt war ... Jesus aber sei nicht aus einer Jungfrau geboren, vielmehr sei er der Sohn Josephs und Mariens, ... übertreffe jedoch alle an Gerechtigkeit, Klugheit und Weisheit. Nach der Taufe sei auf ihn von dem erhabenen Urprinzip Christus in Gestalt einer Taube herabgestiegen, und dann habe er den unbekannten Vater gepredigt und Gewaltiges vollbracht; zum Schluß aber sei Christus wieder von Jesus gewichen, und Jesus habe gelitten und sei von den Toten auferstanden. Christus aber sei von den Leiden verschont geblieben, da er geistig war.‹ (Des heiligen Irenäus ausgewählte Schriften, München 1912, Bd. 1, S. 77.)
Nachgesagt wird Kerinthus auch, daß er ein Liebhaber fleischlicher Lüste gewesen sei und diese auch den Seligen des künftigen Reiches verheißen haben soll.
den zweyten Grad der Weihe: Während der Prüfungszeit hießen diejenigen, die den ersten Unterricht erhielten, Katechumen. Diese waren in drei Grade unterteilt: die Hörenden, die Kniebeugenden und die Erwählten. Durch die Taufe wurden die Katechumen zu Neophyten, d. h. zu Neugeborenen, die sich wiederum in mehrere Grade untergliederten: die Märtyrer, Bekenner und die Asketen.

17 *die zwey hundert sechs und dreyßigste Olympiade:* im Jahre 168.

Cyniker: Anhänger einer Philosophenschule, die an Sokrates anknüpfte; Hauptvertreter sind Antisthenes und Diogenes von Sinope; benannt wurde diese Schule nach ihrem Versammlungsort, dem Gymnasium Kynosarges in Athen, als auch nach ihrer Lebensweise, gleichsam wie Hunde (griech. kyon, Hund). Sie verachteten Reichtum und Luxus, aber ebenso politische Macht und Bindung an die Gesellschaft und predigten die Bedürfnislosigkeit, die ihnen naturgemäß dünkte.

Kapuziner der alten Griechen: Wieland vergleicht die Kyniker wegen ihrer Kleidung, braune Kutte und Kapuze, mit dem zeitgenössischen Mönchsorden.

18 *Herkules:* (griech. Herakles), in der griech. Mythologie Halbgott, Sohn des Zeus und der Alkmene aus Theben. H. war die mythische Leitfigur der Kyniker; er habe sich selbst verbrannt und sei von Zeus zur Unsterblichkeit befördert worden.

Talente: (griech.) bei den Griechen höchste Einheit für Gewicht und Geld, hauptsächlich Silbergeld; der Wert war lokal und temporär schwankend; gewöhnlich ist das, von Solon eingeführte, kleine attische Talent gemeint, ca. 26 kg Silber. Ein Talent entspricht 60 Minen zu 100 Drachmen zu 6 Obolen. Das Wort bezeichnete noch bei Homer das Abgewogene oder die Waagschale selbst.

Jupiter Olympius: oberster röm. Gott, Vater aller Götter und Menschen; dem griech. Zeus gleichgesetzt, daher der griech. Beiname, der sich auf den Wohnsitz, den Berg Olymp, bezieht.

Starb Äskulap ... des Ätna?: Äskulap: lat. Form des griech. Asklepios; Sohn des Apollon und der Nymphe Koronis, Krähe; Gott der Heilkunde. Seiner Reanimationsversuche halber habe Zeus ihn mittels Blitz in die Unterwelt befördert. Von Dionysos, lat. Bacchus (vgl. Anm. zu S. 148) ist nicht bekannt, warum er auf diese Art getötet wurde; Wieland übernimmt die Stelle von Lukian. Empedokles (vgl. Anm. zu S. 50) habe sich in den Krater des Ätna gestürzt, weil er dessen Ausbrüche nicht ergründen konnte.

Theagenes: griech. Männername; Gestalt aus Lukians Schmähschrift ›Der Tod des Peregrin‹, welche Wieland ausführlich zitiert hat.

Hyperbolen: (griech.) Übertreibungen.

Diogenes: (um 404–323 v. u. Z.), aus Sinope; Schüler des Antisthenes, populärster Vertreter der kynischen Schule; er predigte als Wanderlehrer das Ideal der Bedürfnislosigkeit, verachtete alle Konventionen und bezeichnete sich als Weltbürger. Er wirkte mehr durch seine Lebensweise als durch seine Lehren.

Antisthenes: (um 444–366 v. u. Z.), aus Athen; Philosoph; Gründer der kynischen Schule; Schüler des Gorgias und Sokrates.

Sokrates: bedeutender griech. Philosoph (ca. 470–399 v.u.Z.), lebte und lehrte in Athen. Seine Erkenntnismethode stellt einen Wendepunkt in der Philosophie dar (Vorsokratiker). Im Zentrum seiner Lehre steht die Suche nach Erkenntnis, nach wahrem Wissen. Sokrates erklärt: ›Ich weiß, daß ich nichts weiß‹, d.h. wahre Erkenntnis besitzen nur die Götter. Ziel ist es, sich dieser wahren Weisheit anzunähern. Unter der Anklage, neue Götter eingeführt und die Jugend gefährdet zu haben, wurde er zum Tode durch den Schierlingsbecher verurteilt. Über Sokrates' Leben und Werk weiß man indirekt durch die Schriften Platons, Xenophons und Aristoteles'.

Fidias: (griech. Phaidias; 5.Jh. v.u.Z.), aus Athen; bedeutender Bildhauer der griech. Klassik, schuf u.a. die Goldelfenbeinstatue des Zeus in Olympia. Sie war 12 m hoch und zählt zu den sieben Weltwundern.

19 *eine Libazion aufgegossen:* Trankspende für die Götter. Dies geschah bei einem Opfer zweimal. Die erste Libation bestand darin, daß man aus einem Gefäß einige Tropfen Wein auf den Kopf des Opfers goß, bei der zweiten Libation goß man in das Feuer.

Thränen des Heraklitus: Heraklit (um 540–480 v.u.Z.), aus Ephesos, Kleinasien; schon den Alten galt er als finsterer hochmütiger Mensch und dunkler Denker. Man sagt ihm nach, er habe ständig geweint.

In Allem und durch Alles walte ein Weltgesetz, Logos, welches er als Kampf und Einheit der Gegensätze faßte. ›Kampf ist der Vater von Allem, der König von Allem; die einen macht er zu Göttern, die anderen zu Menschen, die einen zu Sklaven, die andern zu Freien –‹. Urgrund der Dinge sei das Feuer, und dies zugleich materielles Substrat und Bewegungsprinzip. Für H. gab es nichts Unbewegtes: pantha rei, alles fließt; das stetig gegensätzliche Auf und Ab nannte er: das Verhängnis. Seine Philosophie wirkte auf Spinoza, Hegel, Marx; Lenin sprach von Heraklits elementarem Materialismus und urwüchsiger Dialektik.

Gelächter des Demokritus: Demokrit (um 460–370/oder 360 v.u.Z.), aus Abdera; griech. Philosoph, Universalgelehrter; entwickelte die atomistischen Gedanken seines Lehrers Leukipp zum ersten umfassenden entgötterten System. Seine Welt ist zugleich unveränderlich –: die Atome; und veränderlich –: die Atomverbindungen; Kausalität und Zufall bedingen einander dialektisch; in der Gesellschaft erwirbt der Mensch seine zweite Natur. Demokrit wurde früh als lachender Philosoph dem finsteren Heraklit gegenübergestellt, doch ist die platonische Philosophie sein eigentlicher Antipode. Rousseaus Lehre vom Gesellschaftsvertrag nahm sein

Denken auf; Wieland, im Abderiten-Roman, aktualisierte den freisinnigen Geist.

mit einem Rettig im Hintern: übliche Bestrafung für einen in flagranti ertappten Ehebrecher.

20 *Drachme:* altgriechisches Gewicht, Rechnungseinheit und Münze, letztere meist aus Silber, seltener Gold. 6000 Drachmen bildeten ein Talent; das Münzgewicht war lokal unterschiedlich. Das Wort ist abgeleitet von dem Verb zusammenfassen; eine Drachme war ursprünglich ein Bündel von 6 Obeliskoi, Bratspießen, gewesen.

Statthalter: Leiter einer römischen Provinz, in dessen Händen die Rechtssprechung und die Befehlsgewalt über das stehende Heer seiner Provinz lagen.

Thiasarch: Das griech. Wort thiasoi bezeichnet zunächst dionysische Frauenbünde, namentlich deren Umzüge; nur ein Mann nahm teil, der Priester. Später wurde der Terminus auch auf private Vereinigungen übertragen, vor allem in röm. Zeit auf: 1) eine Versammlung, die zu Ehren eines Gottes Opfer und Umzüge veranstaltet; 2) jede Gesellschaft, welche einem Gotte, besonders aber dem Bacchus, zu Ehren Tänze und Umzüge zur Aufführung bringt; 3) jede Schar, Truppe, Sippschaft, Menschenmenge, die Umzüge und Festlichkeiten begeht. Der Thiasarch ist sowohl der Dionysos-Priester als auch der Vereinsvorsitzende oder Festordner.

Mysterien: im archaischen und klassischen Altertum geheime Götterkulte. Wieland parallelisierte den Begriff ironisch-polemisch mit den christlichen Offenbarungen.

22 *Kaput:* Umhang. Das Wort hat sich in der Form Cape bis heute erhalten.

Krates: (4. Jh. v. u. Z.), aus Theben; kynischer Philosoph, Schüler des Diogenes von Sinope.

Trabanten: Mitläufer. Das Wort kann ebenso einen tributpflichtigen Kleinkönig wie einen gewöhnlichen Hausschmarotzer bezeichnen.

man hatte ihn ... essen sehen: Bei den Christianern war das Essen von Götzenopfern bei Strafe des Ausschlusses verboten.

23 *Agathobulus:* (2. Jh.), griech. Kyniker.

Kaiser: Antoninus Pius, 138–161 röm. Kaiser.

Celebrität: (lat.) Zulauf, Beliebtheit, Berühmtheit.

Musonius: Gaius M. Rufus (um 30–100), Stoiker, wurde 65/66 im Zusammenhang einer Verschwörung von Kaiser Nero nach Gyaros verbannt.

Dion: (um 40–120), aus Prusa, Bithynien; griech. Redner und Philosoph, unter Domitian (röm. Kaiser 51–96) aus Bithynien und Italien verbannt, führte als kynisch-stoischer Popularphilosoph ein ärmliches Wanderleben. Seine 78 erhaltenen Reden sind wertvolle kulturhistorische Quellen.

Epiktet: (um 50–138), aus Hierapolis; griech. Philosoph, bedeutender Vertreter der späten stoischen Philosophie, lehrte als freigelassener Sklave in Rom und wurde von Domitian mit allen Philosophen aus Rom ausgewiesen. Die Grundzüge seiner Ethik sind im ›Handbüchlein der Moral‹ zusammengefaßt.

24 *lästerte er über einen ... Mann:* Gemeint ist Tiberus Claudius Atticus Herodes, einer der reichsten Privatleute des Altertums.

zu Jupitern seine Zuflucht nehmen: Der Tempel des Jupiter war eine Freistatt.

25 *Sofisten:* hier in der Bedeutung Prunkredner. Die Vertreter der sogenannten 2. Sophistik (2. Jh.) gelangten durch die Formeleganz ihrer Prunkreden zu hohem Ansehen.

26 *auch wie Herkules sterbe:* Herkules verbrannte sich auf dem Berg Oita auf einem Scheiterhaufen und wurde dann als Gott in den Olymp entrückt.

Filokteten: (Pl. zu Philoktetes), in der griech. Mythologie Sohn des aiolischen Schafhirten Poias; erfüllte das Verlangen des Herakles und zündete dessen Scheiterhaufen an, aus Dankbarkeit erhielt er von ihm Pfeil und Bogen.

27 *zwanzig Stadien:* griech. Längenmaß, ein Stadion: 176,6 m.

Häupter der Hunde: Kyniker, vgl. Anm. zu S. 17.

32 *Elysium:* (griech.) nach Homer Landstrich am westlichen Erdrand, dort herrsche ewiger Frühling, wie im Olymp, und wehe stetiger Zephyr vom Okeanos; Aufenthalt glücklicher Seelen; Götterlieblinge gelangten, ohne den Tod zu schauen, dorthin; bei Hesiod als Insel dargestellt; von späteren Griechen und Vergil für die lichte Abteilung der Unterwelt, Hades, erklärt.

33 *Reisen in den Mond und nach der Jupitersburg:* Anspielung auf Lukians Beschreibung einer solchen Reise im ›Ikaromenippus‹. Jupitersburg: der Olymp.

Divinazionskraft: (lat.) Sehergabe, Weissagungskraft.

34 *Thersites:* Gestalt aus Homers Ilias; er ist einer der Griechen vor Troja, wurde als lahm und häßlich beschrieben und beschimpfte fortdauernd auf unflätig-volkstümliche Weise die Helden und ihre Taten.

Faon und Adonis: Phaon, ein mythischer Steuermann, nimmt von Aphrodite keinen Fährlohn, wird dafür von ihr mit einer Salbe beschenkt, die ihn zum schönsten Menschen macht. Adonis ist so schön, daß sich Aphrodite in ihn verliebt.

35 *Hamen:* sackartiges Fischfanggerät mit breiter Öffnung.

36 *Ulysses*: lat. Form des griech. Namens Odysseus, Held der homerischen Epen.

Moly: weiße Blume mit schwarzer Wurzel, vermutlich Knoblauch. Hermes gab sie Odysseus, um ihn vor den Zauberkünsten der Kirke zu schützen (Homer, Odyssee).

Circe: (griech. Kirke) Tochter des Sonnengottes Helios mit der Okeanide Pereis, Zaubergöttin; sie habe die Gefährten des Odysseus in Tiere verwandelt. Odysseus widerstand ihr mit Hilfe des Zauberkrautes Moly.

jenes Aristippische: Aristipp (um 435–355 v.u.Z.), aus Kyrene; griech. Philosoph, Schüler des Sokrates, Begründer der Philosophenschule der Kyrenaiker. Seine Lehre, der Hedonismus, erklärte im Gegensatz zur Stoa souveränen Lustgewinn und heiteren Genuß für das erstrebenswerte Lebensziel. Wielands Erwähnung des A. denkt voraus auf den großen Altersroman. Das aristippische εχω ουκ εχομαι ›ich habe sie, nicht sie mich‹ ist ein Grundsatz des A., daß man die Umstände meistern, nicht sich von diesen beherrschen lassen solle.

37 *Abschälungen:* Verwandlungen.

39 *Mein Demonax und mein Dialog mit einem Cyniker:* Demonax: (2.Jh.), aus Kypros, kynischer Philosoph. Lukian stellt ihn als Muster philosophischer Lebensführung dar. Demonax verspottet Zauberer, glaubt nicht an ein Jenseits und läßt sich nicht in die Mysterien einweihen. Im Dialog ›Der Kyniker‹ wollte Lukian ›einen Beweis geben, daß er von ihnen [den Kynikern] und ihren echten Jüngern ebenso groß denke, als er diejenigen, die das kynische Kostüm als einen Freibrief für Unwissenheit, Unverschämtheit und zügellose Sitten ansahen, verachtete.‹ (Wieland)

40 *Bithynier:* Bewohner von Bithynien, Landschaft im Nordwesten Kleinasiens.

Paflagonier: Bewohner von Paphlagonien, Landschaft im Nordosten Kleinasiens am Schwarzen Meer; ihnen wurden in der halbmythischen Geographie übergroße Ohrmuscheln zugeschrieben.

Epikuräer: Schüler und Nachfolger Epikurs (vgl. Anm. zu S.42); im Munde der Gegner des Philosophen ist der Ausdruck ein Schimpfwort, soviel wie Trieb- und Genußmensch.

das Orakel des Bakis, welches ich ihn dem Spruch der Sibylle ... entgegen setzen ließ: Theagenes gab vor, folgendes Orakel von der Sibylle gehört zu haben: ›Aber sobald Proteus, der Cyniker größter und bester, neben dem Tempel des Donnerers Zeus, ein Feuer entzündet, und in die Flamme springend den hohen Olympus besteiget, alsdann sollen alle die von den Früchten der Erde essen, den großen nächtlichen Heros, der neben Hephästos und Herakles, dem

Könige, thront, als Schützer verehren!‹ (Lucians von Samosata Sämtliche Werke, Bd. 3, S. 79.)
Der Unbekannte setzte jenem Orakel eins von Bakis entgegen: ›Aber sobald der Cyniker mit den vielen Namen von der Erinnys des Ruhmes gepeitscht in die Flammen hineinspringt, sollen hinter ihm drein die ihm folgenden Hundefüchse allesammt springen, das Schicksal des fliehenden Wolfes zu theilen. Wollte sich einer, aus Furcht, der Gewalt des Hephästos entziehen, diesen sollen sogleich die Achäer alle mit Steinen decken, damit er sich, trotz seinem Froste, nicht länger feurig zu reden vermesse, und mit erwuchertem Golde seinen Tornister fülle, wiewohl sein väterlich Erbe ihm zum Herren von dreimal fünf Talenten gemacht hat.‹
Anmerkung Wielands: ›Dieser Bakis (oder Bacis) war ein Böotier, und, der gemeinen Sage nach, von den Nymphen begeistert, die vor Alters in Böotien ein eigenes Orakel gehabt hatten. ... Man trug sich unter den Griechen mit einer ganzen Sammlung von Orakeln, die diesem begeisterten Böotier zugeschrieben wurden, und wahrscheinlicher Weise (so wie die Sibyllinischen) manchem Betrüger Gelegenheit gaben, vornehme und reiche Idioten, (unter denen es zu allen Zeiten Liebhaber solcher Raritäten gab) für baares Geld zum Besten zu haben. Es ist ein drolliger Einfall von Lucians Ungenanntem, dem Orakel, das Peregrin der Sibylle untergeschoben hatte, stehenden Fußes ein Andres von Bakis entgegen zu stellen, ...‹ (Lucians ... Werke, Bd. 3, S. 80).

41 *Filippika:* (griech. Philippika) Reden des Demosthenes (384 bis 322 v. u. Z.) gegen die Vorherrschaft Philipps von Makedonien (383–336 v. u. Z.) in Griechenland.

42 *Epikur:* (341–270 v. u. Z.), aus Samos; lebte ab 306 in Athen; gegen die Kreise des Platon und Aristoteles Anhänger der materialistischen Philosophie. Weil er auf seinem Gartengrundstück unterrichtete, wurde das Wort Garten (griech. Kepos) Synonym seiner Schule. Er verquickte eigenständig den Atomismus des Demokrit mit Aristipps Hedonismus; er lehrte die Wahrheit aller sinnlichen Erfahrung – die sinnliche Welt ist ihm nicht, wie dem Demokrit, Schein, sondern objektive Erscheinung –; das Glück definierte er als Lustempfindung, aber diese, unabhängig von äußeren Gütern, als Freiheit von Schmerz, Furcht und Unruhe. Die Entstehung der Dinge erklärte er aus freien Abweichungen einzelner Atome von der ihnen notwendigen Bewegungsrichtung. Götter gäbe es freilich, doch existierten sie in Zwischenwelten, von denen aus kein Einfluß auf Welt und Menschen möglich sei. – Platonisches, stoisches, schließlich christliches Denken mißdeuteten und verdrängten Epikurs Philosophie; durch die Dichter Lukrez und Horaz wirkte die

Lehre kräftig in die europäische Aufklärung, sie war Gegenstand der Marxschen Dissertation. Epikurs Lob der Freundschaft – denn in seinem Zeitalter waren alle sonstigen sozialen Bezüge schwankend geworden – stimulierte den Freundschaftskult des Sturm und Drang.

unter diesen Platanus ... sieht: Viele philosophische Gespräche führte Sokrates in den Hainen von Athen.

43 *jener Dichter:* Homer.

44 *Mysien:* Landschaft im Nordwesten Kleinasiens.

Hellespont: Meerenge zwischen dem Ägäischen Meer und Marmarameer (heute Dardanellen).

Propontis: (griech.) Vormeer, das Gewässer vor dem Pontus Euxeinos (Schwarzen Meer), zwischen dem Hellespont und dem thrakischen Bosporus, heute Marmarameer.

45 *Feerey der Odyssee:* Wieland usurpiert das homerische Epos als Muster des aufgeklärt-präromantischen, durch die belebte Welt schweifenden französischen Feen-Märchens, dem er selbst vielfach verpflichtet ist.

46 *Nekyomantie:* (griech.) auch in der Form Nekromantie; Totenbeschwörung. Auf Kirkes Rat befragte Odysseus die Seele des Sehers Teiresias am Eingang zur Unterwelt nach der Zukunft (Homer, Odyssee).

Tod der Freyer: Beschreibung, wie Merkur die Seelen der erschlagenen Freier der Penelope über den Höllenfluß führt (Homer, Odyssee).

von Diomedens oder Achillens Hand: homerische Helden, beide zeichneten sich im Kampf um Troja aus.

47 *Pythagoras:* (um 570–490 v.u.Z.), aus Samos; griech. Philosoph, Mathematiker, Astronom; Gründer des nach ihm genannten Geheimbundes, der auf Gemeineigentum beruhte, in dem das Zusammenleben streng reglementiert und durch asketische Züge charakterisiert war. Seine Schüler schrieben ihre Forschungsresultate und Hypothesen dem Meister zu, da sein Name autoritativ beweiskräftig wirkte. Die Pythagoreer ordneten den Urstoffen des Empedokles geometrische Formen bei: den Tetraeder dem Feuer, den Kubus der Erde, den Ikosaeder dem Wasser, den Oktaeder der Luft, und zogen aus der Geometrisierung der Atome weitreichende Folgerungen über die Rolle von Zahl und Maß in Natur und Gesellschaft. Sie besetzten Zahlen mit symbolischen Valenzen und spielten unter diesen Bedeutungen aus; hochwahrscheinlich hatte ihr Handelsinteresse die Liebe zur Zahl erregt. Die Entdeckung, daß bestimmte Saitenlängen bestimmten Tonhöhen entsprechen, brachten sie in Beziehung zu den Proportionen der Planetenbahnen und

konstruierten so Sphärenmusik und Harmonie der Welt –: ein Gedanke, der für das Weltbild des europäischen Feudalismus charakteristisch wurde. Das pythagoreische Denken in Maßverhältnissen faszinierte und förderte aber ebenfalls Copernikus, Galilei, Bruno und Kepler. Geheimbünde der frühen Neuzeit rechneten Pythagoras unter ihre Vorväter, zumal der Philosoph Ägypten und Babylonien, die legendären Urländer des Meßwesens und Geheimwissens, bereist haben soll. Die geometrische Gestalt der Ethik des Linsenschleifers Spinoza fußt auf pythagoreischem Grund.

Ägyptischer Hermes: Als Hermes Trismegistos (dreifachgrößter) wurde der griech. Hermes im 1. Jh. durch Gleichsetzung mit dem ägyptischen Schreiber- und Weisheitsgott Toth zum Leitbild der sog. hermetischen Literatur (theosophisch-okkulte Schriften in Dialogform).

Baktrianischer Zoroaster: altiranischer Priester zwischen 1000 und 500 v. u. Z. im Ostiran; von den Griechen wurde Z. als Philosoph, Weisheitslehrer, Magier und Offenbarer okkulten Wissens verstanden. Seit Nietzsche ist in Europa die Namensform Zarathustra üblich geworden. – Baktrien, persische Statthalterschaft (heute das nördliche Afghanistan).

Indischer Buddas: (sanskrit., der Erleuchtete, 6./5. Jh. v. u. Z.); ursprünglich Siddhattha geheißen. Stifter einer philosophisch-religiösen Lehre und einer entsprechenden Gemeinde. Zentraler Gegenstand buddhistischen Denkens ist das Leiden; Ziel des menschlichen Strebens müsse es sein, den Kreislauf der Wiedergeburten zu durchbrechen und im Nirwana, dem begierdefreien Nichts, aufzugehen. Schüler und Nachfolger vergotteten Buddha und institutionalisierten die Religion.

Hyperborischer Abaris: ein Wundermann aus dem mythischen Volk der Hyperboreer, der Bewohner eines sagenhaften Landes, das nach antikem Verständnis jenseits des Nordwinds (Boreas) gelegen ist. Verfasser von Zaubersprüchen zur Abwehr von Krankheit; er habe in Athen eine Pestepidemie beseitigt, von Apollon Orakel gelernt und sei mit dem Pfeile des Gottes, ohne zu essen, wahrsagend umhergezogen.

Die Hyperboreer sind frei von Krankheit, Alter, Mühsal und Streit. Der Weg zu ihnen kann nicht gefunden werden. – Sie feiern fortdauernde Eß- und Musikfeste und opfern Apollon Esel.

Thrazischer Orfeus: Orphik, im 6. Jh. v. u. Z. entstandener, mit der Dionysos-Religion verbundener Mysterienkult. Die Offenbarungen wurden dem mythischen Sänger Orpheus zugeschrieben. Einst hätten die Titanen den jungen Dionysos zerrisssen und gefressen, sie wären daraufhin von Zeus' Blitz eingeäschert worden;

die Menschen, aus der Asche geboren, seien demnach seelisch gut dionysisch, leiblich übel titanisch. Die entschieden dualistische Lehre polemisiert gegen das offizielle Bild schöner leib-seelischer Einheit; der Körper ist den Orphikern Zuchthaus und Grab der Seele. Durch asketische Lebensführung und rituelle Praktiken suchten sie die Seele aus dem Zyklus der Wiedergeburten zu befreien. Das beste sei, man werde nie geboren, das zweitbeste, man stürbe früh. Das orphische Lebensritual wirkte auf die Pythagoreer; Mißachtung des Körpers und Jenseitshoffnung flossen vielfältig modifiziert in Christentum und Gnosis (vgl. Anm. zu S. 179) ein.
Ägyptischem und Serischem Papier: Papyros und chinesisches Seidenpapier. Serer war bei Griechen und Römern die Bezeichnung für Chinesen.

48 *Schimären:* (griech. chimaira, die Ziege) in der griech. Mythologie Fabelungeheuer, beheimatet in Lykien; als Schreckgespenst erschien sie auch in der Unterwelt; dargestellt vorn als Löwe, in der Mitte als Ziege und hinten als Schlange. In der Gotik war die S. ein vorzüglicher Gegenstand architekturgebundener Bildhauerei. Hier: Hirngespinst, Trugbild.
barbarische Beutelschneider, so genannte Kaldäer: barbarisch = nichtgriechisch. Volk aus Palästina, berühmt als Astronomen und Wahrsager, später synonym mit betrügerischer Scharlatan.
Bettelpriester der Isis: In der ägyptischen Mythologie Fruchtbarkeitsgöttin; die Griechen erhielten Kenntnis durch den Einfluß der Ptolemäer; in Rom wurde sie im 1. Jh. v. u. Z. eingebürgert und gelangte hier zu großer Bedeutung. Hadrian prägte Münzen mit dem Bilde der Gottheit; unter Theodosius verlor sie wieder an Bedeutung. Ihr Symbol sind Ähren und das Füllhorn; heilig ist ihr die Kuh, als Symbol der Erde und des Landbaus; sie wurde der röm. Göttin Demeter gleichgesetzt. Sie schützt die Gebärenden. – Die Priester der Isis mußten eine strenge Lebensweise führen, walteten ihres Amtes in Linnenkleidern, hatten das Haupt geschoren und trugen das Sistrum (Klapper aus Metall). Der Kult vollzog sich z. T. in orgiastischen Formen. – Wieland spielt mit der Bezeichnung auf die zeitgenössische Geheimgesellschaft der Freimaurer an, die sich rituell die Herkunft aus dem ägyptischen Altertum zuschrieb.
Milesische Fabeln: Sammlung von erotischen Geschichten und Novellen, die das freizügige Treiben in der Hafenstadt Milet widerspiegeln.

49 *in deinem Lügenfreunde:* Lukians Dialog ›Der Lügenfreund oder der Unglaubliche‹.
von einem Hermetischen Adepten: (lat.) in eine geheime Kunst oder Wissenschaft Eingeweihter. – Hermetica sind theosophisch-okkulte

Dialoge des 3. und 4. Jh. Im Zentrum steht die Welterschaffung durch den Geist, der Seele Fall und ihre Erlösung.
augurieren: (aus dem lat.) im übertragenen Sinn weissagen, prophezeien, etwas vermuten. Auguren waren im klassischen Rom Priester eines Kollegiums, das Zustimmung oder Ablehnung der Götter zu einer bestimmten Handlung oder Unterlassung erkundete, indem es Vogelzeichen (Auspizien) beobachtete; daher von den Aufklärern spöttisch Hühnerhalter genannt. Sprichwörtlich ist das Lächeln der Auguren, das sie untereinander tauschen; der Betrüger erkennt den Betrüger.

50 *Empedokles:* (um 490–430 v.u.Z.), aus Akragas (Peleponnes); Philosoph, Arzt, Politiker, Priester, Dichter. Nach dem Tod des Tyrannen Theron (472 v.u.Z.) gab er seiner Vaterstadt eine Verfassung, wies, weil jeder Herrschaft abgeneigt, das Königsamt von sich und wurde verbannt. – Das Seiende betrachtete er, wie Parmenides, als unveränderlich; Bewegung sei als Ortswechsel im vollen (nicht leeren) Raum zu denken. Feuer, Wasser, Luft und Erde seien das Elementare; die beiden Kräfte Liebe und Streit erzeugten pulsierend Einheit und Vielfalt; der Kosmos komme während der Übergangsphasen in Bewegung. Empedokles lehrte die Seelenwanderung und hielt dann sich selbst für einen nicht mehr Sterblichen. Vgl. auch Anm. zu S. 18.
Platons Gastmahl: Dialog Platons (vgl. Anm. zu S. 69), 383 v.u.Z. geschrieben, in dem er erweist, daß die Liebe den Menschen zur Erkenntnis des Wahren, Guten und Schönen zu führen vermöge. Aristophanes (Kap. 14–16) erfindet den Mythos vom Urmenschen, der geteilt wurde und dessen Hälften sich nach Wiedervereinigung sehnen. Agathon stellt in seiner Rede die Behauptung auf, Eros sei selbst schön und liebe zugleich das Schöne. Sokrates nimmt diesen Satz auf, um daran seine eigene Anschauung von der Liebe zu erweisen. Er gibt ein Gespräch wieder, das er mit der Prophetin Diotima geführt habe. Nach Diotima sei die Liebe ›... ein Mittelding zwischen dem Sterblichen und Unsterblichen. ... Ein großer Dämon mein Sokrates. Denn alles Dämonische steht in der Mitte zwischen Gott und Sterblichen.‹ (Platon, Das Gastmahl oder von der Liebe, Leipzig 1981, S. 41).
Das dem Menschen eigentümliche Verlangen zur Unsterblichkeit treibe ihn, Kinder zu zeugen. Es gäbe aber auch eine Art geistiger Zeugungslust, und diese sei wertvoller als die körperliche. Somit sei der Weg zum Schönen über verschiedene Stufen möglich, über die sinnlich-gegenständliche Schönheit zum Schönen an sich bis zur Idee des Schönen über die Betrachtung schöner Sachen, Taten, Gesetze, Ansichten und des schönen Wissens.

51 *Fädrus:* (griech. Phaidros) Männername; Zeitgenosse des Platon, nach dem dieser seinen Dialog über den Eros benannte.

Pausanias: König von Sparta, regierte 445–426 und 408–394 v.u.Z.; Figur aus Platons ›Gastmahl‹.

Eryximachus: griech. Männername; Teilnehmer am Gastmahl des Platon.

Aristofanes: (um 445–386 v.u.Z.), aus Athen; der große griech. Komödiendichter des klassischen 5. Jh. v.u.Z. Wielands Verständnis der aristophanischen Komödie ist im Essay zitiert und kommentiert.

Agathon: (447–404 v.u.Z.), athenischer Tragödiendichter. Anläßlich seines Tragödiensieges von 416 wird er als Gastgeber in Platons ›Symposion‹ dargestellt. Wieland spielt mit dieser Namensnennung auch auf den Helden seines frühen Romans an.

Diotima: (griech.) Zeusgeehrte, aus Mantinea; fiktive Gestalt aus Platons ›Symposion‹.

54 *Eudämonie:* Vgl. Anm. zu S. 12.

Elea: Stadt in Unteritalien, bekannt durch die Philosophenschule der Eleaten (um 540 v.u.Z. von Xenophanes gegründet).

56 *Menekrates:* Musiker aus der Umgebung des römischen Kaisers Nero.

60 *Nepenthe:* Nach Homer eine pflanzliche Droge aus Ägypten, welche, mit Wein eingenommen, beruhigend und euphorisch wirkt.

62 *Heiligthum der Vesta:* in der röm. Mythologie die Göttin des Herdfeuers. Die Gottheit ragte aus matriachalischer Urzeit, in der das Feuer noch bewacht werden mußte, weil es nicht beliebig produziert werden konnte, in das zivilisierte Rom hinein, wo sie als Beschützerin des Staates betrachtet wurde. Ihre Priesterinnen (Vestalinnen) mußten Jungfrauen bleiben.

67 *Minervenstadt:* Athen. Minerva, altitalische Göttin, Schützerin des Handwerks und der Künste; seit dem 2. Jh. v.u.Z. der griech. Göttin Athena gleichgesetzt.

Heros: (griech.) Held, Halbgott. Die Heroen der klassischen griech. Literatur waren verklärte Erinnerungen an Stammesführertypen der ausgehenden Urgesellschaft.

Keramikus: Stadtteil im Nordwesten Athens mit dem Hauptfriedhof; Töpferviertel.

Akademie: nach dem Bezirk Heros Akademos in Athen, in dessen Gärten Platon seine Schüler versammelte.

Pöcile: (griech.) bunte Säulenhalle; um 450 v.u.Z. in Athen errichtet und mit Gemälden ausgeschmückt; Versammlungsort der stoischen Philosophenschule (vgl. Anm. zu S. 204).

Lyceon: Gymnasium außerhalb Athens, Standort der Schule der Peripatetiker.

68 *Pentelikus:* Gebirge nordöstlich von Athen, bekannt durch die Marmorbrüche.

Xenofon: (430–354 v. u. Z.), aus Athen; Historiker und Schriftsteller, Schüler des Sokrates. ›Xenophon ... begegnete einstens in einer engen Gasse dem Sokrates. Der steckte seinen Stock aus und hinderte dadurch Xenophon am Weitergehen, während er an ihn die Frage stellte, wo man die verschiedenen Lebensmittel zu kaufen erhalte. Als ihm der Angeredete darauf antwortete, erkundigte er sich weiter danach, wo Menschen zu ausgereiften Persönlichkeiten werden könnten. Da Xenophon keinen Bescheid zu geben wußte, rief Sokrates ihn an: So komm, folge mir und lerne es.‹ (Diogenes Laertios, Über Leben, Ansichten und Aussprüche der berühmten Philosophen, Bd. I, S. 97–98.)

69 *Alcibiades oder Nicias:* Alcibiades (um 450–404 v. u. Z.), aus Athen; Schüler des Sokrates; änderte skrupellos entsprechend den Umständen seine Meinung. Er war 415 gemeinsam mit Nicias Feldherr Athens gegen Sizilien, wechselte zum Gegner Sparta, dann zu den Persern über, dann wieder nach Athen. Nicias (468–413 v. u. Z.), aus Athen; war der Nachfolger Alcibiades' als Feldherr; schloß 421 v. u. Z. den nach ihm benannten Frieden zwischen Athen und Sparta.

Platonische Filosofie: Platon (427–347 v. u. Z.) war neben Aristoteles der bedeutendste Philosoph der Antike. Er brachte den antiken Idealismus auf einen Gipfelpunkt. Alles Wissen erfaßt er als Erinnerung der unsterblichen Seele an die vor ihrer Wiedergeburt geschauten Ideen. Platon war acht Jahre lang Schüler des Sokrates, dem auch die meisten seiner Dialoge gewidmet sind.

Gabrias: von Wieland erfundene Gestalt.

70 *Areopagus:* (griech.) Areshügel; Erhebung in Athen, auf dem der Oberste Gerichtshof seine Sitzungen abhielt; schließlich Bezeichnung für den Gerichtshof selbst.

71 *Smyrna:* bedeutende Handels- und Hafenstadt an der Westküste Kleinasiens.

Verfasser der Liebesgötter: Die ›Erotes‹ des Lukian übersetzte Wieland nicht.

Ganymed: war der Schönste der Sterblichen, der Geliebte des Zeus (Motiv der Knabenliebe).

72 *Sokratische Liebe:* Bei Sokrates ist die Liebe eine psychologische Grundlage für die Erkenntnis der Wahrheit. Der zwischen Wissen und Nichtwissen schwebende Mensch wird vom Eros getrieben und sucht auf dialektischem Wege die Wahrheit zu erkennen.

Günstling Hadrians: Antinous aus Bithynien; lebte um 110 bis 130; er ertrank im Nil und wurde vergottet.

73 *Pepromene:* (griech.) das Geschick, Schicksal, Verhängnis.

74 *Apologie:* (griech.) Verteidigungsrede. Die heute geläufigsten klassisch griechischen Apologien sind die Verteidigungsreden von Sokrates, Platon und Xenophon. Apologetik ist eine christlich-theologische Fachdisziplin, die auf Verteidigung des Glaubens spezialisiert ist.

76 *Glycerion:* (griech. das Süßchen), hier Geliebte, Hetäre. Vgl. Anm. zu S. 78 und zu S. 144.

Empuse: in der griech. Mythologie Dämonen vampirischer Natur; Kinder der Hekate, vielgestaltig und verwandlungsfähig. Als schöne Mädchen pflegten sie das Nachtlager der Männer zu teilen und sie der Lebenskräfte zu berauben.

77 *Ambrosia:* in der griech. Mythologie das Essen der Olympischen Götter, welches ihnen Unsterblichkeit verleiht.

78 *Damis:* (1. Jh.), aus Ninive; Schüler und Begleiter von Apollonios von Tyana, Verfasser der Schrift, aus welcher Philostratos den Hauptinhalt seines Apolloniosromans geschöpft haben will; die Quelle bleibt aber doch zweifelhaft.

Lamie: (griech.) Verschlingerin, abgeleitet von laimos, der Schlund. In der griech. Mythologie häßliche weibliche Schreckgestalt, die durch Versprechungen Kinder, besonders aber junge Männer, an sich lockte und ihnen das Blut aussaugte; schloß sich der Gesellschaft der Empusen an.

Fönizien: (griech. Phönikien) schmaler Landstrich Syriens am Mittelmeer mit den Hauptstädten Tyrus und Sidon.

Hetäre: (griech.) Gefährtin, Freudenmädchen. Im klassischen Griechenland waren diese öffentlichen Personen nicht nur sexuell brauchbar, sondern auch intellektuell kultiviert, im Gegensatz zu den Ehefrauen.

79 *Domizian:* 81–96 röm. Kaiser.

81 *Sokratische Unwissenheit:* Sokrates erklärte: ›Ich weiß, daß ich nichts weiß‹. Wahre Erkenntnis besäßen nur die Götter. In seinen Gesprächen stellte er sich oft unwissend, um seine Gesprächspartner von deren Unwissen zu überzeugen.

Erythräische Sibylle: aus Erythrai, Stadt an der Westküste Kleinasiens. Berühmteste Sibylle neben der aus Cumae (vgl. Anm. zu S. 142). Eine prophetische Frau, Seherin, die, von einer Gottheit begeistert, in Ekstase künftige Ereignisse voraussagte (u. a. den Trojanischen Krieg). Ihr Alter wurde mit 1000 Jahren angegeben.

einer der glücklichen Inseln: nach Homer Inseln in dem die Erdscheibe umflutenden Strom Okeanos. Nur Günstlinge des Zeus lebten dort in ewigem Leben und untätigem Glück.

82 *Efesus:* Stadt in Kleinasien, berühmt durch den Dianatempel; später auch durch Rhetorenschulen.

Apollonia: (griech.) Frauenname, abgeleitet vom Gott Apollon.

84 *den Pythagorischen Tod:* Die Pythagoreer behaupteten, ihr Lehrer sei, ohne den Tod durchmachen zu müssen, ins Jenseits gelangt.

Apelles: (2. Hälfte des 4. Jh. v. u. Z.), der berühmteste Maler der griech. Antike, Hofmaler Alexanders von Makedonien.

85 *Karien:* Bergland im Südwesten Kleinasiens mit den Hafenstädten Milet, Halikarnassos, Knidos. Seit 129 Teil der röm. Provinz Asia.

88 *Anakreon:* (Mitte des 6. Jh. v. u. Z.), aus Teos; griech. Lyriker; Themen seiner Dichtung waren Liebe und Wein. Die überlieferte Sammlung Anacreontea (meist spätantike Nachahmungen) hat die deutschen Dichter des frühen und mittleren 18. Jh. nachhaltig beeinflußt.

90 *Theano:* nach der Überlieferung die Frau des Pythagoras.

91 *des Idalischen Hains:* Tempel und Hain der Göttin Aphrodite in Idalium, Stadt auf der Insel Kypros, Zypern.

94 *Fumigazionen:* (lat.) Räucherungen, Beweihräucherungen.

Epoden: (griech.) Nachgesang. Bei den Griechen dritter Teil des lyrischen Gedichts und des dramatischen Chors, nach Strophe und Antistrophe. Ursprünglich war Epode Zauberspruch, Beschwörungsformel gewesen; in diesem Sinne braucht Wieland hier den Begriff.

97 *Horn der Amalthea:* in der griech. Mythologie Nymphe, Tochter des Okeanos; säugte den auf der Insel Kreta geborenen Zeus mit der Milch einer Ziege, deren abgebrochenes Horn, gefüllt mit Früchten und Blumen, als Füllhorn galt, das den Besitzer vor Mangel schützte.

Zirbelnuß: Zapfen des Pinienbaumes; phallisches Symbol. Die Bacchantinnen schliefen an Pinienstämme gelehnt.

98 *Amathunt:* Stadt im Süden Zyperns; berühmt durch den Tempel der Aphrodite.

99 *Knidos:* dorische Hafenstadt auf der Halbinsel Chersonesos im Südwesten Kleinasiens.

Praxiteles: (4. Jh. v. u. Z.), aus Athen; Bildhauer, u. a. Schöpfer der berühmten knidischen Aphrodite.

Alkamenes: (2. Hälfte des 5. Jh. v. u. Z.), aus Athen; Bildhauer, Schüler des Phaidias. Berühmt war seine ›Aphrodite in den Gärten‹.

107 *nymfoleptische Zustand:* durch Nymphen verursachte Verzückung bis zu Raserei und Wahnsinn. Vgl. Anm. zu S. 242.

108 *Adonis und Endymionen:* Adonis verliebt sich in Aphrodite, wird dafür durch einen von Ares geschickten Eber getötet. Vgl. Anm. zu S. 34.

Endymion: in der griech. Mythologie Sohn des Zeus und der

Nymphe Kalyke; Geliebter der Mondgöttin Selene, die ihn in einen tiefen traumlosen Schlaf ewiger Jugend und Schönheit versenkt haben soll, um ihn heimlich küssen zu können.

Asträen: Asträa, in der griech. Mythologie jungfräuliche Göttin der Gerechtigkeit; sie habe im Goldenen und Silbernen Zeitalter unter den Menschen gelebt, als letzte der Götter zu Beginn des Ehernen Zeitalters die Erde verlassen und sei als Sternbild der Jungfrau an den Himmel versetzt worden.

110 *Hippokrates oder Galenus:* die medizinischen Autoritäten des klass. Altertums. Hippokrates (460–370 v.u.Z.). Galenus (129–199), Leibarzt am röm. Kaiserhof; sein medizinisches System über alle Gebiete der Heilkunst galt bis in die Renaissance als maßgeblich.

halcyonische Stille: Halcyone war in der griech. Mythologie eine Tochter des Windgottes Äolus. Ihr Mann, Keyx, kam auf See um, die Götter reanimierten den angespülten Leichnam und verwandelten das Paar in Eisvögel; zur Brutzeit sorgte Vater Äolus für siebentägige Windstille im Eismeer, um die schwimmende Brutinsel herum; halcyonisch bedeutet also belebt aber eisig, ganz still aber befristet.

115 *Ionien:* Landschaft an der Westküste Kleinasiens inkl. der vorgelagerten Inselwelt. Die Ionier gelten als die ältesten Einwanderer Griechenlands. Während der Dorischen Wanderung im 12. Jh. v.u.Z. besiedelten sie die West- und Südküste Kleinasiens. Infolge der günstigen Lage am Ausgang zweier großer Handelsstraßen gelangten die ionischen Städte im 6./7. Jh. v.u.Z. zu hoher wirtschaftlicher und kultureller Blüte und wurden Vermittlerin für den kulturellen Einfluß des Orients auf Griechenland; Heimat der griech. Naturphilosophen Thales, Anaximenes, Anaximander.

Lycien: Landschaft im Südwesten Kleinasiens.

116 *Kaligula, Klaudius oder Nero:* römische Kaiser. Caligula 37 bis 41, Claudius 41–54, Nero 54–68.

Poppeen: Poppäa Sabina (um 31–65), zweite Frau des Kaisers Nero; poppäa (lat.) heißt Püppchen. Wieland hat aus dem Namen eine Gattungsbezeichnung für geschickte und ehrgeizige Frauen gemacht, denen der Aufstieg in allerhöchste Kreise gelingen kann.

Messalinen: Messalina Valeria (gest. 48), dritte Frau des röm. Kaisers Claudius; sprichwörtlich wegen ihrer Geilheit und Mordlust.

Tithon: in der griech. Mythologie Sohn des Königs Laomedon von Troja, den Eos, die Göttin der Morgenröte, entführt und dem sie von Zeus Unsterblichkeit erbeten hat. Eos aber hatte versäumt, um ewige Jugend nachzusuchen; T. alterte und Eos verwandelte den Greis in eine Zikade.

Göttin von Cythere: Beiname der Göttin Aphrodite, benannt nach der Insel Kythera im Süden des Peloponnes, ihrem mythischen Geburtsort und Hauptsitz ihres Kultes.

117 *Dafne:* (griech.) Lorbeer; hier Ort nahe bei Antiochia in Syrien mit einem Tempel des Apollon und der Diana.

119 *Zefyre:* Begleiter des Zefir, des Gottes der Gartenblumen und Erdfrüchte, des Liebhabers der Flora.

von Frygischem Marmor: berühmte Marmorart aus Phrygien, einer Landschaft im mittleren Kleinasien.

120 *Hermen:* Symbol des Gottes Hermes (vgl. Anm. zu S. 47), später an Wegen mit Distanzangaben aufgestellt. Seit Praxiteles wurde die Herme zum ›Hüftbild‹ und stellte nicht mehr den Gott dar, sondern erhielt porträthafte Züge.

Kunst des Komus: Komus bezeichnete die triumphale Prozession 1. der mannbar gewordenen Knaben nach den urgesellschaftlichen Initiationsprüfungen; 2. der heimkehrenden Bacchantinnen; 3. der von Olympia zurückkehrenden Sportler. Dem bacchantischen Komus folgte seit den Stadtdionysien des Peisistratos (Athen, 6. Jh. v. u. Z.) der Dithyrambos, der ursprünglich ein Rauschlied gewesen war, ›halb Gesang, halb Schrei‹ (Aischylos). Aus Triumphzug und Dithyrambos entwickelte sich die Komödie; das griech. Wort Komoidia bedeutet Komus, Lied. Vgl. auch Anm. zu S. 219.

121 *Argus:* in der griech. Mythologie hundertäugiger Riese, der, im Auftrag der Hera, Io, die Geliebte des Zeus, bewachte und von Hermes mittels Flötenspiels eingeschläfert und dann getötet wurde; sprichwörtliche Bezeichnung für einen mißtrauisch-wachsamen Menschen.

Aktäon: in der griech. Mythologie Sohn des Aristaios; wurde von der Göttin Artemis, die er zufällig beim Baden gesehen hat, in einen Hirsch verwandelt und von seinen eigenen Hunden in Stücke gerissen.

123 *Pausanias:* griech. Schriftsteller des 2. Jh. aus Kleinasien, bekannt durch seine ›Beschreibung von Hellas‹ in zehn Bänden.

124 *Cypassis:* Sklavin der Corinna, der Geliebten Ovids.

Lais: berühmte Hetäre von Korinth; sie lebte entweder im 4. Jh. oder im 3. Jh. v. u. Z.; ihr Name ist klassisches Kurtisanensynonym geworden.

Fryne: (griech. Phryne, 4. Jh. v. u. Z.), die bekannteste athenische Hetäre; möglicherweise sind die Begebenheiten zweier Personen gleichen Namens legendär vereinigt worden. Ihre Preise waren enorm, aber gelegentlich machte sie Ausnahmen, ihre Aussprüche wurden gesammelt. Phryne war das Modell des Praxiteles; sie war der Typ des anmutigen, aber großen und kräftigen Mädchens; sie wurde von einem zahlungsunwilligen Kunden unter dem dehnbaren Vorwurf der Asebeia, Gottlosigkeit, in einen Prozeß verwickelt; ihr Verteidiger, der Redner Hyperides, zeigte sie dem Gericht nackt und erwirkte so Freispruch.

Der Fall eines Faeton: in der griech. Mythologie Sohn des Helios; er bat seinen Vater, den Sonnenwagen lenken zu dürfen. Die ungestümen Pferde gingen dem unerfahrenen Lenker durch, gerieten aus der Bahn und setzten große Teile der Erde in Brand. Um größeres Unheil zu vermeiden, schleuderte Zeus Phaëton durch einen Blitz in den Eridanos (Po).

127 *Milet:* ionische Hafen- und Handelsstadt an der Südwestküste Kleinasiens; Zentrum der frühgriech. Naturphilosophie: Thales, Anaxamenes, Anaximander lebten dort.

Trajan: Marcus Ulpius (53–117), röm. Kaiser. Unter seiner Herrschaft entstanden berühmte Siegesdenkmale, deren Reliefs das staatspolitische Verhältnis des Kaisers zu Rom und zu den Provinzen in Gestalt figürlicher Darstellung formulierten.

Hadrian: (76–130), röm. Kaiser. Gab die Eroberungspolitik seines Vorgängers Trajan auf und beschränkte sich auf Verteidigung und Grenzsicherung; gilt als Bewunderer und Förderer der Künste und der Philosophie.

130 *Mimus:* (latinisierte Sing.-Form von griech. mimoi), Prosawechselreden, welche Alltagsrede und -leben (auch Einzelszenen meiner Biographie) nachbildeten. Als Erfinder der mimoi gelten Sophron aus Syrakus (um 420 v.u.Z.) und sein Sohn Xenarchos. Platon soll diese poetische Technik in Athen eingeführt haben.

133 *die Knidische:* berühmte Marmorstatue der Aphrodite von Praxiteles in Knidos.

136 *Alkmena:* in der griech. Mythologie Ehefrau des Amphitryon und Mutter des, von Zeus gezeugten, Herakles.

137 *Xenofons Araspes:* Araspes war nach Xenophons ›Kyropädie‹ ein Meder und Jugendfreund des Königs Kyros. Aus Liebe zu Pantheia, der Gattin des feindlichen Königs Abradates, wurde er zum Doppelagenten; er erklärt sein Verhalten mit zwei ganz verschiedenen Seelen, die er in sich trage. Wieland zitierte diesen Ausspruch wiederholt.

Ixion: in der griech. Mythologie König der Lapithen, den Zeus mit Unsterblichkeit beschenkte und an seiner Tafel essen ließ. Als I. Hera zu verführen suchte, formte Zeus die der Hera ähnliche Wolke Nephale. I., der schon zu betrunken war, um die Täuschung zu erkennen, wurde Vater des Kentauros, eines Mischwesens aus Mensch und Pferd. Zur Strafe wurde er an ein feuriges Rad gebunden, das ewig am Himmel entlangrollt.

Thasos: Insel in der Ägäis an der thrakischen Küste; wichtiger Handelsplatz, Exporteur von Metallen, Weinen und Öl.

139 *Myrto:* erfundene Gestalt; nach manchen Quellen hieß die zweite Frau des Sokrates so.

Venus Pandemos: in der röm. Mythologie Göttin der Liebe, der griech. Aphrodite gleichgesetzt. Das griech. Beiwort bedeutet: dem ganzen Volk gehörig, öffentlich; Venus P. also soviel wie Hurenvenus. Seit 295 v.u.Z. durch einen Staatskult in Rom verehrt.

140 *Chelidonion, Dorkas, Filinna:* Namen von Gestalten der ›Hetärengespräche‹ Lukians.

Dorkas: abgeleitet von lat. dorca, die Gazelle, Reh. Beliebter standardisierter Zofenname der hellenistischen erotischen Literatur.

Filinna: im 18. Jh. auch Philine, Philänis, nach griech. Philainis. Diese gilt als Verfasserin eines verschollenen Standardwerks über die Stellungen, welches erstmals im 3. Jh. v.u.Z. erwähnt wird.

Anagallis: (griech.) Künstlerinnen- und Hurenname; abgeleitet von der Pflanze A., die gegen Unterleibsleiden und Blödsinn verwendet wurde; sie blüht zum zweiten Mal im Herbst.

Im Dt. heißt die Pflanze Gauchheil, auch Geckenheil, Narrenheil, Vernunftkraut, Wutkraut; sie wurde auch gegen Tollwut und die Drehkrankheit der Schafe gegeben. Das Wort Gauch ist mehrdeutig, es kann ebenso Hahnrei bedeuten wie den Mann, der es mit vielen Weibern treibt; vgl. Gutzgauch für Kuckuck.

Gallien: Land der Gallier; im wesentlichen das heutige Frankreich, die Westschweiz und Belgien sowie der westliche Teil der Poebene (Gallia cisalpina); 58–51 v.u.Z. führte Cäsar den gallischen Krieg und machte G. bis an den Rhein zur röm. Provinz.

141 *Pontus:* Teil von Kappadokien, nordöstliche Küste Kleinasiens.

Kappadocien: Landschaft in Kleinasien, durch Pferdezucht berühmt; seit 17 röm. Provinz.

Isispriester: Vgl. Anm. zu S. 48.

den goetischen, magischen und theurgischen Mysterien: Goetie: Zauber mit Hilfe böser Dämonen. Magie: Zauber durch Geisterbeschwörung. Theurgie: Zauber mit Hilfe guter Dämonen.

Apollonius: Vgl. Anm. zu S. 12.

142 *Kumäische Sibylle:* Prophetin aus Cumae, Hafenstadt an der Westküste Kleinasiens; ihr werden die Sibyllinischen Bücher zugeschrieben, die später in Rom im Jupitertempel aufbewahrt wurden. Vgl. auch Anm. zu S. 81.

144 *Fabel von Amor und Psyche:* von Apuleius (125–180), röm. Schriftsteller. Psyche erregt als schöne Königstochter den Neid der Venus, die daraufhin ihrem Sohn Amor befiehlt, die Nebenbuhlerin zu bestrafen. Dieser verliebt sich aber in sie. Erst nach vielen Prü-

fungen und Verfolgungen erhält Psyche auf Befehl des Zeus Amor für immer.

Glycera des Menanders: Frauenname (vgl. Anm. zu S. 76). Im 5. Jh. v. u. Z. Hetäre in Athen; Geliebte des griech. Komödiendichters Menander (342–293 v. u. Z.), des berühmtesten Vertreters der sog. neuen attischen Komödie.

Korinna des Ovidius: (5. Jh. v. u. Z.), aus Tanagra, Böotien; griech. Lyrikerin, Zeitgenossin des Pindar; sie soll sehr schön gewesen sein; hier: fingierter Name der Geliebten des röm. Dichters Publius Ovidius Naso (43 v. u. Z. – 18). Im Dt. des 18. Jh. beliebter Hurenname.

Aetion: (3. Jh. v. u. Z.), griech. Maler und Bildhauer; tätig in Milet und Syrakus. Als sein trefflichstes Gemälde gilt die Hochzeit Alexanders mit Roxane. Lukian hat das Gemälde in Rom gesehen und genau beschrieben.

148 *Danae:* in der griech. Mythologie Tochter des Königs Akrisios von Argos, Mutter des Perseus; Zeus habe sie mittels eines Goldregens geschwängert. Da das Orakel von Delphi Akrisios den Tod durch seinen Enkel prophezeit habe, sei D. mit dem Kind in einem Kasten auf dem Meer ausgesetzt und nahe der Insel Seriphos (Kykladen) von einem Fischer im Netz gefangen und aufgenommen worden.

Leda: in der griech. Mythologie Tochter des Testios von Ätolien. Von Zeus in Gestalt eines Schwans geschwängert, wurde sie Mutter der Helena und der Dioskuren Kastor und Polydeukes.

Dionysien: attisches Fest im Febr./März zu Ehren des Fruchtbarkeitsgottes Dionysos (lat. Bacchus); Höhepunkte waren eine Prozession sowie Aufführungen von dramatischen Spielen.

Bacchanal: auf die Frauen beschränkter Geheimkult des Dionysos, wegen seines orgiastischen Charakters 186 v. u. Z. verboten, später wieder erlaubt.

Ariadne: in der griech. Mythologie Tochter des kretischen Königs Minos; sie gab dem Theseus ein Garnknäuel, damit er nach Tötung des Minotaurus am Faden den Rückweg aus dem Labyrinth fände. Danach floh sie mit dem Geliebten, der sie auf der Insel Naxos verließ. Dort ging sie an Dionysos über. Die Krone der A., ihr Brautgeschenk, wurde als Sternbild (nördliche Krone) an den Himmel versetzt.

Sardanapal: griech. Bezeichnung für Assurbanipal (668 bis 626 v. u. Z.), letzter bedeutender Herrscher des assyrischen Großreiches; er führte ein ausschweifendes Leben und soll sich mit seinem Serail und seinen Schätzen selbst verbrannt haben.

Elagabalus: (204–222), als Marcus Aurelius Antoninus 218–221 röm. Kaiser; berüchtigt wegen seines ausschweifenden Lebenswandels.

Faune: römische Waldgeister; Mehrzahl zu Faunus, dem röm. Gott der Fruchtbarkeit, dem griech. Gott Pan gleichgestellt.

149 *Mänaden:* (griech.) Rasende; Verehrerinnen des griech. Gottes Dionysos, auch Bacchantinnen genannt.

Thyasos: Thiasos, Versammlung oder Vereinigung zu Ehren einer Gottheit, besonders der Festschwarm des Dionysos.

Furien: die von der griech. in die röm. Mythologie übernommenen Erynnien Alecto, Megära und Tisiphone; aus dem Matriarchat in die Antike hineinragende gefürchtete dreifaltige Weiber-Gottheit; ob ihr grausam rächender Charakter aus den Ursprüngen datiert oder in vaterrechtlicher Zeit kreiert worden ist, bleibt zweifelhaft.

Gorgonen: in der griech. Mythologie geflügelte, schlangenhaarige weibliche Dämonen, deren Blick versteinert; Perseus erlegte eine Gorgo, indem er ihr den Spiegel vorhielt. Eine mythologische Variante definiert die Gorgo als Hetäre.

Harpyen: bei Homer die drei Sturmgöttinnen. Ursprünglich waren sie eine dreifaltige Erscheinungsform der Göttin Athena gewesen, wenn diese als jähe Zerstörerin auftrat.

150 *Sirenenklippen:* In der griech. Mythologie sind Sirenen Mischgestalten aus Mensch und Vogel; sie betören durch Gesang vorbeifahrende Seeleute, die deshalb an den Klippen scheitern und umkommen, vgl. Homer, Odyssee.

153 *Laodicea:* Stadt in Phrygia pacatiana, Kleinasien. Von Paulus als Ort einer Gemeinde genannt.

159 *Mysterien ... zu Eleusis:* sehr alter griech. Agrarkult der Demeter, die dann der röm. Ceres gleichgesetzt wurde, mit jährlichen Prozessionen von Athen zum Tempel in Eleusis.

162 *Kyme ... Myrina ... Grynion:* Hafenstädte in Mysien, Kleinasien.

164 *wie Trajan, und Männer wie Plinius und Tacitus:* Trajan (53–117), röm. Kaiser 98–117, äußert sich im Briefwechsel mit Plinius (61/62 bis 113), röm. Beamter und Schriftsteller, negativ über das Christentum. Tacitus (55–120), röm. Historiker, bezeichnet die Christianer als eine Sekte, die das Menschengeschlecht hasse, und ihre Lehre als verderblichen Aberglauben.

165 *Mitylene:* Hauptstadt der Insel Lesbos; Hafenstadt.

167 *der Sabäische Wohlgeruch:* sabäisch hier Synonym für arabisch; abgeleitet von der Stadt Saba, Südarabien.

170 *Äonen:* (griech.) Weltzeitalter, Ewigkeit; hier im gnostischen Sinne gebraucht, gleichsam als Maßeinheit des Abyssus (vgl. Anm. zu S. 219).

173 *Pitane:* Hafenstadt in Kleinasien.

176 *Sofrosyne:* (griech.) Besonnenheit, Mäßigung. Bei Platon eine der

vier Kardinaltugenden; eine der aus der Aufklärung übernommenen ethischen Hauptkategorien der Weimarer Klassik.

179 *Gnosis:* (griech.) Erkenntnis, Geheimwissen. Die Gnosis ist eine spätantik-orientalische dualistische Erlösungsreligion; vom Juden- und Christentum beeinflußt, wirkte sie, selbst vielfältig verzweigt, auf das Christentum zurück und dauerte in diesem, als häretische oder heterodoxe Unterströmung, Jahrhunderte fort. – Nicht Gott habe Kosmos und Menschheit, die Materie, geschaffen, sondern ein satanischer Schöpfergeist, Demiurgos, und damit die Menschheit ein-, die Gottheit ausgekerkert. Zwischen materieller Welt und unbeweglicher Lichtwelt klaffe ein Abgrund, Abyssus (vgl. Anm. zu S. 219), der nur durch kultisch geübtes Erkennen überwunden werden könne, ja überlistet werden müsse. Somit werde nicht nur die eingesperrte Menschheit, sondern auch die ausgesperrte Gottheit befreit; Christus sei nicht Fleisch gewesen; es sei lediglich ein göttlicher Scheinleib in die materielle Welt entsandt worden; das geheime Wissen um Ab- und Aufstieg dieses Erlösers helfe, dessen Weg zu nehmen.

180 *Johannes:* der Apostel, Vertrauter Jesu; Sohn des Fischers Zebedäus, Bruder des älteren Jacobus. Die Evangelien Lukas, Markus und Matthäus schildern die Brüder als heftige, zur Gewalt neigende Donnerkinder. Nach dem Evangelium, welches seinen Namen trägt, ist er der Intellektuelle, der Sanfteste unter den Jüngern.

181 *Timon:* (5. Jh. v. u. Z.), aus Athen; griech. Philosoph, sprichwörtlicher Menschenfeind, lebte als Einsiedler. Titelgestalt eines Dialogs bei Lukian. Shakespeare hat aus dem Stoff ein finsteres Stück gemacht.

184 *Brama der Indier:* in der indischen Mythologie Glied der Dreieinigkeit; Brama ist der Schöpfer, Wischnu der Erhalter, Schiwa der Zerstörer; sie gelten für Manifestationen des höchsten Wesens; von Brama leitet die Priesterkaste der Braminen ihre Herkunft ab.

185 *Zamolxis:* der Gott der Geten, eines thrakischen Stamms am Unterlauf der Donau. Nach einer griech. Version sei er ein entlaufener Sklave des Pythagoras gewesen, der sich betrügerisch erhöht habe; er wurde aber auch als Wundermann und Mysteriumsstifter mit Empedokles und Orpheus in einem Atem genannt und verehrt.

Linus: in der griech. Mythologie Sohn des Apollon und der Muse des Tanzes Terpsichore; Sänger, Lehrer des Orpheus und des Herakles.

Theokratie: (griech.) wörtl. Götterherrschaft, Priesterherrschaft.

186 *Timäus:* pythagoreischer Philosoph aus Lokroi (Mittelgriechenland); Zeitgenosse des Platon; nach ihm ist einer der bekanntesten

platonischen Dialoge benannt, der von Cicero ins Lateinische übersetzt wurde.

189 *Epopten:* erst Eingeweihter in die Eleusinischen Mysterien, später von den Christen übernommen; der zum Anschauen des Lichts Gelangte.

Neofyten: die in den 1. Grad der Mysterien Eingeweihten (vgl. Anm. zu S. 14); wörtl. Neubekehrte.

192 *Hegesias:* Vgl. Anm. zu S. 14.

193 *Iniziazion:* (lat.) Anfang, Einweihung, Taufe. Mit symbolischen Riten verbundene Aufnahme junger Menschen in die Feier der Geschlechtsreife im urgemeinschaftlichen Stammesverband; im 2. Jh. Aufnahme- und Beförderungsrituale der Mysterienkulte und Geheimgesellschaften.

196 *Antoninen:* eingedeutschte Bezeichnung für Männer aus der römischen gens Antonia; zur Dynastie der Antonine gehörten die Kaiser Antoninus Pius (138–161), Marc Aurelius Verus Antoninus (161 bis 180) und Lucius Commodus Antoninus (180–192).

197 *Konstantinus:* Flavius Valerius (um 272–337), röm. Kaiser seit 306; bekannte sich zum Christentum und erkannte es durch das sog. Toleranzedikt von Mailand 313 als gleichberechtigte Religion an.

199 *Logos:* (griech.) Wort, Rede, Denkvermögen, Rechnung, Rechenschaft, Überlegung; auch Sinn, Norm, Prinzip. Die griech. Philosophie versteht unter L. die grundlegende Gesetzmäßigkeit: daß der Makrokosmos und der Mikrokosmos in Bezug auf Strukturgesetze coizidieren. Für die christliche Religion ist der L. Prä- und Postexistenz, d. h. er ist zeitlos.

Mystagoge: (griech.) Führer in die Mysterien.

Aporrheta: (griech.) Lehren, die man nicht aussprechen durfte, Grad der Einweihung in die Eleusinischen Mysterien.

202 *Anachoreten:* (griech.) Zurückgezogene, Einsiedler. Vertreter einer christlichen Askese, die Trennung von jeglicher menschlichen Gemeinschaft fordert.

Obolen: (griech.) Obolus, kleinste attische Münze, etwa 0,73 g Silber, 1/6 Drachme. Das Wort ist abgeleitet vom Substantiv für Bratspieß; Bratspieße waren Äquivalentware, auch Kultgaben, gewesen.

204 *stoische Spitzfindigkeit ... getriebenen Moral:* Die ethischen Vorschriften der Stoa, der von Zenon von Kition 310 v. u. Z. gegründeten hellenistischen Philosophenschule in Athen, verlangten Ausrottung der persönlichen Interessen und Leidenschaften. Außendinge seien gleichgültig, in besonderen Situationen könne man dann ruhig und freiwillig in den Tod gehen. Vgl. Anm. zu S. 297.

209 *Nikomedien:* Nikomedia, Hauptstadt und Residenz der Könige in Bithynien, Kleinasien.

210 *Trajanischen Edikts:* Erlaß des Kaisers Trajan (vgl. Anm. zu S. 164): Verbot von nächtlichen Zusammenkünften und aller fremder Religionen; es erlaubte eine Verurteilung von Christen nur bei Schuldbeweis, nicht auf Grund von Denunziation.

Johanniten: Wieland folgte der Annahme, der Verfasser der Apokalypse sei mit dem Evangelisten Johannes identisch. Der Ausdruck Johanniten trifft also in Wielands Kontext jene Christen, die noch im 2. Jh., oder im 18., in Erwartung des Weltendes und Weltgerichts die unverfälschte Lehre Jesu leben.

Dionysius: (3. od. 4. Jh. v. u. Z.), aus Sinope; griech. Komödiendichter. Von seinen Werken sind nur Bruchstücke erhalten, überliefert bei Athenaios und Stobaios.

211 *Cyniker:* Vgl. Anm. zu S. 17.

Austerität: (lat.) Strenge, Herbheit.

Mark-Aurel: Marcus Aurelius (121–180), röm. Kaiser und Philosoph, bedeutendster Vertreter der Späten Stoa. Während seiner Regierungszeit erlangten die Philosophenschulen in Rom und Athen einen neuen Aufschwung; Verfasser der ›Selbstbetrachtungen‹.

212 *Faustina:* hier Faustina die Jüngere (um 130–176), röm. Kaiserin, Frau des Marcus Aurelius; im 18. Jh. üblicher Hurenname.

Theagenes: Vgl. Anm. zu S. 18.

219 *Verbannung aus den empyreischen Wohnungen:* Himmel, Vertreibung aus dem Paradies.

Abyssus: (griech.) Abgrund. Nach gnostischer Ansicht ist der Abyssus die, gleichsam vielfach unendliche, Kluft, welche die Welt der Materie von der Überwelt des Lichts scheidet. Er sei Äonen weit und außerdem von den sieben Planeten, auf welchen Dämonen hausen, sowie einer achten Sphäre, die den Welt-Kerkermeister beherbergt, blockiert. Vgl. auch Anm. zu S. 179.

dithyrambisch: (griech.) Das Wort Dithyrambos bezeichnet ursprünglich ein Tanzlied zu Ehren des Dionysos; wohl beim Stieropfer gesungen und orgiastische Erregung erzeugend. Zu poetischer Großform (zum chorischen D.) hat ihn Bakchylides ausgestaltet. Keim, aus dem die Komödie sich entwickelt hat. – Das Adj. dithyrambisch steht schon im dt. 18. Jh. für aufgeregt, begeistert. Vgl. auch Anm. zu S. 120.

220 *dem Ebionitischen, Valentinianischen:* gnostische Sekten. Die Ebioniten (Ebion war ein Nachfolger des Kerinthus) lehnten den Apostel Paulus ab, behielten aber die Beschneidung und die Bräuche und Lebensweise der Juden bei. In Jesus sahen sie einen jüdischen Propheten, nicht aber den Messias. Der römische Kaiser Flavius Valentinianus (321–375), einer der Begründer des Gnostizismus,

lehrte, daß der ungeborene, unsichtbare Gott in der Fülle im Licht mit seiner Frau, der Dunkelkraft, wohne. Von ihnen stammen drei Klassen von Äonen ab, aus denen die Welt, Jesus und die Seelen entstanden seien.

Ixionen: Vgl. Anm. zu S. 137.

Juno: in der röm. Mythologie höchste Göttin, Frau des Jupiter; der griech. Göttin Hera gleichgesetzt.

221 *exoterisch:* (griech.) für weitere Kreise bestimmt und verständlich.

esoterisch: (griech.) geheim, nur für Eingeweihte bestimmt.

222 *Proselytenmacher:* Proselyt (griech.) ist ein Neubekehrter, der von einer Lehre oder Weltanschauung zur anderen, speziell vom Heidentum zum Christentum übergetreten ist. Im 18. Jh. hat das Wort pejorativen Beiklang; die Bezeichnung P. trifft vor allem die Agitatoren des Katholizismus, namentlich die Jesuiten, aber auch die Missionare des Pietismus.

223 *Galazien:* Landschaft im Hochland Kleinasiens, benannt nach den im 3. Jh. v. u. Z. eingewanderten Galatern (Galliern).

224 *Kautelen:* Vorsichtsmaßnahmen.

225 *aus einem Paflagonier zu – einem Menschen bilden:* Vgl. Anm. zu S. 40. Die Paphlagonier galten als roh und unzivilisiert.

226 *Akoluthen:* (griech.) Unterdiener der Priester der römischen Kirche, besonders Meßdiener im Altarraum.

228 *Antiochia:* Gemeint ist hier die Stadt Antiochia in Pisidien, Kleinasien. Die Nennung des Ortes spielt an auf die erste Missionsreise des Apostels Paulus.

Seleucia: Seestadt in Isauria, Kleinasien. Paulus passiert den Ort während seiner ersten Reise.

239 *den Jüngern hinter dem Vorhang:* So hießen diejenigen Schüler des Pythagoras, vor denen er keine Geheimnisse mehr hatte.

240 *Theodosia:* (griech.) sprechender Frauenname; dt. die Gottgeschenkte, Gottgeschickte.

242 *Nymfolept:* (griech.) einer, der eine manische Schwäche für Frauen hat. Vgl. Anm. zu S. 107.

245 *Hermias:* erfundene Gestalt; Name eines christl. Märtyrers.

246 *Chaldäa:* Land im Süden Babyloniens.

Medien: Landschaft im Westteil des iranischen Hochlandes.

Balk: Stadt an der Propontis, Kleinasien.

Oxus: Fluß in Asien, entspringt im Pamir und mündet in den Aral-See (heute Amu Darja); den Griechen seit dem Alexander-Feldzug bekannt.

Chaldäer: vorderasiatisches Volk; z. Z. der Perserherrschaft mit den Babyloniern assimiliert. Zu Alexander d. Gr. Zeit bezeichnete der Ausdruck schon eine geschlossene Priesterkaste. Im populären

Verständnis der Griechen galten sie für priesterliche Philosophen ältester Herkunft, die, aus Ägypten nach Mesopotamien ausgewandert, aller göttlichen und menschlichen Gelehrsamkeit kundig seien und diese als Geheimwissenschaft durch die Jahrhunderte gereicht hätten.

247 *Parisatis:* Parysatis, persischer Frauenname, dem Griech. einverwandelt. Wielands Namensgebung spielt an auf die Königinwitwe Dareios II., die Mutter von Artaxerxes II. und Kyros (5./4. Jh. v. u. Z.), welche, laut Plutarch, die innerdynastischen Machtkämpfe talentvoll, intrigant und giftmischerisch mitfocht.

252 *Bajä:* Hafen von Cumae in Kampanien, Italien; berühmt wegen heißer Schwefelquellen; zu Heros Zeit Weltbad.

257 *Satrapen:* (persisch, als Lehnwort ins Griech. übernommen) Statthalter, Reichsbeschützer; seit Dareios I. (522–486 v. u. Z.) Bezeichnung für Statthalter im altpersischen Reich; später im übertragenen Sinne für Oberhäupter abhängiger Staaten gebraucht.

258 *in nicht mehr Jahren ...:* Alexander brauchte für seine Eroberungen acht Jahre (334–326 v. u. Z.).

262 *Gabala:* auch Gabara, Stadt in Nordgaliläa.

270 *Lindus:* Stadt auf der Insel Rhodos; Paulinischer Missionsort.

279 *Archytas:* (um 380 v. u. Z.), aus Tarent; Mathematiker, Staatsmann, Feldherr und pythagoreischer Philosoph, Freund Platons; Kunstgestalt des Wielandschen Agathon-Romans.

281 *eines morgenländischen Schachs:* Schah, persisches Wort für Herrscher, König; im Sprachgebrauch des 18. Jh. auch Schach.

Wessire: Minister in mohammedanischen Staaten. Da Lukian in Wielands Kontext aus der Perspektive des Paradieses spricht, liegt hier kein sprachlicher Anachronismus vor.

287 *Ödipus:* in der griech. Mythologie Sohn des Königs Laios von Theben; erschlug seinen Vater, löste die Rätsel der Sphinx, heiratete seine Mutter Jokaste und wurde König. Der Stoff ist Gegenstand der für die dt. Klassik höchst folgenreichen Sophokleischen Tragödie.

Intestaterben: nach röm. Recht Erben, denen eine Hinterlassenschaft zufällt, sofern kein Testament vorliegt.

288 *Taurien:* Landschaft im Südwesten der Halbinsel Chersones, heute Krim.

292 *alle sechs Zauberringe deines Timolaus:* Szene aus dem Dialog von Lukian ›Das Schiff oder die Wünsche‹: ›... einen, welcher machte, daß ich immer frisch und gesund und unverwundbar und keinem körperlichen Schmerz unterworfen wäre; einen andern der mich, wenn ich ihn an den Finger steckte, unsichtbar machte, ... noch einen, der mir die Stärke von mehr als zehntausend Männern

gäbe, ..., wieder einen, vermittelst dessen ich in beliebiger Höhe über der Erde fliegen könnte, und noch einen womit ich alle Leute nach meinem Gefallen einschläfern könnte, und der mir, Schlössern und Riegeln zu Trotz, alle Thüren öffnete. Endlich, und was die Hauptsache ist, wünschte ich mir noch den angenehmsten unter allen, einen Ring, der mich, ..., allen Menschen, Schönen und Häßlichen so angenehm und reizend mache, daß niemand sey der mich nicht liebe niemand dem ich nicht unentbehrlich sey und immer auf der Zunge schwebe; und das soll so weit gehen, daß viele Weiber, aus Unvermögen die Heftigkeit ihrer Liebe länger zu ertragen, sich aufhängen, Jünglinge vor Liebe zu mir von Sinnen kommen, und derjenige, auf den ich nur einen Blick fallen lasse, für den glücklichsten aller Menschen gehalten werde, andere hingegen, die ich keiner Aufmerksamkeit würdige, sich zu Tode grämen...‹ (Lucians von Samosata Sämtliche Werke, Leipzig 1788/89, Bd. 1, S. 318.)

Krösus: 570–547 v. u. Z. König von Lydien; von Kyros II. besiegt und als Satrap eingesetzt. Sein ungeheurer Reichtum war sprichwörtlich.

293 *Zeuxis:* (5./4. Jh. v. u. Z.), aus Herakleia, Unteritalien; griech. Maler; verkehrte mit Sokrates. Für den Heratempel in Kroton malte er eine nackte Helena, ein Ideal weiblicher Schönheit. Auf seinen Bildern soll Zeuxis die Technik der Licht- und Schattengebung verfeinert haben.

Gaditanische Tänzerin: Bezeichnung für Striptease-Tänzerinnen aus Gades an der spanischen Küste (heute Cadiz); ihre Auftritte gehörten zu den Attraktionen römischer Gastmahle in der Kaiserzeit.

297 *Apathie:* (griech.) Gleichgültigkeit, Leidenschaftslosigkeit, Freisein von Affekten; zentraler positiver Begriff der stoischen Moralphilosophie.

Thebaide: Bewohner der Landschaft im oberen Teil Ägyptens mit der Hauptstadt Thebä.

298 *die Probe ... Xenokrates gestellt haben soll:* Xenokrates (um 405 bis 314 v. u. Z.), griech. Philosoph, Schüler des Platon, dessen Lehre er pythagoreisch umbildete, indem er die Ideen mit den Zahlen gleichsetzte.

›Einmal soll auch Phryne, die Hetäre, ihn in Versuchung habe bringen wollen; sie habe, heißt es, scheinbar von andern verfolgt, Zuflucht in seiner bescheidenen Behausung gesucht; er aber habe aus Menschenfreundlichkeit ihr Aufnahme gewährt, und das einzige Bett, das er hatte, mit ihr geteilt. Doch all ihr Bitten und Flehen war vergeblich, so daß sie sich schließlich davon machte.‹

(Diogenes Laertios, Über Leben, Ansichten und Aussprüche der berühmten Philosophen, Berlin 1955, Bd. 1, S. 204.)

Robert von Arbrissell: Robertus de Arbuscula; ein berühmter Bußprediger in Frankreich zu der Zeit Philipps I. Man sagte ihm nach, er hätte mit den jüngsten und hübschesten Nonnen die Nächte verbracht, um seine Keuschheit zu prüfen.

299 *zu den Äthiopischen Gymnosofisten:* (griech. nackte Weise) ursprünglich indische Asketen, im 2./3. Jh. christl. Einsiedler.

Cejonius: Männername; römisches Geschlecht der Kaiserzeit. Wieland wählte einen berühmten Geschlechtsnamen, um die hohe gesellschaftliche Stellung des Einladenden zu charakterisieren.

Demetrius: Demetrios (1. Jh.), aus Rom; kynischer Philosoph. Ein Geldgeschenk von 200 000 Sesterzen, das ihm Caligula anbieten ließ, schlug er aus: ›Um mich in Versuchung zu führen, hätte er mir mindestens sein ganzes Reich bieten müssen.‹ Seine antimonarchische Gesinnung gab er auch unter der neuen Dynastie nicht auf. Die Angriffe, die er gegen den Kaiser richtete, führten zu der Philosophenvertreibung des Jahres 71.

Pätus: Caecina; 42 wegen Verschwörung gegen den Kaiser Claudius zum Tode verurteilt. Er floh, wurde verfolgt, und in auswegloser Lage erstach sich seine Frau, Arria, vor seinen Augen; ihre letzten Worte seien gewesen: Es tut nicht weh, Pätus! – worauf er gleichfalls sich entleibte.

Seneka: Lucius Annäus S., der Jüngere (um 4 v. u. Z.–65), aus Corduba; röm. Staatsmann, Schriftsteller und Philosoph, bedeutendster Stoiker der Kaiserzeit, Verfasser von moralischen Abhandlungen, Dialogen, Tragödien; Erzieher des Kaisers Nero, beging auf dessen Befehl Selbstmord.

Nigrinus: Dialog des Lukian. Nigrinus war ein Platoniker zur Zeit Lukians in Rom.

300 *Quiriten:* (lat.) römische Bürger.

304 *in den Sallustischen Gärten:* Sallustius Crispus (86–35 v. u. Z.), röm. Historiker, schlug zunächst die politische Laufbahn ein; von Cäsar 46 zum Prätor der Provinz Afrika benannt, bereicherte er sich derart, daß er nach seiner Rückkehr in Rom einen Luxuspark, die sog. Horti Sallustiani, anlegen lassen konnte.

305 *tribus Antyciris insanabile caput:* Zitat aus ›ars poetica‹ des klass. röm. Lyrikers Horaz (65–8 v. u. Z.). Wieland übersetzte: mit drei Antikyren/ Nicht heilbar wäre. Antikyra war eine Hafenstadt nahe Korinth, wo reichlich Nieswurz wuchs; Nieswurz wurde gegen Wahnsinn verabreicht.

306 *die unterste von den drey Seelen...:* Platon nimmt eine Dreiteilung der menschlichen Seelen an, die aus einem erkennenden, einem

mutigen und einem begehrlichen Teil bestehen soll. Diesen Bereichen sind als Tugenden die Weisheit, die Tapferkeit und die Besonnenheit zugeordnet.

314 *Flaviana:* Frauenname, abgeleitet von dem Gentilnamen Flavius (seit der Kaiserzeit häufig auftretender Name).

319 *Hermafrodit:* (griech.) zweigeschlechtiges Wesen, Zwitter; in der griech. Mythologie Sohn des Zeus und der Maia; Gott der Wege, Diebe und Händler, auch Totenführer.

320 *Mäcenatische Gärten:* Maecenas (gest. 8 v. u. Z.) war ein reicher Römer, mit Augustus befreundet, 31/30 v. u. Z. Stellvertreter Octavians bei dessen Abwesenheit in Rom, ließ in Rom einen Park anlegen.

Esquilien: (lat.) gemeinsamer Name der beiden römischen Hügel Cispius und Oppius; dort wohnten die letzten Könige: Servius Tullius und Tarquinius Superbus. Esquilia hieß die dritte innerstädtische Region; im 2. Jh. v. u. Z. Ort der Armengräber; Maecenas legte dort Gärten an; durch Esquilia erreichten die Wasserleitungen die Stadt.

322 *Brundusium:* Brundisium, Hafenstadt in Calabrien, Süditalien; wichtig für den Verkehr nach Griechenland und Ägypten.

323 *der ältern Faustina:* Annia Galeria (ca. 100–141), Gattin des Antoninus Pius, Tante des Marcus Aurelius, Mutter der jüngeren Faustina (vgl. Anm. zu S. 212).

325 *Herodes Attikus:* (ca. 101–177), bedeutendster griech. Vertreter der Zweiten Sophistik; Vertreter des Attizismus. Er unterrichtete die späteren Kaiser Lucius Verus und Marcus Aurelius. Herodes galt als der reichste Mann der Antike.

326 *Aristotelische Linie der Mäßigung:* Nach Aristoteles (384–322 v. u. Z.) ist Glückseligkeit nur durch die ständige Unterordnung der Begierden unter die Vernunft erreichbar. Dabei ist das Maß der Tugenden das der menschlichen Natur gemäße Mittlere.

Paträ: Hafenstadt auf dem Peloponnes.

327 *vulgar:* im heutigen Sprachgebrauch vulgär, gewöhnlich. Wielands Formulierung vulgare Cyniker könnte eine verbale Paraphrase zu dem Ausdruck populare Philosophen sein; Popularphilosophie war ein Schimpfwort Weimarer Klassiker.

329 *Öta:* Gebirgskette in Thessalien, wo sich nach der griech. Mythologie Herakles verbrannt hat.

Kalanus: (3. Jh. v. u. Z.), indischer Philosoph; begleitete Alexander den Großen auf seinen Feldzügen. Als er krank wurde, verbrannte er sich.

ZEITTAFEL
zu Leben und Werk Christoph Martin Wielands

1733

Am 5. September wird Christoph Martin Wieland als vorletztes von fünf Kindern in Oberholzheim im Gebiet der freien Reichsstadt Biberach/Riß in Oberschwaben geboren.

Der Urgroßvater väterlicherseits Martin Wieland war ein wohlhabender Patrizier und Bürgermeister in Biberach. Dieses Vermögen schmolz aber unter den zahlreichen Kindern dahin. Der Großvater war Pfarrer in Oberholzheim, 1729 löste Wielands Vater ihn in diesem Amt ab. Der Vater hatte in Halle studiert, der Hochburg des Pietismus. Der Großvater mütterlicherseits war badischer Offizier. Wielands Mutter Regina Katharina, geb. Kick, konnte keine große Mitgift in die Ehe einbringen.

1736

Wielands Vater Thomas Adam wird Pfarrer in Biberach, 1761 Senior der evangelischen Gemeinde. Die Familie zieht von Oberholzheim nach Biberach.

Wieland erkrankt an den Blattern, davon bleiben Narben zurück. Beginn des Unterrichts durch den Vater, Religions- und Gesangsunterricht.

1738

Der Biberacher Rektor J. J. Döll unterweist Wieland in Latein, Griechisch und Hebräisch nach den Methoden des Halleschen Waisenhauses.

1743

Wieland liest Horaz und Vergil, muß ›die Bibel und das Gesangbuch fast auswendig lernen‹.

1744

Liest Gottscheds ›Critische Dichtkunst‹ ›unaufhörlich‹, findet Brockes' ›Irdisches Vergnügen in Gott‹ in der Bibliothek des Vaters, Brockes wird ›Leibautor‹. Wieland schreibt *›eine unendliche Menge von Versen‹* nach dessen Vorbild, der Vater bekämpft diese Neigung.

1745

Wieland erhält Klavierunterricht.

Schreibt ein *anakreontisches Gedicht mit 600 Versen*, *mehrere Gelegenheitsgedichte*, *eine Satire* auf die Frau des Rektors nach dem Vorbild Juvenals.

1746

Wieland ›versteht oder diviniert Horaz und Virgil besser als die Lehrer‹.

Beginn eines *Heldengedichts* über die Zerstörung Jerusalems. Später werden alle diese frühen Versuche von Wieland verbrannt.

1747–1749

schickt ihn der Vater in ein Internat in Kloster Bergen bei Magdeburg, einer Vorbereitungsschule für die Universität, die nach dem Vorbild der Franckeschen Anstalten aufgebaut war. Der Rektor, Abt Steinmetz, war ›bis zur Schwärmerei devot‹, trotzdem erste Kontakte mit aufklärerischen Schriften, Bayle, Voltaire, Demokrit, Wolff, Leibniz. Der Lexikograph Adelung war ein Mitschüler Wielands. Wieland liest Haller, die ersten Gesänge des ›Messias‹ von Klopstock, englische moralische Wochenschriften in französischer Übersetzung.

Cicero, Xenophon, Breitingers ›Critische Dichtkunst‹, Abkehr von Gottsched. Unterzieht sich keiner Prüfung.

1749

Gegen den Willen des Vaters Immatrikulation an der juristischen Fakultät der Universität Erfurt, sollte Theologie studieren. Kann sich rühmen, ›fast alle Autoren des goldenen und silbernen Zeitalters gelesen zu haben‹. Wohnt bei Dr. med. Johann Wilhelm Baumer, einem Verwandten seiner Mutter; dieser hatte das Pfarramt aus Gewissensgründen niedergelegt und dann Medizin studiert. Wieland hört Philosophievorlesungen, lernt Italienisch, liest den ‹Don Quijote‹.

1750

Rückkehr nach Biberach. Einigung mit dem Vater über ein Jurastudium ab Herbst in Tübingen. Korrespondenz und Verlobung mit der zwei Jahre älteren Sophie Gutermann von Gutershofen aus Augsburg, der Enkelin des Onkels von Wielands Mutter.

Immatrikulation an der Universität Tübingen, findet aber keinen ›Geschmack daran‹. Erhält die ›Faberei‹, ein Stipendium, verwaltet von Prof. Faber.

›*Die Natur der Dinge*‹. Ein Lehrgedicht in 6 Büchern; 1751 erste Veröffentlichung Wielands, Auseinandersetzung mit den Kosmogonien von Epikur, Lukrez, Zoroaster und Leibniz.

1751

›*Lobgesang auf die Liebe*‹, ›*Hermann*‹, 4 Gesänge eines Epenfragments. Am 4. August schickt Wieland diese Gesänge zu Bodmer.

›*Zwölf moralische Briefe in Versen*‹. Versuch einer Tugendlehre.

1752

Einladung in die ›Dienstagsgesellschaft‹ nach Zürich, am 15. Oktober Zusammentreffen mit Bodmer, schließt sich dem Freundeskreis um Bodmer und Breitinger an. Schreibt an Klopstock, daß er Bodmer bald mehr liebe als Sophie.

›*Anti-Ovid oder die Kunst zu lieben*‹, ›*Moralische Erzählungen*‹, ›*Der Fryhling*‹, nach dem Vorbild Ewald von Kleists und Thomsons.

1753

Im Dezember Lösung des Verlöbnisses, nach Eifersüchteleien Wielands. Sophie heiratet Georg Michael La Roche, den illegitimen Sohn des Grafen Stadion. Lessing kritisiert in der ›Berlinischen privelegierten Zeitung‹ Wielands große Produktivität.

›*Briefe von Verstorbenen an hinterlassene Freunde*‹, ›*Der geprüfte Abraham*‹, ›*Abhandlungen von den Schönheiten des epischen Gedichts*‹, ›*Der Noah*‹ (von Bodmer).

1754

Bleibt bis Juni in Bodmers Haus, allmähliches Lösen von Bodmers Einfluß, verkehrt in einem pietistischen Damenzirkel. Beginnt Hofmeistertätigkeit in Zürich, bis Juni 1759.

›*Hymnen*‹.

1756

Freundschaft mit dem Arzt und Dichter Johann Georg Zimmermann, durch ihn Beschäftigung mit d'Alembert, Voltaire, Diderot, Helvétius. Aufnahme der Beziehungen zu dem Verleger und Dichter Salomon Geßner.

›*Gespräch des Socrates mit Timoclea, von der scheinbaren und wahren Liebe*‹, benutzt die Form des platonischen Dialogs, Vorbild Shaftesbury.

›*Theages oder Unterredung von Schönheit und Liebe*‹, Fragment.

›*Empfindungen eines Christen*‹ stößt wegen seiner undifferenzierten Verurteilung nichtreligiöser Dichter auf breites Unverständnis. *Bearbeitung von* ›*Araspes und Panthea*‹ von Xenophon.

1757/58

›*Lady Johanna Gray*‹ (nach Nicholas Rowes ›Tragedy of Lady Jane Grey‹, 1715), erstes deutsches Drama in Blankversen, großer Erfolg in der Schweiz, Wieland sieht Uraufführung in Winterthur.

1759

Durch Zimmermanns Vermittlung Privatlehrer in Bern. Auseinandersetzung mit dem Landrat Singer, Aufgabe der Hofmeisterstelle. Bestreitet seinen Lebensunterhalt mit privaten Philosophievorlesungen. Freundschaft mit dem einflußreichen Übersetzer und Hallerepigonen Bernhard Tscharner. Freundschaft und Verlobung mit der Philosophin Julie Bondely, der späteren Freundin Rousseaus.

Plant, einen Verlag und eine Zeitschrift zu gründen.

›*Cyrus oder der Triumph der Religion*‹, Epenfragment.

Plan ›Lucians des Jüngeren wahrhafte Geschichte‹.

1760

Am 30. April wird Wieland zum Senator der Stadt Biberach gewählt. Im Mai Abreise nach Biberach. Konfessionsstreit um die Besoldung Wielands als Kanzleiverwalter. Durch den Westfälischen Frieden doppelter Magistrat in Biberach, die katholische und evangelische Fraktion wechseln in der Regierung. Bis zur Bestätigung durch den Reichshofrat in Wien 1764 bleibt Wieland unbesoldet. Der Prozeß ist teurer als die Besoldung.

›*Clementina von Poretta*‹, ein Trauerspiel nach Richardson.

1761

Graf Stadion bezieht sein Schloß Warthausen bei Biberach. Wieland ist mit der Familie befreundet.

1762

Beginn der *Shakespeare-Übersetzungen.*

1763

Liebe zu Christine Hagel. Sie erwartet ein Kind von ihm; die Paritätsstreitereien im Magistrat – sie ist katholisch –, und die finanzielle Lage verhindern die Ehe.

1764

›*Der Sieg der Natur über die Schwärmerey, oder die Abentheuer des Don Sylvio von Rosalva*‹, Roman in 2 Bänden.

1765

heiratet Wieland die Augsburger Kaufmannstochter Anna Dorothea Hillenbrand.

1766

›*Geschichte des Agathon*‹, *1. Teil*. Die letzten beiden der acht Bände der *22 Shakespeare-Dramen* erscheinen.

1767

Einmischung des Grafen Stadion in die Rechte der Stadt, Wieland zieht sich vom Grafen zurück.

›*Agathon*‹, *2. Teil*.

1768

Aussöhnung mit dem Grafen Stadion, im Oktober Tod des Grafen. ›*Musarion oder die Philosophie der Grazien*‹, ›eine neue Art von Gedichten, welche zwischen dem Lehrgedichte, der Komödie und der Erzählung das Mittel hält, oder von allen dreyen etwas hat.‹ (Brief an Geßner 1766).

›*Idris, ein heroisch-comisches Gedicht in fünf Gesängen*‹.

1769

Wieland wird durch Vermittlung des Großhofmeisters von Groß-schlag beim Kurfürsten in Mainz, dem die Universität in Erfurt direkt untersteht, zum Professor der Philosophie ernannt. Streit mit den katholischen Professoren, die durchsetzen, daß der ›Agathon‹ in Wien wegen Unsittlichkeit auf den Index gesetzt wird. Zu Wielands Studenten gehört Heinse.

1770

Reise nach Leipzig; plant, dorthin zu ziehen.

›*Sokrates Mainomenos oder die Dialogen des Diogenes von Sinope*‹, ›*Die Grazien*‹, ›*Beiträge zur geheimen Geschichte des menschlichen Verstandes und des Herzens*‹, ›*Combalus*‹.

1771

Reise nach Koblenz, Mainz, Darmstadt, trifft Freunde und Verehrer, u.a. Karoline Flachsland, die spätere Frau Herders. Auf Schloß Stedten bei Erfurt Freundschaft mit Auguste von Keller, durch sie Vermittlung an den Weimarer Hof. Am 12. November wird Wieland durch den späteren Schwiegervater Wilhelm von Humboldts, von Dacheröden, in Weimar eingeführt.

›*Der neue Amadis*‹ – Bearbeitung des Romans ›Geschichte des Frl. von Sternheim‹ von Sophie La Roche.

1772

Wieland wird Fürstenerzieher in Weimar bis zur Mündigkeit Carl Augusts 1775, am 20. September trifft er in Weimar ein. Spannungen und Intrigen am Weimarer Hof.

›*Der goldene Spiegel oder die Könige von Scheschian, eine wahre Geschichte*‹, 4 Bände.

1773

›*Agathon*‹, *2. Fassung*.

Ab Januar erscheint der ›*Teutsche Merkur*‹ (Bd. 1 ›Der deutsche Merkur‹) vierteljährlich, ab 1775 monatlich bis 1789 herausgegeben von Wieland. 1789–1797 ›*Neuer Teutscher Merkur*‹.

1774

›*Der verklagte Amor*‹.

›*Alceste, ein Singspiel in 5 Aufzügen*‹ (Uraufführung in Weimar 1773). In Briefen zu diesem Libretto Kritik Wielands an der zu wenig idealisierten Herkulesgestalt durch Euripides. Daraufhin Satire Goethes ›Götter, Helden und Wieland‹. Wieland empfiehlt dies im ›Teutschen Merkur‹ als ›Meisterstück von Persiflage‹. An Klopstocks Geburtstag verbrennen Voß, Hölty u.a. Mitglieder des Göttinger Hainbundes Wielands Bild.

›*Die Abderiten*‹ erscheinen in Fortsetzungen im ›Teutschen Merkur‹ bis 1780, vollständig 1781.

1774/75

›*Geschichte des Philosophen Danischmende*‹.

1775

Ende der Erziehertätigkeit, Wieland erhält eine lebenslängliche Pension. Wieland verläßt Weimar nur noch sehr selten. Am 7. November trifft Goethe in Weimar ein.

1775/76

›*Ein Wintermährchen*‹.

1776

Herder wird nach Weimar berufen.

1778

›*Schach Lolo*‹, ›*Pervonte oder die Wünsche. Ein Neapolitanisches Märchen*‹.

1778/80

›*Oberon. Ein Gedicht in vierzehn Gesängen*‹.

1781

›*Betrachtungen über den Standpunkt, worin wir uns in Absicht auf Erzählungen und Nachrichten von Geistererscheinungen befinden*‹.

1781/82

›*Horazens Briefe aus dem Lateinischen übersetzt*‹.

1782

›*Gespräche über einige neueste Weltbegebenheiten*‹, Forderung der völligen Abschaffung des Mönchtums und des Zölibats, die Religion wird als politisch-moralisches Märchen gepriesen.

1782/84

›*Briefe an einen jungen Dichter*‹, ästhetische Auseinandersetzung, vermutlich ist Schiller gemeint.

1783

›*Antworten und Gegenfragen auf einige Zweifel und Anfragen eines neugierigen Weltbürgers*‹. Frage nach der Funktion der Religion, religiöse Emanzipation ist von politischer Emanzipation nicht zu trennen.

1784/86

›*Horazens Satyren aus dem Lateinischen übersetzt*‹.

1785

Karl Leonhard Reinhold wird Wielands Schwiegersohn, heiratet Tochter Sophie.

1786

Reinhold veröffentlicht ›Briefe über die Kantische Philosophie‹ im ›Teutschen Merkur‹.

1786/89

›*Dschinnistan, oder auserlesene Feen und Geister-Mährchen*‹, 3 Bände.

1787

Schiller kommt nach Weimar, Mitarbeit am ›Teutschen Merkur‹. Wieland wird Mitglied der Berliner Akademie.

›*Gedanken ... über Lavaters Magnetismus*‹.

›*Swedenborgs Offenbarungen und der tierische Magnetismus und Somnambulismus*‹.

1788

›*Gedanken von der Freyheit über Gegenstände des Glaubens zu philosophieren*‹.

›*Das Geheimnis des Kosmopolitenordens*‹.

›*Lucians von Samosata Sämtliche Werke. Aus dem Griechischen übersetzt.*‹ Bd. 1–3. In Bd. 3: ›*Über die Glaubwürdigkeiten Lucians, in seinen Nachrichten von Peregrinus*‹.

1788/89

›*Die Geheime Geschichte des Philosophen Peregrinus Proteus*‹, erscheint in Fortsetzungen im ›Teutschen Merkur‹.

›*Peregrin. Ein Auszug aus Lucians Nachrichten von dem Leben und Ende dieses Schwärmers*‹.

›*Peregrin und Lucian. Ein Dialog im Elysium*‹.

1791

›Peregrinus Proteus‹ erscheint als Buchausgabe bei Göschen. Wieland hatte Rechte vorher an Reich gegeben, wollte nach dessen Tod zu Göschen wechseln, dadurch Rechtsstreit.

1789/94

Aufsätze zur Französischen Revolution.

1791

›*Neue Göttergespräche*‹.

1794

›*Agathon*‹, *3. Fassung.*

Bei Göschen erscheinen vier Ausgaben seiner Werke in 30 Bänden und 6 Supplementbänden.

1795

Wielands Tochter Charlotte heiratet Heinrich Geßner, den Sohn Salomon Geßners.

›Peregrinus Protée, ou les Dangers de l'Enthousiasme‹. Trad. de l'Allemand ... (von A. Labaume) T. 1.2. Paris.

1796

Reise nach Leipzig und Dresden, Besuch der Dresdener Kunstsammlungen. Reise nach Zürich zu seiner Tochter, Zusammentreffen mit Pestalozzi und Lavater.

Wielands Zeitschrift für Altertum ›*Attisches Museum*‹ erscheint bis 1803.

›Private History of Peregrinus Proteus, the Philosopher...‹ Transl. from the German (By W. Tooke) Vol. 1.2. London.

1797

Kauf des Gutes Oßmannstedt bei Weimar, dadurch finanzielle Sorgen.

›Péregrinus Protée, ou les dangers del 'enthousiasme‹, trad. de l'allemand ... Vol. 1.2. Paris.

Aristophanes-Übersetzungen.

Musenalmanach 1797, darin Xenien Goethes und Schillers auch gegen Wieland.

1799

Sophie La Roche besucht Wieland mit ihrer Enkelin Sophie Brentano, der Schwester von Clemens und Bettina, für mehrere Wochen in Oßmannstedt.

›Gespräche unter 4 Augen‹, *›Agathodämon‹*, *›Sokratische Gespräche aus Xenofons Denkwürdigen Nachrichten‹*. Im 2. Band des ›Athenäum‹ Vorwurf des Plagiats durch die Brüder Schlegel.

1800

Sophie Brentano besucht Wieland, Verehrung Sophiens und Inspiration für Wieland. Am 19. September stirbt sie an einer Nervenerkrankung.

1801

Wielands Frau stirbt, sie wird neben Sophie Brentano in Oßmannstedt beigesetzt. Tiefe Krise Wielands.

›Aristipp und einige seiner Zeitgenossen‹.

1803

Heinrich von Kleist besucht Wieland in Oßmannstedt, erhält von ihm Zuspruch. Wieland verkauft seinen Besitz in Oßmannstedt, zieht nach Weimar zurück.

1804

Madame de Staël besucht Wieland.

›Menander und Glycerion‹.

1805

›Krates und Hipparchia‹.

›Euthanasia‹, Drei Gespräche über das Leben nach dem Tode.

›Das Hexameron von Rosenhayn‹ (Novelle).

Euripides-Übersetzungen im ›Neuen Attischen Museum‹ erscheinen 1805–1811.

1806

Wieland verfaßt das Vorwort für Sophie La Roches Roman ›Melusinens Sommerabende‹.

1807

Tod von Sophie La Roche und Herzogin Anna Amalia.

1808

Begegnung mit Napoleon.

1809

Wieland tritt der Freimaurerloge ›Amalia‹ bei.

1808/12

›*M. Tullius Cicero's Sämmtliche Briefe*‹ erscheinen in 5 Bänden, Bd. 6 1818 durch F. D. Gräter.

1813

Am 20. Januar stirbt Wieland, am 18. Februar hält Goethe eine Gedächtnisrede auf Wieland in der Loge ›Amalia‹.

INHALT